परिशिष्ट

[उपन्यास]

परिशिष्ट

गिरिराज किशोर

राजकमल प्रकाशन

ISBN : 978-81-267-2031-6

मूल्य : ₹995

पहला संस्करण : 1984
दूसरा संस्करण : 2011
This book is printed on **Print on Demand** Technology : 2024

प्रकाशक : राजकमल प्रकाशन प्रा.लि.
1-बी, नेताजी सुभाष मार्ग, दरियागंज
नई दिल्ली-110 002

शाखाएँ : अशोक राजपथ, साइंस कॉलेज के सामने, पटना-800 006
पहली मंजिल, दरबारी बिल्डिंग, महात्मा गांधी मार्ग, प्रयागराज-211 001
1, अनमोल सोराबजी संतुक लेन, धोबी तलाव, मरीन लाइंस, मुम्बई-400 002

वेबसाइट : www.rajkamalprakashan.com
ई-मेल : info@rajkamalprakashan.com

Printed at : Rajkamal Prakashan P.Ltd.

PARISHISHTA
Novel by Giriraj Kishor

सतत् रचनाशील व्यक्ति
ही जागता है।
वात्स्यायनजी की
रचनाशीलता के प्रति!

दूसरे संस्करण से पूर्व कुछ बातें

'परिशिष्ट' उपन्यास 1984 में प्रकाशित हुआ था, उसका दूसरा संस्करण 2011 में छप रहा है। कुछ दिन पूर्व जब अशोक जी कानपुर आए थे तो मुझे उसके अंतिम प्रूफ दे गए थे। वे यह भी चाहते थे कि मैं इसके दूसरे संस्करण के अवसर पर कुछ लिखूँ। लेकिन क्या लिखूँ इस बारे में बहुत देर तक सोचता रहा। मेरे एक-दो उपन्यास को छोड़कर कोई उपन्यास शायद ऐसा रहा हो जिसके दो से अधिक संस्करण न हुए हों। मुझे यह समझने में दिक्कत होती है कि एक तरफ राजेन्द्र यादव और डा. पुरुषोत्तम अग्रवाल जैसे गुणीजन इस उपन्यास को हिंदी के चुनिन्दा उपन्यास में गिनते हैं दूसरी तरफ प्रकाशक के लिए लगभग 26 वर्ष में एक संस्करण बेचना कठिन हो गया।...कुछ लोगों ने यह भी कहा है कि दलित विमर्श पर इतने विस्तृत कैनवस पर यह उपन्यास गया है...दूसरा लिखा जाना अभी शेष है। यह भी हो सकता है कुछ लोग उपेक्षा योग्य मानते हों। इतनी परस्पर विरोधी बातें एक लेखक को परेशानी में डाल देती हैं कि वह किस बात को माने और किसको न माने? मैंने कुछ समय पहले राजकमल प्रकाशन से निवेदन किया था कि मेरी पुस्तकें आपको बेचने में कठिनाई होती है तो वापस कर दें। उन्होंने कहा, 'जुगलबंदी' और 'परिशिष्ट' नहीं करेंगे। मुझे आश्चर्य भी हुआ जिस उपन्यास का 26 वर्ष में एक संस्करण समाप्त नहीं हुआ उसे प्रकाशक महोदय क्यों रखना चाहते हैं? यही दलित जीवन पर लिखे मेरे दूसरे उपन्यास 'यथाप्रस्तावित' के साथ भी हुआ। अरविंद जी जब राधाकृष्ण प्रकाशन चला रहे थे तो उन्होंने आलोचना के स्तर पर एक सर्वे कराया था उसमें वह उस वर्ष का श्रेष्ठ उपन्यास घोषित हुआ था। एक सुंदर-सी पुस्तिका भी छपी थी। इसका कन्नड़ अनुवाद शिमोगा विश्वविद्यालय में भी बी. ए. के कोर्स में लगा था। लेकिन उसका भी राजकमल के द्वारा दूसरा संस्करण नहीं छपा। दरअसल मेरा दिल्ली का

पहला प्रकाशक राजकमल ही है इसलिए मैंने किताब वापस लेने की बात को टाल दिया कि मालिक भले बदल गया हो पर प्रकाशक वही है जिसकी पिछली मालिक शीलाजी ने नया लेखक होते हुए भी, आदर के साथ मेरी पुस्तकें छापने का मन बनाया था। मेरे साहित्यिक उत्कर्ष या कहिए विकास में राजकमल का योगदान है। मेरे सामने यह सवाल आज भी है कि 'जुगलबंदी' का तो शायद छठा या सातवाँ संस्करण होने वाला है लेकिन 'परिशिष्ट' जो 26 साल में अपना एक संस्करण खत्म नहीं करा सका उसमें राजकमल प्रकाशन जैसे प्रकाशक की रुचि कैसे बरकरार है? खैर, जब प्रूफ आया तो मैंने इस नजरिए से पढ़ना शुरू किया कि बाहरी कमियों को खोजना काफी नहीं अन्दर भी झाँकना जरूरी है।

शायद मान्यताओं की गड़बड़ी है। कुछ लोग राजनीतिक कारणों से और कुछ मान्यताओं के कारण से रुष्ट हो सकते हैं। उसमें गांधीजी और डा. अंबेडकर का जिक्र कई जगह साथ आता है। दरअसल गांधीजी ने देश भर में घूम-घूमकर इस परिवर्तन की जमीन को तैयार किया था। अंबेडकरजी ने उसे अपनी तरह आगे बढ़ाया। इस बात से कुछ वर्गों की नाइत्तफाकी है। राजनीतिक कारण भी हैं, जातिगत कारण भी हैं। लेकिन चूँकि ये सब स्थितियाँ बदलती रहती हैं इसलिए साहित्य में इस बदलाव की प्रतीक्षा करने की काफी गुंजाइश रहती है। लेकिन जिस लोकेल पर यह आधरित है और जो सामाजिक अन्तर्विरोध हैं उनकी पहचान में अस्थायित्व नहीं है। यह ऐसे वर्ग को सामने लाता है जो आत्मकेंद्रित होने के साथ-साथ अपनी नकारात्मक प्रवृत्तियों का पोषण करते हुए एक बहुत बड़े वर्ग को वंचितों की श्रेणी में धकेलता रहा है। यह प्रक्रिया अभी भी जारी है। इसका उदाहरण मुझे मेरे एक मित्र श्री श्रीवास्तव ने भेजा था जो आजकल शायद एन.डी.टी.वी. में हैं। वे तब किसी बड़े अखबार में सेवारत थे। उनके साथ यह घटना हुई थी।

आई.आई.टी. कानपुर के दलित छात्रों ने किसी एम.पी. के माध्यम से उनके साथ किए जाने वाले भेदभाव की शिकायत केन्द्र सरकार से की थी। उसकी जाँच उत्तर प्रदेश के एस सी/एस टी कमीशन ने की थी। तत्कालीन चेयरमैन स्वयं कर रहे थे। आई.आई.टी. ने अपना पक्ष बहुत मजबूती से रखा था। डीन, रजिस्ट्रार सब पेश हुए थे। चेयरमैन ने उनकी बात शांति से सुनी और अन्त में उन्होंने उन सब तर्कों को

दरकिनार करते हुए कहा था कि मैंने 'परिशिष्ट' पढ़ा है। आपके सब तथ्यों से अधिक प्रामाणिक मुझे 'परिशिष्ट' मालूम पड़ता है। यह रिपोर्ट अखबार में छपी थी। जब मैं अखबार की उस कतरन पर राजेन्द्र यादव से बात कर रहा था तो अशोक महेश्वरी भी बैठे थे। उन्होंने जहाँ तक मुझे स्मरण है उस कतरन की फोटो कॉपी भी माँगी थी। शायद उनकी किसी फाइल में अब भी हो। राजेन्द्र जी ने भी 'हंस' के किसी अंक के संपादकीय में अपनी आदत के अनुसार घुमा-फिराकर उसका जिक्र किया था।

यह बात मैं इसलिए कह रहा हूँ क्योंकि शिक्षा संस्थान खासतौर से कथित राष्ट्रीय और उच्च शिक्षा संस्थाओं में वह भी विज्ञान और तकनीकी संस्थान, इन मानवीय संदर्भों में वैज्ञानिक टेंपर से मुक्त होकर संवेदना के नकारात्मक पक्ष से पता नहीं क्यों निर्देशित होने लगते हैं। यह उपन्यास इस तरह के अनेक मनोवैज्ञानिक पक्षों को बिना किसी लागलपेट के सामने लाने का प्रयत्न करता है। यहाँ तक कि दलित समस्या के साथ स्त्री-विमर्श के छूटे पक्ष को भी सामने लाता है। संघर्ष के दोनों रास्ते हैं उत्तेजना और ललकार का भी और संयम और प्रतिकार का भी। दूसरा रास्ता लम्बा और सहिष्णुतापूर्ण है पर कई बार निर्णायक भी होता है। ये सब बातें सोचने की प्रक्रिया को आयाम देती हैं। चुनाव का अवसर भी।

मैं राजकमल के प्रबन्ध निदेशक अशोक जी के इस साहस की प्रशंसा करता हूँ कि 26 वर्ष बाद 'परिशिष्ट' का दूसरा संस्करण कर रहे हैं।

—गिरिराज किशोर

दीपावली, 2010
कानपुर

भूमिका

इस उपन्यास को लिखने की बात पिछले कई वर्षों से दिमाग में पक रही थी। लेकिन जब तक मनुष्य स्वयं नहीं भोगता, तब तक बता भी नहीं सकता। पिछले चार-पाँच वर्षों के दौरान 'अनुसूचित' होने की मानसिकता के प्रति संवेदना का निर्माण हो जाने पर ही कलम उठाने का साहस हुआ।

सच पूछिए तो जातियाँ अनुसूचित नहीं होतीं (बना दी जाती है)। मानसिकता...होती है। मानना और समझना, दोनों!

विकसित होते समाज में अपेक्षाएँ और इच्छाएँ वेगवती नौकाएँ हो जाती हैं। वे सतह पर अबाध बहना चाहती हैं। ऐसे में कुछ नौकाओं के पालों से हवा निकाल दी जाए तो वे यात्राएँ परिशिष्ट मात्र रह जाती हैं।

एक भ्रम हो सकता है कि जो कुछ इस उपन्यास में है, वह सब वहीं पर घटित हुआ है जहाँ मैं हूँ। वास्तव में एक ऐसी ही संस्था इस कथानक के विकास का माध्यम हो सकती थी जो उच्च और श्रेष्ठतम शिक्षा का केंद्र हो। ऐसी संस्था कोई भी हो सकती थी। लेकिन मनुष्य के पास अपने ही घर या नाम के उपयोग का अधिकार होता है। सच पूछिए तो महान-से-महान संस्था में भी यह सब घटित हो सकता है। मुख्य बात मानसिकता और उसका निरूपण है, स्थान नहीं। यह मानसिकता सामाजिक जीवन का अपरिहार्य अंग हो गई है, इसलिए हर किसी को प्रभावित करती है। यहाँ तक कि रोजमर्रा के सोच का अंग भी और एक स्थायी प्रतिक्रिया भी!

वैसे जैसे आई.आई.टी. नाम का उपयोग हुआ है वैसे ही पात्रों और स्थितियों का भी। कल्पना ही समझिए।

—गिरिराज किशोर

एक

अनुकूल (राम) की कहानी उतनी ही बेमजा है, जितना अनुकूल (राम) स्वयं। न उसमें आनंद ही है और न भव्यता। एकदम ठंडी। उसी की कहानी नहीं, और भी उससे लगे-बँधे लोगों की भी। ऐसा भी नहीं कि दर्पण बनकर सबके चेहरों के सामने जा खड़ी होती हो और लोग अपने चेहरों को छुपाने लगते हों। उसमें अगर दर्पण है तो बस इतना ही, जितनी डामर की भीगी, सपाट और समतल सड़क। छायाएँ-ही-छायाएँ हिलती नजर आती हैं, शक्ल एकौ नहीं। हसीन-से-हसीन और खूबसूरत-से-खूबसूरत चेहरे भी अपनी वास्तविकता खोकर सड़क हो जाते हैं। दुख, दर्द और वेदना का भी इस कहानी में कोई स्थान नहीं। क्योंकि उन्होंने न इसे माँजा और न धो-पोंछकर उजाला ही, भिनका भले ही दिया हो। जैसा आरम्भ, वैसा ही अन्त। प्रश्न उठेगा, तो ऐसी कहानी चुनी क्यों? चुनना तो रचनाकार के विवेकाधीन होता है। समझ लीजिए, उसने विवेक का ठीक इस्तेमाल नहीं किया। लेकिन एक बात है कि साहित्य में यह प्रश्न; प्रश्न नहीं होता, 'खल' होता है। तुलसीदास ने इसी खल की वन्दना रज-रजकर की है। ऐसे प्रश्नों के जवाब में यही मुँह से निकलता है कि जितनी बालिश्त होगी उतना ही तो नापा और फाड़ा जाएगा। किसी दूसरे की बड़ी बालिश्त को देखकर उसके चक्कर में अपनी छोटी तो काट नहीं दी जाएगी। और फिर जिन्दगियाँ ही ऐसी बची हैं!

खैर, अनुकूल (राम) के पिता का नाम बावनराम। इसीलिए कोष्ठक में 'राम' लिखना पड़ा। बेटे के साथ पिता की पहचान जरूरी है। प्राचीन परम्परा है। आरम्भ में तो बेटा पिता से ही जाना जाता है। ऐसे बिरले ही होते हैं जो बाद में बेटे के नाम से जाने जाने लगें। पिता ने अपनी दृष्टि से अपने बेटे का नाम अनुकूल रखा था। शुरू-शुरू में तो अनुकूल राम ही रहा। लेकिन आगे चलकर स्थितियों में बदलाव आ गया। कई बार आदमी ही नहीं, अर्थ की दृष्टि से नाम भी विरोधी प्रवृत्तियों के चंगुल में फँस जाते हैं। उसी दलदल में नाम का पहिया धँसकर धँसा ही रह जाता है। शुरू में अनुकूल के कोमल-कोमल पंख थे। परवाज़ भरने का अदम उत्साह था। सदा उधर ही देखता

था, जिस तरफ से गोल-गोल, लाल-लाल सूरज अपनी लाली बखेरता हुआ ऊपर आता है। लेकिन पूरब की आकांक्षा करता-करता पश्चिम की तरफ खिंचता चला गया। दिशा और गति परस्पर विरोधी हो गए। लेकिन वह भी उसे अपने लिए एक ललकार समझकर उससे लिपटता ही चला गया।

बावनराम एक फैक्टरी में काम करते थे। आठवीं पास थे। खलासी भरती हुए थे। हालाँकि काम कोई छोटा नहीं होता। लोग भी यही कहते हैं—काम, काम है। न छोटा है और न बड़ा। सच पूछिए तो गुड़ की बात है। मिठास को वही नियंत्रित करता है। जिसको मिल गया, वही मीठा हो गया। जिसको नहीं मिला, वह छिः। किसी उपन्यास के आरम्भ में ऐसी सभी बातें खल की भूमिका अदा करती हैं। पर खल को आप पूरी तरह काटकर भी तो नहीं चल सकते। खल तो हर पल पीछे लगा है। पिता के साथ भी रहा होगा और बेटे के साथ भी रहेगा। लेखक के अन्दर तो दोनों ही हैं।

बात यहाँ से शुरू होती है कि बावनराम ने अनुकूल को कभी बराबरी पर रखकर नहीं देखा। जब भी अनुकूल उनके सामने आया, उससे पहले उनकी आँखों के सामने शहर के बाहरवाली 'क्लिफ-टॉप' यानी पहाड़ी की चोटी आ गई। किसी जमाने में उस पर गोरे जाकर कैम्प किया करते थे। देसी गए भी तो बस थोड़ी दूर जाकर लौट आए। कभी जवानी में बावनराम को भी, उस पर चढ़ने का शौक चर्राया था। घर के जानवर लेकर कुछ दूर तक चढ़े थे, फिर पिंडलियाँ चढ़ आई थीं। डर हावी होने लगा था। गोरे साहब ने देख लिया तो मारेगा। लौट पड़े थे। लेकिन अब वह पहाड़ी बावनराम की आँखों के सामने हर समय घूमती थी। वे धरती पर खड़े होते थे तो अनुकूल उन्हें उस पहाड़ी की चोटी पर वहीं खड़ा नजर आता था जहाँ गोरों का कैम्प लगा हुआ दिखा करता था। धीरे-धीरे वह उदय होते सूरज में बदल जाता था। लाल-लाल, गोल-गोल, बच्चा-सा। यह दृश्य ही उन्हें यह सोचने के लिए प्रेरित करने लगता था कि कहाँ उनका बेटा और कहाँ वे स्वयं! बस ईश्वर को उसे उनके घर जन्म देकर उन्हें उसका पिता होने का गौरव प्रदान करना था सो कर दिया। उन्हें तत्काल बाबा साहब भीमराव अम्बेदकर का ख़्याल हो आता। वे भी इसी तरह एक अपने जैसे व्यक्ति के घर में ही जन्मे थे। हो सकता है बड़ा होकर, अनुकूल भी उन्हीं की तरह हम लोगों को रास्ता दिखाए।

बावनराम के लिए दिन-पर-दिन वह पहाड़ी की चोटी ऊँची होती गई। उनकी नजरों में अनुकूल भी उसी के साथ-साथ ऊँचा उठता गया। कभी-कभी वह क्लिफ टॉप इतना ऊपर उठ जाता था कि अनुकूल उस पर खड़ा अँगूठे-भर का लगने लगता था। शरीर के कटावों से उसे पहचाना जाता था। बावनराम सोचने लगते कि अरे, यह

तो अपना अनुकूल ही है। फिर सोचते, ऊँचाई उतनी ही ठीक होती है जहाँ पर खड़ा इन्सान पहचाना जा सके। ऐसी भी ऊँचाई ठीक नहीं कि ऊँचाई-ही-ऊँचाई नजर आए, उस पर खड़ा आदमी नदारद। यह सोचकर वे बच्चे की तरह हँस देते। आदमी का दिमाग भी कहाँ-कहाँ जाता है।

अनुकूल का जन्म देर से, दो लड़कियों के बाद हुआ था। जिस दिन जन्म हुआ, उसी दिन बावनराम की पदोन्नति सुपरवाइजर के पद पर हुई थी। पदोन्नति के चलते बकाया भी मिला। जितना मिला उस सबको उन्होंने बेटे के जन्म की खुशी में और बिरादरी को जिमाने में उड़ा दिया। बिरादरी पर उनकी दरिया-दिली की धाक जम गई। बावनराम, बावन चौधरी के नाम से जाने जाने लगे। सोलह-सत्रह साल बाद जब बावन चौधरी रिटायर हुए तो लोगों को वह दावत याद थी। उनके मुँह पर यही था, बाप तो बहुत बने पर बावन चौधरी जैसा बाप बिरला ही होता है। जिमाया भी, साथ भी बाँधा। यह साबित कर दिया कि छोटी चिड़िया की और चीजें चाहे छोटी हों पर दिल बड़ा होता है। चोंच के दाने तक को गाने की मस्ती में बिखेर देती है। इसी का यह नतीजा था कि बावनराम जब रिटायर हुए तो प्रोविडेंट फंड के अलावा उनके पास कुछ नहीं बचा था। फंड भी क्या...जितना कमजोर तना उतनी कम पत्तियाँ। फंड के अतिरिक्त उनका अनुकूल था। हजार फंड उसी पर वारी जाते थे। अँधेरे आसमान पर एकमात्र टिमटिमाता तारा। सब ओर से हटकर उनकी नजर उसी पर टिक गई थी। उन्हीं की क्यों, समस्त सम्बन्धियों की। बहन-बहनोइयों की, माँ और मामा की। सबको वही अपना संकट-मोचन नजर आता था।

बावनराम चूँकि अपनी बेटियों को भी कम नहीं चाहते थे, इसलिए उन्होंने बहुत चाहा था कि वे भी पढ़-लिख जाएँ। उनकी माँ ने रोना-धोना शुरू कर दिया कि पढ़ी-लिखी बेटियों को ब्याहनेवाला कौन बैठा है, तुम्हारी बिरादरी में। दो-चार जमात पढ़कर घर आ बैठी थीं। घर बैठे-बैठे पन्द्रहियों साल गुजर गए थे। जब तक उनके ब्याह हुए घर ही बैठी रहीं। चूँकि बिरादरी में पढ़े-लिखे ना के बराबर थे, इसलिए ब्याही भी ऐसे ही लड़कों से गई थीं। लेकिन बावनराम ने 'पिंसन' से पहले दोनों दामादों को फैक्टरी में लगवा दिया था। सुख-चैन से रोटी मिलने का डौल हो गया था। दरअसल बावनराम फैक्टरी के अन्दर एक छोटे-मोटे नेता का सम्मान प्राप्त व्यक्ति थे। फैक्टरी में काम करनेवाले अपने जैसे सभी लोग उनके झंडे के नीचे थे। जो घर में पुजता है, वह बाहर भी पूजा जाता है—यह बात बावनराम जैसे व्यक्ति के चरित्र ने सिद्ध कर दी थी। वे अपने आदमियों में बड़े माने जाते थे, इसलिए फैक्टरीवालों में भी उनकी बात टलती नहीं थी। बावनराम अपने दामादों को तो काम दिलाने में कामयाब हुए ही थे, अपनी बिरादरी और जान-पहचान के और भी कई लोगों को काम दिलाया था। लेकिन लोग दूसरे लोगों को काम दिलाने की बात भुलाकर दामादों को

काम दिलाने की बात दिल में सँजोकर रखते थे; और मौका मिलने पर कह भी देते थे। बावनराम ने अपने आप तो फैक्टरी को सूँता सो सूँता अब अपने दामादों की जोड़ी सूँतने के लिए छोड़ आए।

अनुकूल बिरादरी और फैक्टरी में काम करनेवाले लोगों के बच्चों में पहला लड़का था जो दसवीं पास कर चुका था। वह शुरू से अब तक लगातार पास होता चला आया था। लगातार पास होते चले जाना ही बिरादरी में एक महत्त्व की बात थी। उसके साथ के और भी बहुत-से लड़कों ने पढ़ना आरम्भ किया था। उन बच्चों में कुछ होशियार भी थे, लेकिन उनमें से अधिकतर चौथी से आगे नहीं बढ़ पाए थे। एक-दो छठी जमात तक गए थे। वहाँ तक पहुँचते-पहुँचते उनके माँ-बाप का सब्र टूट गया था और उन्होंने छठी के बाद स्कूल से उठा लिया था। जितना पढ़ा था, वह काफी था। कलक्टर साहब थोड़े ही बनाना था। ज्यादातर बच्चों ने तो स्कूल का मुँह तक नहीं देखा था। दुकानों पर छोटे-मोटे काम करने की नौकरी कर ली थी। पाँच-दस रुपए महीना पा जाते थे। घरवालों को मदद हो जाती थी। जिनकी मदद बच्चों के कमाए पाँच-सात रुपए से हो जाती है, खुद-ब-खुद समझा जा सकता है कि वे घर कितने कच्चे होते हैं। लेकिन यह बावनराम का ही दम था कि इन अफाओं-जफाओं को अनुकूल से पूरी तरह दूर रखा था।

अनुकूल के आठवीं क्लास तक पहुँचते-पहुँचते चेमेगोइयाँ चालू हो गई थीं। दरअसल आठवीं तक तो बिरादरीवाले बाप और बेटे की तारीफ करते थे। बेटा तो जो है सो है, बाप भी धन्य है, जो बेटे को पढ़ाए चला जा रहा है। सब हार मान जाते हैं, पर बावनराम हैं कि जूझे जा रहे हैं। उनकी नजरों में बावनराम बिरादरी के लोगों से अलग थे और बेटा शेष बच्चों से। जैसा कि कहा गया है, यह स्थिति आठवीं तक ही थी। अनुकूल उन लोगों को चेतन और चमकदार आँखोंवाला होनहार लगता था। उनकी मान्यता थी—दिमाग में पड़ा अच्छर और पेट में पड़ा दाना, आदमी का चेहरा-मोहरा बदलकर रख देता है। आठवीं पास करते ही अनुकूल के रिश्ते आने लगे थे। बावनराम इन्हें लाख समझाते थे कि अभी से अनुकूल का ब्याह करना सारदा-एक्ट के विरुद्ध होगा। सब जेल काटेंगे। लोग कहते थे कि हमारा-तुम्हारा ब्याह भी तो सारदा-एक्ट के खिलाफ ही हुआ था। हम सब तो जेल के बाहर मस्ती से घूम रहे हैं। दो-दो हाथ के बच्चे हैं। एक तो बड़ा भारी-भरकम रिश्ता था। उसकी झोंक में सारे घरवाले हिल गए थे। माँ, बहनें और जीजा लोग तो लड़ाई-झगड़े पर उतारू हो गए थे। ऐसा बड़ा घर मिल रहा है। 'चौधरी रामपरसाद का नाम इहाँ ही नहीं छत्तीस गावों में बजता है!' बावनराम ने उधर रुख ही नहीं मिलाया। बस, लोग समझ गए थे कि बावनराम की नजर किसी राजे-महाराजे पर है। 'जब चौधरी रामपरसाद की बेटी समझ नहीं आ रही तो म्हारी-थारी बेटी तो क्या आएगी! चाम का ही बेटा तो पैदा

किया, सोने-चाँदी का तो किया नहीं, जो ऐसे नखरे जोत रहा है।' चौधरी ने तो चाहे इतना बुरा न भी माना हो पर औरों की आँखों में अनुकूल की पढ़ाई गड़ने लगी। ऐसी पढ़ाई किस काम की जो आदमी को आदमी न समझे? घर-घाट का ना रहे। अरे, बावनराम तो रामपरसाद के पासंग भी नहीं। यूँ चुटकी मसल दे तो दस बावनराम झड़ पड़ें। बेटा पढ़ रहा है, तो पढ़े। बाल भी गज-गज के रखवा दिए। शक्ल से लफंगा लगता है, लफंगा। हम लोगों के बूते ही तो नाख्वान्दा दामाद फैक्टरी का माल चूस रहे हैं। जब उन्हें भी नौकरी दिलवा दी है, तो क्या दसवीं पास बेटे को नहीं दिला सकता? चलो मान लिया, पिंसन पा गया।...अब नहीं चलती। तो चौधरी की बिटिया से ब्याह देता। इतना कारोबार, चमड़े का थोक...जानवर की ऐसी पहचान कि क्या किसी को होगी। दिसावर तो दिसावर, विलायतों तक में रामपरसाद का चमड़ा बोलता है। उसे तो चाहिए ही था ऐसा दामाद जो कारोबार में सहारा दे। लेकिन बावनराम ने कानों में तेल डाल लिया था। इस तरह की बातें उनके लेखे अनकही और अनसुनी रह जाती थीं। बिरादरीवाले अनुकूल के बालों को तो कोसते ही थे! दसवीं फलाँगते ही बावनराम ने अनुकूल को बुशर्ट, पैंट और पम्प जूता बनवा दिया था। उनके मुँह और बड़े हो गए थे—लौंडे को क्रिस्तानी बना रहा है।

अपनी उम्र के हिसाब से अनुकूल का कद लम्बा निकला था। काठी भी अच्छी थी। लोगों का कहना था, बाँभन-ठाकुर का-सा लगता है। आँखें बड़ी थीं। बाल घुँघराले थे। बोलता भी धीरे-धीरे था। जवानी की गन्ध फूट रही थी। उसके घरवालों को ही नहीं, औरौं को भी सुँघाई पड़ने लगी थी। ज्यादा बोलने की तो आदत ही नहीं थी। जितना बोलता भी था, वह भी दो-चार शब्दों में ही निबटा देता था। ज्यादातर मुस्कुराकर ही काम निकाल लेता था। किसी ने कुछ कहा तो मुस्कुरा दिया। किसी से कुछ कहना हुआ तो भी मुस्कुराकर। साथियों के मन में उससे बात करने की बेचैनी बनी रहती थी। रिश्ते की भाभियाँ हँसी-मजाक करती थीं—लाला, इतनी थाली परसी हैं कोई तो झूठी कर दो। या आँखों-आँखों से ही सब रस पी जाओगे। वह हँस देता—कह लीजिए, जो कहना चाहें। इससे आगे कुछ नहीं। हम उम्र लड़कियाँ भी उसे हसरत से देखती थीं। जब कभी वह अकेले में बैठता तो इन बातों को लेकर सोच-विचार करता था। वे शक्लें और उनके द्वारा कही गई बातें ज्यूँ-की-त्यूँ उसके सामने उभर आती थीं। वह बुदबुदाता रहता था। आखिर कब हम इन सब बातों से उबरेंगे? हर वक्त फूहड़ बातें। फूहड़ बातें, फूहड़ कामों से ज्यादा फूहड़ लगती हैं। लेकिन साथ-ही-साथ वह यह भी सोचता कि ये लोग उसे कितना मानते हैं, प्यार करते हैं! उनका वह निश्छल मानना उसके अन्दर उठते उस लावे को दबा देता। अपनेपन की वह तरल फुहार उसे भिगोने लगती। अकेला रहता तो उन लोगों के बीच जाकर बैठने का मन करता। उन लोगों के बीच होता तो वहाँ से भाग चलने के लिए

तड़फड़ाने लगता।

कभी-कभी बावनराम उसे अपने पास बुलाते। वे उसकी तरफ मुक्त भाव से देखते। उन्हें यह सोचकर अच्छा लगता कि अनुकूल उनका बेटा है। अगर वह किसी और का होता तो वे कितने निर्धन और बेसहारा होते। अनुकूल को इस बात से थोड़ी परेशानी होती। औरों के पिता अपने बच्चों की तरफ न इस तरह देखते हैं और न उन्हें इतना महत्त्व ही देते हैं। बाबू क्यों देते हैं? यह बात उसे थोड़ा संजीदा और रंजीदा कर देती। जब वे उसे भैया कहकर पुकारते तो उसके मुँह पर बात आकर रह जाती। बेटा भैया कैसे हो सकता है! लेकिन वह सोचता कि हो सकता है उसकी बात से बाबू को तकलीफ पहुँचे। उसकी समझ में यह कभी नहीं आया कि माँ-बाप बच्चे का नाम अपनी सुविधा के लिए रखते हैं या दुनिया-भर की सुविधा के लिए। वे भैया कहें और दूसरे नाम से पुकारें!

वे उससे मुग्ध भाव से कहते, "मैं चाहता हूँ कि तुम एक दिन अपनी कार से आकर घर के सामने उतरो...जिससे लोग यह तो देखें कि हम लोगों की सन्तान भी कारों और मोटरों में बैठकर चलने के लिए पैदा होती है। हम छोटे हैं, क्योंकि हम हिम्मत हारकर, यह मान लेते हैं कि हम छोटे हैं और छोटे ही रहेंगे। अपने जमाने में मैंने गाँव का पुश्तैनी काम त्यागकर फैक्टरी की नौकरी यही बताने के लिए की थी कि हम लोग गाँव के मरे हुए ढोरों की खिदमत के लिए ही नहीं बने, हम फैक्टरियों में भी काम कर सकते हैं..."

बावनराम ने कभी किसी बड़े आदमी का कोई प्रवचन सुना था। उसका भी वे उद्धरण अपनी बातचीत में अक्सर देते थे–आत्मज्ञान वो पारस पथरी है जो बिना भेदभाव के लोहे को सोना करती है। आत्मज्ञान बाँभन को भी सोना करता है और नीच को भी। वे अनुकूल को जात-पाँत की खंदक से खींचकर समतल पर लाने की कोशिश में सतत लगे रहते, "अम्बेदकरजी बचपन में चाहे जैसे रहे हों पर जैसे ही आत्मज्ञान हुआ तो वे इतने बड़े हो गए कि बड़े-से-बड़ा भी उनके सामने बौना दीखने लगा। तुम्हें भी एक दिन उन्हीं के समान बनना है। आज तुम्हारी तरफ देखने में जिन लोगों को शर्म आती है कल वे सब तुम्हारी तरफ दौड़ेंगे। आज जो दूसरी नजर से देखते हैं, वे ही तुम्हें अपना कहेंगे। हम तो कुछ नहीं थे पर जब फैक्टरी में चलती थी तो लोग आगे-पीछे घूमते थे। आजकल तो जो रोटी को और मोटी कर दे वही सबकुछ है। इन्सान खुद ही अपने-आपको देखने की दृष्टि दूसरों को देता है। तुम्हें अपने बारे में स्वयं निर्णय लेना है कि और लोग तुम्हें कैसे देखें!"

अनुकूल उनकी बात पूरे धैर्य के साथ सुनता था। उसके चेहरे पर एकाग्रता बनी रहती थी। लेकिन एक बात निरन्तर उसके दिल में कसक पैदा करती थी कि बाबू बार-बार जातवाली बात क्यों उठाते हैं? वह एक ही बात को बार-बार नहीं सुनना

चाहता था। उसने किसी के भी चेहरे पर उसकी जात लिखी नहीं देखी थी। उसे सब एक-से लगते थे। उसे यही लगता था कि हम लोग बार-बार सोच-सोचकर और कह-कहकर अपने लिए जातों और वर्गों का निर्माण कर रहे हैं। वह हर बार सोचता था कि वह इस बार जरूर कहेगा कि बाबू, आप बार-बार इस बात का उल्लेख न किया कीजिए। आदमी-आदमी में कोई फर्क नहीं। उसे यही लगता कि ये सब गड्ढे हैं जिनमें हमें बार-बार धकेल दिया जाता है। इन्हें खोदेंगे तो कभी बाहर नहीं आ पाएँगे। हम सब अपने-अपने गड्ढों में पड़े एक-दूसरे पर मिट्टी फेंकते रहते हैं। बाबू के सामने एक-आध बार दबी जबान से निकल भी गया था। बावनराम का जवाब था कि जब गड्ढे ही हैं, तो हम अकेले ही गड्ढे में थोड़ा पड़े हैं। सभी लोग अपने-अपने गड्ढों में बैठे हैं। दूसरे तो हमसे भी ज्यादा बड़े गड्ढों में हैं। बस फर्क इतना ही है कि वे गड्ढे में रहकर भी अपने को पहाड़ की चोटी पर खड़ा हुआ महसूस करते हैं और यह मानकर हम पर थूकते हैं कि उनका थूक हमारे ऊपर ही पड़ रहा है। यह नहीं समझते कि कुछ तो उन पर भी पड़ता होगा। छींटे ही सही! लेकिन वह उनकी बात से बहुत सहमत नहीं था। उसके मन में यही रहता था कि बाबू की बात और है। वे दूसरी तरह से सोचते हैं। पर गड्ढे से हमें ही निकलना होगा। छोटापन हमें खाए जा रहा है। उन्हें नहीं।

इतने सब सोच के बाद भी वह दूसरे लोगों से मिलने में कतराता था। कहीं कोई बात न उठ खड़ी हो। बेकार बेजायका हो जाएगी। वे लोग उस तरह का व्यवहार करने में जितना सहज हो गए हैं, उतना हम लोग नहीं हुए। हाँ, सहन करने में जरूर सहजता आ गई। बाबू की चौथाई उम्र के दूसरे लोग बाबू का आधा नाम लेकर पुकारते हैं। मन-ही-मन बाबू को बुरा लगता हो तो लगता हो, लेकिन कभी कहते नहीं। बाबू तो खैर उनमें कम ही घुसते हैं, लेकिन कुछ लोग जा-जाकर घुसते हैं। जब लात पड़ती है तो म्याऊँ-म्याऊँ करते हैं। दोनों ही बातें उसे एक-सी लगती थीं। वह उसे नियति स्वीकार करके चलने को तैयार नहीं था। उसे यही लगता था, अगर नियति के रूप में यह सब स्वीकार कर लिया तो कहीं वह भी गीदड़ की तरह ही झेरे को विश्रामस्थल न समझ बैठे। उसका सारा समाज उसमें गिर चुका है। वह अपने को टीले तक सीमित रखने की भावना के विरुद्ध अपने अन्दर-ही-अन्दर विद्रोह पाल रहा था। एक-दो बार अनुकूल ने अपने इन विचारों को अपने घरवालों या मित्रों के सामने रखा था तो उसे उनके व्यंग्यों का शिकार होना पड़ा था। उसे यही लगा था कि यह या तो समय से पहले इन बातों को सोच रहा है या फिर वह अ-व्यावहारिक है। अपने ही लोगों में से एक-दो ने उसे यह कहकर जेर किया कि कौवे का बच्चा उड़ना सीखता है तो पहले फुदक-फुदककर चलता है। इस बात ने उसे अन्दर तक आहत कर डाला।

ग्यारहवीं कक्षा के बाद अनुकूल की आगे की पढ़ाई की बात को लेकर उसके घर में अच्छा-खासा वितंडावाद उठ खड़ा हुआ था। बावनराम अनुकूल को किसी अच्छी लाइन में भेजने के पक्ष में थे। वे उसे इंजीनियर बनाना चाहते थे। उन्होंने अपनी फैक्टरी में इंजीनियरों को मोटी-मोटी तनख्वाह पाते और नखरे छाँटते देखा था। वे उसी को महान नौकरी मानते थे, जिसमें नखरे उठवाने की गुंजाइश हमेशा बरकरार रहे। इंजीनियरिंग की पढ़ाई के लिए आई.आई.टी. उनके मन में स्वप्न-रूप में स्थित थी। वे वहाँ अपने फैक्टरी-मैनेजर के साथ जा चुके थे। वह उनके प्रदेश के उस पार ही थी। दोनों प्रदेशों का बार्डर मिला हुआ था। इतनी ऊँची-ऊँची इमारतें और इतने कटे-सँवरे लॉन और पहाड़ियाँ...उन्होंने और कहीं नहीं देखे थे। लखनऊ जाते समय वे एक दूसरी आई.आई.टी. में भी गए थे पर वहाँ का हिसाब तो; बस राम ही मालिक था। लोग उसे ही सबसे बढ़िया बताते थे। लेकिन वे अपने बेटे को उसी संस्थान में पढ़ाने का मंसूबा बाँध चुके थे। हालाँकि अनुकूल की माँ उसे अपनी आँखों से दूर करने के जरा भी पक्ष में नहीं थी, उल्टे विरुद्ध थी। उसका कहना था कि घर में रखकर चाहे डिप्टी-कलट्टरी की पढ़ाई पढ़ा लो पर बेटे को बाहर न भेजो। परदेश और मौत माँ को एकसमान लगते थे। अनुकूल की माँ को यह भी लगता था कि जिसका मुँह देखकर हम अब जीते हैं वह कब विमुख हो जाए, क्या पता! इस संदर्भ में वह एक कहावत और कहती थी कि रेल चढ़ा मरद और देहली लाँघी औरत की कौन परतीत? यह सब बातें अनुकल को तो तंग करती ही थीं, बावनराम को भी अव्यवस्थित कर देती थीं। उन्हें कहीं-न-कहीं लगता, क्या पता पारवती ही ठीक कहती हो। पर फिर सोचते थे—नाहीं...अनुकूल, अनुकूल है। वह ऐसा नहीं।

बावनराम को जब मौका मिलता तभी अनुकूल की माँ को समझाना शुरू कर देते थे—पारवती, तेरा बेटा गनेस का औतार है। नहीं तो हम लोगों में ऐसा कौन परताब रखा था जो इतना पढ़ जाता। माँ-बाप होने का हक ऐसा मत लाद कि वह अन्धी गली में ही फँसा रह जाए। इसे चला जाने दे। बाहर जाएगा तो दुनिया देखेगा। नई-नई पढ़ाई पढ़ेगा। यहाँ क्या रखा है। तेरे सामने ही आधी जिंदगी तो मैंने भट्टी के सामने बैठकर गला दी। उसी में तू अनुकूल को झोंकना चाहती है। तू इतना तो समझ, आदमी ऊसर धरती में भी खुरपी लगाता है तो कुछ-न-कुछ पैदा कर लेता है। तेरा अनुकूल तो वैसे भी समझदार है, जानवर नहीं कि हरे-भरे खेत में जाए तो उसे रौंदकर ही निकले। अम्बेदकर महाराज अपने ही बड़ों में थे...उस जमाने में विलायत पढ़ने गए जब बड़ों-बड़ों का जाना मुश्किल था। सात समन्दर पार। आखिर उनके माँ-बाप भी तो तेरे और हमारे जैसे ही माँ-बाप थे। उन्होंने उन्हें पढ़ने भेजा। तू अनुकूल को अपने देस में ही सरहद के उस पार नहीं जाने देना चाहती।

पारवती की और तो पार बसाती नहीं, बस रोना चालू कर देती—'दुनिया तो अपनी सन्तान को सहेजकर और सीने से लगाकर रखती है...ये बाप होकर घर से निकाले दे रहे हैं। जब तुम्हारी फैक्टरी में नौकरी लगी थी और गाँव छोड़कर आए थे तब तुम भी ऐसे ही सराहे गए थे...पर तुमने ही यहाँ आके क्या कर लिया जो अनुकूल वहाँ जाकर करेगा।'

बावनराम की तबीयत अपनी घरवाली के दुख से दुखी होती कि जिसने दुख-सुख में बराबर साथ दिया वह इस तरह दुखी हो रही है। केवल उसी की जिद के मारे चित्त डावाँडोल भी होता, पर अनुकूल उन्हें उसी 'क्लिफ-टॉप' पर खड़ा नजर आता। वे अपने-आपको समझाने लगते 'नहीं बावनराम, जी कच्चा मत होने दे। नहीं तो सब खेल बखेर हो जाएगा। अनुकूल यहाँ के लिए नहीं बना। इसको वहीं जाना चाहिए जहाँ इसकी जगह है। भगवान की इच्छा से जा रहा है। हम कौन हैं टाँग अड़ानेवाले...!'

बावनराम स्थिर मन हो जाते और फिर अपने को उसी दिशा में लगा देते।

अनुकूल की स्थिति अजीबोगरीब थी। वह अपने मामले में कोई भी निर्णय लेने की स्थिति में नहीं था। माँ की ममता को वह तेज और शीतल हवा के झोकों की तरह अन्दर तक महसूस करता था। पिता की संलग्नता भी गहराई के साथ उसके अंतर्मन में उतरी हुई थी। कहीं-न-कहीं वह पिता के निर्णय से निर्देशित होने की मानसिकता में आ चुका था। माँ की भावनात्मक उथल-पुथल भी उसे प्रभावित किए बिना नहीं रहती थी। आखिर वह क्या करे? अगर माँ की बात मानता है तो सदा-सदा के लिए वह उस फैक्टरी में ढकेल दिया जाएगा। सवेरे और शाम को बजनेवाला सायरन उसकी जिन्दगी का स्थायी नियामक बन जाएगा। माता-पिता का पूत बने रहकर जिन्दगी काटनी होगी। उसी दृष्टि से लोग देखेंगे। उसका अपना किसी तरह का कोई अस्तित्व नहीं रहेगा। यहीं आकर वह माँ के मनोभावों से द्रवित होने के बावजूद अपने को पिता के निर्णय से सम्बद्ध पाता था। फैक्टरी उसे सबसे अधिक भयावह लगती थी। रोती हुई माँ दुवक्ती बजनेवाला फैक्टरी का सायरन हो जाती थी—अपनी ओर बुलाता हुआ।

बावनराम अपनी फैक्टरी के इंजीनियरों से मशवरा करते घूमे थे कि वह कैसे अनुकूल को आई.आई.टी. में भर्ती कराएँ। वे उसी आई.आई.टी. में उसकी भर्ती चाहते थे जो उसके प्रदेश की सरहद के पार थी। चार-छः घंटे का सफर और अनुकूल के पास। अपने फोरमैन के माध्यम से वे एक नए-नए आए इंजीनियर से जा टकराए थे। उसने भी वहीं से बी.टेक. किया था। उसकी सूचना ने बावनराम को आह्लादित कर दिया। उसे लगा कि यह सब ईश्वर ने अनुकूल के लिए ही किया है। अगर ऐसा

न होता तो इसी साल यह छूट क्यों हुई होती? सरकार ने इसी साल अनुसूचित जाति के छात्रों को बिना किसी सामूहिक टेस्ट लिए दाखिल करने का निर्णय लिया था। यह सब दिल्ली से ही नियोजित होने की बात थी। उसी वक्त से बावनराम आश्वस्त हो गए थे कि अनुकूल वहाँ जगह पा जाएगा। उसका रास्ता देश-विदेश सब जगह के लिए खुल जाएगा। वे अपने बेटे को हवाई जहाजों पर उड़ते और कारों में घूमते देखने लगे थे। बावनराम को यह भी पता चल गया था कि इन महती संस्थाओं में इस वर्ष का दाखला इसलिए सहज होगा क्योंकि इसका अभी अधिक प्रचार नहीं हो सका है। किसी भी प्रभावशाली संसद सदस्य को पकड़ लेने से काम चल सकता है। अनुकूल के लिए इससे अच्छा अवसर बावनराम को दूसरा नजर नहीं आया। उस इंजीनियर ने उनको यह भी बता दिया था कि यदि इस बार चूक गए तो बेटे को आई.आई.टी. में दाखला दिलाने की बात दिल से निकाल दें। उसके लिए आयोजित होनेवाली संयुक्त परीक्षा में बड़े-बड़े सूरमा उलट जाते हैं। उनके फोरमैन ने हँसकर चिपकाया था कि बावनबाबू, यह काम ज्ञान-पथ पर चलकर नहीं होता। भक्ति-पथ अपनाओ। जा सको तो उसी पर टहलते चले जाओ, मकरन्द पा जाओगे।

इस बात पर सब हँसे पड़ते थे। अनुकूल थोड़ा असमंजस में पड़ गया था।

चूँकि बावनराम स्वयं एक छोटे-मोटे नेता थे और किसी-न-किसी रूप में अपनी बिरादरी के वोटों के पुरोधा कहे जाते थे, इसलिए उनकी पहुँच क्षेत्र के संसद-सदस्य तक थी। बावनराम के लिए उन्हीं के पास जाना आसान था। लेकिन उनके पास जाने से पहले बावनराम के रास्ते में कई खाइयाँ थीं जो लाँघी जानी शेष थीं। पत्नी को तैयार करना, बेटियों और दामादों की नाराजगी का सामना करना और...पैसे का प्रबन्ध। पत्नी का तो जो कहना था सो था ही। दामादों ने सख्त रुख अपना लिया था! आखिर अनुकूल में ही ऐसी क्या बात है कि सबकुछ उसी पर लुटा दिया जाएगा। क्या बाबू बाकी सब लोगों से अपना ब्यौहार खत्म कर देना चाहते हैं? न रिश्तेदारों से रिश्तेदारी और न ब्यौहारियों से ब्यौहार। अगर चाहते हैं तो कह दें। रहें अकेले। आगे का भी तो देखना है। कल को अनुकूल इंजीनियर हो गया तो क्या अपनी बेपढ़ी बहनों और बहनोइयों को घास डालेगा? हवा-ही-हवा में उड़ेगा। अभी बोलने-बतियाने में मुँह दुखता है। अगर उसे किसी काम का रखना है तो जितना पढ़ गया वही बहुत है। घर बसाएगा और काम से लगेगा तो माँ-बाप को भी कुछ आराम मिलेगा। सारी जिन्दगी हो गई हाड़ गलाते। माँ-बाप को बेटे से आराम न मिले तो लानत है ऐसी औलाद पर। सब हमको टोकते हैं कि इतने रिश्ते आ रहे हैं, तुम्हारे ससुर, बेटे का रिश्ता क्यों नहीं लेते। बताइए क्या जवाब दें? इंजीनियर बनाना है तो बाद में नहीं बन सकता क्या?

न तो बुढ़ापे में शादी होगी और न तब होगी जब वक्त हाथ से निकल जाएगा। अभी तक रामपरसाद चौधरी क्वारी बेटी को घर पर बैठाए तुम्हारी हाँ का इन्तजार कर रहे हैं। क्या पता कुछ समझ में आ ही जाए।

माँ इन सब बातों को सुनती जरूर पर जब मोरचा सँभालने का मौका आता तो अपने पति और बेटे की तरफ से ही बोलती—बातें तो सब अपनी जगह सही हैं पर यह तो बता दो कि इस धरती के ऊपर और आसमान के नीचे कौन-से ऐसे माँ-बाप हैं जो बेटा-बेटी की बढ़ोत्तरी नहीं चाहते। आजकल दीया-बत्ती का उजाला ना होवे, लिखाई-पढ़ाई का उजाला उजाला माना जावे। अनुकूल के बापू ने दुनिया देखी है। वे भी तो जो कर रहे हैं सोच-समझकर ही कर रहे हैं। वे भी तो घर से निकलकर ही आए थे। तभी तो आज सबके आगे थाली परसी दिखाई पड़े है। दस हाथ सलाम को उट्ठे हैं। अनुकूल भी अगर निकलकर चला जाएगा तो कुछ करके ही लौटेगा। हमारा अनुकूल औरों से अलग है। बस, मैं तो यूँ ही चाहूँ थी कि पढ़े तो जरूर पर घरों रह के पढ़े। परदेस तो परदेस ही होवे। किसी का नी होता। हमारी जिन्दगी ही कितनी बची। आँखों के सामने रहता तो अच्छा था। पर फिर भी उनकी मर्जी में ही हमारी मर्जी है।

दामाद सास से बड़ी तत्परता के साथ सहमत हो जाते थे। यही तो हम भी कह रहे थे माँ। घर पर रखकर चाहे जितना पढ़ा लो। नौकरी भी करे, पढ़े भी। जितना भार हम पर डालोगे हम भी हिस्सा बँटाएँगे। बाहर जाकर पढ़नेवाली बात समझ में नहीं आती। बाबू के पास जो कुछ बचा-खुचा है वह भी इसी में चला जाएगा। बाकी लोग क्या करेंगे? बिरादरी में नक्कू थोड़े ही बनना है। नाम निकल गया तो कोई ड्योढ़ी पर भी नहीं चढ़ेगा।

पारवती का काम यही रह गया था कि अनुकूल को लेकर जो भी बातें दिन-भर में सुनने को मिलतीं उन सबका ब्यौरा अपनी टिप्पणी के साथ बावनराम को देती। बावनराम के लिए जब असहनीय हो जाता था तो वे अपनी लकड़ी लेकर बाहर निकल जाते थे। तब तक टहलते रहते थे जब तक चित्त स्थिर नहीं होता था। यही समय होता जब वह अपने-आपसे घरेलू समस्याओं पर विचार-विनिमय करते थे। समझ में नहीं आता, लोग अनुकूल की सामर्थ्य और प्रतिभा को क्यों अनदेखा करना चाहते हैं! कितना प्रतिभाशाली लड़का है! उसमें कितनी सम्भावनाएँ हैं! शुरू से आखिर तक अच्छे नम्बरों से पास हुआ है। हाईस्कूल में भी फर्स्ट डिविजन कुछ ही नम्बरों से रह गई। गाल तो सब बजाते हैं, कोई है सारी बिरादरी में जो आठवीं भी लाँघ पाया हो। छठी तक पहुँचते-पहुँचते साँस टूट गई। जब अनुकूल बड़ा आदमी बन जाएगा, मोटरों और हवाई जहाजों पर चलने लगेगा तो लोग कहेंगे कि हमने तो तभी उसकी सामर्थ्य को पहचान लिया था। होनहार का चेहरा देखने की जरूरत थोड़ी ही पड़ती है, पाँवों से ही पहचान में आ जाता है। उन्हें लगता है कि वह अत्यधिक साधारण और

भविष्यहीन बच्चा है। अपने साथ भी यही सब हुआ था। अगर फैक्टरी में न आ गए होते तो वही खानदानी काम करते और ऊँची जात के लोगों की दुर-दुर पर-पर सुनते। यहाँ आ गए तो सुपरवाइजरी तक पहुँच गए। देखता हूँ कैसे ये लोग उसे आगे बढ़ने में रोकते हैं। चाहे सबकुछ बिक जाय पर लड़के को मंजिल तक पहुँचाकर मानूँगा। मर भी गया तो भी इतना इन्तजाम कर जाऊँगा कि अनुकूल को पढ़ाई में दिक्कत न हो। वैसे मैं इस तरह अध-बीच में छोड़कर मरनेवाला नहीं। ईश्वर ने अपनी ही सन्तान का पिता बनाकर उसे मेरे संरक्षण में दिया है। इसकी जगह किसी और को भी तो पैदा कर सकता था। पर नहीं, उसने उसे मेरे घर में ही पैदा किया। कुछ सोचकर ही किया होगा।

इतना सब सोचने के बाद और अनुकूल के साथ जो कुछ हो रहा था, उस सबको ईश्वर की कृपा मानकर सामान्य हो जाते थे।

घर पहुँचकर घरवाली से जब दामादों की बातों को सुनते थे तो बावनराम उससे अव्यवस्थित नहीं होते और न उनके इरादे में कोई परिवर्तन आता। न वे लकड़ी उठाकर ही फिर से बाहर निकलते, बल्कि अपने दामादों को ताबड़-तोड़ गालियाँ देना आरम्भ कर देते–साले जलते हैं। उन्हें लगता होगा कि यह जो प्राविडेंट-फंड का रुपया बुड्ढे को मिला है कहीं सारा-का-सारा अनुकूल की पढ़ाई पर ही खर्च न कर दे। इन नाख्वान्दाओं को नौकरी दिलवा दी, यह क्या कुछ कम है। पल्ली ढोते घूमते। बदजात कहीं के। नौकरी इसलिए दिलवाई थी जिससे अनुकूल के सुख पर नजर न डालें। अनुकूल की माँ ने उन्हें ऐसी बातें करने से बरजा–ऐसी बातें मुँह से न निकालो, दामाद का मामला है। यह लोहे का बर्तन नहीं, लालटेन में लगी काँच की चिमनी है। जरा-सा बाल पड़ा और लौ भभकी। दुनिया देखेगी सो अलग। बावनराम किसी तरह ठंडे पड़ते। लेकिन उनकी बुड़बुड़ाहट काफी देर तक चलती रहती। मन अनुकूल के भविष्य को लेकर एकाएक शंकित होने लगता। जब अपने ही रोक लगा रहे हैं तो भाग्य का क्या पता, कब पलट जाए। वे प्रार्थनालीन हो जाते–हे प्रभो, यदि कोई संकट आना है तो तू उसे मेरे नाम लिख दे। उन्हें अफसोस होता है कि यह उन्हीं की वजह से हुआ। सारे रिश्तेदारों से सलाह-मशवरा करने की जरूरत ही क्या थी। जो करना था कर क्यों नहीं डाला।

उन्होंने अनुकूल को लेकर दिल्ली जाने का फैसला कर लिया और वे उसी दिन रवाना हो गए।

बावनराम का अक्सर दिल्ली जाना होता था। ज्यादातर पुरानी दिल्ली से ही लौट जाते थे। नई दिल्ली यानी दक्षिणी दिल्ली की तरफ एक-आध बार ही आए थे। दिल्ली

के स्टेशन पर उतरते ही अनुकूल को झुरझुरी-सी आ गई। स्टेशन जैसा स्टेशन! ऐसा स्टेशन तो उसने पहले देखा ही नहीं था। जहाँ तक नजर जाती थी, बिछा पड़ा था। वह चारों तरफ आँख फाड़-फाड़कर देखता रहा। कई गोरे साहब और मेमें भी उसे स्टेशन पर नजर आए। उनमें से कुछ अधनंगे-से थे। उसने सुना था कि हिंदुस्तान आजाद हो गया। गोरे चले गए। पीठ पर बुगचा लादे गोरे उसे आश्चर्य में डाल रहे थे। उसे शक होने लगा—देश आजाद हुआ भी या नहीं। या लोग यूँ ही कहते हैं! इतनी मेमें, इतने साहब सुना है गुलामी के दिनों में हुआ करते थे। उन्हें यह छूट थी कि वे सटकर चलें...या इस प्रकार के अन्य व्यवहारों का खुला प्रदर्शन करें! कुछ साहब लोगों के रंग-बिरंगे बक्सों में पहिए लगे थे और वे उन्हें लुढ़काकर ले जा रहे थे। हिन्दुस्तानियों के छोटे-छोटे बक्से भी कुली सिर पर उठाकर चल रहे थे। इस बात से उसे लगा कि हम अभी भी गोरों से ज्यादा अमीर हैं। फिर उसे कुलियों का ध्यान आया। उसने मन-ही-मन सोचा, हो सकता है कुली वैसे हिन्दुस्तानी न हों। इस बात ने उसे अनजानी-सी खुशी दी। कुछ हिन्दुस्तानी हैं जो गोरों से भी ज्यादा अमीर हैं। उनके पास दो ही थैले थे। बड़ावाला थैला उसने पीठ पर लादा हुआ था। छोटा बाबू लिए थे। उसमें एक जोड़ी कपड़े और तौलिया वगैरह थे। बड़े में ओढ़-बिछाकर लोट रहने के लिए एक-आध चादर और बाबू के हजामत का टूटा-फूटा डिब्बा और छोटी-मोटी चीजें थीं। उसकी नजर में हिन्दुस्तान एकाएक गरीब देश हो गया। इस बार का उसका एहसास पहलेवाले एहसास से बिल्कुल विपरीत था।

रात जब वह बाबू के साथ गाड़ी पर सवार हुआ तो उसका डिब्बा अंग्रेजी में लिखे ए. सी.सी. वाले डिब्बे के पास ही था। डिब्बे की खिड़कियों पर शीशे जड़े थे और अन्दर अँधेरा था। दरवाजे पर खाकी कपड़ोंवाला एक आदमी था जिससे हर अन्दर जानेवाला आदमी बात करता था। वह आदमी बड़े अदब के साथ उसे अँधेरे डिब्बे में ले जाकर अन्दर छोड़ आता था। अनुकूल को असुविधा हो रही थी कि अँधेरे में ये लोग क्यों रह जाते हैं? जो लोग बीच-बीच में बाहर आते थे उन्हें देखकर उसका साहस बँधता था कि वे लोग अँधेरे में भी वैसे-के-वैसे ही हैं। उनके चेहरे-मोहरे बड़े सज-धजवाले और दिप-दिप करते थे। फैक्टरी तक में ऐसा चेहरे-मोहरेवाला उसे एक भी नहीं दीखा था। बच्चेवाली औरतें तक तरोताजा थीं। बच्चे तो तरोताजा थे ही।

सवेरे जब वे लोग अपने डिब्बे से उतरे तो उसे और भी आश्चर्य हुआ। एकदम धुले-पुँछे! जैसे रात-भर उसी तरह तस्वीर जड़े-से बैठे रहे हों! सोने या लेटने की उन्हें

जरूरत ही न पड़ी हो! बच्चों तक की आँखों में कीचड़ नहीं थी, जबकि उसके गालों पर सूखे हुए लुआब की लकीर थी। एक आँख में आखे के फूल के तिल जितनी सूखी कीचड़ चिपकी थी। उसने वह उखाड़कर फेंक दी। वह सोया तो दोनों आँखों से ही था। एक ही आँख में कीचड़ क्यों आई? वे भी तो गाड़ी में चले। उनके नहीं आई, तुम्हारे आई। अपने इस सोच ने उसे चमत्कृत कर दिया।

एक महिला सामान उठाने के लिए कुली को पुकार रही थी। उसके साथ छोटा बच्चा था। वह तरह-तरह के सवाल पूछकर उसे तंग कर रहा था।

"कुली क्या होता है मम्मी?"

बावनराम ने सुना तो हँसकर बोले, "यह बच्चा कुली भी नहीं जानता!"

उसका ध्यान औरत की बात पर चला गया। वह उसे बता रही थी, "कुली लाल कपड़े पहने स्टेशन का एक मजदूर होता है...सामान बाहर ले जाता है और अन्दर लाता है।"

"लाल कपड़े तो वो अंकल भी पहने हैं।" एक सज्जन लाल कोट पहने खड़े थे। वे भी उसी डिब्बे से उतरे थे।

औरत ने होंठों पर उँगली रखकर कहा, "हिस्ट...ऐसी बात नहीं कहते।"

"क्यों? कुली क्या गाली होती है?"

"हाँऽ!"

"कुली गाली कैसे हुई...सामान ले जाना गाली है?"

उसकी माँ नाराज हो गई और बच्चे को डपट दिया, "बोले चला जा रहा है, चुप नहीं रह सकता। पता नहीं कुली कहाँ मर गए...इतना सामान कैसे ले जाऊँगी?"

थोड़ी देर में एक कुली आया। बावनराम ने उससे कहा, "जाओ भैया, उन मेम साहब का सामान ले जाओ। उनके साथ बच्चा है..."

वह बोला, "मेम साहब लोग पैसा देने में बहुत खिचखिच करती हैं।"

"तय कर लो...हमने भी शुरू में कुछ दिन कुली का काम किया है। बच्चे और औरतें अकेली हों तो उनका ध्यान रखना चाहिए। जाओ, ले जाओ।"

अनुकूल थोड़ा चकराया। उसने बाबू की तरफ देखा।

बावनराम हँस दिए, "लाल कुर्तीवाले कुली नहीं, दिहाड़े कुली। गाँव से चले आने पर जब तक फैक्टरी में काम मिला तब तक तो पेट भरना ही था। काम करके भरने में कोई हर्ज नहीं होता। कोई भी काम क्यों न हो। बस स्टैंड से स्टेशन तक सामान ढोते थे। तब स्टेशन के अन्दर नम्बरवाले कुली ही आ-जा सकते थे। अब जैसा जमाना नहीं था। दो आने से चार आने तक मिलते थे।"

बालक और उस औरत को देखकर अनुकूल पहले से स्तंभित था। वह पतलून पहने थी। उसकी बाँहें नंगी थीं। छाती नंगी ही-सी थी। बारीक कपड़े से ढके फलों

जैसी ही लग रही थी। वह नंगी बाँहोंवाली औरत और बच्चा दोनों अलग-अलग उसे अच्छे लग रहे थे। बच्चा अपने बच्चेपन के कारण अच्छा लग रहा था, लेकिन महिला...हम लोगों के घरों की औरतें ऐसी क्यों नहीं होतीं? फिर अपने आप ही बुदबुदाया—शायद हो नहीं सकतीं। लेकिन इस सबके बावजूद बाबू की बात ने उसे अचम्भे के दूसरे ध्रुव पर पहुँचा दिया था। वह बाबू की कुलीगीरी के जमाने की कल्पना करने लगा। बहुत चाहा कि बाबू की जवानीवाली शक्ल के साथ कुलीगीरी की बात को जोड़े पर उसे बार-बार वही शक्ल याद आती थी जो उसने होश सँभालने के बाद से देखी थी। उस शक्ल के साथ कुलीगीरी की बात को जोड़कर देखने पर वह अपने को उलट-पुलट होता हुआ अनुभव करने लगता था।

बावनराम ने अपने आप ही कहा, "चलो, चलें!" दोनों चल दिए। बाबू की आँखें कीचड़ से सनी थीं। अपने पिता को लेकर शुचिता की जो तस्वीर अनुकूल ने अपने मन में बना रखी थी वह आहत-सी होती हुई महसूस हुई। उस बिन्दु पर वे लोग भी आने लगे जो ए.सी.सी. के डिब्बे से धुले-पुँछे निकले थे। उनमें बूढ़े भी थे। अनुकूल ने उन्हें जबरदस्ती रोका। उसने सोचना शुरू किया, जिस स्तर से बाबू उठे हैं उसे देखते हुए बाबू जितनी सफाई कोई रख सकता है? बाबू के कपड़ों पर न कभी दाग देखा और न सलवट। एक जोड़ा चाहे चार दिन तक क्यों न पहना हो पर बाबू ने जस का तस रखा और उतार दिया। पर बाबू के मन में जरूर हर समय एक सलवट रहती है...हम छोटे हैं, हम दलित हैं...और...और...अस्पृश्य हैं। लेकिन क्यों?

आखिरी शब्द उसके मुँह से फिसल गया। लगता है बावनराम ने उसे सुन लिया था। बावनराम एकाएक बोले, "भैया, यह दिल्ली जो है न, शहर से ज्यादा एक अजायबघर है। यहाँ हर तरह का और हर मुल्क का आदमी मिलेगा। बस अपनी आँखें सीधी और खुली रखकर चलते चले जाओ, ठिकाने पहुँच जाओगे। जरा नजर इधर-उधर की कि बस रफ्तार ने लपेटे में लिया। फिर पता नहीं कहाँ-के-कहाँ जाकर गिरोगे। गिरोगे भी या नहीं...या ऊपर-ही-ऊपर तैरते रहोगे।" कहकर अपने आप ही हँस दिए। फिर बोले, "तरह-तरह की भटकानेवाली शक्लें मिलेंगी। यही समझोगे कि यह सब धोखा है तो बचोगे, नहीं तो क्या जाने क्या हो!"

अनुकूल समझ गया था कि बाबू कहाँ बोल गए। उसे इस बात का ध्यान रखना चाहिए था। उस औरत की तरफ उसे इस तरह नहीं देखना चाहिए था। उसे लेना ही क्या था। वह तो उसके कपड़ों की अजीबियत की वजह से नजर चली गई। इस तरह के कपड़े पहने उसने कभी पहले किसी औरत को नहीं देखा।

...बच्चा भी बहुत ही प्यारा था। वह कैसी-कैसी प्यारी बातें कर रहा था!

"नानाजी क्यों नहीं आए?"

"पापा ने कहा था न कि अगर नाना न आएँ तो स्टेशन पर रुक जाना, दिन

निकल आने पर घर जाना।''

''हम घर कैसे पहुँचेंगे, मम्मी?'' वही सवाल-पर-सवाल किए जा रहा था।

माँ समझा रही थी, ''चिट्ठी नहीं मिली होगी...। नहीं आए तो क्या हुआ, टैक्सी से चलेंगे!''

सब बातें उसके कानों में गूँज रही थीं। टैक्सी क्या होती है...? अनुकूल सोचने लगा।

बावनराम सीढ़ियाँ उतर रहे थे।

अनुकूल ने पूछा, ''बाबू, कहाँ चलना है?''

''चौधरी साहब के बँगले...साउथ ऐवन्यू। जब भी चौधरी साहब आते हैं तो बहुत-बहुत इसरार करते हैं कि बावनराम भैया, जब दिल्ली आओ तो सीधे साउथ ऐवन्यू ही आना। अपना ही घर समझना। इधर-उधर मारे फिरोगे तो हमें तकलीफ होगी। दिल्ली तो आदमियों का जंगल है...वहाँ जब भी कभी बसेरा करो तो ऐसे दरख्त के नीचे करो जो जाना-पहचाना हो और जिसके मुँह खून न लगा हो। कभी-कभी यहाँ के दरख्त भी आदमखोर होते हैं...! बेचारे बहुत मानते हैं। ऐसा कभी नहीं होता कि मिलने जाऊँ और खड़े होकर हाथों-हाथ न लें। बड़े आदमी तो सब हो जाते हैं पर भला होना मुश्किल है। न सही अपने वर्ग के, पिछड़े वर्ग के तो हैं ही। कम ही सही, पर चुभन तो महसूस करते ही हैं।''

आखिरी वाक्य अनुकूल को ठीक नहीं लगा। आखिर बाबू हर बात में यही बात क्यों ले आते हैं? इससे क्या फर्क पड़ता है, कौन क्या है? सम्बन्ध हो तो चलो नहीं तो कहीं और ठिकाना खोजो। पर वह यह सोचकर खामोश रहा कि बाबू के सामने कुछ भी बोलना गुस्ताखी होगी। उसके मुँह से एकाएक यही निकल पड़ा, ''अगर न हुए तो...?''

''कोई तो होगा।''

बावनराम के इस जवाब ने अनुकूल को थोड़ा परेशान कर दिया। मालिक हो न हो पर हम अगले के दर पर बिस्तर जरूर जमा देंगे! यह भी कोई बात हुई? बड़े आदमी हैं। नौकर-चाकर ने ही कह दिया कि उठाओ अपना डोरी-डंडा...हो जाओ लम्बे यहाँ से, तो क्या करेंगे? यह बात बाबू की समझ में क्यों नहीं आती? लेकिन कहने से क्या लाभ! जो बाबू ने तय कर लिया, वही करेंगे।

प्लेटफार्म के बाहर आए तो अनुकूल की आँखें फैली-की-फैली रह गईं। इतनी मोटरें और इतने तिपहिये! एक तरफ मार मुलक्की रिक्शाएँ खड़ी थीं। उसकी समझ में नहीं आ रहा था कि दिल्ली में आदमी रहते हैं या ये मोटरें, तिपहिये और रिक्शाएँ?

आदमी रहते भी होंगे तो कहाँ रहते होंगे? यहाँ तो निकलने तक की जगह नहीं। बाबू आगे-आगे भीड़ में साँपहिया चाल से निकलते चले जा रहे थे। उनकी इस होशियारी के लिए उसका मन प्रशंसा से भर गया। स्टेशन से बाहर निकलकर खुली सड़क थी। इस समय वहाँ सन्नाटा था।

अनुकूल ने हिम्मत करके पूछा, ''पैदल चलेंगे?''

बावनराम हँस दिए, ''साउथ ऐवन्यू क्या यहाँ रखा है...।'' थोड़ा रुककर बोले, ''देखते हैं अगर बस मिल गई तो उसी से निकल चलेंगे। नहीं तो तिपहिया लेना पड़ेगा।''

दूर ढलान पर एक बस दिखाई पड़ी। बावनराम तेज चलने लगे। अनुकूल ने कदम बढ़ाए पर वह बीच-बीच में छूट जाता रहा। हर बार उसे झपटकर उन्हें पकड़ना पड़ता था। बाबू ऐसे चल रहे हैं जैसे वे अकेले ही हों। लगता है, बाबू दिल्ली में चलने का गुर सीख गए हैं। रास्ते में स्कूटरवाले, रिक्शावाले भी पूछा-पाछी कर रहे थे—कहाँ जाना है बूढ़े बाबा?

बूढ़े बाबा ऐसे बने थे जैसे बूढ़े बाबा सुनते ही न हों।

एक ने रोकते हुए पूछा, ''बताओ तो बाबा, कहाँ जाना है?''

बाबा पलटकर बोले, ''ऐसा तो कोई कानून नहीं बना, स्टेशन से निकलकर आपको बताएँ कि हमें कहाँ जाना है।''

दूसरा बोला, ''यार, छोड़, क्यों पीछे पड़ा है...तुझे दिखाई नहीं पड़ रहा कि तेरे सोलह हजार के स्कूटर में न बैठकर बुड्ढा ढाई लाख की बस में बैठेगा? इतने दिन से स्कूटर चला रहा है, इतनी अक्ल नहीं आई कि देखकर समझ ले कि स्कूटर में बैठनेवाला मानस है या बस पर चढ़नेवाला...। हर एक को स्कूटर पर बैठाने लगेगा तो खाएगा क्या?''

अनुकूल को उसकी बात बुरी लगी। लेकिन बावनराम उस सबसे बेपरवाह थे।

बावनराम ने बस के पास पहुँचकर ही साँस दी। एक आदमी से पूछा तो पता चला कि वह बस उधर ही जा रही है। बावनराम बोले, ''बस, काम बन गया। नहीं तो स्कूटरवाले को झऊआ-भर पैसे देने पड़ते। यह भी क्या पता, साला कहाँ से घुमाकर ले जाए और कहाँ पहुँचा दे!''

वह जल्दी से बस पर चढ़ गए। छूटने में दस मिनट थे। दोनों अन्दर जाकर बैठ गए। बावनराम को एकाएक लगा, कहीं किसी ने झूठ ही न कह दिया हो। वे उठे और अनुकूल से बोले, ''जगह देखना, मैं अभी आया।''

बाहर जाकर फिर तहकीकात की, ''यह बस साउथ ऐवन्यू ही तो जा रही है न?''

जिस आदमी से पूछा था, वह बोला, ''बस-कंडक्टर उधर गया है, उसी से जाकर पूछिए।'' और टरक गया।

वे कंडक्टर के पास गए। कंडक्टर ने बिना पूरी बात सुने उचार दिया, ''उधर ही चलिए, अभी वहीं आते हैं।'' फिर बड़बड़ाया, ''सबेरे-सबेरे का बखत...आ गए, बस कहाँ जाती है!''

बावनराम लौटकर दरवाजे पर खड़े हो गए।

एक आदमी एक बक्सा लिए आया तो बावनराम ने पूछा, ''क्यों साहब, यह बस साउथ ऐवन्यू ही जाएगी न?''

''पता नहीं, मुझे तो पंचकुइया रोड के चौराहे तक जाना है।''

वे तिपहियावालों के बारे में सोचते जा रहे थे। सुना है, बड़े जालिम होते हैं। उसमें बैठते ही दिल में खट-खट शुरू हो जाती है। आदमी सवारी चढ़ता है, सवारी उस पर चढ़ जाती है। पहिये सवारी के नीचे रहते हैं, और सवारी पहियों के नीचे लिथड़ते-लिथड़ते लहूलुहान हो जाती है। बस हो तो आदमी बैठा रहे। दिल में खट-खट नहीं होती जाती। बाहर चाहे जितनी होती रहे पर अन्दर सन्नाटा। नया आदमी तो और भी...घिसटता है। लेकिन जाएगी भी या नहीं? चली गई हवाई अड्डे तो वहाँ से कैसे लौटा जाएगा?

इस बीच कई लोग बस में चढ़ गए थे। सब जाकर अनुकूल के पास ठिठका मारते थे।

''कोई बैठा है?''

अनुकूल गर्दन हिलाकर हाँ कह देता था। आखिर अनुकूल को पुकारना पड़ा, ''बाबू, आओ। सीट घिर जाएगी।''

उसके पुकारने पर लोग उसकी तरफ देखने लगे। उसे लगा, शायद उससे गलती हो गई। दिल्ली में इस तरह पुकारने का चलन नहीं। अनुकूल ने उन लोगों की तरफ देखा ही नहीं। वह पीछे ही देखता रहा।

बावनराम वहीं से बोले, ''पता तो लगा लूँ, साउथ ऐवन्यू जाती है या नहीं।''

अनुकूल बोला, ''तो मैं भी नीचे आ जाऊँ?''

आगे बैठा एक आदमी तपाक से बोला, ''जाएगी, जाएगी।'' फिर वह आदमी उठकर हँसता हुआ बावनराम के पास दरवाजे पर पहुँचा, ''आप आकर बैठ जाइए। लड़का अकेला घबरा रहा है। बस तो हौजखास तक जाएगी...साउथ ऐवन्यू रास्ते में पड़ेगा। यह बस स्टेशन से उस दिशा में जानेवाले मुसाफिरों के लिए ही चलाई गई है। अगर आप इंक्वारी से भी पूछते तो बता देते। बताने में किसी का कुछ नहीं जाता...''

इस बात से बावनराम को काफी सकून मिला। दुनिया में भले आदमी भी होते

हैं। उस आदमी से बोले, "देखिए साहब, एक आप हैं जो बताने के लिए अपनी सीट से उठकर आए...वो कंडक्टर खड़ा है, उससे पूछने गए तो बोला–जाइए, वहीं आते हैं। बाहरी आदमी को क्या पता कौन-सी बस कहाँ जाती है। इतना ही कह देते कि साउथ ऐवन्यू जाएगी तो हम यहाँ ऊँट की तरह गर्दन उठाए तो न खड़े रहते। जाकर आराम से बैठते।"

बावनराम अभी बहुत सहज हो गए थे। उनके माथे का तनाव ढल गया था। वह आदमी वहीं खड़ा-खड़ा बतियाने लगा, "किसी एम.पी.सैम.पी. के यहाँ जाना है?"

"जी।" बावनराम ने छोटा-सा उत्तर दे दिया।

"किसके यहाँ?"

"एक सौ उन्चास में रहते हैं।"

"जहाँ बस रुकेगी, उससे बस थोड़ा ही दाईं तरफ चलना पड़ेगा...वहीं एक सौ उन्चास है। लेकिन सा'ब, आजकल के ये एम.पी. भी बस-कंडक्टरों से कम नहीं हैं। बात का सीधा जवाब नहीं देंगे। आपको उतरना कहीं है, पहुँचा कहीं और देंगे। आप कुछ कहेंगे तो फिर आपको दुगना दौड़ा देंगे। पता चला कि साउथ ऐवन्यू की जगह आप 'किंग्सवे-कैम्प' पहुँच गए। टालू मिक्सचर तो गैलनों बना रखा रहता है। जो गया उसे ही पिला दिया। बिना पैसे बातों-ही-बातों में पिला देंगे। पीनेवाले को पता तक नहीं चलेगा। सीधा-साधा हुआ तो कम पोटेन्सी के मिक्सचर से ही काम चला देते हैं। घाघ के लिए जरा तगड़ा चाहिए। एक-आध बार फोना-फानी भी करनी पड़ती है। कभी-कभी मिनिस्टर या सेक्रेटरी का कमरा भी दिखाना पड़ जाता है..." वह जोर से हँस दिया। बावनराम को भी उसकी बातें अच्छी लगीं। मन-ही-मन इतना जरूर सोचा कि ये सब बातें कम-से-कम चौधरी साहब पर लागू नहीं होतीं।

इतने में कंडक्टर ने पुर्र-से सीटी बजा दी। वे सज्जन भी आगे अपनी सीट पर जा बैठे। बावनराम ने जूते निकालकर, अगली सीट के नीचे तक पाँव फैलाकर, जोर की जँभाई ली। अनुकूल ने उनकी तरफ देखा। उनका मुँह काफी देर तक खुला रहा था और फिर आँखों में पानी आ गया था। उसे लगा, उनकी आँख की कीचड़ अब गीली हो गई होगी।

कंडक्टर खिड़की से गर्दन निकालकर चिल्लाया, "ओरे भाई खजानसिंह...बैट्ठाई रैगा क्या...यो गड्डी ना चलने की?"

खजानसिंह ड्राइवरवाली खिड़की से चढ़कर आ गया और ताव में बोला, "यार, तू आदमी है अक पज्जाम्मा। जब तू बात्तों में लगा रा तब तो कुछ नीं था। दूसरे को पलक मारने-भर की भी देर-सबेर होज्जा तो लग्या कुड़कुड़ाने। भाई, ऐसा मतलबी होना किस काम का?" उसने झट से चाबी घुमा दी। गाड़ी जोर से धड़धड़ाने लगी और धुआँ छोड़ने लगी।

बावनराम ने कंडक्टर से भी पूछा, ''साउथ ऐवन्यू तो जाएगी न कंडक्टर सा'ब?''

''अरे बाब्बा? तू तो रजिस्ट्री करवावन लग रिया...कह नी दिया था कि जा गाड़ी में जा के बैठ जा। थ्थउँई कह देत्ता क्या, भले मानस। ला निकाल पैसे।''

बावनराम का चेहरा खुशी से फूल आया। उन्होंने फटाफट एक रुपया निकाला और पकड़ा दिया, ''दो टिकट!'' वह दो टिकट और बीस पैसे देकर आगे बढ़ गया। बावनराम मजे में पीठ टिकाकर बैठ गए।

अनुकूल खिड़की की तरफ था। जब गाड़ी मुड़ती थी तो उसे लगता था कि बस गाड़ी उलटी। वह अगली सीट को कसकर पकड़ लेता था। सामान्य चाल पर आते ही वह थोड़ा-थोड़ा निश्चिन्त होने लगता था। खिड़की से अपनी दाईं तरफ के भवन देखना शुरू कर देता था। सवेरे का वक्त था। जैसे-जैसे रोशनी बढ़ रही थी...वे भवन झुटपुटे से उभरकर ऊपर आ रहे थे। अँधेरे की पर्तें मैल की बत्तियों की तरह एक-एक करके उतर रही थीं। धीरे-धीरे उसे साफ, धुली-पुछी-सी बिल्डिंगें मिलने लगीं। उसे लगा, आगे-आगे कोई धोता-पोंछता चला जा रहा है। वह बीच-बीच में बावनराम से बतियाता भी जा रहा था। उसकी आवाज में उत्साह और आश्चर्य दोनों समान मात्रा में थे। कभी-कभी सन्तुलन गड़बड़ा जाता था। जब उत्साह ज्यादा हो जाता था तो आवाज में तेजी आ जाती थी। आश्चर्य के बढ़ जाने पर वही आवाज रुक-रुककर आने लगती थी।

''देखो बाबू, यह बिल्डिंग कितनी ऊँची है...यहाँ की सड़कें कितनी चिकनी हैं!''

बावनराम या तो ऊँघते होते थे या फिर सोचते। वे यही कहते, ''दिल्ली जो ठहरी, यहाँ के लोगों से बिल्डिंग बड़ी और लोग बिल्डिंग से बड़े। पहले देखो, फिर कहना।'' और हँस देते।

संसद भवन बावनराम ने पहले से देखा हुआ था। उसके सामने से गुजरते हुए वे चौकस होकर बैठ गए। अपने आप ही बोले, ''यह संसद भवन है, भैया। पंडिज्जी के हमने यहीं दर्सन किए थे! वो हिन्दुस्तानी नहीं थे...एकदम अंग्रेज़! अंग्रेज ही नहीं, अंग्रेजों के भी अंग्रेज! समझे? हमने गांधीजी के भी दर्शन किए। वो पूरमपूर हिन्दुस्तानी थे। गांधीजी को देखकर अपने काका की याद आती थी। बिल्कुल, उन्हें उठा दो और गांधीजी को बैठा दो।'' बावनराम एकाएक वहाँ से दूर चले गए... गांधीजी के पास या काका के पास...यह अनुकूल नहीं समझ पाया। थोड़ी देर बाद लौटे तो बोले, ''अब यहीं अपने चौधरी साहब भी बैठते हैं।''

अनुकूल इस अंडे जैसी गोल इमारत को अपनी इतिहास और भूगोल की पुस्तकों में देख चुका था। तस्वीर देखकर उसने यह बिल्कुल नहीं समझा था कि संसद भवन इतना बड़ा होगा और उसके खम्भे भी इतने बड़े-बड़े होंगे। उसने कान पर हाथ रख लिए। दुनिया में क्या-क्या इमारतें हैं! इमारतों से ही ये लोग अमर हो जाते हैं।

"अंग्रेज भी इसी भवन में बैठते थे क्या बाबू?"

"और नहीं तो क्या...जहाँ हमारे मंत्री, प्रधानमंत्री वगैरह बैठते हैं...वे सब इमारतें अंग्रेजों से बनाकर दी हैं।"

"इन्हें बुरा नहीं लगता?"

"बुरा क्या लगना...वे भी राजा, ये भी राजा! वे गोरे थे, ये अपने लोगों में से हैं।"

"अब देश आजाद है।"

बावनराम उसकी बात पर हँस दिए, "तू कहता है तो सही ही होगा...हम तो इतने पढ़े-लिखे हैं नहीं।"

क्लिच करके जबरदस्त झटके के साथ बस मुड़ गई। बाप बेटे के ऊपर जा गिरा। चूँकि दोनों ही मजबूती के लिए अगली सीटें पकड़े बैठे थे, इसलिए चोट-चपेट से दोनों बच गए। बावनराम को थोड़ा गुस्सा जरूर आया...भला कैसे चलाते हैं! चाहे कोई उलटे या मरे, इनकी बला से। उन्होंने अपने हाथ-पैर सब बारी-बारी से घुमाकर देखे। सब सही-सलामत थे। अनुकूल पहले ही की तरह बाहर की तरफ देख रहा था। वह भूल गया था कि कहीं कुछ हुआ भी या नहीं।

साउथ ऐवन्यू की पूरी-की-पूरी सड़क खाली और निचाट थी। हालाँकि खालीपन का कोई आकार नहीं होता, लेकिन प्रभाव ठसाठस भरे से कहीं ज्यादा और गहरा होता है। उस पूरी सड़क का खालीपन बस पर हावी हो गया था। दूसरे छोर पर बुझे चूल्हों की तरह ठंडी टैक्सियाँ खड़ी थीं। उन पर लिखा देखकर ही अनुकूल को पहली बार पता चला था कि ऐसी गाड़ियों को ही टैक्सी कहते हैं। एक आदमी को फ्लैट से निकलकर आते देखकर अनुकूल को लगा कि उस सन्नाटे से लथपथ जड़ सड़क को उस अकेले आदमी ने चलना सिखा दिया। चलना ही नहीं सिखाया बल्कि स्तब्धता के उस सम्पूर्ण सन्तुलन को बिगाड़ दिया। सच पूछिए तो इस बात का सही पता ही उस आदमी के चलने से लगा कि वह सड़क है। बस में बैठे सड़क का सड़क होना पता नहीं चल रहा था।

जहाँ बस रुकी और वे लोग उतरे उस स्थान से चौधरी साहब का क्वार्टर बहुत ही नजदीक था, लेकिन बावनराम को तलाश करने में कुछ देर लगी थी। भवन-ही-भवन हों और बतानेवाला कोई न हो तो पता कौन बताए! अनुकूल उन भवनों और सड़कों को ही निहारता रहा। चौराहे पर एक स्तम्भ था। उसके चारों ओर तीन मूर्तियाँ थीं। बल्लम से लैस। उसे लगा कि पहले लोग डरते बहुत थे। आदमी नहीं मिले तो हाथों में बल्लम लिए मूर्तियों की फौज ही खड़ी कर दी! उसके बाद तोपें। उनमें से दो मूर्तियाँ साफ दिखाई दे रहीं थीं। आकार उतना साफ नहीं था। मूर्तियों के उस पार

चहारदीवारी से घिरा एक हाता था। उसे लगा, सम्पूर्ण सड़क उसी हाते में जाकर लोप हो जाती है। यहीं शायद दिल्ली का अन्त है। वह सोचने लगा, जो हाता रास्ते को लील जाए वो कितना जबर होगा! उसे मिसमिसी-सी आई। कम्बख्त राह रोके है। अगर वहाँ अपनी बस्ती में ऐसा हुआ होता तो यह हाता कितना भी बड़ा क्यों न हुआ होता, लोगों ने एक-एक ईंट निकालकर मैदान बना दिया होता। बच्चे तो खासतौर से न मानते। बच्चों को रुकावटें बहुत परेशान करती हैं। बड़े होकर चाहे जो हो पर बचपन में इस तरह की बातें बर्दाश्त नहीं होतीं।

बावनराम आए तो वह उन्हीं बातों में खोया हुआ था। उनके आने का अनुकूल को तब पता चला जब वे बराबर में आकर खड़े हो गए। उसने उनसे पहला सवाल यही किया, "क्या यह सड़क इस घेर में ही खत्म हो जाती है? इससे आगे दिल्ली नहीं है, क्या बाबू!"

बावनराम को न जाने क्यों अपने बेटे की बात से बहुत खुशी हुई। क्या सवाल पूछा है! वे बोले, "दिल्ली इससे बहुत बड़ी है। इतनी बड़ी कि अन्दाज लगाना भी मुश्किल है। यह घेर नहीं...यह पंडिज्जी का मकान है। चौधरी साहब हमेशा यही कहते हैं कि हमारा क्वार्टर पंडिज्जी के मकान और उन मूर्तियों से मिला हुआ है। पंडिज्जी से बड़ा कोई नहीं हुआ। जब गाड़ी में बैठकर निकला करते थे तो लोग दोनों तरफ लाइन बाँधकर खड़े हो जाया करते थे। दर्शन करके निहाल हो जाते थे। उनके जमाने में हमारे यहाँ से पंडित श्यामसुन्दर एम.पी. थे। इसी सड़क पर कहीं रहते थे। एक बार मैं उनके यहाँ भी अपनी यूनियन के सेक्रेटरी के साथ आकर ठहरा था। पंडिज्जी उन्हें बहुत मानते थे। उन्होंने ही पंडिज्जी से कहकर फैक्टरी से निकाले गए बावन मजदूरों को वापस रखवाया था।"

उस घेर की तरफ से एक बस आई, रुकी और चली गई। अनुकूल आश्चर्य से भर गया। क्यों आई और क्यों चली गई? उसका मन हुआ वह इस बात को भी बाबू से पूछे, पर पूछा नहीं। बाबू भी सोचेंगे, इतना पढ़ गया पर पूछता है जरा-जरा-सी बात। पर अन्दर-ही-अन्दर उसे यही लगता रहा कि या तो बस धैया छूने आई थी या जादू-टोना करने!

वे लोग सामान उठाकर चौधरी साहब के क्वार्टर की तरफ चल दिए। अनुकूल अन्दर-ही-अन्दर उलट-पलट रहा था। एक तो उसे वह हाता परेशान कर रहा था, दूसरे वे बल्लमवाली मूर्तियाँ। आखिर आदमी मूर्तियों के हाथ में भी खून-खराबेवाली चीज़ें क्यों थमा देता है? अच्छे-भले आदमी को लगने लगे कि कुछ होनेवाला है। हाता चाहे पंडिज्जी का हो या फिर किसी और का, रास्ता तो आगे जाता दिखना ही चाहिए। रास्ता न दिखाई दे तो दम घुटने लगता है। घर के नजदीक जाकर उसे एक परेशानी और शुरू हो गई। बड़े लोग हैं, पता नहीं कैसा व्यवहार करें! अपने से ही कोई गलती

हो जाए। कहेंगे—पढ़ेंगे इंजीनियरी, शऊर नहीं राजगिरी का भी। पर वह चुप्पी मारे बाबू के पीछे-पीछे चलता रहा। वह रह-रहकर मन-ही-मन रिहर्सल करने लगता था। हाथ जोड़कर इस तरह नमस्ते करेगा। अगर हाथ घिरे हुए? उसने तय किया कि सामान को एक कोने में रखकर हाथ जोड़ लेगा। अगर उन्होंने अंग्रेजी में कुछ पूछ लिया? बड़े आदमी हैं तो अंग्रेजी में ही बात करते होंगे। बाबू भी यही कहते हैं, बिना अंग्रेजी के कोई बड़ा नहीं होता! अगर अंग्रेजी में नहीं बना तो हिन्दी में ही जवाब सही। नहीं दाखला होगा तो न सही। मरा तो जाता नहीं।

मकान के पास पहुँचने पर बावनराम ने मुड़कर कहा, "जाकर पाँ लगना। पाँ लगने पर सामनेवाले का दिल भरता है। दया-माया पैदा होती है..."

पाँव छूनेवाली बात उसे अच्छी नहीं लगी। आँखों देखे की अगर दया-माया नहीं तो पाँव छूने से कैसे दया-माया हो जाएगी? वह थोड़ी देर तक आश्चर्य में पड़ा रहा। बावनराम अपने आप ही बोले, "देखो भैया, बड़े आदमी तो वे जो हैं सो हैं ही, लेकिन हम भी तो कोई ऐसी ऊँची जात के नहीं हैं कि पाँव छूने में शान में कोई बट्टा आता हो। हमारा तो धरम ही सेवा बताया गया है। अब चूँकि थोड़ा धरम से भटकते जा रहे हैं, इसलिए परेशानियाँ पैदा होने लगीं। हम मन की शान्ति को छोड़कर तन की शान्ति की तरफ दौड़ रहे हैं। सब दौड़ रहे हैं तो हम भी दौड़ने लगे। पर गठजोड़ा सेवा और शान्ति का ही है। हम तो सौ बात की एक बात जानते हैं...भगवान ने किसी को बड़ा बना दिया तो बना दिया। उसे छोटा करना हमारे हाथ में नहीं... ।"

अनुकूल कुछ नहीं बोला। दूसरी तरफ देखने लगा। उसने बावनराम से दूसरा थैला भी ले लिया। ऐसा करके उसे अच्छा लगा। दोनों हाथ घिर गए हैं, इसलिए पाँव छूने का सवाल ही नहीं उठता। हाथ जोड़ने से भी छुट्टी मिल जाएगी। बस गर्दन थोड़ा ज्यादा झुका देंगे।

बावनराम की नजर चौधरी साहब के घर पर ही लगी थी। घर धीरे-धीरे नजदीक आता जा रहा था। वह मन-ही-मन रिहर्सल कर रहे थे कि कैसे क्या करना होगा।

घर का दरवाजा खुला था।

बावनराम एकदम से अन्दर नहीं घुसे। बाहर ठिठक गए। स्वभावतः उनके रुकने पर अनुकूल भी रुका। बावनराम ने एक तरह से अपने को सँवारा। अनुकूल को भी ऊपर से नीचे तक देखा। अनुकूल थोड़ा सचेत-सा हो गया। उसकी उँगलियाँ आप-ही-आप आँखों के कोओं को टटोलने लगीं। ढीढ के-से तिल दोनों कोओं में चिपके थे। उसने उन्हें छुड़ाया। फिर सिर के बालों पर हाथ फेरा। हाथ फेरकर कपड़ों की सलवटें निकालीं। इस बीच उसने दोनों ही थैले जमीन पर रख दिए थे। लेकिन एक कुत्ता

आ गया और उन थैलों को सूँघने लगा। उसने उन्हें फिर हाथों में उठा लिया। तब तक बावनराम अन्दर दाखिल हो चुके थे और किसी से बातें कर रहे थे। लौटकर बोले, "चौधरी साहब को तो तैयार होने में अभी देर लगेगी..." उनके चेहरे पर कुछ इस ढंग की सुस्ती थी जैसे सब सोचा हुआ ढेर हो गया हो, वह भी बेटे के सामने। कुछ रुककर कहा, "पीछे मेहमानों का कमरा है...उसी में चलते हैं, इतने हम भी निबटकर तैयार हो लेंगे।"

वे पीछे की तरफ चल दिए। वह आदमी बावनराम को पीछे के कमरे में जाने का रास्ता समझा चुका था। वे उसी के बताए रास्ते से मेहमानोंवाले कमरे तक पहुँचे तो देखकर धक्क-से रह गए। पहले ही से उस कमरे में काफी लोग डेरा डाले थे। बावनराम को उनमें से एक-दो लोग पहचाने-से भी लगे। इस बात से उनका संकोच और बढ़ गया। वे बाहर बरांडे में ही ठिठक गए। अगर ये लोग भी पहचानते होंगे तो पता नहीं कैसा व्यवहार करें। अगर छुआछूत का चक्कर फैला दिया तो और भी कठिनाई होगी। लेकिन उन्होंने इस बारे में अनुकूल से बिना कुछ कहे थैले बरांडे के एक कोने में ही रख दिए। अनुकूल ने महसूस किया—बाबू परेशान तो हैं ही, थोड़े सतर्क भी हैं।

बावनराम बाहर लगे नल पर चले गए। वहीं कुल्ला-मंजन किया, मुँह धोया। वे यह तय नहीं कर पा रहे थे कि औरों की तरह बाथरूम में जाकर नहाएँ या वहीं नल पर नहा लें। उन्होंने बरांडे में पड़ा एक छोटा-सा तख्त एक तरफ को घसीट लिया और उस पर बैठ गए। अनुकूल को भी वहीं बैठा लिया। वे देख रहे थे कि कमरे के अन्दर ठहरे हुए लोग बाथरूम पर टूटे पड़ रहे हैं। जहाँ तक अनुकूल का सवाल था वह अपने बाबू के इस व्यवहार से क्षुब्ध था। वह यही चाहता था कि औरों की तरह बाबू भी अन्दर जाएँ, सामान रखें और बाथरूम का इस्तेमाल करें। आखिर और सब भी तो कर रहे हैं। उसने दबी जबान से इशारा किया, "बाबू, अन्दर चलिए, हम लोग भी एक कोने में सामान रख लेंगे।"

लेकिन बावनराम टाल गए, "इतनी भीड़भाड़ से तो यहीं अच्छा है...शान्ति के साथ बैठे तो हैं।"

थोड़ी देर बाद उसने फिर कहा, "लोग सोचते होंगे, पता नहीं, ये लोग तख्त पर इस तरह क्यों बैठे हैं!"

"कोई नहीं सोचता...तुम अभी बच्चे हो। अभी नहीं समझोगे। अन्दरवाले तो खुश होंगे...। वैसे भी दूसरा कोई किसी की इज्जत या बेइज्जती नहीं करता। हम खुद ही इज्जत कराते हैं और खुद ही बेइज्जती। अपनी इज्जत रखने का मतलब कभी किसी को कहने का मौका न देना। हम 'हाँ' की आशा करके जाते हैं हो जाती है 'ना'...तो हो गई ना बेइज्जती! दूसरे को जहाँ मौका मिला, उसने टोपी उतारी। इस

बात के हम सब बहुत आदी हैं। वैसे भी इन्सान को अपनी कमजोरी को ध्यान में रखकर चलना चाहिए...कभी कुछ नहीं होगा।''

इतना लम्बा भाषण निगलने में अनुकूल को थोड़ी असुविधा अनुभव हो रही थी। उसका मन हुआ कि कह दे—तो फिर यहाँ बैठे क्या कर रहे हैं। चलिए किसी धर्मशाला में चलें। पर बाबू के सामने बोलना उसके अपने मन को ही ठीक नहीं लगा। बावनराम ने अपने आप ही कहा, ''ठहरने को तो कहीं भी ठहर सकते थे। पुरानी दिल्ली में धरमशालाएँ-ही-धरमशालाएँ भरी पड़ी हैं। जब दिल्ली आते हैं तो धरमशाला में ही डेरा जमता है। वैसे भी असली दिल्ली तो चाँदनी चौक, कश्मीरी गेट, फतेहपुरी में ही है। यह तो साहब लोगों की दिल्ली है। ठहरने को तो वहाँ ठहर जाते...पर एक तो पुरानी दिल्ली से यहाँ तक दौड़ने में पैसा भी लगता और परेशानी भी होती...फिर भी चौधरी साहब मिलते या ना मिलते। दूसरे, चौधरी साहब ने बीसियों बार कहा होगा कि बावनराम भाई, जब दिल्ली आओ तो यहीं ठहरना। और सबसे बड़ी बात तो यह है कि जिससे काम हो उसी के आसपास डेरा डोला। सामने रहोगे तो लोग याद रखेंगे। नहीं तो आँख ओट तो पहाड़ ओट!''

सब लोग निवृत्त हो लिए तो बावनराम ने टोह ली कि अब तो बाथरूम जाने को कोई नहीं रहा। वे बाथरूम के पास जाकर खड़े हो गए। इधर-उधर देखा। खँखारा। सब लोग अपना सामान इकट्ठा करने, अटैचियों में ताले लगाने और बिस्तर समेटकर रखने में लगे थे। जिन एक-दो लोगों को वे पहचानते थे वे दीवार की तरफ मुँह किए पूजा कर रहे थे। बावनराम ने वहीं खड़े-खड़े इशारा करके अनुकूल को बुलाया और बाथरूम में निबटने के लिए भेज दिया। अनुकूल के बाथरूम में चले जाने पर किसी ने ज़रा भी ध्यान नहीं दिया। ध्यान देने की ऐसी कोई बात भी नहीं थी।

जब तक अनुकूल अन्दर से निकला, बावनराम उसके कपड़े तख्त पर फैलाकर हाथ से सलवटें निकालते रहे। थैले में पड़े-पड़े अच्छे-खासे कपड़े खराब हो जाते हैं। अगर कहीं अपना अनुकूल दाखला पा गया! पाँच साल बाद जब इंजीनियर होगा तो उसके ठाठ ही अलग होंगे। तब तो एक धोबी का लड़का सिर्फ कपड़ों पर स्त्री करने के लिए ही रख दिया जाएगा। अब जो हमें देखकर नाक-भौं चढ़ाते हैं, उन सबकी नाक और भौंहें सतर की तरह सीधी हो जाएँगी। सिफारिशें करते घूमा करेंगे। हम लोगों ने 'हट परे' और 'दूर परे' में ही जिन्दगी गुजार दी। यह लड़का तो उस जलालत से बच जाएगा। अब तो जमाना बहुत बदल गया। नहीं तो उस जमाने में किसी की मजाल हो सकती थी कि इस तरह बरांडे में कपड़े फैलाकर बैठ जाए...। अनुकूल निकल आया।

''क्या बिना नहाए निकल आए?'' बावनराम ने पट से पूछा।

''वहाँ तो...जहाँ टट्टी जाओ, वहीं नहाओ। बाहर नल पर नहाए लेता हूँ।''

बावनराम हँस दिए, ''जब इतने बड़े-बड़े पंडित वहीं पर नहाते हैं तो वहाँ नहाए से हमारी पंडिताई में कौन-सी कमी आती है!'

''मन नहीं लेता बाबू!''

''सब लेगा...बाहर नल पर बैठकर नहाना अच्छा नहीं लगता। तुम जब इंजीनियर हो जाओगे और सरकारी बँगलों में रहोगे, उनमें तो सब ऐसे ही गुसलखाने होंगे। शुरू से आदत पड़ी रहेगी तो अच्छा रहेगा।'' यह कहकर बावनराम के चेहरे पर एक तरह की आन्तरिक खुशी झलक आई। अनुकूल को नहाने के लिए फिर बाथरूम में ही वापस जाना पड़ा।

बावनराम फिर अकेले रह गए। उनकी चकरी फिर घूमने लगी। देखा, कैसा जमाना है। दुनिया में जाननेवालों से सहारा होता है, यहाँ जानने की वजह से ही गैर बने बाहर बैठे हैं। हो सकता है अगर ये लोग न हुए होते तो हम दोनों भी जाकर वहीं जमे होते। ऐसी ही बातों से बच्चों के मन में जहर घुलता है। बच्चों के मन का जहर दुनिया-भर को जहर में बुझा देने के लिए काफी होता है। वो तो अनुकूल के संस्कार अच्छे हैं, इसलिए चुपचाप सबकुछ होते देख रहा है। संस्कारों के ही कारण तो उसका मन उस गुसलखाने में नहाने को नहीं हुआ। ज़रा-सी बात दिल में बैठा ली। अगर ऐसा ही चला तो इस लड़के की कैसे निबहेगी! जिन्दगी में कुछ बनने के लिए यह सब भी जरूरी है। हमारे बाप-दादों के साथ जो हुआ उसी का असर तो हम लोगों के मनों पर भी पड़ा है। कबसे सब सहते चले आ रहे हैं, लेकिन कभी महसूस नहीं किया। जबसे महसूस करना शुरू किया तो बदलाव दिखाई दिया। अब यह आगे आनेवाली पीढ़ी शायद इसे और भी ज्यादा महसूस करे। हम लोग तो उस सबको इन तक पहुँचानेवाले पुल हैं, पुल। पहुँचाकर टूट जाएँगे। आगे इनका काम होगा, अपने आगे के लोगों को और आगे कैसे पहुँचाएँ।

बावनराम आप-ही-आप मुस्करा दिए। उन्होंने एक मौलिक और महत्वपूर्ण बात सोच निकाली थी।

अनुकूल नहाकर तौलिया बाँधे गुसलखाने से निकला तो बावनराम की नजर उसके शरीर पर गई। अच्छी चमक है। कद भी अच्छा निकलेगा। शरीर भी...भगवान की कृपा से ठीक ही उठान ले रहा है। बस नजर न लगे। बावनराम ने कानों को हाथ लगाया। अब तो भगवान सुन लें। दाखिला पा जाए। फिर तो नाव किनारे। मेरी या इसकी माँ की ही नहीं, सबकी। वे उसे निहारते रहे। इस तरह निहारते देख अनुकूल थोड़ा सिकुड़ गया। वह उनकी तरफ देखकर बोला, ''जाइए, आप भी निबट आइए। गुसलखाना खाली है।''

उनके कपड़े तैयार थे। वे झटपट उठे और बाथरूम की तरफ चल दिए। जाते-जाते बोले, "मैंने कपड़ों पर हाथ से ही लोहा कर दिया। पहनकर जल्दी से तैयार हो जाओ। कंघी और छोटा शीशा तख्त पर निकालकर रख दिया है। डिब्बा साथ ले जा रहा हूँ। बस अब आया।" चुटकी बजाई, और चले गए।

बावनराम घुसने लगे तो उन दो पूजाधारियों में से एक बोला, "ज़रा ठहरकर चौधरी...मेरा साबुन अन्दर रह गया।"

वे वहीं-के-वहीं खड़े रह गए। वह पूजाधारी लपककर आया और अपने कपड़ों को समेटता हुआ अन्दर चला गया। साबुनदानी लेकर निकला तो उसकी नजर अनुकूल पर गई। वह बाल निकाल रहा था।

उसके निकलने पर बावनराम बिना कुछ बोले अन्दर चले गए। लेकिन वे भीगे फर्श पर बने उसके पैरों को बचाकर चल रहे थे। हो सकता है पैरों के निशानों पर पाँव पड़ जाने से ही कहीं उन्हें छूत न लग जाए!

अनुकूल ने इस बीच कपड़े बदले। कपड़े पहनने के बाद बाल ठीक किए। घर पर उसका क्रम बिल्कुल विपरीत था। वहाँ तो तौलिया बाँधे-ही-बाँधे, पहले वह बाल बहाता था फिर कपड़े पहनता था। यहाँ उसे ऐसा करना अच्छा नहीं लगा। कुछ भी कहिए, ऐसे में मनुष्य अधनंगा तो होता ही है। अधनंगा और नंगा धीरे-धीरे एक-से ही लगने लगते हैं।

शीशे में देखकर बाल बहाते समय उसके दिमाग की गति तेज हो गई। बार-बार यही सवाल कि आखिर बाबू यहाँ ठहरे ही क्यों? कहीं भी ठहर सकते थे। अपनी बेइज्जती आप करा रहे हैं। दाखला जाए भाड़ा में। उस आदमी ने बाबू को अपने साबुन के मारे बाथरूम में जाने से रोक दिया। रोक तो मुझे भी देता पर पहचाना नहीं। कुछ भी हो, बाबू को इतनी बड़ी बात पर खामोश नहीं रहना चाहिए था। घुस जाते...देखते वो क्या कर लेता? चौधरी साहब को अपना आदमी बताते हैं...अपना आदमी होकर कोई ऐसा करता है? कोई किसी के घर जाए और घरवाला बाहर भी न निकले। आदमी बड़ा हो जाता है तो क्या ब्यौहार से भी उसे छूट मिल जाती है? कॉजी हाउस में जानवर ले जाओ तो वहाँ भी मुंशी मिलता है। लिखत-पढ़त होती है। बकरी चली गई थी। कितना चक्कर पड़ा था। यहाँ कोई पूछनहार ही नहीं। ऐसे में इंजीनियर बन भी गए तो क्या हो जाएगा। नीचा दिखानेवाले यथावत बने रहेंगे।

अनुकूल शीशे में देख जरूर रहा था पर उसे अपनी शक्ल तक नजर आना बन्द हो गई थी। जो कुछ भी था वह उसका अपना सोच था। उसकी शक्ल पर वही सब-कुछ घट रहा था। भवें तनती थीं। होंठ फड़कते थे। नाक फूल जाती थी। एक-आध बार उसका नीचे का होंठ भी थरथराया था। इस सब पर उसका ध्यान तब गया जब बाल बाहने का काम खत्म हो चुका और अन्दर से जोर-जोर से बहस करने

की आवाज आई। वे लोग किसी बात को लेकर आपस में बँट गए थे और एक-दूसरे पर झपट पड़ने की तरह बोल रहे थे। वह एकाएक चेता कि वह काहे के लिए कंघा और शीशा थामे खड़ा है। उसने जल्दी-जल्दी रखा और घर से चलने के पहले खरीदा गया जूता पहनने लगा। जूता पहनते हुए उसे हल्की-सी परेशानी हुई। अगर किसी की नजर जूते पर गई तो सोचेगा कि दिल्ली आने के लिए नया जूता खरीदा होगा। जैसे उससे पहले नंगे पाँव ही घूमता था। चप्पल इतनी घिस गई थी कि एड़ी जमीन से रगड़ खाने लगी थी। बिना जूता खरीदे काम ही नहीं चल सकता था। बाबू भी इस तरह जूता न खरीदवाते। जूते में इतने पैसे लगे, ऊपर से यहाँ आने-जाने का खर्चा...। इतना सब करना कम मुश्किल नहीं था। वह धीरे-से बुदबुदाया–''खैर...अब जो भी हो।'' और फीते बाँधने लगा। फीते बाँधकर वह पंजों पर खड़ा हो गया। जूतों की चर्र-मर्र महसूस की। वह खुश था। एकदम नया और चर्र-मर्र करनेवाला जूता! कितना मजा आएगा!

बावनराम को पन्द्रह मिनट से ज्यादा नहीं लगे होंगे। उनके शरीर पर पानी की बूँदें थीं। शायद शरीर पूरी तरह पोंछा नहीं गया था। उनके झूले हुए कन्धों पर बूँदें अधिक टिकी थीं। आधी धोती लपेटी हुई थी और आधी कन्धे पर पड़ी थी। कुछ-कुछ गीली थी। शरीर जितना भी पोंछा गया था वह धोती के उसी हिस्से से पोंछा हुआ मालूम पड़ रहा था।

अनुकूल मुँह-ही-मुँह में बुदबुदाया–तौलिया ही माँग लेते। वे पूजा करते हुए आ रहे थे। रामायण के कुछ दोहे उन्हें याद थे, उन्हीं को दोहराकर वे रोजाना नहाने के बाद अपनी पूजा सम्पन्न किया करते थे। उच्चारण भी उन्होंने अपना ही बना लिया था। अनुकूल ने उनकी ओर तौलिया बढ़ाते हुए कहा, ''लीजिए...पोंछकर कपड़े बदल लीजिए।''

उन्होंने कन्धे पर पड़ी धोती को ही फिर से बदन पर रगड़ लिया, ''लो, पुँछ गया। हवा लगी और सूखा। रामायण में कहा है कि यह शरीर पंच तत्व से बना है...पृथ्वी, वायु, जल, अग्नि और आकाश। शरीर जल प्रधान है। इसलिए जल से क्या परहेज।'' वे तख्त पर उकड़ूँ बैठ गए और धीरे-धीरे होंठ हिलाकर बुदबुदाने लगे। उनका इस तरह बैठना अनुकूल को थोड़ा अटपटा लगा। वह थोड़ा हटकर खड़ा हो गया।

'अगर चौधरी साहब ने टाल दिया तो?' उसकी रील चालू थी। बाबू समझते हैं कि पता नहीं वह क्या-से-क्या कर देगा। जो आदमी इतनी भी परवाह न करता हो कि कौन घर आया है...उसके उठने-बैठने की जगह भी है या नहीं...वह किसी का काम करेगा...? लगता नहीं! सवेरे से कोई यह तक तो पूछने नहीं आया कि किसका क्या हाल है। सब कुत्ते के पिल्लों की तरह एक-दूसरे में घुसे सिलबिला रहे हैं। बाबू

के पास कोई आता है, तत्काल उठकर चल देते हैं। खिलाते-पिलाते ऊपर से हैं। यहाँ आकर बाबू ने इतना पैसा भी खर्च किया और बात वहीं-की-वहीं रहेगी। बहनोई लोग बाबू को ऊपर से तोड़-तोड़कर खा जाएँगे...गए तो थे, क्यों नहीं बनवा लाए शाहजादे को इंजीनियर! सैकड़ों रुपए पर पानी ऊपर से फेर दिया! किस्मत की परिधि से बाहर उछाला लेने से क्या फायदा! वहीं आकर गिरोगे...जहाँ लिखा है।

बाबू धोती बाँध रहे थे। नीचे कुछ नहीं पहनते। धोती पतली पड़ जाती है। उघाड़े हो जाते हैं। बाबू ने सारी जिन्दगी इसी तरह गुजार दी। अब थोड़े ही बदलेंगे। वह दूसरी तरफ गर्दन घुमाने के लिए बाध्य हो गया। वह उधर ही देखता रहा जिधर गर्दन घूम गई थी, बल्कि दो-चार कदम आगे भी बढ़ गया।

कमरे के लोग अपने सामान की बाँधा-जूड़ी कर रहे थे। सामान बाँधते हुए जिस तरह दिन-भर का कार्यक्रम बनाया जा रहा था उससे लगता था कि रोजाना निकलने से पहले इसी तरह सामान बाँध-जूड़कर रखा जाता है और शाम को लौटकर फिर खुल जाता है। किसी की बात से यह पता नहीं चल रहा था कि कौन किस कान से आया है और कब तक रहेगा।

"अरे दादा, ऐसा मनाओ कि बस आज लौट चलें। रोज की इस बाँधा-जूड़ी से निजात मिले।"

किसी ने जोर से कहा, "जय बमभोले की!"

एक ने पूछा, "असली बमभोले की जय बोल रहे हो या चुनावों में चुनकर आए हुए इस अपने बमभोले बाबा की? चार दिन पड़े-पड़े हो गए...बस, एक टेलीफोन किया था। उधर से जो समझा दिया, वही समझकर हमें बता दिया...उतना तो डाकिया भी कर देता! बताओ ऐसे आदमी को लीपें या पोतें।"

"बस, उनकी मति ना पूछो..." कोई और कह रहा था, "इतने सीधे हैं कि चाहे उल्टा लटका लो और चाहे सीधा...छूटते ही कहते हैं–चिट्ठी बनवा लाओ, दस्तखत करवा ले जाओ। मैं कहता हूँ कुछ कहो-करो भी तो...या चिट्ठी पर दस्तखत ही करते रहोगे।"

"करते भी हैं।"

"करना वो, जो किया हुआ दिखाई पड़े।"

"यह तो ठीक कहते हो, पर आजकल सुनता कौन किसकी है।"

इस बार एक नई आवाज उभरी, "देखो भैया, सच कहना सुखी रहना। वैसे तो झूठ बोलकर भी हम सुखी ही रहेंगे। सुख झूठ-सच का नहीं, मन का होता है। इतने लोग यहाँ हैं, सबसे यही कहते हैं कि कोई किसी की नहीं सुनता। जब कोई किसी की नहीं सुनता तो हमारे इन बमभोले बाबा के कहने से साढू साहब को मिनिसिमेंट-प्लांट का परमिट कैसे मिल गया? सच पूछो तो मिनिस्टर हो या

संसद-सदस्य, इनके यहाँ दो ही भाषाएँ चलती हैं...नोट की या वोट की।''

कोई बीच में टुप्प-से-टपक पड़ा, ''चोट की भी...''

पहलेवाला ही बोला, ''हाँ, चोट की भाषा समझने में तो विष्णु भगवान ने भी भूल नहीं की थी। भृगु के चट-से चरण पकड़ लिए थे। लेकिन यहाँ तो नोट और वोट की बात चल रही है। अभी कोई चूढ़ा, चमार, डोम...आ जाए, फिर देखो सबके-सब कैसे खड्डी के लूम की तरह घूमने लगते हैं। कोई डकैत या गुट का नेता आ जाए तो ले जाकर अन्दर बैठाया जाएगा। आगे-पीछे...सब तरफ के घोड़े सरपट दौड़ने लगेंगे। नोट की बात जैसी तो बात ही नहीं। बिन बादल बरसात करा दें। वो तो स्वयं नारायण हैं। बेकार हम यहाँ एक हफ्ते से...मुँह से गाली निकलती हैं...अपनी...ऐसी की तैसी करा रहे हैं। जब कुछ कहो, हँस देंगे। या कहेंगे मौका आने दो। कब आएगा मौका...? यहाँ तो तुम्हारे चाय के प्याले तक के मोहताज नहीं हैं। दोनों वक्त अपनी पीते हैं... ।''

एक खुशामदाना अन्दाज में बोला, ''चायवाली बात तो गलत है...कोई कहाँ तक चाय पिला सकता है। अगर इतने लोगों को एक-एक प्याला चाय ही पिलाएँ तो अपने आप क्या खाएँगे। एक सांसद को मिलता ही कितना है...? सबकी सुनते हैं, जितना बन पड़ता है करते भी हैं।''

वही आदमी बोला, ''डंडा करते हैं...करनेवाले तो मनोहर भाई जैसे लोग होते हैं। जाकर भिड़ गए कि यह काम करना है...हम 'ना' सुनने के आदी नहीं। तुम यहाँ 'ना' करोगे तो हम वहाँ 'ना' कर देंगे। हमारा तो आज कूँच, काम ससुर हो या न हो। मन-ही-मन खूब जानते और समझते हैं कि पंडाजी कह सच्ची बात रहे हैं। पर मुँह पर स्वार्थ का छींका जो चढ़ा है। हाँ, कैसे करें।''

कोई धीरे-से बोला, ''स्वार्थ का छींका तो हम सभी ने चढ़वा रखा है, पंडाजी।'' इस बात पर हँसी हो गई। हँसी खत्म होते ही किसी ने कहा, ''बाहर जो टिका है ना, जात का सरकारी पंडत है। पास के गाँव का ही है। अब देखना, सब कुछ करा के जाएगा। हम सोचत हैं, इसी सरकारी महादेव पर हम भी जाकर जल चढ़ा दें।''

सब हँस दिए। अनुकूल वहाँ से खिसका और इधर आ गया। वह बार-बार मुँह पर हाथ फेर रहा था। मकड़ी का जालानुमा कोई चीज चिपक गई थी। हटाए नहीं हट रही थी।

बावनराम कपड़े पहन चुके थे। उन्होंने अनुकूल की तरफ देखा। उसका चेहरा लाल था। वे उसके पास आए और बोले, ''चलो! चलकर देखें, चौधरी साहब बाहर आए या नहीं।''

वह चुप रहा। बावनराम की समझ में नहीं आया तो उन्होंने पूछा, ''क्यों, क्या हुआ?''

अनुकूल का गला भर आया। उसकी समझ में नहीं आ रहा था कि वह कैसे बदला ले। वह बोला, ''कुछ नहीं।''

''फिर भी तो...''

''गाली दे रहे थे...कह रहे थे सरकारी पंडत...सरकारी महादेव!''

पहले तो बावनराम के होंठ फड़के फिर अपने कौ सँभालकर बोले, ''इन सब बातों पर ध्यान दोगे तो जीना मुश्किल हो जाएगा। कदम-कदम पर सुनना पड़ेगा। कम-से-कम अब इतना तो हो गया कि पीठ पीछे कहते हैं। हमने तो गन्दी-से-गन्दी बातें थूक की तरह मुँह पर झेली हैं। धीरज रखो। जहाँ इतना सँभला वहाँ और भी सुधरेगा।''

अनुकूल इतना उत्तेजित और असहाय अनुभव कर रहा था कि उसके पैर तेजी के साथ आगे-आगे बढ़ते चले जा रहे थे। बावनराम का समझाना चालू था, ''तबीयत छोटी मत करो। यह तो अच्छी अलामत है...हम लोगों के नाम तो माँ-बाप के पुकारने के लिए होते थे। लोग तो जात का नाम लेकर कहते थे कि अबे फलाँ (जात) के के...। दो 'के' लगाकर जात और बाप दोनों को लाँघ जाते थे। अब तो जब लोगों को जात का पता चले जाता है तब ही नाक-मुँह सिकोड़ते हैं। पता नहीं चलता तो अनजान बने मस्त रहते हैं।''

अनुकूल ने कुछ कहने को मुँह खोला पर खुला-का-खुला रह गया। चौधरी साहब बरांडे में आ बैठे थे और लोग उनके चारों ओर मँडरा रहे थे।

बावनराम को देखकर चौधरी साहब तपाक से उठे और लम्बी तान में बोले, ''आइए, आइएऽ...बावनरामजी चौधरी! कैसे रास्ता भूल गए...?''

जो लोग मौजूद थे और चौधरी साहब की नजर पकड़ने के लिए उचक-मचक मचाए थे, वे थोड़ा चौंके। फुसफुसाए।

''लगता है, कोई नजदीकी आदमी है।''

''बरांडे में यही तो डेरा डाले हैं।''

''हाँ, सरकारी पंडत।''

तब तक बावनराम भी तेजी से दो कदम रखकर उनके पास पहुँच गए। चौधरी साहब ने उन्हें सीने से चिपका लिया।

''वाह भई खूब आए!''

बावनराम ने तपाक से परिचय कराया, ''यह आपका ही लड़का है, अनुकूल! हाईस्कूल पास कर चुका...।'' अधूरी बात छोड़कर उन्होंने अनकहे को भी कहने का प्रयत्न किया।

चौधरी साहब अनुकूल के कन्धे पर हाथ रखकर बोले, ''अरे भई वाह! हम तो इतना भी नहीं पढ़े। अपने यहाँ के इन होनहार बच्चों पर गर्व होता है। तुमने तो कमाल ही कर दिया।'' थोड़ी देर तक पीठ थपथपाते रहे।

अनुकूल लगातार चौधरी साहब की तरफ देख रहा था। बीच-बीच में इधर-उधर इकट्ठे लोगों के चेहरों पर भी नजर डाल लेता था। जैसे ही उसकी नजर बावनराम से मिली उन्होंने तत्काल पाँव छूने के लिए इशारा किया। पहली बार तो वह इस तरह टाल गया जैसे नजर छिटक गई हो और देख न पाई हो। दूसरी बार बावनराम को आँखें तरेरनी पड़ीं। अनुकूल ने झुककर गोड़-भर छू लिए। चौधरी साहब ने उसके हाथ अपने हाथों में थामकर कहा, ''बावनराम, भाई आपका बेटा है होनहार...अच्छा किया दिल्ली घुमाने ले आए। दिल्ली हिन्दुस्तान का दिल है, दिल। जिसका दिल उसकी देह। एक बार दिल्ली आ गए तो अब सारा हिन्दुस्तान तुम्हारा। हिन्दुस्तान तो वैसे भी इन्हीं नौजवानों का है।'' रुककर बोले, ''अच्छा! तो यह बताइए, आए कब?''

''सवेरे।''

''ठहरे कहाँ हैं?''

''पीछे की तरफ ही सामान रख लिया था।''

''मुझे किसी ने बताया ही नहीं।''

''हाँ, कोई एक साहब थे। उन्होंने कहा, साहब अभी सो रहे हैं...पीछेवाले कमरे में ही सब लोग ठहरते हैं, आप भी वहीं चले जाओ। मैंने भी सोचा, क्यों बेकार इस समय आपको हलकान किया...वहीं बरांडे में सामान रखकर झटपट निबट लिए।''

उन्होंने बड़ा-सा अरेऽऽ खींचा और धीरे-से बुदबुदाए, ''मुझे बताना चाहिए था... ।''

इतने में कोई सज्जन बाहर से आए। चौधरी साहब उनसे और भी तपाक से मिले। उनसे उनका मिलना बराबर का मिलना था। मिलन खत्म हो जाने के बाद बावनराम का परिचय कराया गया, ''ये हमारे शुभचिन्तक बावनरामजी हैं...यह समझ लीजिए कि पिछला चुनाव इन्हीं के बूते जीता गया। आठ सौ सालिड वोट डलवाई थीं। कुल पाँच सौ से हार-जीत हुई...हमारे क्षेत्र में इतना तगड़ा इलेक्शन कभी नहीं हुआ। ये अपने जाति में बेताज बादशाह हैं। ऐसे लोग अब नहीं होते...खासतौर से इन जातियों में।''

अनुकूल उनकी तरफ टकटकी लगाकर देख रहा था। उसके चेहरे पर अवांछनीय प्रकार के भाव आ-जा रहे थे। चौधरी साहब की नजर उधर गई तो झटके से दूसरी तरफ घुमा ली। आगन्तुक की तरफ मुखातिब होकर बावनराम बोले, ''ये हमारे गहरे दोस्त और संसद के साथी राजेन्द्रसिंहजी हैं। सलेमपुर चुनाव-क्षेत्र से एम.पी. हैं।'' फिर राजेन्द्रसिंह की तरफ देखकर कहा, ''भाई साहब, कल प्रधानमंत्रीजी सेन्ट्रल हॉल में कह रही थीं कि हरिजनों के साथ जो अत्याचार हो रहा है इसके विरुद्ध विस्तृत

जन-जागरण की आवश्यकता है। उनको इतना चिन्तित मैंने कभी नहीं देखा। हमेशा मुस्कुराती रहती हैं। मुझसे कहने लगीं कि मैं तुमको इस कमेटी में रख रही हूँ... जाकर पता लगाइए, सवर्ण इन लोगों को क्यों तंग करते हैं!''

राजेन्द्रसिंह बोले, ''नहीं चौधरी साहब, कहीं कुछ नहीं हो रहा है...यह सब अखबार करा रहे हैं। क्या ये लोग हमारी बहू-बेटी को बुरी नजर नहीं देखते? अब तो हाथ भी डालने लगे। कोई रोकता है तो कहते हैं, सवर्ण दमन के रास्ते पर चलते हैं। आप ही बताइए, बेरहमी और बेइज्जती की आती हुई इस बाढ़ को कैसे रोकें?''

चौधरी ने प्रधानमंत्री का पक्ष लिया, ''बात इतनी सहज नहीं, जितनी आप बनाए दे रहे हैं...इन लोगों पर अत्याचार तो सदियों से होता चला आ रहा है। हम लोग तो थोड़ा अलग पड़ते हैं, पर हम लोगों तक को आप लोग हिकारत की नजर से देखते रहे हैं। जख्म तो सभी के लगे हैं...किसी के कम गहरे किसी के ज्यादा...और कुछ नासूर की तरह पके हैं...'' और हँस दिए।

राजेन्द्रसिंह हँसकर बोले, ''भगवान की रेटी-मेटी तो जा नहीं सकती। तख्ती पर कच्ची स्याही से लिखी इबारत तो है नहीं कि धोओ, पोतो और फिर लिख लो। जो जहाँ है वो वहीं रहेगा। जरूरत पड़ी तो मैं प्रधानमंत्री जी से भी कह दूँगा कि मैडम, मानसिक स्तर उठाइए। अपने पैरों पर खड़े होने दीजिए। इनके हाथों में ऊँची-ऊँची बैसाखियाँ पकड़ाकर दूसरों को बौना न बनाइए।''

बावनराम हाथ जोड़कर बोले, ''सरकार, मैं तो छोटा आदमी हूँ...पर माँ-बाप कमजोर और हेठे बच्चे का ज्यादा ध्यान रखते हैं। अगर आप लोग ही ऐसा कहेंगे तो फिर हाथ पकड़कर कौन उबारेगा?''

''सारा चक्कर ऊपर आने का ही तो है भाई साहब! पिछले छत्तीस सालों से मालिश भी हो रही है, टॉनिक-पर-टॉनिक भी दिए जा रहे हैं...लेकिन यह ऊपर लाने की टेर वैसी-ही-वैसी बनी है। जो ऊपर पहुँच गए हैं वे रस्सी डाल-डालकर अपनों को ऊपर खींच रहे हैं...दूसरों की कन्नी काट देते हैं। आप लोगों के बीच के भी तो सवर्ण होते जा रहे हैं!''

अनुकूल बाहर की तरफ आ गया। वह एक छोटा-सा लॉन था। लॉन में घास धूप-छाहीं थी तथा सूखती पत्तियोंवाले फूलों के कुछ पौधे थे। उन्हें पानी तो चाहिए ही था, खाद भी चाहिए था। लगा तो दिए गए थे लेकिन परवरिश का कोई माकूल इन्तजाम नजर नहीं आ रहा था। देखने से लगता था, जितना भी चले हैं अपनी जिजीविषा के बल पर ही चले हैं। साधनों का सहयोग नहीं के बराबर है।

चौधरी साहब ने अभी मैदान नहीं छोड़ा था, ''राजेन्द्रसिंहजी, ऐसा नहीं है...आप कुछ ज्यादा ही नाराज हैं। मैं यह जानता हूँ जो ऊपर पहुँच जाते हैं वे नीचेवालों की परवाह नहीं करते। यह बात उन लोगों में नहीं और लोगों में भी है। एक गरीब

भाई-बिरादर सभी के लिए समान रूप से जी का जंजाल होता है।''

कुछ और लोग आ गए। वे सब भी वहीं बिखर गए। अब अनुकूल लॉन में अकेला नहीं था। कुछ खड़े थे कुछ बैठ गए थे। एक जाकर बिल्कुल चौधरी की कुर्सी से सटकर खड़ा हो गया था। चौधरी साहब पहले बातों के बहाने उसे अनदेखा करते रहे। जब वह वहाँ से नहीं टरका तो उसकी ओर मुखातिब होकर बोले, ''कहिए पंडाजी, क्या हुक्म है?''

उसकी आवाज तनी थी, ''ये हुक्म और फरमान तो एक हफ्ते से कहे-सुने जा रहे हैं। मैं सिर्फ यह पूछने आया हूँ कि अगर कुछ न होता हो तो मैं अपने घर का रास्ता लूँ। बेशर्मों की तरह एक हफ्ते से मुक्त खाट, पानी, छत और गुसलखाने का इस्तेमाल कर रहा हूँ...लेकिन खाने-पीने और आने-जाने में भी तो खर्च हो ही रहा है। घरवालों की जो हालत होगी सो होगी ही।''

चौधरी साहब के चेहरे पर उत्तेजना का भाव आया, पर वे उसे जज्ब कर गए। सँभलकर बोले, ''पंडाजी, आपकी बात वाजिब है। परदेस वाकई घर नहीं होता... परेशानी का आगर है। आप जाना चाहें तो चले जाएँ। कागज-पत्तर छोड़ जाएँ, जब मौका मिलेगा टिकटिका दूँगा।''

पंडाजी और उत्तेजित हो गए, ''देखिए एम.पी. साहब, मैं साफ बात कहता हूँ और साफ बात सुनता हूँ। यह तो आप महीनों से समझा रहे हैं...साफ-साफ बता दें मेरा काम करना है या नहीं? मैं कोई लखपति नहीं कि लोगों की और तरह भी सेवा कर सकूँ...मेरे बस का तो केवल इतना ही है कि जहाँ आपका पसीना गिरे वहाँ खून बहाने को तैयार रहूँगा।''

चौधरी साहब को इस बार अपने-आपको और भी ज्यादा सँभालना पड़ा, ''देखिए पंडाजी, फावड़े और कलम में अन्तर होता है। खेत में फावड़ा पड़ा हो तो कोई भी चला ले। कलम वही चलाता है जिसके हाथ में होता है। मैं तो आपकी बात उस तक पहुँचानेवाला हरकारा हूँ जिसे कलम चलानी है। जिम्मेदारी कुछ नहीं ले सकता...न ये ले सकते हैं...न मैं ले सकता हूँ। ये भी एम.पी. हैं।'' रुककर बोले, ''आप मेरी सलाह मानें और शान्त मन से घर वापस लौट जाएँ। काम भगवान को सौंप दें...उसका चाहना भी जरूरी है। हम तो कब से चाहते हैं, पर जब वह नहीं चाहता तो...?''

पंडाजी बीच ही में बोले, ''वो चाहेगा तो हो ही जाएगा, फिर आपकी क्या जरूरत!'' तड़ से कहा, मुड़े और चल दिए। जाने के बाद थोड़ी देर सन्नाटा रहा। बीच-बीच में आनेवाली खँखारें और रह-रहकर कुर्सियाँ सरकने की आवाजें सन्नाटे को और अधिक पुनर्स्थापित कर रही थीं। दो-चार खैरख्वाह उसके पीछे छोड़े। लेकिन खाली लौट आए।

चौधरी साहब उस स्थिति से उभरे। राजेन्द्रसिंह ने उस पर अपनी प्रतिक्रिया जाहिर की, "आप बेकार के लोगों को सिर चढ़ा लेते हैं...ऐसे आदमियों के साथ सौ गज की दूरी से बात करनी चाहिए। काम भी कराएँगे और अहसान भी लादेंगे। मैंने तो अपने लोगों को समझा रखा है...ऐसे लोग तो मेरे पास तक नहीं फटक सकते।"

चौधरी साहब ने उनकी बात गौर से सुनी और मुस्कुरा दिए, "ठाकुर साहब, आप राजा लोग हैं। आपकी बात और है। परेशानी में आदमी कुछ-का-कुछ कह जाता है। पंडाजी चन्दर बाबू के खास आदमी हैं। जनता सरकार के जमाने में वे ही हमारे क्षेत्र से चुने गए थे। इस बार बेचारे हार गए। हम तो इस चक्कर में पड़ते ही नहीं, किसने किसका साथ दिया। जीते हुए आदमी को यही समझना चाहिए कि सबने उसी को वोट डाली है। कहते तो ये भी हैं कि इन्होंने भी मेरा ही साथ दिया था। जरूर दिया होगा। लेकिन ये बावनरामजी हैं, ये पहले भी हमारे साथ थे इस बार भी हमारे साथ रहे। हम इनको कैसे भूल सकते हैं! भूल तो उनको भी नहीं सकते...!"

बावनराम ने पूछा, "ये पंडाजी कहाँ के रहनेवाले हैं?"

"आप इनको नहीं जानते होंगे...इनका गाँव एकदम दक्खिन में है, बिलसी।"

बावनराम हँसकर बोले, "बिलसी के बाँभन तो बहुत झगड़ालू होते हैं...।"

चौधरी साहब ने एकदम बात बदल दी, "आपने नाश्ता-पानी कुछ किया ही नहीं होगा। क्या बताऊँ, बच्चे आजकल गए हुए हैं...नौकर भी नहीं है। बस पत्नी हैं। उनका शरीर अब चलता नहीं...हाँफने लगती हैं। पत्नी को पता चलेगा कि बावनरामजी को बाहर नाश्ता करना पड़ा तो बहुत दुखी होंगी...पर मैं जानता हूँ काम का जरा-सा भी जोर पड़ जाता है तो फौरन उलट जाती हैं। सत्तानवें नम्बर के पास सांसदों की कैंटीन है। वहाँ जाकर मेरा नाम ले दें...। इतने मैं राजेन्द्रसिंहजी के साथ शिक्षामंत्रीजी के यहाँ होकर आता हूँ।"

बावनराम बोले, "उनसे तो..."

"हाँ-हाँ, लौटकर फुर्सत से बातें होंगी..."

चौधरी साहब और राजेन्द्रसिंह उठकर चल दिए। उनके जाते ही अनुकूल बावनराम के पास आकर खड़ा हो गया। एक साहब आए और झपटकर उसी कुर्सी पर विराजमान हो गए जिस पर चौधरी साहब बैठे थे। बैठने का उनका अन्दाज भी करीब-करीब उन्हीं की तरह था। बात का लहजा भी चौधरी साहबवाला ही था। वे सज्जन एकाएक बावनराम को सम्बोधित करके बोले, "देखिए साहब, मिसेज चौधरी नाराज होंगी सो होंगी...आप ऐसा करें, कैंटीन की राह लें। ठहरो, काम कराओ और बाहर खाओ। यही सिद्धांत होना चाहिए। अगर सांसद सबको खिलाने लगें तो दो दिन में दुकान बढ़ा दें। आप जाएँ...हम आपकी जगह रोके हैं...किसी को नहीं लेने देंगे।"

बावनराम और अनुकूल को उसका इस तरह बीच में टपक पड़ना अच्छा नहीं

लगा। वे उठे और चले गए। दरवाजे से निकलते हुए हँसी की भभक महसूस हुई। चौधरी साहब की कुर्सी पर बैठा हुआ आदमी औरों से कह रहा था, "देखा, साला ब्राह्मणों को झगड़ालू कहता है। दरअसल क्षेत्र का चमार और पीहर का कहार चाचा-मामा कहलावे हैं! एम.पी. का घर ठहरा ना!"

बाकी लोग भी जोर से हँस दिए। खूब कहा भई, खूब कहा!

अनुकूल एकदम गुम था। चाय का आर्डर देने के बाद से बावनराम भी चुप थे। बस हाथ की बेंत जमीन पर टकोर रहे थे। अनुकूल की नजर सड़क पर थी। बहुत नहीं चल रही थी। बीच-बीच में एक-आध बार बस या स्कूटर सर्र-से निकल जाते थे। जब से वह पहुँचा था उस सड़क पर रिक्शा, ताँगा वगैरह उसने एकौ नहीं देखा था। जो लोग इन फ्लैटों से निकल रहे थे उनमें सूट-बूटवाले कम थे। सबके सब खादी कप्पड़धारी। थे भी गिनती के ही। उसे मन-ही-मन आश्चर्य भी हो रहा था कि यह भी अपना ही देश है। लेकिन यह और वह...दोनों देश इत्ते अलग थे कि कुछ कहना नहीं। एक ही देश में यह दो देश कैसे? उसके मन में न जाने कहाँ से ये अजीब तरह के तर्क आ रहे थे। वह अपने भूगोल का ज्ञान लगाने लगा। यह दिल्ली है। दिल्ली अपने देश की राजधानी है। हमारा प्रदेश उत्तरप्रदेश है। प्रदेश में जिला और उस जिले में हमारा कस्बा है। कस्बा मोहल्लों का एक समूह होता है। मोहल्ले में घर और कुछ एक टटपूँजिया दुकानें होती हैं। हर अच्छा आदमी अपने घर, मोहल्ले, नगर, प्रदेश और देश को प्यार करता है। जो प्यार नहीं करता वह देश-प्रेमी नहीं होता। इसलिए हम अपने देश को प्यार करते हैं...। फिर उसे मैथिलीशरण, माखनलाल चतुर्वेदी, सुभद्राकुमारी चौहान आदि की कविताएँ याद आने लगीं। सुभद्राकुमारी चौहान की कविता पढ़ते ही वीर भाव जाग्रत हो जाता है। उसे बैरा आता हुआ दिखा। लेकिन वह उधर आते-आते दूसरी तरफ मुड़ गया। उसे काफी जोर की झुँझलाहट आई। यहाँ भूख लगी है...। बाबू चुपचाप क्यों बैठे हैं? बैरा दूसरे की मेज पर जा चुका था। खादी के अलीगढ़ी पाजामेवाला जल्दी-जल्दी खाने में लगा था। खाते हुए उसकी खसखसी दाढ़ी हिल रही थी। साथ वाले आदमी से उसने पूछा तक नहीं। जरूर कोई संसद सदस्य होगा! अनुकूल फिर पहलीवाली बात पर लौट आया। जिन दिनों आजादी की लड़ाई चल रही थी वह कहाँ था? उसे होना चाहिए था। और कुछ नहीं होता तो वह कविता ही लिखता। अब हुआ, जब आदमी के हाथ में कुछ है ही नहीं। सब-कुछ सरकार करती है। पहले सरकार सिर्फ पीटती थी, मारती थी, जेल में बन्द करती थी. ..फाँसी पर चढ़ाती थी। किताबों में पढ़ते ही गुस्सा आता है। भगतसिंह को कैसे आनन-फानन में फाँसी चढ़ा दिया था। चन्द्रशेखर आज़ाद को गोली मार दी थी।

अखबारों में तो अब भी यह सब छपता है...जरूर कोई और करता होगा। नाम सरकार का! सब पहले दिल्ली ही आते हैं। चाहे इंग्लैंड की महारानी हो या रूस का प्रधानमंत्री। अभी कितने सारे लोग दिल्ली आए थे। खेल-खेलने और बातें करने। ये दोनों काम दिल्ली में अच्छे हुए। अखबारों में बड़ी सारी तारीफें छपीं। जब लोग बाहर से सीधे दिल्ली आते हैं तो ऐसा लगता है जैसे दिल्ली बाहर हो...देश का मर्दाना हिस्सा। बाहर तो सब ठीक-ठाक रहना चाहिए। अन्दर तो निभ जाता है। मेहमान आ जाते हैं तो कई बार रजाई मेहमानों को दे देते हैं। अन्दर बोरी, पुआल आदि से काम चल जाता है। यही तो यहाँ की असली बात है।

बावनराम की नजर अनुकूल पर टिकी थी। उन्होंने उससे पूछा, "किस सोच में हो?"

"कुछ नहीं, दिल्ली...।"

"दिल्ली क्या?"

"दिल्ली की सड़कें कितनी नई-नकोर हैं। चलने में डर-सा लगता है। मैली न हो जाएँ। इन पर मोटरों में ही चलना चाहिए। अपने यहाँ की सड़कों पर तो चाहे जैसे चल लो। पैदल, रिक्शा, साइकिल, ताँगा, ऊँटगाड़ी...सब चलते हैं।...मेतों तक मैं पहुँच जाते हैं।"

"यह दिल्ली है। बड़े-बड़े लोग यहाँ आते हैं...सफाई तो रखनी ही पड़ती है। प्रधानमंत्री तो रोज ही इन पर से गुजरती हैं।" फिर एकाएक रुककर बोले, "मेरे विचार से पेट भरकर खा लिया जाए। पता नहीं दिन कैसे और कहाँ गुजरे। कहीं चौधरी साहब के साथ निकलना पड़ गया तो सारा दिन खाली पेट घूम जाएगा।"

अनुकूल ने उनकी उस बात का जवाब न देकर अपना प्रश्न जड़ दिया, "बाबू, वह आदमी क्यों बिगड़ रहा था?"

बावनराम ने जानकार आदमी जैसी मुद्रा बनाकर जवाब दिया, "अरे, ऐसे ही। जब उनका इलेक्शन पड़ा तो दूसरों के साथ थे अब अपना काम पड़ा तो चौधरी साहब के सिर पर आ खड़े हुए। यह तो इन लोगों का रोज का काम है। तुमने देखा, चौधरी साहब हमारी कितनी तारीफ कर रहे थे। वो भी दूसरे एम.पी. से। एक के साथ रहो...दरवाजे-दरवाजे क्यों झाँकते घूमते हो? क्या मिल जाएगा?" फिर धीरे-से बोले, "लोगों का काम ही यह है कि जहाँ मीठा देखा चींटें की तरह जा चिपके। वैसे चौधरी साहब सज्जन आदमी हैं। कोई दूसरा होता तो पंडाजी को धक्का लगवाकर निकलवा देता। हमने उनकी पड़ी में साथ दिया तो अब अपनी पड़ी में आ खड़े हुए। ये लोग भी आदमी पहचानते हैं...आखिर, आदमी के व्यापारी जो ठहरे!"

अनुकूल आखिरी वाक्य पर उनकी ओर देखने लगा, पर वे बेखबर थे। उसके मन में एक सवाल आया और उसने सीधे स्वभाव पूछ लिया, "बाबू, अगर आपका

काम नहीं हुआ तो पंडाजी की तरह क्या आप भी नाराज हो जाएँगे?"

बावनराम पहले तो उस सवाल से चौंके, फिर हँसकर बोले, "पहले ही 'ना' क्यों करते हो...काम तो होना ही है।"

चाय और दो-दो टोस्ट आ गए थे। मक्खन नहीं मँगाया था। दोनों चाय में भिगो-भिगोकर चाय की घूँट के साथ खाने लगे। अनुकूल खाते-खाते एकाएक बोला, "बाबू, इस तरह तो बहुत पैसा खर्च हो जाएगा...कल तक काम हो जाए तो ठीक है, नहीं तो फिर लौट चलो।"

"लोग चाहते हैं, हम लोगों का कोई काम न हो...मजाक उड़ाते हैं।" बावनराम ने हताशा के-से स्वर में कहा।

बावनराम को बाईं तरफ से खाने में तकलीफ हो रही थी। उन्होंने बाकी डेढ़ टोस्ट छोटे-छोटे टुकड़े करके प्याले में डाल लिया और भीग जाने पर चम्मच से खाने लगे। अनुकूल ने इधर-उधर देखा। सब अपने खाने-पीने में मस्त थे। उनके खाने की तरफ से सब बेखबर थे। उसके बाद वह आखीर तक बिना गर्दन उठाए टोस्ट खाता रहा और घूँट-घूँट चाय पीता रहा।

चाय पी चुकने के बाद पैसे दिए। बाहर निकलकर थोड़ी देर तक वे लोग पेड़ के नीचे खड़े रहे। जो भी खादी से सजा-धजा आदमी निकलता था वही उन्हें चौधरी साहब की तरह एक एम.पी. नजर आता था। खासतौर से जब दो-चार लोग उसके आगे-पीछे चलते होते थे। बावनराम बोले, "चलो, उस छोर तक हो आएँ...राष्ट्रपति भवन का पिछवाड़ा यही तो है। अंग्रेजों का बड़ा लाठ इसी में रहता था।"

बड़े लाठ की बात सुनकर अनुकूल को अजब-सा लगा। अंग्रेजों का बड़ा लाठ इसमें रहता था और अपने राष्ट्रपति भी इसी में रहते हैं? लगता है अंग्रेजों का छोड़ा सब-कुछ अब हमारे काम आ रहा है! फिर उसे चौधरी साहब के घर का ख्याल आया। हो सकता है उसमें भी कोई अंग्रेज रहता हो। जब उसकी समझ में कुछ नहीं आया तो उसने अपने-आपको भीगे हुए जानवर की तरह झाड़ लिया। रहता होगा कोई भी, यह तो बड़े लोगों के सोचने की बात थी। एकाएक उसे रात का ध्यान आया। रात को क्या एक ही तख्त पर दोनों को सोना होगा? लोग यह भी तो कह सकते हैं कि आप लोग जमीन पर सोइए। बेइज्जती करनेवाले को कोई किताब थोड़े ही पढ़नी पड़ती है। बस तड़-से कोई ऐसी बात कह दी, हो गई बेइज्जती। बेइज्जती मार से कम, बात से ज्यादा होती है। यह तो बाबू स्वयं ही कहा करते हैं। लेकिन दाखले के चलते बाबू को इज्जत और बेइज्जती में इस समय कोई अन्तर नजर नहीं आ रहा। जो आदमी एक गिलास पानी को न पूछे वह दाखला क्या कराएगा! जरा-सी तारीफ कर दी और हो गए सब दस्तूर पूरे।

बावनराम ने फिर दोहराया, "भैया, यही राष्ट्रपति भवन का पिछवाड़ा है। सुना

है इसमें कई सौ कमरे हैं। अंग्रेजों के जमाने का नाचघर है जिसमें लाठ साहब नाचा करते थे...दरबार का कमरा है...दुनिया का बड़े-से-बड़ा आदमी इसी में आकर बैठता है।''

कमरों की संख्या सुनकर अनुकूल थोड़ा चौंका। क्या करते होंगे इतने कमरों का? अपने घर का तो एक भी कमरा साबित नहीं। राष्ट्रपतिजी इतने कमरे कैसे साबित रख पाते होंगे। फिर उसका मन हुआ कि पूछे, क्या उस नाचघर में अपने राष्ट्रपतिजी भी नाचते हैं? लेकिन हिम्मत नहीं पड़ी।

''यह कोई किसी का व्यक्तिगत मामला थोड़े ही है। देश का काम है। इतने बड़े राष्ट्र का पति क्या छोटी-मोटी जगह आकर रहेगा। दूसरे देशों के राष्ट्रपति भी तो आते हैं...उनके साथ इतने खिदमतगार होते होंगे, अफसर होते होंगे...इतने कमरे भी कम पड़ जाते होंगे।''

''बाबू, हमारे अध्यापक कहा करते थे...कमी का नाम हिन्दुस्तान! पड़ ही जाती होगी तो क्या!''

बाबू चुप लगा गए। थोड़ी देर बाद बोले, ''चलो, चलें...कभी वे आएँ और निकल जाएँ। इन लोगों की जान को भी तो सैकड़ों काम लगे रहते हैं।''

वे लौट पड़े। अनुकूल मुड़-मुड़कर राष्ट्रपति भवन के पिछवाड़े को देखता रहा। थोड़ी दूर जाकर उसने मुड़कर देखना बन्द कर दिया और सामने देखने लगा। सामने वही घेर दिखलाई पड़ रहा था जहाँ पहुँचकर सड़क खो जाती थी। बाबू ने बताया था कि वह पंडित 'जवाहरलाल नेहरू' का घर था। हो सकता है उसमें हमेशा पंडितजी ही रहते रहे हों। अंग्रेज बिल्कुल ही न रहे हों। बाबू को पता नहीं, नहीं तो बताते कि इसमें अमुक अंग्रेज अफसर रहता था।

वह गर्दन उठाए उसी मकान की तरफ ताकता हुआ चलता रहा। उसके पार उसकी नजर जा ही नहीं रही थी।

चौधरी साहब आ गए थे। कुछ आदमी चले गए थे और कुछ बैठे थे। चौधरी साहब बचे हुए लोगों से बतिया रहे थे। बीच-बीच में चुनहटी दबा लेते थे। बावनराम को आता देखकर चौधरी साहब के चेहरे पर पहले तो हल्की-सी सकपकाहट आई, नजदीक आने पर बड़े जोश-खरोश के साथ बोले, ''आइए-आइए बावनराम भाई! चाय-पानी हो गया। देखिए, हुई न वही बात। पत्नी ने सुना तो नाराज होने लगीं। पर वे भी जानती हैं कि मजबूरी की काट सब्र ही है।''

उन्होंने हाथ पकड़कर पासवाली कुर्सी पर बैठा लिया और दूसरों से बातें करना जारी रखा। अनुकूल थमले से लगा खड़ा रहा। बावनराम ने एक-दो बार इधर-उधर

देखा। अनुकूल के लिए उन्हें कहीं खाली कुर्सी नजर नहीं आई। आखिर पढ़ा-लिखा लड़का है। पढ़े-लिखे की इज्जत करना एक जरूरी चीज है।

एक आदमी जोर-जोर से बोल रहा था, "देखिए एम.पी. साहब, आप लोग संसद में बैठकर कानून बनाते हैं...कानून इसलिए बनाया जाता है जिससे इन्सान की बेहतरी हो और उसके अधिकारों को सुरक्षा मिले। व्यक्तिगत सम्पत्ति रखना एक वैध अधिकार है। जैसे समाज के अधिकारों की रक्षा करना सरकार का दायित्व है वैसे ही व्यक्ति की सम्पत्ति की रक्षा करना भी...। अगर सरकार ऐसा नहीं करती तो वह अपना कर्तव्य हारती है। जो लोग हमारी जमीनों को जोतते हैं वे चाहे बाँभन हो या हरिजन...अवैध कब्जा करने का किसी का अधिकार कैसे बन सकता है। अगर कोई ऐसा करता है और सरकार हमारी सम्पत्ति की रक्षा नहीं करती तो यह दायित्व हमारा हो जाता है कि हम अपनी सम्पत्ति की रक्षा स्वयं करें। कानूनन हो या गैरकानून। उन्होंने हमारी जमीनों पर कब्जा कर लिया...खाली करवाई तो स्वाभाविक था कि चोटें आतीं। उनके भी आईं और हमारे आदमियों के भी आईं। हमारी चोटें कोई नहीं देख रहा है...सब लोग इन हरिजनों के हिमायती बने घूम रहे हैं। चढ़ा दीजिए हम लोगों को सूली पर। बराबरी के नाम पर यह हरिगज नहीं हो सकता कि कोई कम बराबर हो और कोई ज्यादा।"

चौधरी साहब मुँह चलाते हुए शालीनता और सरोकार के साथ उस आदमी की बातें सुन रहे थे। बीच-बीच में एक लम्बा-सा 'अच्छा ऽऽ' भी कह देते थे। जब तक वह बोलता रहा चौधरी साहब का सुनना जारी रहा। अब बन्द हो गया तो वे दूसरों की तरफ मुख़ातिब होने को हुए। वह आदमी हताशा और दीनता के साथ बोला, "आप ही बताएँ, मैं क्या करूँ? आप लोगों ने जब भी जितना माँगा मैंने कभी इन्कार नहीं किया...इलैक्शन हो, फंक्शन हो, प्रधानमंत्री फंड हो...कुछ भी क्यों न हो। मेरे भाई, भतीजे, लड़के जेल में पड़े हैं। जमानत तक नहीं होने दे रहे। तीन सौ सात का मुकदमा कायम करने की जुस्तजू है। क्या हम लोग यही दिन देखने के लिए आपकी पार्टी के साथ हैं...?"

"आप ठीक कहते हैं सेठजी, मैं तो बहुत छोटा आदमी हूँ...चाहकर भी कुछ नहीं कर सकता। आपने कानून हाथ में न लिया होता तो मैं होम मिनिस्टर के पास जाता। कहता। उनकी मिन्नतें करता। कानून की स्टॉपवाच जब चालू हो जाती है, घोड़ा जब तक रुकता नहीं तब तक वह टिक-टिक करती रहती है। सुस्त चले या तेज, यह अलग बात है। हम चाहते हैं कि अगर समय हमारे विपरीत जा रहा हो तो हम सुई पकड़कर लटक जाएँ, जिससे वह आगे न बढ़ सके। समय सुई नहीं है, सेठजी...सुई पकड़ भी लेंगे तो भी समय चलता रहेगा। सुना है दुनिया घूमती है...वह भी रुक जाए तो भी समय चालू रहेगा। आप इन दलितों और पिछड़े हुए लोगों की बात

लें...कोई कह सकता था कि बँधुवा मजदूर की मुक्ति की कभी कोई सम्भावना बनेगी? गांधीजी आ गए और समय चलते-चलते उस बिन्दु पर पहुँच गया जहाँ से इन लोगों पर नजर डाली जा सके। खैर, फिर भी मैं बात करूँगा और इस बात पर जोर दूँगा कि गैरइन्साफी न हो।''

''लेकिन...!''

चौधरी साहब तपाक से बोले, ''सेठजी, मुकदमे की तैयारी कीजिए। कानून के आँख और पैर नहीं होते। इन्साफ तक पहुँचने के लिए उसे बैसाखियों-पर-बैसाखियाँ चाहिए...पत्राजात, गवाही, दलीलें, नजीरें और न जाने क्या-क्या! तब भी पहुँच जाए तो शुक्र है। कई बार वह धृतराष्ट्र की तरह अपना हजारों हाथियों का बल लगाकर बाँहों में कस लेता है...फौलाद का ही हुआ तो भले ही बच जाए, नहीं तो राम मालिक!''

वह आदमी साफगोई पर उतर आया, ''इन बातों से हम क्या समझें? अच्छा हो इन बड़ी-बड़ी बातों को आप संसद में ही जाकर कहें। हमें तो सीधे-सीधे बताइए कि इस मुसीबत में आप हमारी क्या मदद करेंगे? यह ध्यान रखिएगा कि हमने भी आपके लिए कुछ कर रखा है। यह भी न समझें, मुसीबत से दूसरों का ही सम्बन्ध होता है... ।''

चौधरी साहब ने हँसकर कहा, ''कह तो आप ठीक रहे हैं। तुलसीदास ने भी यही सब कहा है जो आप कह रहे हैं। मैं पब्लिक का आदमी हूँ...पब्लिक की तकलीफ सो मेरी तकलीफ। इसलिए आप निश्चिन्त रहें, मैं आज ही गृहमंत्रीजी से बात करूँगा।''

''आप उनसे बात करें तो यही कहिए कि यह मामला राजनीतिक है। क्योंकि वह अपनी पार्टी के साथ है इसलिए विरोधी दल उसे फँसा रहे हैं। पुलिस विरोधियों से पैसा खा गई है...उन्हें केवल इतना ही करना है कि केस में फाइनल रिपोर्ट लग जाए। बस! जो सेवा हमारे लायक होगी वह हम हाथ जोड़कर करेंगे...'' उसने बात वहीं छोड़ दी।

''मैं जो कुछ कह सकूँगा, जरूर कहूँगा। करना उनके हाथ में है मैं आपको यह विश्वास दिलाए देता हूँ कि पूरे सकून और पूरी जिम्मेदारी के साथ कहूँगा। आप पर अहसान करने के लिए नहीं, अपने सन्तोष के वास्ते।''

वह आदमी उठा और पैर पटकता हुआ चल दिया। उसके साथ दो-तीन आदमी और भी उठ खड़े हुए। थोड़ी दूर तक जाने के बाद वह मुड़ा और बोला,''आपसे हमारा सम्बन्ध था, इसलिए चले आए। आप मदद कर देंगे तो आपकी मेहरबानी और नहीं करेंगे तो...'' ऊपर उँगली उठाकर, ''वो करेगा। वो आपकी सरकार के भी ऊपर है और हमारे ऊपर भी। ईश्वर के लिए हमें ककहरा न पढ़ाएँ।''

एम.पी. साहब तपाक से बोले, ''यह बात आपने लाख रुपए की कही...उससे बड़ी न तो संसद है और न उच्चतम न्यायालय। सब उसी की शपथ लेकर काम शुरू

करते हैं। अगर इन्सान हमेशा यही समझे तो यह सब काहे के लिए हो। मैं पुरजोर शब्दों से कहूँगा कि बेगुनाह को न सताया जाए...यही कहने के लिए आपने मुझे चुना है। मैं अपना फर्ज पूरी तरह अंजाम दूँगा।''

वह बिना कुछ कहे दरवाजे से बाहर निकल गया। चौधरी साहब थोड़ी देर खामोश बैठे रहे फिर बोले, ''सबकी अपनी-अपनी फितरत है। पहली सरकार में ये कन्दील हो गए थे...एकदम आकाशचारी! तभी की आदतें बिगड़ी हैं...''

बावनराम ने उनकी हाँ में हाँ मिलाई। अनुकूल आँखें फैलाए चौधरी साहब की तरफ देख रहा था। इन आदमियों के जाते ही वे अनुकूल से बोले, ''काहे खड़े हो, बैठ जाओ।'' तब तक दो-तीन आदमी और आ गए। उन्होंने कुसियाँ हथिया लीं। बावनराम को अच्छा नहीं लगा। जिस तरह झपटकर वे लोग बैठे...देखकर अनुकूल को हँसी आ गई। उसने दूसरी तरफ मुँह घुमा लिया।

चौधरी साहब फौरन बोले, ''बैठना तो बुड्ढे-ठेरों का काम है...ये तो जवान आदमी हैं।'' फिर उससे बोले, ''कहो तो बेटा कुर्सी मँगाऊँ?''

''जी नहीं!'' कहकर अनुकूल थोड़ा आगे को सरक गया।

जो लोग आए थे उनके चेहरों पर उतावलापन था। बार-बार घड़ी देख रहे थे। वे चौधरी साहब को अपनी बात से जल्दी-से-जल्दी आगाह करना चाहते थे। एक ने बोलना चालू किया तो चौधरी साहब ने टोक दिया, ''अब तो संसद जाने का समय हो गया...आप ऐसा करें, कल सवेरे आ जाएँ।'' उन लोगों का चेहरा उतर गया।

अनुकूल ने बावनराम की तरफ देखा। बावनराम भी सुस्त पड़ गए थे। चौधरी साहब जाने के लिए उठने लगे तो बावनराम सुस्त आवाज में बोले, ''मुझे भी आपसे कुछ बातें करनी थीं।''

वे हँसकर बोले, ''सवेरे तो आए ही हैं, आपसे तो जरा फुर्सत से बातें होंगी। आपसे खड़े-खड़े बात करके बात करने का नाम थोड़े ही करना है। इतना पैसा खर्च करके बेटे को साथ लाए हैं, दिल्ली तो दिखा दीजिए। दिल्ली की संसार की सब राजधानियों में अव्वल दर्जे की राजधानियों में गिनती है। यहाँ जैसी हरियाली कहीं नहीं। जैसे देवता लोग अयोध्यावासियों से ईर्ष्या करते थे इसी तरह दुनिया के लोग दिल्ली में रहनेवालों से करते हैं। दिल्ली तो तीनों लोकों में सबसे न्यारी है, बावनराम भाई! अच्छा तो मैं चलता हूँ...शाम को बैठेंगे।''

चौधरी साहब फूट लिए और बावनराम धम्म-से कुर्सी पर बैठ गए। बाकी लोग भी रेल बनाकर उन्हीं के पीछे-पीछे निकल गए थे। थोड़ी देर वे चुपचाप बैठे रहे। फिर बोले, ''तुम कब से खड़े हो, थोड़ा सुस्ता लो।''

अनुकूल के खड़े रहने के कारण वातावरण में जो उठाव था, उसके बैठते ही वह भीगे शामियाने की तरह नीचे आ गया।

"कहाँ चलें?" बावनराम सड़क के किनारे खड़े-खड़े धीरे-से बुदबुदाए।

अनुकूल चाय की दुकान के पास बैठा, खोमचेवाले से मुरमुरे खरीदकर और चाय में भिगोकर खा रहा था। बावनराम खा चुके थे। इस रूप में मुरमुरे खाना बाप-बेटे दोनों को अच्छा लगता था। बीच-बीच में वह सड़क पर भी देख लेता था। बस, मोटर, स्कूटर वगैरह सामने दिखते नजारों को बीच से चीरते हुए निकल जाते थे। वहाँ ऐसा नहीं होता। व्यवधान तो पड़ता है, पर चिरते नहीं। सवारियाँ धीरे चलती हैं। बावनराम रेलिंग पर चूतड़ टिकाकर खड़े हो गए थे। वे सोचते-सोचते एकाएक बोले, "इस तरह काम तो दूर रहा...बात भी नहीं हो पाएगी।"

अनुकूल की चाय खत्म हो गई थी। अब वह बचे हुए मुरमुरों को टूँग रहा था। टूँगता-टूँगता सड़क पर जा पहुँचा। उसने सड़क के किनारे खड़े होकर दोनों तरफ देखा। बहुत कम लोग आ-जा रहे थे। यहाँ आदमी कम हैं, मोटरें ज्यादा हैं। इसलिए मोटरें और फिटफिटिये चलती हैं। सड़कें देखकर आदमी नहीं लगते, बसें देखकर अलबत्ता लगते हैं। बस झन्नाटे से आती हैं, मुड़ती हैं और दूसरे छोर तक पहुँचते-पहुँचते बच्चोंवाले खिलौने में बदल जाती हैं। अन्दर बैठे आदमी भी बस के साथ-साथ खिलौने हो जाते होंगे। मोटरें जरूर सबको पछाड़ देती हैं। जैसे सारी शक्ति उन्हीं में हो। आवाज भी नहीं होती। बसों में आवाज भी होती है। जैसे पूरा जोर लगा रही हों...बाजें घनी।" उसके चेहरे पर मुस्कुराहट आ गई।

बावनराम एकाएक बोले, "चलो चाँदनी चौक चलें। बाजार तो चाँदनी चौक का। कन्धे-से-कन्धा छिलता है।"

उनकी बात सुनकर उसकी आँखों में चमक आ गई। बोला, "चलिए।"

"पता नहीं कौन-सी बस जाती होगी?" अनुकूल अपनी अनभिज्ञता के कारण चुप रहा।

बावनराम ही बोले, "कोई नजर भी तो नहीं आता जिससे पूछा जाए। अगर नजर भी आता होता तो दिल्ली में कौन किसको रास्ता बताता है!" फिर अपने आप ही बोले, "चलो, बिरला मन्दिर चलते हैं...उसका भी बड़ा नाम है।"

अनुकूल हँस दिया।

बावनराम उसकी हँसी का मतलब नहीं समझे। वे दूसरी बात पर सफाई देने लगे, "नहीं, ऐसी बात नहीं। जिन्होंने मन्दिर बनवाया है...बिरलाजी...गांधीजी के कहने पर उन्होंने सब त्याग दिया था। बस देखभाली बनकर रहते हैं..."

"वहाँ जाने के लिए बस कहाँ से मिलेगी?"

"बस!" कहा और चुप हो गए। फिर बोले, "बसों की हो तो समस्या है। जाती इतनी हैं पर यह पता नहीं कौन कहाँ जाती है। दिल्ली की इतनी बड़ी सरकार, पर इतना नहीं कि हर बस स्टैंड के पास एक टाइम-टेबिल लगवा दें...यहाँ से कौन बस

कहाँ-कहाँ जाती है। दिल्ली के लोग टाइम-टेबिल का टाइम-टेबिल घूँटी में पीकर आते हैं। सब याद रहता है। बाहरी लोग क्या करें? दिल्लीवालों का सब-कुछ दिल्लीवालों के लिए ही है!" फिर अपने आप ही कहा, "संसद भवन तो चला ही जा सकता है। बस यह रहा सामने...सवेरे आते हुए रास्ते में नहीं पड़ा था। बस वही है...गोल-गोल।"

"चलिए।" अनुकूल वहाँ चलने के लिए भी तैयार हो गया।

बावनराम उसे बताते रहे, "संसद भवन के एक तरफ साउथ-ऐवन्यू है, दूसरी तरफ नार्थ-ऐवन्यू और सबसे ऊपर राष्ट्रपति भवन।"

"वैसे तो संसद सबसे ऊपर होती है।"

"यह सब अंग्रेजों का बनवाया हुआ है ना।"

"यह संसद-भवन भी अंग्रेजों ने ही बनवाया था! इसका मतलब सब-कुछ उन्हीं का बनवाया हुआ है...अपना कुछ नहीं?"

"आजकल ऐसे मजबूत भवन कौन बनवा सकता है? एक बार नार्थ-ऐवन्यू में भी आ चुके हैं। तब वहाँ अपने यहाँ के शास्त्रीजी रहते थे, मजदूर नेता। बहुत पुरानी बात है। तब गिरि साहब लेबर मिनिस्टर थे। बाद में राष्ट्रपति हो गए थे। उन्हीं से हमारा डेपुटेशन मिलने आया था। तब संसद भवन भी देखा था...और राष्ट्रपति भवन भी।"

अनुकूल चुपचाप खड़ा सुनता रहा था। बावनराम का बयान चालू था।

"वो जो मजदूर नेता शास्त्रीजी थे। सुनते थे। सुनते ही नहीं थे, करते भी थे। दूसरों के लिए लड़ जाते थे। जैसे-जैसे समय बदला वैसे-वैसे नेताओं का स्तर भी गिर गया। अब सुनना तक नहीं चाहते...!"

अनुकूल भी रेलिंग पर टिक गया।

"लगता है, तुम थक गए...छोड़ो। आराम कर लिया जाए। रात-भर ट्रेन में भी कटर-कटर ही होती रही। आराम नहीं मिल पाया। वो तो बस मिल गई...नहीं तो मर लेते।"

अनुकूल जैसे बैठा था वैसे ही बैठा रहा। बावनराम पीछे से कपड़े झाड़ते हुए बोले, "चलो तो फिर थोड़ी देर लेट लिया जाए...!"

"कहाँ?"

"वहीं...अब वहाँ कौन होगा? सब काम से निकल गए। वो तो हम भी निकल लिए होते पर चौधरी साहब से बात ही नहीं हो पाई। जब तक उनसे बात न हो जाए तब तक यह भी तो पता नहीं कि कहाँ जाना है...किससे मिलना है।"

"पर..." अनुकूल कहता-कहता रुक गया।

बावनराम दो-चार कदम आगे थे। अनुकूल ने 'पर' इतने धीमे से कहा था कि उन्होंने नहीं सुना। वह भी पीछे-पीछे चल दिया। बावनराम को बुलास छूटी हुई थी।

वे आगे-आगे बोलते चले जा रहे थे, "अपने काम के लिए दूसरों की दाब सहनी पड़ती है। तुम्हारा दाखला हो जाए, मेरी जिन्दगी सकारथ लग जाए। अभी तक तो मैंने लोहा-लंगड़ ही ढोया...सबकी नजरों में मूरख बनकर ही जिन्दगी गुजारी। जिस दिन तुम इंजीनियर बनकर निकलोगे उस दिन मेरी यह सारी मूरखता अकलमन्दी में बदल जाएगी। यह जो जात-पात की भिनकन जान को लगी है यह भी धुल-पुछ जाएगी। सब तुम्हें देखेंगे, तुम्हारे ओहदे को देखेंगे। ऊपर पहुँचकर धुआँ निर्मल जल बन जाता है। बाबूजी हैं, सब उनके चरणों में सीस नवाते हैं। वो कौन बाँभन हैं, पर बड़ों के भी बड़े हैं। बस तुम एक बार यह खाई फलाँद जाओ फिर तो सब-कुछ समतल है। मैंने कभी भगवान तक से कुछ नहीं माँगा। जो दे दिया चुचकारकर माथे लगा लिया। यह पहला मौका है जब मैं इन लोगों के आगे-पीछे झोली फैलाए घूम रहा हूँ। इस बार अगर इन्होंने मेरी नहीं सुनी तो मैं समझूँगा, ना इन्सान कुछ है और भगवान...भगवान को तो क्या कहूँ, अब तक तो उसने ही पार लगाया है।"

अनुकूल इस तरह की बात सुनकर स्तब्ध रह गया। दाखला बाबू की भावना में समा गया है। अगर सफलता नहीं मिली तो बाबू सँभल पाएँगे? बाबू समझते हैं, पता नहीं मैं कितना पढ़ गया। मेरे जैसे एक नहीं सैकड़ों हैं...हो भी गया और वहाँ कुछ न कर पाया तो...!

वह बोला कुछ नहीं। चुपचाप पीछे चलता रहा। बावनराम भावुकता के अन्तिम छोर तक पहुँच गए थे। बस केवल आँसू ही नहीं निकले थे।

अनुकूल और भी सहम गया था।

चौधरी साहब के घर पर पीछेवाले हिस्से में इस समय कोई नहीं था। उनके थैले एक तरफ लिपटे हुए रखे थे। जरूर किसी ने उन्हें छुआ है। झाड़ू लग चुकी थी। शायद झाड़ू लगानेवाला ही रख गया हो। बरांडे में धूप थी। तख्त भी खिसका हुआ था। आधे तख्त पर भी धूप आ गई थी। बावनराम अन्दर कमरे में घुस गए। दोनों तरफ आमने-सामने खटियों की दो कतारें थीं। गाँवों और कस्बों में जब बरातें आती हैं तो इसी तरह खाटें डालकर जनवासा बना दिया जाता है। कुछ पर सामान रखा था। मुसाफिरखानों में भी सफर शुरू करने के क्षण के इन्तजार में कभी-कभी सामान इसी तरह खाटों पर रखा रहता है। जो खाटें खाली थीं वे कमरे के अन्तिम छोर पर थीं। ठीक उनके ऊपर खिड़कियाँ थीं। पंखे उनसे काफी दूरी पर थे। खिड़की से तो हवा आ सकती थी पंखों से बिल्कुल नहीं। हो सकता है इन्हीं में से किसी खाट पर रात पंडाजी सोये हों। पंखे की हवा न मिलने के कारण उनका पारा चढ़ गया हो। लेकिन एक ही जगह दो-तीन खाटें खाली हैं। हो सकता है और भी एक-आध आदमी उनके

साथ रहा हो। वैसे हमें सिर्फ दो ही खाट चाहिए। अनुकूल तो बेचारा नामचारे को ही है। लोग तो यही कहेंगे कि बावनराम और उनका बेटा ठहरे हैं। उसका तो नाम भी नहीं आएगा।

अनुकूल बाहर बरांडे में ही रह गया था। उन्होंने उसे पुकारा, "भैया, सामान यहाँ ले आ। खाटें खाली हैं। थोड़ी देर सो भी लेंगे। एक-आध दिन रुकना पड़ा तो कमर सीधी करने की सुविधा मिलेगी।"

"नहीं बाबू, यहीं ठीक है। पता नहीं किसी को कैसा लगे...बाद में हटना पड़े।"

"अरे नहीं भैया, इसमें क्या बुरा लगना! इतने लोग ठहरे हैं...हम भी ठहर जाएँगे। वैसे ही नहीं आए, चौधरी साहब के दस बार कहने पर आए हैं।"

अनुकूल ने बहस में पड़ना उचित नहीं समझा। वह थैले लेकर अन्दर पहुँच गया। बावनराम खाट पर पलौथी लगाकर पूरी तरह जम गए थे। उसने थैले रख दिए।

"यहाँ वहाँ से लाख दर्जे अच्छा है। है ना, क्यों?"

अनुकूल ने बड़े अनमने ढंग से गर्दन हिला दी।

बावनराम ने थैले से चादर निकालकर दूसरी खाट पर बैठे-ही-बैठे फैला दी, "सो जाओ, रात-भर नींद ही कहाँ आई!"

"नहीं, सोना क्या...आप सो लीजिए, मैं बैठा हूँ...।"

अनुकूल बीच में रुक गया। कोई महिला जोर-जोर से बोल रही थी। बावनराम के भी कान खड़े हुए। किसी को डाँटते हुए कह रही थी, "तुम हर एक को घर में घुस आने देते हो। कौन कैसा आदमी है, किसी के माथे पर थोड़ा ही लिखा होता है। हम तो इस एम.पी. होने से भर पाए। धरम-करम कुछ रहा ही नहीं। जो आता है बरतनों में खाता है, कपड़ों में बैठता है...कितने लोग पाल के आमों की तरह भरे हैं।"

दोनों ने एक-दूसरे को देखा। उनके चेहरों पर तनाव आ गया था। अनुकूल के खासतौर से। बावनराम ने अनुकूल का तनाव कम करने की गरज से उसकी तरफ देखा और मुस्कुरा दिए। उसका चेहरा सिकुड़ता जा रहा था। मन-ही-मन उसे लगा कि इन लोगों के आक्रमण से पहले ही यहाँ से भाग चलना चाहिए। पता नहीं हम यहाँ क्यों हैं? वह अपने बाबू से यह प्रस्ताव रखने की तैयारी कर ही रहा था कि वह महिला अन्दर घुस आई। उन दोनों को इस तरह कोने में बैठे देख उसका चेहरा और सख्ती पकड़ गया। महिला होने के साथ-साथ वह काफी तन्दुरुस्त और दबंग थी। कद-काठी भी पूरमपूर थी। अपने सुनहरे फ्रेम के चश्मे से वह उन लोगों को एकटक देख रही थी। बावनराम हाथ जोड़कर तत्काल खड़े हो गए।

"आप लोग?" उन्होंने तपाक से पूछा।

"मैं ही बावनराम हूँ...।" उन्होंने कन्धे ऊँचे करके कहा।

"कौन बावनराम?"

बावनराम के कन्धे एकाएक झुक गए। हकलाते हुए बोले, ''जी बावनराम! चौधरी साहब ने आपसे जिक्र किया होगा...।'' वह कुछ नहीं बोली। देखती रही। बावनराम को आगे बढ़ना पड़ा, ''हम लोगों की आठ सौ वोट चौधरी साहब को ही पड़ी थीं।'' लैकिन उनकी नजर और चेहरे के भाव में जरा-सी भी जुम्बिश नहीं आई थी। बावनराम ने बात बदली, ''यह मेरा लड़का अनुकूल है...हम लोगों की बिरादरी में इसी ने हाईस्कूल पास किया है। चौधरी साहब की कृपा हो गई तो इसकी जिन्दगी बन जाएगी...।''

वे बिना उनकी बातों का जवाब दिए पलटीं और पीछे खड़े नौकर से बोलीं, ''तुम दिन में ताला क्यों नहीं बन्द रखते? जब लोग चले जाया करें तो बन्द कर दिया करो... शाम को खोला करो। लोग यहाँ सोने आते हैं...जैसे सराय या आरामगाह हो। नानसेन्स!''

वे पैर पटकती चली गईं।

बावनराम पहले खड़े रहे, फिर खड़े-ही-खड़े धम्म-से बैठ गए। उन्हें लगा प्रेमचन्द की कहानियों की तरह कोई साहूकार आया और कर्जे में उनके जानवर, कपड़े-लत्ते और मड़ैया तक...लदवाकर चलता बना। वे नंगे-के-नंगे खड़े रह गए। अनुकूल तक की तरफ देखने का उनका साहस नहीं हुआ। वे गर्दन नीचे किए हुए जड़वत् बैठे रहे।

नौकर फिर लौटकर आया। पहले तो वह ताला और चाबी हाथ में लिए दरवाजे पर खड़ा हिलता रहा। फिर पूरे कमरे का एक चक्कर लगाया। बावनराम और अनुकूल अपनी-अपनी तरह से निरन्तर उस पर नजर जमाए थे। अनुकूल बहुत आकस्मिक ढंग से देखने का अहसास करा रहा था। बावनराम गौर से देख रहे थे। उनकी आँखें तक उसके साथ चलती दिखाई पड़ रही थीं। अनुकूल के चेहरे पर उसके हृदय की आशंका स्पष्ट थी। बावनराम अनिश्चय में थे। देखो क्या करता है?

थोड़ी देर बाद वह उनके नजदीक आया। धीरे से बोला, ''आप लोग बाहर बैठ जाइए...मेम साहब ने ताला बन्द करने के लिए कहा है। पाँच बजे जब ताला खुले तो आ जाइएगा।''

अनुकूल तत्काल उठ खड़ा हुआ।

बावनराम बैठे रहे और नम्रता के साथ बोले, ''अब तो गलती हो ही गई है, यहाँ आकर ठहर गए। चौधरी साहब ने बार-बार ठहरने का अग्रह कर-करके हमारी यह दुर्दशा कराई है। हम तो हमेशा से ही पुरानी दिल्ली की धर्मशाला में ठहरा करते थे...इस बार ही वहाँ ठहरने में हमें कौन मुसीबत आती थी। शाम तक रह जाने दो...चौधरी साहब से बात करके शाम को चले जाएँगे।''

अनुकूल थोड़ा उखड़ा, ''चलो बाबू, उनका घर है, वे ताला बन्द करना चाहते हैं तो कर देने दीजिए।'' वह सामान समेटने लगा।

"नहीं भैया, चौधरी साहब के हमारे पुराने सम्बन्ध हैं, ये लोग नहीं जानते। अब शाम को उनसे मिलकर और कहकर ही जाएँगे।"

नौकर ने उनकी तरफ नाराजगी से देखा, "सब यही करते हैं...काम था तो काम करते। यहाँ काहे बैठे हैं? इन्हीं बातों से मेम साहब नाराज होती हैं। वे कहती हैं कि आएँगे काम के बहाने और तोड़ेंगे खाट। काम नहीं होगा तो गाली देंगे। काम हो गया तो भूल जाएँगे। गाली देने की बात पर ही मेम साहब को गुस्सा आता है। काम न होने पर लोग गाली न दें तो मेम साहब इतनी नाराज न हों।'

अनुकूल के शरीर में झनझनी-सी हुई। वह तत्काल बोला, "काम हो जाने के बाद वे स्वयं क्या लोगों को याद रखती हैं?"

बावनराम ने चुप कर दिया और समझाने के ढंग में बोले, "हम छोटे आदमी हैं, पर न तो अहसानफरामोश हैं और न चोर-उचक्के। हम तो चौधरी साहब से मिलने आए थे...और तो कोई काम है नहीं। तुम कहो तो सड़क पर जाकर बैठ जाते हैं। शाम को जब आएँगे तो पहले बात करके तब अपने घर का रास्ता लेंगे।"

उनका गला रुँध गया।

नौकर बिना कुछ बोले बाहर निकल गया। वे दोनों भी सामान लेकर बाहर निकल आए। अनुकूल का चेहरा तमतमाया हुआ था। पर खामोश था। बावनराम रुआँसे हो आए थे। लेकिन बार-बार अनुकूल की तरफ देखते जा रहे थे...सोचते जा रहे...पगला है! जरा-जरा-सी बात पर कहीं इतना परेशान हुआ जाता है। जिस तरह के माहौल में जन्म लिया है उसमें तो ऐसी-ऐसी घटनाएँ रोज ही हुआ करेंगी। दरअसल बच्चा है। इसने तो वो जमाना देखा नहीं जो हमने देखा है। बच्चे लोग अगर अब देख लें तो पता नहीं इनके दिमाग की हालत क्या हो। मुँह पर मल का तोबरा चढ़ा दिया जाता था। दूसरे लोग आकर बताया करते थे कि फलाँ साहूकार के यहाँ तेरे बाबा को मुँह पर तोबरा चढ़वाकर खड़ा किया हुआ है। हिम्मत नहीं पड़ती थी, घुस तक जाएँ। जब समझ आई तो गाँव छोड़ दिया और शहर भाग आए। नौकरी की। खलासी का काम किया। मार खाई। हर तरह की मुसीबत झेली। पर उतना सुनना नहीं पड़ा। सुनना दिमाग जख्मी करता है, पिटना शरीर। इसलिए सुना नहीं जाता। ईश्वर करे यह इंजीनियर बन जाए। यह जो थोड़ा-बहुत पातक लगा है वह भी धुल जाएगा। सच पूछो तो आदमी-आदमी में क्या फर्क है? गाय-गाय में जरूर फर्क है। कोई ज्यादा दूध देती है, कौई कम। आदमी पहले लेता है, तब देता है। उनकी सोच दूसरी तरफ को मुड़ गई। अगर आदमी-आदमी में फर्क नहीं तो फिर यह सब कैसे हो गया? जिनका सितारा डूबता गया वे गिरते गए। जिनका चमकता गया वे उठते गए। हम लोगों के भी राज-पाट थे। छिन गए तो जीत के मद में हारे हुओं को गुलाम बना लिया। हार गए थे तो हार गए थे...उनको और उनकी

पीढ़ियों को इस तरह नीच रखने की क्या जरूरत थी? मन की हार से बड़ी कोई हार नहीं होती।

अनुकूल ने पुकारा, ''बाबू...'' तो वे ऐसे चौंके कि उड़ते पक्षी को तीर मारकर जमीन पर गिरा दिया गया हो।

''क्या बात है?''

''कुछ नहीं।''

बावनराम फिर अपनी छूटी डोर को पकड़ लेना चाहते थे। उन बातों को सोचना उन्हें हमेशा अच्छा लगता था। तब तक सोचते चले जाते थे जब तक वे अपने सोच को उस बिन्दु तक नहीं ले जाते थे जहाँ अन्ततः वे इस बात से सन्तोष पा सकें कि हम सदा ऐसे ही नहीं थे।

अनुकूल ने अचानक ही कहना शुरू कर दिया, ''क्या हम बिना मिले वापस नहीं जा सकते? इंजीनियरी में ले भी लिया गया तो क्या वहाँ पर भी यही सब नहीं होगा? चलिए लौट चलें। जैसे और सब रह रहे हैं वैसे ही हम भी रहेंगे।''

बावनराम का दिमाग वहाँ से पलटा। वे बोले, ''नहीं भैया, हिम्मत न हारो। अपने पुरखों को देखो। हजारों साल सन्तानहीन पितरों की तरह अपमान के कुएँ में उल्टे लटके रहे...कोई आएगा जो उद्धार करेगा, सम्मान दिलाएगा। गांधी और अम्बेदकर बाबा आए...लेकिन और लोगों को भी तो आगे आना है। वे तो आकर चले गए। पितर-रिन से बड़ा कोई रिन नहीं...सब चुक जाते हैं वो नहीं चुकता। इसी तरह चुकेगा। ठीक है, गड्ढा बहुत गहरा है। हिम्मत हारना ठीक नहीं। खुद भी निकलो, औरों को भी निकालो। बिना दाँतवाले साँप धरती में ही घुसे रहते हैं...बाहर नहीं निकलते, कोई मार न डाले। ऐसे कब तक पड़े रहेंगे...निकलना तो होगा ही।''

अनुकूल को पहली बार बाबू की बात में एक भिन्न प्रकार की प्रखरता नजर आई। उसने उन्हें कभी इस तरह बातें करते नहीं सुना था।

वे लोग करीब-करीब सीढ़ियों तक पहुँच गए थे। नौकर आकर पीछे से बोला, ''बूढ़े बाबा, चलो चलकर वहीं ठहर जाओ...ताला कल से लगा दिया करेंगे।'' और वहीं से लौट गया।

बावनराम ने अनुकूल की तरफ देखा। अनुकूल का सीना पहले ही उठ-बैठ रहा था। नौकर की बात ने वह उठक-बैठक और तेज कर दी। बावनराम ने एक-दो बार कुछ बोलना चाहा पर बात मुँह-की-मुँह में ही बनी रही। वे दोनों कुछ देर तक वहीं सीढ़ी के पास खड़े रहे। आगे बढ़े, न पीछे हटे।

बावनराम ने ही पूछा, ''तो वापस चलें?''

अनुकूल ने पहली बार अपने बाबू को इस तरह देखा। अब सामान उठा लिया तो वापस जाने का क्या मतलब! इन्हीं की मर्जी हो गई कि जब चाहें निकाल दें

और जब चाहें बुला लें। इतनी बेइज्जती के बाद क्या हमारे हाथ में अपना-सा मुँह लेकर चुपचाप चले जाना भी नहीं?

बावनराम हँसे, "इज्जत क्या है और बेइज्जती क्या है, इसको तुम हमसे ज्यादा थोड़े ही जानते हो। तुम यह कमरा छोड़कर जाने की बात करते हो...। दुनिया की हर तरह की बेइज्जती के बावजूद रोटी का एक छोटा-सा टुकड़ा तक छोड़कर जाना हम लोगों के बस में नहीं था। हम उसे उस बेइज्जती के साथ ही निगलकर पानी पी लेते थे। बेइज्जती के जिस तल को मैं देख आया हूँ उससे नीचे बस पाताल ही है और कुछ नहीं। उसके ऊपर जो भी होता है हमें तो वह इज्जत ही मालूम पड़ती है...।" थोड़ी देर तक वे चुप खड़े रहे। फिर आँखों को साफ करते हुए बोले, "लेकिन मेरी इन बातों का यह मतलब न समझना कि मैं तुम लोगों को अपने सम्मान की रक्षा करने के प्रति हतोत्साह कर रहा हूँ। नौजवान होते हुए लोगों के लिए सबसे बड़ी हिम्मत अपनी इज्जत ही है। आदमी काम आए या न आए, इज्जत काम आती है। पर अभी वह स्थिति नहीं। अभी तो हमें अपनी बेल हर उस पेड़ पर चढ़ने देने के लिए तैयार रहना चाहिए जो सहारा देने को तैयार हो। चाहे वह सूखा, गाँठ-गठीला ही क्यों न हो। बिना सहारे के हम अभी अपनी बेल को जिन्दा नहीं रख सकते... हम जिस काम से आए हैं उसमें तब तक लगे रहना है जब तक कि आशा की नाव डूब ही न जाए।"

अनुकूल खड़ा-का-खड़ा रह गया। बावनराम लगातार अपने प्याज के-से छिलके छोड़ रहे थे और अनुकूल के सामने नए रूप में प्रकट हो रहे थे। फिर भी वह अपने तर्कों को उनकी बातों के नीचे दब जाने देने के लिए तैयार नहीं था। वह कहना चाहता था कि हमारे निर्णय अभी भी दूसरों की खुशी और नाराजगी पर निर्भर करते हैं! अपने दम घुटने की परवाह न करके उस चीज की परवाह करना हमारे लिए जरूरी है जो हमारे दम घुटने का कारण है। जिन यातना-घरों का पुस्तकों में उल्लेख है, क्या वे ऐसे ही नहीं होते? हम सबको उन्हीं में रहने की आदत पड़ गई। वहाँ मेरा दम घुटता है...। आखिरी वाक्य उसने बोलकर कहा।

उसने एक बार और जोर लगाया, "यहाँ से चलिए...अब यहाँ रहना सम्भव नहीं।"

बावनराम थोड़ा उत्तेजित हो गए, "एम.पी. का मेहमान बनना मेरे लिए कोई बहुत बड़े सम्मान की बात नहीं है। मेरी आँखों के सामने इस समय तेरे सिवाय कोई नहीं...सिर्फ तू है। मेरी टूटी-फूटी और अँधेरी छान के सुराख से अन्दर तक चली आ रही तेज हवा में टिमटिमाता अकेला दीपक! मैं चाहता हूँ कि वह दीपक अपनी पूरी सामर्थ्य के साथ निरन्तर जलता रहे...अपनी रोशनी को जहाँ तक बखेर सके, बखेरे। तुम्हें अपने को, अपने लोगों को और उन सब लोगों को जो हमारे

जैसी किस्मत लेकर पैदा हुए हैं...राह दिखानी है। यह तभी सम्भव हो सकेगा जब अपने पैरों पर मजबूती से खड़े रहकर मशाल दिखा सको। मैं यही कहूँगा कि एक बार तू मन की निकाल लेने दे। फिर जो तू कहेगा, वही करूँगा...'' बावनराम ने धोती के पल्ले से आँखें पोंछ लीं।

अनुकूल को लगा उसके हाथ में अब अधिक कुछ नहीं है। बाबू की दोनों आँखें उसे बरसात के बादवाले दो अधसूखे डबरों की तरह लग रही थीं। वह उनके पीछे-पीछे था। जंजीर उनके हाथों में थी और वह एक पिल्ले की तरह चलता चला जा रहा था। बावनराम जाकर चुपचाप उसी खाट पर लेट गए, जिस पर पलौथी लगाकर बैठे थे। काफी देर बाईं करवट पर वे निश्चल लेटे रहे। अनुकूल उन्हें चुपचाप बैठा एकटक देखता रहा। बैठे-बैठे उसे बीच-बीच में लगने लगता था कि उसकी रीढ़ की हड्डी में एक लहर-सी पैदा होती है और ऊपर जाकर लीन हो जाती है। फिर उसे अपने बाबू की अधगीली आँखों के दो डबरे नजर आने लगते। धीरे-धीरे उसे ऊँघ आने लगती और फिर वह एकाएक चौंक पड़ता, जैसे बाबू उससे कह रहे हैं—तू अकेला नहीं है अनुकूल! बहुत-से लोग तेरी इन्तजार में खड़े हैं। तेरे द्वारा दिया गया साथ ही जिन्दा रहेगा...। लेकिन बाबू उसी करवट पर लेटे बच्चों की तरह सोते मिलते। वह पहले उढ़का, फिर लेट गया। लेटना भी उसे आरामदेह नहीं लगा।

उसे झपकी आ गई। सोते-सोते मेम साहब नौकर के साथ आईं और उन्होंने उसके बाबू को खाटसमेत बाहर फिंकवा दिया। हचककर उठ बैठा। बाबू अभी भी सो रहे थे। उनके घुटने पेट में चले गए थे। क्या बाबू यहीं बने रहेंगे? अगर जमीन पर सोना पड़ा तो हो सकता है वे जमीन पर भी सोना स्वीकार कर लें। बाबू मुझे लेकर इतने भावुक क्यों हो जाते हैं? हम दोनों में से क्या कोई भी इस स्थिति में है कि अपने या किसी दूसरे के हालात में कोई परिवर्तन ला सके। बाबू मुझे असलियत से ज्यादा समझने लगे। मैं वही हूँ जो पैदा होने के समय था। उससे ज्यादा न हूँ और न हो सकता हूँ। कभी-कभी पैदायश ही जिन्दगी का पर्याय हो जाती है। अपनी पैदायश से उभरना आसान नहीं होता। मुझे नहीं लगता, इंजीनियरिंग में दाखला पा जाना जिन्दगी में कोई बुनियादी परिवर्तन ला देगा। यह सब जानते हैं। अनपढ़-से-अनपढ़ आदमी अपनी जिन्दगी को अपने जन्म से जोड़कर देखता है। बहनें, बहनोई, माँ...सब!

अनुकूल बहुत थक गया था। बावनराम गहरी नींद में थे। वह फिर सो गया। काफी देर तक सोता रहा। जब उठा तब भी बाबू सो रहे थे। उनके चेहरे पर थकान और हल्की-सी मायूसी थी। उसके मन में ख्याल-पर-ख्याल आने लगे। जितने बाबू निकट थे उतने ही बुरे ख्याल आ रहे थे। वे जिस तरह दुखी होकर सोये थे, उसे देखते हुए उनका इतनी देर तक सोना उसके मन की चिन्ता का कारण बन गया था। कहीं ऐसा-वैसा कुछ हो गया तो वह क्या करेगा? ये लोग दोनों पाँवों में रस्सी बाँधकर

घसीटकर बाहर डाल देंगे। वह उठकर बैठ गया। उसने उन्हें झकझोरकर उठाना चाहा। लेकिन उनकी कोख उठ-बैठ रही थी। उसने राहत की साँस ली। वे हैं। बाबू हमेशा कहा करते हैं, अपने निकटतम आदमी के लिए बुरी-से-बुरी बात सोची जाती है और दुश्मन के लिए अच्छी-से-अच्छी। हाईस्कूल का रिजल्ट रात की गाड़ी से आनेवाला था। लड़कों के साथ रिजल्ट देखने वह स्टेशन चला गया था। घर में कितना कोहराम मचा था! बाबू खोजते-खोजते रात में ही स्टेशन पहुँचे थे। रिजल्ट गड़बड़ आ गया और लड़का कुछ कर बैठा तो कहीं के नहीं रहेंगे। बाबू जब मिले तो उनका चेहरा फक्क था। देखते ही चिपट गए, जैसे 'बेवकूफी' कर चुकने के बाद भी सही-सलामत मिल गया होऊँ। उस दिन पहली बार लगा कि आदमी अपनी प्रिय से प्रिय चीज के नष्ट हो जाने की परिकल्पना के प्रति जल्दी ही आश्वस्त भी हो जाता है। घर आकर वह खूब हँसा था—''वाह बाबू, अगर वाकई बेवकूफी कर बैठा होता तो...?'' सही-सलामत लौट आने और हँसने-हँसाने के बावजूद इस बात पर रोयाराट मच गया था। उसका अन्दाज लगाकर आज भी सिहरन होने लगती है। इस तरह की हँसी करके उसे उन लोगों का दिल नहीं दुखाना चाहिए था। सीधे-सादे लोग...!

बाहर लोगों के कदमों की आवाज सुनाई पड़ी। बावनराम जग गए थे। बाहर अँधेरा झुक आने से पहलेवाला गनूदगी भरा धुँधलका था। इस तरह का धुँधलका गहरी नींद से जगनेवाले आदमी को अधिक गहरा और आरामदेह मालूम पड़ता है। बावनराम को भी वैसा ही लगा। वे उठते ही बोले, ''बहुत सोयै...रात हो गई!''

उनका यह कहना अनुकूल को वैसा ही लगा जैसा दानों के किस्से-कहानियों में होता है। दिन में राजकुमारी मरी पड़ी रहती है, रात को दाना आकर उसे जिन्दा कर लेता है। एक दिन एक राजकुमार आकर सिरहाने और पाँयत को अदल-बदल देता है। राजकुमारी यह कहते हुए उठकर बैठ जाती है कि बहुत सोये...।

बावनराम ने पूछा, ''क्या बजा होगा?''

''यही कोई छः-एक...''

''लग तो रहा था रात हो गई!'' उन्होंने अन्दर बंडी की जेब से घड़ी निकालकर देखी तो छः बजने में थोड़ी देर थी।

''तुम नहीं सोये?''

''थोड़ी देर को लेटा था।''

''रात-भर के जगे थे। बहुत अच्छी नींद आई। लेटकर खबर ही नहीं रही।'' बावनराम बहुत खुश थे। अनुकूल के कान बाहर की तरफ थे। लोग लौट रहे थे। बोलने-चालने, हँसने-हँसाने की आवाजें आने लगी थीं। पता नहीं क्या हो? उसे लगा।

दो आदमी अन्दर आए। उन्होंने उन दोनों की तरफ देखा। देखा और काम में लग गए। उनमें शायद एक को रात की गाड़ी से ही जाना था। कुछ सामान भी खरीदकर लाया था। उसकी खाट उन लोगों की खाटों से तीसरी थी। उसने बराबरवाली खाट पर लाया हुआ सामान फैला लिया और बँधा हुआ सामान खोलकर खरीदे हुए सामान को उसमें फिट करने लगा। अनुकूल को लगा, हो सकता है इनका काम हो गया हो। तभी इतना सारा सामान खरीदकर लाए हैं।

साथवाला आदमी बाथरूम होकर आया था और अगली खाट पर पसरकर सामान बाँधते हुए उस आदमी से बतिया रहा था।

''वक्त की बात है...आज उसको भी सलाम झुकानी पड़ी जिसके पुरखों की चबूतरे पर चढ़ने की हिम्मत नहीं होती थी। बस यही सन्तोष है कि काम हो गया... काम न हुआ होता तो खल जाता!''

सामान बाँधनेवाला आदमी एक क्षण को सामान बाँधना स्थगित करके बोला, ''चबूतरों का मतलब यही होता था...अधिकारी व्यक्ति ही उन पर चढ़ और बैठ सकता था।'' फिर हाथ नचाकर कहा, ''अपनी हवेली है ना...उसके तीन हिस्से हैं। पहले दरवाजा, फिर सहन और तब चबूतरा। दरवाजा कितना बड़ा है...वह कमीन-कन्दुओं के लिए था। सहन में नौकर-चाकर और छोटे लोग। मिलने-जुलनेवाले लोग चबूतरे पर पड़ी कुर्सियों या तख्त पर बैठते थे। उसके ऊपर बरांडा था। उसमें बाबा का आसन लगता था। अब तो लोग इन बातों को जानते तक नहीं...यह सब पुराने लोगों की बात और तामीर थी!'' वह फिर सामान ठीक-ठाक करने में लग गया।

''हाँ, यही तो मैं भी कह रहा था। वहाँ वह जाटव डटा था। हम लोग कितनी देर तक नीचे खड़े रहे थे। मेरा मन हुआ भी कि चबूतरे पर चढ़कर कहूँ कि अपने बड़ों के दिन भूल गया, हंटरों से पीट-पीटकर चूतड़ लाल कर दिए जाते थे। सारे सहन में नाचे-नाचे घूमते थे। अब बड़े आदमी हो गए...घंटे-भर से खड़ा कर रखा है...फिर सोचा, क्या फायदा!''

अनुकूल के मन में आया कि वह बीच ही में टपककर कहे कि गनीमत है, जाटव ने खड़ा ही रखा...आसन पर बैठ जाने के बाद नीचे खड़े लोगों को हंटरों से नहीं पिटवाया...उल्टा आप लोगों का काम कर दिया। आपको उसका चबूतरे पर बैठना बुरा लगता है तो मत जाइए...वह बेचारा बुलाने तो नहीं जाता। जब जाएगा तो कह देना, चबूतरे से नीचे उतरकर बात करो। वह बोला नहीं। अलबत्ता उसे अपनी बात पर हँसी आने को जरूर हुई।

वह आदमी सामान बाँध चुका था। कमर सीधी करता हुआ बोला, ''कुछ भी कहो, शराफत तो है। बड़ी जात का हो और काम न करे तो किस काम का। उस साले शर्मा को देखो, अपने चौधरी साहब ने फोन किया...दस रुपए खर्च करके

मिलने गए! हड़काता हुआ बोला...मैं क्या करूँ? जाइए, आप क्या और लोगों से अलग हैं! कानून सबके लिए बराबर है। जाटव साहब ने सुना, एक मिनट सोचा और फोन कर दिया...! चाहते तो टाल जाते। कह देते, मेरा विभाग नहीं!"

खाट पर बैठा हुआ वह आदमी खुसर-पुसर करने के लहजे में ही बुलन्द आवाज में बोल रहा था, "दरअसल नया-नया मिनिस्टर हुआ है...प्रशासन सीखते-सीखते सीखेगा। अच्छा प्रशासक कभी इस तरह फोन नहीं करता। दस बार दौड़ लगवाता है।"

सामान के नग गिनकर बोला, "यार, तुम्हारा काम कर दिया तो प्रशासन नहीं जानता। यह भी कोई बात हुई। उसकी शराफत का श्रेय इत्ता-सा भी नहीं देना चाहते? शर्मा तो जात-बिरादरी का है...साले ने पैर तक नहीं टिकाने दिए।"

"उसकी बात और थी...वह खानदानी अफसर है। असली अफसर इतनी जल्दी हाथ नहीं रखने देता।"

"हाँ, क्योंकि वह जानता है कि अच्छा एडमिनिस्ट्रेटर कैसे हुआ जाता है...। अगर वह पिटवा-पिटवाकर चूतड़ लाल करा देता तो और भी अच्छा एडमिनिस्ट्रेटर होता...क्यों?" दोनों कहकहा लगाकर हँस दिए।

वह सामान उठाता हुआ बोला, "तुम चिट्ठी लेकर आना। एक-आध रोज और रुकना पड़े तो भी कोई बात नहीं। जरूरत पड़े तो चौधरी साहब से कहकर मोतवानी साहब को सीधे फोन करा देना। वे ही फाइल देख रहे हैं। मोटर की चाबी तो नहीं है ना?"

उसने गर्दन हिलाकर 'हाँ' कर दी। वह फिर बोला, "अगर पूछें तो कहना, जरूरी काम आ गया था। जाना पड़ा। अगली बार आऊँगा तो हिसाब-किताब कर जाऊँगा। बेचारे काम में रुचि तो लेते ही हैं। मिसेज़ चौधरी से भी नमस्कार कह देना। उन बेचारी ने चौधरी साहब का बैठना हराम कर दिया था। उनके कहने से न हुआ हो यह काम, और तो हुए।"

वे दोनों बाहर चले गए। थोड़ा-थोड़ा सामान दोनों ने उठा लिया।

उनके जाते ही अनुकूल के मुँह से निकला, "बाबू...!"

बावनराम भी अभी उन्हीं दोनों के पास थे। तुरन्त लौट आए। झटके से बोले, "हाँऽऽ!"

वह कुछ सोचकर बोला, "कुछ नहीं।" फिर रुककर कहा, "आप भी निबट-निबटा लीजिए। फिर चलकर खाने-पीने का भी काम खत्म कर लिया जाए।"

"हाँ, आज सवेरे के बाद से तो पेट में कुछ गया ही नहीं। मैं तो सो गया, तुम्हें

भूख लगी होगी।'' वे जल्दी से उठे और 'अभी आया' कहकर धोती का सुड्डा हाथ में पकड़े बाथरूम में घुस गए।

अनुकूल को लगा, वह वाकई भूखा है। लेकिन उसने उन दोनों के बारे में सोचने पर ध्यान लगा दिया। वह जो आदमी गया है, दूसरेवाले का मालिक होगा...नहीं, बड़ा भाई होना चाहिए। दोस्त भी हो सकता है। जिस तरह से वे लोग हँसे थे उस तरह शायद मालिक और नौकर न हँसते हों। बड़ेवाला समझदार था। बात समझता था। हालाँकि गन्दगी उसके दिमाग में भी भरी थी। उसी ने पहले चबूतरेवाली बात कही थी। पर दूसरेवाला तो बहुत ही बुरी तरह गन्दे दिमागवाला आदमी है। जात-पाँत के कारण उसकी नजर में अच्छा आदमी भी अच्छा नहीं, बल्कि बुरा आदमी अच्छा है। जब वो दोनों बात कर रहे थे तो बाबू चुपचाप सुन रहे थे। ऐसी बातों का बुरा उन्हें भी लगता है। दरअसल अब वे बुरे-भले से छूट-से गए। वे यही तो कहते हैं कि इस बुरे में डुबकी लगाकर उसके रसातल तक हो आए हैं। हम जो कुछ सामने देखते हैं हमें वही गन्दगी का भ्रष्टतम रूप लगता है।

एक आदमी और अन्दर आया। जब अनुकूल सवेरे बाथरूम से निकला था तो यही आदमी खाट पर खड़ा होकर टाँगें चौड़ाए धोती बाँध रहा था। इसी के साथी ने बाबू को बाथरूम जाने से रोका था और अपना किरच-भर साबुन वहाँ से उठाकर लाया था। कहीं बाबू छू न दें। बाबू तो वैसे भी मिट्टी इस्तेमाल करते हैं। उनका कहना यही है, जब मिट्टी अन्त में शुद्ध करती है तो क्या जिन्दा रहते नहीं करेगी! कभी-कभी वे हँसी-मजाक की बातें भी सुनाने लगते हैं। एक बार जंगल गए। हाथ धोने के लिए मिट्टी उठाने लगे तो हाथ सन गया। कोई फिरके...मिट्टी से ढाँप गया था। सुनकर तबीयत घिनाई भी और हँसी भी आई। उस पर भी बाबू ने हाथ धोये मिट्टी से ही। बाबू का मन ही मिट्टी हो गया।

उस आदमी की खाट बावनराम के बराबरवाली थी। अन्दर आते ही पहले तो उसने अनुकूल को घूरा। इतने में बावनराम बाथरूम से निकल आए। वे हाथ-मुँह धोकर अपनी धोती का सुड्डा सूड़ते हुए आ रहे थे। बाबू को खाट की तरफ आते देखकर उस आदमी का माथा और कान खरगोश की तरह हिले।

वह बोला, ''अच्छा बावनराम चौधरी...इस खाट पर आपका बिस्तर जम गया। तके बैठे थे, खाली होते ही लपक ली। भैया, तुम लोग मौका नहीं चूकते।''

बावनराम बोले, ''आपको एतराज हो तो हम कहीं और चले जाएँ!''

वह कान पकड़कर बोला, ''राम भजो, है किसी की मजाल जो तुमसे कुछ कह दे। भैया, राज है, राज।''

उसने कमरे का चक्कर लगाया और सामान उठाकर उसी खाट पर चला गया जो अभी-अभी खाली हुई थी।

बावनराम ने देखा। बोले नहीं। दोनों खाटों पर सामान सजाकर खाना खाने के लिए निकल गए।

लौटते-लौटते उन्हें आठ बज गए थे। चौधरी साहब अपने कमरे में डटे थे। चार-छः आदमी और इर्द-गिर्द जमा थे। वह आदमी भी वहीं था जिसने बावनराम के बराबरवाली खाट पर से सामान उठाकर दूसरी खाट पर रख लिया था।

वही बोल रहा था, "टोकें तो कानून की गिरफ्त में आ जाएँ। अब तो ये लोग खाट-से-खाट सटाकर लेटते हैं। क्षेत्र का मामला है, नहीं तो आज निबटारा हो गया होता। वहीं हगना-सौंचाना और वहीं नहाना। भला हुई कोई बात!"

चौधरी साहब बोले, "धर्म और जाति से ऊपर उठे बिना कोई निस्तार नहीं पंडितजी महाराज! गांधीजी ने जो सड़क बना दी उसी पर चलो। वही देश-धर्म है। बुरा लगता जरूर है...पर बहुत-सी बातें बुरी लगती हैं। सभी छोड़ देते हैं क्या? हमारी पत्नी भी आज जिक्र कर रही थीं...हमने उन्हें भी समझाया कि यह तो राजनीति है। राजनीति में रहना है, तो पानी में महल बनाकर नहीं रह सकते। सबको गले लगाना होगा और सबके गले लगना होगा।"

वह झुँझलाकर तत्काल बोला, "सब गांधीजी का नाम ले देते हैं। अगर गांधीजी ने ये उत्ती के ना पाथे होते तो गोली खाते क्या? अगर कहीं सवा सौ साल जी गए होते तो हिन्दू-धर्म देश में ना बचा होता। मनुजी और तुलसीदासजी ने जो कुछ कहा है...तो क्या वे मूर्ख ही थे? बिना सोचे-समझे ही कह दिया? बस जो समझते-बूझते थे गांधीजी समझते-बूझते थे।"

चौधरी साहब ने बात बदल दी, "आप सहाय साहब से मिले?"

"मिले तो...पर बात बनने में नहीं आ रही। किसी मुंशी का काम होता, फटाफट हो गया होता। नाम के आगे यह जो पांडे लगा है...! मेरे भाई का पुलिस ने मार-मारकर भुरकुस निकाल दिया। वह एकदम निर्दोष है। सच कहता हूँ अभी तो रेख भी नहीं निकली। वह लड़की के साथ बदसलूकी करता? उस लड़की को उन लोगों ने मेरे भाई को फँसाने के लिए भेजा था...। डॉक्टर को पैसा देकर झूठी डॉक्टरी करा ली...बस हो गया मुजरिम। ये ससुरी तो हरदम खेतों में लेटी रहती हैं। आपने होम साहब से कहा, होम ने ज्वाइंट होम के पास भेज दिया, ज्वाइंट होम ने डिप्टी होम के पास भेज दिया। सबने एक ही गाना गा दिया। कानून को अपना काम करने दो। निर्दोष है तो उसका कोई कुछ नहीं बिगाड़ सकता...और क्या बिगाड़ेंगे? मार-मारकर चूल तो हिला दी। कम-से-कम होम साहब इतना तो करा दें कि पुलिसवाले मारपीट न करें।"

चौधरी साहब गुम हो गए। थोड़ी देर बाद अपनी तरफ लौंकते हुए देखकर बोले, "अच्छा, कल बात करेंगे।"

थोड़ी देर तो बावनराम बाहर खड़े रहे। सोचते रहे अन्दर जाएँ या नहीं। फिर बोले, "चलो चलते हैं, बात कर लेना अच्छा है। अगर काम न बनना हो तो काहे इतनी बातें सुनें। अपने घर जाएँ।"

अनुकूल थोड़ा हौलदिल था। कहीं अन्दर भी वही नाटक शुरू न हो जाए, जिसे वे दिन-भर अपने मूल्य पर झेलते रहे। बावनराम पहले घुसे। पीछे-पीछे उसे भी जाना पड़ा। चौधरी साहब उन्हें देखकर पहले सकपकाए, फिर खुली आवाज में बोले, "आइए-आइए बावन भाई, मैं तो अभी आपके पास ही जानेवाला था।"

वह आदमी उठ खड़ा हुआ और तन्नाकर बोला, "यही लोग तो आपके सगे हैं...हम लोगों को कौन पूछता है!"

बावनराम ने उसकी तरफ देखा। वह दाँत किचकिचा रहा था। चौधरी साहब हँस दिए, "हम तो आपके लिए भी हैं और इनके लिए भी...बस बात धीरज की है।"

चौधरी साहब हँसे तो शेष लोग भी हँस दिए। अनुकूल को उन लोगों का हँसना मुखौटे का-सा हँसना महसूस हुआ। उसने सोचा, अन्दर से जरूर ये लोग नाराज और गम्भीर हैं। इतने गम्भीर कि ऐसे में हँसी आनी मुश्किल है।

बावनराम ने धीरे-से कहा, "अगर आप अलग से समय दे दें तो अच्छा हो...मुझे जरूरी बात करनी है। सिर्फ आपसे बात करने के लिए ही रुका हूँ।"

चौधरी साहब बोले, "जरूर...।"

बाहर को निकले हुए दाँतवाला एक अजीब-सा आदमी बोला, "सुन लीजिए... इनकी सुन लीजिए...दाई के पास तो पेट ही लेकर जाया जाता है, जायज हो या नाजायज।" बावनराम को बुरा लगा।

चौधरी साहब हँसकर बोले, "बहुत-सी दाइयाँ तो ऐसी होती हैं कि चौखट पर पाँव रखते ही समझ जाती हैं कि कैसा है।"

निकले दाँतवाला जोर-जोर से हँसने लगा। हँसने ही नहीं लगा, हँस-हँसकर जमीन पर लोटने लगा।

चौधरी साहब उसे इस तरह हँसता देखकर खुद भी हँसने लगे। बावनराम का चेहरा अतिरिक्त रूप से कड़ा हो गया। उन्हें उसे हँसमुखा बनाए रखने में परेशानी हो रही थी। चौधरी साहब कुछ तरंग-सी में आ गए थे। वे संसद के किस्सों को सुना-सुनाकर अपनी तारीफ करने पर उतर आए थे। सबसे बड़ी बात यही थी कि स्पीकर महोदय हर बात में उनकी राय पूछते हैं। इसलिए हर मसले पर राय देनी

पड़ती है। मिनिस्टर साहेबान तक बुलाकर कहने लगते हैं कि फलाँ बिल की फलाँ धारा पर आपको बोलना होगा। हम अपने लहजे में कुछ मजाकिया बातें कहकर, उनमें कुछ गम्भीर मसले उठाकर, बात को निकाल ले जाते हैं। अब अपने सूचनामंत्रीजी हैं, बड़े बहुरूपिया हैं। कभी कुछ पहनकर आते हैं, कभी कुछ। अभी कुछ दिन पहले वे कन्धे पर चादर डालकर हाउस में चले आए। विरोधी दलवाले भी मौका ताड़े रहते हैं। एक ने चुटकी ली—क्या सूचनामंत्री महोदय इसलिए चादर कन्धे पर डालकर आए हैं ताकि सरकार की गल्तियों पर पर्दा डाल सकें! हम फौरन खड़े होकर बोले, ''सदस्य महोदय ने गलत अन्दाज लगाया...मंत्रीजी की चादर विरोधी दल के बेवक्त और दिशाहीन ढंग से दौड़नेवाले अक्ल के खरगोश को पकड़ने के काम आएगी।''

विरोधी दल सन्नाटे में आ गया। खूब ठहाका लगा। मंत्रीजी बाद में आकर बोले कि चौधरी साहब, आपने बात को खूब सँभाला, नहीं तो आज बहुत किरकिरी हो जाती। उनके इस संसदीय चुटकले का वहाँ बैठे लोग और भी ज्यादा लोट-लोटकर ख़ैरमक़दम कर रहे थे। अनुकूल बाहर निकलकर खड़ा हो गया।

सबके हँस चुकने के बाद चौधरी साहब बोले, ''अब सोया जाए, आज संसद में भी बहुत गहमा-गहमा रही। संसद के मानसून सेशन का मानसून संसद में ही बरसता है।''

सब लोग बेमन से ऐसे उठे, जैसे कथावाचक ने कथा अचानक खत्म कर दी हो। बावनराम भी उठने लगे। उनका चेहरे का पानी पूरी तरह उतरा हुआ था। अनुकूल भी अन्दर आ गया था। बाबू का चेहरा देखकर वह भी थोड़ा अव्यवस्थित-सा हो गया था। बाबू भी बेकार पीछे लगे हैं। साफ जाहिर है, उन्हें हमारी बात नहीं सुननी। अगर इंजीनियर बनना किस्मत में नहीं लिखा है तो चौधरी साहब थोड़े ही बना देंगे। पता नहीं बाबू बार-बार अपनी बेइज्जती क्यों करा रहे हैं?

चौधरी साहब ने उठकर जाने का उपक्रम करते हुए बावनराम को आँख से बैठे रहने का इशारा किया तो बावनराम का ढेट कुछ लौटा। अनुकूल उन्हें इशारा करते नहीं देख पाया था। उनके बैठे रहने पर वह और उत्तेजित महसूस करने लगा। क्या धक्के देने पर ही जाएँगे? लेकिन बावनराम इशारा पाते ही पूरी तरह एकाएक विस्थापित हो गया। बरखा के ऐसे दौंगड़े का-सा तृप्ति का अहसास भर गया जो प्यास नहीं बुझाता पर बुझाने का वातावरण बनाता है। बावनराम का मन अनायास इस विचार से भर उठा कि कुछ भी कहो बावनराम, चौधरी साहब का दिल सोना है। हमारा हित तो वे ऐसा सोचते हैं जैसे अपने ही भाई-बन्धुओं का हित हो। बाहर से एक खिसियाहट भरी आवाज आई? ''उन्होंने मुँह खोलकर भी कह दिया, पर लोग हैं कि जमे हैं...''

''उनके जमने को कौन उखाड़ सकता है...अब तो ये ही जमेंगे, बाकी सब तो

उखड़े ही पड़े रहेंगे।''

''अरे भई, शर्म भी तो कोई चीज है, चौधरी साहब भी तो आदमी हैं...उन्हें भी तो आराम की जरूरत है।''

''होगी उन्हें आराम की जरूरत, इन्हें तो अपने काम की जरूरत है।''

चौधरी साहब मुस्कुराकर बोले, ''आपने देखा बावन भाई, ये सब पढ़े-लिखे और अपने को ऊँची जात और अच्छे घरों का समझनेवाले लोग हैं।''

बावनराम थोड़ी खनकती आवाज में बोले, ''हम क्या जानें ऊँची जात और अच्छे घर...उन्हीं लोगों के दर्शन करके कृतार्थ हो लेते हैं।''

''नहीं बावन भाई, उन लोगों की बातों का बुरा न मानो। यह लोग सदियों से दूसरों को नीच और घृणास्पद समझते आए हैं। इन्हें इस बात का अन्दाज ही नहीं कि दूसरों को भी इन लोगों के बारे में राय बनाने का स्वतंत्र अधिकार मिला हुआ है। यह बात दूसरी है कि उन लोगों ने उसका कभी उपयोग नहीं किया। जमाना तेजी से बदल रहा है इसलिए बुरा लगना स्वाभाविक है। जो लोग दूसरों को अपनी सुख-सुविधा का साधन मात्र मानते हैं उन्हें अचानक यह पता चले कि बाकी लोगों की सुख-सुविधाओं के भी नए पैमाने बन रहे हैं तो उनका तड़पड़ाना स्वाभाविक होगा...मैं भी ऐसे ही लोगों में हूँ। फर्क केवल इतना ही है कि मेरे बुजुर्गों को अलग रखे हुए बर्तनों में रोटी दी जाती थी और तुम लोगों के सामने फेंकी जाती थी...'' पहले वे हँसे फिर थोड़ा गम्भीर होकर बोले, ''दूसरों की बहू-बेटी के साथ जबरदस्ती करेंगे...सफल नहीं होंगे तो उसे मार डालेंगे। कानूनी कार्यवाही की जाएगी तो उल्टा आरोप लड़की पर लगाएँगे कि लड़की छेड़ती थी या बलात्कार करना या करवाना चाहती थी। साले झुट्ठे! मैं कहता हूँ कि आग सुलग रही है...सुलगते-सुलगते सुलगेगी। हम लोग तो ना आग पहचानते हैं ना पानी...पर हैं पहचाननेवाले लोग...नापैद नहीं हुए।''

चौधरी साहब थोड़ी देर चुप रहे। उनकी चढ़ी हुई भौंहें धीरे-धीरे नीचे आईं। सामान्य होने के बाद वे मुस्कुराते हुए बोले, ''कोई बात नहीं, कभी-कभी ऐसा हो जाता है। कहिए क्या बात है? क्या साहबजादे की नौकरी का मामला है? हम लोग तो इस तरह के कामों में ही काम आते हैं...इसके अलावा न हम लीपने के ना पोतने के।''

बावनराम उनकी बात सुनकर थोड़ा चकित थे। ऐसी बातें तो कोई नेता नहीं कहता-करता। लेकिन उन्होंने बिना समय खोये अपनी बात कहनी शुरू कर दी, ''बात यह है कि सबकी सेवा करते हम लोगों की पीढ़ियाँ गुजर गईं। हमें तो पता नहीं चला कि दुनिया बढ़कर इतनी बड़ी हो गई। यहाँ तक कि दूसरों की भलाई की बातें भी सोची जाने लगीं। अचानक पता चला कि इन बच्चों के चमार, चूढ़े, धोबी, जमादार बने रहने के अलावा इन्सान बनकर जीने के रास्ते भी खुल रहे हैं। आपने तो देखा

ही है कि खलासी के रूप में हम लोहा-लंगड़ ढोया करते थे...उससे पहले हमारे बाप मरे हुए ढोर घसीटा करते थे। आपका यह इकलौता लड़का है, दसवीं पास किए दूसरा साल है...वैसे आगे पढ़ रहा है...''

रुककर चौधरी साहब की तरफ देखा तो वे आँखें बन्द किए बैठे थे। किसी तरह की कोई हरकत नहीं थी। बावनराम चुप हो गए। लगता है चौधरी साहब सो गए। लेकिन उनके चुप होते ही चौधरी साहब तत्काल बोले, ''मैं सुन रहा हूँ...आप कहना जारी रखिए। वैसे मेरा ख्याल है कि इनको बारहवीं पास कर लेने दीजिए, फिर टाइप सिखाकर मेरे पास भेज दीजिए...सेक्रेटेरियट में कोटा के अन्तर्गत लगवा दूँगा।''

''मेरी बात सुन लीजिए...मेरा बेटा है इसलिए नहीं कह रहा हूँ, बल्कि इसलिए कह रहा हूँ कि हम जैसे लोगों के घरों में ऐसे होनहार लड़के मुश्किल से होते हैं। सुना है इस साल आरक्षित कोटा से आई.आई.टी. के कॉलिजों में, बिना इम्तहान के पाँचसाला कोर्स में सीधे भर्ती की जा रही है।''

''आई.टी.आई. में? वो तो प्रदेश के लेबर डिपार्टमेंट में आती है।''

अनुकूल फौरन बोला, ''नहीं, आई.आई.टी. में।''

''हाँऽऽ, अभी पिछले हफ्ते संसद में शिक्षामंत्री ने एक बयान तो दिया था...शायद आप ही लोगों के दाखले को लेकर।'' फिर रुककर बोले, ''सुना है बहुत बड़ी जगह है...वहाँ पढ़कर तुम्हारा लड़का हाथों से निकल जाएगा। यही सवाल पूछा गया था कि जो होशियार लड़के पास करते हैं वे बेगाने होकर विदेशों में चले जाते हैं...पिछड़े वर्ग के लोगों को दाखले नहीं दिए जाते। देश तो खुख्खल हो जाएगा। पचास प्रतिशत मेधावी लड़कों के विदेशों में चले जाने की बात तो मंत्रीजी ने भी मानी थी। वैसे ज्यादा ही होंगे। उसी कारण शायद एस.सी., एस.टी. बच्चों को खुला दाखला दिया जा रहा है। वैसे वहाँ पढ़नेवाले बच्चों के बारे में अच्छी राय नहीं है। होते तो होशियार हैं पर बिगड़ जाते हैं। आदमी उन्हें भुनगा लगता है। अभी तो देश को, आदमी को आदमी समझनेवाले लोगों की जरूरत है। इसे किसी छोटे-मोटे काम में लगा दो, घर बना रहेगा और बच्चा भी आँखों से दूर नहीं जाएगा।''

''यह बच्चा इसलिए पैदा नहीं हुआ कि बाप की तरह लोहा-लंगड़ ढोये। ऊपर से बूटों की मार पड़े। अगर यही लड़के आगे बढ़ने की नहीं सोचेंगे तो फिर हम लोगों के सामने से तो 'आगे' शब्द ही लोप हो जाएगा। एक-आध कदम तो ये भी आगे बढ़ें, चौधरी साहब!''

चौधरी साहब सोचने लगे, ''मेरी राय तो नहीं बावनराम, मेरा बड़ा लड़का भी चाहता था। छानबीन करके इसी नतीजे पर पहुँचा कि सबसे भला अपने घर का काम...दूजे मास्टरी, तीजे बाबूगिरी। बस बी.ए., एम.ए. करा के कहीं कॉलेज-वालेज में लग जाएगा। जैसा काम करेगा वैसा मन बनेगा। आजाद रहेगा, बन्धन टूटेंगे...''

अनुकूल उनकी तरफ चुपचाप देख रहा था और गुटर-गुटर बातें सुन रहा था।

बावनराम हिम्मत हारने को तैयार नहीं थे, ''लड़का पढ़ने में होशियार है। होनहार बच्चा है। कुछ करा देंगे तो आप ही का नाम रोशन करेगा...हमेशा आपकी जूती बनकर रहेगा।''

अनुकूल को बाबू का यह कहना एकाएक अखर गया। वह उचका। लेकिन चौधरी साहब बिना कुछ बोले हँस दिए। फिर बोले, ''अपनी उम्र पर सभी अपनी-अपनी तरह होशियार होते हैं। हमारा बेटा भी आपके बेटे की तरह पढ़ने-लिखने में होशियार था।''

बावनराम तत्काल जीभ को दाँतों के तले दबाते हुए बोले, ''मैं तो अपने लोगों के बच्चों की बात कर रहा था। आप लोगों के बच्चे होशियार नहीं होंगे तो किसके होंगे! हम लोगों के यहाँ तो, यहाँ तक की पढ़ाई तक ही पहुँचना दुश्वार है। यहाँ तक पहुँचाने में ही मुझे कितनी साँसत मोल लेनी पड़ी। बाहर तो ली है...अन्दर भी ली। बस रह-रहकर आँखों के सामने चाँद-सूरज की तरह यही बात बार-बार उदय होती है कि अनुकूल इंजीनियर हो जाए। यह कुछ हो जाएगा तभी उस खन्दक से बाहर आने लायक होंगे। नहीं तो सबकी जिन्दगी दुर-दुर, पर-पर में ही कटेगी।''

''यह तो सब जिन्दगी के साथ लगा है। जिसकी जितनी झोली होती है, वह उतना ही पाता है।''

बावनराम ने फौरन कहा, ''झोली ही बड़ी की जा सकती है चौधरी साहब, बाकी तो सब सिल-सिलाकर आया है।''

चौधरी साहब हँस दिए, ''खूब कहा बावन भाई, पर उसके लिए...''

''वही तो मैं कर रहा हूँ।''

चौधरी साहब अनुकूल की तरफ घूम गए, ''इंजीनियर बनोगे?''

''जी, जैसा बाबू कहेंगे...''

बावनराम की आँखें खुशी के मारे भर आईं। भैया ने लाज रख ली। इसीलिए तो कहता हूँ कि ऐसा-वैसा लड़का नहीं। किसी बड़े का होता तो बड़प्पन के जोर से ही निकल गया होता। उन्होंने धोती के पल्ले से आँखें पोंछ लीं। खँखारते हुए बोले, ''इस बेटे के रूप में बड़ों के पुण्य सामने आए हैं चौधरी साहब...''

अन्दर से एकाएक आवाज आई, ''अब सोएँगे भी या रात-भर इसी तरह बैठे रहेंगे...एम.पी. क्या हो गए, रात को सोना तक पाप हो गया। इनसे तो हम बे-एम.पी. ही ठीक थे।''

चौधरी साहब का चेहरा सिकुड़कर छोटा पड़ गया। वे वहीं से बोले, ''आते हैं भई आते हैं...'' फिर धीरे-से बोले, ''कल मिनिस्ट्री में फोन कर दूँगा। आप जाकर मिल लीजिए बावनरामजी...लड़का हाथों से वोज्जा-वोज्जा...!''

बावनराम हँस दिए और आश्वस्त करने के ढंग में बोले, ''नहीं, यह ऐसा लड़का नहीं। अपनी और अपने घर की स्थिति को समझता है। बस आप करा-भर दें।''

चौधरी साहब उठ खड़े हुए। बावनराम भी अपने अनुकूल के साथ बाहर निकल आए।

बाहर आकर बावनराम अनुकूल से बोले, ''यही बड़प्पन होता है...घरवाली के व्यवहार के लिए इन्हें कैसे दोषी ठहरा दें? बेचारों ने हमसे बात करने के लिए सबको हटा दिया। किसी की बात ही कोई ध्यान से सुन ले तो कितना सहारा मिलता है। इन्होंने तो मदद करने का वायदा भी किया है। इतना कौन करता है? भगवान ने चाहा तो काम बनकर रहेगा। ये सब काम बनने के ही बानक हैं।''

अनुकूल चुपचाप चलता रहा।

कमरे में पहुँचे तो सब सोये पड़े थे। उनका सामान उलट-पुलट हो चुका था। खाटें बाहर निकली पड़ी थीं।

थोड़ी देर तक दोनों बाप-बेटे चुपचाप खड़े रहे। सामान बटोरा। इतनी रात गए कहाँ ठिकाना मिलेगा? अनुकूल रात सड़क पर बैठकर गुजारने के लिए तैयार था। लेकिन बावनराम चुप थे। वे बिना कुछ कहे खाट पर लेट गए। अनुकूल थोड़ी देर तक बाबू को देखता रहा। फिर उसे लगा, नींद यंत्रणा के उस कुएँ से निकालने के लिए बार-बार काँटा डाल रही है। वह भी लेट गया। लेटते-लेटते भी उसे लग रहा था कि कमरे के लोग अभी जगे हुए हैं और उन्हें देख-देखकर अँधेरे में ही मुस्कुरा रहे हैं। इस बात से वह और अधिक घायल अनुभव करने लगता था।

आँखें लगती थीं और बार-बार खुल जाती थीं। थोड़ी-थोड़ी देर बाद अनुकूल को लगता था कि कोई सिरहाने खड़ा है और खाट उलटने का उपक्रम कर रहा है। पुनः आँख लग जाने पर भी उसकी निरन्तरता बनी रहती थी...वह किसी गहरी खाई में गिरता चला जा रहा है। फिर एक बहुत बड़ी झाड़ी में अटक गया। कुछ दूर पर खड़ा वह अपने-आपको ही उस झाड़ी में चिथड़े की तरह अटका हुआ देख रहा है। उसके पिता ऊपर पहाड़ी पर खड़े बुला रहे हैं...भैया आ जा, मेरे भैया! अब आई.आई.टी. में तेरा दाखला कतई नहीं कराऊँगा। घर चल।...चौधरी साहब हस्बमामूल ढंग से हँस रहे हैं। थोड़ी देर बाद वही शामवाला आदमी कुल्हाड़ी लिए आता है और उसी झाड़ी को कुल्हाड़ी से काटने लगता है। अनुकूल उस झाड़ी को कटते देख वहीं खड़ा-खड़ा चिल्लाता है...झाड़ी को मत काटो, उस पर मैं टँगा हूँ। उसके बाबू चिल्लाते हैं...

चौधरी साहब, उसको रोकिए...मैं अपने बच्चे को वापस ले जाऊँगा। मेरा बच्चा बहुत होनहार है...। लेकिन उस आदमी के माथे से पसीने की जितनी बूँदें टपकती हैं उसी की शक्ल-सूरत के उतने ही आदमी कुल्हाड़ी लिए पैदा हो जाते हैं और झाड़ी काटने पर जुट जाते हैं।

अनुकूल एकाएक उठकर बैठ गया। वह पसीने से तर था। बिल्कुल सामने पूरा चाँद था। उसकी चाँदनी चारों तरफ फैली हुई थी...पेड़ों पर, छत की मुँडेरों पर...बरांडे के बाहरवाले आँगन में। बाहर के नल से टप-टप...पानी टपक रहा था। उसे लगा चाँदनी ही टपककर तो नहीं फैलती जा रही? वह घबरा गया, कहीं सैलाब न बन जाए। फिर चाँदनी, चाँदनी-सी न लगकर एक जादुई चादर-सी लगने लगी जो उसे और उसके बापू को लपेट ले जाने के लिए फैलाई गई थी।

बावनराम ने एकाएक पूछा, ‘‘क्या बात है भैया? नींद नहीं आ रही क्या?’’

वह एकाएक बोल नहीं पाया। उन्होंने दोबारा वही बात दोहराई। उसने अपने आपको बड़ी मुश्किल से कुछ कहने योग्य बनाया, ‘‘बाबू, घर चलो...ये लोग...’’ आगे के शब्द उस पर खो गए।

‘‘सो जा, सो जा...ये सब बातें तो होती ही रहती हैं। थोड़े दिनों की बात है...जहाँ तू इंजीनियर हुआ, कहीं कुछ नहीं होगा।’’

‘‘बाबू, कोई कुछ नहीं बनने देगा...ये सब कुल्हाड़े लिए खड़े हैं!’’ वह अभी भी उस स्वप्न की लपेट में था।

बावनराम लेटे-लेटे बोले जा रहे थे, ‘‘कहीं कुछ नहीं, कोई कुल्हाड़ा लिए नहीं खड़ा। यह तो सब इस अन्यायी वक्त का खेल है। आँखें दिखा रहा है। दिखलाकर चला जाएगा। कल चौधरी साहब से पूछ लें, फिर जैसा होगा वैसा कर लेंगे। अपने घर में भी तो हम लोग बरामदे में ही सोते हैं। यहाँ इन्होंने खाट निकालकर डाल दी तो अच्छा ही हुआ। अब तक तो हम ही सेवा करते रहे...पहले ऐसा कब हुआ कि हम लोगों की खाटें ये लोग बाहर निकालें!’’ वे हल्का-सा मुस्कुरा दिए।

वह फिर लेट गया। चाँद ऊपर-ही-ऊपर चढ़ता चला आ रहा था...थोड़ी देर में वह उसके सीने पर आकर बैठ जाएगा। गला दबा देगा। फिर अपनी चादर में लपेटकर किसी ऐसे खड्ड में फेंक आएगा जहाँ वे ही सब कुल्हाड़ी लिए खड़े होंगे। उसे कँपकँपी आने लगी। पता नहीं वह कब सोया।

एकाएक बावनराम सोते-सोते चिल्लाए–‘हैं...हैं...यह क्या कर रहे हो?’

अनुकूल उठ बैठा और उन्हें हिलाकर बोला, ‘‘क्या हुआ बाबू?’’

‘‘कुछ नहीं...’’ उन्होंने धीरे-से कहा। फिर बोले, ‘‘बायाँ हाथ सीने पर आ गया होगा!’’

वह फिर लेट गया। बावनराम मन-ही-मन सोचने लगे...वे वाकई चिल्लाए थे

या अनुकूल को वहम हो गया? अनुकूल जग रहा होगा तभी तो उसने पूछा...उन्हें फिर नींद आने लगी।

रात का अधजगापन उन लोगों की आँखों में, चेहरे पर...सब जगह मौजूद था।

अनुकूल पहले उठा। कमरेवाले लोग गहरी नींद में थे। वह दबे पाँव बाथरूम गया और धीरे-से दरवाजा बन्द कर लिया। बावनराम भी तब तक जग चुके थे। उन्होंने उसे बाथरूम जाते और दरवाजा बन्द करते देख लिया था। उनकी आँखें एकाएक नम हो आईं। ऐसा होनहार लड़का और यह बर्ताव! इंजीनियर होते ही सब ठीक हो जाएगा। उन्होंने अपने मन को उस तरफ से हटाया और लेटे-ही-लेटे जप करने में लग गए। साथ-ही-साथ बीच-बीच में बुदबुदाते जा रहे थे...उसी का नाम जहाज है। वही पार लगाता है। बावनराम, उतावला न हो। तुम्हारी तावल से सूरज पहले नहीं निकल आएगा। समय भी सूरज ही है। धीरे-धीरे उदय होता है। उदय होने पर सब कुछ रोशन हो जाता है। अँधेरा तक!

अनुकूल बिना आवाज किए भीतर निवृत्त हो रहा था। बीच में एक बार बाहर आया था। कमरेवाले तब भी सो रहे थे। नहाने के कपड़े लेकर तुरन्त ही गुसलखाने में चला गया। नहाते-नहाते भी वह उतावला था। कहीं कोई उठ न जाए। दिन कहीं कहा-सुनी से ही शुरू न हो। वह बाबू के यहाँ ठहरने के निर्णय से अपने को अभी भी सहमत नहीं पा रहा था। उसने जल्दी-जल्दी बदन पोंछा, जाँघिया और बनियान पहने और बाहर निकल आया। आते ही उसने बावनराम को जगाया। वे पहले से ही जगे थे। फुसफुसाकर बोला, "अभी सब सोये हैं, तुम भी जाकर निपट आओ। नहीं तो फिर भीड़ लग जाएगी। पता नहीं कब नम्बर आए।" वे फौरन उठे। धरती चुचकारी और बाथरूम में घुस गए।

अनुकूल जाँघिए-बनियान में ही लेट गया। आसमान उभरता आ रहा था। तारे मद्धम पड़ते जा रहे थे। जिनमें थोड़ी-बहुत चमक थी वे भी बुझने की राह पर ही थे। चाँद भी बहुत तेजी से अपने आपको समेट रहा था। चिड़ियों की चहचहाट सर्वोपरि थी। उन्मुक्त! गौर से न सुना जाए तो यह सब चहचहाटें एक-सी लगती हैं। हालाँकि पक्षी सभी तरह के होते हैं और हर तरह की बोली बोलते हैं। खासतौर से सुबह और शाम। अनुकूल का दिमाग दूसरी तरफ घूम गया। कुछ चिड़िएँ मात्र भोजन ही क्यों होती हैं? चिड़िएँ तक उन्हें दबोच लेती हैं...हम सब तो खाने के लिए तैयार रहते ही हैं! लेकिन गाने और चहचहाने की किसी को मुमानियत नहीं। उनका खाना-पीना भी घृणा का नहीं, भूख का है। घृणा का हुआ होता तो सब छोटी-छोटी चिड़िएँ बटोर दी गई होतीं। घृणा उनकी पहचान न होकर हम लोगों की पहचान हो गई है। प्रेम तो सभी का

है। उसने कमरे की तरफ देखा—सन्नाटा था। ये लोग उठ गए होते तो हम लोगों को इतनी आसानी से निबटने न देते। बकते अलग। उसके ये सब विचार टूटे-टूटे थे।

बावनराम निकलकर आए तो माहौल बदला हुआ था। चन्द्रमा कलई उतरे बरतन की तरह एक तरफ को लुढ़का पड़ा था। तारे तो थे ही नहीं। चन्द्रमा का डूबना उन सबको ले बैठा था। चिड़िएँ जो धावे की तरह चहचहाकर आई थीं...रोजी पर चली गई थीं। चिड़ियों जैसा मस्त और आत्मनिर्भर मजदूर देखने को नहीं मिलता। चोंच से रोटी और गान से शक्ति। आसमान में हुए सत्ता-परिवर्तन के बावजूद अनुकूल को अभी तक कोई ऐसी घटना नहीं दिखाई पड़ी थी जो उस नितरे वातावरण को गँदला कर देती। सब अपनी-अपनी जगह उड़ रहे थे और अपनी-अपनी धुन में गुनगुना रहे थे। अनुकूल इस नए आसमान को देखकर शिशुवत प्रसन्न था। कल उसके आसपास कहीं नहीं था। वे लोग भी नहीं थे जो अन्दर धीरे-धीरे जग रहे थे। अनुकूल का मन उड़कर आसमान का चक्कर लगा आने को हुआ। वैसे वह एक तरह उड़ ही रहा था।

बावनराम भीगे थे। उन्होंने धोती के पल्ले से ही शरीर पोंछा और उसे कन्धे पर डाल लिया। आए और जमीन पर रोज की तरह उकड़ूँ बैठकर पूजा करने लगे। पता नहीं बाबू को इसमें क्या मिलता है? जब पूछो यही कहते हैं कि जीने के लिए शान्ति और संघर्ष के लिए शक्ति चाहिए। यही पूजा उसका बृहद भंडार है। अपनी पूजा को लेकर बाबू बहुत भावुक हो जाते हैं। आसमान का उदाहरण देने लगते हैं। आकाश अनन्त है। अनन्त को तो हम देख नहीं सकते, समेट नहीं सकते। जितना दीखता है उसी के जरिए हम उसकी अनन्तता से जुड़ते हैं। इसी तरह अपने अन्दर का ईश्वर उस अनन्त ईश्वर का अंश होता है। उसे देखने पर ही उस अनन्त ईश्वर को देखा जा सकता है। यह अपने अन्दर के उस ईश्वर को देख पाने की जद्दोजहद है। काम से भी और ध्यान से भी। काम और ध्यान दोनों एक-दूसरे की रास अपने हाथ में रखते हैं। पर अपने अन्दर उतरकर उसे खोजने में ही सबसे अधिक घबराहट होती है। अक्सर हम घरों में बिना कोनों को खँगाले ऊपर-ऊपर से बुहारी लगाकर भाग पड़ते हैं। इस डर से कि पता नहीं कब, कहाँ, क्या निकल आए। इसी तरह पूजा में भी... ऊपर-ही-ऊपर से झाँक-झूँककर भाग पड़ने के कारण 'वह' नहीं दिख पाता। इसी चक्कर में पूजा करता हूँ कि कभी गोता लगाकर नीचे पहुँच गया तो हो सकता है उसे देख पाऊँ। इसलिए बार-बार गोता लगाना जरूरी है। संस्कार तो बनेगा। बाबू की बात कभी समझ में नहीं आती। यह भी पता नहीं चलता, बाबू के अन्दर ये सब बातें कहाँ से उपजती हैं। कभी-कभी यह भी लगता है कि कहीं कुछ नहीं। जो कुछ सुनते-देखते आ रहे हैं, वही कर रहे हैं।

पूजा करते-करते बावनराम भजन गाने लगे...''नाव तिहारी, नदी तिहारी...हम तो डूबनहार, कौन करेगा पार...!''

थोड़ी देर बाद भजन गाना बन्द हो गया। आँखों से अश्रुधारा बहने लगी। फिर वे निश्चल होकर बैठ गए। बीच-बीच में उनके गले की गाँठ गटक जाती थी और फिर ऊपर आ जाती थी। अनुकूल ने झुककर देखा। उनकी पलकों के बीच आँसू की चमकीली बूँदें टिकी थीं। जो बह गए थे वे खुश्क होकर गालों पर चिपके थे।...लगता है बाबू दुखी हैं। बहुत दुखी। जो हुआ है, शायद वही सब अपने भगवान को वह बता रहे हैं। हम लोग भी छोटे-छोटे थे तो बाबू को बताया करते थे...अमुक ने मारा, गाली दी, कान उखाड़ा...। बाबू के चेहरे पर कुछ आता था चमचमाता हुआ, फिर बुझ जाता था। दुखी होने पर बाबू कहते थे...कोई बात नहीं बच्चा, जो होना था सो हो गया... किए की सजा भगवान 'उसे' देगा। बाबू का भगवान भी बाबू जैसा ही होगा। वह भी अपने भगवान पर टाल देगा।

बावनराम पूजा करके उठे तो उनके पपोटे भारी थे। आँखों के नीचे छोटी-छोटी गद्दियाँ-सी बन गई थीं। उन्होंने सिनककर नाक का पानी सिनका और धोती के पल्ले से नाक पूँछ लिया। फिर दोहरे तहमद को इकहरा कर धोती की तरह बाँधने लगे। कमरे के लोग उठ गए थे और काफी खटर-पटर हो रही थी। खाटें चरमरा रही थीं। सामान उठाए-रखे जा रहे थे। अटैचियाँ सरकती थीं तो दाँतों में किसकिसाहट महसूस होती थी।

बाथरूम में से किसी ने कहा, ''देखा, सारा बाथरूम गीला पड़ा है...इन साले भगतों की वजह से नाक में दम है। लगता है सरऊ रात-भर नहाए हैं।''

अनुकूल को लगा कि बात धीरे-धीरे उन पर ही आ रही है। वह उठा और बाहर की तरफ चल दिया। लेकिन कोई कह रहा था, ''यहाँ तो जिन्दगी इन लोगों की वजह से दूभर हो गई। धरम-करम को कहाँ रख आएँ। कपड़े-लत्ते थोड़े ही हैं कि नदी पार करते हुए सिर पर धर लिए...और कल्ली पार। धरम तो सरीर भी है और आत्मा भी! पर ये तो ससुरे मास और नखून को अलग करने पर तुले हैं...।''

अनुकूल जाता-जाता ठिठक गया। हो-न-हो यह जरूर वही आदमी है जिसने रात सामान तितर-बितर किया था और खाट घसीटकर बाहर डाली थी। जिस तरह टेढ़ी-मेढ़ी पड़ी थी उसी से लगा था कि इसका दिल हम लोगों के प्रति घृणा से कितना लबालब है।

बावनराम पर रुका नहीं गया तो बोले, ''देखिए साहब, आप कल से ही अजीब व्यवहार कर रहे हैं...कहनी-अनकहनी जो मुँह में आता है कहते जा रहे हैं। आपका घर हो तो आप घर में न घुसने दें। दूसरे के घर पर भी आप इस तरह अपमानित करते जा रहे हैं, यह ठीक नहीं। हो सकता है भगवान आपका ज्यादा हो और हमारा कम। पर आप व्यवहार में तो सन्तुलित रहिए।''

दो-एक लोग जो लगातार खामोश थे वे बीच में पड़ गए, ''अरे छोड़िए, आप

उम्र में बड़े हैं। वे यही जानना चाह रहे होंगे कि गुसलखाना साफ है कि नहीं?''

''साफ होने से क्या मतलब? आपके बाथरूम से निकलने के बाद अगर हम यही सवाल पूछें तो आप हमें जिन्दा जला डालेंगे। हमारी बेइज्जती नहीं होती? मैल तो सबके शरीर से एक-सा ही निकलता है...ऐसा नहीं कि आप ऊँची जात के हैं तो आपके शरीर से कुछ भिन्न प्रकार का निकलता हो। आप सोते हुए कुछ अलग तरह साँस लेते हों...! माफ कीजिए, आप भी यहाँ झोली लेकर आए और हम भी। भिखारी- भिखारी में ज्यादा फर्क नहीं होता। हो सकता है आपकी झोली रेशम की हो और हमारी टाट की। पर जो मिलता है वह भीख ही होती है।''

पहला आदमी फिर उखड़ा, ''जो तुम हो तुम रहोगे, जो हम हैं वो हम रहेंगे। सरकारी हुक्म से तुम वो नहीं हो सकते जो हम हैं...।''

अनुकूल बाहर खड़ा-खड़ा बड़े शशोपंज में था। वह क्या करे? बाबू की तरफ से बोले या टाल जाए। उसे दोनों पर गुस्सा आ रहा था। बाबू यहाँ आकर ठहरे ही क्यों हैं? इंजीनियर बन जाने से जात-पाँत थोड़े ही बदल जाएगी। कहनेवाले तब भी कहेंगे। बाबू को सामान उठाकर फौरन चल देना चाहिए। उसने आगे की तरफ बढ़ना चाहा।

बाबू उसी बात पर आ गए थे, ''अगर पता होता कि चौधरी साहब के यहाँ ऐसा बर्ताव होगा तो कभी न आते...''

''ना आते तो चौधरी साहब की सीट थोड़े ही चली जाती।''

कोई और बोला, ''ये सब साले यही समझते हैं कि सब चुनाव इन्हीं की वोटों से जीते जाते हैं।''

''जाकर पूछ लो चौधरी साहब से किसकी वोटों से जीते थे...?''

पहलेवाले दोनों लोग फिर बीच-बचाव करने पर जुट गए थे। गुसलखाने का दरवाजा भी धड़-से बन्द हो गया। अनुकूल आगे निकल गया।

बावनराम जब बाहर निकले तो उनकी कनपटियाँ फूली हुई थीं और आँखों के कोओं में कीचड़ जम गई थी। वे चौधरी साहब की तरफ जा रहे थे। अनुकूल के दोनों हाथों में थैले थे। उन्होंने अनुकूल को थैले उठाए चलते हुए बड़ी दयनीयता से देखा। उन्होंने ऐसे क्यों देखा, उसकी समझ में कुछ नहीं आया। उन्होंने बढ़कर उसके हाथ से एक थैला ले लिया।

थैला लेकर बोले, ''चलो...चलकर चौधरी साहब से बात कर लें।''

बाबू के चेहरे पर पसरी हुई उस दयनीयता को देखकर अनुकूल का खून खदबदा रहा था। बाबू इतने दयनीय क्यों बने हुए हैं? इससे तो अच्छा था वे उनमें से किसी के दो हाथ लगा देते...सिर फोड़ देते। कम-से-कम उन्हें इस मानसिकता से तो न

गुजरना पड़ा होता। वे एकाएक बोलने लगे, "मैंने कभी इन लोगों के सामने मुँह नहीं खोला था। हमेशा इस बात का ध्यान रखा कि हम लोग इन लोगों की जूठ पर पले हैं...यह ख्याल हमेशा मुँह दबोच लेता था। आत्मा तड़पती रही पर उनका खाया होने के कारण जबान एक बार भी नहीं पलटी। आज इन लोगों ने मुँह में हाथ डालकर बुलवाया है। रात भी गुस्सा आया था...खाट ले जाकर इन लोगों के सिरों पर डाल दूँ...पर ज़ब्त कर गया। इन लोगों ने आज पहली बार थोड़े ही ऐसा किया है, जिन्दगी-भर करते रहे हैं..."

अनुकूल की आँखों में भी असहायता के भाव उभर आए थे। वह बोला नहीं, आँखें आस्तीन से रगड़ लीं।

बावनराम ने चबूतरे पर चढ़कर दरवाजा खटखटाया। चौधरी साहब ने ही खोला। चौधरी साहब के माथे पर एक बहुत बारीक-सी चुटकी-भर खाल उभरी, लेकिन तत्काल ही विलय हो गई। बावनराम एकाएक भावुक हो उठे। गला रुँध गया। आँखों से जल बहने लगा। चेहरे की झुर्रियाँ और घनी हो गईं। अनुकूल भी अपने को सँभाल नहीं पा रहा था। हाथ पकड़कर बैठाते हुए बोले, "क्या बात हुई बावनरामजी! आप इतना परेशान क्यों हैं?"

अनुकूल के अन्दर एक ज्वार-सा उमड़ने को हो रहा था। लेकिन वह पत्थर सदृश बना रहना चाहता था। उन्होंने उससे भी पूछा, "क्या बात हुई बेटा...तुम्हारे बाबू और तुम इतने परेशान क्यों हो?"

उसने कुछ बोलना चाहा पर जबान जैसे मुँह में न रहकर पेट में चली गई थी। थोड़ी देर बाद बावनराम ने ही कहा, "चौधरी साहब, काम बनने की तो कोई उम्मीद नजर नहीं आती...सोचता हूँ घर चला जाऊँ। एक रात तो काट ली। अब छन-भर भी काट पाना मुश्किल हो रहा है।"

अनुकूल सोच रहा था कि आज बाबू चौधरी साहब को कसकर सुनाएँगे। लेकिन उनके इस तरह बात करने से उसका मन विद्रोह से भर उठा।

चौधरी साहब बोले, "आपसे रात तो बात हो गई थी...मैं तैयार हो जाऊँ तो फिर बात करता हूँ। तब तक आप इन्तजार कीजिए।"

अनुकूल तत्काल बोला, "कहाँ...? वहाँ उन बनैले जानवरों के बीच?"

चौधरी साहब चौंक पड़े, "क्यों, रात कोई बात हो गई?"

"बात तो तब से हो रही है जब से यहाँ पहुँचे हैं...नीची जात में जन्म लेना..." बावनराम ने उसके मुँह पर हाथ रखकर उसे चुप कर दिया। अनुकूल सिसक-सिसककर रो पड़ा।

बावनराम अपनी आँखें पल्ले से पोंछते हुए बोले, "बच्चा है...आपके सामने बोल गया।" फिर बेटे की तरफ मुखातिब होकर बोले, "आग को बखेरा नहीं जाता...राख

के नीचे दबाकर रखा जाता है। दोबारा सुलगाने में बड़ा समय लगता है...!'' वह समझा नहीं।

चौधरी साहब कुछ बोलने को हुए तो बावनराम ने हाथ जोड़कर कहा, ''चौधरी साहब, मंजिल पर पहुँचना हो तो रास्ते की तकलीफों को नजरअन्दाज करना पड़ता है...उन सब बातों को दोहराने से क्या होगा? जन्म धरे का दंड है, हम नहीं भोगेंगे तो कौन भोगेगा।''

''क्या बात हो गई, कुछ तो बताइए!''

''हम शिकायत करने नहीं आए। जो हुआ वो हमारे अन्दर चला गया। अब तो बस आपका जवाब चाहिए। कुछ होना है तो हो, नहीं तो हम भी अपनी राह लें।''

अनुकूल इस बार तपाक से बोला, ''बाबू, आप बताते क्यों नहीं...ये सब लोग कल से कितना दुर्व्यवहार कर रहे हैं। इस आदमी ने आपको क्या नहीं कहा...सामान और खाट निकालकर बाहर फेंक दिए। आप कहते हैं, कुछ नहीं हुआ!''

बावनराम के मुँह से कराह की तरह निकला, ''जब से गाँव छोड़ा, इतना कभी नहीं सहा।...जितना कल से आज तक गुजरा है। चौधरी साहब, हम यह बात एक मिनट नहीं भूले कि भगवान ने हमें नीच बनाया है...इसलिए अपनी सीमाओं का हमेशा ध्यान रखा। मेरी समझ में नहीं आता कि अपने को इतनी-इतनी ऊँचाइयों पर आसनी समझनेवाले लोग हमको नीच बताने के लिए अपनी उन ऊँचाइयों से इतना नीचे क्यों उतर आते हैं? ये बड़े होते हमारे बच्चे, इन उच्च लोगों के बारे में क्या सोचेंगे...? चौधरी साहब, संसार में इन्सान का खून ही ऐसी वस्तु है जो बिना आँच के खदबदाने लगता है। तब तक ठंडा नहीं होता जब तक कि कारण खत्म न हो जाए। हम लोगों के खून तो कभी खदबदाए नहीं क्योंकि उसे पानी करके ही हमारी नसों में डाला गया था। लेकिन इन बच्चों का खून तो खून ही है। सवर्णों के शत-प्रतिशत खून की तरह खून न सही...साठ प्रतिशत ही सही। गर्म तो हो ही सकता है... खैर छोड़िए, इन बच्चों को छोटा मुँह बड़ी बात नहीं करनी चाहिए। अगर कुछ काम बनने की उम्मीद होगी और रुकना पड़ा तो धर्मशाला में जा टिकेंगे।''

चौधरी साहब शशोपंज में थे। बावनराम से खुशामद-दरामद करके उन्हें शान्त करना ही एकमात्र रास्ता था। वे बोले, ''घर होते हुए आप धर्मशाला में कैसे ठहरेंगे? उस आदमी की बात का ख्याल न कीजिए...!''

''बताइए किस-किसकी बात का ख्याल न करें?'' अनुकूल ने धीरे से कहा। चौधरी साहब ने या तो सुना नहीं या नोटिस नहीं लिया। वे अपनी बात करते रहे, ''रात आपने तो देखा ही था, वह मेरे साथ किस तरह पेश आ रहा था। इतनी-सी बात पर...। बच्चे को लेकर कहाँ जाएँगे। कौन जाने, कहाँ क्या मुसीबत पड़ जाए!''

अनुकूल को डर लगा, कहीं बाबू फिर न मान जाएँ। अब वह कदापि यहाँ नहीं

रह सकता। लेकिन बावनराम तुरन्त ही बोले, “जिस तरह कल दिन में कमरे से निकलने के लिए कहा गया...!” चौधरी सा’ब ने गर्दन झुका ली। बावनराम कहते रहे, “छींटाकसी की गई, रात सामान फेंक दिया और खाटें घसीटकर बाहर डाल दीं...सवेरे हमसे पूछा गया, बाथरूम धुला या नहीं...उन बातों को आगे बढ़ाना उचित नहीं। हम लोग चुप तो बने रहे पर सहा नहीं जा रहा।”

चौधरी साहब के चेहरे पर पस्ती नजर आ रही थी। जितना कह चुके थे उससे ज्यादा कहना उनके बस में नहीं रहा था। वे यह भी नहीं चाहते थे कि बावनराम ऐसे हालात के बीच अपने बेटे को लेकर वापस घर चले जाएँ। चौधरी साहब ने पहले कुछ कहना चाहा, फिर रिसीवर उठाकर टेलीफोन का डायल घुमाने लगे। दो-तीन बार में फोन मिला। दूसरी तरफ घंटी देर तक बजी। जैसे ही वे रखने को हुए वैसे ही उधर से किसी ने उठा लिया।

चौधरी साहब बोले, “नमस्कार, मैं चौधरी मंगतसिंह एम.पी. बोल रहा हूँ।”

उधर की बात सुनने के बाद उन्होंने फिर कहा, “माफ कीजिए, मैं आपको एक व्यक्तिगत तकलीफ देना चाहता हूँ। मैंने सुना है...आई.टी.आई....के कॉलिज़ों ने अनुसूचित जाति के बच्चों की भर्ती के लिए इम्तहान में बैठने की शर्त निरस्त कर दी...”

उधर से शायद कहा गया था कि आई.टी.आई. तो राज्य सरकारों के दखल में आती है। इसीलिए शायद उन्होंने तपाक से कहा, “हाँ, यह तो मालूम है...मेरा मतलब था आई.आई.टी... ।”

उधरवाले सज्जन थोड़ी देर तक बोलते रहे। स्थिति स्पष्ट कर रहे थे। चौधरी साहब उसकी बातों पर ‘हाँ-हाँ’ करते जा रहे थे। बीच-बीच में एक-आध औपचारिक वाक्य जोड़ देते थे। एक बार उन्होंने कहा, “यह तो भारत सरकार की योजना के तहत हो रहा है...आखिर इन लोगों को भी तो बराबरी पर लाना है। इन बिचारों ने सदियों तक शिक्षा के नाम पर कायदा तक नहीं देखा। यही लोग क्या, हम लोग भी उसी में आते हैं।”

दूसरा वाक्य कहा, “इस बार जब आप बिना इम्तहान के बच्चों को प्रवेश दे रहे हैं, तो एक हमारे खास मित्र का बच्चा है, पढ़ने में होशियार, होनहार...इसे तो मौका देना ही है। जैसे भी हो इस लड़के को तो आपको लेना ही होगा!”

थोड़ी देर तक वे फिर चुप रहे। उधर की बात सुनते रहे। बात खत्म हो जाने पर बोले, “हाँ-हाँ, मैं इन्हें आपके पास भेजे देता हूँ। आप कहेंगे तो मंत्रीजी से भी बात कर ली जाएगी। जिस तरह की परिस्थितियों में रहकर बच्चा पढ़ रहा है उसे देखते हुए वह दाखले का अधिकारी है। अपनी बिरादरी में यह पहला बच्चा होगा जो यहाँ तक पहुँचेगा। अगर इसे सफलता नहीं मिली तो इनके पूरे समाज में हमारी सरकार की साख गिर जाएगी...घोर निराशा व्याप्त हो जाएगी।”

बावनराम का चेहरा चौधरी साहब के फोन पर बात करते-करते सामान्य होने लगा था। मलाल छँटता जा रहा था। होंठों पर धीरे-धीरे मुस्कान आ रही थी। होंठों का शनैः-शनैः फैलना ही इस बात का द्योतक था। जितना कह दिया था उससे ज्यादा नहीं कहा जा सकता था। अनुकूल जरूर उनके आखिरी वाक्य से आहत और क्षत हुआ था। इतना सब कहने की क्या जरूरत थी?

बात खत्म हो गई तो चौधरी साहब रिसीवर रखकर बोले, ''आप ऐसा करें, शास्त्री भवन जाकर कृष्णन साहब से मिल लें। चौथे तल्ले पर बैठते हैं। चिट्ठी लिखे देता हूँ। बड़े अफसर हैं...हिन्दी कम बोल पाते हैं...समझ अच्छी तरह लेते हैं। सब बात बता दीजिए।''

अपनी उत्सुकता को छिपाते-छिपाते भी बावनराम ने उत्सुकता से पूछा, ''हो जाएगा ना?''

चौधरी साहब चिट्ठी लिखते-लिखते बोले, ''आपके सामने ही तो सारी बात हुई है...अलग से तो मैंने कोई बात की नहीं...'' थोड़ी देर बाद बोले, ''वैसे तो हो जाना चाहिए। पर कृष्णन साहब कह रहे थे कि आई.आई.टी. में पढ़ाना हर एक के बूते की बात नहीं। बच्चे पर इतना तनाव रहता है कि हर साल एक-दो, एक-दो आत्महत्याएँ हो जाती हैं। सुना, एक-से-एक होशियार बच्चा आता है। होशियारों-होशियारों के बीच ठना मुकाबला या तो मौत निबटाती है या तस्फिया। पढ़ाई-लिखाई में तस्फिये की तो कोई गुंजाइश ही नहीं होती।''

बावनराम एक बार को चक्कर खा गए। अनुकूल की तरफ देखा। वह निस्पृह भाव से चौधरी साहब की बात सुन रहा था। चौधरी साहब ने उससे ही पूछा, ''आई.आई.टी. में पढ़ोगे?''

उसने संक्षिप्त-सा उत्तर दिया, ''दाखला हो गया तो पढ़ूँगा।''

चौधरी साहब चिट्ठी लिख चुके थे। बावनराम को पकड़ा दी। यह भी समझा दिया कि शास्त्री भवन कहाँ है और किस-किस तरह से वहाँ पहुँचा जाएगा। पास बनवाने का तरीका खासतौर से समझाया। नहीं तो जाने को नहीं मिलेगा। यही बात अनुकूल को अजीब लगी। कोई सिनेमा थोड़े ही है जो पास बनाते हैं। पर वह चुप रहा।

जाते-जाते चौधरी साहब ने कहा, ''पाँच बजे तक संसद भवन में रहूँगा। अगर जरूरत पड़े तो रिसेप्शन पर जाकर चिट भिजवा दीजिएगा...बताकर जाइएगा कि क्या हुआ।''

बावनराम के मन में चौधरी साहब की बिगड़ती छवि फिर नए कोण से उभरती आ रही थी। कल से आज तक जो हुआ था वह इस सबके सामने भूल जाने योग्य था। अनुकूल जरूर अन्यमनस्क था। जिस तरह से हो रहा था वह सब उसकी अक्ल

के बाहर था। अगर इतने सबके बीच से न गुजरना पड़ा होता तो यह सब कम-से-कम आज न हुआ होता।

अनुकूल के लिए शास्त्री भवन एक आश्चर्य की बात थी। बस में जाते हुए भी यही प्रश्न उसे परेशान करता रहा था कि दिल्ली में सड़कें, भवन, पार्क सभी बड़े होते हैं। आदमी वैसे ही होते हैं, जैसे उसके यहाँ होते हैं। वहाँ का बाहरी फैलाव उसे सबसे अधिक चकित कर रहा था।

वे लोग उद्योग भवन के पास उतरे थे। वहाँ से शास्त्री भवन हालाँकि नजदीक था। लेकिन रुकते, पूछते, चलते और गन्तव्य तक पहुँचते-पहुँचते वे पस्त हो गए थे। अनुकूल को बीच-बीच में हाथ ऊपर उठाकर बस में डंडे पकड़े लड़कियाँ और औरतें परेशान करने लगती थीं। वह उनकी तरफ देखना नहीं चाहता था, पर बार-बार नजर चली जाती थी। उनके दूध अधनिकले-से लटक रहे थे और हर झटके पर उछलते थे। मर्दों तक को शर्म नहीं थी। एक लड़की का दूध उसके हाथ से टकरा गया था। उस स्थान पर एक तरह की तरतराहट-सी महसूस होती रही थी। उसी चक्कर में एक बुड्ढे का पैर किसी के पैर से चित गया था। वह चिल्लाया तो सब लोग हँस दिए। एक गोरी औरत ने अपनी सीट से उठकर उस बुड्ढे को बैठाया, सबके हँसते मुँह एकदम बन्द हो गए। उस गोरी के उठते ही दूसरा आदमी चट-से खड़ा होकर बोला—आप यहाँ बैठ जाइए। वह नहीं बैठी तो उसने हाथ पकड़कर बैठाना चाहा। वह सटाक-से बोली, "मेरी सीट है, मैंने अपनी मर्जी से इन वृद्ध सज्जन को उस पर बैठाया है..." दो-तीन आदमियों ने और कहा। पर वह खड़ी रही। वह लड़कियों की तरह का कन्धे-कटा फ्रॉक पहने थी। उसके दूध और भी साफ थे।

दो-तीन स्टापों के बाद वह उतर गई थी। उसके उतरते ही बैठे हुए कई लोगों के चेहरे पर सकून-सा दिखाई पड़ा था। उसका खड़े होने का तरीका हिन्दुस्तानी औरतों से बिल्कुल अलग था। वह पाँव जमाकर और अगली सीट की पीठ का डंडा मजबूती से पकड़कर खड़ी रही थी।

शास्त्री भवन के द्वार पर ही गार्ड ने टोका। वे एक मिनट को सकपकाए। लेकिन उसके इशारा करने पर वे पास बनवाने के लिए पास-आफिस में घुस गए।

चार-पाँच लोग इस लाइन में खड़े थे। बावनराम जाकर सीधे बोले, "हमें कृष्णन साहब से मिलना है।"

पास बनानेवाला बाबू बोला, "ये सब पास बनवाने के लिए खड़े हैं। जाकर लाइन में लग जाइए...!" फिर धीरे-से बुदबुदाया, "आ गए पास बनवाने...राष्ट्रपति के लगते!"

बावनराम ने सुना और लाइन में जाकर खड़े हो गए। अनुकूल उनके पीछे लग गया। अनुकूल उसके इस बर्ताव से फिर क्षुब्ध हो गया था। यही बात वह शान्ति से और कम बोलकर नहीं कह सकता था? लगता है अपने देश में बातों से दूसरों को चोट पहुँचाने का खेल खेला जाता है। कोई बोलेगा तो किसी-न-किसी के चोट पहुँचेगी ही। उसे सोचना चाहिए था कि तुम कुर्सी पर बैठे हो, दूसरा पता नहीं कहाँ से चलकर आया है...। कुर्सी पर बैठे आदमी को सामने खड़े आदमी के साथ सहूलियत से बोलना चाहिए। बैठा हुआ आराम और सकून में होता है। यहाँ उल्टा है। बैठा हुआ आदमी नाराज होता है और खड़ा हुआ आदमी चुपचाप सुनता है। एक-आध जो बाद में आए उनको तो उसने और भी बुरी तरह से डाँटा—ऐसे चले आए जैसे ई.एम. हाथ फैलाए बैठी है कि जनाब आएँगे तो गले मिलेंगे। पता नहीं घर से क्या सोचकर चले आते हैं...मिनिस्टर से मिलना नहीं हुआ, मजाक हो गया! मिलना ही है तो इलेक्शन के दिनों में मिलिएगा जब घर-घर घूमेंगी...अब चलते बनिए।

वह खुशामद करता रहा, ''सा'ब, नौकरी का मामला है। मेरे बाल-बच्चे भूखों मर जाएँगे। आप भी नौकरी करते हैं...आपको तो दूसरे जरूरतमन्द आदमी से हमदर्दी होनी चाहिए।''

''यहाँ कौन नौकरीपेशा नहीं है...प्रधानमंत्री से लेकर चपरासी तक...? हमें बताने चले हैं! शिक्षा मंत्रालय में आता ही कौन है, मास्टर या भुक्खड़!''

''इसीलिए तो कह रहा हूँ...।''

काउन्टरवाले आदमी ने कलम नीचे रख दिया और बोला, ''मैं शराफत से पेश आ रहा हूँ, आप सिर पर चढ़ते आ रहे हैं।''

अनुकूल के होंठ हल्के-से टेढ़े हो गए। ''पढ़े-लिखे लोगों के साथ पढ़े-लिखोंवाला व्यवहार होता था, अब तो सब धान बाइस पसेरी! यहाँ आदमी को कुकुर से भी बदतर कर देते हैं...।'' बावनराम बुदबुदाए।

उनका नम्बर आया तो बोले, ''कृष्णन साहब से मिलना है...'' उन्होंने चौधरी साहबवाली चिट्ठी बढ़ाते हुए कहा, ''यह चिट्ठी देनी है...''

उस आदमी ने चिट्ठी ली और खोलकर पढ़ने लगा। पढ़ने के बाद बोला, ''अरे साहब, आपको कौन रोक सकता है, आप लोग तो सरकार के हकीकी दामाद हैं!''

अनुकूल ने उसकी तरफ देखा। लेकिन बावनराम उस बात को नजरअन्दाज कर गए। वह बोला, ''खड़े क्या हैं, भरिए रजिस्टर में अपने-अपने नाम।''

''मैं हिन्दी में लिख सकता हूँ...''

''आप फारसी में लिखो...मुझे क्या लेना-देना। हिन्दी से ही तो यह हिन्दुस्तान चलेगा...!''

बावनराम कालम-कालम पढ़-पढ़कर हिन्दी में लिखने लगे। वह बोला, ''क्या नाम है?''

''बावनराम!''

''तरेपनराम या चौवनराम क्यों नहीं?''

अनुकूल थोड़ा उखड़ने को हुआ लेकिन उससे पहले ही बावनराम मुस्कुराकर बोले, ''बाबूजी, आप कहें तो पचपनराम भर दूँ। वैसे आप हाकिम हैं, जो जी में आए भर दीजिए।''

अपने लिए हाकिम शब्द सुनकर वह मुस्कुरा दिया। फिर बोला, ''बुरा मत मानना बाबा, मेरी हँसी-मजाक करने की आदत है।'' रजिस्टर के बाकी खाने वह बोल- बोलकर भरवाने लगा, ''यहाँ टाइम भरिए, यहाँ काम...प्राइवेट या आफिशियल. ..अफसर का नाम...इन दोनों खानों में अपने दस्तखत...! अरे बाबा, इस खाने में भी तो करो, कहीं पिस्तौल-विस्तौल तो साथ नहीं ले जा रहे।'' फिर हँसकर धीरे-से बोला, ''यहाँ दस्तखत कर दो, ले भले ही जाना...साली सरकार दस्तखत से चलती है।''

बावनराम खाने भर चुके तो बोले, ''यह मेरा लड़का है, अनुकूल!''

''आप भी भरिए...नाम कैपिटल वर्ड्स में...हैंडराइटिंग तो बढ़िया है आपके बच्चे का! अब आप लोगों में भी अच्छे लड़के होने लगे। ओ हो,...यह सब भरने के चक्कर में न रहें। अपने बाबू के लिखे हुए के नीचे एज़न लगा दो। इन दोनों खानों में दस्तखत कर दो। बच्चे, थोड़ा-सा अक्ल से काम लिया करो। आई.आई.टी. में दाखले के लिए जो चिट्ठी लिखवाकर लाए हो...वहाँ जाकर क्या भाड़ झोंकोगे?''

बाकी लोग हँस दिए। सबसे ज्यादा वो हँसा जिसे काउन्टरवाले ने कुछ देर पहले डाँटा था। फिर बावनराम से बोला, ''इम्तहान भी पास कर लिया और हैंडराइटिंग भी बन गया। अब जरा अक्ल बढ़ाने की भी जरूरत है। आप लोगों के खिलाफ यही शिकायत है कि अक्ल भैंस के पास दूध पीने के लिए छोड़ देते हैं।'' हँसकर पास पकड़ा दिए। लाइनवाले लोग उनकी तरफ मुड़-मुड़कर देखते रहे और हँसते रहे।

बाहर निकलते हुए सुना, वही काउन्टरवाला कह रहा था, ''यही तो देश के चौपट होने की अलामतें हैं...एस.सी. हैं, एम.पी. की चिट्ठी ले आए...! आई. आई.टी. में दाखला चाहिए। वोट चाहिए इसलिए दाखला भी दिलाना पड़ेगा। आई. आई.टी.—जैसी संस्था को तो छोड़ दो...बाबा! अभी हमारे यहाँ प्रोमोशन हुए हुए थे। अच्छे-अच्छे सीनियर और नोटिंग-ड्राफ्टिंग के हकीम रह गए। एस.सी. होने के कारण नाख्वान्दा आगे निकल गए। तबीयत में आग लग गई। मारे भी और रोवन न दे। अब सबसे पहले सेक्सन ऑफिसर होकर सिर पर बैठ जाएँगे...!'' खड़े हुए लोगों की तरफ देखकर बोला, ''भई कोई एस.सी. हो तो बुरा मत मानना। हकीकत

बयान कर रहा हूँ। आग अन्दर लगी हो तो धुआँ बाहर निकलता ही है।"

वे दोनों जल्दी बाहर निकल आए थे। बाहर खड़े गार्ड ने पास देखे और जीने की तरफ इशारा कर दिया। लोग लिफ्ट से ऊपर जा रहे थे। अनुकूल ने उधर देखा। उसके देखते-देखते चार-पाँच लोगों को लेकर लिफ्ट उठा। वह उसे उठता हुआ देखता रहा। उसके उठते ही जगह खाली हो गई। जब वे लोग पहली मंजिल पर पहुँचे तो लिफ्ट वहाँ से भी चल चुका था। लोग इसमें चढ़कर कैसे ऊपर जाते हैं? डर नहीं लगता? हर मंजिल पर यही हुआ। उनके पहुँचते-पहुँचते लिफ्ट चल दिया। उसकी समझ में यह बिल्कुल नहीं आ रहा था कि यह क्या है? कमरा है? जीना है...? आखिर ऊपर कैसे जाता है?

चौथी मंजिल पर पहुँचे तो लिफ्ट खड़ा था। बावनराम तब तक आगे बढ़कर किसी से कृष्णन साहब के कमरे के विषय में पूछने लगे। वह वहीं पर खड़ा होकर लिफ्ट को देखने लगा।

"छोटा-सा लोहे का कमरा है..." धीरे से बुदबुदाया।

बावनराम दाहिनी तरफ मुड़ गए। अनुकूल भी पीछे हो लिया। एक लम्बा गलियारा था। दोनों तरफ कमरे थे। कमरों पर नामों की तख्तियाँ टँगी थीं। किसी-किसी कमरे के बाहर सफेद बुशर्ट, पैंट पहने और टोपी लगाए हुए एक-एक आदमी भी था। ऐसे ही एक-दो आदमी कागज-पत्र लिए गलियारे में आ-जा रहे थे। उनमें से ही एक काँच के बर्तन में पानी भरे जा रहा था। दो-तीन साहबनुमा लोग भी वहाँ से निकले। सफेद पोशाकवालों ने सीधे खड़े होकर सलाम किया। सलाम हुआ और गर्दन हिल गई...यही देखते हुए वे लोग उस गलियारे से गुजरते चले गए।

सबसे अधिक आश्चर्य उसे अपने बाबू बावनराम पर था। वे हर एक को हाथ उठाकर सलाम करते जा रहे थे। जब कोई साहबनुमा आदमी निकलता था तो वे झटके से एक तरफ हो जाते थे। बाबू ऐसा क्यों करते हैं? जान ना पहचान, खाम़ाजी सलाम। उस पर नहीं रहा गया तो उसने धीरे-से यही सवाल पूछा, "बाबू, आप सबको सलाम क्यों करते हैं...?"

बावनराम इस तरह हँसे जैसे वह कोई राज़ की बात हो और बोले, "ये सब बातें उमर के साथ समझ में आती हैं। धेले का सलाम और लाखों का काम। सलाम बड़ी पावर की चीज है।" और तुरन्त एक किस्सा सुनाना शुरू कर दिया—"एक पटवारी था। उसका कहना था कि वह अपने सलाम से किसी को भी पटा सकता है। एक बार शहर में नया कलक्टर आया। बड़ा सख्त। और पटवारियों से उसकी शर्त हो गई कि सलाम के सहारे नए कलक्टर साहब को पटा ले तो जानें। रोज सवेरे कलक्टर साहब घुड़सवारी के लिए जाया करते थे। वह सड़क के ऐसे मोड़ पर जाकर खड़ा हो जाता जहाँ उन्हें अपना घोड़ा धीमा करना पड़ता था। जैसे ही कलक्टर साहब

मुड़ते वैसे ही सामने जाकर सलाम झुका देता। महीनों वह इसी तरह सलाम झुकाता रहा। एक दिन कलक्टर साहब ने घोड़ा रोककर पूछा—'तुम रोज इसी मोड़ पर खड़े होकर सलाम क्यों करते हो?'

'' 'हुजूर हमारे हाकिम हैं...सलाम करने के लिए बँगले में तो कोई घुसने नहीं देगा...सोचा सलाम ही तो करना है, कहीं भी किया जा सकता है।'

''कलक्टर साहब ने हँसकर कहा, 'अच्छा, तुम कल हमारे बँगले पर आना।'

''वह बँगले पर गया। कलक्टर साहब बाहर टहल रहे थे। सिपाहियों ने रोका। कलक्टर साहब ने उसे बुलवा लिया। कलक्टर साहब ने सब बातें पूछीं...वह क्या करता है? कहाँ रहता है...वगैरह?

''जब कलक्टर साहब पूछताछ कर चुके तो वह रोने लगा, 'सरकार, एक ही लड़का है...बहुत सीधा। खानेवाले दस प्राणी हैं, गुजारा नहीं चलता। दो रोटी का इन्तजाम हो जाए तो सरकार के ओहदे की बुलन्दी की खैर मनाएँगे।'

''कलक्टर साहब ने अपने टाइप बाबू को बुलाया और कहा, 'इसके लड़के को कल से नजारत में तैनात कर दिया जाए।'

''यह होती है सलाम की पावर।'' बावनराम ने मुस्कराकर टिप्पणी की।

अनुकूल को यह किस्सा अजीब अटपटा-सा लगा। हालाँकि बावनराम ने उसे बहुत रहसकर सुनाया था। वह कहने को हुआ कि अगर पटवारी आसमान के सितारों को रोज सलाम करता होता तो शायद वे तक आसमान से उतरकर उसकी झोली में आ गए होते। लेकिन वह बोला नहीं। पता नहीं बाबू क्या समझें।

सामने के कमरे पर हिन्दी और अंग्रेजी में कृष्णन साहब की नेम-प्लेट लगी थी। बावनराम वहीं रुक गए। अनुकूल को भी रुक जाना पड़ा। उधर से आते हुए एक आदमी से उन्होंने पूछा, ''कृष्णन साहब से मिलना था।''

वह बोला, ''बराबरवाले कमरे में चले जाओ...वहाँ उनके पी.ए. होंगे...वे मिलवा देंगे।''

पी.ए. शब्द अनुकूल की समझ में नहीं आया। थोड़ी देर बावनराम दरवाजे के बाहर ही खड़े रहे। खोलकर अन्दर जाने में उन्हें झिझक महसूस हो रही थी। लेकिन किसी तरह हिम्मत सँजोकर उन्होंने दरवाजा धकेला। सामने की मेज-कुर्सियों पर दो आदमी बैठे हँसी-मजाक कर रहे थे। जो आदमी शीशे के बर्तन में पानी लेकर आता हुआ मिला था, वह कागज-पत्तर छाँट रहा था।

बावनराम ने दरवाजे के अन्दर मुँह डालकर कहा, ''कृष्णन साहब से मिलना है।''

सबके चेहरे ऐसे बदल गए जैसे लिटमस पेपर पर एसिड गिर गया हो। वे सामने रखे कागज उलटने-पलटने लगे। बावनराम ने सोचा कोई गलती तो नहीं हो गई। सब

एकदम ऐसे क्यों हो गए। सफेदपोश आदमी बोला, "साहब व्यस्त हैं।"

अनुकूल के दिमाग में अभी-अभी, बीच-बीच में, वह लिफ्ट चलने लगता था। किस तरह लोग उसमें नीचे बन्द होते हैं और ऊपर निकल आते हैं! लेकिन इस समय उसे लग रहा था कि पता नहीं यहाँ के बन्द हुए कभी निकलेंगे भी या नहीं। कमरे के अन्दरवाले लोग उसे बड़े क्रूर और डरावने-से लगे। उसे चन्द्रकान्ता की कथा याद आने लगी। जरूर उनके पास कोई कल होगी जिसको दबाते ही हम लोग नीचे किसी तहखाने में चले जाएँगे। इसी तरह की उसने एक फिल्म भी देखी थी, जिसमें कल दबाते ही हीरो पाताललोक में चला गया था जहाँ एक भूखा शेर बन्द था। उस शेर से उसे लड़ना पड़ा था। वह तो लड़ भी गया था पर यहाँ वह दोनों को खा जाएगा। वहाँ तो हीरोइन एक तरफ थी, शेर दूसरी तरफ। यहाँ तो आई.आई.टी. में दाखले का ही मामला है। दाखले के लिए शेर से लड़ना...धत्त तेरी की!

बावनराम ने गिड़गिड़ाते हुए कहा, "चौधरी साहब एम.पी. ने चिट्ठी देकर भेजा है...।"

सफेद वर्दीवाले आदमी ने उन दोनों में से एक गड्ढेदार आँखोंवाले आदमी की तरफ इशारा करके कहा, "पी.ए. साहब से बात कर लो।"

पी.ए. साहब ने भँवों को कमान की तरह बीच में से ऊपर की तरफ उचकाकर उनकी तरफ देखा।

बावनराम ने फिर वही बात दोहरा दी, "सवेरे चौधरी साहब, एम.पी. ने कृष्णन साहब से टेलीफोन पर बात की थी। उन्होंने ही यह चिट्ठी दी है और साहब से मिलने के लिए भेजा है।"

पी.ए. साहब ने चिट्ठी के लिए हाथ बढ़ाया तो अनुकूल पीछे को हट गया। वह हाथ एकदम सपाट और लकड़ी का-सा डंडा था। उसने बाबू को भी पीछे खींच लेना चाहा...सबसे पहले उसकी नजर पी.ए. के पैरों की तरफ गई। कहीं वे घूमे हुए तो नहीं? लेकिन वे सीधे और सामान्य थे। फिर उसने बराबरवाले आदमी के पैरों की तरफ देखा, उनमें भी कोई असाधारणता नहीं थी। अनुकूल को थोड़ी राहत मिली।

पी.एस. साहब, चौधरी साहब की चिट्ठी मन-ही-मन में पढ़ रहे थे। उसके बावजूद होंठ हिल रहे थे। अनुकूल के मन में लगातार यह सवाल बना था कि पी.ए. नाम है या कुछ और? 'पी' जाने और पी.ए. का तो कोई सम्बन्ध नहीं।

चिट्ठी पढ़ने के बाद मेज पर रख ली और भूल गए। बावनराम चुपचाप बैठे देखते रहे कि कब गर्दन उठाएँ और कुछ बोलें। गर्दन उठाते भी तो बराबरवाले आदमी की तरफ देखकर कुछ बुदबुदा देते थे और फिर काम में लग जाते थे। बावनराम

को मौका ही नहीं मिल रहा था कि कुछ कहें।

अनुकूल भी परेशान था। कब तक इसी तरह बैठे रहेंगे?

इस बीच अन्दर के कमरे से एक आदमी निकलकर बाहर चला गया था। सफेद वर्दीवाला आदमी चायवाले के साथ अन्दर आ गया था। प्याले में चम्मच बजाकर दो चाय बनाई और उन दोनों को पकड़ा दीं। वे दोनों टाँग-पर-टाँग रखकर चाय पीने बैठ गए। सफेद वर्दीवाले ने काँच का गिलास भरकर अपने लिए चाय बना ली और बैठकर सस्वर पीने लगा। उनके द्वारा पी जा रही चाय का ताप उन दोनों के दिमाग को चढ़ रहा था। चुप बैठे रहें या बाहर निकल जाएँ? अगर बाहर निकल गए और वापस न आ पाए तो कृष्णन साहब से उनकी मुलाकात की यह जद्दोजहद बट्टेखाते चली जाएगी। वे स्थिर बने और बिना कान हिलाए चुपचाप बैठे रहे। वे दोनों लोग आपस में बातें कर रहे थे। जो बातें वे कर रहे थे वे उनके लिए नितांत अर्थहीन थीं। कभी-कभी लगने लगता था वे उन्हीं के बारे में बतिया रहे हैं। जब वे लोग किसी बात पर हँसते तो बावनराम और अनुकूल की नजर अपनी ही तरफ मुड़ जाती थी।

चाय पीकर बरतन सरका दिए जाने पर बावनराम ने डरते-डरते उन लोगों की तरफ देखा। लेकिन उन दोनों की गर्दनें झुककर फिर मेजों में घुस गईं। बावनराम का धैर्य जवाब दे गया था। उसने हिम्मत सँजोकर पूछा, ''साहब, वो चिट्ठी...कृष्णन साहब...?'' उन लोगों ने इस तरह देखा कि वे उन्हें पहचानते ही न हों! उनके बारे में वे सब-कुछ भूल गए थे। बावनराम ने उनकी खाली नजरें देखकर फिर दोहराया, ''वो चौधरी साहब एम.पी. की चिट्ठी...उसी के बारे में पूछ रहा था। भेंट के लिए भेजा था।''

बड़ी मुश्किल से पी.ए. साहब अपनी याद को रिप्ले कर पाए। बोले, ''अच्छा, है, चिट्ठी पहुँच जाएगी।''

''मिलना था साहब, एम.पी. साहब ने मिलकर आने की बात कही थी।''

''सब तो मिलना चाहते हैं...एम.पी. लोगों का क्या खर्च होता है, मुँह बाया और कह दिया।''

मुँह बाकर कोई बोल सकता है! सोचकर अनुकूल को हँसी आ गई।

बावनराम दोनों हाथ बाँधे मुलजिम की तरह खड़े थे। पी.ए. के मुँह से बड़ी मुश्किल से आवाज निकली, ''बैठिए...।''

बावनराम मन मानकर फिर बैठ गए, लेकिन उनकी नजर उन दोनों की तरफ ही लगी रही। वे फिर बेखबर हो गए थे। उनका मन बार-बार होता था कि फिर याद दिला दें। अनुकूल का मन भी हुआ कि वह बावनराम से कहे, चलो बाबू, यहाँ किसी को फुर्सत नहीं। लेकिन कह नहीं पाया। वही डर, कहीं कमरे से बाहर निकलवा दिया गया तो अन्दर कैसे दाखिल होंगे। हर हालत में आज वापस लौट जाना था। जितना

हो चुका था वह काफी था।

एक दूसरा चपरासी रजिस्टर लिए अन्दर दाखिल हुआ। चाय के खाली बर्तन रखे देखकर बोला, "मेरी चाय कहाँ है?"

दूसरा आदमी जो अभी भी डाक खोलने में लगा था, बोला, "कहाँ चले गए थे...? चाय घंटों थोड़े ही रखी रहती है। तुम्हारे हिस्से की भी मुझे ही पीनी पड़ी...।"

वह आपे से बाहर हो गया, "देखिए बाबूजी..." उसने छूटते ही पी.ए. को सम्बोधित किया, "यह तो सरासर बेईमानी है...कोई किसी की चाय भला कैसे पी जाएगा? दिन-भर सरकारी पैसे की चाय पी जाती है...मैं बाहर चला जाता हूँ तो सब मँगाकर चाय पी लेते हैं और मैं टापता रह जाता हूँ। अपनी जेब से पी रहे हों तो भी बात है। मैं लाता हूँ तो इसके लिए भी रखता हूँ...जनता का पैसा है, जनता की आँखों में सब बराबर...हम भी और ये भी।"

उसकी बातों से पी.ए. को बहुत असुविधा हो रही थी। वह बारी-बारी से बावनराम, अनुकूल और जोर-जोर से बोलते हुए आदमी की तरफ देख रहा था। एक-दो बार पी.ए. ने हाथ से चुप हो जाने का इशारा भी किया। उसके लिए चाय की मार बहुत बड़ी मार साबित हुई थी। पी.ए. ने एक-दो बार अन्दर की तरफ भी इशारा किया कि साहब सुन लेंगे। आखिर उसने चौधरी साहब की चिट्ठी उठाई और बोला, "यह जाकर साहब को दे दो...कह दो, मिलने के लिए बैठे हैं।"

"इसी को दो जिसने चाय निगोटी है..." कहकर चीनीदानी की बची हुई चीनी का फक्क-से फंका मार गया। अनुकूल ने हँसना चाहा तो उन सब लोगों के कारण हँसते नहीं बना।

"तुम जाओ, तुम ही अन्दर जाते हो...साहब को यही इन्तजाम पसन्द है। मैं तुम्हारे लिए चाय मँगाता हूँ।"

उसने चिट्ठी ली, गत्ते के पट्टे से लटकती दो तनियों के बीच रखकर बाँधा और बोला, "हमें नहीं चाहिए चाय-वाय...ऐसी चाय से क्या फायदा जो दिल जलाकर रख दे।" दरवाजा खोला और चिट्ठी लेकर अन्दर चला गया। दूसरे आदमी ने मुस्कुराकर पी.ए. की तरफ देखा। वह भी मुस्कुरा दिया।

पी.ए. ने उसी से खुशामदाना अन्दाज में कहा, "जा यार, इसके लिए भी एक प्याला चाय ले आ। मरा जा रहा है।"

वह उलझ पड़ा, "अब मैं किसी के लिए चाय नहीं लाऊँगा। पचास पैसे की चाय...और इतनी बातें सुना दीं। पचास पैसे की क्या औकात...धार पर मारता हूँ। सीनियर न हुआ होता तो साले के फनल लगा दिया होता...नीचे से डालकर मुँह से निकाल दी होती।"

पी.ए. के बराबरवाला आदमी बोला, ''अब तक मैं चुप बैठा था...लेकिन तुम लोगों ने तो हद ही कर डाली। न यह देखना कि बाहर के भी दो भले आदमी बैठे हैं। ये तो शरीफ आदमी हैं...कोई और होता तो एम.पी. से जाकर जड़ देता। पता चल जाता कितने पचास पैसे धार में बहाने की ताकत रखते हो। जाओ, चाय लेकर आओ...दो इन मेहमानों के लिए और एक उसके लिए।''

बावनराम हाथ जोड़कर और दाँत फैलाकर खड़े हो गए, ''नहीं सरकार, आपकी मेहरबानी है। चाय तो हम पीकर आए थे। बस इस बच्चे का दाखला हो जाए, हमारी तो यही चाय है...आप ही लोगों की जूतियाँ सीधी करते जिन्दगी गुजरी है!''

पी.ए. बोला, ''तो जूतों का काम करते हो?''

अनुकूल का चेहरा तमतमा आया। लगता है, बाबू अपनी सारी इज्जत यहीं मिट्टी में मिलाकर जाएँगे।

लेकिन बावनराम बोले, ''यही समझ लीजिए, मालिक! छोटा आदमी...या तो जूते का काम करेगा या बुहारने का!''

इस बात पर वे दोनों हँस दिए। कुर्सी पर बैठे आदमी ने दो बार कहा, ''जाओ, चाय ले आओ।''

वह चला गया। अन्दरवाला आदमी अब उतना उत्तेजित नहीं था। उसने आकर कहा, ''भेज दीजिए, लाइन किलियर।''

वे दोनों दरवाजा खोलकर अन्दर कर दिए गए।

अन्दर जाने से पहले बावनराम ने अपनी टोपी ठीक की थी और अनुकूल को ऊपर से नीचे तक देखकर जाँचा था। उसके बाल थोड़ा आगे आ गए थे। उनको अपने हाथ से पीछे को कर दिया। बेंत को वहीं कोने में खड़ी करने के बाद वे अन्दर गए थे।

उन दोनों के चेहरे पर अगाध भयमिश्रित संकोच था। चलते हुए उन्हें लग रहा था कि फिसलन-ही-फिसलन है। पता नहीं कब फिसल जाएँ और कहाँ जा गिरें। बावनराम ने अंग्रेजों के जमाने में कहावत सुनी थी कि ऊपरवाले की नाराजगी से परलोक बिगड़ता है, नीचेवाले की नाराजगी से इहलोक बिगड़ता है। परलोक तो जब जाएँगे तब जाएँगे, अभी तो इसी लोक की चिन्ता है।

कृष्णन साहब का-सा कमरा उन्होंने पहले कभी नहीं देखा था। कमरा खुलते ही दोनों को लगा कि धुर तक बिछा वह पीला मखमली बिछावन उनके जूतों से गन्दा हो जाएगा। वे जूते वहीं उतारने लगे। घुमन्तू कुर्सी पर बैठे खल्वाट, काले-कलूटे और लम्बे-चौड़े साहब ने टूटी-फूटी हिन्दी में कहा—'जूता पहने चले आइए।' दाँत मोतियों

की तरह से चमक रहे थे। उन दाँतों को देखकर अनुकूल को लगा कि कहीं काटनेवाले तो नहीं? बचपन में जब से वह बन्दर द्वारा काटा गया था तब से सफेद दाँतों से उसका एसोसियेशन काटने का हो गया था।

कमरे में घुसने के बाद वह पहली बार तब होश में आया जब बावनराम ने कोहनी के इशारे से साहब को सलाम करने के लिए कहा। उसने अचानक हाथ जोड़ दिए। कृष्णन साहब हँस दिए। अनुकूल और नरवस हो गया। वे हँसे क्यों? उसका मन हुआ, मुँह छिपा ले या भाग जाए। पर भागने के रास्ते उसे मालूम नहीं थे। मन-ही-मन सोचा, कहाँ आ फँसे? पता नहीं अब कभी निकल भी पाएँगे या नहीं?

जब उसने बावनराम की तरफ देखा तो वे हाथ जोड़कर कह रहे थे, ''नहीं हुजूर, आपके सामने बैठना नारायण के मन्दिर में जूता पहनकर जाने से बदतर है।''

साहब भी हिन्दी में बोले, ''नहीं, बैठो, बात करो...'' फिर उन्होंने दो-तीन बार लगातार बैठने के लिए कहा। बावनराम को बैठना पड़ा। अनुकूल खड़ा रहा। अनुकूल से भी यही कहा, ''बैठो...बैठकर किया हुआ बात अन्दर तक पहुँचता है...'' और हँस दिए।

अनुकूल बैठा जरूर। पर उसका बैठना उतना सहज नहीं था, जितना बावनराम का था। बैठते ही दिमाग को खबर पहुँच गई थी कि कुर्सी गद्देदार और चिकनी है। वह और ऊपर को होकर बैठ गया। कहीं फिसल न जाए!

कृष्णन साहब ने कहा, ''चौधरी साहब हमसे फोन पर बोला...आई.आई.टी. वीक बच्चे के लिए...क्या कहता है उसको...आइ मीन, ग्रेवयार्ड...यानी कब्रिस्तान है। हमारा राय नहीं...बच्चा आई.आई.टी. को मत भेजो।''

बावनराम बात शुरू करने से पहले हर बार हाथ जोड़ते थे। हाथ जोड़कर बोले, ''सरकार, यह बच्चा होनहार है। हम लोग गरीब आदमी हैं...इतना ध्यान नहीं दे पाते। अगर साधन होते तो यह और भी होशियार हो गया होता। हुजूर, आपने हम लोगों का स्तर उठाने के लिए रियायतें दी हैं...जब इतना करा दिया तो सरकार इसका आई. आई.टी. की इंजीनियरिंग में दाखला भी करा दीजिए। हमारी जात में ऐसा बच्चा दूसरा नहीं हुजूर! अगर ऐसा न हुआ होता तो मैं आपको कभी तकलीफ देने ना आया होता।''

कृष्णन साहब ने अनुकूल से पूछा, ''तुम आई.आई.टी. जाएगा?''

अनुकूल ने गर्दन हिला दी–''जाएगा।''

उन्होंने फिर पूछा, ''अंग्रेजी बोलता है?''

अनुकूल का चेहरा पीला पड़ गया। उसकी जगह बावनराम बोले, ''बोलेगा, हुजूर, जरूर बोलेगा। अंग्रेजी में हमेशा इसके अच्छे नम्बर आते हैं। इसके मास्टर लोग भी इसकी अंग्रेजी की तारीफ करते हैं। बेचारा बोले कहाँ...हम लोग तो जानते नहीं।

जिस स्कूल में पढ़ता था वहाँ भी छोटे तबके के ही बच्चे पढ़ते हैं। सब देसी भाषा बोलते हैं। पर यह अंग्रेजी बोलेगा, जरूर बोलेगा।''

अनुकूल अपने पिता की बात से बड़ी अड़दप में फँस गया था। कृष्णन साहब के हँस देने से और भी ज्यादा।

कृष्णन साहब बोले, ''मिस्टर बावनराम, नया स्कीम है...शेड्यूल कास्ट कोटा में सीट मिल सकता है। चौधरी साहब हमारा फ्रेंड ने कहा। वहाँ हर साल कोई-न-कोई लड़के का गड़बड़ हो जाता है। सुसाइड...होता है तो आप क्या करेगा?''

बावनराम को लगा, काम बन रहा है। जोश में उन ही की-सी भाषा में बोले, ''हमारा लड़का ऐसा नहीं करेगा...कभी नहीं करेगा। इंजीनियर हो जाएगा तो आपके चरणों में लाकर डालेगा। फलेगा...फूलेगा तो आपके लगाए पौधे के फूल का खुशबू गुलचीना के फूल की तरह दूर-दूर तक महकेगा। बस, एक बार हुकम कर दीजिए मालिक! सब कोई कहेगा कि कृष्णन साहब का लगाया पौधा फूल रहा है।''

''खर्चा करेगा?...वेरी कास्टली!''

बावनराम के चेहरे पर दौड़ लगाती आस एकदम थम गई। अब क्या कहे? लेकिन तुरन्त ही बोले, ''इन्तजाम है सरकार, दो बीघा जमीन बाप-दादा के जमाने से चली आ रही है। उसे निकाल देंगे। इसकी माँ का छल्ला-चूड़ी जो भी है...कुछ उससे आएगा। भगवान रामचन्द्रजी ने तो चौदह साल काटे थे, हमें तो चार-पाँच साल काटने हैं। सब कट जाएँगे।''

''मिस्टर बावनराम...अपना बच्चे को आई.आई.टी. में जरूर भेजेगा! हम कहता है नहीं भेजो...पिस जाएगा। लड़का लोग भी तंग करेगा और मास्टर लोग भी कहेगा कि कुछ नहीं जानता...भगाओ!''

''बच्चा होशियार है, हुजूर! सब बात समझता है...अपना हाथ इसके सिर पर रख दें।''

कृष्णन साहब ने घंटी बजाई। घंटी के जवाब में पी.ए. के बराबरवाला आदमी आया। घंटी बजना और साथ-ही-साथ आदमी का आ जाना अनुकूल को आश्चर्यजनक लगा। यह कैसे हो गया कि घंटी यहाँ बजी और वहाँ से आदमी प्रकट हो गया! अगर घंटी सुनाई भी पड़ गई होगी तो यह कैसे पता चल गया कि उसे ही बुलाया जा रहा है? लगता है इशारेबाजी की तरह कोई बात है। क्लास में भी लड़के इसी तरह किया करते हैं। किसी से क्लास छुड़वानी हो तो कोई लड़का तीन या चार बार साइकिल की घंटी टुनटुना देता है और लड़का क्लास से बाहर। इतने बड़े-बड़े लोग भी इस तरह की बातें करते हैं। हद्द ही है!

वह हाथ बाँधे चुपचाप खड़ा था। कृष्णन साहब ने चिट्ठी उसकी तरफ बढ़ा दी, ''यह चिट्ठी रख लो। इनके पार्टीकुलर्स भी ले लेना। एस.सी./एस.टी. के दाखले के

लिए परसों डाइरेक्टर्स की मीटिंग है। मुझे याद दिला देना...पहला साल है...इस साल तो हमें एस.सी./एस.टी. लड़के खोद-खोदकर निकालने पड़ेंगे। नहीं तो कोटा नहीं पूरा होगा।'' उनकी बात बावनराम समझ तो गए थे पर अंग्रेजी में बोलने के कारण उतना नहीं समझे थे। अनुकूल भी समझ ही गया था। लेकिन अनुकूल को दूसरी समस्या सताने लगी। दाखले के बाद की। अगर वहाँ जाकर कुछ न कर पाया तो? अपने पाँवों के तलवों में उसे गीलापन महसूस हो रहा था। उसके साथ परेशानी में हमेशा ऐसा होता था।

कृष्णन साहब ने उन लोगों से कहा, ''तुम...बाबू के पास जाइए। अपना पार्टीकुलर दीजे...खबर बाद में पहुँचेगा।''

बावनराम हिले नहीं, वहीं खड़े रहे। कृष्णन साहब ने उनकी तरफ प्रश्नवाचक मुद्रा में देखा। बावनराम हाथ जोड़कर हकलाते हुए-से बोले, ''हुजूर, हो तो जाएगा!''

''तुम भगवान को मानता है मि. बावनराम...? मानता है तो उसको भी कुछ करना चाहिए। उससे कहिए...बच्चा का एडमिशन होगा। फेथ जरूरी है...!''

''सरकार, आप ही भगवान हैं।''

''ऐसा मत बोलो...हम भगवान कैसे होगा? हमको आप देखेगा...भगवान को भी क्या देखेगा! नहीं देखेगा ना! तो फिर गलत बात मत बोलो। भगवान भगवान होता है...आदमी नहीं होता।''

बावनराम ने बहुत झुककर सलाम किया। अनुकूल को जैसे कुछ याद आ गया। उसने भी हाथ जोड़ दिए। तब तक कृष्णन साहब वहाँ नहीं रहे थे। फाइलों में गायब हो गए थे।

बावनराम जब तक वहाँ रहे, उन दोनों को यह बताते रहे कि वे दोनों कितने बड़े आदमी हैं और वे क्या नहीं कर सकते। अगर वे चाहेंगे तो उनके बच्चे की जिन्दगी बन जाएगी। आपके गुण गाएगा। अनुकूल को अलबत्ता अपने पार्टीकुलर्स लिखकर देने में परेशानी हो रही थी। उसकी समझ में नहीं आ रहा था कि उसे क्या-क्या लिखकर देना है। पहले उसने नाम लिखा, हिन्दी में। तत्काल बाबू ने टोक दिया, 'अंग्रेजी में लिखिए।'' अंग्रेजी में लिखने लगा तो उसे गुस्सा आ गया। दूसरा कागज बढ़ाकर बोला, ''इस पर लिखिए...यह कटा-फटा बुचड़ा हुआ कागज क्या इतने बड़े-बड़े आदमियों के सामने रखा जाने लायक है! लिखे कागज और पहने कपड़ों से आदमी के स्तर का पता चलता है।''

अनुकूल सिटपिटा गया। बावनराम को भी उसका इस तरह बोलना अच्छा नहीं लगा। तत्काल बोले, ''अरे साहब, बच्चा है। आप लोगों से पूछ-पूछकर सीख

जाएगा।'' फिर अनुकूल से कहा, ''अंग्रेजी में तुम आगे रहते हो, जरा हाथ सँभालकर, ऐसा खुशखत लिख दो कि साहब भी खुश हो जाएँ। बाबू साहब भी ठीक कहते हैं, अब तो कागज के रूप में तुम साहब के सामने जाओगे...वहाँ तुम थोड़े ही होगे। यह कागज ही बोलेगा।'' फिर घूमकर बाबू से कहा, ''बस अभी लिखे देता है, समझदार बच्चा है।''

बावनराम का बात-बेबात बोलते चले जाना अनुकूल के लिए परेशानी का बायस हो रहा था।

पी.ए. बोला, ''यार, यह क्या मजाक बना रखा है...घंटे-भर इसी में चिपटे रहोगे। ये लोग वर्ग-विशेष के आदमी हैं। ऐसा करो, टाइपराइटर पर कागज चढ़ा लो और पूछ-पूछकर टाइप कर डालो। एक मिनट भी नहीं लगेगा। इनके जिम्मे रहोगे तो अपनी जगह बाप का नाम और बाप की जगह अपना नाम लिख देंगे। या फिर कह दो वहाँ से जाकर डाक से भेज दें।''

''नहीं साहब, साहब ने यहीं नोट करके देने के लिए कहा है।''

''बस तो फिर वही करो जो मैंने बताया...''

दूसरे आदमी ने टाइपराइटर सँभाला और कागज लगाकर पूछ-पूछकर टाइप करना शुरू कर दिया। टाइप कर लेने के बाद एक कॉपी उसे दी और अपनी कापी पर दस्तखत कराकर कहा, ''जाइए, अपने घर।''

बावनराम ने उनसे भी हाथ जोड़कर पूछा, ''दाखला तो हो जाएगा ना?''

पी.ए. झल्लाकर बोला, ''मैं क्या कोई ज्योतिषी हूँ...अन्दरवाले जानें! जितना उन्होंने कहा उतना हमने कर दिया।''

''फिर भी आप हाकिम हैं।''

दूसरा बोला, ''जब साहब ने कह दिया तो हो जाएगा...जाइए, घर जाकर चिट्ठी का इन्तजार कीजिए।''

बावनराम का चेहरा दो दिनों में पहली बार इतना खिला। अनुकूल के चेहरे पर तनाव था। हो गया तो आगे क्या होगा? लेकिन उसे एकाएक लिफ्ट का ख्याल आ गया। ऊपर ही जाता है या नीचे भी उतरता है? नीचे भी जरूर जाता होगा, नहीं तो ऊपर कैसे जाएगा? बावनराम पी.ए. के कमरे का दरवाजा खोल रहे थे। जोर लगाने पर भी दरवाजा नहीं खुल रहा था। अनुकूल को घबराहट होने लगी। अगर इन लोगों ने दरवाजा नहीं खोला तो बाहर कैसे निकलेंगे? बावनराम को जोर लगाते देख वहीवाला चपरासी हँस रहा था जो चिट्ठी अन्दर ले गया था। बावनराम उसे हँसते हुए देखकर परेशान हो उठे। उनकी घबराहट चेहरे पर आ गई। बावनराम ने उन लोगों की तरफ देखकर कहा, ''हम लोग तो छोटे आदमी हैं...ऐसे दरवाजे खोलना तो खोलना, देखने को भी नहीं मिलते...हँसते काहे हो भाई!''

पी.ए. बोला, "हाँ-हाँ, दरवाजा खोल दो...इसमें हँसने की क्या बात है!" वैसे हँसी पी.ए. के चेहरे पर भी थी। उसकी हँसी बस चेहरे की खुशी जितनी ही लग रही थी। उसका साथी नीची गर्दन करके बिना आवाज जोर से हँस रहा था। गनीमत यही थी कि चेहरा नजर नहीं आ रहा था। शरीर अलबत्ता हिलता हुआ दिखाई पड़ रहा था। आखिर में पी.ए. ने ही उठकर दरवाजा खोला। अनुकूल की नजर बेंत पर पड़ गई। उसने उठा ली। बाहर निकले और इधर-उधर देखा तो जान में जान आई। वही गलियारा था, जिससे होकर आए थे। सफेद वर्दीवाले आदमी अभी भी कमरों के सामने मौजूद थे। उन लोगों को इत्मीनान हो गया कि अब निकल सकेंगे। लेकिन उन गलियारे में चलते हुए उन्हें एक-आध बार ऐसा लगा कि गलियारा लम्बा हो रहा है। इसी ख्याल में वे चलते-चलते लिफ्ट तक पहुँच गए। लिफ्ट का दरवाजा खुला था। चालक बैठा बीड़ी पी रहा था। अनुकूल ने बेंत बावनराम को पकड़ा दी। बावनराम को यह सोचकर अच्छा लगा कि लड़का अभी से चेतन है। बेंत उठाता लाया!

अनुकूल ने बावनराम की तरफ देखा तो उनका भी ध्यान लिफ्ट पर था। उसने धीरे-से कहा, "बाबू, यह भी तो नीचे ले जाता होगा?"

वे बिना जवाब दिए नदी में डुबकी लगाने के अन्दाज में उसका हाथ पकड़कर अन्दर घुस गए, "बाहर जाएँगे...।" चालक से दबंगपने से कहा।

चालक ने उनको नीचे से ऊपर तक देखा। अनुकूल को लगा, निकाल देगा। कहेगा, जीने से जाओ। लेकिन चालक ने जल्दी-जल्दी दम लगाया और बीड़ी फेंक दी। इतना सब करने के बाद बोला, "बाहर तो अपने आप जाना होगा...यह तो आपको नीचे की मंजिल पर पहुँचा देगा, बस।"

वे चुप रहे। उसी ने पूछा, "कहाँ रहते हो बाबा?"

बावनराम फौरन ही बोले, "कहीं नहीं, यहीं पास ही।"

उसने दरवाजा बन्द करके 'जी' वाला बटन दबा दिया। लिफ्ट नीचे उतरने लगा। वे दोनों पहले तो पाँव जमाए रहे, फिर दीवार पर हाथ रख लिया। ऐसा लग रहा था, रात हो गई है और बत्ती जल गई है। फिर सिर पर चलते पंखे का आभास हुआ। वह तेजी से चल रहा था। पंखड़ियों पर लहरें-सी बन रही थीं। अब वे अपने को किसी अन्तहीन गड्ढे में उतरता अनुभव कर रहे थे। बीच-बीच में घंटी बजने लगती थी। पहली घंटी बजी तो वे दोनों चौंक गए। लिफ्टमैन हँस दिया। उन्हें दुबका खड़ा देख उसे मजा आ रहा था। जाते हुए तो यह रुक-रुककर जा रहा था। अब सीधे नीचे ही क्यों उतरता चला जा रहा है? कहीं रुकेगा भी या नहीं? उन्हें एकाएक लगा, लिफ्ट नीचे को दरक गया। झटका-सा लगा। फिर रुक गया। ऊपर एक पट्टी पर एक के बाद एक नम्बर बदलते जा रहे थे। चार के बाद तीन, तीन के बाद दो...दो पर यह रुक गया था। बावनराम ने चौकन्नेपन से उसे देखा। पता नहीं क्या करेगा? उसने

दरवाजा खोला। वे बाहर निकलने को हुए तो उसने हाथ के इशारे से रोक दिया।

अन्दर एक महिला आई। कन्धे, सीना...करीब-करीब आधा बदन उघड़ा था। बाल कटे थे। सुगन्ध से नाक फटी जा रही थी। उसके अन्दर दाखिल होते ही लिफ्टमैन ने खड़े होकर सलाम किया। महिला ने सलाम का जवाब देकर हाथ के चमड़े के थैले से शीशा निकाला और चेहरा देखा। आँखों को पलकों और भँवों को सँवारा। फिर शीशा उसी में वापस रख लिया। इस तरह की महिला को अनुकूल ने पहली बार इतने नजदीक से देखा था। रंग इतना गोरा था कि रोशनी उसके कन्धों पर चमक रही थी। बाँहें बोतल-सी गोल-गोल लग रही थीं। अनुकूल ने उसके वक्ष पर से कई बार नजर हटानी चाही लेकिन हटा नहीं सका। घर पर पड़े सफेद पत्थर के चकले की तरह था। बावनराम ऊपर बदलते नम्बरों की तरफ देख रहे थे। महिला ने अनुकूल की तरफ देखा तो अनुकूल को लगा कि उसके ताकने ने उसे दीवार से सटा दिया। वह एक नजर में उन दोनों को देख गई थी। चेहरे पर गहरी नापसन्दगी का भाव आकर गायब हो गया था। लिफ्ट-चालक की तरफ घूमकर बोली, ''सेक्रैटरी साहब आ गया?''

''जी नहीं, अभी नहीं आए।''

''मिनिस्टर साहब...?''

''वे भी नहीं आईं।'' लिफ्टवाला रुककर बोला, ''मेम साहब, हमारे भाई का अभी कुछ नहीं हुआ।''

लिफ्ट रुक गया। ऊपरवाली पट्टी पर 'जी' आ गया था।

लिफ्ट-चालक ने दरवाजा खोला। उनसे बोला, ''चलिए, निकलिए...वो रहा बाहर का रास्ता।''

वे बाहर निकल आए। निकलते ही लिफ्ट फिर ऊपर को उठने लगा। बावनराम की उँगली दाँतों के बीच में दबी थी और अकेले आदमी के साथ वे उस अकेली औरत को ऊपर जाते हुए अनुभव कर रहे थे। दरवाजा बन्द हो गया था। इसलिए उन्हें कुछ दिख नहीं रहा था।

अनुकूल ने धीरे-से कहा, ''एकदम सुरंग-सी है!''

बावनराम हँस दिए और बोले, ''मौत का कुआँ!'' फिर वे उत्साह भाव से बोलते रहे, ''हमारे जमाने में नुमायश हुआ करती थी। उसमें मौत का कुआँ आया करता था। एक आदमी का एक आने का टिकट। तब इकन्नी चलती थी। इकन्नी में चार पैसे होते थे। ताँबे के। तुमने नहीं देखे। खैर, उस मौत के कुएँ में एक आदमी मोटर साइकिल चलाता था...ऊपर से नीचे...नीचे से ऊपर। लकड़ी की दीवारें यूँ...यूँ... हिलती थीं...'' हाथ के इशारे करके बोले, ''उसके तीन भाई तो उसी में काम आ गए थे। मोटर साइकिल पलट गई, जलकर मर गए। वह आखिरी था। पता नहीं उसे कैसा

लगता होगा...हमें तो देखते समय लगता था कि लोटा लो और जंगल जाओ।'' कहकर हँस दिए। अनुकूल को भी हँसी आ गई।

बाहर कारें खड़ी थीं। कुछ कतारों में, कुछ बिखरी हुईं। बावनराम की चाल थोड़ी बदल गई थी। उनकी बेंत भी जमीन पर कुछ ज्यादा बज रही थी।

चौधरी साहब ने उन्हें समझा दिया था कि शास्त्री भवन से निकलते ही बाईं तरफ चौराहा पार करने के बाद दाहिने हाथ पर पन्तजी का बुत है। उसी सड़क पर सीधे चले जाएँगे तो आगे चलकर दाहिने हाथ संसद भवन है। जहाँ सड़क खत्म होती है, वहाँ एक गेट है...उसे पार करने की जरूरत नहीं। बस वहीं, उसी गेट की जड़ में पूछ लीजिएगा, रिसेप्शन कहाँ है। कोई बता देगा। रिसेप्शन में जाकर कह दीजिएगा–चौधरी साहब से मिलना है। वे बुलवा देंगे।

रिसेप्शन ढूँढ़ने में उन लोगों को ज्यादा परेशानी नहीं हुई। लाल पत्थर का गोल-गोल-सा हाल देखकर उन्हें अच्छा लगा। खासतौर से बीच में जो गोल जगह थी उसे देखकर तो अनुकूल मुग्ध हो गया। उसका मन हो रहा था कि वह ताली बजाकर उसकी भव्यता का स्वागत करे। वहाँ बहुत सारे लोग थे और शोर था। बीच-बीच में माइक भी बोलता रहता था। उसे एक बात सोचकर बड़ा मजा आया। अगर उसने ताली बजाई और उसकी देखा-देखी और लोग भी बजाने लगे तो वह और उसकी आवाज वहीं नमक के ढेले की तरह गल जाएँगे। असल शोर दाहिनी तरफ के काउन्टर पर हो रहा था। लोग झुके पड़े थे। सबको किसी-न-किसी एम.पी. से मिलना था। नाम देने के बाद लोग जाते थे और अन्दर और बाहर के वृत्तों में सजी कुर्सियों पर जम जाते थे। बाहर के मुकाबले अन्दर इतना ठंडा था कि कुछ लोग सो रहे थे।

बावनराम ने काउन्टर पर जाकर एक साहब से कहा कि हमें चौधरी साहब, एम.पी. से मिलना है। उसने पर्ची उठाकर पकड़ा दी, ''जिस एम.पी. से मिलना है उसका नाम, जिला ऊपर के खाने में लिख दो। नीचे की तरफ अपना नाम और काम लिख दो। भरकर उधर दे दीजिए।'' उसने दूसरी तरफ इशारा कर दिया। वे पर्ची एक कोने में खड़े होकर भरने लगे। उनके हरुफ बच्चों की तरह मोटे-मोटे और अनमेल थे। उनकी बनावट खासी थी। उन्होंने भरकर निर्देशित आदमी को दे दी। वह झुँझलाकर बोला, ''यह तो लिखा ही नहीं, लोकसभा में हैं या राज्सभा में?''

''साहब, हम तो इतना ही जानते हैं, हमारे यहाँ से चुनकर आए हैं।''

''चुनकर आए हैं तो लोकसभा लिखना चाहिए था...।''

उसने अपने हाथ से लिख दिया और बोले, "जाइए, वहाँ बैठकर प्रतीक्षा कीजिए। जब आएँगे तो लाउडस्पीकर पर नाम पुकारा जाएगा।"

अनुकूल की समझ में तब आया कि बार-बार ये माइक पर क्या कहते हैं। दरअसल वे पर्चीवालों का नाम पुकारते थे। वे दोनों अन्दरवाले वृत्त में आकर बैठ गए। बावनराम तो थोड़ी ही देर बाद सो गए। बावनराम जिस तरह मुँह खोले सो रहे थे उसे देखकर अनुकूल को अच्छा नहीं लग रहा था। एक-दो बार इधर-उधर हिलाकर उसने उन्हें जगाना भी चाहा पर वे नींद में काफी गहरे उतरे हुए थे। थोड़ी देर बाद उनकी अपनी गर्दन झटका खाने लगी। वह बार-बार डूबता और निकल आता था। निकलने पर अपने से बहस करने लगता—सोने की क्या बात है? बाबू तो बूढ़े हैं...। उनकी बात और है। अगर चौधरी साहब आ गए और आवाज लगी और वे सोते रहे तो...? उसकी रीढ़ फिर मुलायम पड़ने लगती। खोलते-खोलते आँखें बन्द हो जातीं। उसकी आँख एकाएक तब खुली जब उसके पिता का नाम दो-तीन बार पुकारा गया। उसने बावनराम को झकझोरकर उठाया। उन्हें जगह मिल गई थी। और वे लुढ़के हुए थे।

वह हड़बड़ाकर उठे, "क्या है?"

"नाम पुकारा जा रहा है।"

वे टोपी ठीक करते हुए दौड़े गए। चौधरी साहब इन्तजार करते मिले। बावनराम की आँखों से अभी भी लग रहा था कि सोकर आए हैं।

"बस आ ही गई नींद...रात-भर सो नहीं पाए थे। वो तो अनुकूल ने जगाया... नहीं तो सोते ही रह जाते।"

"इसमें आपकी खता नहीं...यहाँ की हवा में ही नींद है। जो आता है सो जाता है! बताइए क्या-क्या हुआ?"

"कृष्णन साहब से मुलाकात तो हो गई। भले आदमी हैं। आपको बहुत मानते हैं।" चौधरी साहब गद्‌गद भाव से हँस दिए। "उनका कमरा भी इतना ही ठंडा है...बल्कि इससे भी ज्यादा। वहाँ बैठे-बैठे तो पैर ही ठंडे होने लगे थे। पर सा'ब, शास्त्री भवन पूरा तिलिस्म है...रास्ता ही नहीं मिलता।" रुककर अनुकूल से पूछा, "क्या था वह जिसमें ऊपर से नीचे आए थे?"

चौधरी साहब ने हँसकर जवाब दिया, "लिफ्ट होगा।"

"हाँ, उसने दरवाजा बन्द किया तो लगा हो गया पार्सल। अब क्या लौटकर दुनिया देखेंगे। पता नहीं कहाँ पाताललोक में उतरता जा रहा था।"

चौधरी साहब पहले तो हँसे; फिर पूछा, "वहाँ हुआ क्या, पहले यह बताइए। यह तो भारत सरकार है...हर काम लिफ्ट से होता है। जो ऊपर जा रहा है वह लिफ्ट की तरह ऊपर ही चढ़ता चला जाता है...नीचे आना शुरू होता है तो नीचे ही उतरता चला

जाता है। रोकनेवाला कोई नहीं। इसलिए उसकी बात छोड़िए। अपनी बताइए।''

''आपकी चिट्ठी ने काम किया...चौधरी साहब! पहले तो कृष्णन साहब टालते रहे। वही एक गाना...वहाँ पढ़ पाना हर एक बच्चे के बस की बात नहीं। लड़के आत्महत्या कर लेते हैं...खर्चा बहुत होता है। फिर बोले, चौधरी साहब हमारे दोस्त हैं। इसलिए हम देखेंगे। अपने बाबू को आपकी चिट्ठी देकर बोले, परसों मीटिंग है...तब याद दिलाना। अफसर खुश, तो बाबू भी खुश। बाबू ने अपने आप ही भैया की तफसील टाइप करके कापी हमें दे दी...एक अपने पास रख ली। लगता है... कृष्णन साहब मदरासी हैं। उनका बोलना अपने लोगों जैसा बौलना नहीं था।''

दोस्तवाली बात सुनकर चौधरी साहब के चेहरे पर आश्चर्य का भाव आ गया था। पहले तो उनका मुँह खुला ही रह गया था। फिर मूँछों के मुगालते में उन्होंने मूँछों की खाली जगह पर हाथ फेरा...।

बावनराम बिना रोक-टोक बोले जा रहे थे, ''वे कह रहे थे कि हालाँकि वहाँ की पढ़ाई सख्त है लेकिन चौधरी साहब की सिफारिश के कारण...हम देखेंगे क्या कर सकते हैं। सब आपका ही प्रताप था। हम तो वहीं से सोचकर चले थे कि दाखला तो चौधरी साहब के बाएँ हाथ का काम है। आखिर एम.पी. हैं, मजाक थोड़े ही है। वही हुआ। वैसे अनुसूचित जाति के बच्चे अभी उनके पास कम हैं...''

''ओह नहीं, किस मुगालते में हो बावन भाई...एक हजार बच्चे मिल जाएँगे। वो तो सवेरे बात हो गई थी...नहीं तो मुश्किल पड़ती। ये अफसरान लोग परवाह थोड़े ही करते हैं जब तक व्यक्तिगत सम्बन्ध न हो। मैंने इनकी बड़े कठिन समय में मदद की है...!''

''सो तो है ही। आपकी चिट्ठी न हुई होती तो पास ही न बनता। पास-दफ्तर के बाबू ने ही कुनेठ कर दी थी...साले ने जब चिट्ठी पढ़ ली तब पास बनाया। कहने लगा, आप तो भारत सरकार के हकीकी दामाद हैं...जी में तो आया गला पकड़ लूँ...पर टाल गया।'' संजीदा होकर बोले, ''अभी हम लोगों को गिरी हुई नजर से देखा जाता है! मेरा ख्याल था भारत सरकार में काम करनेवाले लोगों का रवैया वैसा नहीं होगा...बड़े लोगों के साये में काम करके सुधर गया होगा। इनकी बातों को सुनकर यही लगता है कि पता नहीं हम कितने अछूत हैं!''

''अरे छोड़ो...बस काम होना चाहिए। हम लोग चुनाव में जाते हैं...कहनेवाले क्या नहीं कहते! जब तक वोट मिलती है तब तक सब चलता है!''

अनुकूल का मन हुआ, बीच में बोल पड़े और कहे कि सबकुछ काम ही है, आदमी और उसकी बात कुछ नहीं। लेकिन बाबू ही जब नहीं बोल रहे थे तो वह क्या बोलता।

चौधरी साहब अपनी तारीफ पर आ गए थे, ''केंद्र में ऐसा कोई नहीं जो चौधरी

की बात न सुनता हो। कृष्णन की बात तो आपने स्वयं ही सुन ली। अब यही हो जाता है कि इस बार जब कृष्णन का काम पड़ेगा तो मना करते नहीं बनेगा। ये लोग बड़े भारी अफसर हैं...विदेशों में पढ़े और कढ़े हुए! इसलिए पढ़ाई-लिखाई के बारे में इनसे ज्यादा कौन समझेगा। बुरा न मानो तो उनकी बात ठीक ही है...अपना बच्चा सबको होनहार लगता है। आपको भी लगता है, हमें भी। लेकिन पहलवान जब मैदान में उतरता है, जोर का तो तब पता चलता है। वहाँ तो अपने-अपने अखाड़े के एक-से-एक पहलवान जमा हैं...बेटे को उनसे हाथ मिलाना पड़ेगा। इसलिए बावन दादा, सोच-समझ लो। कभी बाद में कहो, हमें तो चौधरी साहब और उनके दोस्त कृष्णन साहब ने फँसा दिया।''

''नहीं, ऐसा कुछ नहीं...जब हमारा अनुकूल इंजीनियर बनकर निकलेगा...हवाई जहाजों में बैठकर उड़ा फिरेगा, तब हमारा दिल तो दुगना होगा ही, आपका सीना भी फूलेगा कि हमारे हाथ का लगा पौधा है...''

चौधरी साहब का चेहरा पहले तो खिल गया। फिर हँसकर बोले, ''हवाई जहाज में तो घूमे...हवा में नहीं!'' कह लेने के बाद भी थोड़ी देर तक हँसते रहे। उस बात से बावनराम और अनुकूल थोड़े सुस्त पड़ गए। अनुकूल को लगा, इससे अच्छा तो यही होता कि कह देते—अपने घर जाओ।

अनुकूल थोड़ा हटकर खड़ा हो गया। हाल में लोग मक्खियों की तरह भनभना रहे थे। उसकी समझ में नहीं आ रहा था कि ये लोग मिठाई की डली हैं या चोथ। चौधरी साहब बाबू की दृष्टि से उसे मिठाई की डली ही लगे। कल से अब तक वे कई बार उसे दूसरे रूप में भी दिखलाई पड़ चुके थे।

बावनराम अभी भी उसी मानसिकता में थे। हाथ जोड़कर बोले, ''आपकी वजह से यह बच्चा किसी काबिल हो जाएगा। आपने हाथ ना पकड़ा होता तो हम कहाँ जाते? आजकल जब तक हाथ पकड़नेवाला ना हो तो आँखें होते हुए भी सब सूरदास बने, ठोकर खाते, घूमते रहते हैं। कृष्णन साहब जैसे बड़े अफसर की तो झलक भी ना मिली होती...!''

चौधरी साहब एकाएक बोले, ''तो आप आज रात की गाड़ी से ही चले जाएँ... दिल्ली में धक्के खाने के सिवाय रखा ही क्या है। घर जाकर आराम करिए...''

''यही सोचता था...परसों कृष्णन साहब से मिलकर चला जाता। पता चल जाता, मीटिंग में क्या हुआ।''

''वो तो मैं अपने आप कह-सुन लूँगा। उसके लिए आप लोगों को रुकने की जरूरत नहीं। एक बार गाड़ी लाइन पर आ जाए तो फिर मुश्किल से उतरती है। इसलिए अब आप जाइए। आपको वैसे भी बहुत परेशानी हुई...!''

''अच्छा!'' बावनराम ने बड़े बुझे मन से कहा और हाथ जोड़ दिए।

चौधरी साहब ने उनके कन्धे पर हाथ रखा और अलग को ले गए। अनुकूल की नजर दो आदमियों पर पड़ी। वे वहीं ठहरे थे। वे चिढ़े-से गए।

चौधरी साहब बावनराम के कन्धे पर हाथ रखकर कह रहे थे, "बावनजी, मैं उन सब बातों के लिए बहुत शर्मिन्दा हूँ। दरअसल हम लोग राजनीतिक गुलामी से छुट्टी पा गए हैं, हमारी अपनी मानसिक गुलामी जस-की-तस बनी है..." कहकर हँसे। फिर बोले, "मैं राजनीति में सेवा करने के ख्याल से आया था...पर है नौकरी ही। जिस मिलावट को निकालना चाहता था वह दो आने से बढ़कर पन्द्रह आने हो गई। अब सच्चाई कहीं नहीं...! पानी में दूध की तरह मिलावट है। देखनेवाले को दूध का अहसास बना रहता है। बस एक आना-भर जो सच्चाई है उसी के तहत मैं आपसे कहना चाहता था कि मैं राजनीतिक आदमी के रूप में नौकर हूँ...मैं न तो उन लोगों को रोक सकता हूँ जो इन्सानियत से गिरना ही इज्जत की बात समझते हैं..." रुककर खिसियानी हँसी हँसकर बोले, "और न...दरअसल मेरी पत्नी भी उसी परम्परा की हैं। ये सभी अपने ख्यालातों की इकाइयों में जीना पसन्द करते हैं। सब बर्र के छत्ते हैं, छुआ नहीं कि भनभनाकर टूट पड़ेंगे..." वे फिर हँसने लगे।

चलते-चलते बोले, "यही कहना था कि बुरा मत मानिएगा...बच्चे को भी समझा दीजिए। बच्चों के मन पर इन बातों का ज्यादा असर पड़ता है।" अपने आप ही नमस्ते की और बिना मुड़कर देखे चल दिए।

बावनराम की आँखें नम थीं। अनुकूल ने भी उनकी बातें उचटती हुई सुन ली थीं। वह अन्दर-ही-अन्दर भीग गया था। हो सकता है उन बातों की उस पर रासायनिक ढंग की कोई प्रक्रिया हुई हो। उसे लगा हो कि सच्चाई और ईमानदारी अपने ही को मुक्त नहीं करती, दूसरों को भी सोधती है।

चौधरी साहब के बारे में उसकी राय बदल रही थी।

दो

राजधानी से लौटे बावनराम कुछ दिन तो उपलब्धि और मुक्ति के अहसास से पूरे रहे। उनकी चाल प्रयत्नमुक्त और सहज हो गई थी। जब वे चलते थे तो यही लगता था कि न कोई रुकावट है और न कोई घर्षण। उड़ते-से थे। अनुकूल के दाखले को लेकर परिवार में उभरे विरोधों पर भी उन्होंने एक तरह से नियंत्रण पा लिया था। घर के अन्दर के विरोधियों ने भी दाखले की चिट्ठी की प्रतीक्षा में अपने को पूरी तरह निवेदित कर दिया था। अब आपस में चर्चा करते समय वे यही मानने लगे

थे कि सब बाबू के रसूख का फल है। उन्हीं के चलते अब हम भैया को इंजीनियर बना देखेंगे। भैया के इंजीनियर होते ही हमारा घर सारी बिरादरी का सिरमौर हो जाएगा। लोग बाबू के पास अनुकूल से सिफारिश कराने आया करेंगे। अनुकूल चाहे और कुछ करे या न करे, बाबू का और बिरादरी का मान तो उसे रखना ही पड़ेगा। बिरादरी ही बनाती है और बिरादरी ही बिगाड़ती है। चाहे आदमी लाठ हो जाए और बिरादरी न माने तो कुछ नहीं। हुआ न हुआ बराबर! राम का दिया भी तभी दिया-सा लगता है जब उसका थोड़ा-बहुत अंश अपने समाज तक भी पहुँचाते रहें। अपनी झोली में उनकी झोली भी शामिल हो। नहीं तो सूम का सिक्का। देख लो और धर लो। ये लम्बी-लम्बी बातें अनुकूल के कान में भी पड़ती थीं पर वह कुछ नहीं कहता था।

अनुकूल की चिन्ता का मीटर कृष्णन साहब से मिलने के बाद से ही चालू हो गया था...हो गया तो क्या होगा? कैसे निबाहेगा? अपने स्तर पर पूछताछ करके उसने वहाँ की पढ़ाई और लोगों के बारे में भी जानकारी एकत्रित की थी। ज्यादा तो कुछ नहीं पता चला था, केवल इतना ही ज्ञात हुआ था कि देश-भर से चोटी के लड़के जाते हैं। वे ही जब आपस में एक-दूसरे का जोर नहीं झेल पाते तो पिछड़ जाते हैं। यही बात उसकी चिन्ता का विषय थी। वह उस रेल-पेल में अपने पाँव कैसे टिका पाएगा? एक-दो शुभचिन्तकों ने यह भी सुझाया था कि इससे तो पॉलिटेकनीक ठीक रहेगा। यह विचार उसे जँचा भी था। इससे इंजीनियर बनने की बाबू की इच्छा भी पूरी हो जाएगी और वह भी उस व्यर्थ की गहमागहमी से बच जाएगा। जो बर्तन अपने पर उठ नहीं सकता, जोर लगाने से क्या लाभ! उसने बावनराम से दबी जबान में कहा भी, ''बाबू लोग, पॉलीटेकनीक की बहुत तारीफ करते हैं...सभी कहते हैं कि हम जैसे साधारण छात्रों के लिए वही ठीक है। आई.आई.टी. भारी पड़ेगी। एक-से-एक उम्दा लड़के आते हैं...उनसे टकराना पहाड़ से टकराना समझिए।''

बावनराम सुस्त हो गए थे। चेहरे पर उतनी ही थकान उतर आई थी जितना मुक्ति का एहसास पहले रहा था। वे बोले, ''बेटा, जहाँ नदी नहीं होती वहाँ पोखरे की भी तारीफ होती है। गंगाजी के किनारे खड़े होकर पोखरे को कोई नहीं सराहता। जब तैरकर हिम्मत हारनेवाला हो तो समझो बस डूबने का वक्त आ गया। तुम अभी से हिम्मत हार रहे हो। डुबानेवाला और तैरानेवाला कोई और है। तुम्हें तो हाथ-पैर चलाने हैं। तुम समझ रहे हो तुम अपने ही बल तैरोगे और अपने ही पार लगोगे! अगर ऊपरवाले की चाह नहीं होती तो वह कृष्णन साहब के दरबार तक ही क्यों ले जाता? हम लोगों की गिरावट का यही कारण है। सामर्थ्य का अन्दाज न लगाकर सीमाओं का अन्दाज लगाने बैठ जाते हैं। अपनी असामर्थ्य की बात सोचकर भी कभी कोई आगे बढ़ा है? आगे वे बढ़ते हैं जो अपनी कमजोरी को भी शक्ति के रूप में इस्तेमाल करने की सामर्थ्य रखते हैं। हम तो खलासी से सुपरवाइजरी तक पहुँचे हैं...'' फिर एक लम्बी

साँस लेकर बोले, "अगर तुम समझते हो कुछ नहीं कर पाओगे, हाथ लगा अवसर मिट्टी में मिला दोगे, तो यही अच्छा है कि इंजीनियरिंग में जाने का इरादा बिल्कुल ही छोड़ दो। बाकी घरवालों की राय से चलो। मैंने तो यही सोचा था कि तुम्हारा इरादा मजबूत है...इरादे की बुलन्दी के कारण तुम कुछ कर गुजरोगे। अपने लायक तो बनोगे ही, दूसरों को भी सहारा दोगे। अपने को सहारा देनेवालों से ज्यादा...दूसरों को सहारा देनेवाले चाहिए...तब हम अछूत से छूत हो पाएँगे। काम पड़ने पर ही आदमी झाड़ू को भी छूता है।"

बावनराम ने इतना सबकुछ पहली बार अनुकूल से कहा था। कह लेने के बाद वे निढाल-से लेट गए थे।

अनुकूल अपने पिता की बातों में उलझा कई दिनों तक इस तरह उलटता-पलटता रहा जैसे जाल में लिपटी किसी बड़ी-सी मछली को अपने ही जल में रास्ता न मिल रहा हो। रात को सोते-सोते भी उसे लगता था कि सुरसा-जैसा खुला कोई मुख साँस की ताकत से उसे अपनी तरफ खींच रहा है। बचपने में सुनी सुरसा की कहानी अब सार्थक हो रही थी। उसके मुँह में जाने से बचने की वह हरचन्द कोशिश कर रहा था। उसे यही लगता था कि हनुमान तो निकल आया था, वह भी निकल पाएगा या नहीं?

उसकी चुप्पी और अन्यमनस्कता देखकर बावनराम भी हतोत्साह थे। बार-बार उनके सामने भी यही सवाल आ खड़ा होता था कि जो कुछ वे कर रहे हैं, क्या गलत कर रहे हैं? जिसके लिए कर रहे हैं जब वही उसे उस रूप में नहीं ले रहा तो करने या न करने का कोई अर्थ नहीं रह जाता। लगता है हम लोगों के बच्चे निराशाओं के गहरे अन्धकार में पलते रहने के कारण रोशनी से चौंधियाते और भड़कते हैं। झरोखों की तरफ से आँखें बन्द कर लेना उनकी आदत बन गई है। अच्छे परिवर्तनों को भी स्वीकार करने में डरते हैं। हो सकता है उसके अन्दर भी वही भय काम कर रहा हो। हमारे बाबू ने इतने बेपढ़े होने पर भी, हमें जब स्कूल में दाखिल किया था तो हम पर कितना बड़ा पहाड़ टूट पड़ा था। कैसे-कैसे फूट-फूटकर रोते थे। स्कूल में अलग टाट पर बैठाया जाता था। जब सब बच्चे पानी पी लेते थे तब हमारा नम्बर आता था। बाबू यही कहते थे, जब पढ़-लिख लोगे तभी इस पाप से छुट्टी पाओगे। नहीं तो इसी नरक में घिसटते रहोगे। नहीं जाते थे तो मार-मारकर खाल उधेड़ देते थे। आठवीं पास की...दसवीं में गाड़ी ऐसी धँसी कि निकल ही नहीं पाई। बाबू किनारा कर गए। तब अलग टाट-पट्टी पर बैठने और सबके बाद पानी पीने की बात समझ में आई थी। तब आठवीं पास छत्तीस जातों में नहीं था...बाबू ने जबरदस्ती न पढ़ाया होता तो यह नौकरी भी न मिली होती। सुपरवाइजरी भी छोटी-मोटी अफसरी ही है। इसी नौकरी के सहारे सारी खाई-खन्दक पार कर आए। अनुकूल अभी घबरा रहा है। जब पहुँच जाएगा तो सँभल जाएगा। ये बच्चे अभी नहीं समझते। कुएँ में पड़े हो और

बाहर निकलना है तो सीधी दीवार पर चढ़ना होगा। चोट-चपेट भूलनी होगी। अपने को ही निकलना हो तो भी बात है...वहाँ फँसे अपने भाई-बन्धुओं को भी निकालना है।

बावनराम ने उसे उसी दृष्टिकोण से बार-बार समझाया। अनुकूल समझा भी। उसके दिमाग में सुरसा का फैला हुआ मुँह रात-दिन फैलता जा रहा था। उस मुँह में उसे अपने जैसे सैकड़ों-हजारों कुचले हुए, दाढ़ों से चिपके या लटके नजर आते थे। वह उससे बाहर निकलना चाहता था।

बावनराम उस दुख से निकलने में उसकी अपने ढंग से सहायता कर रहे थे।

एक लम्बे इन्तजार के बाद...आई.आई.टी. में प्रवेश मिलने की सूचना आई। वह इतनी मन्थर-मन्थर आई थी कि इस बीच बावनराम लगभग हताश हो चुके थे। चौधरी साहब और कृष्णन साहब को चिट्ठियाँ और तार दे-देकर वे इस नतीजे पर पहुँच चुके थे कि उन बातों के पीछे वे स्वयं नहीं थे, केवल उनकी जबानी लपालपी थी। एक बार उन्होंने डाकखाने जाकर चौधरी साहब को फोन भी मिलाया था। चौधरी साहब बोले भी थे। लेकिन फोन पर उनकी बात अव्वल तो सुनाई ही नहीं पड़ी थी और थोड़ी-बहुत जितनी सुनाई भी पड़ी थी वह समझ नहीं आई थी। उसके बाद से उन्होंने आई.आई.टी. में बेटे के प्रवेश पाने की आशा त्याग दी थी। अनुकूल भी एक तरफ हुआ-सा महसूस करने लगा था। नई परिस्थितियाँ कभी-कभी उसे इतना डराने लगती थीं कि वह ईश्वर से हाथ जोड़कर प्रार्थना करने लगता था कि उसे नई परिस्थितियों की इस भयावहता से बचाए।

जब प्रवेश की सूचना आई तो बावनराम गंगा नहाए सो तो नहाए ही, अन्धकार में खोए हुए उनके दोनों नयन भी वापस लौट आए। अब वे नए वर्तमान के साथ वह सब भी देख रहे थे जो पहले उनकी दृष्टि से निकलकर अन्धकार की नजर हो गया था। अनुकूल अब क्या-से-क्या हो जाएगा। कहाँ-से-कहाँ पहुँच जाएगा। फैक्टरी के चीफ इंजीनियर एक हाथ से गाड़ी चलाया करते हैं...अनुकूल भी चलाएगा और उनसे अच्छी चलाएगा। फिर वे कल्पना करने लगे—उसकी शादी एक लम्बी, सुन्दर...गिटपिट अंग्रेजी बोलनेवाली, बालकटी...नहीं, लम्बे और खुले बालोंवाली लड़की से हो गई है। ऐसी लड़की जो सवर्णों की लड़कियों को मात करती है। उसके बच्चे हुए हैं तो बला के सुन्दर! अनुकूल घर से बाहर निकल रहा है...लोग झुककर सलाम करते हैं। 'हुजूर', 'सरकार', कहते मुँह नहीं थकता। वह प्रेम से सबकी सुनता है, आश्वासन देता है। उसकी पत्नी सदा बावनराम को धन्यवाद देती है...यह आप ही की सूझ-बूझ थी कि ये यहाँ तक पहुँच गए। बहू-बेटा उन्हें कहीं भी बिना गाड़ी के नहीं जाने देते। जरा भी कहीं जाना होता है तो ड्राइवर गाड़ी लेकर मौजूद रहता है।

बावनराम पहले हँसते हैं, फिर अपने आपको ही हँसते हुए पकड़ लेते हैं। पकड़ लिए जाने पर मामला गम्भीर हो जाता है।

अनुकूल पर इस बात की भिन्न प्रतिक्रिया हुई। वह और गम्भीर हो गया। उसकी आँखों में एक तरह का तनाव रहने लगा था। हालाँकि साथ के लड़कों को हसरत से अपनी तरफ देखते हुए पाकर, गम्भीर रहते हुए भी, वह अपने को थोड़ा भिन्न महसूस करता था। दूसरे लड़के उस पर टीका-टिप्पणी भी करते थे। वह बिना कुछ बोले निकल जाता था। पर टिप्पणी तो टिप्पणी ही होती है। बिना अपना असर किए नहीं छोड़ती। उन टिप्पणियौं का उस पर असर होता था। एक-दो लड़कों ने तो उसे चाय पर आमंत्रित किया। चाय पिलाकर बोले, "यार अनुकूल, इस जन्म में तो आशा नहीं कि हमारा कुछ हो पाएगा...अगले जन्म के लिए तू भी प्रार्थना कर कि हमें भी तेरी तरह ही, तेरे जैसे घर में जन्म मिले। जो तूने इस जन्म में पाया वह कम-से-कम हम अगले जन्म में तो पा जाएँ।"

दूसरा बोला, "भैया, यह सब अनुकूल के पुण्य कर्मों का फल है कि ऐसे पिता के घर, ऐसी जाति में जन्म लिया कि सबकुछ पका-पकाया मिल गया। हमने तो अपना जन्म यूँ ही गँवाया। पीसते-ही-पीसते कट जाएगी, पकाने का मौका ही नहीं आएगा। पता नहीं कौन-से पाप किए जो यहाँ पैदा हुए..."

अनुकूल चुपचाप उठा और चला गया...भगवान करे तुम लोगों को ऐसा जन्म कभी न मिले जैसा मैंने पाया। वह उन लड़कों का ठहाका सुनता था और चुप लगा जाता था। कुछ लोग वाकई दिल से बधाई देते थे। उनकी आँखों में उनका दिल होता था। ऐसे कम ही थे। स्कूल के एक मास्टरजी ने उससे कहा था कि जीवन में अच्छे अवसर मुश्किल से आते हैं। जो समय पर पकड़ सके वही भाग्यवान। उसे यह सोचकर अच्छा लगता था कि वह उसे पकड़ने में सफल हो गया। फिर उसकी आँखों में बावनराम घूम जाते। अगर उन्होंने भाग-दौड़ न की होती तो कहीं कुछ न हुआ होता। लेकिन अगले क्षण ही नए माहौल की परिकल्पना करने लगता। वहाँ क्या होगा? और धीरे-से उसी में गहरे उतर जाता।

माँ की अजीब स्थिति थी। वह समझ नहीं पा रही थी, सुखी हो या दुखी। दुखी होना उसकी भावनाओं के ज्यादा नजदीक था। वह कदापि नहीं चाहती थी कि उसका बेटा उससे दूर किसी अनजान जगह में जा बसे। दो-चार दिन के लिए नहीं, सालों के लिए। गया आदमी तो गया हुआ ही होता है। जब भी वह सामने आता तो वह आँख भर लाती और यही कहती, "बेटा, तू ना जा, तेरा मुँह देख-देखकर ही तो दिन काट रही हूँ। बहुत बड़ा होकर भी आदमी बेगाना हो जाता है। ऐसा बड़ा हुए से क्या कि आदमी अपनों का भी न रहे। बस इस बात का डर लगता है, बहनें तो अपने घर-बाहर की हो गईं...तू ही है जिस पर आँख टिकी है...कहीं तू भी बेगाना न हो जाए!"

अनुकूल बड़े शशोपंज में पड़ जाता था। उसका मन होता कि वह माँ से लिपट जाए और उससे कहे कि माँ, तू मुझे मत जाने दे, रोक ले। पर बाबू? बाबू एक इमारत तामीर कर रहे हैं...मैं गिरा दूँ? इस सवाल के बाद वह चुप लगा जाता।

बिरादरी में यह खबर कि बावनराम का बेटा आई.आई.टी. में ले लिया गया...बवंडर की तरह फैल गई। ऐसा लग रहा था कि बावनराम का बेटा भी उसी तरह पढ़ने जा रहा है जैसे पहले बड़े आदमियों के लड़के विलायत पढ़ने जाते थे। वे लोग बावनराम को बधाई-पर-बधाई पहुँचा रहे थे। ऐसे लोग भी बधाई देने आए थे जो नाक से भी ऊँचे थे और मान से भी। बावनराम को अनुभव हो रहा था कि उन्होंने अपने पुण्य की कमाई इसी दिन के लिए रख छोड़ी थी। जब दाखले पर यह हाल है... अनुकूल पढ़ाई खत्म करके आएगा तो क्या होगा! हो सकता है मालिक लोग ही कार लेकर चले आएँ। अगर वे लोग आ गए तो वह उन्हें कहाँ उठाएगा, कहाँ बैठाएगा। बड़े आदमी तो हैं ही, मालिक भी हैं। उनकी इधर-उधर नजर जाती है। फिर ख्याल आता, अरे अभी तो बनवास के चौदह साल हैं! जब राम आएँगे तब तक क्या यह वही अयोध्या रहेगी? फिर वे अनुकूल के बारे में सोचना चालू कर देते। अनुकूल किसी जन्म की पहुँची हुई आत्मा है। किसी कारण पथ-भ्रष्ट होकर यहाँ आ गई। बड़े-बड़े ऋषि-मुनियों तक के साथ यही होता था। तपस्या भंग हो जाती थी। दोबारा जन्म लेकर भुगतान भुगताना पड़ता था। अनुकूल के साथ भी यही हुआ होगा। कुछ भी कहो, सब भगवान का किया है, नहीं तो हम किस करम के थे। अब देखो चौधरी साहब ही हैं...टेलीफोन तक पर बात नहीं हो पाई थी। पर भले आदमी थे...समझते थे कि बावनराम ने हमारे लिए क्या नहीं किया, इसलिए जुट गए। कराकर ही माने। कृष्णन साहब ने भी अपनी बात रखी।

दो-चार बिरादरी के बड़े आदमी भी चक्कर लगा गए थे। दबी जबान में संकेत भी कर गए थे। जब से सुना कि बावनराम का बेटा इंजीनियरी की पढ़ाई करने जा रहा है तो सिर का बोझा-सा उतर गया। सीना फूल आया कि बेटा हो तो ऐसा हो। बावनराम चिन्ता मत करना, पैसे की वजह से अनुकूल बाबू की पढ़ाई में कोताही न होने पाए, हाँऽऽ!

इस सबके बीच अनुकूल अकेला पड़ गया था। कोई उसे गले लगाता। कोई उसका हाथ पकड़कर हिलाता। घर पर आने के लिए आमंत्रित किया जाता। उसकी समझ में बिल्कुल नहीं आता कि यह सब क्या हो रहा है और क्यों हो रहा है। बावनराम इन्हीं बातों से खुश थे। हालाँकि रोज थककर चकनाचूर हो जाते थे। या इस स्तर की खुशी से उनका इससे पूर्व कभी साक्षात्कार नहीं हुआ था। वे बैठे-बैठे अनुभव करने लगते थे कि उनके घर की कुर्सी ऊँचे उठ रही है। थोड़ी देर बाद उनका घर 'क्लिफ टॉप' के समकक्ष महसूस होने लगता। इस बात को सोच-सोचकर वे

प्रसन्न होते कि सारे बिरादरीवाले नीचे से उन्हें देख रहे होंगे...उन तक पहुँचने के लिए उनमें होड़ लगी होगी...।

अनुकूल के जाने का वक्त ज्यूँ-ज्यूँ नजदीक आता गया वैसे-ही-वैसे तैयारियों का सिलसिला तेज होता गया। चादरें खरीदकर लाई गईं। गिलाफ बने। कमीजें और पतलूनें सिलीं। पट्टे के जाँघियों की जगह बाजार से इंटरलॉक जाँघिए खरीदे गए। उनमें उसे बेचैनी महसूस होती थी। जाँघिए की पट्टियाँ सब तरफ से दबाती थीं। दबाती क्या थीं, गड़ती थीं! उतना सहज मामला नहीं रहा था जितना घर का सिला जाँघिया पहनकर लगता था। एक होलडॉल और चमड़े की अटैची भी खरीदकर लाई गई। चप्पल और जूते भी नए ही लिए गए।

इस सब तामझाम के साथ बावनराम स्वयं उसे छोड़ने जाना चाहते थे। अनुकूल को बाबू का छोड़ने जाना बिल्कुल समझ में नहीं आ रहा था। पता नहीं वहाँ कौन कैसा व्यवहार करने लगे? किसी ने बाबू को कुछ कह ही दिया तो उसका मन और उचाट हो जाएगा। आखिर हम लोगों में किसकी नजरें साफ हैं? हम लोगों के सन्दर्भ में सबकी नजरें एक ही जगह टिक जाती हैं! कौन क्या है?

इत्तफाक से जाने के पहले दिन एक विवरण-पत्र मिला। उसमें पूरा विवरण दिया था। स्टेशन से आप कैम्पस कैसे पहुँचेंगे? स्टेशन के कैंट-साइडवाले प्लेटफार्म पर उतरें। बाहर फलाँ-फलाँ नम्बर की बसों में से जो भी बस मिले उसी में बैठ जाएँ। स्टूडेंट-वालिन्टियर को अपना नाम बताएँ। वह आपको बस से कैम्पस पहुँचवाने का प्रबन्ध करेगा। वालिन्टियर ही आपको हॉस्टल और रूम-नम्बर बताएगा। हॉस्टिलों की संख्या और हॉस्टिल में गाइड करनेवाले स्टूडेंट-वालिन्टियर्स के नाम भी लिखे थे।

उसके बाद मौसम और उसके अनुसार लाए जानेवाले कपड़ों का उल्लेख था। पहले सेमिस्टर की शुरुआत वर्षा की सम्भावना से भरपूर होती है। जाड़ों के कपड़े पूजा की छुट्टियों में लाए जा सकते हैं। जो लड़के दूर रहते हैं और बार-बार घर नहीं जा सकते वे अपने कपड़े साथ ही ले आएँ तो उनके लिए सुविधाजनक रहेगा। कमरों में संस्थान की ओर से पंखे लगे हैं। टेबिल-फैन साथ लाने की जरूरत नहीं पड़ेगी। उसके बाद फीस का ब्यौरा था। छात्रों के रजिस्ट्रेशन के समय उन्हें कितनी फीस जमा करनी होती है। लेकिन अनुसूचित जाति और जनजाति के छात्रों के लिए छूट का भी उल्लेख था। एक पाद-टिप्पणी के रूप में इस बात का उल्लेख भी किया गया था कि इस वर्ग के छात्रों को डेढ़ सौ रुपया प्रतिमाह सम्बन्धित प्रदेश सरकारों और भारत सरकार द्वारा संयुक्त रूप से वजीफे के रूप में दिया जाता है।

इस सूचना ने बावनराम के सिर का आधा बोझ हल्का कर दिया था। शेष प्रबन्ध

तो वे कर ही देंगे। कर्जा भी मिल सकता है और भविष्यनिधि से मिलनेवाले रुपए से भी वे इसका पूरा पाट सकते हैं। मौका देखकर अनुकूल ने अपनी बात कही, ''बाबू, इस पत्रक में सम्पूर्ण सूचना संकलित है...आप छोड़ने जाएँगे, परेशानी तो जो होगी सो होगी ही...पैसा भी खर्च होगा। इससे पता चलता है कि उन्होंने पूरा इन्तजाम किया हुआ है...वहाँ पहुँचकर किसी तरह की कोई परेशानी नहीं होगी। वैसे भी इस पत्रक में इस बात का कहीं उल्लेख नहीं कि छात्रों के साथ आनेवाले अभिभावकों के ठहरने और लाने-ले जाने का भी प्रबन्ध है या नहीं। लगता है कि वे लोग चाहते हैं कि छात्र अकेले पहुँचें। अगर आप कहें तो मैं अकेला ही चला जाऊँ...परेशानी हुई तो मैं चिट्ठी लिखकर आपको बुला लूँगा।'' रुककर बोला, ''मुझे अकेला ही जाने दीजिए...बाबू!''

बावनराम का चेहरा उतर गया। जितना उत्साह इस बीच एकत्रित हुआ था वह गुब्बारे की हवा की तरह धीरे-धीरे रिस गया। पहली बार अनुकूल के बारे में लगा कि वह उन्हें काटना चाह रहा है। बस में से धक्का थोड़े ही दे देते। वहाँ नहीं ठहरने देते तो किसी धर्मशाला में जा टिकते। वे अपनी आँखों में अनुकूल को आई.आई.टी. में जाते, पढ़ते देखना चाहते थे। वे उसे बताते कि हॉस्टिल में किस प्रकार रहेगा। इससे उनको सकून मिलता। वे उन लड़कों को भी अपनी आँखों से देखना चाहते थे जिनके बारे में वे सुनते चले आ रहे थे कि किसी साधारण छात्र के लिए उनकी बराबरी कर पाना बड़ी भारी हिम्मत और अक्ल का काम है। वे यही जानने के लिए परेशान थे कि ऐसे लड़के आखिर कितने भिन्न और अनोखे होते हैं! उनमें वह क्या चीज है जो उनके बेटे में नहीं है? लेकिन उन्होंने बिना कुछ कहे अनुकूल के साथ न जाने का निर्णय ले लिया।

उस समय तो वे खामोश ही रहे थे। लेकिन अगले दिन सवेरे स्वयं ही अनुकूल के पास जाकर बोले, ''तुम ठीक कहते हो भैया...सब इन्तजाम तो है ही। मैं ही वहाँ जाकर क्या कर लूँगा। वहाँ से बस में बैठकर तुम चले जाना।'' रोकते-रोकते भी उनके मुँह से निकल गया, ''अगर मैं चला भी चलूँ तो बेपढ़ा-लिखा, गाँव का आदमी...अपने साथ-साथ तुम्हें मेरी भी चिन्ता करनी पड़ेगी। वैसे भी मैं वहाँ इतने पढ़े-लिखों के बीच जाता क्या अच्छा लगूँगा?''

अनुकूल उनकी बात से आहत हो उठा। उसकी आँखें भर आईं। लेकिन बोला कुछ नहीं। बावनराम को भी कहने के बाद पछतावा हुआ। उन्हें ऐसी बात कहकर अनुकूल का मन नहीं दुखाना चाहिए था। उसने भी कुछ सोचा-समझा ही होगा।

अनुकूल चला गया था। बावनराम के दिल में अपने संवाद का आखिरी वाक्य और उसकी दो भरी हुई आँखें बहुत गहरे पैठ गई थीं। एक ही बात रात-दिन सालती थी

कि ऐसी बात कहकर उन्होंने उसका दिल क्यों दुखा दिया! स्टेशन पर भी उसकी आँखें जल-भरी कटोरियों की तरह थरथराती रही थीं। लेकिन जब तक गाड़ी चली नहीं उसकी पलकों ने उन्हें बहने नहीं दिया। थामे रहीं। गाड़ी के चलते ही झटके से या स्वभावतः ही वे ढलक गए थे। बावनराम को अपने-आपको समेटने में अन्दर-ही-अन्दर निरन्तर होते भावात्मक फैलाव का सामना करना पड़ रहा था।

अनुकूल की माँ भी बाढ़ की तरह उफनी नदी थी। लेकिन जल्दी ही उतार आ गया था। बहाव ऊपर से पूर्ववत हो गया था। कभी-कभी कहीं-कहीं बुलबुले उठते थे या सर्री-सी फूटती थी, लेकिन गति फिर सामान्य हो जाती थी। शायद माँ की सादृश्यता यही होती है। वह अपने से तो अन्दर-ही-अन्दर बात करती रहती थी, पर बाहर अनुकूल का जिक्र इतना कम करती थी कि उसकी बातों से यह समझना कठिन था कि अनुकूल कभी यहाँ रहता था और अब चला गया।

बावनराम के सामने यह प्रश्न निरन्तर रहता था कि उन्होंने अनुकूल को भेजकर गलती तो नहीं की। इस प्रश्न के उठते ही बहुत-सी बातें उठने लगती थीं। कहीं कुछ हो गया तो? जो कुछ होगा वह सारे परिवार की ही नियति हो जाएगा। उसके दोषी वे खुद ही होंगे। यही कहा जाएगा, अनुकूल तो बच्चा था लेकिन बावनराम ने तो दुनिया देखी थी। लड़के का मोह न देखकर, ऊपर उठता हुआ अपना घर देखा। यहाँ से घर को ले जाकर 'क्लिफ टॉप' पर रख देना चाहते थे। बेटे को कुर्बान कर डाला। यह सोचते-सोचते उनका छाती पीटने को मन कर आता था। लेकिन फिर एकाएक ध्यान आता था कि अरे, अनुकूल तो सही-सलामत है। पढ़ने गया है। फिर यह बदशकुनी क्यों हो रही है? बच्चे की सलामती के लिए क्या कोसना जरूरी होता है? फिर धीरे-धीरे वे सब सवाल अपने आपमें एक-एक अनुकूल होते जाते। अनुकूल की दाढ़ी बढ़ी है। अनुकूल बारिश में भीग रहा है। लड़के उसे अन्दर नहीं घुसने दे रहे। अनुकूल बाबू को पुकार रहा है। अनुकूल धक्का-मुक्की में गिर गया। उसके सिर से खून बह रहा है। लड़के उसके खून पर हँस रहे हैं...अरे, इससे दूर रहो, यह अनुकूल का खून है। बावनराम को अपने पिता की याद आ जाती। उन्होंने उन्हें, पिता को धक्के की मार से गिरते, सिर से खून का फुव्वारा छूटते देखा था। जब वे 'बाबू-बाबू' कहकर उनसे लिपटने लगे थे तो उनको धकेल दिया गया था। बच्चे को धकेलकर वे लोग खूब जोर-जोर से हँसे थे। फिर माँ को घर से बुलाकर बाबू का वह खून धुलवाया गया था। माँ रोती गई थी और धोती गई थी। एकाएक वही हँसी उन्हें अनुकूल के संदर्भ में सुनाई पड़ने लगी थी जो बच्चे के रूप में उन्हें तब सुनाई पड़ी थी। वे सब उन्हीं लोगों में से ही तो कुछ लोगों के बच्चे नहीं? वे भी सब क्या उतने ही जालिम और खूनी हैं? वे आँखें बन्द कर लेते और अपने अन्दर उस सबको देखते-देखते सिसक पड़ते। मेरा बच्चा! लेकिन फिर उन्हें ध्यान आता,

अनुकूल आई.आई.टी. में इंजीनियरी पढ़ने गया है। वह इंजीनियर बनकर आएगा। वह यह साबित कर देगा कि हम लोगों के बच्चे भी घृणा की इस आग से निकलकर सही- सलामत बाहर आ सकते हैं। उन्हें लगा, कोई फुसफुसा रहा है...अगर ऐसा न हुआ? घृणा की आग में जल गया? उन्होंने इधर-उधर देखा, वहाँ कोई नहीं था। उन्हें लगा, वह कोई बाहरी चीज थी। बाहरी सवालों का जवाब खोजना जरूरी नहीं होता। बावनराम को फिर वैसी ही-सी फुसफुसाहट महसूस हुई...जरूरी है...और होता है। उनका चेहरा उतर जाता। अगर है तो इसका कोई जवाब नहीं...। यह प्रश्न प्रश्न ही बना रह गया तो सबको खा जाएगा। वे उद्विग्न हो उठते।

कई बार ऐसा होता कि बावनराम सोते-सोते जग उठते। अनुकूल उन्हें खिड़की के पास चुपचाप खड़ा दिखाई पड़ता। वह खून पोंछता हुआ उनकी तरफ देखता रहता। अच्छी तरह देखते तो वहाँ कोई न होता। बूँद-बूँद रक्त टपकता होता। वे सिसक-सिसककर रोने लगते। जब उनकी पत्नी उन्हें हिलाकर जगाती तो उन्हें पता चलता...। पत्नी बार-बार पूछती, ''यह तुम्हें क्या होता जा रहा है...? तुम तो औरतों से भी बदतर हो गए। बेटा इतना ही प्यारा था तो भेजा क्यों? मैं तो पहले ही जानती थी, अनुकूल के बिना यह घर भाड़ की तरह हमारे दाने-से भूनेगा। लोग अपने बच्चों को लाम तक पर भेज देते हैं, हमने तो पढ़ने को ही भेजा है!''

''भेजा तो है...लेकिन पता नहीं गलत किया या सही? तुम भी भेजना नहीं चाहती थीं। पता नहीं अनुकूल जाना चाहता था या नहीं? मैंने अपनी बात रखने के मारे किसी की भी मर्जी का ख्याल नहीं किया।...पता नहीं उसके साथ कौन कैसा बर्ताव करे?''

''तुमने भेजा है तो उसकी भलाई सोचकर ही भेजा होगा। बाप हो न कि दुश्मन। राजा दशरथ ने तो बेटा-बहू को बनवास दे दिया था। हँसते-हँसते चले गए थे। बाप की तो मारी मार भी गुन करती है। इस बात को यूँ क्यों नहीं समझते कि नाल कटने तक बच्चा माँ का। नाल कटते ही जग-भर का। तुम समझो अनुकूल की नाल अब घर से भी कट गई, अब वह सारे जग का हो गया!''

बावनराम पहले चुप रहे फिर बोले, ''कहती तो तुम ठीक हो...पर अन्दर-ही-अन्दर कुछ खदबदाता रहता है। यही लगता है कि बिसात के बाहर खेल खेल बैठा हूँ...उसी का उबाल गिर-गिरकर जगह-जगह पर जला रहा है।''

बावनराम को जब नींद न आती तो उनकी पत्नी उनके सिर में तेल ठोकती। तेल ठोकती जाती और समझाती जाती, ''तब तुम मुझे समझाते थे...अनुकूल बड़ा आदमी बनने के लिए पैदा हुआ है। वो नाम करेगा...सुगन्धी को बन्द करके नहीं रखा जा सकता। मैं तो मान गई कि जो तुम कहते हो ठीक ही कहते हो...पर लगता है तुम नहीं माने। तुम इधर दुखी तो वो उधर दुखी। दुख एक ही कोने पर नहीं टिकता,

दोनों कोने दबाता है। माँ-बाप का अन्तःकरण औलाद से जुड़ा रहता है। यहाँ लावा उठेगा तो वहाँ आग लगेगी...यहाँ आग लगेगी तो वहाँ लावा उठेगा। बच्चे भी पितर ही होवें। जो दोगे वो ही पहुँचेगा। दुख दोगे दुख पहुँचेगा, सुख दोगे सुख पहुँचेगा।" बावनराम पत्नी की बात बड़े ध्यान से सुनते...सुनते-सुनते सो जाते।

बावनराम को सुलाने के बाद अनुकूल की माँ देर तक आँखें खोले आसमान निहारती रहती। चाँद-सितारे होते तो उसे अच्छा लगता। अनुकूल उसे चाँद के बीचोंबीच बैठा मेमना-सा लगता। फिर वह तारों-तारों दौड़ने लगता। बादल आते तो वह परेशान हो जाती। उसका अनुकूल न चाँद में दिखाई देता और न तारों में। उसका मन होता कि वह अनुकूल के बापू को झकझोर के कहे कि अभी तो अनुकूल चाँद-तारों के साथ खेल रहा था...पता नहीं खेलता-खेलता कहाँ निकल गया। कहीं बादलों की रेल-पेल में रल तो नहीं गया। जरा ढूँढ़कर लाओ। बादल चले जाते तो चाँद और तारे बच्चे बने फिर अनुकूल के साथ-साथ खेलते नजर आने लगते। धीरे-धीरे वे सब तारे और एक-दूसरे में समाते जाते और देखते-देखते अनुकूल बन जाते। उससे अनन्त प्रकाश निसृत हो रहा होता। वह और उसके बाबू उस प्रकाश के झरने में खूब नहाते। नहाने की बात सोचते-सोचते वह सोचने लगती कि सवेरे उठकर वह अनुकूल के बाबू को बताएगी। जब अनुकूल आएगा तो अनुकूल से कहेगी। अनुकूल खूब हँसेगा और कहेगा—माँ, तू तो पागल हो गई। भला चाँद-सितारों में मैं क्या करने जाऊँगा! जाऊँगा भी तो तू मुझे जाने थोड़े ही देगी...रो-रोकर घर भर देगी। वह मुस्कुराते-ही-मुस्कुराते सो जाती।

जब तक अनुकूल की चिट्ठी नहीं आई घर के कोने-कोने में उसकी अनुपस्थिति बर्फ की तरह जमी रही। अनुकूल की चिट्ठी आते ही जैसे अनुकूल आ गया। जगह-जगह उसकी मौजूदगी नजर आने लगी। भाग-दौड़-सी मच गई। बावनराम ने तो चिट्ठी को आते ही पढ़ लिया। इसलिए उनकी आँखें और खुशी एक हो गए थे। तत्पश्चात घर-भर को बैठाकर सत्यनारायण की कथा कहने के भाव से बावनराम ने उस चिट्ठी को बाँचा। पढ़ते-पढ़ते कभी-कभी बावनराम बीच-बीच में भाव-विगलित होकर चुप लगा जाते थे और कभी सुननेवाले की आँखें आपा बिसारकर धारो-धार बरसने लगती थीं।

चिट्ठी उसने बाबू और माँ को संयुक्त रूप से सम्बोधित की थी—

पूज्य माँ और बाबू,

मुझे चिट्ठी लिखने में थोड़ी देर हो गई। आप लोग सोच रहे होंगे कि अनुकूल कितना गैर जिम्मेदार है...!

बावनराम ने तो...तो...की और बुदबुदाए...'बावला है, कहीं ऐसा लिखा जाता है! धोती के किनारे से आँखें पोंछकर फिर पढ़ना शुरू कर दिया–

> ...जब मैं स्टेशन पर उतरा तो डिब्बे के सामने ही बेंच थी। उतरकर उसी पर बैठ गया। तब तक बैठा रहा जब तक गाड़ी चली नहीं गई। दिमाग में तरह-तरह के ख्याल आते और जाते रहे। अगर बस न मिली? किसी ने बस में चढ़ने ही नहीं दिया, धकेल ही दिया? मार-पीटकर कोई सामान ही छीन लिया? कभी-कभी मुझे ये घटनाएँ घटती हुई-सी महसूस होने लगती थीं। उस समय मैंने सोचा, अगर बाबू साथ हुए होते तो कितनी हिम्मत रहती...!

बावनराम पर रोके नहीं रुका गया। वे सिसक पड़े। माँ तो रोये ही जा रही थी। बहनों ने तो बिल्कुल मोहर्रम के दिनों का मर्सियाख्वानी वाला दृश्य उत्पन्न कर दिया। बहनोई अपेक्षाकृत सन्तुलित थे। वे इतना ही बोले, "बच्चा ही तो है...पहली बार घर से निकला है...!" बावनराम सँभल गए और फिर पढ़ना शुरू कर दिया–

> ...गाड़ी के छूट जाने के बाद मेरी नजर सामनेवाले प्लेटफार्म पर गई। कपड़े की झंडी पर अंग्रेजी में लिखा था–आई.आई.टी. में प्रवेश पानेवाले नए छात्र यहाँ सम्पर्क करें। मैंने सोचा, सामान लादकर उस प्लेटफार्म पर चला चलता हूँ। लेकिन फिर ख्याल आया कि सामान उठाकर स्वयं ले चलने से कहीं मजाक का कारण न बन जाऊँ। इसलिए कुली से उठवाकर उस प्लेटफार्म पर ले गया। हालाँकि मन को लगा भी कि अगर पैसा इसी तरह खर्च करता रहा तो...बेकार इस लोक-दिखावे के चक्कर में अपने को फिजूलखर्ची का शिकार बना बैठूँगा! खैर, वहाँ दो लड़के थे। उनके पास आनेवाले नए लड़कों की सूची थी। वे अंग्रेजी में ही बोलते थे। अंग्रैजी के सिवाय कुछ नहीं बोलते थे। लेकिन मैं उनसे हिन्दी में ही बोला। हालाँकि मुझे लगा भी कि कहीं वे अंग्रेजी के अलावा कोई और भाषा समझते ही न हों। मैंने सोचा कि हिन्दुस्तानी होने की यह कोई शर्त थोड़े ही है कि हिन्दुस्तानी भाषा बोलनेवाला ही हिन्दुस्तानी होता है। इसलिए वे मेरी बात न भी समझें तो कोई बात नहीं! लेकिन वे समझ गए। पर उन्होंने मुझसे अंग्रेजी में ही सवाल किया कि आपका ऑल इंडिया रैंक क्या है? मैं समझा नहीं। पसीना आ गया। उन्होंने फिर पूछा। तब भी मैं नहीं समझा। समझता कैसे...इम्तहान तो दिया ही नहीं था। रैंक उन्हीं को मिलता है जो इम्तहान के जरिए आते हैं।
>
> दूसरे लड़के ने अपने आप ही अंग्रेजी में पूछा, "आप क्या एस.सी./एस.टी. कोटा से आए हैं?" एक क्षण को तो मुझे लगा कि इस सवाल का जवाब दिए बिना ही वापस लौट जाऊँ। नहीं तो यही सवाल रोज-रोज पूछा जाएगा। लेकिन फिर सोचा, अपनी वास्तविकता से भागना गलत होगा।

गर्दन हिलाकर हाँ कर दी। पहलेवाले लड़के ने हल्का-सा 'ओह' किया और होंठ के नीचे होंठ दबाकर कागज छाँटने में लग गया। दूसरे लड़के ने कहा, ''माफ कीजिए...हमें मालूम नहीं। दरअसल यह किस्सा इसी साल से शुरू हुआ है। पहले सभी जे.ई.ई. (ज्वाइन्ट एन्टेरेंस एक्जामिनेशन) के माध्यम से आते थे। एनी वे...फिर बोला–आप प्लेटफार्म के बाहर चले जाएँ। दाहिनी तरफ बस खड़ी होगी, जाकर उसी में बैठ जाएँ। बाहर वालिन्टियर होगा। उसे बता दीजिए कि आप रिजर्व कोटा से आए हैं। उसे नाम खोजने में आसानी हो जाएगी। आखिरी वाक्य वे लोग हिन्दी में ही बोले।

मुझे यही लगा कि अपनी मेहनत से आए होते तो यह सब न भोगना पड़ा होता। यहाँ जो भी मिलता है वही ऑल इंडिया रैंक पूछता है। या तो चुप लगा जाते हैं या सच बताना पड़ता है। वे लोग हँसकर अंग्रेजी में तत्काल कहते हैं–ओ, वी.वी.आई.पी. यानी अत्यधिक महत्वपूर्ण व्यक्ति। कुछ विदेशी छात्र भी आए हैं। उन्हें भी टेस्ट नहीं देना पड़ा। उनसे कोई इस तरह की बात नहीं करता। वे फटाफट अंग्रेजी जो बोलते हैं। उनमें कुछ तो हम लोगों से भी ज्यादा काले हैं। वैसे यहाँ की छुआछूत वैसी नहीं जैसी चौधरी साहब के घर पर देखने को मिली थी। न कोई बाथरूम धोने को कहता है और न बाहर सोने के लिए। उस घटना को सोचकर तो मेरे अभी भी रोंगटे खड़े हो जाते हैं। दूसरे वर्ग के लड़के हम लोगों से कम बोलते हैं। बात करते हैं तो इतनी ही...आपको बहुत मेहनत करनी पड़ेगी। बहुत मुश्किल कोर्स है। कोर कोर्स तो हम लोगों तक की जान निकाल लेता है। आप लोगों को इस परेशानी में डालकर सरकार ने ठीक नहीं किया। यह बात विदेशी छात्रों को भी सुनाई जाती है। लेकिन कम!

विदेशी छात्रों के कमरे एक साथ हैं और हम लोगों के कमरे भी एक ही विंग में हैं। अपने लोगों की भी एक बात मुझे बहुत बुरी लगती है। हम लोगों में भी आपस में वही भावना है जो एस.सी. और नॉन एस.सी. छात्रों के बीच रहती है। एक वाल्मीकि लड़का है। उसे कोई अपने साथ रखने को तैयार नहीं था। मैंने उसे अपना रूम-पार्टनर बना लिया। अपनों में ही से बाकी लड़कों ने मेरा नाम गांधीजी रख दिया...। चलो अच्छा है...काम से तो नहीं हो सकते, नाम से ही सही!

माँ बीच ही में बोली, ''अनुकूल ने यह क्या करा...? बिरादरीवालों को पता चलेगा तो कोई पास नहीं फटकेगा। उससे कह दो, कमरा बदल ले।'' बावनराम झल्ला पड़े, ''चुप भी रहो...आखिर वो भी तो मूरख नहीं। वो औरों को सहारा नहीं देगा तो उसे कौन देगा। परदेश में तो परदेश की तरह ही रहा जाता है...।'' वह

फौरन बोली, ''धरम-करम में आग लगाने थोड़ी ही भेजा था।'' बावनराम बिना जवाब दिए आगे पढ़ने लगे–

...इन सब बातों की तरफ ध्यान देकर आप चिन्ता मत कीजिएगा। यहाँ का यही तौर-तरीका है। लेकिन खाना अच्छा है। सवेरे नाश्ते में एक टिकिया मक्खन, जेली टोस्ट, दो प्याले चाय मिलती है। जो दूध लेना चाहे उसे पैसे देकर दूध भी मिल सकता है। खाने में चावल, दो सब्जी, दाल, रोटी...कभी-कभी दही और एक-आध मीठा वगैरह भी देते हैं।

बाबू, कभी-कभी लगता है, जैसे समन्दर के किनारे खड़े हों और चारों तरफ से आनेवाली लहरें पैरों को जमने न दे रही हों। मैंने समन्दर देखा तो नहीं। किताब में पढ़ा है। नदी की धारा में तो पाँव जमा लेता हूँ...इतना जोर समन्दर की लहरों में ही हो सकता है...पर मैं समझता हूँ सब ठीक हो जाएगा।

नए लड़कों की पुराने लड़के रैगिंग करते हैं। रैगिंग माने रगड़ाई। उनका कहना है, इससे उनकी शर्म खुल जाती है। हम लोगों को ज्यादा तंग नहीं करते। जब पता चलता है कि एस.सी. हैं तो एक-दो सवाल पूछा और चल दिए। सोचते होंगे, इन छोटे लोगों के मुँह कौन लगे। एस.सी. होने का अभी तो यही एक फायदा नजर आता है। आपस के लड़के कभी-कभी ज्यादती कर बैठते हैं। एक लड़के के मुँह तक से खून आ गया था। रामउजागर दादा फोर्थ इयर में हैं, उन्होंने सँभाला। वे सबका ख्याल रखते हैं। कहते हैं, बदतमीजी भी मत करो और आत्मसम्मान के मामले पर झुको भी नहीं। अभी मेरा उनसे ज्यादा परिचय नहीं। पर दूसरे वर्ग के लोग भी उनसे डरते हैं। हम लोगों में से किसी का सब पर इतना दबदबा हो सकता है, मैंने तो कभी सोचा ही नहीं था।

यहाँ सबकुछ अंग्रेजी में पढ़ाया जाता है। कृष्णन साहब ठीक कह रहे थे. ..अंग्रेजी जानना बहुत जरूरी है। शुरू-शुरू में थोड़ी कठिनाई होगी। बाद में ठीक हो जाएगा। जहाँ तक एस.सी. होने की और दूसरे लड़कों द्वारा हिकारत की नजर से देखे जाने की बात है, उसके बारे में सोचना छोड़ देना पड़ेगा।

अभी रुपए हैं। देख-भालकर खर्च करता हूँ।

माँ की बहुत याद आती है। माँ को चरणस्पर्श। दोनों दीदी और जीजाजी लोगों को प्रणाम।

वहाँ के हाल लिखिएगा।

आपका बेटा,
अनुकूल।

चिट्ठी पढ़े जाने के बहुत देर बाद तक अनुकूल वहाँ मौजूद रहा। हालाँकि बावनराम खुश थे लेकिन उन्हें यह बराबर अनुभव हो रहा था कि अनुकूल ने सब बातें सही-सही नहीं लिखीं। उनका दिल एक बात से पकड़ा गया था। वे निरन्तर यही सोच रहे थे कि कहीं अनुकूल को ही न मारा-पीटा गया हो। उसी की नाक से खून न निकला हो। हालाँकि उन्होंने इस बात को मुँह से नहीं निकाला पर अन्दर-ही-अन्दर काँटा-सा गड़ा रहा। सोच-सोचकर पछताते भी रहे। पर दोष दें तो किसे दें? कम- से-कम उन्हें साथ तो जाना ही चाहिए था। उसने मना कर भी दिया था तो ऐसा कौन वह इतना बड़ा था कि उसकी बात मानना जरूरी हो गया! कई बार बच्चों के निर्णय लेने का ढंग दूसरा होता है। वहीं बड़ों के दखल की जरूरत पड़ती है।

बहनोई लोग तो काम पर चले गए थे। बहनें रह गई थीं। घूम-फिरकर वे इसी बात पर आ जाती थीं कि हमारा अनुकूल तो लौकी की गोभ जैसा है। कभी घर से बाहर पैर तक नहीं रखा। वहाँ जालिमों के बीच कैसे रहेगा? वह तो माँगकर भी नहीं खा सकता। किसी ने दे दिया तो खा लेगा नहीं तो भूखा ही बैठा रहेगा। उसने तो कभी जाँघिया तक भी अपने हाथ से नहीं धोया। वो सब काम अपने आप कैसे करेगा? कहीं बड़ी जात के लौंडे उसे तंग न करते हों...उल्टे-सीधे काम न कराते हों। उसके तो मुँह में जबान ही नहीं जो मना भी कर दे। आग लगे इन बड़ी जातवालों के बारदाने में। कमबख्तों को जात-ही-जात नजर आवे, आदमी नजर ही नहीं आता। अरे भगवान ने तुम्हें कौन पिंडोल मिट्टी से बना दिया, जो हमें काली मिट्टी से बनाया है! एक सहारती, दूसरी पूरती। माँ बीच-बीच में टुपुक-से कुछ बोल देती। बावनराम को उनकी बातें अच्छी नहीं लगतीं...पर वे चुप थे।

माँ अनुकूल के चले जाने के रंज से तो जो रंजीदा थी सो थी ही, लेकिन जबसे बावनराम ने वाल्मीकि लड़के को कमरे में रखने की बात पढ़कर सुनाई थी, उसका मन बेचैनी से भर गया था, ''क्या इसी दिन के लिए अनुकूल को पाल-पोसकर बड़ा किया था कि वह अगत बिगाड़ दे? जनम-करम में थूक दिया। इन्हें ही लग रही थी इंजीनियरी पढ़ाऊँ...इंजीनियरी पढ़ाऊँ...लो पढ़ा लो इंजीनियरी। ना जात का रहा ना धरम का। इंजीनियर ही इंजीनियर रह जाएगा। बड़ों की तरफ से तो उसने अपना मूँड ही छिलवा लिया!''

बावनराम ने उसे टोका, ''चबर-चबर क्यों किए जा रही है? इस समय तू कौन कम बड़ी जातवाली बनी हुई है। तू भी वही कर रही है...फिर उन्हें क्यों गाली देती है? रेल में बैठकर नहीं चलती क्या? कौन तेरे लिए डिब्बा रिजर्व होता है। रेल मोटर तो बेजात सवारी है, काहे बैठती है?''

''मैं बताए देती हूँ कि बिना सुद्धि के उसे घर में नहीं घुसने दूँगी...चाहे प्राण ही क्यों न चले जाएँ।''

बावनराम बिगड़ गए। उनकी आँखें एकाएक बाहर आ गईं। पहली बार वे अपनी पत्नी की तरफ लपके। पत्नी सहम गई। बेटियों ने बड़ी कठिनाई से बाबू को कब्जे में लिया।

"यह क्या हो गया बाबू तुम्हें! भैया के लिए क्या आज माँ पर हाथ उठाओगे... तुमने तो कभी बच्चों को भी नहीं छुआ।"

"इसने कैसे कहा कि अनुकूल को घर में नहीं घुसने देगी? लड़का ही घर में नहीं घुसेगा तो कौन घुसेगा? यह घर बच्चों का नहीं तो क्या इसका या मेरा है?" बावनराम को बोलते-बोलते फिर किचकिची-सी आई। वे फिर उचके–"इसने माँ होकर ऐसी बात कैसे कही...? और लोग तो जो कहते थे सो कहते ही थे, आज इसने भी कहकर बदशुगनी कर दी।"

माँ हतप्रभ थी। उसकी समझ में नहीं आ रहा था कि बावनराम को यह क्या हो गया? कभी अपने मुँह से 'बे' तक नहीं कहा था। आज मारने को दौड़ रहे हैं। "अब कहाँ जाऊँ?" कहकर वह जोर-जोर से रोने लगी।

बावनराम ने अपनी बेंत उठाई और बाहर निकल गए। धीरे-धीरे वे सामान्य होते जा रहे थे। जैसे-जैसे सामान्य हो रहे थे वैसे-वैसे उन्हें पश्चात्ताप हो रहा था कि उन्होंने अनुकूल की माँ के साथ ऐसा व्यवहार क्यों किया? वह भी जिन्दगी के आखिर के दिनों में। पता नहीं कौन कब चला जाए। लेकिन उसने लड़के के लिए ऐसा क्यों कहा? वह अनुकूल को सबसे ज्यादा प्यार करती है। मुझसे भी। उसे घुसने न देने की बात नहीं कहनी चाहिए थी। पता नहीं कितने पुण्यों का फल था कि वह इस घर में पैदा हुआ...फिर भी ऐसी बात कह दी। वह तो भगवान की सन्तान है! उसने अपनी सन्तान के लालन-पालन की जिम्मेदारी इस घर के लोगों पर डाल दी। वह चाहता तो किसी और को दे देता। अनुकूल को पता चलेगा तो उसे कैसा लगेगा...?

हर कदम के साथ सोच गहरा होता जा रहा था। उनका मन अनुकूल के पास जाने को रह-रहकर आतुर हो उठता था। हर बार वे अपने को यही कहकर समझाते थे कि किसी तरह उसने अपने को जमाया होगा...उनके जाने से फिर अव्यवस्थित हो जाएगा। जब छोटा था तो कभी जब वे स्कूल चले जाते थे तो अनुकूल बस्ता उठाकर पीछे लग लेता था...लाख समझाने पर भी नहीं बैठता था। मोह-माया गाद की तरह नीचे बैठी रहती है, जरा-सी हिली नहीं कि झट से ऊपर आ जाती है! फिर कौन बैठाए? बड़े-बड़े नहीं बैठा पाते, वह तो बच्चा है।

उन्हें एकाएक पता चला कि वे कस्बे के दूसरे छोर पर पहुँच गए। भट्टे-ही-भट्टे उगे थे। ईंटें पक रही थीं। चिमनियों से धुआँ निकल-निकलकर फैल रहा था–बहुत-सी लम्बी खुली चोटियों-सा।

वे वापस लौट पड़े। लौटते समय थकान और बढ़ती है! उन्होंने सोचा।

तीन

अनुकूल पहुँचने के बहुत दिन बाद तक पत्र नहीं लिख पाया था। इस बात का उसके मन पर निरन्तर भार बना रहा था। कई दिन तो इसी सोच-विचार में गुजर गए थे कि वह लिखे तो क्या लिखे? एक तो पहले उसने कभी माँ-बाबू को चिट्ठी नहीं लिखी थी। दूसरे उसे बहुत-सी ऐसी बातें देखने को मिली थीं जो लिखे जाने पर उन लोगों को परेशान ही करतीं। बहुत सोच-विचार के बाद उसने चिट्ठी लिखी थी। लेकिन चिट्ठी लिखकर डालने के बाद अगले दिन से ही उसे जवाब का इन्तजार शुरू हो गया था। इन्तजार के बारे में उसे बहुत ही मजेदार बात सूझ पड़ी थी कि इन्तजार सैकेंड की सुई की तरह ही एक बार चालू हुआ तो तब तक चलता रहता है जब तक खत्म होने की नौबत नहीं आ जाती। इसकी कोई अवधि नहीं। खत्म होने को अब हो जाए, नहीं तो मुद्दतों न हो। जब इस तरह की बातें सोचा करता था तो उसकी नजर अपने पार्टनर के टाइम पीस पर रहती थी। वह टकाटक-टकाटक एक गति से चलती रहती थी। अनुकूल इससे बहुत परेशान हो उठता था। वह सोचा करता था, क्या यह हल्के नहीं चल सकती। अगर इसी रफ्तार में चलती रही तो वक्त का पता नहीं चलेगा। उसके शरीर में हड़बड़ाहट-सी भर जाती। हाथ-पाँव फूलने लगते। यह सब कैसे निबटेगा? कब चिट्ठी आएगी? कब उसे पता चलेगा?

कभी जब कमरे में अकेला होता तो टाइम पीस को उलटकर रख देता। उस हालत में उसे महसूस होता, वक्त रुक गया। लेकिन चलते चले जाने की सदा आती रहती! यानी पदचाप! जब कुछ समझ में नहीं आता तो वह बाहर निकल आता। सामनेवाला खुला मैदान उसे और ज्यादा खुला लगने लगता। वह उसके बीचों-बीच जा खड़ा होता और महसूस करता कि वह उस मैदान का केन्द्र हो गया है, या उसके केन्द्र में है। दो-चार बार लम्बी-लम्बी साँस लेता। साँस लेने के साथ उसे अनायास महसूस होता कि वक्त यहाँ से न गुजरकर कहीं और से गुजर रहा है। लेकिन वह खुद ही अपने कान के पास फुसफुसाने लगता...नहीं, यहाँ से भी गुजर रहा है। तुम न उसे गुजरते हुए देख पा रहे हो और न उसकी पदचाप सुन पा रहे हो। इसको घड़ी की सुई के माध्यम से मत समझो...वह बहुत अपर्याप्त है। उसे उलटकर तुम वक्त को नहीं उलट सकते। काफी देर बाद जब सोचना बन्द कर देता और शान्त होने की तरफ लौटता तो वह सोचा हुआ उसके अन्दर रिप्ले होने लगता। उसे तब पता चलता कि वह बहुत-सी ऐसी बातें सोच गया है जिनकी पहले कभी कल्पना तक नहीं की थी...समझने की बात तो अलग रही।

अन्ततः वह इसी निष्कर्ष पर पहुँचता कि वह अनावश्यक रूप में भावुक है। भावुकता में वह उन बातों को भी खगोलने लगता है जिनसे उसका कोई सीधा

सरोकार नहीं होता। उसे अपने एक प्रोफेसर की बात याद हो आती। उन्होंने अपने भाषण में ही इस बात को कहा था कि बच्चे जब माता-पिता से पहली बार अलग होते हैं तो अनावश्यक रूप से भावुक हो जाते हैं। हर बात उनके सोचने का माध्यम होती चली जाती है। ऐसी-ऐसी बातें सोच बैठते हैं जिनकी कल्पना बड़े-से-बड़े कवि भी नहीं कर पाते। इस सबका कारण परिवर्तन है। मनुष्य की जिन्दगी और सोचने की सामर्थ्य सीमित है। किसी लावल्द की अनायास मिली दौलत की तरह नहीं है कि उसे यूँ ही उड़ा दिया जाए। इसे सँभालकर रखिए। यही बात वह अपने को समझाने की कोशिश करता था। और एक सीमा तक समझाने में सफल भी हो जाता था।

इस तरह के सोच-सुचव्वल से पहली बार वह तब मुक्त हुआ था जब उसके बाबू की चिट्ठी आई थी। हालाँकि उसे चिट्ठी का इतना इन्तजार नहीं करना पड़ा था, जितना उसने उन्हें कराया था। काफी देर तक वह बाबू की उस चिट्ठी को हाथ में लिए उलटता-पलटता रहा था। इस बात को सोच-सोचकर वह काफी भावुक हो रहा था कि वह अपने माता-पिता से आज इतनी दूर है कि उनके बीच चिट्ठियाँ ही एकमात्र सेतु रह गई हैं। वह पिता के पास जाता था और आ जाता था। चिट्ठी लिखते समय बाबू को कैसा लगा होगा? बाबू कैसे बैठे होंगे? अपनी पीतल की दवात में कलम डुबा-डुबाकर कैसे लिखी होगी? हर डोबे पर उन्हें कलम को छटकना पड़ता होगा। जब तक चिट्ठी लिखकर खत्म की होगी तब तक स्याही की छोटी-छोटी बुँदकियाँ सारे फर्श या दीवार पर छींट गई होंगी। चिट्ठी खत्म करके उस पर बालू छिड़का होगा...जिससे हरुफ सूख जाएँ। बालू की दवात वे जगदीश साहू के यहाँ से मँगाया करते थे। अब शायद खुद लेने जाना पड़ा होगा। या फिर कागज को कोने से पकड़कर काफी देर फूँक मार-मारकर सुखाते रहे होंगे। पुछा हुआ गीला शब्द उन्हें बहुत घिनौना लगता है। शब्द के खून होने का-सा आभास देता है। एक शब्द हो तो वे काटकर लिख देते हैं। कई हों तो वे पूरी चिट्ठी दोबारा लिखते हैं। उसने यह कभी नहीं सोचा था कि बाबू एक दिन उसे भी इसी तरह चिट्ठी लिखेंगे!

उसने चिट्ठी खोली तो उसे झटका-सा लगा। दवात की रोशनाई से चिट्ठी न लिखी होकर कलम से लिखी गई थी! उसे यह लगा, यह हाथ बाबू का नहीं है। किसी बहुत ज्यादा पढ़े-लिखे आदमी का है। बाबू तो एक-एक शब्द बनाकर लिखते हैं। खुशख़त। साफ होते हुए भी यह घसीट है।

बावनराम ने केवल अंत में दस्तखत किए हुए थे...बावनराम।

इस बात से वह और भी ज्यादा परेशान हो गया। बाबू ने स्वयं क्यों नहीं लिखी? दूसरे से क्यों लिखवाई? बाबू नाराज हैं? वे तो सरकारी चिट्ठियों का मसौदा दूसरों से बनवाते थे पर लिखते अपने ही हाथ थे। उनका यही कहना था कि हाथ से लिखी चिट्ठी पढ़नेवाले के दिल से जाकर जुड़ती है। उसकी भावनाएँ उसमें रहती हैं ना!

उसे चिट्ठी धुँधली-धुँधली दिखाई पड़ने लगी। फिर अच्छी तरह आँखें साफ करके उसने चिट्ठी को पढ़ना शुरू किया। शब्द उसे बाबू के ही लगे। पढ़ते हुए उसे यही लगता रहा कि बाबू ही उसे पढ़कर सुना रहे हैं...बीच-बीच में वह रुक जाता था–

प्यारे बेटे अनुकूल,

तुम्हारी माँ तुम्हें रात-दिन याद करती है। कल रात बारिश हुई तो वह उठकर बैठ गई। रात-भर बैठी रोती रही...पता नहीं अनुकूल कहाँ होगा? भीगता तो नहीं होगा? ऐसी धुआँधार बरखा में खाना भी मिल पाया होगा या भूखा ही सोना पड़ा होगा? पगली है ना। कौन समझाए। उसे मैंने कई बार समझाया कि जहाँ अनुकूल रहता है वह जगह तुम्हारे इस टूटे-फूटे घर से लाख गुना अच्छी है। पर वह तो समझती है कि घर का क्या...आँचल फैला देगी तो सारी बारिश रुक जाएगी। कहीं ऐसा होता है। माँ की ममता कोई तम्बू थोड़ा ही है...पर उसे कौन समझाए?

अनुकूल पढ़ता-पढ़ता रुक गया। थोड़ा ठहरकर फिर पढ़ने लगा–

तुम्हारी चिट्ठी आई तो घर में सत्यनारायण की कथा-जैसा माहौल हो गया। चारों तरफ खुशी-ही-खुशी। बस घंटा-घरनावल की कमी थी। मुझे यही लगा कि इस घर में आनेवाली खुशियों के लिए तुम ही एकमात्र खिड़की हो। तुम्हारी चिट्ठी आने पर जब यह बात है, तुम आओगे तो क्या होगा–

मुझे तुमसे एक यही बात कहनी है, अपना हौंसला बुलन्द रखना। हम लोगों के पास न धन है और न जाति, सिर्फ हौंसला है। कमजोर आदमी हौंसले के सहारे ही अपनी कमजोरी को ताकत में बदल लेता है। तुम्हारा हौंसला बना रहा तो हम सब अफाओं-जफाओं को झेल जाएँगे।

हाँ, तुमने अपने पत्र में लिखा था कि किसी लड़के की नाक से खून निकल आया था। उसे पढ़कर मन चिन्तित-सा हो गया। मेरी आँखों के सामने तुम्हारी शक्ल घूम गई। मुझे लगा, तुम्हारी ही नाक से खून तुर्रु बाँधकर बह रहा है। मैं जानता हूँ, तुम नहीं होगे। नहीं तो तुम मुझे लिखते। लिखते ना? पता नहीं यह एस.सी. वाला चक्कर हम लोगों का कब पीछा छोड़ेगा? आदमी बाद में पहुँचता है, यह पहले पहुँच जाता है। लेकिन हतोत्साह होने की जरूरत नहीं। लोगों की इस प्रकार की मान्यताओं के सामने कभी घुटने मत टेकना और न अपने को हेय समझना। यह तो सौभाग्य की बात है कि सैकड़ों-हजारों साल का उत्पीड़न भी हमें तोड़ नहीं पाया। हमने अपने धैर्य और जीवित रहने की इच्छा को बरकरार रखा। अपनी सेवा के बल पर अपने को जीवित रखा। छोटे-से-छोटा काम किया परन्तु अपने को नष्ट नहीं होने दिया। युद्ध की मार से तो अपने को बचाया

जा सकता है परन्तु इस मानसिक युद्ध के दबाव से बच पाना कठिन था। इस बात का हमें गौरव है कि हम वक्त की कसौटी पर खरे उतरे। लोग हमसे नफरत करते हैं, उन्हें करने दो। नफरत दीमक की तरह उसी घर को खाती है जिसमें रहती है। हमें अपनी तरफ से किसी को नफरत करने की जरूरत नहीं। जाति के कारण क्या नफरत और क्या प्यार! हम तो हिन्दू हैं...कौन जाने मरने के बाद कहाँ जन्म लें।

तुम्हारे बाबा की कही एक बात याद आती है। वे बताते थे कि हम लोग ही इस देश के मूल राजा हैं। गैर-मुल्की लोगों से युद्ध में हारकर हम राज-पद खो बैठे थे। हमारे कुछ भाई-बन्धु जंगलों में जाकर कबीलों में रहने लगे। जो जंगलों में नहीं गए...उनका अहं तोड़ने के लिए, गैर-मुल्की राजाओं ने उनसे गन्दे-से-गन्दा और नीच-से-नीच काम कराया। अपने अस्तित्व की रक्षा के लिए उन्हें करना पड़ा। बाद में चलकर वही उनकी रोजी-रोटी का साधन बन गया। उन्हीं लोगों ने हमारी राजनीतिक स्वतंत्रता छीनकर हमें नीच और शूद्र बनने पर मजबूर किया, लेकिन रोजी-रोटी से अधिक हमने इसे सेवा के रूप में माना। वक्त ने हमें इतना कमजोर बना दिया था कि हम अपनी आवाज उठाने लायक भी नहीं रहे थे। लेकिन गांधीजी और बाबा साहब ने हमें सोते से जगा दिया। हमारे सोचने के ढंग को उलट दिया। अब वक्त आ गया है। हमें वक्त की पुकार को सुनना चाहिए। यही सोचकर मैंने तुम्हें इस झंझट में धकेला है। तुम इसे अहित समझो या हित!

लेकिन मुझे लगता है...कि हम अपने को सवर्णों की मानसिकता से अलग नहीं कर पा रहे हैं। मुझे यह लिखते हुए दुख होता है कि तुम्हारी माँ को जबसे पता चला है कि तुम वाल्मीकि लड़के के साथ रहते हो तब से वह दुखी भी है और नाराज भी। कहा-सुनी भी हो गई। जो कभी नहीं हुआ वह उस रोज हो गया। हम लोग भी आपस में इस तरह घृणा करेंगे तो फिर ऊँची जातवालों की घृणा के विरुद्ध आवाज किस मुँह से उठाएँगे? मैंने तुम्हें वस्तुस्थिति से अवगत कराने के लिए यह सब लिखा है। मन में जरा-सा भी मैल मत लाना। ये सब बातें इसलिए भी लिख दीं कि पता नहीं कब भेंट हो और तुम इन सब बातों को कब जान पाओ।

हाँ, तुम दूध पी लिया करो। पैसे देने पड़ते हैं तो दो। अभी तो मैं बैठा हूँ। तुम्हारे वजीफे की क्या स्थिति है? अगर न भी मिले तो चिंता की कोई बात नहीं। सब इन्तजाम है। बस तुम मन लगाकर पढ़ते रहो। अगर तुम ठीक समझो तो अपनी माँ को लिख देना कि वह लड़का दूसरे कमरे में चला गया। शायद उसके अशांत मन को कुछ शान्ति मिले। उस दिन के बाद

वह कहती तो कुछ नहीं पर अन्दर-ही-अन्दर बहुत दुखी हो गई है। कभी-कभी अपने बहनोई लोगों को चिट्ठी लिख दिया करो। क्योंकि तुम ही सुख की खिड़की हो, इसलिए इसे सबके लिए खुली रहने दो। बन्द कर लोगे तो दम घुटने लगेगा।

माँ तुम्हें बहुत प्यार लिखती है। मुझे अपनी माँ के बारे में भी लगता था और तुम्हारी माँ के संदर्भ में तो और भी ज्यादा लगता है...एक माँ का प्यार बच्चे को ही नहीं पालता, बल्कि सम्पूर्ण सृष्टि को पालता है। आवश्यकता पड़ने पर सूखी धरती को भी हरिया सकता है। मुझे लगता है, यही प्यार तुम्हारा भी सम्बल बनेगा और निरन्तर तुम्हें आगे-ही-आगे ले जाएगा।

तुम बुरा मत मानना कि मैंने यह पत्र अपने हाथ से नहीं लिखा। मास्टरजी आ गए थे, मैंने सोचा उनसे ही यह पत्र लिखवा दूँ। अगर मैं लिखने बैठा तो हो सकता है शायद कभी न पूरा कर पाऊँ। वैसे भी मैं आठवीं पास, दसवीं फेल आदमी, भाषा लिखना क्या जानूँ! माँ और मास्टरजी तुम्हें बहुत आशीर्वाद लिखते हैं।

तुम्हारा बाबू,
बावनराम।

पत्र पढ़कर अनुकूल देर तक चुप बैठा रहा। मन अन्दर-ही-अन्दर मनका-सा घूमता रहा। निरन्तर बोलता रहा...। बाबू की चिट्ठी...। बाबू की चिट्ठी! जब उसे इस बात का एकाएक अहसास हुआ तो उसने सोचा वह ऐसा क्यों कर रहा था? चिट्ठी उसके हाथ में ही थी। अभी तक बाबू उसके कानों में अपनी चिट्ठी पढ़कर सुना रहे थे। लेकिन उसे एकाएक लगा...नहीं, बाबू की चिट्ठी को अपने हाथ में लिए वह स्वयं पढ़ रहा था। फिर चिट्ठी में से सबकुछ गायब हो गया...केवल उसके अपने बारे में और माँ के बारे में लिखा हुआ बचा था। वह कहने को हुआ कि अनुकूल क्या है, कुछ नहीं! सिर्फ माँ-बाप के मल की उपज। वे लोग अपने आपको पूरी तरह भुलाकर अनुकूल को जमाने में लगे हैं। अन्दर-बाहर दोनों जगह। आखिर क्यों! अगर अनुकूल न हुआ होता या होकर न रहा होता...? बाबू ने जो कुछ लिखा है उसमें माँ ही नहीं है, वे स्वयं भी हैं। माँ को जरूर लगा होगा कि मैंने रूम-पार्टनर उसे क्यों बना लिया! इसका जवाब मैं क्या दूँ? बाबू ने अपने आप ही अपने पत्र में लिख दिया। उसमें कमी ही क्या है? मुझसे ज्यादा होशियार, ख्याल रखनेवाला, हर समय...अपना समझनेवाला। बस डरता है। वही क्या डरता है...हम सभी डरते हैं। इतने दिनों का डर एकदम से कैसे निकल जाएगा? मेरा इतना ही कसूर तो है कि उसके साथ रहने की रजामन्दी दे दी। वार्डन ने खुद ही उसे मेरा पार्टनर बना दिया होता तो मैं क्या कर लेता? वार्डन हम सबसे जान-जानकर पूछताछ रहा था...कई लोगों ने बहानेबाजी

की। वार्डन ने सोचा था मैं भी मना कर दूँगा। मैंने हाँ कर दी। वार्डन को यह कहने का अवसर नहीं मिला कि हम लोगों के दिलों में भी भेदभाव है। बाबू को मैंने यही सोचकर लिखा था...खुश होंगे। पर उल्टा हुआ। उनके जन्म-जन्मान्तर का यह सोच... मेरे यह लिख देने पर कैसे मिट सकता था? वहाँ तो भूचाल-सा आ गया होगा। ऐसे में तर्क काम ही नहीं करता। कुंठित हो जाता है। लेकिन मैं माँ को यह नहीं लिखूँगा...यही लिखूँगा कि अगर मैं उससे नफरत करूँगा तो मेरे प्रति भी दूसरों के दिलों में नफरत की पर्तों-पर-पर्तें जमकर मोटी होती जाएँगी। उन्हें कौन काटेगा?

दरवाजा खुला। अनुकूल कुछ ऐसे चौंक पड़ा जैसे चोरी की तैयारी में हो। उसका रूम-पार्टनर था। अनुकूल उसे नए संदर्भ में देख रहा था। देखते-देखते वह मुस्कुरा दिया। अनुकूल भी मुस्कुराया। अनुकूल के माथे पर पसीने की बहुत बारीक बूँदें थीं। अपनी बाँह से पोंछ लिया। लेकिन उसे ख्याल आया, रूमाल से भी पोंछा जा सकता था। लेकिन आदत! हम लोग अपनी आदतों के कारण ही पिछड़ जाते हैं। अनुकूल अनायास मुस्कुराने लगा। उसकी मुस्कुराहट अपने ऊपर थी।

लेकिन उसके पार्टनर ने मुस्कुराते हुए देखकर पूछा, ‘‘तुम मुस्कुरा क्यों रहे हो? क्या तुमने मेरे अन्दर ऐसी कोई मुस्कुराने लायक बात देखी?’’

अनुकूल ने अपनी मुस्कुराहट को यथावत बनाए रखते हुए कहा, ‘‘नहीं, तुम ऐसा क्यों सोचते हो? मुस्कुराने के लिए मुझमें ही क्या कम बातें हैं?’’ वह तत्काल सोच गया कि इन लमतरानियों से क्या फायदा। फिर बोला, ‘‘मुझे लगा आज तुम बहुत खुश हो।’’

‘‘हाँ, मैंने आज क्लास में दो-तीन बातें अंग्रेजी में बोलीं। प्रोफेसर राव ने मेरी पीठ ठोकी और कहा—गुड! इसी तरह कोशिश किया करो। फिर कहा, दुनिया की इस दौड़ में तुम्हारी हिन्दी-पिन्दी से कुछ नहीं होनेवाला। सफलता...अंग्रेजी ही दिला सकती है।’’

अनुकूल की मुस्कुराहट और चौड़ी हो गई, ‘‘बधाई! तुम अंग्रेजी में ही बात किया करो। बोलना और लिखना ही भाषा सीखने के सही तरीके हैं। हमारे सर हमेशा से यही कहते चले आ रहे हैं...पर हमारे दिमाग में यह बात पहले कभी घुसी ही नहीं।’’

पार्टनर बोला, ‘‘लड़के हँस जो देते हैं।’’

‘‘हँसने दो...कब तक हँसेंगे? जब तुम सीख लोगे तो हँसना बन्द कर देंगे।’’

‘‘तुम क्यों नहीं हँसते?’’

अनुकूल मुस्कुराया, ‘‘हँसता तो हूँ...अभी जब तुम आए तो हँस नहीं रहा था।’’

‘‘नहीं, ऐसे नहीं...वैसे, जैसे लड़के क्लास में या बाहर हँसा करते हैं।’’

''वैसे हँसने की भी आदत डालनी पड़ती है...। अंग्रेजी में बोलने की तरह।''

''नहीं, यह बात नहीं। हँसने को कोई भी हँस सकता है, लेकिन हमारे फादर कहा करते हैं जब हँसो तो चारों तरफ देख लो। हर एक के सामने नहीं हँसा जाता। बड़े, छोटे, मातहत, अफसर और औरतों के सामने कभी ना हँसो। बत्तमीजी में शुमार हो जाता है। यहाँ पर तो हर एक हर समय हँसता रहता है...कोई बुरा नहीं मानता। हमारे घर में तो किसी को हँसने की आदत ही नहीं...वैसे कभी-कभी इन लोगों की हरकतें देखकर हँसने का मन होता है। लेकिन हँसी की जगह घबराहट लगती है।''

अपनी प्रतिक्रिया तुरन्त न देकर अनुकूल अपने पार्टनर की तरफ देखता रहा। उसकी बात अनुकूल के अन्दर बहुत धीरे-धीरे समाई। उसकी भी हँसने की आदत नहीं। वह भी हर जगह नहीं हँस पाता। लेकिन जब कभी खुलकर हँस लेता है तो काफी देर तक अन्दर फूल-सा खिला रहता है। कभी-कभी उसे ऐसा भी लगता है कि किसी मुलायम टहनी पर अनगिनत छोटी-छोटी कोंपलें फूट आई हैं। उसकी बिचली बहन बहुत हँसा करती थी। डाँट पड़ती रहती थी और हँसती रहती थी। उसके हँसने पर भी उसे ऐसा ही लगता था। माँ उसे बहुत डाँटती थी...पराये घर जाएगी तो सास चूँडा पकड़कर घर से बाहर निकाल देगी। ठी-ठी करने से सारे लच्छन मारे जाते हैं। ही-ही करके हँसना कहीं का नहीं रहने देता। लेकिन वह भी थी कि मौका मिलते ही फक्क से हँस देती थी। अनुकूल के चेहरे पर अनायास मुस्कुराहट आ गई। उसे लगा, उसका पार्टनर भी वही सब कह रहा है जो उसकी बहन के साथ होता रहा था। शादी के बाद उसकी बहन का हँसना छूट गया...पूछो, तो रोने लगती है।

पार्टनर उसे चुप देखकर अपने आप ही बोला, ''चूँकि हम लोगों में हँसने के ज्यादा मौके नहीं आते, इसलिए उसे अच्छा भी नहीं मानते।''

अनुकूल ने बहुत धीरे से रजामन्दी की हूँऽऽ की।

''यहाँ सब हँसते हैं, इसलिए हम लोग भी हँस सकते हैं।''

अनुकूल ने धीरे से कहा, ''मुझे ऐसा नहीं लगता!'' फिर बोला, ''मना तो कोई नहीं करेगा पर ये लोग हमारे हँसने को कैसे लें, कहा नहीं जा सकता।''

पार्टनर बहुत बोलने के मूड में था, ''एक बात मुझे हमेशा महसूस होती है— अपने ब्लाक में बहुत कम हँसा जाता है...। दूसरे ब्लाकों में हर समय कहकहे लगते रहते हैं। बस रामउजागर दादा को तो समझो...हँसने में ठीक-ठाक हैं। और कोई नहीं मिलता तो अपने ऊपर ही हँसते रहते हैं...कभी कहेंगे, मैं रामउजागर नहीं, राम अजगर हूँ। अजगर करै न चाकरी...इसलिए मैं भी कुछ नहीं करता। इधर वो भी कम हँसने लगे हैं। कमरा भी कम खुलता है। कभी मिल जाते हैं तो कहते हैं, बाहर क्यों घूम रहे हो...बाहर क्या मिल जाएगा? बाहर निकलकर तुम्हें नहीं लगता कि मकड़ी का जाला-सा चेहरे पर पुर गया...छुड़ाए नहीं छूटता। और हँस देते हैं।''

अनुकूल धीरे से बोला, ''सुना है इस बार उनका सी.पी.आई. दो कोर्सेज़ में कम है।''

सी.पी.आई. पर उसका पार्टनर जोर से हँस पड़ा। उसके हँसते ही अनुकूल की शिराएँ भी जैसे मुलायम पड़ गईं। वह हँसते-हँसते ही बोला, ''यहाँ का हिसाब ही निराला है...। दुनिया में नम्बर होते हैं, यहाँ सी.पी.आई. होता है...। कोई समझे कि कम्युनिस्ट पार्टी आफ इंडिया की बात हो रही।''

अनुकूल भी हँस दिया, ''यहाँ उसका नाम मत लेना...।''

पार्टनर फिर हँसने लगा। अनुकूल को लगा, वह जरूरत से ज्यादा हँसने की कोशिश कर रहा है। वह उसे देखता रहा। धीरे-धीरे उसके चेहरे की हँसी कम होती गई और चेहरा सिकुड़ता गया। अन्त में तलछट की तरह उसके फैले हुए होंठ और सिकुड़ा हुआ चेहरा रह गए। उसकी नजर एकाएक उसके हाथ की चिट्ठी पर पड़ी।

''घर से चिट्ठी आई है क्या? क्या लिखा है!''

अनुकूल ने चिट्ठी तह करके जेब में रख ली और बोला, ''हाँ, बाबू की चिट्ठी है!''

''तुम्हारे बाबू चिट्ठी लिख लेते हैं?'' चेहरे पर आश्चर्य था।

''लिख तो लेते हैं...इस बार अपने एक दोस्त से लिखवाई है।''

''लिख तो मेरे फादर भी लेते हैं पर वे दूसरों से ही लिखवाना पसन्द करते हैं। लिखने की ज्यादा आदत नहीं...!''

अनुकूल उसकी बात पी गया। पार्टनर अपने-आप ही बोला, ''फादर की हर तीसरे दिन चिट्ठी आती है। पढ़ाई करो। पढ़ाई कैसे करें? पल्ले तो कुछ पड़ता ही नहीं। अंग्रेजी ही अंग्रेजी। साइंस अंग्रेजी में, समाजशास्त्र अंग्रेजी में...हिंदी होती तो वह भी अंग्रेजी में ही होती। सारे-के-सारे प्रोफेसर ऐसे अंग्रेजी बोलते हैं जैसे उन्होंने अपनी मातृभाषा में कभी बोला ही नहीं। हमारे मास्टरजी कहा करते थे, बेटा अंग्रेजी तो अंग्रेजों की चाल थी। अगर अंग्रेजी न हुई होती तो सब समान रूप से पढ़े होते...अब अंग्रेजी पढ़ों के सिवाय सब बेपढ़े हैं!''

अनुकूल को उसकी यह बात भी जँची। वह बोला, ''हाँ, मुश्किल तो पड़ती है...''

''तो फिर कैसे समझ लेते हो?''

''कोशिश करता हूँ...समझ पाता हूँ या नहीं, यह तो नहीं कह सकता।''

''तुम्हारे बाबू ने भी यही लिखा होगा कि पढ़ो...सबके फादर्स यही लिखते हैं...जैसे हमने पढ़ने के अलावा कोई और काम खोल रखा हो!'' फिर बोला, ''बताओ तो क्या लिखा है...? किसी के घर से चिट्ठी आती है तो सुनना अच्छा लगता है।'' अनुकूल ने उसकी आँखों में एक चाह देखी। इस चाह में थोड़ी उत्तेजना भी थी।

''मैंने तुम्हारे बारे में लिखा था...''

पार्टनर का क्षण-भर पहलेवाला चेहरा एकाएक गायब हो गया। जलते-जलते एकाएक फ्यूज हो जानेवाले बल्ब की तरह दोनों आँखें बुझ गईं। फिर वह अपने को सँभालते हुए बोला, ''मेरा तुम्हारे साथ रहना उन्हें पसन्द नहीं आया होगा?''

''बाबू इन सब बातों को नहीं मानते...''

''अच्छा, तुम्हारे बाबू बहुत अच्छे हैं...मैं उनसे मिलूँगा।'' वह फिर गियर में आ गया।

अनुकूल पहले हिचकिचाया, फिर बोला, ''माँ जरूर पुराने विचार की है...।''

पार्टनर फिर गढ़े-से में समा गया। धीरे से बोला, ''बापू तो मेरे भी नहीं मानते...'' रुककर पूछा, ''तो तुमने क्या सोचा?''

अनुकूल ने हँसकर कहा, ''इसमें सोचना क्या है?''

''नहीं, मैं इसलिए कह रहा था कि...''

''अब हो ही क्या सकता है...यही हो सकता है कि कुछ नहीं हो सकता।'' इस बात पर पार्टनर का चेहरा खिल उठा। अनुकूल ने अंग्रेजी में कहा, ''मूर्खता की कोई गुंजायश नहीं।''

पार्टनर और भी ज्यादा खुश हुआ और बोला, ''तुम अंग्रेजी में बोले! अच्छा बोले। इसी तरह बोला करो। मुझे भी आदत पड़ जाएगी। और लोग पता नहीं अपने को क्या समझते हैं...? रामउजागर दादा कितनी अच्छी अंग्रेजी बोलते हैं। उनकी अंग्रेजी के सामने कोई नहीं टिक पाता...। यदि वे इस बार भी प्रोबेशन पर रहे तो अगले साल निकाल दिए जाएँगे?''

''हमें दूसरों के बारे में ज्यादा बातें नहीं करनी चाहिए। रामउजागर दादा वैसे भी सीनियर हैं।''

पार्टनर थोड़ा सकपका गया, ''मैंने तो वैसे ही कह दिया था। मेरा मतलब यह नहीं था...।''

अनुकूल की आवाज एकदम बदल गई थी। संजीदगी के साथ कहा, ''हम सबको इसी चक्की से निकलना है...। देखो कौन साबित बचता है। रामउजागर दादा तो फिर भी झेल गए।''

''तुम ठीक कहते हो...।'' पार्टनर के चेहरे पर भय के चिन्ह थे।

''वैसे भी वे जे.ई.ई. से आए थे...हम लोगों की तरह बाढ़ के नीचे से घुसकर नहीं चले आए।''

अनुकूल का पार्टनर थोड़ी देर बाद बोला, ''तुम नाराज हो ना?'' अनुकूल हँस दिया, ''मैं, और नाराज! कौन किससे नाराज हो सकता है। नाराज होने के लिए थोड़ा ऊँचाई पर खड़ा होना पड़ता है...हम दोनों ही एक-दूसरे से नीचे खड़े हैं। बल्कि अपने बिलों की तलाश में कनसलाई की तरह रेंग रहे थे।''

''एक बात पूछूँ?''

अनुकूल ने गर्दन हिला दी, ''हाँ पूछो।''

''तुम्हारा दाखला कैसे हुआ?''

''जैसे हम सब लोगों का होता है...रामउजागर बहुत कम होते हैं। इस बारे में सोचकर परेशान होने से कोई लाभ नहीं।''

''मेरे फादर कहा करते थे कि मैं बहुत होशियार लड़का हूँ...कुछ भी कर सकता हूँ...सबको पछाड़ सकता हूँ...उस समय मुझे भी ऐसा ही लगता था।'' फिर रुककर धीरे से कहा, ''अब नहीं लगता। फादर अभी भी वही बात लिखते रहते हैं। उन्हें कैसे समझाऊँ...? अगर लिखूँगा तो उनके मन को ठेस पहुँचेगी, उनकी आशा पर पानी फिर जाएगा। मैं जानता हूँ यहाँ कुछ भी कर पाना मेरे लिए सम्भव नहीं।''

अनुकूल चुप रहा। उसे मन-ही-मन लगा, फिलहाल अपने पार्टनर बाबूराम वाल्मीकि की जगह उसे बैठाया जा सकता है, बाबूराम वाल्मीकि उसकी जगह बैठ सकता है...। दोनों के पिताओं की शक्लें और जातियाँ चाहे अलग-अलग हों पर सोच समान है। चौधरी साहब के सामने उसके बाबू भी यही कहते रहे थे कि उनका बेटा बहुत होनहार है, होशियार है...यह तो पुरबलों का पाप है कि उनके घर पैदा हो गया वरना पता नहीं क्या से क्या हो गया होता। वह जानता है कि वह जो है, वही सही है। उसके अलावा कुछ नहीं हो सकता था।

पार्टनर ने अपने-आप ही पूछा, ''तुम किस सोच में पड़ गए। मैं तो अपनी बात कह रहा था। अकेला होता हूँ तो घबराहट होने लगती है। लगता है कि सबकुछ मेरी तरफ को सिमटता चला आ रहा है। यहाँ मैं क्या कर पाऊँगा?'' लम्बी-सी साँस लेकर बोला, ''तुम होते हो तो उतना नहीं लगता। अकेले में तो बड़ी जात के लड़के...अंग्रेजी गाने गाते हुए, हाथों में मशाल-जैसी जलती हुई चीजें थामे...कतार बनाए, इस कमरे में घुसते चले आते हैं। मुझे लगता है कि उनके डर के मारे मैं मक्खी बनकर दीवार से चिपक गया हूँ। ये लोग मुझे दीवार से खुरचकर और अपने अँगूठे और उँगलियों से दबाकर और मसलकर फेंक देंगे। मेरा अस्तित्व खत्म हो जाएगा...उसी से मुझे सबसे ज्यादा डर लगता है!''

अनुकूल ने उसकी तरफ देखा। आँखें बाहर को निकल पड़ने को हो आई थीं। वह डरा हुआ था। अनुकूल उसकी पीठ पर हाथ रखकर थपथपाते हुए बोला, ''बाबूराम, यह सभी के साथ है...एक कंगाल को किसी जौहरी की दुकान में घुसकर जैसा लगता वैसा यहाँ आकर हम लोगों को लग रहा है...'' फिर हँसकर बोला, ''मैंने तो सुना-ही-सुना है कि जौहरी की दुकान होती है, वहाँ हीरे-जवाहरात फैले पड़े रहते हैं। देखा कभी नहीं...चलो चलकर देख आएँ! कभी-कभी कमरा बटलोई की तरह छोटा और घुटा-घुटा-सा हो आता है...ऐसे में तुरन्त बाहर खुले में निकल आना

चाहिए। आकाश के विस्तार के नीचे हमारी अपनी बड़ी-से-बड़ी बातें छोटी पड़ जाती हैं...लगता है वहाँ जो इतना भारी था यहाँ उसका कोई अस्तित्व नहीं रहा।''

अनुकूल उठ खड़ा। हुआ। उसका पार्टनर भी खड़ा हो गया। अनुकूल के पीछे वह भी बाहर निकल आया। उसी विंग के एक-दो लड़के पट्टेदार जाँघिया पहने खम्भे से लगे खड़े थे। लड़के और भी थे पर अनुकूल की नज़र उन्हीं पर गई। उसे अजीब-सा लगा। ये लोग ऐसे ही क्यों निकल आते हैं। दूसरे ब्लाकों के लड़के इसीलिए 'जाँघिया कंटिन्जेंट' कहकर हम लोगों का मजाक उड़ाते हैं। बाबू का ध्यान आ गया। बाबू इस मामले में दूरअन्देश हैं। यहाँ आने की बात हुई तो उन्होंने तत्काल बाजार से इन्टरलॉक जाँघिए खरीदवाए और लट्ठे के पाजामे बनवाए। वे खुद भी कभी बिना धोती पहने घर से बाहर नहीं जाते। माँ-बाप की पृष्ठभूमि भी काफी बड़ी भूमिका अदा करती है। दसवीं में फेल हो जाने से वे आठवीं पास ही रह गए...आगे पढ़ जाते तो बाबू बिल्कुल बदल गए होते! परिस्थितियों को देखते हुए बाबू के संस्कार अभी भी अन्य लोगों से बहुत अलग हैं। बाबू की चिट्ठी ही इस बात की द्योतक है। बाबूरामवाली बात को भी वे अच्छा मोड़ देना चाहते हैं। वैसे वे भी माँ की हाँ-में-हाँ मिला सकते थे। जब उन्होंने चिट्ठी में लिखा है तो जरूर माँ को बहुत बुरा लगा होगा। माँ ने काफी कहा-सुना भी होगा।

उसकी नजर बाबूराम पर गई। वह कुछ सोच रहा था। कुछ भी कहो, बाबूराम दिल का साफ है। सीधा-सादा है। उसके चेहरे पर मुस्कुराहट आ गई। वह अपने 'बापू' को फादर कहना पसन्द करता है और माँ को शायद मदर! इसी तरह वह अपने को अंग्रेजी के नजदीक महसूस करने की कोशिश किया करता है। अगर वह अंग्रेजी बोलने लगे तो उसकी हताशा शायद कुछ कम हो जाए। उसे झिझकना नहीं चाहिए। लगातार कोशिश करनी चाहिए। रामउजागर ने भी शुरू में कोशिश ही की होगी, तभी वे इतनी अच्छी अंग्रेजी बोल लेते हैं।

इस बार उसे हँसी आ गई। रामउजागर कभी-कभी बड़ी मजेदार बातें करते हैं। सबको इकट्ठा कर लेंगे और भाषण देने लगेंगे, ''यदि इन भंगी, चमारों, धोबियों, गोंडों वगैरह को बाँभनों, ठाकुरों और बनियों के बच्चों से अपने बच्चों की बराबरी करनी है तो सबकुछ बेच-बाचकर अपने बच्चों को कान्वेंट स्कूल में पढ़ाओ। तभी जबान-मरोड़ अंग्रेजी बोलकर उनके बच्चों को पछाड़ेंगे। नहीं तो उनके बच्चों की जबान मुड़ी रहेगी और तुम्हारे बच्चों की और भी सीधी होती जाएगी। विलायत से आई जबान हो या मेम, हम उसे अपनी माँ बना लेते हैं। तुम भी बनाओ। अगर कान्वेंट में वैसे दाखला न हो तो अस्थायी तौर पर मेरी और क्रिस्ट नाम रख लो... यह हिन्दू-निरंकुशता तभी काबू आएगी। भगत बनकर कबीर के निर्गुन गाने से काम चलनेवाला नहीं। ये लोग तो चाहते हैं तुम निर्गुन गाते रहो और वे क्लबों में

बाल-डांस करते रहें। तुम्हें राम मिल भी गया तो किस मूल्य पर? सारी जिन्दगी बँधुआ बने रहकर। बच्चे से बच्चा लड़ा दो। तुम गांधी की बात करते हो...अरे मैं कहता हूँ कि उसने ऊँची जातवालों को हमारे गुस्से से बचाने के लिए यह सब नाटक किया था। बाबा साहब भी चक्कर में आकर अनजाने ही उन लोगों के समर्थक बन गए। जब होश आया तो बात बिगड़ चुकी थी। हम लोगों का आक्रोश पीछे धकेला जा चुका था। उन्होंने हम लोगों को हरिजन नहीं बनाया, हरिजन का खिताब दिया। वह भी इसलिए नहीं कि हमारा हक था....बल्कि इसलिए कि सवर्णों की स्थिति अक्षुण्ण बनी रहे।'' रामउजागर जब गुस्सा हो जाते हैं, अंग्रेजी और हिन्दी के मिश्रण पर उतर आते हैं। उनके बोलने का जवाब नहीं। पर वे इधर इतना क्यों पीने लगे? कहीं उनकी सारी तेजी इसी की नजर न हो जाए।

बाबूराम ने एकाएक कहा, ''रामउजागर दादा के कमरे में चलोगे?''

अनुकूल को आश्चर्य हुआ। उसने पूछा, ''तुम भी उन्हीं के बारे में सोच रहे थे!''

''नहीं, सोच तो नहीं रहा था। लेकिन वे बहुत सही आदमी हैं। सबका ध्यान रखते हैं। आज एक-दो लड़के बता रहे थे कि हम लोगों के जूठे बर्तन साफ करने की बात को लेकर पहले कभी मेस में काफी झंझट हो गया था। दूसरे लोगों का कहना था कि हम लोग अपने बर्तन अपने आप साफ करें...रामउजागर दादा ने कहा, अगर सब अपने-अपने बर्तन साफ करेंगे तो हम भी करेंगे। उन्हीं के कारण हम लोगों की बात रह गई।''

अनुकूल की आँखें एकाएक नम हो गईं और रोंगटे खड़े हो गए। खँखारकर बोला, ''मेरा ख्याल है, आत्म-सम्मान आदमी से भी बड़ा होता है।'' फिर धीरे-धीरे शान्त होकर कहा, ''लेकिन मैं सोचता हूँ हमें वक्त को देखकर चलना चाहिए। बातें ऐसी नहीं होनी चाहिए कि दूसरे लोगों की भावनाओं को चोट पहुँचे। इससे हम लोगों का संघर्ष और भी बढ़ सकता है।''

''कब तक बचा जाएगा?''

अनुकूल ने उसके चेहरे की तरफ देखा लेकिन कहा कुछ नहीं। पार्टनर ने पूछा, ''तो उनके कमरे में नहीं चलोगे?''

''इस समय कमरे में जाकर बैठने का मतलब...बटलोई में पुनः समा जाना। उबल-उबलकर वहीं बिखरते रहना...और अपने-आपको जलाते जाना।'' वह हँस दिया।

वे दोनों चलते रहे, बोले कुछ नहीं।

होस्टल के दूसरे छोर तक वे इसी तरह टहलते चले गए। काफी संख्या में लड़के कमरों

से बाहर निकले हुए थे। खेल रहे थे या गप्प लड़ा रहे थे। कुछ कहक़हों में मशगूल थे। अनुकूल हँसते हुए लड़कों को बहुत चाव से देख रहा था। उसे शुरू से ही हँसता हुआ व्यक्ति पसन्द था। कहकहे लगानेवाले लड़कों से उसे अभी भी ईर्ष्या होती है। उसकी जिन्दगी में इस तरह से हँसने के अवसर बहुत ही कम आए थे। हँसने को वह इन्सान की अपनी खूबी नहीं मानता था, बल्कि उसे ईश्वर की कृपा का प्रतिफल ही मानता था। अपने घर में भी उसने बहुत कम लोगों को इस तरह हँसते हुए पाया था। बाबू कभी-कभी हँसते थे। पर लगता यही था कि उनका अन्तर वैसा ही गुमसुम है। उनमें किसी तरह का कोई परिवर्तन नहीं। हँसनेवाले लड़कों में कुछ उसे दिखावा करते महसूस हुए। उनकी आवाजें वास्तव में हँस रहे लड़कों से ज्यादा तीखी थीं। दरअसल वे हँसने के नाम पर चीख रहे थे। उसे उन पर गुस्सा आ रहा था। नहीं हँस सकते तो क्यों हँसते हैं? बाहर से न हँसी थोपी जा सकती है, न रंज। यह सबकुछ अपने अन्दर का ही खेल है। अगर वास्तव में उसे कोई हँसी लगती थी तो वह सिर्फ एक ही थी। उसके घर में गांधीजी की हँसते हुए एक तस्वीर लगी है। वही हँसी उसे हँसी लगती है। बिल्कुल ऐसी ही हँसी उसके एक मास्टरजी की थी। वे दूसरे गांधीजी थे। वे बच्चों को कभी सजा नहीं देते थे। कोई बच्चा अगर गलती करता था तो उसी के सामने अपने को सजा देते थे। बच्चे के गलती मान लेने पर वे फूले नहीं समाते थे। कोई उनसे पूछता कि आप ऐसा क्यों करते हैं तो वह कहते, यही तो सुख की खान है, बाबा। कबीर कह गए हैं –'कबिरा आप ठगाइए और न ठगिए कोय, आप ठगे सुख होत है और ठगे दुख होय।' भैया, सुख की रीत ही निराली है...जान जाओगे तो दुख पास नहीं फटकेगा। दुख से सुख निकालनेवाला ही व्यक्ति वास्तव में सुखी होता है...उनकी बात बहुत कम समझ में आती थी। कभी-कभी तो लड़के हँसते थे। वे भी हँसने लगते थे।

बाबूराम ने एकाएक उसे रोककर कहा, "देखो तो वह उधर...?"

अनुकूल के मास्टरजी और उनकी हँसी दोनों बिलाय गए। एकदम तो उसे कुछ समझ में नहीं आया। दो-चार क्षण लगे। कई लड़के जमा थे। उनमें से एक उन दोनों की तरफ इशारा करके अंग्रेजी में कह रहा था, "इस गन्ध को पहचानने के लिए इन दोनों से अच्छा कौन हो सकता है?"

दूसरे लड़के ने उसका समर्थन किया, "एकदम ठीक! इनसे पूछा जाए, चूहा मरा है या आदमी?"

तीसरा लड़का बोला, "वैसे आदमी होने की सम्भावना से इन्कार नहीं किया जा सकता है।"

पहले ही ने जवाब दिया, "जब विशेषज्ञ की राय उपलब्ध हो सकती है, तो हम लोग इस बहस-मुबाहसे में बेकार समय खराब कर रहे हैं।"

अनुकूल ने कतराना चाहा। लेकिन पहलेवाले लड़के ने उन्हें पुकारा, ''मिस्टर अनुकूल एंड कम्पनी...जरा यहाँ आइए। हमें आपकी एक्सपर्ट-ओपिनयन की बहुत सख्त जरूरत है।''

एक क्षण को वे दोनों ठिठके रहे। फिर उन लोगों की दिशा में बढ़ गए। अनुकूल का मन झुँझलाहट से भर गया था। ये लोग क्या अंग्रेजी में ही रोते हुए पैदा हुए थे। शायद हम लोगों की बेइज्जती करना चाहते हैं।

वे जाकर खड़े हो गए। अनुकूल ने मुस्कुराना चाहा। लेकिन उसे लगा, भले ही वह मुद्रा धारण कर ले पर अन्दर से वह रुआँसा हो रहा है। बाबूराम ने जाकर सबसे पहले शेक हैंड किया और अंग्रेजी में पूछा, ''आप कैसे हैं?''

उनमें से एक लड़के ने उससे हाथ मिलाने के बाद अपना हाथ उलट-पुलटकर देखा और जेब में डाल लिया। सब लोग हँस दिए। अनुकूल थोड़ा चिटक गया। शायस्तगी से पूछा, ''किस बात पर हँस रहे हैं?''

पहले तो वे लोग थोड़ा सहमे लेकिन फौरन ही फिर से हँसना चालू कर दिया। अनुकूल मुस्कुराया और उसने धीरे-से कहा, ''आप जाकर अपना हाथ धो आइए, नहीं तो इसी तरह हँसते रह जाएँगे!''

दूसरे लड़के ने तत्काल अनुकूल के कन्धे पर हाथ रखकर कहा, ''क्या बात करते हो, यार! ये तो मजाक था...मजाक की बात में इतना सेन्सिटिव नहीं होना चाहिए। अगर हँसे-खेले नहीं तो यहाँ का यह तनाव ही हम लोगों को खा जाएगा।''

बाबूराम थोड़ा हतप्रभ था। उसकी समझ में नहीं आ रहा था कि वह क्या करे। अनुकूल ने अपने होश-हवास दुरुस्त रखते हुए कहा, ''कहिए, कैसे याद किया?''

तीसरा लड़का बोला, ''यार, तुम तो लगता है अभी तक टेन्स हो।'' फिर बोला, ''यहाँ पर अजब तरह की बदबू आ रही है...हम लोग बहुत देर से परेशान हैं। तुम भी जरा जाँचकर देखो, किस चीज की बदबू है?''

अनुकूल को पहले तो लगा ये लोग बेवकूफ बना रहे हैं, लेकिन जब बदबू आती महसूस हुई तो वह थोड़ा तनाव-मुक्त हुआ।

तीसरा लड़का बोला, ''मरे हुए चूहे की तो नहीं?''

बाबूराम ने अंग्रेजी में जवाब देना चाहा पर वाक्य गड़बड़ा गया। वे लोग हँस दिए। उनमें से ही एक ने कहा, ''हिन्दी में बता दो।''

अनुकूल ने अपनी शान्त मुद्रा बनाए रखते हुए कहा, ''यह कह रहा था जो बदबू आपकी नाक में आ रही है वही हमारी नाक में आ रही है...आप नहीं पहचान पा रहे तो हम कैसे पहचान लेंगे?''

पहले की आँखों में शैतानी थी, ''हर आदमी की बुद्धि सीमित होती है...हो सकता है जहाँ हमारी बुद्धि काम न करती हो वहाँ आप लोगों की बुद्धि काम आ जाए!''

अनुकूल के मुँह से निकला, ''यूऽऽ...!''

उसके वाक्य पूरा करने से पहले ही पीछे की तरफ से कोई लड़का अंग्रेजी में ही चिल्लाया, ''...मोहन पंखे से लटका हुआ है!''

सुनते ही सब स्तब्ध रह गए। एक क्षण को सबकुछ ठहर गया। शैतानी, हँसी, मजाक और गुस्से वगैरह का कहीं पता नहीं रहा। उन लड़कों की शैतानी और उत्साह से चमचमाती आँखें एकाएक अन्दर को धँस गईं। एक काला-सा साया सबके ऊपर को घूम गया। क्षण-भर के ठहराव के बाद ही शोर होने लगा था। वह शोर भी सन्नाटा ज्यादा था। अर्थहीन! बस सब चिल्ला ही रहे थे। कह कोई कुछ नहीं रहा था। कोई इधर भाग रहा था, कोई उधर भाग रहा था। खिड़की के पास धक्कामुक्की शुरू हो गई थी। जिस लड़के ने शीशा तोड़कर अन्दर झाँका था वह बदहवास-सा खड़ा था। पहले वाक्य के बाद अब तक उसने कुछ नहीं बोला था। उसके हाथों-पैरों में कँपकँपी थी। मौत का डर उसके ऊपर बुरी तरह तारी था। उसके मुँह से अजीब तरह की ऊँ-ऊँऽ की आवाज आ रही थी। कुछ लड़कों ने उसे पकड़कर वहाँ से हटाया।

जो भी खिड़की पर पहुँच गया था वह वहीं खड़ा रहना चाह रहा था। दूसरे लड़कों में उस खिड़की तक पहुँचने की अत्यधिक चाह थी। बदबू ने सम्पूर्ण क्षेत्र को बुरी तरह घेर लिया था। सबकी नाकों पर रूमाल थे। बस आँखें खुली थीं।

अनुकूल धीरे से बुदबुदाया, ''मरा हुआ चूहा!'' उसका चेहरा थोड़ा विकृत हो गया। मरने पर आदमी और चूहे का फर्क खत्म हो जाता है। सब एक तरह गँधाते हैं। यह पीछे छूटी जिन्दगी की गन्ध है या मौत की? मरी तो दादी भी थी। उसमें से भी उसे हल्की-हल्की बदबू आती रही थी। यह बात उसने बापू तक से नहीं कही थी। तब वह छोटा था।

किसी को कहते सुना, ''अपने माँ-बाप का अकेला बेटा है।''

अनुकूल को अचानक लगा कि किसी ने उसके लिए कहा है।

कोई और कह रहा था, ''परसों सवेरे साढ़े-पाँच बजे के लगभग कन्धे पर तौलिया डाले, सीटी बजाते बाथरूम से आते देखा गया था।''

''उसके बाद किसी ने नहीं देखा।''

''इसका मतलब नहा-धोकर ही ऐसा किया।''

''हाँ, क्लास में तो यह कल भी नहीं था।''

''वैसे बहुत होशियार था...।''

''होशियार था तभी तो चल दिया। मूर्ख ज्यादा दिन जिन्दा रहते हैं।''

बाबूराम एक कोने में को सरक गया था और सुबकियाँ ले-लेकर रो रहा था। उसने अनुकूल से पूछा, ''यह क्या हुआ?''

अनुकूल चुप रहा।

बाबूराम ने फिर पूछा, "यहाँ आकर क्या सब इसी तरह मर जाते हैं?"

पीछे से आता हुआ रामउजागर बोला, "सब नहीं...जिन्हें मरने पर मजबूर किया जाता है या जो अपने मरने को शहादत में बदल सकते हैं।"

"रामउजागर भैया!" वह उससे चिपट गया। अनुकूल उसी तरह चुपचाप खड़ा रहा। रामउजागर ने धीरे से कहा, "तुम लोग जाओ। नए-नए हो। डर लगेगा।" और आगे बढ़ गया।

अनुकूल और बाबूराम कुछ दूर तक गए, फिर लौट आए। दोनों जाकर चुपचाप एक कोने में खड़े हो गए।

बाबूराम बोला, "फाँसी लगाना जल्लादों का काम है। इसने स्वयं क्यों लगा ली?" उसकी आवाज अभी लड़खड़ा रही थी।

अनुकूल ने उसे हल्का-सा डपटा, "तुम ये बेसिर-पैर की बातें क्यों कर रहे हो? किसी के साथ कभी भी, कुछ भी हो सकता है!"

किसी की आवाज सुनाई पड़ी, "ऑथारिटीज़ आ गई... ।"

"कौन-कौन आया?" किसी और ने पूछा।

"डाइरेक्टर, डीन, रजिस्ट्रार, वार्डन...सभी हैं।"

कोई और था जिसने कहा, "साले कसाई...पहले से कुछ करते नहीं, जब कोई लड़का मर जाता है तो आ धमकते हैं।"

परेशान-सी आवाज में कोई कह रहा था, "पुलिस को भी तो आना चाहिए।"

"खबर कर दी गई है, आती ही होगी।"

बाबूराम घबरा रहा था। वह धीरे से बोला, "किसी ने मारा थोड़ा ही है, अपने आप ही तो लटका है...पुलिस क्या अब धर-पकड़ करेगी?"

अनुकूल बिल्कुल पत्थर हुआ खड़ा था। दूसरे हास्टिल से भी जूथ-के-जूथ लड़के आ रहे थे। सब कुछ-न-कुछ बोल रहे थे। बीच-बीच में किसी के हँसने की आवाज सुनाई पड़ जाती थी। लोगों का ध्यान अनायास उधर चला जाता था। ज्यादातर कोनों में अँधेरा था। फाँसी को लेकर भी एक-आध फिक्रे उछल जाते थे।

"फाँसी स्पोंडेलाइटिसवालों के लिए परमानेन्ट क्योर है!"

"नहीं, यह एक ऐसी एक्सरसाइज़ है जो फॉरन-मेटर यानी सोल को बाहर निकालती है...!"

"इसका प्रयोग इन्सान को रिलेक्स करता है और जन्म-जन्मान्तर के लिए तनाव-मुक्त करता है!"

"अनन्त शान्ति की प्रदाता! दुखभंजक!"

"आत्मोत्तलना का सर्वाधिक सहज और परिष्कृत ढंग!"

लड़कों का वह ग्रुप इन सब सुभाषितों को अंग्रेजी में सृजित कर रहा था। फाँसी

की इन परिभाषाओं की इस प्रतियोगिता में हालाँकि वे लोग गम्भीर थे, परन्तु उन्होंने अपने हँसने के अधिकार को अपने पास सुरक्षित रखा हुआ था। हर परिभाषा के बाद वे फिस्स-से हँस देते थे। उनका हँसना, फाँसी की घटना और उसके वातावरण से उन लोगों को एकदम अलग-थलग कर देता था। अनुकूल के मन में अरुचि उत्पन्न होती जा रही थी।

बाबूराम बोला, ''चलो डाइरेक्टर को देख लें, कैसा है...? सुना है अच्छा बोलता है।'' अनुकूल बिना जवाब दिए भीड़ से बचता हुआ किनारे-किनारे चलने लगा। बाबूराम भीड़ के बीच से लोगों से टकराता हुआ जा रहा था। ज्यादातर लड़के खामोश थे और मौत के भय की एक पर्त सबके चेहरों पर चढ़ी थी। एक-आध लड़के पर वह इतनी ज्यादा हावी हो गई थी कि वे जोर-जोर से बोलकर उसकी पकड़ से मुक्त होने की कोशिश कर रहे थे।

''यहाँ का यह परमानेन्ट फीचर हो गया...एक-आध स्टुडेंट हर साल पंखे से लटक जाता है।''

''पहले कम्पीट करो फिर लटककर मरो!''

''क्वीज़ पर क्वीज़, मिड सेमिस्टर...सेमिस्टर एंड...बैक लॉग और फिर मौत!''

अनुकूल के मन में आया कि वह भी अपनी बात कह गुजरे कि सबसे ऊपर अंग्रेजियत और यहाँ के अध्यापकों की बँटी हुई आत्मीयता। इस मुल्क के ठेठ मुल्की लोगों को कौन इस मुल्क का बाशिन्दा समझता है...? हम हैं ठेठ मुल्की...लेकिन हम ही लोगों को जिन्दगी जीने के लिए सँकरी-से-सँकरी गली से गुजरना पड़ता है। लेकिन वह चुप रहा। वह इतना नया था कि उसका कुछ भी कहने का कोई अधिकार नहीं बनता था। यह सब तो उसका सुना था...देखना बाकी था।

एक दूसरा लड़का सिस्टम का समर्थन कर रहा था, ''कुछ भी कहिए, आई.आई.टी. सिस्टम फुल प्रूफ सिस्टम है। इस सिस्टम के अतिरिक्त देश की सम्पूर्ण शिक्षा-व्यवस्था विषाक्त हो चुकी है। सिफलिस के कीटाणुओं की तरह सब अंगों को सड़ाये डाल रही है। हम इस सिस्टम के साथ हैं। मुल्क अगर आगे बढ़ सकता है तो साइंस और टेक्नालॉजी के सहारे ही बढ़ेगा। फिलासफी, लिटरेचर, पालीटिकल साइंस वगैरह बहुत हो चुका। अमेरिका को देखिए आज कहाँ है...? उसके पीछे स्ट्रांग टेक्नालॉजी बॉयस है।''

''कमियाँ सबमें होती हैं परन्तु क्रिटीसाइज़ करके हम कुछ नहीं कर सकते। हमें सिस्टम को उसकी कमजोरियों के साथ प्यार करना सीखना चाहिए। प्यार की भावना ही दूरियाँ कम करती हैं।''

एक लड़का जो अँधेरे में था, तत्काल इन दोनों के विरोध में बोला, ''मैं आप लोगों से अच्छी अंग्रेजी बोलना जानता हूँ। आप लोग टेन प्वाइन्टर हैं...आप देश क्या

समझें? आप लोगों के माता-पिता पैदा होते ही आप लोगों का अमेरिका के लिए पैसेज बुक करा देते हैं। मैं भी टॉपर हूँ लेकिन चूँकि मैं एयर-पैसेज बुक नहीं करा सकता इसलिए आधा पर्सेन्ट ग्रेड तो मेरा इसी वजह से कम हो जाता है।''

अनुकूल की समझ में नहीं आ रहा था यह सब क्या हो रहा है। बाबूराम आगे निकल गया था। वह जल्दी-जल्दी लौटकर आया और बोला, ''देखो, वह रहा डाइरेक्टर।''

''उसके साथ कौन है?''

''रजिस्ट्रार।''

पीछे से एक बोला, ''नो...ब्लडी हिन्दी राइटर! हिन्दी लाकर इस नेशनल इन्स्टीट्यूट को बरबाद कर देना चाहता था। यह कोई लैंग्वेज है? इसमें केवल गालियाँ दी जा सकती हैं और सब्जी खरीदी जा सकती है। हम लोगों को इस हिन्दी प्रोटोगोनिस्ट के खिलाफ जिहाद छेड़ना चाहिए। पूरी फैकल्टी इसके खिलाफ है... एडमिनिस्ट्रेशन के नाम पर आब्सट्रेक्शन जानता है!''

अनुकूल थोड़ा हतप्रभ था। इससे किसने पूछा था? यह क्यों बीच में बोल पड़ा? तभी वार्डनों में से एक चिल्लाया, ''सब लोग बरांडा खाली कर दें। बाहर लॉन में चले जाएँ। इसे तमाशा न समझें...यह बहुत ही दुखद घटना है। जब तक पुलिस न आ जाए तब तक इधर कोई न आए।''

लड़के पीछे हट गए। अँधेरे में से कोई लड़का चिल्लाया, ''चम्मच!''

दूसरे ने आवाज लगाई, ''नहीं...लोटाऽऽ!''

एक तीसरी आवाज थी, ''कैन!''

वार्डेन ने गुस्से से इधर-उधर देखा। ज्यादातर लड़के लॉन में चले गए थे। अधिकारी-गण परामर्श में व्यस्त थे। सिक्योरिटी गार्ड कमरे के सब तरफ फैले थे। थोड़ी देर बाद कुर्सियाँ आ गईं। वे लोग थोड़ा हटकर कुर्सियों पर जा बैठे। एक खानसामा चाय लेकर जाता दिखाई दिया। आगे-आगे चीफ वार्डन था। लड़कों ने जोर से हूऽऽ किया। चीफ वार्डन रास्ता काटकर दूसरी तरफ मुड़ गया।

पुलिस के पहुँचने में दो घंटे लगे। तब तक रास्तों पर अँधेरा जम चुका था। जहाँ बत्तियाँ थीं वहाँ अँधेरा थोड़ा हटकर ठिठका हुआ था। लेकिन था दबोचने की ताक में। वरिष्ठ अधिकारी लोग यह कहकर जा चुके थे, टेलीफोन पर वस्तुस्थिति से अवगत कराते रहें। पुलिस के आते ही लड़कों का रेला धकापेल करके वहाँ पहुँच गया। गुरिल्ला जंग शुरू हो गई थी। लड़कों को बार-बार हटाया जाता था और वे बार-बार लौट आते थे। समुद्री लहरों की तरह चढ़-उतर रहे थे।

लड़के नाराज थे। वे पुलिसवालों पर चढ़े बैठ रहे थे कि आने में इतनी देर क्यों लगाई? एक-दो बार लड़कों ने पुलिसवालों को कुन्हियाया भी। शुरू में तो पुलिसवाले छानबीन करते रहे। लेकिन जब एक लड़का ज्यादा ही अंग्रेजी बोलता रहा तो बड़े दरोगा ने उसे पास बुलाकर पूछा, ''आप यहीं रहते हैं?''

''हाँ।''

''किस कमरे में?''

दरोगाजी ने हिन्दी में पूछा था, उसने अपनी रोजमर्रावाली जबान में जवाब दिया, ''छः कमरों के बाद...रूम नं. एक सौ अड़तालिस!''

''तीन दिन तक आपको पता नहीं चला कि छः कमरों के बादवाले कमरे में आपका एक साथी फाँसी लगाकर मर गया? आपकी कोई जिम्मेदारी नहीं थी?''

उस लड़के की बोलते-बोलते जबान लड़खड़ा गई। वह हिन्दी में बोलने लगा, ''हम कैसे जान सकते थे...कमरा अन्दर से बन्द था!''

''आपका कोई साथी तीन-चार दिन तक दिखाई नहीं दे तो क्या आपकी यह जानने की इच्छा नहीं होगी कि वह कमरे में है या कहीं चला गया?''

''हम लोग बहुत व्यस्त रहते हैं।''

दरोगा को हँसी आ गई, ''आपके ख्याल में बाकी सब लोग खाली रहते हैं!''

दरोगा ने उसके कन्धे पर हाथ रखा और कहा, ''अभी दुनिया देखनी है...जाओ, खेलो-खाओ। पुलिस के मुँह लगोगे तो खता खाओगे।'' सब लड़कों ने देखा कि वह लड़का खरामा-खरामा चला गया।

कमरे का दरवाजा तोड़ना पड़ा। कमरा खुलते ही बदबू का भभकारा भक्क-से बाहर आया। सब लोग एक-एक, दो-दो कदम पीछे हट गए। दरवाजे के सामने कुछ देर के लिए रिक्तता व्याप्त हो गई। सिपाही और छोटा दरोगा अन्दर घुस गए थे। बड़ा दरोगा बाहर खड़ा सुरती मलवाता रहा। सुरती मुँह में रखकर लड़कों से बलबलाता हुआ बोला, ''आप लोग बाहर चले जाएँ तो हमारा काम आसान हो जाएगा।''

अनुकूल वगैरह काफी आगे थे। अनुकूल शव भी देखना चाहता था और झिझक भी महसूस कर रहा था। वह थमले के पास ओट में खड़ा हो गया। इधर-उधर से बार-बार धक्के आ रहे थे। बाबूराम काफी बेचैन था। उसके चेहरे पर भय के-से चिह्न थे। रामउजागर बिल्कुल दरवाजे पर जमा खड़ा था। बिना इधर-उधर ध्यान बटाए अन्दर ही देख रहा था। बड़ा दरोगा एक मिनट को अन्दर गया। इधर-उधर झाँका और नाक पर रूमाल रखे बाहर निकल आया। बाहर निकलकर दो बार इधर-उधर थूका। उसका थूक छर्रों की तरह बिखर गया। लड़के झटके से पीछे हट गए।

वह बिना परवाह किए बलबलाता हुआ बोलता रहा, "दो रोज से कम की बॉडी नहीं...यहाँ अंग्रेजी तो ऐसी ताजा बोली जा रही है जैसे बक्खर से निकली गरमा-गरम जलेबी। आदमी साला लटका-लटका सड़ गया, उसकी किसी को फिक्र नहीं। यह हिन्दुस्तान है। यहाँ मरना-जीना बहुत पवित्र समझा जाता है। पर लगता है अब मरना भी गुनाह हो गया।"

आगे खड़े लड़के उसकी बात पर ही-ही करके हँस दिए। दरोगा ने फिर थूक दिया। लड़के पीछे तो हटे ही, खामोश भी हो गए।

दरोगा वार्डेन से बोला, "किसी जमादार को बुलवाइए...लाश उतरवाकर सील करा दी जाए। बॉडी बिल्कुल पंजर से समेटने लायक हो रही है।"

वार्डन ने दो लड़कों को जमादारों को बुलाने के लिए तत्काल दौड़ा दिया। वे भीड़ को चीरते हुए जमादार को बुलाने चले गए।

दरोगा एक कुर्सी खींचकर बैठ गया और बतियाने लगा। वार्डन साहब कुछ देर खड़े रहे। फिर खिसक लिए। वह कहता जा रहा था, "आई.आई.टी. जैसी जगह में एडमीशन पाने में..." भदेस शब्द का इस्तेमाल करके कहा, "...पर पसीना आ जाता है। अच्छा खाने-पहनने को मिलता है। अमेरिकी रजाई में जिप खींचकर ऐसे सोते हैं जैसे उठना ही न हो। पता नहीं फिर भी इन सालों को क्या चुरने काटते रहते हैं कि लटककर प्राण दे देते हैं। मेरा बस चले तो ऐसे लोगों की लाश को घोड़े के पीछे बाँधकर सड़क पर घसीटवाऊँ।" उसने फिर सुरती तैयार की और उसे ठीक से दबाकर बोला, "तीसरा साल है और यह तीसरी लाश है। नहीं पढ़ना चाहते तो मत पढ़ो। नहीं पढ़ना तो जाकर अपनी माँ के लहँगे की जूँ बन जाओ।" लड़कों को उसकी इस बात पर हँसी आ गई। लड़कों को हँसते देख वह उनकी तरफ मुखातिब हो गया, "आप लोग मेरी भाषा समझते हैं या नहीं...। मैं आपसे हिन्दी बोल रहा हूँ और आपसे एक बात कहना चाहता हूँ। जब आप लोग ऐसा करने का इरादा किया करें तो अपने घरवालों को एक-एक करके याद कर लिया करें। अब आपके सामने ये ससुर तो लटक गए और लटककर चले गए, लेकिन अपने घरवालों को बिना लटकाए ही लटका गए। ऐसी औलाद से बेऔलाद ही अच्छे। पहले पैदा करो, हिलराओ-दुलराओ...पालो-पोसो और फिर मिट्टी लेकर जलाने जाओ।" उसने रुककर पूछा, "कुछ याररयाने का चक्कर तो नहीं था...? था तो उसे भी साथ लेता जाता। काम आती।"

लोग हँसने को हुए तो बड़े दरोगा को छोटे दरोगा का ध्यान आ गया। और जोर से चिल्लाया, "क्यों भई छोटे दरोगाजी...कोई प्रेम-पत्र छोड़ा या वहीं से जाकर लिखेगा?"

वहाँ से जवाब आया, "देख रहे हैं, सा'ब!"

"हाँ-हाँ, देख लो...देख लो...अच्छी तरह देख लो।" फिर हँसकर बोला, "न हो तो अब लिखवा लो...मुर्दा है तो क्या, पुलिसवालों की बात तो मानेगा ही।"

लड़कों ने इस बार हँसने का मौका हाथ से नहीं जाने दिया।

रामउजागर घूमा और लड़कों से बोला, "यह कोई हँसने का मौका है?"

अनुकूल और बाबूराम को रामउजागर का इस तरह टोकना अच्छा लगा। अनुकूल को भी जोश आया कि जाकर दरोगा का गिरहबान पकड़ ले और कहे कि यह कोई तफरीह करने और सुरती टिपटिपाने की जगह है...इतनी देर से मसखरी लगा रखी है।

बड़े दरोगा ने वहीं से कहा, "डायरी-कॉपी वगैरह सब देख लेना, यारयाने का किस्सा भी हो सकता है। औरतें देखने में बड़ी चिकनी-चुपड़ी, धुली-पुछी होती हैं। पर मौका मिलते ही आदमी को लटकवाकर रफूचक्कर हो जाती हैं।"

किसी लड़के ने हिम्मत करके कहा, "मोहन ऐसा नहीं था।"

दरोगाजी उसकी तरफ घूम गए, "अभी आप नौजवानी के दरवाजे पर हैं बरखुरदार...! अन्दर होते ही पता नहीं क्या-क्या गुल खिलाएँगे। आदमी पैदायशी थोड़े ही ऐसा होता है। बड़ा होता है, खाता-पीता है, बदन में जान आती है...मिलता-जुलता है तब जाकर टन्नाता है।"

अनुकूल को फिर लगा, लड़के फिर हँस देंगे। लेकिन दोनों लड़के लौट आए थे। वार्डन कहीं टहल गया था। उन्होंने ही दरोगाजी को बताया, "जमादार का तो कोई इन्तजाम नहीं हो सका।"

दरोगा बोला, "वार्डन साहब को बुलाइए।"

वार्डन आया तो दरोगाजी बैठे-ही-बैठे बोले, "बड़े ताज्जुब की बात है साहब, इतना बड़ा अमला और एक जमादार का इन्तजाम नहीं हो सका! अरे साहब, चूतड़ों पर लात लगवाकर बुलवाइए। वह आपकी अंग्रेजी नहीं समझता...उसे ठेठ हिन्दुस्तानी समझ में आती है। वह भी हमारेवाली हिन्दुस्तानी!"

वार्डन फिर बोला, "मुश्किल ही मालूम पड़ता है।"

"तो फिर आप जानें। हम कमरा सील किए देते हैं। कल जमादार का इन्तजाम कर लें तब आएँगे। हमारा सिपाही यहाँ तैनात रहेगा। उसके उठने-बैठने का इन्तजाम आप करेंगे।"

आगेवाले लड़कों ने विरोध किया, "नहीं सर, रात को लाश यहाँ नहीं रहेगी... आखिर इतने लड़के हैं...क्या रात-भर सब इसी तरह जागते रहेंगे?"

एक लड़के नै कहा, "लाश उतारने का काम आई.आई.टी. एडमिनिस्ट्रेशन का न होकर पुलिस एडमिनिस्ट्रेशन का है।"

दरोगाजी मुस्कुराए, "हमारा काम है, आपका साथी है...चलिए, दोनों लग के

उतारे लेते हैं। हैं तैयार?''

छोटा दरोगा आकर बड़े दरोगा के कान में कुछ बुदबुदाया। बड़ा दरोगा बोला, ''आइए, आप लोगों में से कौन आगे आता है? अगर आप अपने साथी की लाश से परहेज करते हैं, तो बताइए, तो फिर गैर क्यों छूने लगे।''

अनुकूल चुपचाप खड़ा था। उसका मन हुआ, वह आगे बढ़कर लाश को उतरवा दे। लेकिन उसे लगा, शरीर जड़ हो गया है। हिलडुल नहीं रहा। उसकी नजर रामउजागर पर गई। उसकी आँखें सुर्ख हो गई थीं। बाल बिखरे थे। वह एकाएक आगे आया और बोला, ''चलिए, मैं चलता हूँ...!''

आगे की पाँत के लड़कों ने घूमकर एक-दूसरे को देखा। रामउजागर ने मुँह-नाक लपेट लिए। लड़कों को खुसर-पुसर करते हुए देखकर वह बोला, ''आप लोग आना चाहें, आप आ जाएँ...।'' लेकिन सब वहीं-के-वहीं खड़े थे।

रामउजागर घूमा और अन्दर चला गया। अनुकूल को लगा, वह रोने लगेगा।

सिपाहियों और दरोगाजी के हाथ घिरे थे। रामउजागर को लगा कि छोटा दरोगा कुछ छिपा रहा है। रामउजागर ने तत्काल पूछा, ''कोई खास चीज है क्या?''

''कुछ नहीं...चलिए लाश उतारिए। ये सब सरकारी मामले हैं, इनमें न पड़िए।''

रामउजागर ने तपाक-से कहा, ''आइए, आप भी हाथ लगाइए।''

वह हँसा। एक नाटे और काले रंग के सिपाही से बोला, ''कल्लू, जरा हाथ लगा दो।''

रामउजागर को लगा, एक बहुत तीखी चिल्लाहट उसके अन्दर घुट गई है और वह धीरे-धीरे पर्तों को तोड़ती बाहर निकलने की कोशिश कर रही है।

कल्लू सिपाही छोटे दरोगा से कह रहा था, ''सरकार, दो आदमी और चाहिए।''

दरोगा बिगड़ गया, ''हस्साला, जिन्दगी-भर मुर्दे ढोता रहा...पुलिस में भर्ती हो गया तो हरामजादे को दो आदमी चाहिए। डोम की औलाद!''

गाली खाकर सिपाही हँस दिया और कमीज-वमीज उतारकर लाश उतरवाने की तैयारी करने लगा।

रामउजागर पंखे से लटकते मोहन के शव को ऊपर से नीचे तक देख गया था। पाँव के तलवे पसीज गए थे। अन्दर-ही-अन्दर एक अजीब तरह का ज्वर बढ़ता चला आ रहा था। लाश के चेहरे पर न नाक थी और न आँख। कान भी गुद्दी से चिपके थे। फूले हुए मुँह में जीभ का आगे का हिस्सा बाहर लटकता दिखलाई पड़ रहा था। वह भी बदरंग हो गया था। बुशर्ट उसके बदन पर बुरी तरह कस गई थी। बाँहों पर उसका कसाव और भी ज्यादा था। कुहनियाँ, कलाई वगैरह सब एक-से हो गए थे।

कहीं कोई कटाव नजर नहीं आ रहा था। एकदम मोटे-मोटे बाँस के डंडे। पंजों के ऊपर मोटी-मोटी गद्दियाँ उभर आई थीं। पतलून के पायँचे भी कसे-कसे गिलाफ हो गए थे। बदबू का कोई ठिकाना ही नहीं था। लेकिन छोटे दरोगा और सिपाहियों पर उसका कोई असर नहीं था। उनके चेहरे एकदम सामान्य और सहज थे।

रामउजागर को बार-बार उबकाइयाँ आ रही थीं। वह दो बार बाहर जाकर उलट आया था।

कल्लू सिपाही ने कहा, ''बाबूजी, आप कुर्सी पर खड़े हो जाएँ...मैं नीचे से झेलता हूँ।''

रामउजागर ने ढाठा बाँधने के लिए एक तौलिया उठाया। उसमें भी बदबू बसी हुई थी। वह साँस रोककर कुर्सी पर चढ़ गया। उसने गले से रस्सी खोलनी चाही। लेकिन गाँठ नजर नहीं आई। फूले हुए गोश्त में छिप गई थी। उसने दरोगाजी की तरफ देखा। वे छह फुटे आदमी थे। रामउजागर ने थोड़ा बिगड़कर कहा, ''दूसरे स्टूल पर खड़े होकर पंखे में बँधी रस्सी तो खोल दीजिए।''

दरोगा को उसका इस तरह बोलना पसन्द नहीं आया। पहले तो उन्होंने अनसुनी कर देनी चाहिए, लेकिन जब रामउजागर ने और जोर देकर कहा तो वे इधर-उधर देखने लगे। सिपाहियों में से कोई लम्बा हो तो चढ़ा दें। लेकिन सभी की ऊँचाई दरोगा से कम थी।

वे चढ़ते गए और बड़बड़ाते रहे, ''यह भी कोई साली नौकरी है! लाशों को ढोते घूमो! जात-बिरादरी की कोई कदर ही नहीं...सब एक हो गए!''

रामउजागर पर रुका नहीं गया तो बोला, ''माफ कीजिए सब-इन्स्पेक्टर साहब, इस्तीफा देकर कथा बाँचने लगिए...कोई कहने नहीं आएगा कि लाश उतरवाइए।''

दरोगाजी ने उसकी तरफ आँखें तरेरकर देखा। बिना बोले यह गाली उस तक पहुँचा दी कि बकता है साला, हरामजादा! हत्थे चढ़ गया तो हलक में उँगली डालकर जबान निकलवा लूँगा। रामउजागर ने उसे उससे भी ज्यादा पावर के साथ देखा। तू हरामजादा, तेरा बाप हरामजादा! यह हॉस्टिल है...पता भी नहीं चलेगा। तेवरों की यह अदल-बदल रामउजागर को एक नया-सा अनुभव लगी। उसने सोचा, हम इस तरह भी एक-दूसरे को समझ और समझा सकते हैं।

दरोगा ने स्टूल पर खड़े होकर पंखे की गाँठ खोल दी और बोला, ''सँभालो... ।''

रामउजागर ने कहा, ''दरोगाजी धीरे-धीरे छोड़ना, कभी एकदम-से छोड़ दें।''

दरोगा ने फिर उसकी तरफ देखा। इस बार उसे लगा, वह कह रहा है...बड़ा आया धीरे-धीरे छुड़वानेवाला। साला हुक्म चलाता है। ये सब हुक्म चलाना न निकाल दूँ तो मेरा नाम भी दरोगाजी नहीं। लेकिन रामउजागर ने इस बार उसके उस अनकहे संवाद का कोई नोटिस नहीं लिया।

दरोगा ने रस्सी को छोड़ा तो रामउजागर सकते में आ गया। मोहन के दोनों हाथ इस तरह से हिले जैसे वह स्वयं हिला रहा हो। रामउजागर की आँखें सिकुड़कर छोटी पड़ गईं और माथे पर पसीना छलक आया। उसे अपनी उँगलियों में कम्पन महसूस हो रहा था। लेकिन उसने छोड़ा नहीं, सँभाले रखा। कल्लू ने दोनों पाँव थाम लिए। लाश धीरे-धीरे नीचे आ रही थी। रामउजागर की नजरों के सामने से वह पूरी-की-पूरी गुजर रही थी। इतनी ही बदबू उसके अन्दर भर गई थी, जितनी मोहन के शरीर में थी। रह-रहकर उसे लग रहा था कि उसकी शिराएँ फट पड़नेवाली हैं।

रामउजागर ने जैसे ही उसका ऊपरी भाग हाथों में सँभाला तो उसे लगा कि उसके अन्दर से लम्बी-सी साँस बाहर निकली और खो गई। उसके गले से एकाएक चीख निकली...पूरी नहीं निकल पाई। दरअसल उसने जबड़े-पर-जबड़ा कस लिया था। लेकिन उसके पाँव लड़खड़ा गए। जिस कुर्सी पर खड़ा था वह डगमगा गई। कल्लू सिपाही बोला, "बाबूजी, सँभाले रहिए...कुर्सी में पैर लगा रखा है।"

जैसे-जैसे लाश नीचे आई रामउजागर को अजीब-अजीब तरह की अनुभूतियाँ होने लगीं। उसे लगा...दाँत खुल गए हैं और वह हँस रहा है। आँखों पर ढकी उसकी पलकें उसे मिचमिचाती-सी लगीं।

कल्लू ने लाश को खाट पर डाल दिया। रामउजागर को सुनाई पड़ा कि कल्लू कह रहा है, "देखो कैसा हट्टा-कट्टा सजीला जवान था।"

रामउजागर उसी कुर्सी पर बैठ गया। उसे लगा, उसका शरीर बेकाबू होता जा रहा है। काबू में रखने की उसकी सारी कोशिशें नाकाम होती जा रही हैं। फिर लगा, उसका शरीर भी ऊपर उठने लगा और फिर...एकाएक नीचे आ गिरा।

बड़ा दरोगा हँसा और बोला, "बहादुर बनते हैं...एक ही में जा लटके ससुर!"

चार

अनुकूल कमरे में लौटा तो गुमसुम था। उसका पार्टनर बाबूराम उससे बात करना चाहता था। लेकिन उसके फक्क चेहरे और ठहराव को देखकर वह खामोश था। अनुकूल खाट पर सीधा लेट गया। जूतों में बन्द उसके पाँव लगातार हिल रहे थे। उसके हिलते पाँवों और शरीर की स्थिरता के बीच किसी तरह का कोई सम्बन्ध नहीं था। बाबूराम बीच-बीच में उसे देख लेता था। जब उस पर नहीं रुका गया तो उसने कहा, "रामउजागर दादा ने बहुत हिम्मत की...इतने लोगों में वे ही अकेले थे जिन्होंने मोहन की लाश को हाथ लगाया...।"

अनुकूल ने आँखें बन्द किए-ही-किए कहा, ''हाथ लगाया या लाश को उतारा?''

''रामउजागर दादा गिरे तो दरोगा कैसे हँस रहा था...!''

''दरोगा था ना...ठीक ही हँसा।''

''लेकिन थोड़ी देर बाद वे अपने-आप ही उठ गए...लड़खड़ा रहे थे!''

''अपने-आप ना उठते तो उन्हें कौन उठाता...?''

''तुमने देखा, उस कोने में खड़े खन्ना-वन्ना कैसे मजाक उड़ा रहे थे... दरअसल अब आदत नहीं रही। आई.आई.टी. अच्छे-अच्छों की आदत खराब कर देती है।''

अनुकूल ने इस बात का जवाब न देकर अपनी तरफ से कहा, ''पता नहीं, दादा की तबीयत अब कैसी होगी?''

''अस्पताल में हैं...सोने की दवा देकर सुलाया हुआ है।'' थोड़ा रुककर बाबूराम बोला, ''सुना है, मोहन होशियार लड़का था...उसने ऐसा क्यों किया? उसके माई-बापू तो बहुत रोएँगे।''

''उसे ऐसा ही करना था...दो ही लोग ऐसा कर सकते हैं। बहुत होशियार और बहुत बेकार।''

''हम बेकारवालों में ही आते हैं ना?''

''उनमें से भी बहुत-से आएँगे।''

''तुम अपनी तरफ से कुछ नहीं बोल रहे। मैं ही बोले चला जा रहा हूँ। तुम्हें यह सब कैसा लगा?''

''कैसा भी नहीं! अभी तो सिर्फ अटकलें ही हैं। तुम भी अटकल-पच्चू सवाल पूछ रहे हो और मैं भी वैसे ही जवाब दे रहा हूँ। अनुभव हम दोनों में से किसी को नहीं होता, तो हम लोग दूसरी तरह से व्यवहार करते।''

''तुम्हें डर नहीं लग रहा?''

''डर! डर तो पहले लगता है...अब तो सब हो चुका। लाश चली गई। कमरा फिनायल से धुल गया। आज की रात आसपास के कमरों के लड़के दूसरों के कमरों में जाकर उसी के बारे में बातें करते-करते सो जाएँगे। दो-चार-छह दस दिन में उस कमरे में कोई दूसरा लड़का आकर रहने लगेगा।''

''मेस का समय हो गया।''

''खाओगे?''

''दरअसल बचपन से ही मैं भूख बर्दाश्त नहीं कर पाता। मेरी माँ दो रोटी हमेशा रखती थी। भूख लगने पर और कुछ नहीं तो नमक लगाकर ही दे देती थी। वैसे तुम कहो तो आज नहीं खाएँगे।''

''नहीं, चलो देखते हैं और लोग क्या कर रहे हैं।''

वे लोग उठे। कमरा बन्द किया और मेस में चले गए। वहाँ लड़के जमा थे। रोजानावाला शोर था। मेस-कर्मचारी जल्दी-जल्दी अपना काम कर रहे थे।

बाबूराम ने धीरे से कहा, ''सभी जुटे हैं।''

''ठीक ही है...जैसे मौत को नहीं टाला जा सकता, वैसे ही भूख को नहीं टाला जा सकता।''

बराबरवाला लड़का तपाक-से बोला, ''बिल्कुल ठीक...खाना कई बार डेथ के लिए प्रिवेन्टिव होता है।'' और अपने-आप ही हँस भी दिया।

अनुकूल ने उसकी तरफ देखा। वह बहुत तेजी से बिना रुके खा रहा था। जो लड़के खा चुके थे वे आत्महत्यावाली घटना के बारे में बातचीत कर रहे थे। बीच-बीच में किसी-किसी के द्वारा रामउजागर का जिक्र भी कर दिया जाता था। पुलिसवालों की आलोचना के समय तो खासतौर से उसका नाम आता था।

''पुलिसवालों ने तो ऐसे हालात पैदा कर दिए थे कि बॉडी रात-भर हॉण्ट करती रहती। न खा पाते, न पढ़ पाते और न सो पाते। रात-भर वह हर एक को अपने कमरे में लटकी दिखाई पड़ती। कितनी भयानक शक्ल हो गई थी...! एक खूबसूरत शक्ल पर मौत क्या कहर बरपा कर सकती है...! लगता है यही जिन्दगी की अन्तिम वास्तविकता है।''

एक दूसरा लड़का अन्य लोगों की तरह अंग्रेजी में ही हाथ हिलाकर बोला—फर्क इतना ही था कि वह टेकनीकल शब्दों का अधिक प्रयोग कर रहा था, ''मैं नहीं मानता! यह कोरोज़न है...ह्यूमेन बॉडी पर एनवायरनूमेन्ट का रियेक्शन। लोहे पर जंग लगता है...कॉपर कॉपर सल्फेट बनता है...इसी प्रकार ह्यूमेन बॉडी पर भी एनवायरनूमेन्ट का धीरे-धीरे रियेक्शन होता...जो बाद में डेथ के रूप में सामने आता है।''

सब लोग हँस दिए। वह गम्भीरता से बोला, ''नो-नो, इसमें हँसने की बात नहीं। बॉडी पर कट हो जाता है...उसे खुला छोड़ दीजिए...उस एनवायरनूमेन्ट का रियेक्शन होगा या नहीं? अगर आप उसे कवर नहीं करेंगे तो रियेक्शन फास्ट होगा। पूरे बॉडी को चाट जाएगा, मैं उसे नेचर्स कोरोज़न की संज्ञा देता हूँ। इसका क्लाइमेक्स डेथ है।''

लड़के फिर हँस दिए, ''तो तुम नोबेल पुरस्कार की तैयारी कर रहे हो?''

''मे बी, रूल आउट नहीं किया जा सकता।''

घूम-फिरकर रामउजागकर का नाम आ गया। किसी ने कहा, ''यू सी, राम ने बहुत हिम्मत की। इसीलिए वह अपने साथ के लोगों से डिफरेन्ट है।''

बात ने दूसरी तरफ मोड़ लिया, ''ये लोग चाहे अब न करते हों...पर हेबिट तो हो ही जाती है। ए फेमिली ट्रेनिंग!''

अनुकूल एकदम चुप था। इस बात पर वह बोले बिना नहीं रह सका। अंग्रेजी

में ही बोला, ''लगता है आप लोग ये समझते हैं कि जो लोग निचले वर्ग से आते हैं उन सबके यहाँ यही सड़े मुर्दे ढोने का काम होता है। आप इस तरह भी तो सोचिए कि अधिकतर ब्राह्मणों के यहाँ अब पूजा-पाठ नहीं होता...वे संस्कृत तक नहीं जानते। ठाकुर लोग धन्धा करने लगे...सब नौकरियों की तरफ दौड़ते हैं! इसी तरह का परिवर्तन नीची जातियों में भी हुआ है।''

वे लड़के एक मिनट को स्तब्ध रह गए। बाबूराम का चेहरा प्रशंसा से भर गया। खूब कहा!

उन स्तब्ध लड़कों में से एक अपनी स्तब्धता से उबरकर बोला, ''हम तो राम की तारीफ कर रहे थे। हमारा मतलब था, एक आदमी है जो कुछ करने की सामर्थ्य रखता है...दूसरा नहीं रखता। उसके पीछे बहुत-से कारण हो सकते हैं। हेरिडिटी भी एक कारण है।''

दूसरा लीपापोती करता हुआ बोला, ''जो लोग सीधे जिन्दगी से जुड़े होते हैं वे मूलतः साहसी होते हैं। शहरी लोग, जैसे हम, जिन्दगी को वाया भोगते हैं...'' सब लोग हँस दिए।

अनुकूल ने बात को बढ़ाना नहीं चाहा। वह खामोश हो गया। बाबूराम ने कहा, ''आप बैकग्राउंड की बात उठा रहे थे न!''

उसकी बात अनसुनी रह गई। वे लोग अपनी बातों पर लौट आए। उनके दिमाग में अभी रामउजागर था। उसी के माध्यम से वे अपनी बात कह रहे थे।

''रामउजागर का बेहोश हो जाना एक गम्भीर बात है!''

''हाँ, वह एक खतरनाक बात है...चोट डेमेज भी कर सकती है।''

''नहीं, ऐसी कोई बात नहीं...ऐसा होना स्वाभाविक था। कभी-कभी जब कोई व्यक्ति किसी की म्यूटिलेटेड बॉडी देखता है तो उसमें उसे अपनी बॉडी नजर आने लगती है। यह साइकोलाजिकल फिनोमिना है।''

एक लड़का चुपचाप खाता जा रहा था और उनकी बातें सुनता जा रहा था। उसका हाथ रुक गया और वह अपना विदेशी उच्चारण भूलकर भयभीत स्वर में हिन्दी में हो बोला, ''नहीं, ऐसा मत कहो। मैं यह सोच भी नहीं सकता कि वह मेरी बॉडी हो सकती है। यह सोच लेना मात्र ही मार डालने के लिए काफी है!'' फिर रुककर बोला, ''मैंने उसकी बॉडी देखी थी। भयानक...एकदम भयानक!'' उस लड़के की आँखें बाहर को निकल आईं। वह बीच ही में खाना छोड़कर तेजी से भागता हुआ चला गया।

जो लोग थे उन्होंने कुछ बोलना चाहा, पर बोल नहीं पाए। खामोशी का एक अजीब तरह का असहनीय वजन सब पर लद गया था। दूसरे कोनों से यथावत शोर आ रहा था, लेकिन वहाँ आकर वह ठहर गया था।

अनुकूल उस लड़के के पीछे-पीछे निकल गया था। बाबूराम ने भी उसी का अनुगमन करना ठीक समझा था।

अनुकूल जब अपने कमरे में लौटा तो उसका मन बुरी तरह अशान्त था। उसे न लेटे चैन पड़ रही थी और न बैठे। बाबूराम का चेहरा तो एकदम पीला पड़ गया था। उस लड़के से भी ज्यादा जो खाना खाते हुए मेस में उठकर भाग गया था। अनुकूल को जब कुछ समझ में नहीं आया तो वह अपने बाबू को चिट्ठी लिखने जा बैठा। बाबूराम लेटा-लेटा उसे एकटक देख रहा था। रात को जब माएँ काम करती होती हैं तो थोड़े बड़े बच्चे बिस्तर में लेटे सुरक्षा के जिस भाव से माँ को देखते हैं, कुछ-कुछ वही भाव उसके चेहरे पर भी था।

बाबूराम ने पूछा, ''अभी सोओगे नहीं?''

''थोड़ी देर में सोऊँगा।''

थोड़ा झिझकता हुआ बोला, ''आज बत्ती जलती रहने देंगे।''

अनुकूल ने हाँ भर दी। बाबूराम अपने-आप ही बोला, ''आँख बन्द करता हूँ तो कोई अनजानी शक्ल, सफेद तारों का उलझा हुआ गुच्छा-जैसी दिखाई पड़ती है. ..थोड़ी देर झनझनाती रहती है, फिर डरावनी होते-होते गायब हो जाती है।''

अनुकूल ने कहा, ''ऐसे ही लगता होगा...नींद आने पर सब ठीक हो जाएगा।'' अनुकूल के होंठ भी पपड़ाए हुए थे।

वह फिर बोला, ''हम यहाँ क्या कर पाएँगे?''

''करना ही क्या है...।''

बाबूराम दूसरी बात पर आ गया, ''तुमने आज उन लोगों को खूब डाँटा। तुम्हारी अंग्रेजी इतनी अच्छी कैसे है? मैं भी यही सब बातें कहना चाहता था पर बन नहीं पा रही थीं...आज तुम्हारी बात सुनकर मुझे लगा कि अगर बात को प्रभावशाली ढंग से कहा जाए तो लोग ज्यादा चबर-चबर नहीं कर पाते। चुप लगा जाते हैं।''

अनुकूल बोला, ''दरअसल उन लोगों की बातों से मैं आहत हो गया था... हालाँकि होना नहीं चाहिए था। बातों से तो मैं आहत दरोगा की भी हुआ था पर दरोगा से दबना हमारा राष्ट्रीय संस्कार हो गया है...छोटी जातवाला हो या बड़ी जातवाला! मैंने अपने बाबू को भी देखा है और शाम वार्डनों को भी देख रहा था! अगर दरोगा ने वार्डन से कहा होता कि तुम लाश को उतारो तो उनके पास दरोगा की बात मानकर लाश उतारने के अलावा कोई दूसरा रास्ता नहीं बचता। रामउजागर अपने मन से चढ़े...क्योंकि वे अपने एक साथी की लाश को और ज्यादा बरबाद होते नहीं देखना चाहते थे। पता नहीं उन पर उसका क्या असर हुआ होगा...?''

''हमारी दादी कहा करती थी कि हर मुर्दे के जीवन में एक क्षण ऐसा आता है जब वह जी उठता है और सबको देखता है...दूसरा क्षण वह आता है जब शरीर और मौत एक हो जाते हैं और जो भी सामने पड़ता है उसी को दबोच लेते हैं... ।'' कहते हुए बाबूराम का चेहरा काला पड़ गया था।

बाबूराम की बात पर अनुकूल खूब हँसा। बाबूराम बोला, ''ऐसे मत हँसो...मैं सही कह रहा हूँ। जब मैं छोटा था तो हमारी गाय मर गई थी। पैरों में रस्सी बाँधकर उसे घसीटते हुए ले गए थे...मैं दूर तक रोता-रोता उसके पीछे-पीछे चला गया था। अभी भी कभी-कभी उसी हालत में वह गाय मुझे दिखाई पड़ती है...मुझे लगता है, मैं ही उसका बछड़ा हूँ और और रोता-रोता उसके पीछे-पीछे चला जा रहा हूँ। बचपन में तो सालों मुझे रात-दिन यही घटना घटित होती दिखाई पड़ती रहती थी। दादी यही कहती थी कि मरने के बाद गाय ने जब आँखें खोलकर देखा होगा तो तू ही सामने पड़ गया होगा...इसीलिए तुझे तंग कर रही है। बड़ा इलाज-मालजा कराया तब जाकर अब कुछ-कुछ ठीक हुआ...''

अनुकूल को और भी ज्यादा हँसी आने लगी। बाबूराम का चेहरा पीला पड़ता जा रहा था। वह उसकी तरफ एकटक देख रहा था। जब वह हँस चुका तो बाबूराम बोला, ''क्या तुम अपनी कुर्सी मेरे नजदीक खिसका सकते हो...? मुझे फिर वही सब घटित होता नजर आ रहा है... ।''

अनुकूल ने उसकी तरफ देखा। उसके पाँव हिल रहे थे और घसीटकर ले जाती हुई मृत गाय के पीछे, रोते हुए जाते बच्चे का चेहरा उसकी शक्ल पर उभर आया था। उसने अपनी कुर्सी बाबूराम की खाट के पास खिसका ली। दिल धकधक कर रहा था। अनुकूल उठा और हाथ बढ़ाकर खिड़की का पर्दा खींच दिया...थोड़ी देर तक अनुकूल का एक हाथ बाबूराम के सीने पर रखा रहा, फिर बिना कुछ कहे वह अपने बाबू को चिट्ठी लिखने लगा—

पूज्य बाबू,

कभी-कभी मुझे आपका, माँ का और बहनों का बहुत ध्यान आता है। वहाँ रहते हुए सुरक्षा का एहसास था। सब चीजों का समय पर होते चले जाना मुझे एक बड़ा बच्चा बनाए हुए थी। कभी आपके पास और कभी माँ के पास सोने ने यह तक नहीं जानने दिया कि अपने-आप सोने और अपने-आप जागने में कितना दायित्व वहन करना पड़ता है। इन सब बातों ने मेरे चारों ओर सुरक्षा का एक परकोटा निर्मित कर दिया था। बाहर आने में मैं डरता था। लेकिन यहाँ आने के बाद मुझे लगा कि यहाँ पर परकोटा-वरकोटा कुछ नहीं। उससे जिन्दगी जीने में कोई मदद भी नहीं मिलती है। अब तो मैं एकदम खुले में हूँ। इस बात ने मुझे इतने कम समय में बौद्धिक रूप से विकसित कर दिया

कि मैं स्वयं आश्चर्य में हूँ। मुझे अपने ही अन्दर अपनी आत्म-सुरक्षा का आदर्श तैयार करना पड़ता है। अगर यह न करूँ तो मेरी स्थिति भी बाबूराम की तरह ही हो जाए। आत्म-सुरक्षा का अहसास ही अपने-आप में कितना बड़ा चमत्कार है! इतना बड़ा चमत्कार गोली, बन्दूक, तेग-तोप कोई न कर पाता...जितना अपने अस्तित्व की इस गहन अनुभूति ने करा दिया।

इस हास्टिल में लगभग तीन सौ लड़के हैं। अगर हर एक के बीच से ईंट-भर की दीवार को निकाल दें तो सब एक-दूसरे से जुड़े हुए ही माने जाएँगे। यह भी कहा जा सकता है कि हर कमरे को एक ईंट की दीवार के सहारे एक-दूसरे से अलग कर दिया गया है।

हर वक्त चहल-पहल रहती है। इतने आदमियों के घर में चहल-पहल नहीं रहेगी तो कहाँ रहेगी! रात को कोई एक बजे तक पढ़ता है, कोई दो बजे तक—कोई सवेरा ही कर देता है। बीच-बीच में जब किसी को नींद आने लगती है तो वह उठकर किसी दूसरे के कमरे में चक्कर लगा आता है या बाहर निकलकर शोर मचाने लगता है। और उनींदे लड़के भी अपनी नींद भगाने के लिए निकल आते हैं। हंगामा होता है और फिर सब लौट जाते हैं। किसी कमरे में चाय बनती रहती है तो किसी के कमरे में किसी साथी के कमरे से चुराये घी से हलवा घुटता रहता है। जब घुट चुकता है तो सबको खाने के लिए आमंत्रित किया जाता है। उस लड़के को भी। बीच-बीच में पढ़ते-पढ़ते जब बाथरूम आता है तो लड़के बरांडों से गाली देते और चिल्लाते हुए जाते हैं। यह बात हमारे विंग में कम देखने को मिलती है। हमारे विंग के लड़के ज्यादा सभ्य हैं। चुपचाप जाते हैं और चुपचाप लौट आते हैं। हम लोगों में बस अकेले रामउजागर दादा हैं जो सीना तानकर निकलते हैं...।

कभी-कभी जब तेज हवा चलती है तो हमारे कमरे की खिड़की के पासवाला पेड़ खूब हिलता है, पत्ते जोर-जोर से सन्नाते हैं, लगता है...जैसे बहुत गुस्से में हो। वह पेड़ इतना घना है कि बादल घिरे होने का आभास देता है। खिड़की में से जब उस पेड़ को हिलता हुआ देखते हैं तो पेड़ ही नहीं हिलता, सबकुछ हिलने लगता है—यानी पूरा दृश्य! कुछ भी स्थिर नहीं रहता। आज भी तेज हवा है और वह पेड़ बुरी तरह हिल रहा है। मैंने खिड़की के पर्दे खींच दिए। उसकी पत्तियों का इतना शोर है कि कभी-कभी मन होता है किसी ऐसे कमरे में चला जाऊँ जहाँ यह पेड़ न हो। कभी-कभी रात-बेरात चौकीदार सीटी बजाता है और इस पेड़ की फुंगियों पर टार्च की रोशनी डालता है तो लगता है पेड़ हमारे कमरे में झाँक रहा है। बाबूराम बहुत डरता है। वह कहा करता है कि रात को पुराने दरख्तों के ऊपर भूतों का

अखाड़ा लगता है। वे ही रोशनी करते हैं।

आज शाम की ही घटना है। है तो दो-एक रोज पहले की ही। पर पता आज शाम ही चला। मैं और बाबूराम टहलने निकले थे। कुछ तेज-तर्रार लड़के एक जगह इकट्ठे थे। वहाँ पर अजीब तरह की बदबू आ रही थी। उन्होंने हम दोनों को बदबू-विशेषज्ञ समझकर बुला लिया और बोले, इस बदबू को पहचानने में मदद करो। दरअसल मुझे यह शैतानी की बात ज्यादा लगी। हम लोग बतिया ही रहे थे कि एक लड़का पीछे की तरफ से चिल्लाया कि मोहन पंखे से लटका हुआ है। सुना है मोहन बहुत होशियार लड़का था। रामउजागर के साथ ही चौथे साल में पढ़ता था। रामउजागर ही ने उसकी लाश को पंखे से उतारा...उतारने के बाद बेहोश हो गए। उसने दो-तीन दिन पहले अपने को लटकाया होगा, इसलिए सारे में बदबू फैली थी। उन लड़कों को मोहन की लाश की बदबू मरे हुए चूहे की जैसी बदबू लग रही थी। तलाश रहे थे मरा हुआ चूहा और मिल गया...आदमी!

बाबूराम तो बहुत ही डरा हुआ है। उसने मुझे बिल्कुल अपने पलँग से सटाकर बैठाया हुआ है। वहीं बैठा-बैठा मैं यह चिट्ठी लिख रहा हूँ। वह जिस तरह मुझे देख रहा है, मुझे माँ की याद आ रही है। रात को माँ काम करती रहती थी और मैं लेटा-लेटा माँ को देखा करता था। इस समय मैं माँ की जगह हूँ, वह मेरी जगह। बाबूराम बहुत ही सीधा लड़का है...।

आप परेशान न हों। यह एक अनोखी संस्था है। यहाँ चौबीस घंटों में से अठारह घंटे पढ़ाई करना जरूरी है। हालाँकि यहाँ भूख बहुत महत्वपूर्ण चीज है। मौत के तुरन्त बाद भी छक के खाते हैं। पढ़ाई उससे भी ज्यादा जरूरी। आज का काम कल पर नहीं टाला जा सकता। इसे तो करना ही होता है। किसी का किसी दूसरे से कोई खास सम्बन्ध नहीं। हम लोगों का तो बिल्कुल ही नहीं। असम्बन्ध ज्यादा है।

माँ कैसी है? उनको समझाते रहिए। इस सेमिस्टर के अन्त में छुट्टियों के दौरान आने की सोचता हूँ। थोड़ा-थोड़ा तो समझ में आने लगा। शेष बहुत है। माँ से आत्महत्यावाली बात का जिक्र मत कीजिए। मुझे वैसे कोई परेशानी नहीं। अगर आपने इतनी भाग-दौड़ न की होती तो जिन्दगी का यह पक्ष देखने को न मिला होता।

माँ को चरणस्पर्श, दीदी लोगों को नमस्कार।

मेरा पाँलागी स्वीकार करें।

आपका बेटा,
अनुकूल।

चिट्ठी लिखकर उठा तो बाबूराम उसी तरह सो गया था। उसे लगा कि कमरे में व्याप्त रोशनी बहुत चिपचिपी और गाढ़ी है। उसमें भी उसी बदबू का अंश है जो शाम को सारे माहौल में फैली थी। उसकी तबीयत मतलाने लगी। उसने पर्दा हटाकर उल्टी करनी चाही। हवा तेज थी और पत्ते बज रहे थे। सम्पूर्ण अँधेरा उसकी बाहर निकली छोटी-सी गर्दन पर पूरी तरह झूल गया था। एकाएक उसे लगा कि मोहन को गुजरे अभी एक-दो दिन ही हुए हैं। उसकी आत्मा ज्यादा दूर नहीं गई होगी। आसपास ही मँडरा रही होगी। हो सकता है इसी लहीम-शहीम वृक्ष पर बसेरा कर रही हो! खिड़की खुली देखकर कमरे में ही न उतर आए। उसने खिड़की बन्द कर ली। तबीयत-मतलाना और बढ़ गया। वह दरवाजा खोलकर बाहर निकला। करीब-करीब हर एक कमरे की रोशनी ने रोशनदानों और दरवाजों से निकल-निकलकर फर्श पर अपने-अपने चौक पूरे हुए थे।

वह तेजी के साथ बाथरूम की तरफ बढ़ा। कोने पर तीन-चार लड़के इकट्ठा थे। उसमें से एक ने उसे पुकारा। पर वह मतली बहुत तेजी से महसूस कर रहा था। वह बाथरूम में तेजी से घुस गया। घुसते ही उसे मुँह भरकर उल्टी हुई। गनीमत यही थी कि वह वाशबेसिन तक पहुँच गया था। उसके बाद उसे एक के बाद एक कई उबकाइयाँ भर-भरकर आईं। फिर सूखी उबकाइयाँ आती रहीं। वह कुल्ला करने लगा तो उल्टी की बदबू उसकी नाक में चढ़ गई। उसने दूसरी वाशबेसिन पर जाकर कुल्ला किया, मुँह धोया। तब जाकर कुछ सकून मिला। चलते हुए उसे ख्याल आया कि वाशबेसिन भरी है। हो सकता है बाद में लोग वितंडावाद खड़ा करें। नल पर उँगली रखकर धार बाँधी और पानी डालना शुरू किया। पास ही पड़ी एक सींक लेकर सुराखों को भी खोला। सबकुछ बह जाने के बाद भी उसे लगता रहा कि वाशबेसिन चिकनी हो गई है और बदबू अभी भी आ रही है। इन सब बदबुओं में कोई ज्यादा अन्तर नहीं।

बाथरूम से बाहर आया तो भी वे लड़के वहीं खड़े थे। खन्ना भी था। खन्ना के बारे में यही कहा जाता था कि वह बड़े घर का लड़का है और फैकल्टी उसकी जेब में है। वह अंग्रेजी मातृभाषा की तरह बोलता था और मातृभाषा विदेशी भाषा की तरह। हिन्दी में बात करते हुए व्यक्ति को हिन्दी शब्दों का अंग्रेजी पर्यायवाची बताना पड़ता था। चार-छः लड़के उसके साथ रहते थे। कोई उसके होंठों में सिगरेट थमाता था कोई उसे जलाता था। कई बार तो लड़के ही उसे सिगरेट पिलाते भी थे। मुँह में सिगरेट लगाना और फिर हटाना!

खन्ना ने ही उसे पुकारा, "अनुकूल, यहाँ आओ।"

अनुकूल एक मिनट को झिझका, फिर चला गया। वे लोग एकदम से कुछ नहीं बोले। पहले खन्ना ने ऊपर से नीचे तक देखा। फिर उसके साथ के लड़कों ने। इतनी

देर तक बिना कुछ बात किए खड़ा रखने का मतलब कुछ-कुछ उसकी समझ में आ गया था। वह थोड़ा चौकन्ना था। खन्ना हँसकर बोला, ''इतनी देर तक बाथरूम में क्या करते रहे...? पैंसठ की गिनती से आगे पहुँचे कि नहीं...?''

हालाँकि वह बोला नहीं पर उसका सिर भन्ना गया।

दूसरा लड़का, जो दिनेश था, बोला, ''ये लोग बिजार ज्यादा होते हैं।''

खन्ना ने उसे डपटा, ''सभा-सोसायटी में बात करने का ढंग सीखो...मुझे डर था कहीं तुम कुत्ते से समानता न कर दो। वैसे भी ऊँचे समाज में पैट्स को कोई खूबसूरत नाम दे दिया जाता है...एनी नेम!''

अनुकूल बोला, ''मेरी तबीयत ठीक नहीं...मुझे उल्टियाँ आ रही हैं। मैं चलता हूँ।'' वह हिन्दी में बोल रहा था।

''इसीलिए तो तुमसे कहा जा रहा है...ये सब आदतें अच्छी नहीं। भूख लगनी बन्द हो जाती है, पसीने से बदबू आने लगती है, ऐसे में उल्टियाँ भी आती हैं...सबसे बुरी बात जो होती है वह है कि शादी के बाद पत्नी बेजार हो जाती है।''

''नहीं, ऐसी बात नहीं...!'' अनुकूल की इस बात पर लोग हँस दिए।

वही बोला, ''बात कुछ भी हो, उससे हमें कोई मतलब नहीं। लेकिन हमने सुना है कि तुम एस.सी./एस.टी. के नेता का पद ग्रहण करने जा रहे हो। शाम डायनिंग हाल में तुमने मनोज वगैरह से बदतमीजी की। दोबारा ऐसा नहीं होना चाहिए। यह याद रखना कि हम लोगों से बनाकर रखोगे तो निकल जाओगे...वरना...'' रुककर कहा, ''मोहन की बॉडी तुमने देखी थी?''

अनुकूल चुप रहा। खन्ना जोर से चिल्लाया, ''कहो, हाँ या ना!''

उसने सिर्फ गर्दन हिला दी—नहीं।

''देखनी चाहिए थी।'' दूसरे लड़कों की तरफ देखकर उसे सम्बोधित करता हुआ बोला, ''देखना था, उससे तुम्हें सबक मिलता। आगे जब कभी ऐसी स्थिति आए तो जरूर देखना। रामउजागर की तरह तुम्हें भी ऐसे कामों में हिस्सा लेना चाहिए...इससे तुम्हारे प्रति भी हम लोगों की सहानुभूति बढ़ेगी। हम लोगों का सहानुभूति रखना मतलब रखता है। तुम लोगों में सेवा-प्रवृत्ति बढ़ेगी। तुम लोगों में सेवा-प्रवृत्ति अभी बाकी है, उसे जीवित रखो...अपनी परम्परा को भुला देनेवाला आदमी जानवर होता है...याद रखता है तो मील के पत्थरों की तरह जगह-जगह गड़ा रहता है। इसके बाद भी अगर कोई तकलीफ हो तो हमसे कहो। तुम्हें उल्टियाँ आती हैं तो हमारे कमरे में आना, हम तुम्हें पीपरमेंट की गोलियाँ देंगे...अगर दस्त आते होंगे तो प्राकृतिक कॉर्क लगाकर बन्द कर देंगे।...तफरीह की जरूरत हो तो हमारे साथ चलो, गाना भी सुनो और गिनती गिनने से छुट्टी पाओ। वे लोग एस.सी./एस.टी. वगैरह नहीं मानतीं। पैसा देखती हैं। तुम्हारा पैसा हम दे देंगे। हम तुम्हें डिटोल की एक शीशी दे देंगे।...

लेकिन नेतागिरी जैसी वाहियात चीज में न पड़ो। तब हम सख्ती से पेश आएँगे वैसे भी एस.सी./एस.टी. की नेतागिरी के मजाक से वहाँ का सुजाक अच्छा है।'' आखिरी वाक्य उसने हिन्दी में कहा।

अनुकूल की समझ में सुजाक का मतलब नहीं आया। वह जाने लगा तो खन्ना ने उसे रोका, ''मैं जानता हूँ, और एस.सी./एस.टी. लौंडों के मुकाबले तुम्हारी अंग्रेजी बेहतर है। लेकिन यह काम तुम लोगों का नहीं है। तुम लोग देशभक्त हो...देशभक्तों के लिए अपनी मातृभाषा ही अति उत्तम वस्तु होती है। उस रघुपति राघव राजाराम ने चाहे जितनी जनखई फैलाई हो पर तुम लोगों को ठीक रस्ता दिखा गए...देशभक्ति का! अपनी भाषा, अपने हाथों-कती पोशाक, अपनी मेहनत...हमारी सेवा! लेकिन मुश्किल यह है कि अब तुम लोगों में भी होशियारी और समझदारी आती जा रही है... देशभक्ति कम होती जा रही है।''

अनुकूल ने धीरे से कहा, ''आप उनको बीच में क्यों घसीट रहे हैं?''

''ओह, माफ करना, बातचीत में किसी के बाप तक नहीं पहुँचना चाहिए।''

अनुकूल बड़े ठंडे स्वर में बोला, ''आप इस तरह बातें करना चाहते हैं तो आपकी मर्जी...मैं चलता हूँ।''

खन्ना हँसा और आवाज को साधते हुए बोला, ''मि. अनुकूल, मैं आपकी मर्जी के बारे में बात कर रहा हूँ। आप अपनी मर्जी को दर्जी के लेबिल की तरह सब पर मत चस्पा कीजिए। आप जो हैं, जिस तरह हैं उसी तरह रहिए। अगर यहाँ रहने में आपको असुविधा होती हो तो स्टूडेन्ट्स कन्शेसन लीजिए और घर का टिकट कटाइए। यह भी नहीं तो हमसे पैसे लीजिए और लम्बे होइए। यह समझ लीजिए, घर से अच्छी दुनिया में कोई दूसरी जगह नहीं है। भूख लगे तो माँ दुद्दू पिला सकती है... मुत्ती आ जाए तो पोतड़ा बदल देती है... ।''

तीसरा लड़का चंचल बोला, ''इस स्टेज को तो पार कर चुके हैं।''

खन्ना ने उसे डाँटा, ''यू शट अप...रात-बेरात को पाजामा बदलने की जरूरत नहीं पड़ती। सॉरी, ये लोग तो 'जाँघिया-कन्टिन्जेन्ट' के मेम्बर हैं...पाजामा की जगह जाँघिया समझो। भूगोल के छात्र इस स्थिति का ज्यादा अच्छा उपयोग कर सकते हैं...इंजीनियरिंग में भी हेक्सागन, पेन्टागन वगैरह बनानी पड़ती होंगी...वहाँ भी चल सकता है!''

अनुकूल काफी उत्तेजित होता जा रहा था। उसका मन हो रहा था कि वह खन्ना को खींचकर वहीं दो हाथ लगाए या फिर इसी समय सामान बाँधकर वापस चला जाए। वह उसकी पूरी बात सुने बिना चल दिया। पीछे से जोर का कहकहा लगा।

एक की आवाज थी, ''आज इतनी डोज़ काफी है... ।''

किसी दूसरे ने कहा, ''बास्टर्ड!''

अनुकूल ने घूमकर देखा, वे लोग आगे बढ़ गए थे। वे लोग उस बरांडे में से गुजर रहे थे जिसकी कई रोज से बिजली खराब थी। बीच-बीच में उनकी सिगरेटों के गुल दहक उठते थे। उसका साँस फूल रहा था और पसीने से सराबोर था। वह रुका नहीं। चलता चला गया।

कमरे में जाकर देखा तो पार्टनर सोता-सोता मुँह से अजीब आवाजें निकाल रहा था। घिग्घी बँधी हुई थी। चेहरा भी थोड़ा विकृत हो गया था। अनुकूल ने उसे हिलाकर जगाया। वह चौंककर उठ बैठा। उसके चेहरे पर भय के चिह्न अभी भी थे। थोड़ी देर तक वह शून्य दृष्टि से इधर-उधर देखता रहा। उसकी समझ में नहीं आ रहा था कि वह कहाँ है। अनुकूल ने उसे फिर पुकारा, ''बाबूराम, क्या बात है?'' तब कहीं जाकर उसकी वापसी शुरू हुई।

कुछ देर बाद वह गला साफ करता हुआ बोला, ''तो हम अपने ही कमरे में हैं...?''

''हाँ, क्यों?''

''मैं देख रहा था कि हमें जबरदस्ती उसी कमरे में ले जाकर सुलाया गया है ...हम सोना नहीं चाह रहे...लड़कों की मदद से वार्डन हमें उसमें धकेल रहा है। वहाँ छत में कई रस्सियाँ लटकी हैं...वे सब धीरे-धीरे हिल रही हैं...उनके फन्दे ही धीरे-धीरे मुँह हो जाते हैं। हम भागते हैं...पुलिस आ जाती है। पुलिस का बड़ा दरोगा कभी प्रधानमंत्री की शक्ल का लगने लगता है, कभी डाइरेक्टर की शक्ल अख्तियार कर लेता है, कभी डीन जैसी और कभी वह लड़कों में बँट जाता है। सब लड़के उसी की शक्ल के हो जाते हैं...सब मिलकर हमें अन्दर धकेल देते हैं। बाहर से ताला बन्द हो जाता है। लटकी हुई वह लाश हँसने लगती है...छत में झूलते फन्दे हम लोगों की तरफ मुँह बाकर बढ़ने लगते हैं। कभी लगता है, रामउजागर को फन्दे ने पकड़ लिया...कभी तुम उसकी चपेट में आ जाते हो और कभी मैं...और फिर बारी-बारी से हम सब आ जाते हैं।''

अनुकूल को अपना नाम सुनकर अजब-सा लगा। धीरे-धीरे उसे अपनी गर्दन के चारों तरफ फन्दा कसता हुआ महसूस होने लगा। उसका चेहरा सूजने लगा और रफ़्ता-रफ़्ता उसके सारे शरीर पर सूजन आ गई। दीखना बन्द हो गया। फिर उसे दिखाई दिया कि इन सब फन्दों का दूसरा सिरा उसी खन्ना के हाथ में है। वह लगातार खींचता जा रहा है। वह छत से जा लगा। लेकिन उसने जोर लगाकर अपने पैरों को लम्बा करके जमीन से लगा लिया। वह बुदबुदाया, ''नहीं, मैं अपनी जमीन नहीं छोड़ूँगा... ।''

लेकिन बाबूराम बिना उसकी परवाह किए बोलता जा रहा था, ''...एक लड़का

धीरे-धीरे नीचे गिर पड़ता है...उसकी जगह तुम आ जाते हो। तुम रस्सी से लटके आम की डाल में लपेटा खाये झूले की तरह चक्कर खाने लगते हो। मैं चिल्लाता हूँ, तुम रुकते ही नहीं! एकाएक रस्सी टूटकर नीचे गिर पड़ती है और तुम उठकर खड़े हो जाते हो।''

अनुकूल ने पहले उसकी तरफ देखकर हँसने की कोशिश की। होंठ पपड़ाये होने के कारण असुविधा महसूस हुई। फिर वह उसे समझाने लगा, ''यह सबकुछ नहीं! लगता है वही सब बातें दिमाग में भरी हुई हैं...निकलते-निकलते देर लगेगी। मैंने पहले कभी नहीं सोचा लेकिन आज की घटना से मुझे लग रहा है कि हम सब मौत से डरते हैं...जब हम एक-दूसरे से डरते हैं तो भी हम एक-दूसरे को जाने-अनजाने मौत ही समझने लगते हैं। अगर वह न समझें तो न डरें। डरने के साथ-साथ हम उसका साक्षात्कार भी करना चाहते हैं...पता नहीं उसमें ऐसा क्या आकर्षण है? अगर मौत का डर और उसका आकर्षण दोनों हमारे दिलों से निकल जाएँ तो हम स्वतंत्र हो जाएँ। बाहर सब कमरों में बत्तियाँ जली हैं। हालाँकि रोज ऐसा नहीं होता। कुछ जलती हैं, बहुत-सी नहीं जलतीं। लगता है, हम सब लोग एक-सी ही मानसिक स्थिति में हैं। दूसरे लोगों को धमकाकर अपने डरों से मुक्ति पाना चाहते हैं। हम कमजोर हैं, ज्यादा डरते हैं। हमें डराना उनके लिए सुविधाजनक और आसान है... ।''

''क्या बाहर धमकाया जा रहा है...? तुमको भी धमकाया गया?''

''नहीं, ऐसे ही।''

''तुम अभी तो कह रहे थे। बाहर कौन धमका रहा है?''

''खन्ना और दिनेश वगैरह हैं।''

''उन्होंने तुम्हें भी कुछ कहा है! सुना है इन लोगों ने रामउजागर दादा के साथ भी बहुत कुछ किया है पर वे इनके कब्जे में नहीं आए। खन्ना को सीनेट ने दो बार निकालना चाहा पर बचकर निकल आया। बड़े अफसर का बेटा है!''

''तुम्हें किसने बताया?''

''एक दिन रामउजागर दादा बता रहे थे। एक बार तो इसने अपनी जिन्दा माँ के मरने का बहाना बनाया। दूसरी बार झूठे ही हाथ पर प्लास्टर चढ़वाकर लेट गया था। तुमने बताया नहीं, उसने तुमसे क्या कहा?''

''कुछ नहीं...सिर्फ अपने को सीमाओं में रखने की और नेतागिरी के पास न फटकने की सलाह दी।''

''तुम तो कह रहे थे, धमकाते घूम रहे हैं।''

''तुम इसे धमकाना भी कह सकते हो और खुशामद भी।''

''तो क्या तुम डरे हुए हो?''

''नहीं, डरा तो नहीं। पर सोच जरूर रहा था कि यहाँ आना क्या इतना जरूरी

था? अगर न आते तो क्या बहुत बड़ा नुकसान हो जाता? अब आए हैं तो ऐसा तो नहीं होगा कि जाना पड़े याऽ...!''

''या क्या?''

''ऐसी संस्थाएँ सबके लिए खुलनी चाहिए। यहाँ तो धक्कापेलवाला चक्कर था, उसी में हम लोग चले आए। ऐसे में गिर जाने, कुचल जाने का डर बना रहता है। क्योंकि उसी तरह चलना भी पड़ता है। जो निकल जाएँगे वे बहुत भाग्यशाली होंगे...जो नहीं निकलेंगे उन्हें उसी पर सन्तोष करना होगा कि उन्होंने प्रयत्न किया...पर सन्तोष ही तो मुश्किल होता है। मोहन को तो सफलता भी सन्तोष नहीं दे पाई...!''

''तो क्या तुम वापस जाने की सोच रहे हो?''

अनुकूल हँसा। वह कुछ सँभल गया था। गर्दन हिलाते हुए कहा, ''नहीं, चले जाना भी इतना आसान नहीं। पानी में उतर भी जाएँ और सूखे कपड़े निकल भी आएँ...दोनों बातें एक साथ नहीं होतीं। अच्छा, अब सो जाओ। यही सोच लो कि अपने-आपको मजबूत बनाना चाहते हैं, टूट जाएँ पर पकड़ ना छूटे।''

''चींटे की तरह!''

''हाँऽऽ!'' वह हँस दिया।

''मुझे बातें करना अच्छा लग रहा है...और बातें करो।''

''क्यों, नींद नहीं आ रही?''

''आँखें बन्द करूँगा तो फिर वही तारों की उलझी शक्ल झनझनाती दिखलाई पड़ने लगेगी...वही सपने फिर आने लगेंगे।''

''सपनों से क्या डरना? सपने वास्तविकता थोड़े ही होते हैं। पहले भी तो आते होंगे, तब भी क्या तुम जगते रहते थे?''

''आते थे, पर तब माँ पास सोती थी। अब भी जब घर जाता हूँ तो माँ के पास ही सोता हूँ। वैसे भी हम लोगों में शहरी लोगों की तरह हर आदमी का अलग-अलग बिस्तर नहीं होता। छोटा भाई बापू के पास और मैं माँ के पास...छोटी बहन और दादी सो जाती हैं। बड़ी जिज्जी थीं तो हम तीनों जमीन पर ही सो रहते थे। जिज्जी बहुत प्यार करती थी...'' उसको जिज्जी की याद हो आई। वह खामोश हो गया। फिर बोला, ''जिज्जी का आदमी बहुत शराबी है...उन्हें मारता है...घर आती हैं तो रोती रहती हैं। कल चिट्ठी आई थी। लिखा है कि जीजा ने शराब पीकर जुआ खेला और हारते-हारते जिज्जी तक को हार गया। वो तो दूसरा आदमी भला था। उसने बापू को लिखा कि आपकी बेटी को आपके दामाद ने दो सौ रुपए में छोड़ दिया...आप चाहें तो दस दिन के अन्दर चुकता करके छुड़ा लें नहीं तो हम जिम्मेदार नहीं होंगे...'' वह फिर भावुक हो गया। सँभलने में उसे देर लगी। लम्बी साँस लेकर कहा, ''बापू जिज्जी को घर

ले आए हैं...जीजा भी पहुँच गए हैं। बापू से झगड़ा कर रहे हैं। जिज्जी ने लिखा है—भैया, तू जल्दी से लिख-पढ़ ले—पढ़-लिखकर बड़ा आदमी बन जा। मैं तेरे द्वारे पड़ी रहूँगी...बड़ा आदमी होकर तुझे बच्चों की देखभाल के लिए नौकरानी तो रखनी ही पड़ेगी। उसकी जगह मैं तेरे बच्चों की देखभाल कर लिया करूँगी। तू मुझे रोटी-कपड़ा दे दिया करियो...और बस दो मीठे बोल...मेरी जिन्दगी टेर हो जाएगी।'' बाबूराम फफक-फफककर रो पड़ा और चिट्ठी...अनुकूल की तरफ बढ़ा दी। उसमें और भी बहुत-सी बातें लिखी थीं, जो उसने कही नहीं थीं।

थोड़ी देर बाद सँभलकर बोला, ''मेरी जिज्जी सुन्दर भी है, गुणी भी...पर भाग की हेठी है। जब ब्याह हुआ और डोली में बैठी तो मेरा हाथ पकड़कर छोड़ ही नहीं रही थी। मैं भी उसके पीछे-पीछे मील-भर तक रोता चला गया था। बापू ने सोचा था कि लड़का सरकारी नौकरी में है, रोटी-दाल का डौल रहेगा। पर हमारी जात ही ऐसी है...पीना, खेलना, औरतों को मारना, बेचना...इतना चलता है कि बापू हमेशा कहा करते थे कि मेरा बस चला तो मैं अपनी राजकुमारी को बिरादरी से बाहर बिहाऊँगा। पर...पड़ा!'' बीच के शब्द सुनाई नहीं पड़े।

अनुकूल की समझ में जब कुछ नहीं आया तो उसने पूछा, ''तुम्हारी जिज्जी पढ़ी-लिखी भी है?''

''हमारी जात में लड़कियों को कौन पढ़ाता है! पर बापू ने उसे जी के जोरों आठवीं तक पढ़ाया था। पढ़ने में इतनी होशियार थी कि बापू हँसकर कहा करते थे कि मैं तो अपनी बेटी को डिप्टी कलक्टरी तक पढ़ाऊँगा। सच कहता हूँ अनुकूल, जब से चिट्ठी आई है पढ़ने में मन नहीं लगता। जिज्जी की बहुत याद आ रही है। मन हो रहा है जिज्जी को जाकर समझाऊँ कि बहनी, दुखी न हो...।''

जैसे ही बाबूराम चुप हुआ अनुकूल बोला, ''अपने बापू को लिख दो कि जिज्जी से प्राइवेट दसवीं का इम्तहान दिलवा दें। दसवीं करके कहीं काम मिल जाएगा। औरतें कमाती नहीं इसीलिए आदमी तंग करता है। हम लोगों का ही क्या पता, यहाँ से क्या होकर निकलें...? तुम्हारी जिज्जी कब तक तुम्हारे आसरे बैठी रहेगी? उनके भी तो बच्चे होंगे?''

''आठ महीने पहले ही तो शादी हुई है और आठ महीने में ही सब खेल बखेर हो गया।''

अनुकूल का मन हुआ कि वह भी अपनी बहनों के बारे में बात करे। उसके जीजा लोग भी गाली बकते हैं। हाथ भी उठा देते हैं पर बात यहाँ तक नहीं पहुँचती। कभी-कभी पीते भी हैं पर चुपचाप आकर सो जाते हैं। छोटे जीजा कभी ज्यादा चढ़ा जाते हैं...छोटी जीजी से भी पीने को कहते हैं...नहीं पीती तो डाँटते हैं...एक-दो बार हाथ भी उठाया। बाबू ने डाँटा तो कुछ ढीले पड़े। लेकिन उसने यह सब नहीं कहा।

इतना ही कहा, ''बाबूराम, हमें रास्ता चाहिए...तो वे लोग घर में घुटती रहेंगी और हम बाहर पिटते रहेंगे। इतनी जल्दी रास्ता खोज पाना मुश्किल है...धीरज धरकर बढ़ते रहना पड़ेगा।''

बाबूराम अब धीरे-धीरे सामान्य होने लगा था। वह बोला, ''वह मेरी बहन है और हमारी जात में यह सबकुछ होता है, इसलिए चुप रह जाना पड़ता है...नहीं तो पता नहीं क्या कर बैठता!'' फिर बोला, ''ऊँची जातवाले और भी गिरे हुए हैं। हमारे घर के पास मिसिरजी की कोठी है। बड़ी भारी जमीन-जायदाद। उनका बेटा विलायत से आया। जल्दी-जल्दी उसकी शादी रचाई। माँ बता रही थी कि बहू ऐसी कि हाथ-लगाए मैली हो। पन्द्रह दिन बाद सुना कि बिजली का करेन्ट लगा और मर गई। करेन्ट तो लगाया गया था...अपने आप नहीं लगा था। मिसिरजी का लड़का किसी विदेशी लड़की से फँसा था और मिसिरजी इस बात से नाराज थे कि लड़के के पिता ने जो वायदा किया था वह पूरा नहीं किया...बेचारी अकेली पड़ गई। कम-से-कम जिज्जी घर में तो बैठी हैं...किसी ने करेन्ट तो नहीं लगाया।''

अनुकूल ने थोड़ी संजीदगी से कहा, ''दूसरों से अपनी क्या बराबरी!'' फिर रुककर बोला, ''अगर तुम्हारी जिज्जी पढ़ गई तो अपने पैरों पर खड़ी हो जाएगी। हमारी माँ कहा करती हैं कि अभागी औरत की जिन्दगी ताड़ की तरह बढ़ती जाती है और छाँही-पत्ते पतझर की तरह गिरते जाते हैं। किसी का क्या पता, कौन कितना कर पाता है...!''

''सच कहता हूँ अनुकूल, जिज्जी के लिए मैं सबकुछ करूँगा।''

घड़ी की तरफ देखकर अनुकूल बोला, ''अरे, तुम्हारी घड़ी में दो बज गए...! सवेरे क्लास में बैठे-बैठे नींद आएगी। लड़के हम लोगों पर ज्यादा हँसेंगे।'' वह मुस्कुरा दिया।

''अनुकूल, यार डर लगता है।''

''हो सकता है डर मुझे भी लगता हो, पर डरेंगे कब तक? खन्ना कह रहा था, हमारा कहा मानोगे तो पार लग जाओगे...नहीं तो अगली आत्महत्या जरूर देखना।''

''क्या मतलब?''

''मतलब वो जाने। अब तुम सो जाओ...मैं बत्ती बन्द किए देता हूँ।''

बाबूराम ने इस बार और भी आजिजी से दोहराया, ''मुझे बहुत डर लगेगा।''

अनुकूल सोचकर बोला, ''तुम ऐसा करो, अपनी खाट मेरी खाट के नजदीक खिसका लो। तब शायद अच्छी तरह सोया जा सके।''

बाबूराम ने अपनी खाट अनुकूल की खाट के पास घसीट ली। वह एकदम किनारे पर लेटा जिससे अनुकूल की उपस्थिति उसे महसूस होती रहे। अनुकूल

अपनी खाट पर एकदम सीधा लेटा छत की तरफ देख रहा था।

थोड़ी देर बाद बाबूराम बोला, "मैं अपना हाथ तुम्हारे हाथ पर रखना चाहता था।"

अनुकूल और नजदीक खिसक आया और हाथ फैला दिया।

रात किस समय किसकी आँख लगी दोनों में से किसी को पता नहीं था। बस सो गए थे। सवेरे सात बजे आँख खुली। साढ़े सात बजे क्लास में होना था। अनुकूल ने ही बाबूराम को झकझोरकर जगाया। वह बच्चों की तरह धुत्त सो रहा था। उसके मुँह से ज़रा-सी राल भी निकलकर बह आई थी। अनुकूल के मुँह पर हल्का-सा घिन का भाव आया। लेकिन सोते-सोते क्या हो जाए...इसके लिए सोनेवाला कैसे जिम्मेदार ठहराया जा सकता है। उसका बनियान भी गन्दा था। शायद वह कई रोज से उसी को पहन रहा था। इस बात ने उसके उस भाव को थोड़ा और गहरा कर दिया। यह भी तो सम्भव है उसके पास कपड़े कम हों। पर धो तो सकता ही है!

बाबूराम को जगाकर निबटने चला गया। लड़कों का जमाव देखकर वह समझ गया कि सभी लड़के या तो रात को सो नहीं पाए या फिर देर से सोने के कारण अब आँख खुली है। बाथरूम के बाहर इतना जमाव पहले कभी देखने में नहीं आया था। लड़का अन्दर जाता था। बाहर खड़े लड़के चिल्लाने लगते थे, "अबे, बदबू करता है, निकलता नहीं...इतना कब्ज था तो चला आता, ग्लसरीन की बत्ती चढ़ा देते।"

दूसरा चिल्लाता, "अबे, हँडिया-सी उलट और चला आ...या वहीं बोयेगा, वहीं काटेगा, वहीं पीसेगा, वहीं बनाएगा और वहीं गर्माएगा!"

तीसरा कहता, "नहीं भैया, खुदाई डाट लगी है, निकल नहीं रही।"

सब ताली बजाकर हँसने लगते। अनुकूल को गुस्सा भी आ रहा था और हँसी भी। वह थोड़ी देर चुप रहा। फिर वाशबेसिन पर जाकर मुँह-हाथ धोने लगा। बाबूराम आँखें मलता हुआ तेजी से आया और सीधे एक पाखाने का दरवाजा खटखटाने लगा। खन्ना सिगरेट पी रहा था। कोई भी पाखाना खाली न होने के कारण तेजी से टहल रहा था। बाबूराम को पाखाने पर इस तरह टूट पड़ते देखकर बोला, "यार, तुम्हें भी सता रही है...मैं तो समझता था तुम इस काम के हकीम होगे...कब्जे में रखने की तरकीब जानते होंगे। सोचा था तुमसे सीखेंगे...!"

अनुकूल ने उसकी तरफ देखा। दिनेश बोला, "अबे चुप्प, नया गांधी जन्म ले चुका। कहेगा, सत्याग्रह करो...तब क्या करोगे।"

सब लोग हँस दिए। अनुकूल बिना कुछ बोले वापस हो गया। बाबूराम अभी वहीं अटका था। वह दूसरे पाखाने की तरफ लपका। वहाँ पहले से ही खड़ा लड़का बोला, "इतनी ही जल्दी है तो लोटा लेकर उधर फील्ड पर निकल जाओ।"

बाबूराम पर दबाव बर्दाश्त नहीं हो रहा था। पहले तो वह दोनों हाथ टाँगों के बीच दबाए खड़ा रहा। उसके रोंगटे सीधे खड़े थे। जब नहीं रुका गया तो वह बाहर की तरफ भागा।

लड़के जोर-जोर से ताली बजाने लगे।

अनुकूल क्लास में पहुँचा तो प्रोफेसर मुत्तु आ चुके थे। वह जाकर पीछे चुपचाप बैठ गया। प्रोफेसर ने आते ही पढ़ाना शुरू कर दिया। अनुकूल का ख्याल था कि शायद वे कलवाले हादसे के बारे में कुछ कहेंगे। उसकी समझ के अनुसार छात्र के न रहने का अध्यापक को भी उतना ही दुख होना चाहिए जितना एक पिता को बेटे के न रहने पर होता है। लेकिन न तो उनके चेहरे पर ऐसे कोई चिह्न थे और न आवाज पर ही कोई असर था। वे फर्राटे से बोलते चले जा रहे थे।

वे केटेलिसिस-प्रक्रिया को धाराप्रवाह अंग्रेजी में भिन्न-भिन्न उदाहरण देकर समझा रहे थे। लेकिन उनका समझाना अनुकूल के अन्दर किसी प्रकार की कोई प्रतिक्रिया उत्पन्न नहीं कर रहा था। उसके और प्रोफेसर के बीच सुनते और बोलते जाने के रिश्ते के अलावा कोई दूसरा रिश्ता नहीं था। उसे आश्चर्य हुआ कि वह अपने प्रोफेसर की उपस्थिति को आज भी रोज की तरह क्यों नहीं महसूस कर रहा है! उसके दिमाग में अचानक एक बात कौंधी कि एक अध्यापक की उपस्थिति एक आवाज के अलावा एक इन्सान की उपस्थिति भी होनी चाहिए।

प्रोफेसर ने इंडीकेटर से उसकी तरफ इशारा करके पूछा, ''समझे?''

''सर्र-सर्र...'' अनुकूल हड़बड़ाहट में बोला। उसकी हड़बड़ाहट पर सब हँस दिस।

''क्या?''

''नो सर!'' इस बात से और भी ज्यादा हँसी हुई। प्रोफेसर पहले मुस्कुराए फिर गम्भीर होकर बोले, ''अगर आप लोग फॉलो नहीं कर पाते तो क्लास में आते क्यों हो? और भी इन्स्टीट्यूशन्स हैं, वहाँ जाइए...नानसेन्स!''

अनुकूल की समझ में नहीं आया कि वह आगे क्या करे। उसके मुँह से एकाएक निकला, ''सर, मैं समझा था कल का हादसा सब पर सवार होगा...उसी ने मुझे थोड़ा अपसेट कर दिया था। आ'म सो सॉरी सर!''

ही-ही करके हँसते हुए लड़के वहीं-के-वहीं ठिठक गए।

प्रोफेसर की जबान लड़खड़ा गई, ''वास्तव में यह एक अत्यधिक दुखद घटना है...!''

''यस सर!''

''बैठ जाओ।''

वह बैठ गया—क्या कैटेलिटिक एजेन्ट रासायनिक प्रक्रिया को ही उद्दीप्त करता

है? हम लोगों की प्रतिक्रियाओं को तेज करनेवाला ऐसा कोई एजेन्ट नहीं होता?

प्रोफेसर ने फिर दोहराया, ''आप लोग समझ रहे हैं ना...? यह बहुत ही इम्पार्टेन्ट टॉपिक है।''

दो-चार लड़कों ने 'यस सर' कहा, बाकी सब खामोश बैठे रहे। प्रोफेसर बौखला गए। वे जोर से चिल्लाए, ''मैं अपनी पूरी शक्ति आप लोगों को समझाने में लगाए दे रहा हूँ, आप लोग ऐसे बैठे हैं जैसे 'जजेज़' हैं, शिट!'' और क्लास छोड़कर बाहर चले गए।

अनुकूल की समझ में आखिरी शब्द नहीं आया था। लेकिन लड़के हँसते हुए भरभराकर बाहर निकल पड़े थे और एक-दूसरे को 'शिट्' कहकर हँस रहे थे। एक लड़के ने उसके पास से निकलते हुए अंग्रेजी में कहा, ''यह असली 'शिट' है, इसी की वजह से सब 'शिट' हो गए।''

दूसरे लड़के ने कहा, ''वो खुद शिट नहीं? वक्त की नजाकत को बिना समझे बकता चला जा रहा था। अनुकूल ने ठीक प्वाइन्ट आउट किया। उसको उसी वक्त क्लास छोड़ देनी चाहिए थी। लेकिन अपनी झेंप मिटाने के लिए उसने यह बहाना ढूँढ़ा।''

अनुकूल को 'शिट' का गाली होना समझ में आ गया था। उसका हिन्दी तरजुमा जानने की इच्छा उसके मन में बढ़ गई थी।

एक लड़का हँसकर धीरे-से बोला, ''लगता है, भोला है! जानता नहीं 'शिट' क्या होता है।''

दूसरे ने हँसकर कहा, ''होता क्या है...ए डेलिकेसी...एक बार चख लो तो कभी न भूलो। देखो सब कैसा चटाखा ले रहे हैं...सब तरफ शिट-ही-शिट है।''

उसकी बात पर सब लोग जोर से हँस दिए। उनके आनन्द को देखकर अनुकूल के चेहरे पर भी मुस्कुराहट आ गई।

एक और गुस्से से बोला, ''गन्दी बातें मत करो...इट इज़ ब्लडी नो डेलिकेसी...इट इज़ टट्टी!''

अनुकूल की तबीयत घिना गई। यही इन लोगों की बातचीत का स्तर है! वह वहाँ से हट गया। बहुत देर तक उन लोगों की हू-हा सुनाई पड़ती रही।

वे लोग उस बात को आगे बढ़ा रहे थे, ''इसमें क्या बात है? कभी-न-कभी तो सभी टेस्ट करते हैं।''

''ओह नो...''

''जब पवित्र जल का सेवन बड़े-बड़े लोग तक करते हैं तो...!''

सब थू-थू करते हुए हँसने लगे। अनुकूल ने दूर से ही देखा और वहीं पर पिच से थूक दिया।

लेक्चर हॉल काम्पलेक्स से निकलते ही देखा, बाबूराम तेजी से क्लास पकड़ने के लिए आ रहा था। अनुकूल ने उसे आते देखा तो उसके चेहरे पर हल्का-सा शैतानी का भाव आ गया। एक-आध बार उसने गर्दन हिलाई। फिर उसने बाबूराम को आवाज देकर बुला लिया । पास आते ही उसके चेहरे की शैतानी और गहरी हो गई। उसने दो-तीन बार मुँह खोला और बन्द किया। फिर एकाएक बोला, ''यू आर शिट!'' और हँस पड़ा।

बाबूराम चकरा गया। वह बोला, ''मैं समझा नहीं!''

''प्रोफेसर मुत्तु ने 'शिट' कहा और क्लास छोड़ दी। लोगों को 'शिट' कहना बहुत अच्छा लगा और वे सब वहाँ अपने को शिट कहे जाने के उपलक्ष्य में खुशियाँ मना रहे हैं।''

''शिट क्या कोई टॉपिक था?''

''अरे नहीं, शिट था शिट...उसी के लिए उन्होंने क्लास छोड़ी।'' अनुकूल कहता जा रहा था और हँसता जा रहा था। उसका पेट दुखने लगा था।

बाबूराम और भी अधिक चक्कर में पड़ गया था। वह बोला, ''कुछ बताओ तो...तुम हँसे जा रहे हो।''

''टट्टी...टट्टी!''

''किसी ने क्लास में कर दी थी?'' बाबूराम ने अचकचाकर पूछा।

''अरे नहीं यार...किसी ने नहीं की। शिट माने टट्टी। प्रोफेसर ने गुस्से में आकर सबको टट्टी कहा और क्लास छोड़कर चला गया।''

बाबूराम को यह नया शब्द जानकर खुशी हुई। होंठों-ही-होंठों में उसने दोहराया और बोला, ''आज हमारी भी शिट निकल गई...कोई लैटरिन से निकला ही नहीं। मैं बाहर की तरफ को भागा। फील्ड तक पहुँचते-पहुँचते जाँघिये में निकल गई।''

अनुकूल स्वभाव के विरुद्ध कुछ ज्यादा ही हँस रहा था। इस बात पर वह और भी जोर से हँसने लगा। उससे बोला नहीं जा रहा था। पहले तो बाबूराम का चेहरा उतर गया फिर चेहरे पर खिसियाहट भरी हँसी आ गई। जब अनुकूल की हँसी का दौरा कुछ कम हुआ तो वह बोला, ''तुम हँसते हो...वाकई मुझ पर रुकी नहीं। वो तो तुम्हारे उस दिन के कहने की वजह से जाँघिये पर पाजामा पहने था...जाँघिये समेत फेंकनी पड़ी। बिना जाँघिये के पतलून पहनकर आया हूँ। बस अब एक लँगोट है। बिना जाँघिये के पैंट में नंगा-नंगा-सा महसूस होता है। चलते-फिरते भी अजीब लगता है। तुम्हारे पास कोई पुराना जाँघिया हो तो दे दो...वजीफा मिलने पर सिलवा लूँगा।''

अनुकूल तत्काल अपने चेहरे में वापस लौट आया। उसे खुद को लगा कि वह बेकार इतना हँस रहा था। हँसने की कोई बात नहीं थी।

बाबूराम बोले जा रहा था, ''वो तो किसी ने देखा नहीं...नहीं तो हास्टिल में रहना

मुश्किल हो जाता। वहीं पोंछ-पोंछकर...मिट्टी से हाथ साफ करके चला आया। बिना नहाये आने को मन नहीं चाहा। इसीलिए देर हो गई। जब दबाव होता है तो मुझ पर रोका नहीं जाता। बचपन से ही कुछ ऐसा है।'' फिर बोला, ''है क्या कोई जाँघिया?''

''एक नया रखा है, वह तुम ले लेना।''

''नहीं, पुराना ही दे दो, नीचे ही तो पहनना है। नया तुम पहन लेना।''

''तुम नया ही पहनो। जब तुम्हारा वजीफा आ जाएगा तो तुम दूसरा खरीदकर वापस कर देना। शुरू-शुरू में उसे पहनकर भिंचा-भिंचा-सा लगेगा, लेकिन बाद में ठीक लगने लगेगा।''

बाबूराम को एकाएक कुछ याद आ गया। वह बोला, ''तुम्हें पता है...रामउजागर दादा को कुछ हो गया है...बहकी-बहकी बात कर रहे हैं। लगता है कुछ ओपरी का असर है। बैठे-बैठे रोने लगते हैं...हैल्थ सेन्टरवालों ने उन्हें कमरे में बन्द करके रखा हुआ है।''

अनुकूल को लगा जैसे उसे किसी ने गर्दन से पकड़कर हवा में झुला दिया। रामउजागर ही तो एकमात्र सहारा थे। इतने हिम्मती, इतने मददगार...उनकी वजह से हम लोगों को भी यहाँ कभी-कभी सिर उठाने का मौका मिल जाता था।

''किसने बताया?''

''अभी आते हुए हरचरन कह रहे थे...वार्ड के जमादार। वे तक रो रहे थे...! हमारे गाँव के हैं। हमें बच्चा कहते हैं। कह रहे थे कि हमारा बेटा बीमार पड़ा तो रामउजागर भैया हमारे घर तक गए। आज उन्हीं के कारण वह जिन्दा है...नहीं तो पता नहीं क्या हुआ होता।''

''देखकर आया जा सकता है। अगला घंटा खाली है।''

''किसी को नहीं मिलने देते...हरचरन ही बता रहे थे। राघवन वगैरह गए थे। उन्होंने डाइरेक्टर से जाकर कहा कि रामउजागर का अच्छे-से-अच्छा इलाज कराया जाए। डाइरेक्टर ने हामी भर ली है।''

अनुकूल की बोलती ही सूख गई थी। वह गुमसुम खड़ा था।

बाबूराम बोले जा रहा था, ''हरचरन भले आदमी हैं। उनसे जब सवेरेवाली बात कही तो कहने लगे, ऐसे में हमें बता दिया करो बच्चा। कहाँ पड़ा है, हम साफ कर देंगे। मैंने मना कर दिया कि नहीं, घिन आएगी। वे बोले, बच्चों को धो-धोकर नहीं पहनाया जाता? थोड़ा-सा सर्फ रखा है, उससे बिल्कुल साफ धुल जाएगा। मैंने इन्कार कर दिया। वे चले गए।''

अनुकूल को अपने पार्टनर की बात पर गुस्सा भी आ रहा था और हँसी भी आ रही थी। वह थोड़ा झुँझलाकर बोला, ''वह चाहे लाख तुम्हारे गाँव का था परन्तु तुम्हें उससे कहने की क्या जरूरत थी? जो हो गया था सो हो गया था। दस कानों में

बात जाएगी, फिर कहोगे लड़के तंग करते हैं।''

''नहीं-नहीं, वे ऐसे आदमी नहीं। किसी से जाकर नहीं कहेंगे।''

अनुकूल फिर कुछ नहीं बोला। रामउजागरवाली बात उसे अन्दर-ही-अन्दर कुरेद रही थी। कुरेद क्या रही थी, मथ रही थी। वह पार्टनर को लेकर हेल्थ सेन्टर पहुँचा। कई और लड़के मौजूद थे। रामउजागर कमरे में बन्द था। खिड़की के पास चुपचाप खड़ा था। आँखें चढ़ी थीं। भँवें तनी हुई थीं और भारी भी हो आई थीं। उसने अनुकूल को खिड़की के पास बुलाया और कहा, ''भाग जाओ, जल्दी भाग जाओ...ये तुम्हें भी बन्द करके मार डालेंगे। ये सब कुत्तामार दस्ते के सदस्य हैं...इन सबकी बाँहों में एक-एक रस्सी छिपी है। मौका मिलते ही गले में डालकर खींच लेते हैं, आदमी लटक जाता है...मोहन मेरा दोस्त था। उसने मुझे कान में बताया था।''...फिर बहुत धीरे-से फुसफुसाता हुआ बोला, ''वह मरा नहीं था, जिन्दा था...उसके हाथ हिल रहे थे। उसने मेरे कान के पास एक लम्बी साँस छोड़ी थी। मैंने बहुत गलती की, उसको पुलिसवालों को ले जाने दिया...ये सब मिले हुए हैं। अगर पुलिसवाले न ले गए होते तो उनकी रस्सी बेअसर साबित हो जाती। फिर उनसे लोग डरना छोड़ देते...उन्होंने इसीलिए मोहन को जिन्दा जलवा दिया। मैं यह सब जानता हूँ। इसलिए मुझे यहाँ बन्द कर रखा है। तुम लोग सब भाग जाओ...नहीं तो रस्सी तुम्हें भी लटका देगी। भागो-भागो...रस्सी आ रही है।'' वह चिल्लाने लगा।

अस्पतालवालों ने उन्हें वहाँ से हटा दिया।

दूसरे लड़के नसीहत करने लगे। उन्हें उसके पास नहीं जाना चाहिए था। समझना चाहिए था कि उसकी मानसिक स्थिति अच्छी नहीं है। वह उत्तेजित हो जाता है। भाईचारा कहीं भागा थोड़े ही जा रहा था! बड़ी मुश्किल से शान्त हुआ था...अब फिर उत्तेजित हो गया। वे दोनों गुनाहगार की तरह चुपचाप सुनते रहे।

रामउजागर लगातार चिल्ला रहा था, ''मेरे भाइयों को मेरे पास क्यों नहीं आने देते? वे मेरे भाई हैं...तुम लोग कौन होते हो उन्हें रोकनेवाले। जहर का इन्जेक्शन लिए घूम रहे हो...तुम हम लोगों में से किसी को भी, कभी भी खत्म कर सकते हो। वो रस्सी देखो...?'' जंगला जोर-जोर से हिलाने लगा। फिर सन्तुलित ढंग से बोला, ''मैं तुम लोगों से नहीं डरता, मैं डरता हूँ तुम लोगों की बदनीयती से। तुम पूरी तरह मारोगे भी नहीं...। सिसकाओगे। तुम झटका देकर रीढ़ की हड्डी तोड़ देते हो। मोहन की गर्दन तोड़ी दी थी। वैसे वह जिन्दा था। उसने लम्बी साँस ली थी। अपने हाथ हिलाए थे...मुझे मत जलाओ...वह बोलता पर गर्दन टूटी होने के कारण नहीं बोल पाया। दरअसल तुम बोलते रहने को ही जीना समझते हो...जो बोलते रहें वे तुम्हारी नजरों में मरकर भी जिन्दा रहते हैं...हम नहीं बोल पाए तो जिन्दा भी मरे हुए हैं। तुम मेरे इन दोनों भाइयों का नाम भी मरे हुओं में लिखवा दोगे...लो मैं

बोलूँगा, खूब बोलूँगा, लिखो मेरा नाम मरे हुओं में।'' उन दोनों की तरफ इशारा करके कहा, ''तुम भी बोलो...जोर-जोर से बोलो। तभी तुम बच पाओगे।''

डॉक्टर को बुला लिया गया था। डॉक्टर ने सबकुछ देख-सुनकर अनुकूल और बाबूराम को फिर से खिड़की के पास जाने दिया। शायद उसे शान्त करने में कुछ मदद मिल सके। वे खिड़की के पास पहुँचे तो वह उन दोनों के माथे और सिर पर हाथ फेरने लगा। वह हाथ फेरता जा रहा था और कहता जा रहा था, ''तुम इन लोगों के चक्कर में बिल्कुल मत पड़ना...तुम्हें कोल्हू में डालकर बैलों को टिटकार देंगे। मेरे परदादा को डालकर बैल टिटकार दिए गए थे...तेल निकल जाएगा। आदमी का तेल इन्हें बहुत पसन्द है...शीशी में भर लेते हैं और ग्राहकों को रहस-रहस कर दिखाते हैं। मेरे भाई, तुम चले जाओ। यहाँ मत रहो...यहाँ कुछ नहीं रखा। ये लोग शुरू में आकर्षित करते हैं फिर मकड़ी की तरह जाल में फँसाकर फोक बना देते हैं...फोक किसी के काम नहीं आता। मुझे देख रहे हो...मैं अब फोक हूँ।'' वह हँसने लगा और देर तक हँसता रहा।

अनुकूल का दिल बैठा जा रहा था।

वह बोला, ''तुम भी कुछ बोलो...कुछ तो बोलो। तुम नहीं बोलोगे, मैं जानता हूँ। तुम डरे हुए हो। नहीं बोलते तो जाओ...यहाँ से चले जाओ, भागो।''

डॉक्टर ने आकर कहा, ''मि. रामउजागर, आप अपने-आपको शान्त रखिए। आपकी तबीयत इस लायक नहीं कि आप चिल्लाएँ। अगर आप चुप नहीं होंगे तो हमें इलेक्ट्रिक शॉक देना होगा।''

वह रोने लगा, ''मैं जानता हूँ तुम क्या हो...शॉक क्या होता है! सब कुत्तामार दस्ते के एजेन्ट हो...'' यह सबकुछ उसने अंग्रेजी में कहा।

डॉक्टर ने उन दोनों को चले जाने का इशारा किया। उनकी क्लास का भी वक्त हो गया था। वे वहाँ से चले गए। अनुकूल का मन क्लास में जाने का नहीं था।

उन दोनों के चले जाने के बाद रामउजागर बहुत उत्तेजित हो गया था और बार-बार चिल्ला रहा था–'अनुकूल आदि सब लड़कों को रस्सियों में बाँधकर लटका दिया गया...उनके पाँव जमीन से ऊपर उठ गए हैं। वह उन्हें बचाने के लिए सीखचों को जोर-जोर से हिला रहा था और लग रहा था कि वे टूटकर गिर जाएँगे।''

अन्ततः उसे इन्जेक्शन देकर बेहोश कर दिया गया। शाम को जब उसके घरवाले आ गए तो उसे मेन्टल हॉस्पिटल में स्थानान्तरित कर देना पड़ा। चलते हुए उसके बापू बोले, ''कोयले की खान से निकला एक अनघड़ हीरा सफाई के लिए भेजा था...हीरे का तो कहीं पता नहीं, कोयला लेकर जा रहे हैं।''

डीन कुछ कहने लगा तो उसके बापू ने कॉलर पकड़ लिया, ''मत कुछ कहिए

...आप बड़े आदमी हैं सबकुछ करके भी बेदाग छूट जाएँगे, हम कहकर भी दोषी बन जाएँगे। हम तो अपनी सब उम्मीदें, खुशियाँ यहीं दफन करके जा रहे हैं। हमारे दिल से पूछिए...जिस पौधे को इसलिए लगाया था कि छाया देगा अब उसी को जिन्दा रखने के लिए हमें छाया का इन्तजाम करना है। हम कितने मूर्ख थे...सोचा था लड़का आ जाएगा तो सुख की नदी बह निकलेगी...हजारों साल की विगत भूलकर छन-भर की झूठी अगत में भुला बैठे थे! आप लोग हम बेसहारा गरीब लोगों के बच्चों को अपने बच्चों जैसे इन्सान के बच्चे क्यों नहीं समझते? हम लोगों ने आपका क्या बिगाड़ा?'' फिर हाथ जोड़कर कहा, ''जाइए, आप हाकिम हैं, आपसे जबान लड़ाता मैं अच्छा नहीं लगता।''

डीन वहाँ से चुपचाप खिसक गया था।

ये सब सुनी-सुनाई बातें थीं। न अनुकूल ने अपनी आँखों देखी थीं और न बाबूराम ने। अनुकूल तभी से अन्दर-ही-अन्दर एक तरह की ऊहापोह में खोया रहने लगा था। वह ऊहापोह थी कि बाकी सबका क्या होगा? बार-बार सोचने पर भी इस सवाल का उसे कोई जवाब नहीं मिल पा रहा था।

रामउजागर को अपने स्वास्थ्य के कारण एक साल के लिए इन्स्टीट्यूट छोड़ना पड़ा। उसे लीव दे दी गई थी। वे सब लड़के जो रामउजागर को अपना सहारा मानते थे अचानक बेसहारा हो गए थे। अच्छी अंग्रेजी और तैराकी का चैम्पियन होने के कारण वह डिस्को-माहिर छात्रों के वर्ग को अपने-अपने पाजामों से बाहर नहीं आने देता था। एक-दो बार जब वे बाहर आए भी थे तो उसने उनकी 'गर्ल्स-फ्रेंन्ड्स' के सामने स्वीमिंग-पूल में लुढ़काकर उनकी चीं बुलवा दी थी। फिर उसी ने उन्हें निकाला भी।

रामउजागर यही कहा करता था कि हमारा क्या जाएगा, हजारों साल से पिटते चले आ रहे हैं...अनन्त लात-मुक्के खाए हैं, उसमें चार-छः लात-मुक्के और जुड़ जाएँगे। लेकिन ये हमारे एक ही में डिस्को नाचने लगेंगे। वे सब लड़के उससे मुँहजोरी न करके हँस देते थे। वैसे भी वह हर एक की मदद के लिए हर वक्त तैयार रहता था। कभी किसी ने उसके सामने सवाल पेश नहीं किया। आभास मिलते ही वह स्वयं जा उपस्थित हुआ।

दक्षिण का एक लड़का पन्द्रह दिन अस्पताल में रहकर चल दिया था। उसकी बीमारी के दौरान कुछ लड़कों ने आरंभ में तो चार-चार घंटे की ड्यूटी बाँध ली थी। लेकिन जब बीमारी बढ़ने लगी और उसका कोई ओट नजर आना बन्द हो गया,

लड़के खिसकने लगे। उनकी अपनी पढ़ाई का दबाव उसकी बीमारी से ज्यादा बड़ा हो चला। रामउजागर केवल शाम-सवेरे जाता था। मेडिकल कॉलिज में दाखिल होने की वजह से चौदह किलोमीटर साइकिल चलाकर जाने में उसे सिर्फ बीस मिनट लगते थे। उसने अपनी साइकिल के मडगाड निकलवाए हुए थे। उसका ख्याल था कि उससे घर्षण कम हो जाता है और साइकिल की स्पीड बढ़ जाती है।

उन लड़कों को कन्नी काटते देख रामउजागर बिगड़ गया और उन सबको धकियाकर बाहर निकाल दिया। ताव में कहनी-अनकहनी सब कहीं, ''आप लोग घंटों पी लोगे, डिस्को नाच लोगे...लड़कियों के हॉस्टिल में घुसे रहोगे...तब पढ़ाई का दबाव महसूस नहीं होगा। तुम्हारा अपना भाई-बन्धु आखिरी घड़ियाँ गिन रहा है तो पढ़ाई याद आ रही है। तुम सब भागो यहाँ से...रामउजागर के रहते कोई लड़का बिना तीमारदारी के नहीं मर सकता।'' वे लड़के पहले तो झेंपे। बाहर खड़े होकर सलाह-मशवरा करते रहे। लेकिन जब रामउजागर ने दोबारा फटकार लगाई कि अगर रहना है तो मन लगाकर रहो और भूल जाओ कि तुम्हें पैसा कमाने इंग्लैंड, अमेरिका जाना है...। एक लड़के के मुँह से निकल गया, ''रात को तुम रह जाया करना, दिन में हम लोग बारी-बारी से ड्यूटी कर लिया करेंगे।''

रामउजागर बिगड़ गया, ''अगर रात को मुझे करनी है तो दिन का इन्तजाम भी मैं कर सकता हूँ...अब तुम लोग नजर मत आना।''

वे लड़के विस्मित थे। यद्यपि इस बन्धन से मुक्ति का अहसास भी अन्दर-ही-अन्दर था। वे उसके व्यवहार से थोड़ी तकलीफ में आ गए थे। वे आपस में बात करते रहे थे कि जिम्मेदारी लेना आसान है और निबाहना मुश्किल।...ऐसे में घरवालों को आकर सँभालना चाहिए...साथ के लड़के तो दो-चार दिन ही निबाह सकते हैं...जिन्दगी-भर की बीमारी थोड़े ही ओटी जा सकती है।

बीच-बीच में आपस में ही रामउजागर पर चोट कर-करके उन सब बातों का बदला भी लेते जाते थे...रामउजागर का क्या, हो गए तो इंजीनियर नहीं तो पैतृक धन्धा है ही। इस पर सब खुलकर हँसते थे।

''पैतृक धन्धा!'' कोई एक दोहराता था और वे फिर हँसना चालू कर देते थे।

उसके बाद वह लड़का करीब एक सप्ताह जिया था। इन सात दिनों में रामउजागर ने उस लड़के की वह सेवा की थी कि सब दाँत-तले उँगली दबा गए थे। बाद में डॉक्टर और नर्सें जबरदस्ती रामउजागर को आराम करने भेज देते थे और अपने-आप मरीज को ताकते रहते थे। बस नीलम्मा, जो उस लड़के के साथ पी.एच.डी. कर रही थी, रोजाना घंटा-दो-घंटा आकर बैठ जाती थी। हालाँकि वह ड्यूटी करने के लिए

तैयार थी पर रामउजागर उसे समझा-बुझाकर भेज देता था। नीलम्मा उस लड़के के इतना निकट थी कि इस बात का उसके मन पर बहुत भार था कि वह उसके लिए कुछ नहीं कर पा रही है। वह कहती थी कि कई बार परिस्थितियाँ अपने कहे जानेवाले लोगों को दूर कर देती हैं और दूर के लोगों को नजदीक ले आती हैं। लेकिन रामउजागर उससे यही कहकर समझाता था कि करना तो हाथों-पैरों का होता है और दुआ दिल की होती है! आपकी दुआ ज्यादा कारगर होगी और हमारी सेवा...! वह लौट जाती थी। लेकिन रामउजागर ने उसकी आँखों में कृतज्ञता का ऐसा भाव देखा था जिसको वह पहचान तो सकता था पर उसका बयान उसके पास नहीं था।

रामउजागर उस दिन पहली बार हॉस्टिल गया था जब मरने के दो दिन पहले उसके पिता सुदूर दक्षिण के किसी गाँव से आ गए थे। वे टूटी-फूटी हिन्दी जानते थे। कभी बहुत पहले वे बनारस में रह चुके थे। लड़के आकर उनसे अंग्रेजी बोलने लगते थे। वे किंकर्त्तव्यविमूढ़-से उनकी तरफ देखते रहते थे। नीलम्मा होती थी तो उनको समझा देती थी। दरअसल नीलम्मा भी उनकी ही भाषा बोलती थी। रामउजागर होता था तो बिना फटकारे नहीं छोड़ता था...दुनिया में ऐसे आदमी अभी भी बाकी हैं जो बिना अंग्रेजी जाने जिन्दा हैं और रहना चाहते हैं। तब कहीं जाकर लड़के हिन्दी बोलते थे। पिता के चेहरे पर अर्ध-परिचितता का भाव उतर आता था।

उस लड़के के पिता वहाँ से चलते समय एक काला धागा साथ ले आए थे, जिसमें कई छोटी-छोटी स्काउटिंग की-सी गाँठें लगी थीं। शायद वह धागा दक्षिण के भगवान वेंकटेश्वर के मन्दिर से प्राप्त किया गया था। उस धागे को बाँधते ही बेटे के निरोग हो जाने की सम्भावना के प्रति वे पूर्णतया आश्वस्त थे। उन्होंने रामउजागर से यही कहा था कि बस इस बात का ध्यान रखना है कि डोरे में लगी गाँठें न खुलें।

दरअसल उन्हें पहुँचने में दो कारणों से देर हुई थी—पैसे का प्रबन्ध और वह धागा! नहीं तो वे पहले ही पहुँच गए होते। उनकी छोटी-सी दुकान में इतनी गुंजायश नहीं थी कि वह उस दुकान से इतनी दूर का किराया-भाड़ा, इलाज-मालजे का खर्चा निकाल सकते। जो थोड़ी-बहुत जमीन थी वह बेटे को एक बड़ा आदमी बनाने के स्वप्न को साकार करने में चली गई थी। थी तो वह रहन ही, पर अब छूटने की कोई आशा नहीं रही थी। बस इतनी ही खैर थी कि दो बेटियों की शादी हो चुकी थी। सबसे छोटा बेटा था। उसी पर आस लगी थी कि कब पढ़कर आएगा और कब सुख देगा। दोनों बूढ़े-बुढ़िया एक-एक दिन गिनते थे। बस अब राजू के आने में साल-भर रह गया, दस महीने रह गए...छह महीने...बस इससे आगे गिनती खत्म हो गई थी।

पिता के आने के बाद बेटे ने दो-तीन वाक्य ही बोले।

"माँ कैसी हैं?"

"बहनें कैसी हैं?"

"दुकान का क्या हाल है?"

पिता के मुँह से बोल तो फूटा ही नहीं था। बस भीगी आँखों गर्दन हिला-हिलाकर हाँ-हाँ करते रहे थे। फिर वह बहुत देर तक अपने पिता का हाथ अपने हाथ में लिए लेटा रहा था।

नीलम्मा ने रामउजागर को बाद में बताया कि उसने एक वाक्य नीलम्मा के बारे में भी कहा था। रामउजागर की तारीफ भी की थी। पिता की आँखें बह चली थीं और देर तक नीलम्मा के सिर पर हाथ फेरते रहे थे। बाद में उन्होंने यह भी कहा कि इस परदेस में भी अपने-से करनेवाले लोग मिल गए, भगवान वेंकटेश्वर की ही कृपा है!

उसके बाद उस लड़के ने न आँखें खोलीं और न मुँह!

जिस समय राजू के प्राण छूटे उस समय इत्तफाक से पिता के अलावा नीलम्मा और रामउजागर ही उसके पास थे। रामउजागर को शाम से ही खतरा नजर आने लगा था। इसलिए वह रात को हॉस्टिल न जाकर वहीं बना रहा था। नीलम्मा भी वहीं रही थी। वहाँ की एक नर्स से उसकी दोस्ती हो गई थी, इसलिए वह उनके रिटायरिंग रूम में ही बनी रही थी। बीच-बीच में आकर खबर ले जाती थी। उसके पिता बस आँख बन्द किए भगवान वेंकटेश्वर को ही याद करते रहे थे। उसका जबड़ा कसता जा रहा था और शरीर धनुष की तरह मुड़ता जा रहा था। डॉक्टर पहले तो कुछ बोलते भी थे अब बिल्कुल मौन थे। सूरज उदय होते-होते उसने आँखें पलट दीं। उसके पिता अपने बेटे की जगह रामउजागर से लिपटकर रोने लगे। रामउजागर ने बचना भी चाहा पर ऐसे क्षण में वह बच भी कहाँ तक सकता था। पिता का बिलखना किसी ताजा-ताजा अनाथ हुए बच्चे के बिलखने से भी बदतर था। जिस प्रकार वह रामउजागर से लिपटे थै उससे यही आभास होता था कि वे यही समझ रहे हैं कि उसे पुनः जीवित करना रामउजागर के हाथ में है। अगर रामउजागर चाहेगा तो वह उठ बैठेगा। रामउजागर को इतना सम्मान आज तक किसी ने नहीं दिया था। इसलिए वह सब उसे असहनीय लग रहा था। वह उनके हाथों में बुत बन गया था। उसे लग रहा था कि यदि थोड़ी देर और वह इसी तरह उनके विश्वास से खेलता रहा तो वह फट पड़ेगा।

नीलम्मा उसके मृत शरीर को पहले एकटक देखती रही थी, फिर एकाएक सिसक-सिसककर रो पड़ी थी, "तुमने धोखा क्यों दिया...?" इसके आगे वह कुछ बोल नहीं पाई थी।

जब तक आई.आई.टी. खबर पहुँची और लोग इकट्ठा हुए तब तक ये तीनों ही वहाँ बने रहे। तीनों का दुख अपनी-अपनी तरह का था। किसी के दुख की धारा किसी से नहीं मिलती थी। एक को देखकर एक के दुख में ज्वार आ रहा था।

रामउजागर ही उसके सम्पर्क में सबसे बाद में आया था। उसे लगातार लग रहा था कि एक जीवन को बचाने का उद्यम करते-करते वह उसे खो बैठा। इससे तो अच्छा था वह आता ही नहीं। जब मर जाता तो एक बाहरी आदमी की तरह वह भी दाह-संस्कार में शरीक हो गया होता। अब अन्दर के आदमी और उसकी मौत के एक चश्मदीद गवाह की तरह शरीक होगा...कितना जानलेवा हो जाएगा!

उन दोनों ने खोया था। इसलिए वे दोनों खोनेवाले आदमी की गूँगी मनःस्थिति में गहरे उतरे हुए थे...तुझे कहाँ पाऊँ?

दाह-संस्कार के बाद पिता तो बेटे के मुट्ठी-भर फूल लेकर चले गए। नीलम्मा अकेली पड़ गई। कहाँ जाए? क्या करे? वह फड़फड़ाती थी और अपने ही अन्तर्मन के एक कोने में शान्त बैठ जाती थी। तब तक बैठी रहती थी जब दोबारा फड़फड़ाने की लाचारी उसे फिर से नहीं घेर लेती थी। उसे लगता था कि उसके अन्दर धीरे-धीरे बरमा चल रहा है। वह जब ऐसे स्थल पर पहुँच जाता था जहाँ उसके वे प्राण बसे थे, वहीं वह तड़फड़ाहट पैदा हो जाती थी।

नीलम्मा को पता था या नहीं पर रामउजागर को जरूर लगता था कि राजू के कारण नीलम्मा से जो सम्बन्ध बना था, उसके बीच से चले जाने के बाद वे दोनों आमने-सामने हो गए हैं। वह लड़का प्रकारान्तर से एक अनकही जिम्मेदारी उसे दे गया है। हालाँकि वह यह भी समझता था कि उसका यह सोच जरूरत से ज्यादा खींचकर नापने की तरह ही है। फिर भी वह दूसरे-तीसरे दिन नीलम्मा से मिलने जाता था। उसके ठहरे हुए मौन को बच्चों के व्रत की तरह तुड़वाने की कोशिश करता था। कई बार तो उसे अपनी तरफ से ही लम्बी-लम्बी बातें करते रहना पड़ता था। बहुत धीरे-धीरे उसने नीलम्मा को उस एक वाक्य 'ठीक हूँ' की परिधि से बाहर निकालकर दो-चार पग आगे बढ़ाया। दो-चार वाक्यों से बढ़ते-बढ़ते वह बहुत-सी बातें करने लगी। लेकिन उसने राजू की मृत्यु की घटना को कहीं ऐसी जगह छिपा लिया था जहाँ से उसका अब तक बाहर नजर आना बन्द हो गया था। वह केवल वर्तमान की बातें करने लगी थी। भूत में वहीं तक जाती थी जहाँ से वापस लौटने में वह समझती थी कि कोई ऐसा दृश्य उपस्थित नहीं होगा जो बवंडर की तरह उसका सबकुछ उथल- पुथल कर दे।

वह अपने से बाहर आकर और कामों में हिस्सा लेने लगी थी। रामउजागर ने ही उसे उन बाहरी बातों से जुड़ने के लिए प्रेरित किया था। वह यही कहता था, जब आदमी अन्दर घिर जाता है तो उसे बाहर आ जाना चाहिए। बाहर इतना विस्तार होता है कि उसमें सब ऊँच-नीच समा जाती है। वह स्वयं भी रामउजागर के हॉस्टिल में

चली जाती थी। वहाँ यह एक अजीब बात थी कि लड़के और लड़कियों के सम्पर्क किसी निषेध से संयोजित नहीं होते थे। लड़के-लड़कियाँ इस बात का गर्व से जिक्र करते थे कि वे प्रतिबन्ध-मुक्त हैं। उन सबसे ऐसी कोई स्थिति उत्पन्न नहीं होने दी थी कि स्वतंत्रता-हनन की दिशा में कदम उठाने का किसी को कोई मौका मिले। अपनी सब स्थितियाँ उन्होंने अपने ही हाथों में रखी थीं। बस एक बार ऐसी स्थिति आई थी जब गर्ल्स हॉस्टिल में पुराने दकियानूसी किस्म के एक वार्डेन का कुछ समय के लिए प्रादुर्भाव हुआ था। उसने दरवाजे पर एक रजिस्टर रखवा दिया था। जो लड़का अन्दर जाएगा तो नाम और टाइम लिखेगा, बाहर आएगा तो लिखेगा। यही लड़कियों पर भी लागू किया गया था। उसके लिए भी बाहर जाने और लौटकर आने का समय लिखना जरूरी कर दिया गया था।

स्वतंत्रता के इस अधिग्रहण पर लड़कियाँ असन्तुलित हो उठी थीं। जिस दिन यह आदेश लागू हुआ वह रात काटनी उनके लिए दूभर हो गई थी। पुरुष-प्रभुत्व का यह आरोपण क्यों? यहाँ तक कि उन्होंने उस रात बिना कुछ कहे उसका सविनय विरोध भी किया था। फोन कर-करके लड़कों को अपने हॉस्टिल में इकट्ठा कर लिया था। जब उनको रजिस्टर पर हस्ताक्षर करने के लिए कहा तो लड़कियों द्वारा ही वह रजिस्टर कहनेवाले के ऊपर उछाल दिया। इस पूरे आन्दोलन की अगुआ नीलम्मा थी। रामउजागर पीछे था। नीलम्मा ने बड़े सख्त शब्दों का प्रयोग किया था...उस बूढ़े वार्डन से जाकर कहना कि लड़कियों ने पूछा है कि क्या अभी भी वह उन्हें अठारहवीं सदी की औरतें समझता है...अगर समझता है तो उससे कहना कि हम अपने हस्ताक्षरों को रजिस्टर में बन्द करके मानसिक-विलास के लिए उसके पास भेजने के लिए तैयार नहीं।

गांधीजी के नमक तोड़ो आन्दोलन के दांडी मार्च की तरह हॉस्टिल की लड़कियाँ लड़कों के साथ रात-भर छोटी नहर के किनारे टहलती रही थीं और गाना-बजाना करती रही थीं। यह बात वार्डन समेत अन्य अधिकारियों के पास पहुँच गई थी कि अगर उधर से पहले हुई तो वे उसका विरोध करेंगी। जरूरत पड़ी तो चार-छः दिन तक वे नहर के किनारे ही रहकर गुजार देंगी। लेकिन तब तक हॉस्टिल में नहीं जाएँगी जब तक यह काला नियम वापस नहीं ले लिया जाता। गरज़ कि रात-भर जंगल में मंगल होता रहा था।

उस रात रामउजागर को एक हल्का-सा धक्का भी लगा। हालाँकि सब लोग साथ ही थे। परन्तु छोटे-छोटे ग्रुपों में बँटे थे। चूँकि रात गुजारनी थी इसलिए तरह-तरह की बातें और कार्यक्रम करके समय को अनदेखा कर रहे थे। उन लोगों के ग्रुप से थोड़ी

दूर पर एक दूसरा ग्रुप था। वे लोग मस्ती से बातें कर रहे थे। रामउजागर के कानों में कुछ भनक पड़ी। अपने-आपको अद्वितीय सुन्दर और योग्य समझनेवाली लड़की के साथ एक लड़का नीलम्मा को लेकर धीरे-धीरे बातें कर रहा था।

लड़के ने नीलम्मा के बारे में अपनी राय जाहिर की, "नीलम्मा ब्रिलियेन्ट भी है और खूबसूरत भी...लेकिन जरूर किसी मानसिक ग्रन्थी से ग्रस्त है।"

"लड़के छाँटे भी तो ऐसे...जो शक्ल-सूरत से अच्छे हों या स्तर से लो हों...लेकिन उसके लिए मरमिटने को तैयार रहते हों। वो लड़का...ईश्वर उसकी आत्मा को शान्ति दो...नीलम्मा के अलावा उसे कुछ दीखता नहीं था। अपने आपमें एक सम्पूर्ण भक्त!"

"तुम बताओ इसका क्या कारण है? तुम तो हर वक्त उसके साथ रहती हो।"

"मैं क्या बताऊँ...मैंने उससे इस टॉपिक पर बात करना ही बन्द कर दिया।"

"क्या तुम्हें नहीं लगता कि उसका आदर्शवाद और उसके नीचे दबा उसका दमित सेक्स ही उससे यह सबकुछ करा रहा है?"

"ओह नो, तुम लड़कों को हर चीज के पीछे सेक्स नजर आता है...मैं जानती हूँ इस मामले में वह फ्रिजिड है। सेक्स के बारे में सब लड़कियाँ बातें करती हैं पर वह कभी नहीं करती।"

"उससे चिढ़ती होगी?"

"नहीं, चिढ़ती भी नहीं। कैजुअली लेती है।"

"फिर उस मरहूम का जिक्र आता है...वह उसकी भाषा बोलता था...उसके आसपास का था। लेकिन अब इस साले एस.सी. को साथ लगा लिया। इसमें ऐसी क्या खूबी है?"

"यह तो तुम्हें मानना ही पड़ेगा कि...दोनों ही असाधारण रूप से बोल्ड हैं।"

"ह्वाट बोल्ट?"

"अगर ये दोनों न हुए होते तो रजिस्टर चालू हो गया होता। आप लड़के लोग हॉस्टिल के बाहर टहलते और सीटी मार-मारकर जिन्दगी हराम कर देते।" वह हँस दी।

"ठीक है, औरतों को सिर्फ बोल्डनेस ही तो नहीं चाहिए। स्टेटस भी तो जरूरी है। सोशल लेवल होता है, संस्कार होते हैं...! तुम सिर्फ बोल्डनेस ही चाहती हो, नथिंग ऐल्स! फिर लड़कियाँ डाकुओं से क्यों नहीं दिल लगातीं? मैं बिल्कुल नहीं मानता..."

रामउजागर एक बार को कुलबुलाया कि जाकर उससे कहे कि लड़कियों के बगल में बैठकर सेक्स की बातें करने से स्टेटस नहीं बनता। लेकिन नीलम्मा, जो दूसरी लड़कियों से बात करके कल का कार्यक्रम तैयार कर रही थी, लौट आई।

रामउजागर ने उससे थोड़ा आगे चल निकलने के लिए कहा, "हम लोगों के यहाँ बने रहने से और लोगों की बातचीत में व्यवधान पड़ सकता है।" वे लोग थोड़ा आगे बढ़ गए।

रामउजागर ने उस लड़के को कहते सुना, "राम ने सुन तो नहीं लिया...मुँहफट आदमी है...कल मेरी गर्दन नापेगा।"

लड़की हँस दी, "देखो, यही फर्क है!"

लड़का चुप रहा।

अगले दिन जो प्रतिनिधिमंडल डायरेक्टर से मिला उसमें रामउजागर सम्मिलित नहीं हुआ। इस बात से नीलम्मा को चोट पहुँची। सारी योजना रामउजागर की सलाह से तैयार की गई थी और जब डायरेक्टर से जाकर बात करने का मौका आया तो रामउजागर पीछे हट गया। नीलम्मा ने तो फिर भी उससे ज्यादा जिद नहीं की। और लड़कियों ने अलबत्ता उसे साथ ले चलने के लिए पूरा जोर लगा दिया। लेकिन रामउजागर पत्थर की तरह पड़ गया था।

उसका एक ही जवाब था कि उसके सम्मिलित होने से आन्दोलन पर विपरीत प्रभाव पड़ेगा। वैसे भी लड़कियों को अपनी समस्या स्वयं सुलझानी चाहिए। आदमी और औरतों का आजादी का नजरिया परस्पर विरोधी होता है। अगर वह आपकी आजादी की इस लड़ाई में सम्मिलित भी होगा तो अपनी आजादी को और अधिक विस्तृत करने के लिए, सीमित करने के लिए नहीं। इस सलाह से दूसरे लड़के नाराज हुए। वे रात-भर जगे थे, सवेरे क्लासों में नहीं गए थे। लड़कियों की आजादी को अक्षुण्ण बनाए रखने के लिए उन्होंने हर कुर्बानी की हामी भरी थी। मौके पर रामउजागर सब उलटा किए दे रहा था। लड़कियों का अकेले मार्च करते हुए जाना सबके लिए शरम की बात होती जा रही थी। जिन कन्धों से उनके कन्धों को सटकर चलने की बात थी, रामउजागर की करनी से वे सब कन्धे छूटे जा रहे थे।

रामउजागर से बिना और ज्यादा आग्रह किए नीलम्मा लड़कियों को लेकर चली गई थी। हालाँकि वह मन-ही-मन दुखी थी। पर वह यह भी जानती थी कि इसके पीछे कोई कारण जरूर है...साथ ही लड़कों को यह भी नहीं जताना चाहती थी कि उनकी मदद के बिना से असहाय हो गईं।

फिर भी लड़के 'एसकॉर्ट' की हैसियत से पीछे-पीछे गए थे। इस बात से सभी खुश थे कि रामउजागर जैसा 'नट' बीच से निकल गया। जरूरत पड़ने पर अब वे सीधे मुहिम सँभाल सकते हैं।

लड़कियों की ओर से बोलनेवाली दो ही लड़कियाँ थीं—नीलम्मा और वह अजहद

खूबसूरत लड़की। जो लड़के 'एसकॉर्ट' की तरह गए थे वे बीच-बीच में सहारा लगाते रहे थे। वैसे लड़के लगभग खामोश ही थे। वे अपने-आपको दूसरी रक्षा पंक्ति की तरह तैयार किए हुए थे। पहली पंक्ति के ढहते ही वे सामने थे। एक-एक बूँद रक्त की जगह सौ-सौ बूँद बहाने के लिए मुस्तैद।

सिर्फ एक लड़के ने उत्तेजित होकर लड़कियों के समर्थन का सीन प्रस्तुत किया था। डायरेक्टर ने मुस्कुराकर चुटकी ली थी, ''लड़कियों के सामने लड़के जब कोई बात कहते हैं तो उसमें से फिफ्टी परसेन्ट डिस्काउन्ट उनके लड़के होने का काट देना चाहिए।''

लड़के-लड़कियाँ सब हँस दिए थे। लेकिन नीलम्मा गम्भीर रही थी। वह वस्तुस्थिति को भली-भाँति समझ रही थी। हालात की गम्भीरता को रेखांकित करने की दृष्टि से उसे बहुत सख्त बात कहने के लिए मजबूर होना पड़ा, ''सर, हम लोग जाते वक्त आपको यह स्पष्ट कर देना चाहते हैं कि हम वेश्याएँ नहीं हैं कि आने-जानेवालों का हिसाब रखा जाए और वक्त खत्म होते ही हमें अन्दर बन्द कर दिया जाए...आप हमसे वही व्यवहार करें जो आप लोग पुरुष होने के नाते आपस में करते हैं।''

उसके इतना कहते ही एक अटूट चुप्पी खिंच गई थी। डायरेक्टर ने धीरे-से कहा, ''आप लोग अपनी सीमा के बाहर चली गईं...मैं आपकी इस बात का क्या जवाब दूँ? आप लोग जाएँ और जैसे रहना चाहें रहें।''

दूसरी लड़की बोली, ''सर, अगर वह काला आर्डर वापस नहीं लिया गया और इतने वर्षों से चलती चली आई स्वतंत्रता हमें वापस नहीं की गई तो हम हॉस्टिल में प्रवेश नहीं करेंगी!''

वह घटना बाद में भी परिसर के अन्दर 'महिला-क्रान्ति' के नाम से याद की जाती रही थी।

पाँच

रामउजागर का एक साल की छुट्टी पर चला जाना साथ के सब लड़कों को बेसहारा बना गया था। असुरक्षा का भरपूर माहौल था। गांधी विंग के लड़के सामान्य विंगों से गुजरते सनाका खाते थे। अब ऐसा कोई नहीं रह गया था जो उन लड़कों की झोंक सँभाल सके।

खन्ना जब भी अनुकूल से मिलता था तो मुस्कुराकर पूछता था, ''कहो, नेतागिरी कैसी चल रही है? आजकल तो फुल नेता हो।''

अनुकूल मुस्कुराकर बात को टाल देता था। खन्ना को यह टालना पसन्द नहीं आता था। वह चाहता था कि उसकी बात पर अनुकूल अपनी प्रतिक्रिया जाहिर करे। एक दिन जब खन्ना मिला तो उसने बात को नेतागिरी तक ही महदूद नहीं रखा। थोड़ा आगे बढ़ाया। नेतागिरी के हालचाल पूछने के बाद तुरन्त बोला, ''वहीं तक रखना जहाँ तक उसकी जरूरत है। दूसरों के इलाके में फैलाई तो हम कतर-ब्यौंत करने में बहुत होशियार हैं...वहीं पहुँचा देंगे।''

उस रोज अनुकूल रुक गया और बोला, ''खन्नाजी, आप बार-बार इसी नेतागिरी की बात क्यों दोहराते हैं? पता नहीं आपको यह शक कैसे हो गया कि हम सब लोग नेतागिरी करने आए हैं। हम लोग तो बहुत ही सीमित साधनों के लोग हैं, आप जैसे बड़े घरों के बच्चे नहीं...!''

खन्ना ने बीच ही में अपनी उँगली से उसकी ठुड्डी ऊपर उठाकर कहा, ''अगर तुम अपनी सीमाओं को समझते हो तो ठीक है...नहीं समझते तो समझो। रियाया की स्थिति से ऊपर उठने में अभी समय लगेगा। अगर हम लोगों की बराबरी करनी थी तो वैसा ही बीज चाहिए था...'' और हँस दिया।

वह घूमा और चल दिया। थोड़ी दूर जाकर उसने दो-तीन लड़कों को पुकारा और बुलन्द आवाज में बोला, ''अब चलो, यह अपनी औकात को पहचानता है। अभी सिर्फ इन लोगों को निगरानी में रखे जाने की जरूरत है।''

अनुकूल ने सुना। गर्दन फूल आई। होंठ फड़फड़ाने लगे। वह उस चोट को सहलाकर राहत पाने की स्थिति में भी अपने को नहीं पा रहा था।

उस दिन पहली बार अनुकूल ने अपने सब लड़कों की एक मीटिंग अपने कमरे में बुलाई। उस मीटिंग को बुलाने का उद्‌देश्य यही था कि बाहर फैलते जहर से उन्हें अवगत करा दे। उसने इस बात की पूरी एहतियात बरती थी कि वह घटना कहीं अफवाह न बन जाए। कमरों में जा-जाकर मीटिंग के लिए आमंत्रित करते समय जो विचाराधीन विषय बताया था, वह था राज्य सरकारों द्वारा वजीफे का भुगतान न किया जाना। जो दस लड़के आए थे, पैसे की कमी के कारण उनमें से दो छोड़कर जानेवाले थे।

पहले स्कॉलरशिप के बारे में बात हुई। सभी लड़के पैसे की कमी से परेशान थे। कुछ ने अपने घरवालों को पैसे के लिए लिख दिया था और कुछ लिखने की सोच रहे थे। उनके सामने यही समस्या थी कि वे लोग भेज तो देंगे पर उनका बाल-बाल बिंध जाएगा। एक लड़के के पास पैसा आया था। दूसरे लड़के उसी से माँग-माँगकर गाड़ी खींच रहे थे। दो-चार दिन के अन्दर ही वह स्थिति आनेवाली थी

जब सब लोगों की जेबें समान रूप से खाली हो जाने को थीं। उन्होंने डायरेक्टर और रजिस्ट्रार के पास डेपुटेशन ले जाने का निर्णय लिया। वे यही कहना चाहते थे कि संस्थान की ओर से उन्हें आंशिक अग्रिम भुगतान कर दिया जाए। जब अनुदान प्राप्त हो जाए तब उसमें से काट लिया जाए। हालाँकि वे लोग इस बारे में पूरी तरह आश्वस्त नहीं थे कि उनका प्रस्ताव मान ही लिया जाएगा। पर वे अपना पूरा जोर लगानेवाले थे। वे सोचते थे अगर जरूरत पड़ी तो वे लोग भूख हड़ताल पर बैठ जाएँगे।

स्कॉलरशिपवाली बात समाप्त होने के बाद अनुकूल ने शामवाली घटना का सम्पूर्ण ब्यौरा सब लड़कों को दिया। उन सबके बीच सन्नाटा-सा खिंच गया। सन्नाटा देखकर अनुकूल ने अनुभव किया कि ये किसी असम्भावित भय के कारण प्रतिक्रियाहीन हो गए हैं। थोड़ी देर बाद वह स्वयं बोला, ''तो इसका मतलब हम इस मामले पर आगे बातचीत न करें?''

बाबूराम की चुप्पी ने उसे और भी ज्यादा आश्चर्य में डाल दिया था। कम-से-कम उसे तो कुछ कहना ही चाहिए था। अनुकूल का चेहरा तमतमा आया और वह उस मीटिंग को वहीं समाप्त करने के लिए उद्यत हो उठा। कुछ देर बाद उनमें से एक लड़का बोला, ''यह घटना तो तकलीफ़देह है। लेकिन हम लोगों की जो स्थिति है उसमें चुप रहने के सिवाय क्या किया जा सकता है। हम लोग कमजोर हैं। वे सब लोग ताकतवर हैं। उनकी शक्ति का भूत हम पर रात-दिन हावी रहता है। उन लोगों के सामने हम डरकर और बचकर निकलते हैं। अगर हम इस सवाल को उठाएँगे तो हमारा साथ कौन देगा...? प्रशासन हम लोगों को पहले से ही अवांछनीय समझता है। उनको बहाना मिल जाएगा और हम निकाल दिए जाएँगे...''

बाबूराम ने बहुत धीरे-से कहा, ''अब तो रामउजागर दादा भी नहीं हैं...''

अनुकूल थोड़ा उत्तेजित हो गया, ''क्या रामउजागर दादा ही हमको हमेशा उँगली पकड़कर चलाते रहेंगे? हम लोगों का अपना भी कुछ उत्तरदायित्व है, आत्मसम्मान है। अगर रामउजागर नहीं रहेंगे तो इसका मतलब हम किसी के भी द्वारा दुतकारे जाने के लिए तैयार हैं। हमारे अन्दर अपना कुछ नहीं...?''

''तो बताओ हम क्या करें? कुछ ही महीने यहाँ आए हुए हैं। कुछ कहने की कोशिश की तो तुमने देख ही लिया कि खन्ना कैसे पेश आया...!''

बात पूरी होने से पहले ही उन सबको लगा कि दरवाजे पर कुछ लोग इकट्ठे हैं। सब खामोश हो गए। एकाएक दरवाजा भड़भड़ा उठा। वे लोग और भी भयभीत हो गए। केवल अनुकूल उठा। इस बार बाबूराम ने उसे पकड़ लिया। और लोग भी धीरे- से फुसफुसाए—बाहर जाना ठीक नहीं। थोड़ी-थोड़ी देर बाद दरवाजा भड़भड़ाया जा रहा था। फिर गालियाँ शुरू हो गईं। अनुकूल झटके से उठा और बिजली की तरह दरवाजे पर पहुँच गया। दरवाजे की चटखनी खोलकर वह बाहर निकल गया।

खन्ना हाथ में स्टिक लिए था और नशे में चूर था।

अनुकूल के बाहर आते ही खन्ना ने उसका गिरहबान पकड़कर लड़खड़ाती जबान में कहा, "क्यों बे, सिस्टम के खिलाफ बगावत करना चाहता है?"

अनुकूल अपना गिरेबान उसके हाथ में ही ढीला छोड़े खामोश खड़ा उसकी तरफ देखता रहा। खन्ना ने उसे दो-तीन बार गले से हिलाया। लेकिन वह उसी तरह खामोश रहा।

एक दूसरे लड़के ने दूसरी तरफ धक्का दिया, "अबे बोलता क्यों नहीं...? मुँह में ताला लगा है क्या?"

अनुकूल ने स्वर को संयत रखने की कोशिश करते हुए धीमे स्वर में कहा, "आप बात करने तो नहीं आए...जो कुछ आप करने आए हैं वो करें, मैं सामने खड़ा हूँ।"

"अबे गांधी का...बनता है।" खन्ना ने पीछे से धकेलते हुए लिंग का भदेस पर्याय उच्चारा।

"आपको जो कहना हो मुझे कहें...वैसे एक कमजोर आदमी के पास कुछ बनने की गुंजायश ही कहाँ होती है।"

"अबे फिलॉसफी बघारता है...कमरा बन्द करके हमारे खिलाफ मीटिंग कर रहा था? इन चूहों को बिलों से निकाल-निकालकर हमसे लोहा लेने के लिए हमारी माँदों में उतारना चाहता है?"

"आप गलत सोचते हैं...हम अपनी समस्याओं पर बात करने के लिए इकट्ठे हुए थे।"

खन्ना ने उसका फिर से गिरहबान पकड़कर जमीन से उसे थोड़ा ऊपर उठाने की कोशिश की, "झूठ बोलता है। ऊपर से हमें नीचा दिखाने और हमारा नाक्ता बन्द करने की साजिश करता है!"

अनुकूल ने पूरे आत्मविश्वास के साथ कहा, "बिल्कुल नहीं।"

खन्ना ने उसे पीछे धकेल दिया। वह दीवार से टकरा गया! बाबूराम चुपचाप खड़ा थरथर काँप रहा था। आगे बढ़कर बोला, "हम लोग तो स्कॉलरशिप के बारे में बात कर रहे थे।"

"तो हमसे क्यों नहीं कहा...? मीटिंग करके प्रस्ताव पास करना चाहते थे? संस्थान को बदनाम करने पर उतारू हो। रियाया का पालन कैसे होना चाहिए, हम ज्यादा समझते हैं या तुम?"

अनुकूल ने तत्काल इस बात का विरोध किया, "ईश्वर के लिए आप इस शब्द का प्रयोग न करें। कोई किसी की रियाया नहीं। केवल जिन्दगीयापन करने का फर्क है। कोई आराम से बढ़िया जिन्दगी गुजारता है, कोई मध्यम और कोई निकृष्ट... इसको आप चाहे जो नाम दे लें।"

"हमारी बराबरी करता है?"

"करता नहीं, करना चाहता हूँ...आपको नीचा दिखाने के लिए नहीं, अपने को और अपने लोगों को खुशहाल बनाने के लिए।"

एक और लड़का चिल्लाया, "अबे बॉस के सामने जबान चलाता रहेगा...बाज नहीं आएगा?"

"बोलना क्या कोई गुनाह है? आप भी बोल रहे हैं, मैं भी बोल रहा हूँ।"

"तो गुनाह कराना चाहता है...हम तुझे रामउजागर नहीं बनने देंगे। अनुकूल बनकर पड़ा रहना चाहता है, तो पड़ा रह।"

"मैं अनुकूल ही हूँ, रामउजागर न आप हो सकते हैं और न मैं हो सकता हूँ।"

"बकवास बन्द!" खन्ना बुलन्द आवाज में चीखा। फिर धीमी होती आवाज में कहा, "साला, हमारे मुँह लगता है!"

अनुकूल ने बहुत धैर्य से कहा, "कृपया, आप ठीक शब्दावली का प्रयोग करें।"

"हम जमीन खोदकर यहीं तेरी लाश दबा देंगे।"

"अगर आपको ऐसा करने से सन्तोष मिलता हो तो जरूर करें। लेकिन मैं चाहता हूँ आप एक इन्सान के साथ इन्सानियत से पेश आना सीखें।"

खन्ना ने स्टिक तानी। अनुकूल चुपचाप खड़ा रहा। कुछ लोगों की पदचाप सुनाई पड़ी। स्टिक नीची करके खन्ना बोला, "हम सोचने का मौका देते हैं। अच्छी तरह सोच-समझकर तैयार रहना...हम फिर आएँगे। हमारा काम ही दूसरे लोगों की खिदमत करना है। जरूरत पड़ी तो हम तुम्हारी और तुम्हारे लोगों की हरसम्भव खिदमत करेंगे।"

वे लोग दूसरे बरांडे से घूमकर तेजी से निकल गए।

उनके चले जाने के बाद अनुकूल अपने कपड़े ठीक करके सँभलता हुआ बोला, "अब तो आप लोगों ने अपनी आँखों से देख लिया...आप लोग भी अच्छी तरह समझ लीजिए। मैं तो जानता हूँ मुझे क्या करना है। यह अच्छा हुआ कि ये लोग आप लोगों की मौजूदगी में आ गए।"

बाबूराम बोला, "लेकिन इस तरह हम लोग यहाँ कैसे रह सकते हैं?"

"बाबूराम, अब मेरे लिए प्रश्न यही नहीं है कि यहाँ रहा जा सकता है या नहीं...बल्कि हर हालत में यहीं बने रहने का है। अगर यहाँ नहीं रह पाएँगे तो कहीं भी रहना सम्भव नहीं होगा। हमें उन्हीं हालातों में लौट जाना होगा जिनमें हमारे बड़ों ने जिन्दगी गुजारी थी। हमें आगे आनेवाले चैलेंज के योग्य भी बनना है और बर्दाश्त करना भी सीखना है। मैंने अपने सन्दर्भ में यही सोचा है कि जहाँ पहुँच चुके हैं,

कम-से-कम उससे पीछे तो न लौटें...।''

दूसरे लड़के ने कहा, ''इतने तनाव के बीच हम कैसे रह पाएँगे? वहाँ भी हम खरपतवार समझे जाते हैं और यहाँ भी खरपतवार हैं...''

अनुकूल के मुँह से निकला, ''हम लोगों के घर के चारों तरफ पतवार-ही-पतवार थी। खेलते-खेलते अक्सर हाथ-पैर चिर जाते थे। लोग हर साल उसे काट-काटकर ले जाते थे। अगली बार वह पहले से ज्यादा फूलती थी। उसका कभी कुछ नहीं बिगड़ा... भले ही काटनेवालों के हाथ चिर गए हों!''

पहले उसकी नजर अन्धकार में कहीं दूर चली गई, फिर वह आप-ही-आप मुस्कुरा दिया।

दरअसल पदचाप नीलम्मा और उसके दो रिसर्च-स्कालर साथियों की थी। नीलम्मा रामउजागर के बारे में जानकारी करने आई थी। उसने रामउजागरवाली दुर्घटना के बारे में उड़ती-उड़ती खबर सुनी थी। साथ ही उसे पता चला था कि रामउजागर के बारे में वास्तविकता का अनुकूल से ही पता चल सकता है।

नीलम्मा ने आते ही अनुकूल को ऊपर से नीचे तक देखा। वह पहले ही से अस्त-व्यस्त था। एक लड़की को इस तरह देखते हुए पाकर उसकी अस्त-व्यस्तता और उभर आई। नीलम्मा ने अनुकूल को पर्याप्त समय देने के बाद पूछा, ''आपको राम...यानी मि. रामउजागर के बारे में कुछ मालूम है?''

हालाँकि सवाल अनुकूल से ही किया गया था लेकिन बाबूराम ने तपाक से जवाब दिया, ''उनकी तबीयत खराब हो गई थी...उनके बापू...उनके फादर, आकर ले गए हैं।''

''यह तो मुझे मालूम है। पर उनकी तबीयत के बारे में कुछ पता चला कि अब क्या हाल है?''

''सुना है, पहले से बेहतर है। उनके गाँव से खबर आई थी...चलते हुए अभी भी घबराहट होती है!''

नीलम्मा ने अगला सवाल किया, ''उनका पता है आपके पास?''

बाबूराम ही सब सवालों के जवाब दे रहा था, ''अनुकूल के पास है...''

अनुकूल को बोलना पड़ा, ''उनका पता डीन के दफ्तर में भी है...वैसे मैं दिए देता हूँ।'' अनुकूल अन्दर चला गया। फिर आकर बोला, ''आपका नाम नीलम्माजी है?''

नीलम्मा ने गर्दन हिला दी। ''हाँ!''

अनुकूल बोला, ''उनकी एक चिट्ठी भी आई थी।''

नीलम्मा ने प्रकारान्तर से चिट्ठी देखने की इच्छा प्रकट की, "अगर आप बता सकें कि चिट्ठी में क्या लिखा है तो मैं आभारी हूँगी।"

वह दोबारा अन्दर गया और लाकर चिट्ठी नीलम्मा को पकड़ा दी। पहले तो नीलम्मा को पढ़ने में संकोच हो रहा था, लेकिन अनुकूल के आग्रह पर वह होंठों-ही-होंठों में चिट्ठी पढ़ने लगी–

प्रिय अनुकूल,

तुम्हारा पत्र मिला। बेकार परेशान होते हो। पढ़ों। यह सोचकर पढ़ो कि पढ़ने का और पढ़े हुए होने का पूरा लाभ उठाना हम लोगों की किस्मत में नहीं है। सच पूछो तो हम लोगों के लिए पढ़ना और उस पढ़ाई से लाभ उठाने की बात सोचना हरे और कच्चे नींबू में से रस निकालने की तरह है। हरे नींबू में से तो शायद फिर भी एक-दो बूँद निकल आए पर इसमें तो छिलका भी सालिम हाथ नहीं लगता। फिर भी पढ़ना तो है ही।

जहाँ तक मेरी बात है मैं तो अब किसी काम का नहीं रह गया। मैंने शायद वैसा ही कुछ करना चाहा जो राम के युग में एक शूद्र ने तपस्या करके किया था। अपने युग की अभिजात्यता का मुँह चिढ़ाने के अपने खतरे होते हैं। वैसे जब भी ऐसा होता है तभी उसके अंजाम सामने आते हैं। जिस दिन से मोहन को पंखे से उतारा मुझे हर क्षण यही लगता है कि मेरी भी जगह वहीं है। मैं भी जिन्दा ही लटका हूँ। मुझे भी ये लोग उतारकर जिन्दा जला देंगे। मोहन के साथ भी ऐसा ही हुआ। वह जिन्दा था। मैंने अपने हाथों से उसे उतारा और जलाने के लिए उन लोगों को सौंप दिया। मैं सच कहता हूँ, उसमें साँस बाकी था। उसने साँस छोड़कर मुझे जताया था। पर मैं समझा नहीं! वे सब लोग मुझसे नाराज हो गए...!

अभी तो साल-भर की छुट्टी ली है। आगे क्या होगा, नहीं कह सकता। लेकिन तुम लोग अपने-आपको मेरी तरह मत बिखरने देना। जितनी जल्दी-से-जल्दी उस यातनागृह ने निकल सको, अपना काम पूरा करके भाग निकलो। जब भी कभी जरूरत पड़े तुम नीलम्मा से मिल लेना। वह बड़े-से-बड़े हादसे हँसते-हँसते सहने की सामर्थ्य रखती है। अपने को भी सँभालती है और दूसरों को भी राह दिखाती है। कहने को वह भी सवर्ण ही है, लेकिन इन्सान होने का महत्त्व समझती है। आजकल के जमाने में यही मुश्किल होता है। लोग इन्सान होने का महत्त्व नहीं समझते, अपने को अलबत्ता इन्सान समझते हैं। हैं ना दोनों परस्पर विरोधी बातें? खैर, तुम इन बातों में अपने को मत उलझाओ। दिमाग बहुत सहेजकर रखने की चीज है।

नीलम्मा मिले तो मेरा नमस्कार कहना। अब मेरा मिलना तो शायद

ही कभी हो। अगर साल-भर बाद आने की भी बात हुई तो हो सकता है वह अपनी पी.एच.डी. पूरी करके जा चुकी हो। तुम नीलम्मा के हॉस्टिल चले जाना और मेरा नमस्कार जरूर कह देना। मैं नीलम्मा को चिट्ठी लिखता। पर सोचता हूँ बीते हुए की याद करते-कराते रहने से जख्म कभी नहीं भरते। टीसते ऊपर से हैं। अब मुझे उस रास्ते पर कभी लौटने का मौका नहीं मिलेगा, जिससे मैं अनायास फिसल गया। तुम चिट्ठी डालते रहा करो। अच्छा लगता है। तुम्हारी चिट्ठी आई तो लगा तुम वहाँ पर अकेले जीवित व्यक्ति हो...मुझे वहाँ के हर कमरे में 'मोहन' ही 'मोहन' लटके नजर आते हैं...।

सबसे कहो पढ़ाई करें, यही बात बार-बार कहो। इस गटर से हम लोगों को पढ़ाई ही निकाल सकती है। नीलम्मा से मिलकर मुझे लिखना। कैसी है?

शुभकामनाओं सहित,

तुम्हारा भाई,

राम।

रामउजागर का हस्तलेख साफ और अच्छा था। लेकिन पत्र में अस्थिर और हिल-हिला-सा आया था। नीलम्मा ने पत्र पढ़कर अनुकूल को वापस कर दिया। एक क्षण के लिए सब खामोश रहे। फिर धीरे-से नीलम्मा आप-ही-आप बुदबुदाई, "सवर्ण लिखना क्या जरूरी था?"

थोड़ी देर बाद सबकी तरफ देखकर बोली, "जैसे हजारों वर्षों से चलता चला आ रहा है, उसी तरह यह कहना, लिखना और मानना आगे भी सैकड़ों वर्षों तक चलता रहेगा।" फिर अनुकूल की तरफ मुखातिब हुई, "मैं तुम्हें अनुकूल कहूँगी, तुम मुझे नीलम्मा कहो।" फिर कहा, "इस प्रदेश के बारे में मैं बहुत कम जानती-समझती हूँ। फिर भी, जब भी किसी तरह की कोई जरूरत हो तुम निःसंकोच कह सकते हो। यहाँ पर यह अच्छी बात है कि हम लोगों का एक-दूसरे के हॉस्टिल में आना-जाना टेबू नहीं है। वरना मिलने के लिए उसी तरह इन्तजार करना पड़ता जैसे जेल के कैदियों के लिए करना पड़ता है।"

अनुकूल कृतज्ञता से मुस्कुरा दिया। बाबूराम और अन्य लड़के नीलम्मा को टूटी-फूटी हिन्दी के साथ अंग्रेजी मिलाकर बोलते देख रहे थे। उनकी पुतलियाँ बहुत कम हिल रही थीं।

नीलम्मा ने अपने साथियों की तरफ मुड़कर कहा, "आप लोगों ने भी तो अनुकूल की और उन लड़कों की बातचीत सुनी थी?"

उन दोनों ने गर्दन हिला दी। नीलम्मा ने अपनी बात जारी रखी, "अनुकूल, मुझे मालूम हो गया कि तुम्हें भी सैलाब चारों तरफ से घेरता चला आ रहा है। हमने उन

लोगों की सब बातें सुनी हैं। मैं समझती हूँ ये बातें तुम्हें हौंसला देंगी। क्योंकि जहाँ भी जाओगे...हर जगह ये बातें अलग-अलग तरह से सामने आएँगी।''

अनुकूल पहले तो खामोश रहा फिर बोला, ''हम लोग कमजोर आर्थिक स्थितिवाले परिवारों से आते हैं...आगे चलकर हमें एक-एक क्षण का हिसाब देना होगा। और किसी को नहीं तो अपने-आपको। इन सब दबावों से बचने में ही हमारा सारा वक्त निकला जा रहा है...हम किसी को क्या कहेंगे कि हमने अपने सारे वक्त को काहे में बरबाद कर दिया।''

नीलम्मा ने समझाने के ढंग से कहा, ''फिर भी वक्त को तो बचाना ही पड़ता है। हमारे पापा कहते हैं कि वक्त बहुत पजेसिव होता है। अगर आप उसकी उपेक्षा करेंगे तो वह आपकी उपेक्षा करने लगेगा।'' नीलम्मा ने अपने दोनों साथियों की तरफ देखा। वे दोनों असम्पृक्त-से खड़े थे। नीलम्मा के मुँह से एकाएक निकला, ''आप लोग भी तो कुछ बोलिए...जिन्दगी की ये वास्तविकताएँ क्या आपको बिल्कुल प्रभावित नहीं करतीं?''

दोनों हँस दिए। उनमें से एक ने कहा, ''वहाँ लैब में जो एक्सपेरिमेन्ट चालू है अगर स्ट्रिप कर गया तो ये सारी वास्तविकताएँ अवास्तविकताएँ होकर रह जाएँगी। तुम आई तो थीं एक मिनट के लिए पता पूछने...लेकिन यहाँ आकर जीवन की गुत्थियाँ सुलझाने लगीं!''

नीलम्मा तपाक से बोली, ''जिन्दगी से बड़ी भी कहीं कोई लैब है?''

दूसरा बोला, ''पहले छोटी लैब से तो निबट लो, तब बड़ी लैब में जाना।'' सब हँस दिए। नीलम्मा चलते हुए बोली, ''अनुकूल, अगर हम लोग मिलते रह सकें तो तुम्हें भी अच्छा लगेगा और मुझे भी। रामउजागर की कोई खबर आए तो मुझे भी बताना...'' रुककर कहा, ''जितना और जहाँ तक मैंने उसे जाना वह एक पक्का इन्सान है।'' फिर रुकी और धीमे से कहा, ''उसे लिख देना कि दूसरों के बारे में लिए जानेवाले निर्णय अपने ही सोच की उपज न हों तो अच्छा रहता है।''

नीलम्मा उन दोनों के साथ आगे बढ़ गई। अनुकूल के कान में भनक पड़ी। उनमें से एक लड़का कह रहा था, ''तुम्हें क्या इन नीची जाति के लड़कों के सिवाय कोई दूसरा नहीं मिलता? बेकार सिर पर चढ़ाए ले रही हो...जो जिस जगह के लायक हो उसे वहीं रखना चाहिए।''

नीलम्मा आगे थी। वह तो दिखाई नहीं पड़ी लेकिन उस अँधेरे में उसका चलते-चलते रुकना महसूस हुआ। डिब्बों की तरह वे दोनों भी पीछे को ढलक गए। उसकी आवाज सफेद कपड़े के एक बृहद टुकड़े की तरह हवा में तैरती आई, ''ऐसा लगता है, लैब में सजे उपकरणों के सिवाय तुम किसी को नहीं पहचानते। उस टेक्नालॉजी के साथ-साथ जिन्दगी की टेक्नालॉजी को भी समझने की कोशिश करो। उलझी होने

के साथ-साथ यह बहुत पलीत है। जब तक आदमी जिन्दा रहता है तब तक पिंड नहीं छोड़ती। लैब से निकले तो फुर्सत। लेकिन सोते-जागते-उठते, खाते-पीते, हँसते-गाते हर वक्त वह आपमें है और आप उसमें। अगर राम भी तुम्हारी तरह अपने को लैब टेक्नालॉजी का हिस्सा बन जाने देता तो आप लोगों से ज्यादा सफल रहा होता। पहले पलायन का रास्ता धर्म था अब धीरे-धीरे यह टेक्नालॉजी होती जा रही है। चाहे कुछ हाथ लगे या न लगे, एक-से-एक बुद्धिमान और योग्य नौजवान अपने को टेक्नालॉजी के इस दिशाहीन समुद्र में गोता लगाने को छोड़ देते हैं! क्या हाथ लगा, यह कोई नहीं जानता।''

दूसरा लड़का फिर उचका, ''कुछ भी कहिए, फेमिली ट्रेट्स से छुटकारा पाना आसान नहीं। इनके दुश्मन हम नहीं...ये खुद, इनके ट्रेट्स, इनके अन्दर की जन्मजात जड़ता, हीनता की ग्रन्थियाँ ही इन्हें खा जाती हैं।'' दोनों एक साथ हँस दिए। पहला लड़का बोला, ''नीलम्माजी, हम कुछ कर पाएँ या नहीं लेकिन देश यही जानता है कि हम कुछ कर ही रहे हैं।'' वे लोग घुमा गए।

अनुकूल ने एक लम्बी साँस छोड़ी और बाकी सबको विदा करके कमरे में चला गया।

रात को और तो कोई घटना नहीं हुई। बस आधी रात के बाद किसी ने अनुकूल के कमरे के दरवाजे पर लात मारी। अनुकूल तभी लेटा था। चौंककर उठ बैठा। बाबूराम अपनी खाट से कूदकर आया और अनुकूल से चिपट गया।

पहले तो अनुकूल थोड़ा टेन्स हुआ, फिर हँस दिया। बाबूराम रुआँसा हो गया था और उससे लिपटता ही चला जा रहा था।

छह

अनुकूल का पत्र आ जाता था तो बावनराम के घर में उत्सव का-सा वातावरण हो जाता था। बावनराम बेटियों, दामादों और सब नजदीकी नाते-रिश्तेदारों को इकट्ठा करके बीच में बैठ जाते थे और बाँचा करते थे। चिट्ठी को पढ़ते-पढ़ते बीच में रुक-रुककर यह भी निर्णय लेते जाते थे कि चिट्ठी की कौन-सी पंक्ति सुनानी है और कौन-सी गोल करनी है। जिन पंक्तियों को वे गोल करते थे कई बार वे सब पंक्तियाँ उनके चेहरे पर उतर आती थीं। चेहरा गुल-सा हो जाता था। अनुकूल की

माँ को चेहरा देखते ही लग जाता था कि कोई बात है जो छिपा रहे हैं। बाद में पूछती थी—"चिट्ठी पढ़ते-पढ़ते तुम्हारा मुँह ऐसा भयमारा-सा क्यों हो गया था? कोई ऐसी-वैसी बात लिखी थी क्या?"

बावनराम बहुत टालने की कोशिश करते थे पर अन्त में माँ का पलड़ा भारी पड़ जाता और पिता अपने को ऊपर टँगा अनुभव करने लगते थे। वह यह जानती थी कि पैसों के मामले में अनुकूल के बाबू घबरानेवाले नहीं। कभी-कभी जब बहुत जिद करती थी तो उनके मुँह से झुँझलाहट में निकल जाता, "हिन्दू होकर हमारे घर में जन्म लेने का पाप जो भोगना पड़ रहा है, बेचारे को!"

माँ को हिन्दू होने की बात कहना अखर जाता, "धरम को क्यों लांछन लगाते हो? वही तो पार लगावेगा। इन कम्बख्तों के करमों के मारे धरम को क्यों कोसते हो? कीड़े पड़ेंगे कमबख्तों के! कलजुग है कलजुग।"

बावनराम कई बार उत्तेजित हो जाते, "धरम पेड़-पौधे या जानवर थोड़ा ही मानते हैं...आदमी ही मानते हैं और आदमी ही चलाते हैं। जैसे आदमी वैसा धरम! इस धरम-करम ने तुझे क्या दे दिया?"

अनुकूल की माँ बुड़बुड़ाती हुई चली जाती, "ये तो ज्यादा ही विलायत के होते जा रहे हैं...और किसी पर पार नहीं बसाती तो धरम को ही कोसने बैठ जाते हैं। हिन्दू धरम की महेमा तो देवताओं तक ने गाई है। और धरम भी तो थे, उन्की महेमा क्यों ना गा दी? यही अकेली नैया है...पता भी नी चलता, पार लगा देती है। बिसवास तो हो।"

इस बीच कई दिन से अनुकूल की चिट्ठी नहीं आई थी। बावनराम रोज नौ बजे डाकखाने के लिए निकल पड़ते थे। पता नहीं डाकिया कब लेकर घर पहुँचे...वहीं जाकर ले लेंगे यहाँ भी तो खाली बैठे हैं। घूमना का घूमना होगा...हाथ-पैर खुलेंगे सो अलग।

जब नहीं मिलती और खाली हाथ लौटना पड़ता तो उन्हें पछतावा होने लगता। अरे घंटे-भर बाद मिल जाती। ऐसा कौन आसमान टूटा पड़ रहा था। लिखेगा तभी तो आएगी। लौटते समय उनका चेहरा बदला होता था और घुटने टूटे-टूटे-से पत्नी देखकर ही समझ जाती थी कि चिट्ठी आज भी नहीं आई। फिर भी उस पर पूछे बिना नहीं रहा जाता था, "आज भी नहीं आई क्या जी, चिट्ठी?"

वे धीरे-से गर्दन हिलाकर मना कर देते।

पिता की जगह माँ को बड़बड़ाहट छूटती, "पता नहीं, इस लौंडे को क्या हो गया? जब अभी से उसे हमारी चिन्ता नहीं तो आगे क्या उम्मेद रखें? इतना भी ध्यान

नहीं कि बुड्ढे माई-बाप की आत्मा कुड़कुड़ाती होगी, चलो, एक पाँच पैसे का कारड ही डाल दूँ...।''

बावनराम पर यह सब बर्दाश्त नहीं होता। यह सब सुनकर उनकी वाचा खुल जाती, ''जब देखो, तुम उस लड़के को ताँसती रहती हो। वहाँ पढ़ने गया है या तुम्हें चिट्ठी लिखने? इंजीनियरी की पढ़ाई हँसी-खेल नहीं। अच्छे-अच्छे घुटने टेक देते हैं। जाने ना बूझे, बस बोलती रहती है!'' अन्तिम वाक्य वे अपने से कहते।

वह भी नहीं मानती। फौरन जवाब देती, ''तुम ही अपने मन को काहे नहीं समझा लेते? क्यों सवेरे-सवेरे खुट-खुट करते हुए गिर्राजजी की-सी परकरमा करते डाकखाने तक जाते हो। आएगी तो क्या डाकिया अपने घर में रख लेगा! अपने को तो एक मिनट की थावस नहीं, दूसरों को नाम धरते हो।''

बावनराम गुस्सा जाते, ''जैस-जैसे बुढ़ा रही है वैसे-वैसे जबान लम्बी होती जा रही है। हर बात पर बहस। अरे घूमने जाते हैं...पूछ भी आते हैं। नहीं चलूँ-फिरूँगा तो घुटने जुड़ जाएँगे। और फिर डाकियों सालों का क्या पता, फाड़कर ही फेंक दें।''

''सारी जिन्दगी घर से मील, मील से घर करते गुजार दी...अब बुढ़ापे में घूमना सूझा! सारी चिट्ठियाँ डाकिये फाड़ के ही तो फेंक देते हैं ना!''

बावनराम को डपटना पड़ता, ''अच्छा बहुत हो गया...चुप रह। मेरा घूमना तुझे इतना जहर दिखाई पड़ता है तो कल से मैं घर से बाहर पैर तक नहीं रखूँगा।''

अनुकूल की माँ को कभी-कभी अपने पति की इस तरह की बातों पर हँसी आ जाती, ''तुम सीधी बात किया करो...जो बात है उसे सीधे-सुभाव मान लेने में कौन हेठी होती है। बेटे को भेजा है तो उसकी चिन्ता तो होगी ही...बस कहे का जहर हो जाता है!''

''अच्छा-अच्छा, ज्यादा ज्ञान मत बघार!'' वह वहाँ से हटकर काम में लग जाती। थोड़ी देर बाद फिर पुकारकर पूछते, ''पता नहीं...लड़के की चिट्ठी क्यों नहीं आई? एक हफ्ते में एक पोस्टकार्ड डाल दिया करे तो मन को सकून हो जाता है। तार देकर आऊँ क्या?''

अनुकूल की माँ पहले तो चुप रहती। जब वे बोल चुकते तब कहती, ''दो एक-दिन और देख लो, नहीं तो फिर तार दे देना। ऐसे तार देने से लड़का घबरा जाएगा।''

बावनराम चुप हो जाते।

इधर कई दिन से अनुकूल की माँ रोज सवेरे बिस्तर से उठते ही बावनराम को रात में देखा सपना सुनाना चालू कर देती थी। हर सपने का सम्बन्ध अनुकूल से होता था। कभी बताती, किसी बियाबान जंगल में वह अकेली जा रही है। अचानक भटक जाती

है। उस जंगल में बड़े-बड़े दरिया हैं, पहाड़ हैं, साँय-साँय करके हवा चल रही होती है। उसकी समझ में नहीं आता कि किधर जाए। अचानक एक पहाड़ पर अनुकूल खड़ा दिखाई पड़ता है। वह उसकी तरफ 'अनुकूल-अनुकूल' चिल्लाती अन्धाधुन्ध दौड़ती है। थोड़ी दूर तक तो अनुकूल दिखाई देता रहता है, फिर अन्तर्ध्यान हो जाता है। वह बोलना चाहती है पर बोल नहीं पाती—तभी अचानक उसकी आँख खुल जाती है। थोड़ी देर तक वह समझ ही नहीं पाती कि वह अभी भी उसी जंगल में है या घर में लेटी है। वह यही सोचती रहती है कि अनुकूल अभी पहाड़ पर खड़ा था... कहाँ गायब हो गया? सपना सुनाने के बाद पूछती—क्या मतलब बना इस सपने का? बावनराम टाल जाते।

किसी दिन वह देखती कि वे सब चिड़ियों की डार बन गए हैं। सब आकाश पर उड़ते चले जा रहे हैं। सारा आकाश गुँजा रखा है। अनुकूल जैसे बचपन में आगे-आगे दौड़ा करता था उसी तरह आगे-आगे उड़ रहा है। सब उसे पुकारते रहते हैं। वह मुड़कर देखता है, हँसता है और उड़ता रहता है। न सुनता है और न रुकता है। एकाएक चारों तरफ से अँधेरा उमड़ता मालूम पड़ने लगता है। सब भयभीत हो जाते हैं। थोड़ी ही देर में बड़े-बड़े डैनों वाले पक्षी उन्हें घेर लेते हैं। उनमें से एक पूछता है कि तुम्हें इस आकाश में उड़ने की इजाजत किसने दी? तुम छोटे पंखोंवाले पक्षी हमारे इतने बड़े आकाश में उड़ान भरते हो...तुम्हारी यह मजाल! वह अनुकूल से फुसफुसाकर कहती है—चल बेटा, लौट चलें। झगड़ा मोल लेने से क्या लाभ। इन्हें ही उड़ लेने दे। यह सब बेगाना है। लेकिन अनुकूल अड़ा रहता है। वह उनका कहना नहीं मानता। उनसे कहता है, आकाश तो सबका है...।

वे सब हमला कर देते हैं। अनुकूल के बाबू और माँ जोर-जोर से चिल्लाते रहते हैं—बचाओ...बचाओ। कोई बचाने नहीं आता। अनुकूल अकेला लड़ता रहता है। वह किसी को मारता नहीं, केवल अपने को बचाता है। आखिर लड़ता-लड़ता गिर पड़ता है।

माँ चिल्ला पड़ती है। बावनराम उसे हिलाकर जगाते हैं, "क्या हुआ, क्यों चिल्ला रही हो?"

जगने के बाद माँ की आँखों में देर तक वही सब दृश्य घूमते रहते हैं। वह उन्हें ही सबको याद कर-करके अपने बेटे की याद में बिसुरती रहती है।

उस दिन के बाद भी उसे सपने दिखाई दिए। लेकिन जितना डरावना और आशंकित करनेवाला असर इस सपने का हुआ, उतना किसी और का नहीं...। उस दिन से वह रोज बावनराम से कहती थी, "तुम जाकर अनुकूल को देख आओ। मेरी दाहिनी आँख फरक नहीं है...दाईं छाती के थन में खुजली होती है...पता नहीं किसी बीमारी-सिमारी के चक्कर में न पड़ गया हो!"

बावनराम की समझ में कुछ भी नहीं आता कि वे क्या करें? हो सकता है अनुकूल को अच्छा न लगे...बाबू क्यों आए? किसी काम में न फँसा हो। दम मारने की भी फुर्सत न हो। ऐसी-वैसी बात होती तो वह जरूर लिखता। माँ की आत्मा है इसलिए तड़प रही है। चिट्ठी आने पर शान्त हो जाएगी। लेकिन वे स्वयं ऊहापोह से मुक्त नहीं हो पा रहे थे। खाना खाने बैठते तो टुकड़ा गले में न उतरता। चिट्ठी लिखने बैठते तो समझ में नहीं आता कि क्या लिखूँ। लिखते-काटते, लिखते-काटते। टहलने जाते तो हर तीसरा लड़का उन्हें अनुकूल जैसा नजर आता। लपककर पास जाते तो वह बदल चुका होता। निराशा उनके फेफड़ों में हवा की तरह भर जाती। वे इधर-उधर होकर उसे निहारने की कोशिश करते। वह गोला बन जाती? कोई जाननेवाला मिल जाता और अनुकूल के बारे में पूछता—अनुकूल की चिट्ठी आई? वे घबरा जाते। उनका साँस फूल आता। जवाब सूझ नहीं पड़ता। कभी-कभी तो वे झूठ बोल देते, "कल ही आई थी...बड़े मजे में है।...सोचता हूँ एक चक्कर मार आऊँ।"

"हाँ-हाँ, जरूर! इस बार आए तो हमें भी बताइएगा।"

बावनराम की परेशानियों के बहुत-से कारणों में एक कारण और जुड़ गया था। वह अपने आप ही नहीं जुड़ा था, बल्कि सम्बन्धियों के बार-बार कोचने ने जोड़ा था। पहले तो अनुकूल के रिश्ते आते भी थे, अब बन्द हो गए थे। जो मिलता था इस बात को विशेष रूप से रेखांकित करता था। हालाँकि बावनराम समझते थे कि इस पूछताछ का कोई मतलब नहीं है। उन्होंने अभी उसकी शादी करने का सोचा तक नहीं था। फिर भी उन बातों का प्रकारान्तर से उनके मन पर असर होने लगता था। उन्हें लगता था कि लोग उनके इतने होनहार बेटे की उपेक्षा कर रहे हैं। उनके बेटे के भाग्य से बिरादरीवाले जलते हैं। लेकिन उस समय ये सब बातें पृष्ठभूमि में चली गई थीं। और मुख्य चिन्ता इसी बात की हो गई थी कि उसकी कोई खबर क्यों नहीं आई? अगर अगले सोमवार तक कोई खबर नहीं आई तो वे सोमवार तक कूच कर देंगे। चार-पाँच दिन तो वे किसी-न-किसी तरह गुजार ही ले जाएँगे। इससे ज्यादा गुजारना उन्हें मुश्किल पड़ेगा। वे अनुकूल को अच्छी तरह जानते हैं। वह ऐसा लड़का नहीं कि उसका मन बदल जाए। पिछले पत्र में उसने यही लिखा था कि यहाँ पढ़ाई का दबाव भूख के दबाव से भी ज्यादा है। उसका यही वाक्य बावनराम के धैर्य का आधार बना था। इसी बात के सहारे वे उसकी माँ को भी समझाने की कोशिश करते थे। जब परेशानी ज्यादा होती थी तो राम की अँगूठी की तरह पुरानी चिट्ठी सुनाकर मन में उठती शंकाओं को भगाने की कोशिश करते थे।

इसके अलावा यह सोचना उन्हें अत्यधिक आनन्ददायक लगने लगता था कि बेटा उनका स्वप्न साकार करने के लिए पढ़ाई में इतने दिलोजान से जुटा है। हम लोग तो रो-गाकर काट ही लेंगे।

इत्तफाक से चौथे दिन ही अनुकूल की चिट्ठी आ गई। डाकिया घर पर ही चिट्ठी दे गया था। बावनराम की टाँग में दर्द था, इसलिए डाकखाने की परिक्रमा के लिए नहीं गए थे। डाकिये से चिट्ठी पत्नी ने ही ली थी। चिट्ठी लेकर पहले तो वह इसी तरह खुश हुई थी जैसे अनुकूल खुद आ गया हो। फिर जब पति ने उसे पढ़ा तो वह हिरनी की तरह घूमती रही। क्या लिखा है? कहीं कुछ हो तो नहीं गया? बोल क्यों नहीं रहे। कभी-कभी उसके सिर में दर्द हो जाया करता है, किसने दबाया होगा? उसके तो साथ का वह लौंडा भी किसी करम का नहीं। उस दिन सपने में वह देखते-देखते पहाड़ी पर से गायब हो गया था। फिर उन पंछियों ने उसे चोंच से मार-मारकर घायल कर दिया था।

वह बार-बार कहती रही, ''मुझे भी तो बताओ अनुकूल ने क्या लिखा है? तुम अकेले ही पढ़ते रहोगे क्या?''

वे बार-बार उसे चुप कर देते, ''पढ़ तो लेने दो।''

''जोर-जोर से क्यों नहीं पढ़ते? मेरा कलेजा भी ठंडा हो जाएगा।''

बावनराम बीच-बीच में परेशान हो उठते। उनका चेहरा कभी सख्त हो जाता और कभी लटक जाता। कभी उनकी आँखें मिचमिचा जातीं। अनुकूल की माँ के चेहरे पर भी वे ही सब प्रतिक्रियाएँ घटित होतीं।

जब चिट्ठी पढ़ चुके तो बावनराम ने एक लम्बा-सा साँस छोड़ा और चिट्ठी समेत हाथों को ढीला करके फैला दिया। माँ घबरा गई, ''क्या हुआ?''

''होना क्या था...वही जात-पाँत का पाप!''

माँ बिना आगे सुने गालिया निकालने लगी, ''अरे कम्बख्तो, तुम जात से बड़े हो गए हो तो क्या मेरे बेटे को खा जाओगे? बड़ी जात का हुए से कोई सोने का तो नहीं हो जाता। मिट्टी तो मिट्टी ही रहेगी! मैं माँ हूँ...एक माँ का दुख सब माओं के दिलों में बराबर टीसे है। मेरे बेटे को दुख दोगे तो तुम्हारी माओं के कलेजे भी बिना टीसे नहीं रहेंगे।''

बावनराम ने झिड़क भरी आवाज में कहा, ''क्यों बोले चली जा रही है...? बात सुनी नहीं, आही-तबाही बकनी शुरू कर दी!''

''तुम सुनाओगे तभी तो सुनूँगी।''

बावनराम ने एकाएक चिट्ठी पढ़कर सुनाना आरम्भ कर दिया, ''लो सुनो–''

पूज्य बाबू और माँ,

पाँलागी!

माँ ने बीच ही में टोककर पूछा, ''माँ भी लिखा है?''

बावनराम एकदम से बौखलाए, ''और क्या मैं अपनी तरफ से पढ़ रहा हूँ!'' बावनराम आगे पढ़ने लगे–

आपकी दो-तीन चिट्ठियाँ आईं। मैं एक भी चिट्ठी नहीं डाल सका। कोई खास कारण नहीं—सुस्ती। कभी-कभी यह भी समझ नहीं आता कि क्या लिखूँ...?

माँ तत्काल बोली, "माँ-बाप को चिट्ठी लिखना मुश्किल लगे है। बेचारे को समझ में नहीं आता कि क्या लिखे। देखो कैसा जमाना आ गया! यहाँ टिटिहरी-से टिटा रहे हैं, बेटे को यह भी समझ नहीं आ रही कि माँ-बाप को राजी-खुशी की दो सतर कैसे लिखे...?"

इस पर बावनराम बिगड़ उठे, "चिट्ठी सुननी हैं या बकवास करनी है...।" ...माँ चुप रही पर उसके होंठ फड़कते रहे। उन्होंने आगे पढ़ना शुरू कर दिया...

पिछली चिट्ठी में मोहन के बारे में लिखा था। अब तो यहाँ उस बात को लोग भूल गए। रामउजागर का भी शायद मैंने अपने पत्र में उल्लेख किया था। वे भी पढ़ने में बहुत होशियार थे। ऐसे होशियार लड़के अपने लोगों में कम होते हैं। दूसरे वर्ग के लड़के भी उनका दबदबा मानते थे। मोहन की लाश उन्होंने ही पंखे से उतारी थी। उस घटना के बाद पता नहीं उन्हें क्या हुआ कि उनके मन पर ऐसा असर पड़ा कि एकदम मानसिक सन्तुलन खो बैठे। चिल्लाते हैं...कहते हैं, तुम लोग भाग जाओ...ये लोग कुत्ते-मार हैं, इनकी बाँहों में रस्सियाँ छिपी हैं...तुम्हें भी लटका देंगे। हँसी भी आती है और दुख भी होता है। उन्हें मजबूरन एक साल की छुट्टी जाना पड़ा। उनके जाते ही जैसे सिर पर से कोई बड़ा चला गया हो।

सबसे ज्यादा मजे की बात यह है कि दूसरे वर्ग के लोग समझते हैं कि रामउजागर की जगह मैं लेना चाहता हूँ। पहले तो वे लोग डाँट-डपटते रहे, लालच देते रहे। जिससे मैं इनका चक्कर छोड़कर उनके चक्कर में आ जाऊँ। अगर मैं उनके साथ रहूँगा तो वे पास कराने में भी मदद करेंगे। हालाँकि कहाँ रामउजागर और कहाँ मैं! हम लोगों को कई महीने से स्कॉलरशिप नहीं मिला था। उसके बारे में अपने लोगों ने एक मीटिंग की। बाद में संस्थान के निदेशक से जाकर मिले कि जब तक स्कॉलरशिप शासन से आए तब तक संस्थान से एडवांस करा दीजिए। खर्चा चलना मुश्किल हो रहा है। किसी तरह निदेशक मान गए। हम लोगों ने लिख-लिखकर दे दिया कि वजीफा आने पर देय राशि से कट जाएगा। दूसरे लड़कों को बुरा लगा। वे समझे मैं नेता बनकर उन लोगों की खिलाफत करने गया हूँ। उन्होंने मारपीट शुरू कर दी। ज्यादा तो चोट नहीं आई। थोड़ी चोट आई। एहतियातन अस्पताल में भर्ती हो गया। अब बिल्कुल ठीक हूँ। दो-चार दिन में क्लास भी जाने लगूँगा। पहले इसलिए नहीं लिखा था कि आप सब परेशान होंगे। अब भी

इसलिए लिखा है कि आपको इस घटना का पता चल जाए।...

माँ बिसूरती हुई आँख पोंछ रही थी। बावनराम ने भी एक क्षण रुककर उसकी तरफ देखा और गला साफ करके आगे पढ़ने लगे–

...जिन लड़कों ने यह सब किया था उनके विरुद्ध प्रशासन कड़ी कार्यवाही कर रहा है। हालाँकि यहाँ ज्यादातर बड़े बापों के बेटे ही आते हैं। फिर भी प्रशासन यही कहता है...। हाँ, एक रिसर्च स्टूडेन्ट है नीलम्माजी। दक्षिण की हैं, जिसे हम लोग मद्रास कहते हैं। उन्होंने इस मामले को लेकर हम लोगों की तरफ से काफी शोर मचाया हुआ है। पी.एच.डी. के काफी छात्र हैं जो इस मामले में नीलम्माजी के साथ हैं। इन सब लोगों की रामउजागर दादा से भी अच्छी दोस्ती थी। ये लोग सभी ऊँची जात के हैं। इन लोगों के दिलों में दूसरों के लिए दर्द है। वे चाहते हैं कि सबको आत्मसम्मान से रहने का समान अधिकार मिले। दरअसल हम लोगों में बहुत कम हैं जो आत्मसम्मान का मतलब समझते हैं। कम क्या, नहीं के बराबर। मुझे लगता है कि राजनीति के लोगों ने छूट के छोटे-छोटे टुकड़े डाल-डालकर अपना तो स्वार्थ सिद्ध किया, पर हम लोगों का रहा-सहा सत्व भी हर लिया। बैसाखियाँ थमा दी गईं, जिससे पाँव कमजोर बने रहें। जब चाहें बैसाखियाँ हटा लें और हम लोग धड़ाम से जा गिरें। बस टाँगों का जोर जबान में आ गया। ये लोग ठीक कहते हैं कि अगर हम लोग कम्पटीशन से आए होते तो हमारी स्थिति इतनी गई-गुजरी न हुई होती। रामउजागर कम्पीटीशन से आए थे, कैसे दिपते थे! ये सब लोग इसी बात पर लड़ रहे हैं–या तो हम लोगों को आने न दिया गया होता और आने दिया है तो बराबरी का व्यवहार तो मिलना ही चाहिए। दुतकारते भी नहीं और हमारी तरफ देखते भी नहीं। सभी लोगों में अच्छे-बुरे दोनों तरह के लोग होते हैं। ऊँची जाति में काफी लोग हम लोगों से भी कहीं ज्यादा हमारे हित की चिन्ता करते हैं। लेकिन...

एकाएक अनुकूल की माँ थोड़ा उखड़कर बोली, "किसी लौंडिया के बारे में लिखा है क्या?"

बावनराम ने पढ़ने की व्यस्तता में से समय निकालकर गर्दन हिला दी। वह फौरन बोली, "कहीं यह लौंडा हाथों से न निकल जाए? ये ऊँची जात की लौंडियें बड़ी चकचाल होती हैं। आदमी को मेंढ़ा बनाने का जादू खूब जानें हैं। हमारेवाला यह अनुकूल तो वैसे ही मूरख है।"

बावनराम सिर पकड़कर बोले, "रहोगी तुम वही गँवार-की-गँवार। वह कोई तुम्हारा गली-मुहल्ला नहीं कि लड़की को लड़के के साथ देखा और लगे लपर-झपर जबान चलाने। वहाँ कोई न लड़का है न लड़की, सब विद्यार्थी हैं...बस सब पढ़ते हैं।

मिलते हैं तो भी पढ़ाई की बात करते हैं। लिखा नहीं था क्या अनुकूल ने, कि भूख से ज्यादा पढ़ाई का जोर रहता है। जब भूख नहीं सालती तो क्या यह सबकुछ सालेगा?''

अनुकूल की माँ बिफर गई, ''यह पहले क्यों नहीं सोचा था कि वहाँ लौंडे-लौंडियें साथ पढ़ते हैं? मुझे पता होता तो मैं मरती मर जाती पर अपने अनुकूल को न जाने देती। कुलच्छनी कहीं की...! लौंडे पर डोरे डालती है। जरूर कोई जादूगरनी होगी...मेरे अनुकूल को मक्खी बनाकर दीवार पर चिपका देगी। तुमने मेरे लाल को वहाँ भेजकर किस जन्म का बदला लिया जी? उस बेचारे को इन कम्बख्त जादूगरनियों के चक्कर में फँसा डाला।''

पहले तो बावनराम की समझ में नहीं आया कि वे क्या करें, फिर वे बिगड़कर बोले, ''यह क्या बकती चली जा रही है...तू क्या चाहती थी कि तेरे बेटे से यहाँ ढोर चरवाता? किसी की बेटी को अनाप-सनाप कहे जा रही है। क्या है तेरे बेटे में जो वह लड़की तोड़कर ले जाएगी। इतनी बड़ी जगह पढ़ने गया तो क्या तेरा और मेरा दिमाग लेकर जाता। है तेरी जात में उसके लायक कोई लड़की?''

''तो क्या तुम उसे बाँमिनी और बनैनियों से ब्याहोगे? अगत बिगाड़ोगे? इसी मारे उसे वहाँ पढ़ने भेजा था क्या?''

बावनराम ताव में उठकर जाने लगे तो अनुकूल की माँ रोककर बोली, ''चिट्ठी तो पूरी करते जाओ...क्या मैं अपने लाल की लिखी चिट्ठी सुनने से भी गई!''

''जो लिखा था पढ़ दिया...रामायण तो है नहीं कि चौबीस घंटे तक अखंड पाठ करता रहूँ।''

अनुकूल की माँ की आँखें बरसने लगीं, ''तुम मेरे लाल को वापस बुला लो। मुझे नी पढ़ानी उसे तुम्हारी यो इंजीनियरी...मैं तो वैसे ही भली। पता नहीं कमबख्तों ने कहाँ चोट मारी होगी। हमने तो कभी घर में उँगली भी नी छुआई...उन कसाइयों ने उसे मारा! और दोनों हाथ टूटियो रे उनके। जरूर घनी चोट आई होगी तभी तो हस्पताल गया...मुझे मेरे बच्चे को दिखा तो लाओ। वो तड़प रहा होगा...।''

बावनराम के हृदय में भी वे सब बातें गूँजीं पर वे चुप रहे। चिट्ठी पर नजर गड़ाए रहे। थोड़ी देर बाद उन्होंने अपनी नाक सिनकी, धोती के पल्ले से मुँह पोंछा और आप-ही-आप आगे पढ़ना शुरू कर दिया।

> ...मैं समझता हूँ कि मेरी इस बात पर कोई विश्वास नहीं करेगा। दिलों में घृणा जो है। मुझे लगता है घृणा से कुछ नहीं होता। इन लोगों के सम्पर्क में आकर यह बात मेरी समझ में और भी अच्छी तरह आ गई। खैर, छोड़िए इस बात को। मेरे लिए आप जरा भी चिन्ता न करें। सम्मान से रहना शुरू करने के लिए शुरू-शुरू में इन छोटे-मोटे असम्मानों का सामना तो करना

ही होगा। गांधी यहाँ पहुँचे तो ऐसे ही नहीं पहुँचे। पता नहीं कितने असम्मान, सम्मान की तरह सह ले गए।

नीलम्मा जी कहा करती हैं, अपमान मनुष्य को छोटा नहीं बड़ा बनाता है। अपमान के प्रति असहिष्णुता छोटा बनाती है। साधनों की दृष्टि से, कर्म की दृष्टि से चाहे हम छोटे समझे जाते हों पर सहनशीलता की दृष्टि से हममें से हर एक गांधी है।

आप माँ को समझा दें कि मैं जो भी कुछ कर रहा हूँ उसके पीछे अपना और अपने साथियों का जीवन सम्मानित बनाने का ही उद्देश्य है। कभी-कभी मैं सोचता हूँ, अगर आपने मेरी और अन्य सब घरवालों की मर्जी के खिलाफ जाकर मुझे यहाँ न भेजा होता तो शायद यह इतनी भिन्न दुनिया अनदेखी रह गई होती। यहाँ आकर ही मुझे पता चला कि इन्सान बनकर रहना कितना मुश्किल होता है। इस बात का पता चल जाना ही इन्सान होने की दिशा में एक कदम है। अब मुझे कुछ-कुछ सोचना और अपने आप निर्णय लेना भी आता जा रहा है।

एक बात और महसूस होती है कि यहाँ पर लोग या तो इन्सान से कुछ ज्यादा बनकर रहने के आदी हैं या उस रेखा से काफी नीचे उतरकर रहना पसन्द करते हैं...। मैंने ऐसी भी बहुत-सी बातें इस चिट्ठी में लिख दीं जिन्हें अगर मैं दोबारा पढ़ूँ तो शायद मेरी खुद की समझ में न आएँ। लिखकर सन्तोष मिलता है।

अन्त में उसने सबको नमस्कार लिखा था। माँ को बहुत अधिक याद किया था। चिट्ठी पढ़ चुकने के बाद बावनराम गर्दन झुकाए चुपचाप बैठे रहे। माँ बिसूरती रही। उनका आँचल मुँह पर था। जब वह हल्की हुई तो बोली, ''तुमने ही उसे वहाँ भेजा...मुझे तो लगता है वह वो अनुकूल नहीं रहा जिसे हमने यहाँ से भेजा था। उसे तुम वापस बुला लो। दुख देनेवालों की बिरादरी बड़ी भी होती है और ताकतवर भी। लोग...देनेवाले को ही बड़ा मानते हैं, सहनेवालों को नहीं। हमारा हमारी आँखों के सामने बना रहे, बस! हमारी तो यही इंजीनियरी है।''

''कैसे बुला लूँ? अब क्या वह आएगा? तू माँ है इसलिए उसे छोटा-सा दुद्धी पीता बालक समझ रही है। बेटा चाहे कितना भी बड़ा क्यों न हो जाए पर माँ उसे बालक बनाकर गोद में लेकर ही प्यार करना चाहती है। यह नहीं कि उसे उसी रूप में प्यार करना सीखे। अब वह बहुत आगे निकल चुका...तू वहीं-की-वहीं टिकी है।''

अनुकूल की माँ बावनराम की बातें सुन कम रही थी देख ज्यादा रही थी। बोली, ''तुम्हारी ये सब बातें मेरे पल्ले ना पड़े। मुझे तो उन गिद्धों की चोंच की मार से घायल सपने का वह पाखी ही सब तरफ दिखाई पड़े है। पता नहीं कितना चुटियाया होगा।

मुझे चाहे ना ले जाओ तुम अकेले ही देख लाओ। तुम देख आओगे तो कालजा तो ठंडा पड़ जाएगा।'' फिर रुककर बोली, 'मैं कहूँ यह घर-द्वार बेच-बाचकर वहीं चलो। कहीं झोंपड़ी डालकर रह लेंगे...लड़का तो आँखों के सामने बना रहेगा।''

बावनराम को पता नहीं कैसा अनुभव हुआ। उन्होंने उठकर अनुकूल की माँ का कन्धा थपथपा दिया। वह सकपकाकर पीछे हट गई। बाद में उनको भी अटपटा-सा लगा। वे सोचने लगे, उन्होंने ऐसा क्यों किया? ऐसा तो पहले कभी नहीं हुआ? कभी-कभी जब बोल नहीं फूटता तो हम किसी तरह अपने को अभिव्यक्त करने के लिए उतावले हो उठते हैं।

बावनराम काफी देर बाद इतना ही कह पाए, ''अच्छा, तो मैं देख आता हूँ।'' उसके बाद वे दोनों एक-दूसरे के आसपास रहे पर बोले नहीं। पत्नी कपड़े-लत्ते धरती करती रही और वे दूसरी तैयारियों में लगे रहे।

सात

बावनराम हॉस्टिल पहुँचे तो सारा ही हॉस्टिल लगभग खाली था। सब लड़के क्लासों में जा चुके थे। इक्का-दुक्का कहीं-कहीं नजर आ जाता था। बावनराम ने पहली बार हॉस्टिल देखा था। इतना बड़ा और इतना खाली! इन दोनों ही बातों ने उन्हें आश्चर्य में डाल दिया था। कौन देखभाल करता होगा? कोई भी आए और सबकुछ लेकर चलता बने। उन्हें कमरा ढूँढ़ने के लिए लगभग तीनों मंजिलों का चक्कर काटना पड़ रहा था। हर कमरे में पिदच्ची-सा ताला पड़ा था। झटका मारो, अलग। चढ़ते-उतरते थकान होने लगी थी। इतनी थकान उन्हें पूरी फैक्टरी का चक्कर लगाने में भी नहीं होती। हॉस्टिल के लम्बे-लम्बे गलियारों से गुजरते हुए उन्हें ऐसा नहीं लगा कि वे आदमियों के रहने की जगह के बीच से होकर गुजर रहे हैं। उन्हें बराबर यही लगता रहा कि वे किसी खत्म न होनेवाले एकाकी रास्ते पर चल रहे हैं। उन्हीं गलियारों में से निकलते हुए उन्हें वह लड़का मिला था। उसके हाव-भाव देखकर उनकी हिम्मत नहीं पड़ रही थी कि वे उससे अनुकूल के बारे में पूछें। लेकिन जब वह नजदीक आया तो उनके मुँह से अनायास निकल गया, ''बाबू साहब, अनुकूल पहले साल में पढ़ते हैं...कमरा नं. सी. 132 में रहते हैं...किधर पड़ेगा?''

वह अंग्रेजी में बोला, ''वह एस.सी. है ना?''

बावनराम का माथा एकाएक घूम गया। उन्हें लगा, कुछ करना चाहिए। पर क्या करें? उन्होंने जवाब में सिर्फ गर्दन हिला दी। वह फिर अंग्रेजी में ही बोला, ''गांधी

मोहल्ला उधर है...दाहिने हाथ! पहले सीधे जाइए फिर दाहिने हाथ, फिर बाएँ हाथ... तब एक लेन आएगी।''

वह सीटी बजाता हुआ चल दिया। बावनराम खड़े देखते रहे। फिर गर्दन झटककर बुदबुदाए, ''जितने लोग, उतने धर्म, उतने मुल्क! कोई प्रेम का नहीं, सब नफरत के। चलो, इतना ही क्या कम है कि झिड़का नहीं।''

बावनराम उसके बताए रास्ते की तरफ चल पड़े। वे और भी ज्यादा थक गए थे। ये सब अंग्रेजी बोलते हैं। गाँववालों से भी। अगर आठवीं पास करके दसवीं तक न पढ़ा होता और फिर फैक्टरी में काम न किया होता तो क्या समझ लेते? कद्दू! 'कद्दू' शब्द उन्होंने जोर से बोला। अगर हिन्दी में ही बोल लिया होता तो क्या साहबी में कमी आ गई होती? नाम भी रजिस्टर से न कट गया होता! फैक्टरी में अंग्रेज लोग भी आते थे तो मिली-जुली बोला करते थे। सब समझ लेते थे कि साहब क्या कहना चाहते हैं। यह लड़का तो अंग्रेजी के सिवा कुछ बोला ही नहीं; बस, मोहल्ला जरूर बोला था। चलो, हमें क्या, इसकी मर्जी! हमारा काम हो गया।

वे 'गांधी मोहल्ले' में पहुँच गए थे। किसी ने कमरे की दीवार पर भी लिख दिया था। कुछ कमरों पर नम्बर पड़े थे। कुछ के निकल गए थे। दरअसल एक सौ तीस तक तो एक सीध में थे। उसके बाद की संख्या नजर नहीं आ रही थी। न कोई संकेत ही था। गलीवाली बात वे बिल्कुल भूल गए थे। सब तरफ चक्कर लगा लेने के बाद उन्हें गलीवाली बात याद आई। वे बाएँ हाथवाली गली में घुस गए। एक सौ इकत्तीस से तैंतीस तक उसी गली में थे। उसका पिछवाड़ा मैदान की तरफ पड़ता था। उन कमरों में भी ताला था। वे हताश हो गए। कहाँ गया? उसने तो लिखा था तीन-चार दिन में क्लास में जाने लगेगा। क्लास नहीं गया तो कहाँ गया? उनकी बेचैनी घायल पक्षी की फड़फड़ाहट-जैसी हो गई। उन्हें राम याद आने लगा। बस तू ही उसकी रक्षा करना। कहीं ऊँच-नीच न हो गई हो। घर जाकर क्या मुँह दिखाएँगे? अब तेरे सिवाय कौन है!

बावनराम ने इधर-उधर देखा। कमरे के पास बैठकर इन्तजार करने की वहाँ जगह नहीं थी। वे बाहरवाले लॉन में जाकर बैठ गए। वहाँ से गलियारा साफ दीखता था। हालाँकि उस गलियारे में इस बीच न कोई आया था न गया था। फिर भी वे बार-बार चक्कर लगा जाते थे। कहीं ध्यान न चूक जाए! थकान के मारे झपकी आने लगती थी तो वे खड़े होकर टहलने लगते थे। बारह बजे के करीब लड़कों ने हॉस्टिल लौटना शुरू किया। कोई पैदल आ रहा था। कोई तेज साइकिल चलाता हुआ। लड़के रपटान पर से सीधी अन्दर तक साइकिल ले जा रहे थे। कोई मद्धम-मद्धम गुनगुनाता हुआ चला आ रहा था। कुछ लड़के ग्रुपों में हा-हा, ही-ही करते चले आ रहे थे। उनमें से ज्यादातर अंग्रेजी में बोलते थे। कुछ लड़के दूसरी भाषाओं में भी बात कर रहे थे।

अंग्रेजी बोलनेवाले लड़के जब हँसते थे तो वे उन्हें अंग्रेजी में ही हँसते हुए महसूस होते थे। वह हँसी उन्हें ऊपरी और अपरिचित-सी लगती थी।

एक बजे तक अधिकतर लड़के हॉस्टिल में आ चुके थे। इन सबमें उनका अनुकूल कहीं नजर नहीं आया। वे कहाँ जाएँ? उनकी टाँगों में एक तरह की ऐसी थरथराहट भर गई थी जो मुद्दतों के बीमार आदमी की टाँगों में होती है। वे चिल्लाना चाहते थे...अनुकूल, बेटे अनुकूल, तुम कहाँ हो...? लेकिन उनकी आवाज दबती चली जा रही थी। उन्हें लग रहा था अब कुछ नहीं हो सकता। आशंका और भय का एक सोता अन्दर-ही-अन्दर फूटा पड़ रहा है। हालाँकि वे यह भी समझ रहे थे कि ये सब बातें बदशकुनी की हैं। पिता होकर उन्हें ऐसी बातों को अपने मन में जरा भी जगह नहीं देनी चाहिए। उसे कुछ नहीं हुआ। वह यहीं है। अगर बताकर आए होते तो कमरे पर ही मिलता। कहीं पढ़ रहा होगा। एक बार उसने लिखा था कि पढ़ने के लिए उसे पुस्तकालय जाना पड़ता है। आखिर उसे इंजीनियर बनना है। अच्छे बच्चों की तरह वह अपनी जिम्मेदारी समझता है।

वे उठे और उस गलियारे के पास जा खड़े हुए। कमरों के कुंडों के खुलने और बन्द होने की आवाज संगीत के सप्तक की तरह मद्धम से सातवें सुर तक पहुँचती थी, फिर सम पर आकर टूट जाती थी। केवल वही बन्द कुंडा उस पूरे वातावरण को बेसुरा बना रहा था।

धीरे-धीरे उनकी आशंकाएँ विश्वास की तरफ बढ़ती गईं। वे बार-बार दाँत भींचकर अपने को उस ओर बढ़ने से रोक रहे थे। पर वे बढ़ती जा रही थीं। जब एक-आध कदम आगे निकल जाती थीं, तो वे जोर लगाकर पीछे लौटाने की कोशिश करते थे। पर व्यर्थ!

एक सौ इकत्तीस कमरेवाला लड़का करीब दो बजे आया। बावनराम लपककर पहुँचे। आव देखा न ताव छूटते ही बोले, "एक सौ बत्तीसवाले अनुकूल बाबू कहाँ हैं?"

उस लड़के ने उन्हें ऊपर से नीचे तक देखा। फिर बोला, "वे तो अस्पताल में हैं।"

"अस्पताल में?" उन्होंने चौंककर आश्चर्य से दोहराया।

"हाँ, महीने-भर से ज्यादा हो गया।"

"क्यों?"

"झगड़ा हो गया था। उनका पार्टनर तो डर के मारे बिना छुट्टी लिए ही घर भाग गया।"

"बहुत चोट आई?"

"पैर की हड्डी टूट गई थी। अब ठीक है।"

"लेकिन झगड़ा कैसे हो गया...? अनुकूल तो ऐसा लड़का नहीं है।"

"खन्ना और उसके दोस्तों ने मिलकर मारा। जब तक हम लोग पहुँचे, वे लोग भाग गए थे। अगर मिल गए होते तो हम लोग भी उनमें से एक-आध को जरूर ठिकाने लगा देते।" उस लड़के के सूखे हुए चेहरे पर पहली बार एक चमक-सी आई।

बीच-बीच में वह लड़का एक-आध वाक्य अंग्रेजी का भी बोल जाता था। जब कठिनाई होती थी तो हिन्दी में चालू हो जाता था। उस लड़के को अचानक कुछ ध्यान आया तो वह बोला, "आप कौन हैं?"

"मैं...मैं...बावनराम हूँ। उसके घर से आया हूँ।"

"उनके पिता! अनुकूल अक्सर आपका जिक्र किया करता है। आपको बहुत याद करता है। उसने आपको सूचित करने के लिए मना कर दिया था। हम सबमें वह सबसे ज्यादा साहसी है।"

"याद करता है..." उन्होंने अन्दर-ही-अन्दर दोहराया। फिर भीगे गले को सुखाने की दृष्टि से दो-तीन बार खँखारा। बड़ी मुश्किल से आँखें पोंछते हुए कह पाए, "बेटा, मुझे वहाँ तक पहुँचा दो।"

पहले तो वह हिचकिचाया। हाथ में बँधी घड़ी देखी। फिर बोला, "चलिए पहले मैं आपको वहाँ पहुँचा आता हूँ...फिर लंच लूँगा। नहीं तो शाम को खा लूँगा।"

बावनराम बोले, "नहीं बेटा, तुम जाकर खाना खा लो...मुझे सिर्फ रास्ता बता दो। मैं पूछता-पूछता चला जाऊँगा।"

वह उन्हें हॉस्टिल के बाहर सड़क पर ले आया। हाथ के इशारे से समझाता हुआ बोला, "बस, सीधे चलते चले जाइए। आगे जाकर स्वीमिंग-पूल है...ऊपर सीढ़ी-सी लगी होगी...उसी के बराबर से बाएँ हाथ घूम जाएँ। कोई आधा फर्लांग चलने के बाद एक पुलिया आएगी...उससे उतरकर बाएँ हाथ आम का बड़ा-सा पेड़ है, उसी के नीचे अस्पताल है। किसी से पूछ लीजिएगा स्टूडेन्ट-वार्ड कहाँ है...बस स्टूडेन्ट-वार्ड में बारह नम्बर पलँग पर!"

बावनराम ने अपने को बहुत रोकते-रोकते भी पूछ ही लिया, "कौन भाई हो?"

लड़के का चेहरा लाल हो गया। बड़ी मुश्किल से कह पाया, "एस.सी.।"

बावनराम को अस्पताल पहुँचने में काफी समय भी लगा और कठिनाई का भी सामना करना पड़ा। अपरिचित पथ मित्र से अधिक शत्रु की भूमिका निबाहता है। कभी इधर, कभी उधर। वहाँ तक पहुँचते-पहुँचते वे रिक्त हो चुके थे। उनमें जो कुछ रहा-सहा था,

वह हॉस्टिल से यहाँ तक के पथ ने निचोड़ लिया था। रास्ते-भर सरहद पर बसे छोटे-छोटे गाँवों को देखकर वे यही सोचते चले आए थे कि यह गाँव और यह संस्थान यहाँ कितने आसपास हैं। उन गाँवों की वजह से उन्हें उस संस्थान से और भी अधिक आत्मीयता लगी थी। रास्ते में धन चरता हुआ मिला। वे उसे देखकर मुस्कुरा दिए। अगर वे गाँव में चले जाएँ तो हो सकता है वहाँ उन्हें ज्यादा आत्मीयता मिले। गाय का एक बछड़ा पूँछ उठाकर दौड़ता हुआ आ रहा था। उसे देखकर वे आत्मस्थ भी हुए और तनावविहीन भी। वह जिधर भी चाहता था दौड़ने लगता था। उसके दौड़ने ने उस पूरे-के-पूरे क्षेत्र को असीम बना दिया। उन्हें अनुकूल का ध्यान आया। वह छोटा था तो वह भी इसी तरह दौड़ा करता था। कभी इधर, कभी उधर। जब हम एक दिशा पकड़ लेते हैं तो दिशा विरोध में आ खड़ी होती है। हर कोई अपनी तरफ बढ़ते दबाव को देखकर उसके विरुद्ध खड़ा होने की कोशिश करता है। यही अनुकूल के साथ हो रहा था। तब केवल अनुकूल की माँ बहुत डरती थी। लेकिन बावनराम उसके साथ बच्चा बनकर उसी की तरह दौड़ने लगते थे। वे हमेशा कहते थे—गरीबों के बच्चे नहीं दौड़ेंगे तो क्या अमीरों के दौड़ेंगे? अमीरों के बेटों का भाग्य घर के अन्दर बनता है, गरीबों के बेटों का घर के बाहर।

वह बछड़ा दौड़ता-दौड़ता उस पुलिया तक आ गया था। पुलिया के नीचे बहनेवाली छोटी नहर में कीचड़ थी। पानी का ओसरा खत्म हो चुका था। वह बछड़ा पुलिया के पारवाली उसी बिल्डिंग की तरफ मुँह किए अकेला खड़ा रँभा रहा था। एक सफेद गाड़ी आम के पेड़ के नीचे खड़ी थी। उसके दोनों तरफ सतिये जैसे लाल रंग के दो कट्टम पुरे हुए थे। साइकिलों का जमाव भी वहीं लगा था। आदमी साइकिलों से ज्यादा थे। दो-एक मोटरें भी खड़ी थीं। पुलिया से उतरकर जब वे वहाँ पहुँचे तो उन्हें एकाएक लगा, कहीं वह बछड़ा भी पीछे-पीछे न चला आ रहा हो। मुड़कर देखा तो उन्हें लगा उसकी जगह वहाँ एक गाय खड़ी रँभा रही है। वे आगे बढ़ गए।

पेड़ के नीचे खड़े आदमी से उन्होंने पूछा, ''अस्पताल यही है?''

अन्दर से मुट्ठी-भर दवा लेकर निकलता हुआ दूसरा आदमी पहले-से खड़े हुए उस आदमी से बोला, ''तू तीमारदार है या बीमार! बातें मिला रहा है! ले, पकड़ दवा।''

उस आदमी ने उसकी बात का जवाब न देकर बावनराम की बात का ही जवाब दिया, ''हाँ, यही है।''

बावनराम चुपचाप उधर बढ़ गए। अन्दर से आनेवाला वह आदमी पेड़ के नीचे बैठे बच्चे के पास गया और उसके सामने बिछे कपड़े पर दवा रख दी। उस बच्चे से कहा, ''जा तू भी दवा ले आ। डॉक्टर को बताना पेट में दर्द होता है और पेशाब में जलन होती है तो एक रुपएवाली कैप्सूल मिल जाएगी।''

उस आदमी ने बच्चे से दोहरवाया कि वह क्या कहेगा। जब बच्चे ने ठीक तरह दोहरा दिया तब कहीं जाकर उसने उसे अन्दर जाने दिया। लेकिन पहलेवाला आदमी अभी भी वहीं खड़ा था और दवाएँ इकट्ठी करते उस आदमी को देखकर बड़बड़ा रहा था। बावनराम एक मिनट को ठिठक गए थे। दूसरा आदमी उन्हें अपनी तरफ देखता हुआ पाकर बोला, ''चलो-चलो अपना काम करो...घूर-घूरकर क्या देख रहे हो?''

बावनराम के मुँह से एकाएक निकल गया, ''स्टूडेन्ट-वार्ड किधर होगा?''

''हम यहाँ कभी नहीं रहे...जाकर अन्दर पता लगाओ।''

बावनराम को पता नहीं क्या सूझा। वे बोले, ''आप क्या कभी ऐसे बीमार नहीं पड़े...?''

''दवा ले जाते हैं, ठीक हो जाते हैं। यहाँ कौन पड़ा रहे!'' कहकर उसने हाथ लम्बा कर दिया, ''जाओ, अपना रास्ता लो।'' बावनराम अन्दर चले गए। अन्दर सन्नाटा और सफाई दोनों थे। यहाँ उन्हें महसूस हुआ कि उनका पेट एकदम खाली है। अगर उसमें कुछ डाला नहीं गया तो पेट उन्हें इस तरह लील जाएगा जैसे अजगर शिकार को धीरे-धीरे अन्दर करता जाता है। वे बड़बड़ाए, ''खा जाएगा तो खा जाएगा, दुनिया के सब काम इसी के हिसाब से तो नहीं चलनेवाले न!''

अन्दर जाकर नर्स से स्टूडेन्ट-वार्ड पूछा तो वह एकदम सामने ही था। यह पता लगते ही कि सामने ही है उनके पैरों ने जवाब दे दिया। अब तक चले-सो-चले, अब बस! किसी तरह टाँगों को घसीटते हुए वार्ड तक पहुँचे। पहली नजर में उन्हें अन्दर अँधेरा-ही-अँधेरा दिखाई पड़ा। क्या यहाँ भी नहीं मिलेगा? एक कम्पन उनके शरीर से झन्नाटे के साथ गुजर गई। वे दो-चार क्षण साँस रोके खड़े रहे। एकाएक उन्हें सुनाई पड़ा, ''बाबू।''

अनुकूल कोने में लेटा था। उन्हें देखकर अनुकूल अपनी कोहनियों पर उठ गया।

उन्होंने लपककर उसके पास पहुँचना चाहा, पर उनके पाँव जैसे जम गए। फिर भी जैसे-तैसे अनुकूल के बेड तक पहुँचे। अनुकूल की एक टाँग पर प्लास्टर चढ़ा था। वह पलँग के तकिये का सहारा लेकर बैठ गया था। दोनों एक-दूसरे की तरफ देख रहे थे पर बात करने की स्थिति में दोनों में से कोई नहीं था। बावनराम पर जब कुछ नहीं हो पाया तो वे प्लास्टर चढ़ी टाँग पर हाथ फेरने लगे। प्लास्टर चढ़े पाँव पर उनकी आँखों से दो-तीन बूँदें टप-टप टपक गईं। वे तब तक हाथ फेरते रहे जब तक बात करने की स्थिति में नहीं लौट आए।

अनुकूल के अलावा एक लड़का और लेटा था। वह कराह रहा था। एक-दो बार बावनराम को महसूस हुआ कि वह कराहट हो-न-हो अनुकूल की ही है। उन्होंने

दो-तीन बार अनुकूल की तरफ देखा। वह चुपचाप बैठा उनकी तरफ देख रहा था। बाबू कितने बूढ़े हो गए! झटक भी गए! बड़ी देर बाद वह पूछ पाया, ''बाबू, आप कब आए?''

उसके सवाल का जवाब कुछ देर नदारद रहा। बड़ी मुश्किल से रुक-रुककर आया, ''आज...स...वेरे!''

अनुकूल अब पूरी तरह सँभल गया था। वह बोला, ''मैंने तो लिख दिया था कि चिन्ता की कोई बात नहीं। आपको आने में बहुत परेशानी हुई होगी। लगता है, मुँह में पानी तक नहीं गया। बिल्कुल सूखा पड़ा है!''

''नहीं भैया, तुम्हें देख...लिया...सब हो गया।'' उनकी आवाज में थरथराहट और टूटन अभी भी शेष थी। वे साफ और एकसाथ नहीं बोल पा रहे थे। वे एकाएक हुमककर बोले, ''यह क्या...कैसे हो गया?'' बाँध टूट गया।

अनुकूल भी काफी देर तक जवाब को थामे बैठा रहा और अपने-आपको सँजोने की जी-तोड़ कोशिश करता रहा। कहीं बाबू और अधिक परेशान न हो उठें। सँभल लेने के बाद बोला, ''प्लास्टर जल्दी कट जाएगा...मैं वैसा-का-वैसा ही हो जाऊँगा।'' कहकर उसने हँसना चाहा।

''बड़ा कष्ट भोगा...लिख देते तो हम चले आते। किसने देखभाल की होगी? तेरी माँ तो कई दिन से उल्टे-सीधे सपने देख रही थी...वही सच्ची थी।'' वे फिर अधीर हो उठे।

अनुकूल अपने ऊपर काबू पा चुका था। वह अच्छी तरह हँसा और बोला, ''माँ के उल्टे-सीधे सपने देखने से थोड़े ही मेरी टाँग टूट गई। यह तो न दबने का फल है... दबे रहते तो कुछ न हुआ होता। तब पूरे-के-पूरे ही टूट जाते। टाँग तुड़वाकर बाकी सबकुछ तो बचा लिया...,'' फिर बोला, ''अच्छा यह बताइए, कुछ खाया-पिया या नहीं?''

''तुम्हारी माँ ने पराँठे बना दिए थे, साथ में।'' फिर थोड़ा रुककर पूछा, ''यह खन्ना कौन है?''

''आपको किसने बताया?''

''एक सौ इकत्तीस नम्बरवालों ने।''

''क्या आप हॉस्टिल भी गए थे?''

''नहीं तो यहाँ कैसे पहुँचता!''

''वही यहाँ छोड़ गया?''

''नहीं, उसे रोटी खानी थी और पढ़ने जाना था। इसलिए मैंने मना कर दिया था। उसने सड़क पार से ही पूरा नक्शा समझा दिया था।''

अनुकूल ने बाबू के इस जवाब को अतिरिक्त गम्भीरता के साथ सुना। बावनराम

ने फिर अपना सवाल दोहराया, ''कौन है यह खन्ना?''

''वही जो चाहता है कि हम रियाया की तरह रहें। हमारी अपनी कोई राय न हो। हमारी जबान वे लोग इस्तेमाल करें। हम लोगों पर वे लोग निरन्तर आपातकाल लागू रखना चाहते हैं। हमने कभी उनका विरोध नहीं किया, पर ऐसा भी नहीं हुआ कि अपनी सही राय जाहिर न की हो। खन्ना साहब इसीलिए नाराज हैं। वे हममें से ऐसे सभी लड़कों को सजा देना चाहते हैं जो उनकी रियाया बनने से इन्कार करते हैं। एक बार तो पहले मेरे कमरे में घुस आए। उन्होंने बिना कुछ कहे मुझे मारना शुरू कर दिया। न मैंने शोर मचाया और न अपनी जगह से हिला...मैं देखना चाहता था कि इनमें कितनी खूँख्वारी है और अपने उद्देश्य को हासिल करने के लिए ये लोग कहाँ तक बलिदान देने को तैयार हैं। पर ये लोग कायर हैं।'' उसके चेहरे पर घृणा उभर आई। वह बोला, ''मेरा रूम-पार्टनर बहुत डर गया था...उसने शोर मचा दिया। उसके शोर मचाते ही वे भाग खड़े हुए।'' उसने खँखारा और चिलमची में थूक दिया।

बावनराम का चेहरा पीड़ा और असहायता के कारण गुचमुच करके सिकुड़ गया था। वे तैश में बोले, ''तुम्हें पुलिस में रपट लिखाकर उनको बन्द करवा देना चाहिए था।''

''फायदा? क्या इससे उनका अत्याचार रुक जाता? हमारे लड़कों ने कहा था कि अब हम उन लड़कों को उन्हीं लोगों के कमरों में जाकर मारेंगे। मैंने उन्हें समझा-बुझाकर रोका। यह समय नहीं। कमजोर आदमी दूसरे के मारने का उद्यम करने में स्वयं मार खाता है। मैं यह कायरतावश नहीं कर रहा, बल्कि परिस्थितिवश कर रहा हूँ। हमें तब तक बर्दाश्त करना चाहिए जब तक उनके अत्याचार की सीमा का अन्त नहीं हो जाता। यह तय हो जाने के बाद स्थिति स्वयं काबू में आ जाएगी। हमारे बड़ों ने अपने-आपको उन लोगों के पैरों में डाल देने की आदत के कारण उनके अत्याचार करने की सामर्थ्य को कम करने के स्थान पर बढ़ाया ही था। इस तरह का व्यवहार करके वे सब अपने को दिन-पर-दिन छोटा करते जा रहे हैं। ताकत को घटा रहे हैं। इस बात पर सब मित्र मुझसे नाराज हैं। वे नहीं जानते जवाबी कार्यवाही करके हम अपने-आपको उन्हें सौंप देंगे।''

बावनराम अनुकूल की बात सुनकर चकित थे। वे बौखलाहट में बोले, ''यह तू क्या कह रहा है भैया? मैंने क्या तुझे इसलिए भेजा था कि पढ़ना-लिखना छोड़कर सुधार करता घूमे? अपने हाथ-पैर तुड़वाए। तेरी माँ तुझे वापस ले जाने को कह रही थी। तू यहाँ से छोड़ और चल घर। मेरी ही मत मारी गई थी जो तुझे यहाँ भेजा।'' वे फिर रोने-रोने को हो आए।

''नहीं बाबू, आप घबराएँ नहीं...ऐसा कभी कुछ नहीं होगा कि आपको पछताना पड़े।'' फिर ठहरकर कहा, ''अब आप थोड़ा-बहुत खा-पी लें!''

उन्होंने एक लम्बी साँस ली, ‘‘क्या खा लूँ...मुझे तो चारों तरफ अँधेरा-ही-अँधेरा नजर आ रहा है।’’ बहुत कहने पर वे मान गए।

उस लड़के की एक हल्की-सी चीखनुमा कराहट सुनाई पड़ी। उस कराहट ने उन दोनों को एक-दूसरे के वृत्त के बाहर निकालकर वापस कमरे में ला खड़ा किया। वह बुरी तरह छटपटा रहा था। अनुकूल ने पूछा, ‘‘क्या बात है?’’ वह जवाब न देकर और जोर-जोर से कराहने लगा। अनुकूल ने अपने सिरहाने लगी घंटी बजा दी। सिस्टर आ गई। अनुकूल ने उस लड़के की तरफ इशारा करके कहा, ‘‘राजीव बहुत कराह रहा है, कोई दवा दे दीजिए।’’

सिस्टर उसके पास गई तो उसने उसी तरह कराहते-कराहते पूछा, ‘‘घर से कोई आया, सिस्टर?’’

सिस्टर ने गर्दन हिला दी, ‘‘नहीं...आते ही होंगे।’’ हँसकर बोली, ‘‘हम लोग जो हैं।’’

वह सुना हुआ ज्यादा जज्ब नहीं कर पा रहा था। वह कहता जा रहा था, ‘‘तार भिजवा दो...लिख दो, अब मेरे पास ज्यादा वक्त नहीं।’’

सिस्टर ने उसे समझाना चाहा, ‘‘नहीं, ऐसी कोई बात नहीं। आप जल्दी ठीक हो जाएँगे।’’

वह नाराज हो गया, ‘‘नो सिस्टर! आप जाइए...मुझे भुलावा देने की कोशिश मत कीजिए...मैं जानता हूँ, मैं धीरे-धीरे मर रहा हूँ। सबके घरवाले आ रहे हैं, मेरे घरवाले क्यों नहीं आते सिस्टर?’’

‘‘आएँगे, जरूर आएँगे।’’

सिस्टर इन्जेक्शन लेने चली गई। बावनराम ने उसके पास जाना चाहा। अनुकूल ने इशारे से रोक दिया। वह उस लड़के से बोला, ‘‘मेरे पिताजी आए हैं, वे पूछ रहे हैं क्या बहुत तकलीफ है?’’

वह थरथराती आवाज में बोला, ‘‘अनुकूल, यू आर लकी...मेरे फादर मेरे मरने के बाद आएँगे।’’

शाम को करीब पाँच बजे नीलम्मा आई। बावनराम को बैठे देखकर वह क्षण-भर को दरवाजे पर ही ठिठकी। उसने अन्दाज लगाने की कोशिश की। फिर धड़धड़ाती चली गई। अनुकूल कोई किताब पढ़ रहा था। बावनराम कुर्सी पर बैठे-बैठे सो गए थे। राजीव की भी आँख लगी थी।

नीलम्मा को देखकर अनुकूल को एक बार को असमंजस उभरा, लेकिन फिर तुरन्त ही वह सामान्य हो गया। नीलम्मा ने नजदीक आकर पूछा, ‘‘क्या हाल है?

डॉक्टर आए थे? क्या बताया?''

अनुकूल ने दबी जबान में ही जवाब दिया, ''डॉक्टर ने एक हफ्ते और इन्तजार करने को कहा है।'' फिर बावनराम की तरफ इशारा करके कहा, ''ये मेरे पिताजी हैं...आज ही आए हैं।'' नीलम्मा ने मुस्कुराकर उनका स्वागत किया।

नीलम्मा ने फिर पूछा, ''आर.के. के घर से कोई आया? इसका क्या हाल है?''

''आज बहुत तकलीफ है। पैथेड्रीन का इन्जेक्शन देना पड़ा। उसी के नशे में सो रहा है। आज भी कोई नहीं आया... ।'' फिर रुककर बोला, ''लेकिन ये लोग गहनतम तकलीफ के क्षणों में भी अपनी श्रेष्ठता के बारे में सचेत रहते हैं।'' अनुकूल हँस दिया।

नीलम्मा भी हँस दी, ''संस्कृति आदि और सब तो मुलम्मे हैं...यही हम भारतीयों का असल रंग है जो कभी फीका नहीं पड़ता।'' इस पर दोनों को हँसी आ गई।

बावनराम की आँख खुली तो अनुकूल को लड़की के साथ हँसते देखकर हड़बड़ा उठे। अनुकूल भी थोड़ा सकपकाया। लेकिन तुरन्त ही वह बोला, ''बाबू, ये नीलम्माजी हैं, यहाँ पी.एच.डी. की पढ़ाई पढ़ रही हैं...इन्होंने ही इस समय हिम्मत बढ़ाई और रास्ता दिखाया।''

नीलम्मा ने हाथ जोड़कर मस्तक नवाया, ''नमस्कार अंकल...अनुकूल आपको बहुत याद करता था। हर समय लेटा-लेटा आपकी और माँ की बातें करता रहता था। जो बच्चे माँ-बाप से इतना जुड़े रहते हैं, माँ-बाप तो भाग्यशाली होते हैं पर बच्चे...नालायक!'' अनुकूल की तरफ देखकर वह फिर हँस दी।

बावनराम नागवारी के कारण थोड़ा सुस्त हो गए। पर उन्हें कोई जवाब नहीं सूझ रहा था। इतना जरूर हुआ, वे कुर्सी से उठकर खड़े हो गए। नीलम्मा ने उन्हें हाथ पकड़कर बैठा दिया। उनका चेहरा लाल हो आया।

नीलम्मा तुरन्त बोली, ''आप इतना संकोच न कीजिए, मैं तो आपकी तीसरी बेटी हूँ। आपका लड़का अभी बहुत भोला है...पर हिम्मती है।''

इस बार उनका मुँह खुला, ''यह तो पहली बार ही घर से निकला है। हिम्मती कहाँ से होगा। घर पर तो यह अँधेरे में जाता हुआ डरता था।''

''अंकल, अब मरने-मारनेवाला, खून-खराबा करनेवाला या तीर-कमानें लेकर जंगल में घुस पड़नेवाला साहसी नहीं कहलाता...बल्कि कुछ मामलों में वह कायर ही होता है। अधिक-से-अधिक सहन कर ले जाना और अपनी आत्मसम्मान की हदों को, बाहरी दबावों के कारण आगे-पीछे न करना ही साहसी होने का प्रमाण है।''

''नहीं बेटी...'' बावनराम ऊपर को हाथ जोड़कर बोले, ''हमारे बड़भागी होने की बात है कि इसने हमारे घर में जन्म लिया...अगर लोग इसे इस तरह तंग करेंगे तो यह क्या कर पाएगा? हम भी बरबाद, यह भी बरबाद! छोटे आदमी का एक बड़ी

आसवाला बच्चा इसी में मर मिटेगा। सोचता हूँ घर ले जाऊँ...जिन्दा तो रहेगा।'' उनका जी भर आया।

नीलम्मा गम्भीर हो गई, ''वैसे तो आपका लड़का है...जो चाहें आप करें। लेकिन आप इसे कहाँ-कहाँ से, कब तक हटा-हटाकर घर की चहारदीवारी में सुरक्षित रखेंगे। कभी-न-कभी तो अनुकूल को अपनी परिस्थितियों के अनुसार सब हालात का अकेले सामना करना ही पड़ेगा। मैं तो लड़की हूँ, मैं भी तो घर से हजारों मील दूर रहकर इन सब झंझटों से अकेले निबट ही रही हूँ।''

''इसी तरह जूझता रहेगा तो न यह पढ़ पाएगा और न अपना भविष्य ही सँभाल पाएगा। इसकी माँ तो रौ-रोकर मरी जा रही है।''

''माँ तो माँ है। सन्तान के अहित की जरा-सी आशंका का दाग ही माँओं को बेध डालता है। पहले भी तो आपने माँ की परेशानी को नजरअन्दाज करके अनुकूल को पढ़ने भेजा था। मुझे लगता है माँ तो जो परेशान हैं सो हैं ही, आप भी इस बार कम परेशान नहीं...'' कहकर वह हँस दी। बावनराम को नीलम्मा की इस बात का कोई जवाब नहीं सूझा।

वह अपने-आप ही बोली, ''आपको आए इतनी देर हो गई, चलिए आपको ले चलकर गेस्ट हाउस में ठहरने का इन्तजाम करा दूँ। अनुकूल का तो जब तक प्लास्टर नहीं कट जाएगा उसे तो इसी तरह रहना है...आप क्यों इसके साथ तकलीफ भोगते हैं।'' हँसकर कहा, ''वैसे यह खूब मस्त है...आपके सामने कुछ ज्यादा सीधा बन गया।''

उनकी समझ में फिर नहीं आया कि वे क्या जवाब दें। अनुकूल ही बोला, ''मेरा कमरा तो खाली है, उसी में रह लेंगे...वहाँ हो सकता है दिक्कत हो।''

नीलम्मा हँस दी, ''तुम्हारे कमरे में अकेले रहकर क्या करेंगे? तुम तो यहाँ पड़े हो, वहाँ तो इन्हें चाय तक नसीब न होगी।''

नीलम्मा ने इस बार थोड़े अधिकार से कहा, ''चलिए।''

उन्हें उठकर साथ जाना पड़ा। थोड़ा सामान नीलम्मा ने ले लिया। रास्ते में चलते हुए बावनराम ने कहा, ''हम लोग छोटी जात के...छोटे आदमी हैं। वहाँ लोग नाक-मुँह तो नहीं चढ़ाएँगे?''

नीलम्मा ने घूमकर देखा। उनके चेहरे पर निरीहता और एक प्रकार के हल्के-से अपराध-बोध का भाव उभर आया था। नीलम्मा ने सहज होते हुए कहा, ''आप कैसी बात कह रहे हैं अंकल? आप ही अपने को ऐसा कहेंगे तो फिर औरों का मुँह कैसे बन्द होगा! अनुकूल को भी शुरू में ऐसा ही लगता था...लेकिन धीरे-धीरे उसने अपने आपको उस सोच से बाहर निकाल लिया। अब लगता है कि वह फिर इस बिन्दु पर थोड़ी कमजोरी अनुभव करने लगा है। उसे शायद यही भय है कि कहीं आपको भी

किसी ऐसी-वैसी स्थिति का सामना न करना पड़ जाए। लेकिन ऐसी परिस्थितियों से बचने का प्रयत्न मनुष्य को कमजोर ही बनाता है। अपने को बचाते-बचाते आदमी ऐसी स्थिति में आ जाता है जब वह अपने-आपसे डरने लगता है।''

इतना बोल लेने के बाद नीलम्मा को लगा, वह अचानक एक सुधारक की भूमिका निबाहने लगी और उसी मूड में वह इतना अधिक बोल गई।

बावनराम उसकी बात गौर से सुन रहे थे। उसके चुप होते ही वे बोले, ''हम लोग कम पढ़े-लिखे लोग हैं। वैसे अपने जमाने में हम ही सबसे पढ़े-लिखे माने जाते थे। आठवीं पास की थी पर दसवीं तक पढ़े थे। हमारे पिता ने न जाने कैसे हमें इतना पढ़ा दिया। उन दिनों हम लोगों में से कोई बाप बच्चों को इतना पढ़ा देता था तो जमींदार नाराज हो जाता था। समझता था हमारी बराबरी करता है। पढ़-लिख गए थे तो फैक्टरी में नौकरी मिल गई। वहाँ भी कम बर्दाश्त नहीं किया। पर मेहनत और रसूख की वजह से प्रमोशन पाते गए। अब बुढ़ापा है...चाहते हैं अनुकूल और भी आगे बढ़े...पर इन हालातों में क्या होगा? मन होता है, जिसने मेरे बेटे का पाँव तोड़ा उसका खून पी जाऊँ...अपना ही खून पीकर रह जाता हूँ। उसके बाप मिलें तो पूछूँ—तुम बड़ी जात के बड़े आदमी हो। क्या तुमने अपने बेटे को यही सिखाया है कि छोटे और गरीबों के बेगुनाह बच्चों को इस तरह से सताओ?''

नीलम्मा को बोलना पड़ा, ''नहीं अंकल, लड़ने से किसी समस्या का हल नहीं निकलता। दूसरी तरफ के आदमी चाहें न भी रहें पर समस्या बरकरार रहती है। इरादे के साथ सह लेना आक्रमण को अलबत्ता कमजोर करता है। अगर ऐसा न होता तो इन बड़े और शक्तिशाली देशों ने कमजोर देशों की सरहदें मिटाकर अपने में मिला ली होतीं। सच पूछिए तो पाशविक शक्ति अपने चरमोत्कर्ष पर ही टूटती है...देखने में लगता है कि वह शक्ति है...पर दूसरों को पलटने में कई बार अपना ही तख्ता पलट लेती है।''

बावनराम चुप थे। नीलम्मा का चलना बावनराम के हिसाब से था। एक हाथ में वह बावनराम का थैला लिए थी। बीच-बीच में बावनराम के मन में पछतावे की लहर-सी उठती थी कि उन्होंने वहाँ आकर गलती की है। न आते तो अच्छा था। लेकिन आते भी कैसे नहीं। लड़के को आँखों तो देख लिया। नहीं तो पता भी न चलता उसके ऊपर क्या गुजरी। दूसरे की आँखों से देखा दूसरे की ही आँखों में देखना होता है और अपनी आँखों से देखा अपनी ही आँखों का देखा होता है। उन्होंने गर्दन उठाकर नीलम्मा की ओर पहली बार इतने ध्यान से देखा। उसका कद लम्बा था। वह गम्भीर गति से धीरे-धीरे चल रही थी। रंग थोड़ा पक्का, आँखें बड़ी और चमकदार थीं। उन आँखों में कोई एक बिन्दु था जो सुई जैसा नुकीला और चमकदार था। चेहरे पर स्थिरता और चमक थी। उम्र पच्चीस-छब्बीस बरस की रही होगी। अनुकूल से

पाँच-छः साल बड़ी।

नीलम्मा ने बावनराम को अपनी तरफ देखते हुए पाकर पूछा, ''क्या देख रहे हैं, अंकल?'' फिर रुककर इन्तजार किया। उनका जवाब न आता देखकर उसने कहा, ''यह तो नहीं सोच रहे कि गलत रास्ते पर ले जा रही हूँ?'' और हँस पड़ी।

बावनराम उस बात को पी गए। फिर पूछा, ''एक बात पूछूँ...आप तो ब्राह्मण हैं ना?''

नीलम्मा को जोर की हँसी आ गई, ''हाँ हूँ, क्यों?'' फिर बोली, ''अच्छा हो आप लोग भी हम लोगों को अछूत मानना शुरू कर दीजिए। सबकी अक्ल ठिकाने आ जाएगी।''

''आप लोगों को श्रेष्ठ मानना...,'' फिर ताव में बोले, ''आप लोगों के नीच कामों को भी ऊँचा दर्जा देना हम लोगों के समाज की मजबूरी है। हम लोग इस स्थिति में नहीं कि आर्थिक स्तर पर आप साहबान का मुकाबला कर सकें। यह तभी हो सकेगा जब हमारे बच्चे धन और पद के ख्याल से आप लोगों की बराबरी पर आ जाएँगे। लेकिन आप लोग बुद्धिमान लोग हैं, जैसे ही कोई इस रास्ते पर कदम रखने की कोशिश करता है आप लोगों को तत्काल पता चल जाता है...आप लोग सक्रिय हो जाते हैं।''

नीलम्मा का चेहरा हल्का-सा खिल गया। उसकी शक्ल पर आश्चर्य भी था। लेकिन वह बिना कुछ बोले ही, चुपचाप गेस्ट हाउस में घुसी। पीछे-पीछे बावनराम थे। वे धीरे-धीरे शान्त हो रहे थे।

स्टुअर्ड बैठा था। नीलम्मा ने जाकर कहा, ''एक सिंगल रूम चाहिए। ये हमारे फर्स्ट ईयर के छात्र अनुकूल के पिताजी हैं। इनके लड़के के पाँव में चोट लगी है, अस्पताल में भर्ती है। उसे देखने आए हैं।''

वह बोला, ''अनुकूल वही लड़का है न जो कमरा बन्द करके कमिश्नर साहब के बेटे खन्ना साहब का खून करने की योजना बना रहा था? खन्ना साहब उसे समझाने गए तो वह भिड़ गया और चोट खा गया।''

''आपसे किसने बताया? क्या खन्ना ने?''

''नहीं, दो-एक फैकल्टीवाले बात कर रहे थे।''

''बिल्कुल गलत सफेद झूठ...आपने कभी अनुकूल को देखा है?''

''नहीं।''

''जाइए और स्टूडेन्ट्स वार्ड के बारह नम्बर बेड पर अनुकूल को लेटे देख आइए। फिर बताइए कि वह कैसा लड़का है!''

''तो फिर उसने रिपोर्ट क्यों नहीं की?''

''किसको करता? डीन को या डायरेक्टर को? डायरेक्टर थे नहीं। डीन उसकी कार में घूमते हैं। वे कहते हैं कि खन्ना एस.सी. स्टूडेन्ट्स की न्यूसेन्स खत्म करने के लिए ही पैदा हुआ है। खैर छोड़िए, कमरा दीजिए।''

''कमरे के लिए तो आपको ऊपर पूछना पड़ेगा।''

''पहले तो कभी ऐसा नहीं हुआ।''

''अब तो यही आर्डर है।''

नीलम्मा ने फोन उठाया और डीन को मिलाया, ''सुना है आपने अनुकूल के फादर को गेस्ट हाउस में कमरा देने के लिए मना किया है। हम लोगों के पेरेन्ट्स आएँगे तो कहाँ जाएँगे।''

''मैंने सुना है कि वे अपने साथ गुंडों को लाए हैं...हॉस्टिल-हॉस्टिल घूमते फिर रहे थे। लड़कों को पहचनवा रहे थे।''

उसने अंग्रेजी में और तेजी से बोलना शुरू कर दिया, ''मेरी आपसे प्रार्थना है कि आप यहाँ चले आएँ और इस बूढ़े आदमी को एक नजर देखने की कृपा करें किसी की बेसिर-पैर की बातों पर यकीन करके गलत लांछन लगाना ठीक नहीं। आप इन्हें फौरन कमरा दिला दीजिए। यै बेचारे सवेरे से इधर-उधर भटक रहे हैं।''

''अगर कुछ हो गया तो कौन जिम्मेदार होगा?''

नीलम्मा थोड़ी उत्तेजित हो गई, ''अनुकूल को जब चोट आई तो आपने अपनी जिम्मेदारी समझी कि आप उसके पेरेन्ट्स को सूचित करते? या उन लोगों के विरुद्ध प्रशासनिक कार्यवाही करते? अभी तक उन लोगों के खिलाफ कोई कार्यवाही नहीं हुई जिनके बारे में प्रशासन अच्छी तरह जानता है कि उन लोगों ने उसको चोट पहुँचाई और इरादेतन पहुँचाई! अगर उसके पिता इस बात को लेकर संस्थान के खिलाफ कानूनी कार्यवाही करें और कहें कि इसके पीछे प्रशासन का हाथ है तथा अल्पसंख्यकों पर खुला अत्याचार है तो आप क्या करेंगे?''

''नीलम्मा, तुम राजनीति में न पड़ो। तुम नहीं जानतीं कि इस प्रदेश के लोग कितने मुकदमेबाज होते हैं। इन्हें आपस में ही निबट लेने दो। मैं यहाँ बीस साल से हूँ, मैं इन लोगों के बारे में तुमसे ज्यादा जानता हूँ। अगर ये लोग एक-दूसरे के साथ व्यस्त रहेंगे तो हम लोगों का जीवन शान्ति से गुजरेगा।'' डीन ने हँसने का प्रयत्न किया।

इस बार नीलम्मा का चेहरा भी तमतमा आया था। चेहरा तमतमाया देखकर बावनराम बोले, ''रहने दो बेटी, यहाँ आसपास में धर्मशाला होगी...नहीं तो इस पासवाले गाँव की चौपाल में पड़ा रहूँगा। वैसे भी हम लोगों की ऐसे कमरों में रहने की कहाँ आदत है।''

नीलम्मा ने उन्हें चुप कर दिया और फोन पर बोली, ''सर, आप पहले टीचर हैं...इस या उस स्टेट के बाशिन्दे बाद में। अगर आप यहाँ के लोगों के प्रति यह रुख रखते हैं तो आपको यहाँ रहने का कोई अधिकार नहीं। हम लोग जहाँ रहेंगे उसी के प्रति यह रुख बना लेंगे तो हम देश को भी धोखा देने से बाज नहीं आएँगे।''

डीन ने दूसरा पलटा लिया, ''नीलम्मा, तुम गलत समझ गईं...यह तो मजाक था। वैसे यह तो तुम भी मानोगी कि यहाँ पर बहुत जातिवाद है। यहाँ रहकर हम लोग यहाँ की ऊँची जातियों को नाराज करके खतरा कैसे मोल ले सकते हैं?''

''क्या अपनी स्टेट में ऐसा कर पाएँगे? वहाँ तो ऊँची जाति के लोगों का और भी अधिक वर्चस्व है!''

''तुम तो कुतर्क कर रही हो।''

''तो ठीक है, मैं आज स्टूडेन्ट्स सीनेट की मीटिंग बुलाकर पूरा मसला उसके सामने रखूँगी। अगर सीनेट को भी आप लोग प्रभावित करने में सफल हो गए तो जी. बी.एम. बुलाऊँगी।''

कुछ समय तक डीन खामोश रहा। फिर वह रिसीवर पर हाथ रखकर किसी से बात करता रहा। फिर बोला, ''अच्छा तो स्टुअर्ड को दो।''

नीलम्मा ने फोन स्टुअर्ड को पकड़ा दिया।

कमरा खोल दिया गया था। लेकिन स्टुअर्ड लगातार स्पष्टीकरण दे रहा था, ''हम क्या कर सकते हैं...हमें तो वही करना पड़ता है जो ऊपर के अधिकारी कहतै हैं। इनका पता ही नहीं चलता, ये लोग कब किसके लिए क्या कह दें। हम तो आपके कहने से ही कमरा खोल देते।''

उसने कमरा खोलकर चाबी वहीं मेज पर रख दी। बावनराम से बोला, ''बाबा, जब कहीं जाओ तो ताला बन्द करके जाना। ताली दफ्तर में दे देना। किसी चीज की जरूरत हो तो यह बटन दबा देना। पानी मैं अभी भिजवाए देता हूँ।'' फिर नीलम्मा से बोला, ''तो मैं चलता हूँ, मेम साहब!''

''मेम साहब नहीं, नीलम्मा बहन।''

वह हँसता हुआ बोला, ''यहाँ तो सभी मेम साहब आती हैं...मैंने सोचा, आपको भी यही कहना ठीक लगेगा।''

बावनराम बैठे नहीं थे, खड़े थे। गर्दन घुमा-घुमाकर कमरा देख रहे थे। स्टुअर्ड थोड़ी देर बाद ही फिर लौट आया, ''बाबा, बाथरूम बताना तो भूल ही गया था।'' उसने दरवाजा खोलकर दिखलाया, ''यह बाथरूम है, नहाने, टट्टी जाने दोनों का इन्तजाम इसी में है। नल के नीचे बाल्टी रखी है। निबटकर टंकी खींच दिया करिए। कल सवेरे जमादार आकर साफ कर जाएगा।''

''जमादार!'' बावनराम थोड़ा चौंके। फिर बोले, ''नहीं, मैं ही धो लिया करूँगा।''

वह हँसता हुआ बाहर हो गया।

बावनराम बोले, ''ऐसे कमरों में तो दम ज्यादा घुटता है। आपने बेकार इतना झगड़ा मोल लिया...मैं तो कहीं भी पड़ा रहता।''

''नहीं, आपको ऐसा नहीं सोचना चाहिए। जब और बच्चों के माँ-बाप यहाँ आकर ठहरते हैं तो आप क्यों नहीं ठहरेंगे। असमानता की यह स्थिति मुझे अनायास बेचैन कर देती है। जो चीज स्वयं होनी चाहिए वह भी कृपा करके देने की वस्तु मान ली गई है। इसलिए लड़ना पड़ता है...नहीं लड़ेंगे तो अधिकार जाता रहेगा। जैसे पहले हुआ होगा।''

वे चुप हो गए।

''कोई भी आए तो कमरा मत खोलिएगा। हो सकता है दूसरे लड़के बदतमीजी करने की कोशिश करें।''

बावनराम हँस दिए, ''मुझ बूढ़े आदमी से कोई क्या बदतमीजी करेगा। जैसा अनुकूल वैसे और बच्चे। कुछ कहेंगे तो मैं उन्हें समझा लूँगा...माफी माँग लूँगा। मेरा क्या जाएगा?''

''इस सबकी जरूरत नहीं पड़ेगी। अनुकूल के साथ पढ़नेवालों को आपके साथ वही व्यवहार करना चाहिए जैसा वे अपने माता-पिता के साथ करते हैं। अगर वे ऐसा नहीं करते तो वे आपसे बात करने का अपना अधिकार भी नहीं रखते।''

बावनराम ने सोचते हुए कहा, ''बेटी, तुम तो बहुत पढ़ी-लिखी हो...लेकिन मैंने तो यही देखा है, इन्सान की आर्थिक और सामाजिक स्थिति ही उसके साथ होनेवाले व्यवहार को भी निर्धारित करती है। इसलिए मैं अपनी स्थिति के हिसाब से व्यवहार करूँगा, वे अपनी स्थिति के हिसाब से...मुझे अपने बारे में किसी तरह की कोई गलतफहमी नहीं।''

''अच्छा, अब आप आराम कीजिए, हो सका तो मैं खाने के पहले ही एक चक्कर लगा लूँगी। आप मेरे साथ ही अस्पताल चलिएगा...अकेले मत जाइए। दरवाजा ऐसे ही मत खोल दीजिए।'' उसने फिर कहा।

वह चली गई। जाते-जाते स्टुअर्ड से भी कहती गई, ''अगर कोई बात हो तो मुझे हॉस्टिल में फोन करके कमरे से बुलवा लें।''

नीलम्मा के चले जाने के बाद बावनराम का अकेलापन उनके थके हुए पाँवों से भी कई गुना भारी हो उठा। वे कुछ इस तरह से दबते जा रहे थे जैसे उस कमरे की सम्पूर्ण छत उन पर बैठती चली आ रही है। उन्हें उन दीवारों में से तरह-तरह की आवाजें आती सुनाई पड़ रही थीं। उन आवाजों से उन्हें यही लगता था कि उन दीवारों में

अनगिनत मुख फिट हैं। वे सब मुख उनके कानों में गर्म शीशे की तरह अपनी आवाजें उँड़ेल रहे हैं।

''तुम्हारा बेटा यहाँ से जिन्दा नहीं जाएगा।''

''तुम पिता नहीं उसके दुश्मन हो।''

''तुमने अपनी आकांक्षाओं पर बेटे की बलि चढ़ा दी।''

''अगर अनुकूल नहीं रहा?''

''यह लड़की कौन है? अनुकूल से इतना क्यों जुड़ी है?''

''हम नीचे लोगों के साथ उसके जुड़ने का क्या मकसद?''

''वह क्या अनुकूल के माध्यम से हम लोगों से बदला लेगी?''

''तुम अपने बेटे को यहाँ से ले जाओ, नहीं तो वह चक्की में फँसे दाने की तरह पिस जाएगा।''

''अनुकूल की माँ, बहनें, बहनोई सब तुमसे जवाब-तलब करेंगे।''

यह सब आवाजें रस्सी की तरह बट गई थीं और उनकी देह पर कोड़े की तरह पड़ रही थीं।

बावनराम ने खिड़की खोल ली। उन्हें लगा कि बाहर बहुत-से कदम चहल-कदमी कर रहे हैं।

''ये सब कौन हैं? यहाँ क्यों घूम रहे हैं?''

''तेरे बेटे के कातिल...'' वे आवाजें फिर क्रियाशील हो गईं। ''तू अपने बेटे को बचा सकता हो तो बचा ले...नहीं तो हो सकता है बेटे को ले जाने की जगह तू उसकी लाश को साथ लेकर लौटे...तब कैसा लगेगा?''

उन्होंने कानों पर हाथ रख लिए। वे दरवाजे की तरफ झपटे। उसे वापस ले चलना चाहिए। यहाँ रखना ठीक नहीं। यहाँ का चप्पा-चप्पा उसका दुश्मन है। लेकिन हो सकता है वह लड़की उसे जाने न दे। कहीं अनुकूल की माँ की बात ही सही न हो...यह जादू जानती हो। नहीं तो यह लड़की उस पर इतनी मेहरबान क्यों है? मेरा इतना ख्याल क्यों कर रही है? आखिर अनुकूल से वह क्या चाहती है?

बावनराम ने कमरे का दरवाजा खोला। कई लड़के सामने लॉन में मौजूद थे। दो लड़के उनके दरवाजे के बाहर खड़े थे। बावनराम के मन में तुरन्त ही आया कि दरवाजा बन्द कर लें। उन्हें नीलम्मा के आने का इन्तजार करना चाहिए था। उन लड़कों ने बिना एक भी क्षण खोये बावनराम को नमस्कार किया। उनके इस तरह नमस्कार करने से बावनराम को थोड़ी राहत अनुभव हुई। एक क्षण को वे इस सोच में पड़े रहे कि वे अनुकूल की ही भाँति उन्हें भी आशीर्वाद दें या नमस्कार का जवाब नमस्कार से दे दें। बावनराम को उन लड़कों के चेहरे पर अनुकूल का चेहरा उभरता दिखलाई पड़ने लगा। उनके मुँह से स्वतः निकल गया, ''खुश रहो।''

"आप अनुकूल के फादर हैं?"

"हाँ, अनुकूल मेरा बेटा है।"

उन दोनों लड़कों ने एक-दूसरे की ओर देखा। उन लड़कों की तरफ नजर डाली जो लॉन पर थे और लगातार उधर ही देख रहे थे। उन लोगों ने धीरे-धीरे उधर की तरफ बढ़ना भी शुरू कर दिया था। बावनराम को कुछ अजीब-सा लगा।

दो-तीन लड़के नजदीक आ गए। उनमें से एक ने कहा, "आप अनुकूल को यहाँ से ले जाएँ। यही उसके हित में रहेगा।"

बावनराम की समझ में कुछ-कुछ आता जा रहा था। वे क्षण-भर तो खामोश रहे फिर बोले, "वह भी तुम्हारी तरह पढ़ने आया है, पढ़कर अपने आप चला जाएगा। सभी रात-भर के पंछी हैं।"

लड़के हँस दिए। उनमें से एक ने दोहराया, "अच्छा, पढ़ने आया है, पढ़कर चला जाएगा...!"

दूसरे ने आवाज को थोड़ा उठाकर कहा, "अव्वल तो पढ़ाएगा कौन...और अगर पढ़ा भी दिया तो चला कैसे जाएगा!"

तीसरे ने शाइस्तगी से कहा, "देखिए पिताजी, ऐसी संस्थाएँ हर एक के लिए नहीं होतीं। टेक्नीकल ही काम सिखाना है तो आई.टी.आई. की ट्रेनिंग करा दीजिए।"

बावनराम ने थोड़ी आजिजी से कहा, "क्यों बेटा...ऐसा क्यों कहते हो? जहाँ आप इतने बच्चे पढ़ रहे हैं वहाँ वह भी पढ़ लेगा।"

वे फिर हँस दिए। एक और लड़के ने कहा, "आएँगे चोर दरवाजे से और चाहेंगे कि बन जाएँ सर सी.वी. रमण!"

पहला ही लड़का आगे बढ़कर बावनराम की आँखों में आँखें डालकर बोला, "गुंडई के बल पर करेगा क्या? नीलम्मा के बल पर ऐंठता है। जिस दिन चाहेंगे नीलम्मा को भरी सभा में द्रोपदी बना देंगे। अपने बेटे को बता दीजिए, वह रामउजागर की रखैल है...उसे तो नजारा भी नहीं मिलेगा।" लड़कों में से सब हँस दिए। लेकिन उस लड़के ने गम्भीरतापूर्वक बोलना चालू रखा, "हाँ, यह बात अलग है कि रामउजागर के पागल हो जाने पर उसने अपनी लॉयल्टी बदल ली हो...आप लोगों में तो यह सब चलता है।"

बावनराम ने पलक झपकते ही पूछा, "लगता है आप खन्नाजी ही हैं?"

"अगर हूँ तो भी आप मेरा क्या कर लेंगे?"

"करने की क्या बात है, यह तो सिर्फ जानने की बात थी!" बावनराम का आत्मविश्वास लौटने लगा था। वे बोले, "उसने तुम्हारा क्या बिगाड़ा? तुम उससे इतने नाराज क्यों हो? वह भी तुम्हारा ही भाई है।"

"भाईऽऽ!" सब लोगों ने घसीटकर दोहराया। और हँस दिए।

खन्ना ही बोला, "भाई-वाई का यहाँ कोई चक्कर नहीं। उसे लेकर चलते बनिए। वह मुगालते में है कि गांधी बनकर हाथ में डंडा लेकर दांडी मार्च करेगा। वे दिन हवा हुए जब दांडी मार्च होता था। जो जिस जगह के लायक है उसे वहीं पहुँचा दिया जाना चाहिए।"

बावनराम चुप थे। एक-दो मिनट दोनों तरफ सन्नाटा रहा। बावनराम अन्दर जाने लगे तो खन्ना ने उनका कन्धा पकड़कर कहा, "कान खोलकर सुन लीजिए, उसे यहाँ नहीं रहने दिया जाएगा।"

बावनराम ने धीरे-से कहा, "ठीक है...बात करूँगा।"

"किससे?"

बावनराम ने जवाब नहीं दिया। वे धीरे-से पीछे हटे और दरवाजा बन्द कर लिया।

शाम को नीलम्मा कुछ देर से आई। तब तक बावनराम अपने को सँभाल चुके थे। नीलम्मा ने आकर सबसे पहला सवाल यही किया, "कहिए आराम किया या नहीं!"

बावनराम ने थोड़ा पस्ती के साथ जवाब दिया, "सब आराम ही है!"

"क्यों, कोई खास बात है अंकल?"

नीलम्मा के सवाल का उन्होंने बहुत ही तटस्थता से जवाब दिया, "एक बार की गलती का एहसास जिन्दगी-भर पीछा नहीं छोड़ता।"

नीलम्मा की समझ में कुछ नहीं आ रहा था। उसने उस बात को टालते हुए कहा, "चलिए, अनुकूल के पास चलें!"

वे रुआँसे-से होकर बोले, "तुमने कहा था ना कि मैं आपकी तीसरी बेटी हूँ... तब से मैं तुम्हें बेटी ही मानने लगा। हालाँकि तुम बहुत पढ़ी-लिखी और ऊँची जात की हो फिर भी मैंने यही सोचा कि बच्चे किसी के भी क्यों न हो, सारे जग के हो जाते हैं। पर मेरा अनुकूल, लगता है, सिर्फ मेरा ही होकर रह गया...। अगर वह यहाँ रहा तो ये लोग उसे जान से मार डालेंगे। मेरी समझ में नहीं आता कि मैं क्या करूँ?"

"कौन मार डालेगा?"

"खन्ना और उसके साथी।"

"खन्ना क्या यहाँ आया था?"

"हाँ, अपने साथियों के साथ आकर धमका गया है कि मैं अनुकूल को यहाँ से तत्काल ले जाऊँ। कह रहा था, हम उसे यहाँ नहीं रहने देंगे...यह संस्था ऐसे लड़कों के लिए नहीं। पढ़ाना है तो उसे आई.टी.आई. में पढ़ाइए। वह नीच है...।"

नीलम्मा एक क्षण को सन्नाटे-से में आ गई। फिर बोली, "आप उसकी चिन्ता

न करें। हम लोग अनुकूल को कुछ नहीं होने देंगे।''

बावनराम ने हाथ जोड़ दिए, ''आप सब बड़े लोग हैं, अनुकूल को इस खेल की बिसात न बनाइए। उसे कुछ हो गया तो हम लोग कहीं के नहीं रहेंगे। मैं आपके पाँव पड़ता हूँ।'' वे पाँवों की तरफ झुकने लगे।

नीलम्मा झटके से पीछे हट गई। वह बहुत क्षुब्ध हो उठी थी। यह सब क्या है? क्या ये समझ रहे हैं, मैं उसे इस राजनीति में झोंक रही हूँ? फिर भी वह शान्त होकर बोली, ''अंकल, लगता है कि आपको कोई गम्भीर गलतफहमी है। उन लोगों ने उल्टा-सीधा कहकर आपकी भावनाओं को दूषित करने का प्रयत्न किया है। अनुकूल तो पहले से ही इन लोगों से जूझ रहा था। मैं तो बहुत बाद में आई। वह भी राम के कहने पर। मैं राम को जानती हूँ। वह अब अस्वस्थ है। पहले वही अपने लोगों के आत्मसम्मान की रक्षा के लिए इन लोगों से लड़ रहा था। मुझे लगा कि अनुकूल की मदद की जानी चाहिए...वह अकेला घबरा ना जाए।''

''पता नहीं, इस बुढ़ापे में क्या-क्या देखना पड़ेगा!''

''आप अनुकूल से बात कर लें। अगर अनुकूल जाना चाहे तो उसे शौक से ले जाइए। मुसीबत से एक बार बचकर भाग निकलने के बाद क्या मनुष्य हमेशा उससे अपने को बचा सकता है? अगर हो सकता है तो ठीक है। और ऐसा नहीं है और मुसीबत घूम-घूमकर सामने आकर रास्ता रोकती है तो अच्छा यही होता है कि साथ-ही-साथ हिसाब-किताब निबटाते चलो। आप इस बात को ज्यादा संजीदगी से समझ सकते हैं क्योंकि दुनिया आपकी नजरों से गुजरी है।'' फिर रुककर बोली, ''मेरे विचार से तो सबसे ज्यादा तकलीफदेह असम्मान के साथ जीना है। असम्मान छूत की बीमारी की तरह बार-बार पलटता और लिपटता है!''

''ये सब बातें मेरी अक्ल में नहीं आ रहीं। बुढ़ापे में संसार की हर चीज से ज्यादा महत्त्वपूर्ण सन्तान हो जाती है। इस बात को अभी आप लोग नहीं समझेंगे।''

नीलम्मा ने इस बात से छुटकारा पाने की कोशिश करते हुए कहा, ''चलिए, अस्पताल चलें। वहीं अनुकूल से मशवरा कर लीजिए।''

बावनराम बिना कहे, जूता पहनकर बाहर निकल आए। नीलम्मा ने ताला लगा दिया।

बाहर सब बरामदों में रोशनी बिखरी पड़ी थी। एक कोने से दूसरे कोने तक, दूसरे कोने से तीसरे तक और तीसरे कोने से चौथे कोने तक अबाध बह रही थी। वे दोनों उसी के बीच से स्थिर कदमों के साथ निकलते चले गए। उनके चलने से कभी-कभी लगता था कि वे फिसलने के डर से सँभलकर धारा पार कर रहे हैं। बाहर सीढ़ियों

के पास पहुँचे तो स्टुअर्ड ने नीलम्मा को एक लिफाफा दिया। ऊपर उसका नाम वगैरह सबकुछ टाइप्ड था। नीलम्मा को थोड़ा आश्चर्य हुआ। लिफाफे को उलट-पलटकर देखा। पूछा, "कौन दे गया?"

"एक छोटा बच्चा दे गया था। कह रहा था, नीलम्मा दीदी को दे दीजिए।"

नीलम्मा चक्कर में थी। कौन बच्चा हो सकता है? उसने लिफाफा चीरा। एक छोटी-सी टाइप्ड चिट्ठी थी। वहीं रोशनी के नीचे खड़ी होकर पढ़ने लगी। पहले तो वह उस चिट्ठी को फाड़ने के लिए उद्यत हुई, फिर कुछ सोचकर पर्स में रख ली। चेहरे पर तनाव था। होंठ की एक कोर फड़क रही थी। बावनराम थोड़ा आगे बढ़कर खड़े उसके आने का इन्तजार करने लगे। वे अपने में डूबे थे। उन्होंने न नीलम्मा की तरफ ध्यान दिया और न उस चिट्ठी की तरफ।

नीलम्मा आगे आई तो वे भी पीछे-पीछे चल दिए। नीलम्मा बीच-बीच में होंठों-ही-होंठों में बुदबुदाने लगती थी। फिर एकाएक उसे लगता, वह बिना वजह आप-ही-आप बोलती जा रही है। देखनेवाले क्या सोचेंगे! नजर घुमाकर देखती। अँधेरा-ही-अँधेरा होता। केवल बावनराम को चुपचाप चलता हुआ पाती। उसे अपने आप पर आश्चर्य होने लगता कि वह इतनी असन्तुलित क्यों हो गई! यह तो पूरे खेल का हिस्सा है। राम के साथ हुए उसके सम्पर्क का मुआवजा है। अगर राजू न मरा होता और राम में वह प्रतिभा न दिखाई पड़ी होती तो उसका रास्ता इतना उलझा हुआ न होता।

वह बावनराम की बातों की ओर मुड़ गई। वे क्या सोचते हैं! जरूर उन लड़कों ने ऐसा कुछ कहा जो वे इतने भावुक हो उठे। बेटे की मुसीबतें पिता को ही बेटा बना देती हैं। उल्टा बेटे को ही बाप की भूमिका अदा करनी पड़ती है। उसे हँसी आते-आते रह गई। सब पिता एक-से होते हैं। सब सन्तानें एक-सी होती हैं। अन्तर इतना ही होता है कि सन्तान जब तक सन्तान रहती है, उसे उनकी तरफ माता-पिता के रूप में ही देखना पड़ता है। अगर अनुकूल के साथ यह सब न घटित हुआ होता तो राम पत्र लिखकर उसकी मदद के लिए न कहता । वह मदद करती ही क्या है? बस देख-भर आती है! अब तक तो वह राम को भी देख आई होती। राम के अन्दर स्वतंत्र आत्मा है। उसका यह स्वतंत्रता-बोध ही उसे निडर बनाए था। पता नहीं वह कहाँ अदृश्य हो गया? निडर बने रहकर अपनी मान्यताओं का संरक्षणवाला भाव इस समय मँझधार में है। डर लगता है कि कहीं वह उसके अन्दर से नापैद ही न हो जाए। तब क्या होगा? उसका जाना इसीलिए और भी जरूरी है...वह अन्दर से निडर बना रह सके। वह उन लोगों में से नहीं जो निडर होने का दिखावा करके अन्दर से भयभीत बने रहते हैं।

बावनराम रुककर बोले, "इन लोगों ने जैसे अनुकूल को मारा था, मुझ बूढ़े को

भी तो मार सकते हैं?'' उनकी नजर सामने अन्धकार पर टिकी थी। लग रहा था जैसे वे उधर से किसी को आते देख रहे हों। उनकी आँखों में एक तरह का ठहराव था। उसे नीलम्मा नहीं देख पा रही थी।

''आप ऐसा क्यों सोचते हैं?''

वे कुछ नहीं बोले। नीलम्मा ने ही बात को आगे बढ़ाया, ''यह एक शिक्षा संस्थान है...दूर-दूर तक इसका नाम है। आप ऐसा न सोचें कि यहाँ नादिरशाही वातावरण है। लोग तलवारें लिए दूसरों को मारने के लिए घूम रहे हैं। कुछ लोग अपनी विकृतियों के कारण, अपने अन्दर बैठी मूलभूत घृणा के दबाव में कुछ उल्टे-सीधे काम कर बैठते हैं। अगर हम अपने औसान बनाए रखेंगे तो वे हमारा कभी कुछ नहीं बिगाड़ पाएँगे।''

''ये सब किताबी बातें हैं...हमेशा से लोग कहते चले आए हैं। हम लोग सदा से ऐसे ही दबावों में जीते आए हैं। एक तरह से वही हमारा घर हो चुका है। मुझे तो लगता है कि हम सब इसी घृणा के बीज से पैदा होते हैं। एक-दूसरे को प्यार करने का ढकोसला करते-करते मर जाते हैं। नफरत पालना और प्रेम की बातें करना हमें सुख देता है। ऊँचे लोगों के अन्दर यह बीज और भी गहरा है, क्योंकि ताकत नफरत को परवान चढ़ाती है। गरीब की नफरत उसी के अन्दर सूखकर खंक हो जाती है। अगर ऐसा न होता तो हम लोगों की नफरत भी कहीं-न-कहीं बिजली बनकर गिरती। अब न हमारे प्रेम का मतलब है, न घृणा का। यही कारण है कि मेरा लड़का उनकी नफरत का शिकार बना है...उन लोगों ने उसे मारा, पीटा, कोई निकलकर तक नहीं आया। अगर अनुकूल ने किसी को इस तरह छू भी दिया होता तो आप लोग उसकी बोटी-बोटी काट डालते।'' वे उत्तेजित हो गए थे।

''मैं आपके सामने खड़ी हूँ, आप जो सजा देना चाहें मुझे दे लें। लेकिन आप यह कतई न सोचें। मेरा लेशमात्र भी स्वार्थ नहीं।'' नीलम्मा की आवाज जरूर तेज थी पर वह हँस रही थी।

''आप अपनी बात क्यों लाती हैं...? औरतों को नीचा दिखाने के मर्दों के पास बहुत से तरीके होते हैं। जबान की मार ही औरत के लिए काफी है। मार-पीट के सामने तो उनके पास चिल्लाने और शोर मचाने के सिवाय कोई रास्ता ही नहीं। जब हम लोगों के घरों पर जमींदारों के कारिन्दे वसूली के लिए आते थे और मर्दों को पकड़कर ले जाते थे तो औरतें रोकर, चिल्लाकर रह जाती थीं। किसी ने ज्यादा कुछ किया तो भद्दी गालियाँ खाईं, कपड़े उतरवाकर बेइज्जती कराई। अगर वे कुछ कर सकतीं तो क्या न करतीं?''

बावनराम की बातों से नीलम्मा को भी असुविधा होने लगी थी। वह चाहती थी वे चुपचाप चलें। वह नहीं चाहती थी कि वह उनकी बातों का मुँह-दर-मुँह जवाब दे। वह अपने को समझा लेती थी कि हर कोई अपने अनुभव के हिसाब से ही बात करता

है। क्या पता जिन्दगी के अनुभव उसको ही किस तरह सोचना और बोलना सिखा दें! जो कुछ बावनराम ने कहा था उससे उसे तकलीफ हुई थी और वह जल्दी-से-जल्दी उस स्थिति से निकल भागना चाहती थी। उसे फिर चिट्ठी का ध्यान आ गया। उसी मानसिक स्थिति में वह फिर लौट गई।

बावनराम की बात शायद अभी खत्म नहीं हुई थी। वे अभी भी कहते जाने के मूड में थे, "मैं आपसे हाथ जोड़कर कहता हूँ आप मेरे बेटे को वापस कर दो। वह एक गरीब और नीच का बेटा है, आपके किसी मतलब का नहीं! लेकिन मेरे लिए वह लाखों का है। मुझे उसे यहाँ नहीं भेजना चाहिए था। पुराने लोग जानते थे कि अपने माहौल से बाहर गया आदमी, कभी नहीं लौटता। इसीलिए वे भूखे रह लेते थे पर स्वजनों को अपने वातावरण से बाहर नहीं जाने देते थे। मेरी अक्ल पर पत्थर पड़ गए...बेटा खो दिया।"

नीलम्मा चलते-चलते रुक गई। उसने अन्दर-ही-अन्दर तेज होती आवाज को थामा और बोली, "अंकल, पता नहीं आप किस दिशा में सोच रहे हैं। मैं फिर आपको स्पष्ट किए देती हूँ कि आपके बेटे में मेरी तनिक भी रुचि नहीं। उसे आप जहाँ भी ले जाना चाहें, शौक से ले जाएँ। मुझ पर अनायास एक जिम्मेदारी आ गई...आ क्या गई, मैंने ले ली। निबाह रही हूँ। इन्सान के रूप में हर व्यक्ति लाखों-करोड़ों का होता है। उसकी यह कीमत समाज के सन्दर्भ में होती है...वह समाज के लिए कितना फायदेमन्द है। अगर नहीं है तो माँ-बाप के लिए चाहे वह कुछ भी क्यों न हो, समाज के लिए कौड़ी में भी महँगा होता है। अगर ऐसा न होता तो गांधी पैसे में बिक गया होता और एक धनी संसार का सबसे महान व्यक्ति कहलाता।"

अस्पताल आ गया तो नीलमा ने जल्दी से अपनी बात समेटी, "आप इस बात को दिमाग से निकाल दें कि...अनुकूल से मेरा किसी तरह का कोई सम्बन्ध नहीं।"

बावनराम नीलम्मा के आत्मविश्वास और उसकी आवाज की खनक से चौंक गए। नीलम्मा उनके साथ-ही-साथ अस्पताल में प्रविष्ट हुई। वे धीरे-धीरे चल रहे थे, वह भी धीमे-धीमे ही चलती रही।

अनुकूल अपने बेड पर अधलेटा था। एक-दो लड़के भी पास थे। वे सब लोग किसी बात पर हँस रहे थे। नीलम्मा को आते देख पहले अनुकूल चुप हुआ, फिर और लोग भी चुप हो गए। बावनराम पर नजर गई तो अनुकूल को लगा कि वे जरूरत से ज्यादा सुस्त हैं। नीलम्मा मुस्कुराई जरूर, पर उसके चेहरे पर भी तनाव था।

वह लड़का अभी भी कराह रहा था। उसके पास एक अजनबी व्यक्ति बैठा था। नीलम्मा ने धीरे-से पूछा, "इसके पिता हैं?"

अनुकूल ने भी इतने ही धीरे-से बताया, ''नहीं, पिता व्यस्तता के कारण नहीं आ सके। किसी दूसरे आदमी को भेजा है...शायद इसके टीचर हैं, पढ़ाया करते थे।''

नीलम्मा उस कराहते लड़के के पास बैठे आदमी को गौर से देखती रही। अनुकूल बोला, ''इन सज्जन के आने के बाद से यह कुछ शान्त है। लेकिन जब ये आए थे तो वह एकाएक वायलेन्ट हो गया था। चिल्ला-चिल्लाकर पूछ रहा था—'सर, पापा क्यों नहीं आए? उन्हें अपने मरते हुए बेटे को देखने की फुर्सत नहीं? उनसे जाकर कह दो, राजीव मर गया। उन्हें मुझे देखने की फुर्सत नहीं तो मुझे भी जीने की फुर्सत नहीं। अगर बच गया तो उनके मतलब का नहीं रहूँगा...' वह बड़ी अजीब भाषा इस्तेमाल कर रहा था। नर्स को आकर इन्जेक्शन देना पड़ा। तब सोया।''

इन्जेक्शन के बावजूद थोड़ी-थोड़ी देर बाद वह कराह रहा था। वे सज्जन उसके सिरहाने बैठे किताब पढ़ रहे थे। अनुकूल बताता रहा, ''ये सज्जन दो-चार मिनट को मेरे पास भी आए थे। पूछ रहे थे, आपकी टाँग कैसे टूट गई? मैं क्या बताता? टाल गया। फिर राजीव के पापा की बात बतलाने लगे कि वे कितने बड़े आदमी हैं। उनके एक-एक मिनट की कीमत लाखों रुपए है। जरा भी कुर्सी से इधर-उधर हो जाएँ तो करोड़ों डूब जाएँ। राजीव की माँ बचपन में ही चल बसी थी। कुछ ही महीने पहले उन्होंने शादी की है। तभी से पता नहीं राजीव को क्या हो गया। सब आराम हैं, पर यह हर वक्त यही चाहता है कि इसके पिताजी इसके पास बने रहें। भला वे कैसे इतना वक्त खराब कर सकते हैं...! कल ही नई पत्नी के साथ स्वीट्जरलैंड से लौटे हैं।''

नीलम्मा बोली, ''हो सकता है, इसके दिमाग पर इसी बात का असर हो...। जो इस स्थिति से गुजर चुका होता है वही जानता है...मुझे मालूम है।'' आखिरी वाक्य को उसने धीमे से कहा। अनुकूल को केवल भनक-सी ही मिली। जब तक वह दोबारा पूछता, नीलम्मा राजीव के बिस्तर के पास चली गई।

लड़के चले गए थे। बावनराम अनुकूल के बिस्तर पर पाँव लटकाकर चुपचाप बैठे थे। अनुकूल ने उनके बोलने का थोड़ी देर तक इन्तजार किया। वे अपनी तरफ से एक शब्द नहीं बोल रहे थे। उनका चेहरा एकदम स्थिर था। बीच-बीच में कभी-कभी माथे पर उर्मियाँ-सी उभर आती थीं। अनुकूल ने ही पूछा, ''बाबू, तबीयत तो ठीक है? कोई बात है क्या?''

''बात क्या होनी थी...सब अपनी की हुई गलतियाँ हैं जो चींटियों की तरह चाटे डाल रही हैं। सबने रोका, पर मैंने तुम्हें यहाँ भेज दिया। अब समझ में आ रहा है कि अपने ही फैलाए जाल में आदमी कैसे फँसता चला जाता है।''

अनुकूल ने सिर्फ उनके चेहरे की तरफ देखा। जवाब कुछ नहीं दिया। उसे लगा बात इतनी ही नहीं, कुछ और भी है।

थोड़ी देर सोचते-बिचारते रहने के बाद बावनराम ने मुँह खोला, ''तुम्हारा खन्ना मुझे भी धमकी दे गया। कह रहा था, अनुकूल को यहाँ से ले जाइए...।''

''अकेला ही था?''

''नहीं, और भी लड़के थे।'' नीलम्मा की ओर इशारा करते हुए कहा, ''तुम्हें और उनको लेकर दुनिया-भर की बकवास कर रहे थे!'' फिर उनका टोन एकाएक बदल गया, ''बेटा, तुम यहाँ से चलो। दुनिया में सब इंजीनियर ही नहीं होते...सबसे बड़ी बात रोटी की है। मेरी भूल थी कि रोटी की बात सोचते-सोचते आसमान के तारों की बात सोचने लगा। उनकी बातों में मत जाओ, बिवाई तो हमारे पैर में हैं। ये क्या जानें बिवाई क्या होती है, कैसे टीसती है! ये तो लम्बी-चौड़ी बातें करके भरमाना जानती हैं।''

''आप ऐसा क्यों सोचते हैं, बाबू? अब मैं यहाँ आ गया हूँ तो मुझे यहीं रहने दें। इस मौके पर यहाँ से चला जाना मुझे तो हताश करेगा सो करेगा ही, औरों को भी कर देगा!''

बावनराम थोड़ा स्पष्ट होते हुए बोले, ''हम तो छोटी बुद्धि के आदमी हैं...इतना ही जानते हैं...कि अगर कोई यह जानते हुए भी गहरे पानी में उतरता है कि वह तैरना नहीं जानता तो डूबेगा ही।''

''लेकिन बाबू, मैं स्वयं तो इस नदी में नहीं कूदा...'' अनुकूल को लगा उसे यह नहीं कहना चाहिए था। तत्काल सँभालता हुआ बोला, ''मैं भरसक कोशिश करना चाहता हूँ कि अब अपने आप ही तैरकर पार लग जाऊँ।''

बावनराम के चेहरे से लगा, उनका दिल बैठ गया। अनुकूल ने उन्हें उबारना चाहा, ''आप जरा भी सोच-विचार न करें। यहाँ पर सब लोग पढ़े-लिखे हैं। पढ़े-लिखे लोग बन्दर भभकी से अधिक नहीं लाँघते। ये न जिन्दा जलाएँगे और न जान से मारेंगे। फिर हम लोगों को कभी-न-कभी तो अपने दिलों के डरों से मुक्त होना ही पड़ेगा। जब तक हम अपने को उठाकर ऊपर न खड़ा कर लें तब तक हर एक क्षण हमको इन स्थितियों का सामना करते रहना पड़ेगा। उनका सामना यहाँ रहकर करूँ या कहीं और...क्या फर्क पड़ता है?''

बावनराम ने धीरे से धोती के पल्ले से अपनी आँखें पोंछ लीं और पलँग से उठकर कुर्सी पर बैठ गए।

नीलम्मा पहले तो राजीव के बिस्तर के पास खड़ी उसे देखती रही, फिर उसके माथे पर हाथ रख दिया। उस लड़के ने कुछ इस तरह आँखें खोलीं जैसे नहाते समय ठंडे पानी का छींटा पड़ने पर बच्चा सुबकी लेता है।

''आपको क्या तकलीफ है?''

वह लड़का अध-उठा हो गया। उसका सम्पूर्ण व्यक्तित्व उसकी आँखों में सिमट गया। उसके चेहरे से लग रहा था जैसे भरे ताप में वह किसी शीतल झोंके से ढक गया है। वह एकटक नीलम्मा की तरफ देख रहा था। कराहना बन्द हो गया था। नीलम्मा ने फिर पूछा, ''क्या दर्द है?''

''हाँ...।'' उसने गर्दन हिलाकर कहा।

पास बैठे आदमी ने कहा, ''जब इनकी माँ का स्वर्गवास हुआ था तब भी इनको इसी तरह दर्द होता था और लगता था कि चलेंगे तो गिर जाएँगे। इनके पिता बहुत बड़े आदमी हैं। वे इन्हें इलाज के लिए अमेरिका ले गए थे। सोलह-सत्रह साल के बाद इन्हें फिर वही तकलीफ शुरू हो गई। पता नहीं बार-बार इन्हें ऐसा क्यों होने लगा?'' अन्तिम वाक्य उसने बहुत ही दुखी स्वर में कहा।

नीलम्मा ने उसे लिटा दिया और बोली, ''आप घर क्यों नहीं चले जाते? आपके पिता आपको फिर अमेरिका ले जाकर दिखलाएँगे। बेटे की जिन्दगी से अधिक दौलत थोड़े ही है।''

''हैऽऽ।'' वह लड़का अपने को रोकता हुआ टुकड़ों में बोला, ''उनको...अब फुर्सत नहीं है।''

''फिर भी यहाँ से ज्यादा देखभाल तो घर पर ही होगी।''

''कौन करेगा? इतनी तो यहाँ भी हो जाती है...मैं यहीं पड़ा-पड़ा मर जाऊँगा। मेरे मरने से किसी को कोई फर्क नहीं पड़ेगा।''

उस आदमी ने उसके मुँह पर हाथ रख दिया, ''यह क्या कहते हो राजीव भैया? तुम अकेले ही तो उस खानदान के चिराग हो। साहब आना चाहते थे पर...''

''सर, यह कहिए अब बेटे के लिए उन्हें फुर्सत नहीं। थोड़े दिनों बाद मुझे भी फुर्सत नहीं रहेगी। मुझे लगता है मेरे ब्रेन में ट्यूमर है जो बढ़कर मेरे सिर के बाहर निकल आएगा। फट जाए तो मेरी भी छुट्टी हो। आप भी चले जाइए, सर। आप ही क्या कर लेंगे? दवा मिल जाती है, इन्जेक्शन लग जाता है...खाना मिल जाता है...इसके सिवाय एक मरीज को और क्या चाहिए? मेरी जरूरत यहाँ पूरी हो रही है।''

''मैं तुम्हें लेने आया हूँ, घर चलो।''

राजीव का चेहरा लाल हो आया था, ''रिक्शा में ले चलेंगे या पैदल चलना होगा?''

''नहीं, स्टेशन तक तो संस्थान की गाड़ी जा सकती है।'' नीलम्मा अब तक चुप थी, वह एकाएक बोल दी।

''यही तो मैं भी कहता हूँ दीदी...'' 'दीदी' सुनकर नीलम्मा एकाएक चौंकी, लेकिन चौंकने का भाव चेहरे पर नहीं आने दिया। वह कहता जा रहा था, ''जब

सबकुछ संस्थान को ही करना है तो इन लोगों की क्या जरूरत है? मैं संस्थान ही को अपना पिता समझकर उसी की गोद में मर जाऊँगा! आप मुझे नहीं जानतीं, मैं आपको नहीं जानता। फिर भी आपने आकर मेरे सिर पर अपना हाथ रखा। मुझे लगा जैसे मेरे मस्तिष्क में उठते ट्यूमर ने बढ़ना बन्द कर दिया हो...। मैं मरता-मरता जी उठा। सवेरे अनुकूल के पापा आना चाहते थे, पर अनुकूल ने उन्हें मना कर दिया... उसे लगा होगा कि मैं भी औरों की तरह बदतमीजी कर सकता हूँ। मेरे अपने पिता आना नहीं चाहते। उनकी...उनकी...अपनी मजबूरियाँ हैं। शाऽऽ...छोड़िए, जिस रास्ते नहीं चलना उसके दरख्त गिनने से क्या फायदा? वे जो चाहें करें, मैं जो चाहूँगा करूँगा। मरना है तो मरूँगा...'' उस लड़के का गला भर आया। फिर सँभलकर कहा, ''जब तक मैं यहाँ हूँ थोड़ी देर के लिए आप मेरे पास भी आ जाया करें...मुझे लगेगा, कोई पूछनेवाला है।''

उसने दोनों हाथों से सिर पकड़ लिया। उसकी तड़पड़ाहट बढ़ने लगी। वह बोला, ''जरा नर्स को बुला दीजिए। इन्जेक्शन लगा देगी। इसी तरह किसी दिन मेरा सिर खील-खील हो जाएगा।'' नीलम्मा ने घंटी बजा दी।

नीलम्मा वहाँ से जाने लगी तो वह बोला, ''नर्स को आ जाने दीजिए...अगर इस बीच मौत आ गई तो मरना कुछ आसान हो जाएगा।'' फिर रुककर बोला, ''अनुकूल से कह दीजिए...मैं और लड़कों की तरह नहीं हूँ...वह मुझसे परहेज न किया करे।''

दर्द के मारे वह इधर-से-उधर लोटने लगा।

इन्जेक्शन लग जाने के बाद जब नीलम्मा अनुकूल के पास आई तो बाप-बेटा दोनों चुपचाप बैठे थे। उसे थोड़ा अटपटा लगा। ये लोग इतना चुप क्यों हैं?

नीलम्मा ने ही पूछा, ''शाम डॉक्टर आए थे?''

''हाँ।'' कहकर वह चुप हो गया।

''क्या कहा?''

''शायद, प्लास्टर कल कट जाए।''

वह खड़ी रही। वह लड़का थोड़े-थोड़े अन्तराल के बाद कराहने लगता था। इन्जेक्शन लगने के बाद उसके कराहने की रफ्तार हमेशा इतनी ही सुस्त और सम हो जाती थी। वह आदमी वहीं बैठा उसे देख रहा था। थोड़ी-थोड़ी देर बाद झुककर देखता था और फिर कुछ आश्वस्त-सा होकर अपनी जगह जा बैठता था।

नीलम्मा अनुकूल से बोली, ''मैं सोचती हूँ, अंकल तो अब तुम्हारे पास आ ही गए...मैं जाकर राम को देख आऊँ। उससे मैंने इतना कुछ सीखा, पर उसी के लिए कुछ नहीं कर पाई। बहुत दिन से उसकी चिट्ठी भी नहीं आई।''

अनुकूल कुछ उलझ-सा गया। उसने नीलम्मा की तरफ इस तरह देखा, जैसे कोई बच्चा नजरों से रुकने का इसरार कर रहा हो कि मुझे इस तरह छोड़कर कैसे जा सकती हो! नीलम्मा ने उन नजरों को पहचाना भी। लेकिन हँस दी, ''तुम मर्द लोग बहुत जल्दी यह समझने लगते हो कि सामनेवाला व्यक्ति सिर्फ तुम्हारे लिए ही बना है। उसे और किसी के लिए न कुछ सोचना है न करना है।'' फिर थोड़ी और गम्भीरता लाकर कहा, ''अगर ऐसा सोचते हो तो तुम्हारी भूल है। राम ने अपने विचारों के माध्यम से, अपने से स्वतंत्र होना सिखाया है। वह तभी सम्भव है जब दूसरों के लिए कुछ करते रहो। राम ने मेरे ही निकट के एक बीमार आदमी की खिदमत में छुपे सुख से मेरा परिचय कराया था...उसी सुख को तुम दोनों के माध्यम से मैंने आज फिर देखा।''

अनुकूल के स्थान पर बावनराम बोले, ''बेटी, थोड़े दिन और रुक जाओ। यह यहीं रहना चाहता है...मेरे साथ नहीं जाना चाहता। ठीक भी है...जब इसकी माँ इसे यहाँ भेजने में अड़चन डालती थी तो मैं यही कहता था कि अपने प्यार को दूसरे के रास्ते का रोड़ा न बना, बल्कि आगे बढ़ने के लिए सहारा बना। लेकिन मैं ही बदल गया...मैं भी अब इसके रास्ते का अटकन बनता जा रहा हूँ। इसे यहीं रहना है...आप ही को इसकी देखभाल करनी है। मैं यहाँ कब तक बना रह सकता हूँ!''

नीलम्मा उन्हें यह सब कहते हुए चुपचाप सुनती और देखती रही। वे अन्दर से आहत थे। कोशिश कर रहे थे, बाहर पता न चले। कभी-कभी लगने लगता था, वे अन्दर-ही-अन्दर बुरी तरह से चोट खाए व्यक्ति की तरह उलट-पुलट रहे हैं। वही छाया अनुकूल के चेहरे पर भी झलक आती थी। लेकिन साबितवाली टाँग सिकोड़े और प्लास्टरवाली टाँग फैलाए, चुपचाप बैठा था।

नीलम्मा ने बात को आगे बढ़ाया, ''प्लास्टर खुल जाने पर कुछ दिन के लिए तुम्हें अंकल के साथ चले जाना चाहिए। ज्यादा दिन के लिए न सही, कुछ दिन के लिए ही सही। निश्चिन्तता के साथ वहाँ रहकर यह निर्णय लेना आसान होगा कि तुम्हें आगे क्या करना है। अपनी ही परेशानी नहीं देखनी, तुम्हें इन लोगों की परेशानी का भी ख्याल रखना होगा...''

बावनराम खँखारते हुए बोले, ''सन्तान का मोह कोहरे की तरह बुद्धि पर छा जाता है। हम लोग जब छोटे-छोटे थे और सर्दियों में सवेरे खेतों पर काम करने जाया करते थे तो आग जलाकर रोशनी किया करते थे। नहीं तो लगता ही नहीं था कि खेत हैं और उनमें फसल खड़ी है। सबकुछ छिपा रहता था। यहाँ आया तो रोशनी की वजह से कुछ नजर नहीं आ रहा था। यह तक नजर नहीं आया कि अनुकूल अब पौध नहीं, बढ़ता हुआ दरख्त है। एक जगह से दूसरी जगह रोपे जाने की सम्भावना खत्म कर चुका है। उसकी अपनी जड़ें फूट आई हैं। क्या बताऊँ...हर

स्थिति में हम लोग आँखों से ही मजबूर होते हैं।''

बावनराम की तरफ देखने पर अनुकूल को लगा कि उनका चेहरा दो हिस्सों में बँट गया है। एक तरफ माँ की-सी शक्ल है, दूसरी तरफ वही बाबू हैं जिन्होंने उसे यहाँ पढ़ने भेजा था। नीलम्मा चुप थी–अन्दर की चौखट पर ठिठके एक बाहरी व्यक्ति की तरह।

बावनराम ने नीलम्मा से कहा, ''आ तो मैं गया था...बेटे से मिलने का उत्साह बड़ा अजीबोगरीब होता है। वही मुझे ले आया। लेकिन बेटे को ऐसी हालत में छोड़कर जाना भी मौत से कम बड़ी जहमत नहीं। एक कदम आगे जाऊँगा तो दस कदम लौटने का मन होगा। लौटते हुए उतना साफ भी नजर नहीं आएगा, जितना आते हुए आ रहा था...'' नीलम्मा और अनुकूल उनकी बातों के सामने अपने को स्थिर नहीं रख पा रहे थे। अनुकूल तो विशेष रूप से बार-बार द्रवित हो आने को हो उठता था।

बावनराम लगातार बोल रहे थे, ''बस, स्टेशन तक पहुँचने का प्रबन्ध हो जाए तो चला जाऊँगा। कोई साथ हो तो उस पर अपनी जिम्मेदारी डालकर चलने का सुख बच्चों-वाला सुख होता है। अकेले सफर करनेवाले को लगता है कि वह अपने आप ही पिता भी है और बच्चा भी। अपनी ही उँगली पकड़कर चलना...!'' कहकर वे कुछ इस तरह हँसे कि आँखों में रुका पानी बह आया।

नीलम्मा को लगा, उसे बोलना चाहिए, ''अंकल, आप अभी दो-चार दिन ठहरें। आपको अच्छा लगेगा। अनुकूल को भी सकून मिलेगा कि उसके बाबू उसके पास हैं। वह पुकारेगा तो सामने खड़े मिलेंगे।'' कराहते लड़के की तरफ इशारा करके बोली, ''एक वह है, पता नहीं कितने दिन से उसे अपने पिता का इन्तजार है।''

''नहीं, मुझे चला जाने दो। अनुकूल का मोह मुझे फिर जाने लायक नहीं रहने देगा। मैं भी इसकी माँ से कम पागल नहीं हूँ। मैं इसी ऊहापोह में पड़ा रहूँगा कि इसे चलने के लिए कहूँ या छोड़ जाऊँ। यह भी दो पाटों के बीच में पिसता रहेगा–बापू की बात मानूँ या अपनी आवाज सुनूँ। वैसे भी इतनी साफ-सुथरी जगहों में रहने से मुझे डर लगता है। अपना-सा यहाँ एक भी चेहरा नजर नहीं आता। यहाँ हर चेहरा डराता है...इसकी माँ भी रो-रोकर ही वक्त काट रही होगी।''

नीलम्मा चुप थी। अनुकूल अपने अन्दर बहुत गहरे उतरा हुआ था। उसके चेहरे पर कुछ भी न कर सकने की एक असह्यता थी। उसकी मुड़ी हुई टाँग खुद-पर-खुद पसरती जा रही थी।

वह लड़का फिर कराहने लगा था। इन्जेक्शन की दवा का असर धीरे-धीरे उतर रहा था।

इस बार अनुकूल ने भरे गले से कहा, ''बाबू, एक दिन और ठहर जाइए...!''

बावनराम को ऐसा लगा जैसे उनका साँस अवरुद्ध हो जाएगा। वे बेचैनी के

साथ बोले, ''नहीं-नहीं, मुझे चला जाने दो। तुम रुकने के लिए कहोगे तो मैं जा नहीं सकूँगा।...समझी और नासमझी के बीच तकरार होता रहेगा। चला जाऊँगा तो सोचूँगा मेरा बेटा अब समझदार हो गया...जो करेगा, सोच-समझकर करेगा।'' फिर नीलम्मा की तरफ देखकर बोले, ''हम लोगों का कोई नहीं, हम लोग अपनी मदद करने की सामर्थ्य नहीं रखते। जो मदद के लिए खड़ा हो जाए उसी को भगवान समझते हैं। जब तक अपनी ताकत न हो तब तक मुसीबतों को बुलावा न दें तो अच्छा है। यहाँ भेजने के पीछे यही कारण था कि अपने पैरों पर खड़े हो जाओगे तो अपने काम भी आओगे और चार भाइयों को खड़ा होने में मदद करोगे। बड़ी जगहों को बड़ी समझता था, पर यहाँ आकर लगा कि छोटी जगहों से भी ज्यादा छोटापन है। खासतौर से छोटे लोगों को लेकर।''

अनुकूल के लिए उनकी बातें भीगी रजाई की तरह भारी होती जा रही थीं। वे स्वयं उनका वजन नहीं सँभाल पा रहे थे। कभी इधर जाते, कभी उधर! कहीं वे लड़खड़ाकर गिर ना जाएँ! वह बोलना चाहकर भी नहीं बोल पाया। उसे लगा, बोलने का प्रयत्न करते ही उसका संयम टूट जाएगा।

बावनराम नीलम्मा से बोले, ''अगर मुझे रात को स्टेशन छुड़वा दो तो मैं कल सवेरे अपने घर जा लगूँगा।''

नीलम्मा ने अनुकूल की तरफ देखा। वह गर्दन नीची किए डूबा हुआ था। नीलम्मा धर्मसंकट में पड़ गई थी। अनुकूल ने अपने को व्यवस्थित करते हुए कहा, ''इतनी जल्दी प्रबन्ध हो पाएगा?''

नीलम्मा ने कहा, ''गेस्ट हाउस फोन करती हूँ...। कोई गाड़ी स्टेशन जा रही होगी तो उसी से भिजवाने की कोशिश की जा सकती है। नहीं तो सवेरे...!''

बावनराम कुछ नहीं बोले। आगे बढ़कर अनुकूल के सिर पर हाथ फेरा। अनुकूल को अपने को रोके रखना कठिन हो गया। उसने गर्दन उनके सीने पर टिका दी और अपने को छोड़ दिया। नीलम्मा दूसरी ओर चली गई।

उस लड़के की कराहट एकाएक ज्यादा बढ़ गई। उसके पास बैठा वह आदमी शायद डॉक्टर को बुलाने गया था। वह कराहट काफी देर तक उन दोनों के बीच ठहरी रही।

रात ही को बावनराम को स्टेशन छुड़वाने का प्रबन्ध करके नीलम्मा अनुकूल को बताने के लिए उसके कमरे में पहुँची तो वह लेटा छत की तरफ एकटक देख रहा था। नीलम्मा ने आकर धीरे से उसके माथे पर हाथ रख दिया। अनुकूल पहले चौंका, फिर आँखें बन्द कर लीं। उसकी आँखों की दोनों कोर भीगी थीं। नीलम्मा बिना बोले

उसके माथे पर हाथ रखे खड़ी रही। जब उसने समझ लिया कि अनुकूल उसके आने से होनेवाली अपने अन्दर की उथल-पुथल से उबर चुका है तो बताया, ''गाड़ी मिल गई थी, उसी से बाबू को स्टेशन भिजवा दिया है। ड्राइवर को समझा दिया था, वह टिकट खरीदकर उन्हें ठीक तरह गाड़ी में बैठा देगा। मैं स्वयं चली जाती, पर शायद उन्हें अच्छा ना लगता।'' फिर हँसकर कहा, ''माफ करना, सवर्णों का जो रुख अवर्णों के प्रति है, पुरुषों का वही रुख महिलाओं के प्रति रहता है! पुरुष यही समझते हैं कि महिलाएँ हर पुरुष को अपने फलने-फूलने के लिए वृक्ष समझती हैं, चाहे वह पुरुष पिद्दी-भर ही क्यों न हो!''

इस बात से अनुकूल थोड़ा खड़बड़ा गया, ''बाबू की तरफ से तो ऐसी कोई बात नहीं हुई।''

''वे बेचारे तो सीधे आदमी हैं...पुराने ढंग के। अगर कुछ हो भी जाए तो कोई बात नहीं। हम लोग जो आधुनिकता के अलम्बरदार बने घूमते हैं और देश को आगे ले जाने के लिए प्रतिबद्ध हैं...छिः!''

अनुकूल ने आवाज को थोड़ा और मुलायम बनाकर फिर पूछा, ''कुछ तो बताइए, क्या हुआ?''

''अरे छोड़ो! ये सब बातें दिमाग खराब करती हैं। ऐसी बातों से किसी भी महिला का तब तक कुछ नहीं बिगड़ता जब तक वह अपने को और अपने समाज को समझती और जानती रहती है। कभी-कभी यह जरूर लगता है कि महिलाएँ और लड़कियाँ हर समाज में मृग-चर्म होती हैं।'' नीलम्मा पहले तो अपनी बात पर हँसी, फिर बोली, ''तभी तक सहेजा जाता है जब तक चमक रहती है...!''

''आखिर आप यह सब क्यों कह रही हैं? मेरी तरफ से कोई तो ऐसी बात नहीं हुई!''

''तुम अभी उस स्थिति में नहीं हो। जो हैं वे कहने और करने से नहीं चूकते।'' उसने पर्स में से वह चिट्ठी निकाली और अनुकूल की तरफ बढ़ा दी, ''लो पढ़ो! खन्ना एंड कम्पनी की मार रेंज में अब हम भी आ गए। उन्होंने यही सब बाबू से भी कहा होगा। तभी वे कुछ इस तरह की ही बातें सोच रहे थे...उन्होंने मुझसे हाथ जोड़कर कहा था कि मैं तुम्हें उनको वापस कर दूँ!'' रुकी, फिर कहा, ''जैसे तुम चेन में बँधे मेरे पालतू बन्दर हो!'' कहकर खूब हँसी।

''बाबू ने ऐसा कहा!''

''कहा तो क्या हुआ। क्यों कहा, यह इस चिट्ठी को पढ़कर पता चल जाएगा।'' अनुकूल ने चिट्ठी खोलकर पढ़ना शुरू किया–

नीलम्माजी,

आपके नाम के आगे 'जी' हमने शालीनतावश लगाया है। वैसे यह 'जी'

का अपमान करना है। आपकी योनि इतनी बड़ी है कि उसमें एक-एक करके सब कोई समाता जा रहा है...बचे-खुचे और समा जाएँगे। रामउजागर बड़ा तुर्रम खाँ बनता था, उसका पता ही नहीं चला कहाँ गया। मीलों नीचे चला गया। पगलाया घूम रहा है। अब यह अनुकूल! पिद्दी न पिद्दी का शोरबा। इसका तो कहीं पता ही नहीं चलेगा। आपको भी यही सब मिलते हैं! ठीक ही मिलते हैं। परेशान तो नहीं करते। कभी हम लोगों को भी आजमा के देखा होता। ऊँची जात के हैं तो क्या हुआ। आपके सामने नीचे ही बनकर रहेंगे।

कान खोलकर सुन लो। आखिरी चेतावनी है। अनुकूल को उसके बाप के साथ चला जाने दो। हम लोग सब खूँटागाड़ हैं। अगर नहीं सुना और उसे छुपाए रखा तो पन्द्रह-बीस डॉक्टरों को एक साथ आपके अन्तरंग भाग का ऑपरेशन करना पड़ेगा। कब तक उसे पनाह दिए रहोगी? लगता है इस बुड्ढे को भी...

अनुकूल ने चिट्ठी अधपढ़ी फेंक दी, ''आप इसे साथ लिए घूम रही हैं! क्यों? बताइए, आखिर क्यों? यह सब मेरे कारण...मेरे ही कारण आप सबको यह झेलना पड़ रहा है। मुझे चले जाना चाहिए था।''

नीलम्मा को हँसी आ गई, ''इस चिट्ठी ने मुझे अपने बारे में एक नई दृष्टि दी है। अपनी शारीरिक सीमाओं से मुक्त होने की। उन्हें विस्तृत करना होगा। अंगों को एक ऐसी नैतिकता से जोड़ दिया गया है कि हमारा सम्पूर्ण अस्तित्व ही उसकी बलि चढ़ गया। हम कहाँ हैं? कहीं नहीं! ये लोग समझते हैं कि शक्ति के बल पर घटित कोई भी अनैतिक अतिक्रमण मेरा मनोबल तोड़ देगा! मैं वो नहीं, जो शरीर को ही आत्मा समझकर, आत्मा को तिरस्कृत करती घूमूँ। शरीर पर होनेवाली जबरदस्ती मेरी आत्मा की स्वतंत्रता को बन्धक नहीं रख सकती। पुरुष मूलतः समझदार मूर्ख है और उसी मूर्खता का प्रयोग हम सब पर किया करता है।''

अनुकूल खामोश और स्तब्ध था, ''मैं इस समय लाचार हूँ, नहीं तो...।''

''नहीं तो क्या करते?'' नीलम्मा हँसी, ''उन लोगों के चाकू भोंक आते?''

''नहीं, मैं उनसे पूछता...अभी भी पूछूँगा...।'' ठहरकर बोला, ''या फिर मैं आपकी बेइज्जती होने से पहले ही अपने को यहाँ से हटा लूँगा।''

''तुम फिर वही समझदार मूर्खोंवाली बात करने लगे। मेरी बेइज्जतो और इज्जत का तुम्हारे हटने या न हटने से क्या मतलब है? मैं तो इस प्रवृत्ति का विरोध करने के प्रति कृतसंकल्प हूँ...तुम हट जाओ या रहो, मुझे तो इन स्थितियों का सामना करते ही रहना पड़ेगा।''

''लेकिन...''

''लेकिन कुछ नहीं। मैं बुजदिली के विरुद्ध हूँ। राम से मैंने यही सीखा। वह

अपनी आर्थिक और सामाजिक विषमताओं के बावजूद जूझता रहा। जुझारूपन खतरों के बावजूद आनन्द का स्रोत होता है। उस आनन्द के लिए स्वाद का विकसित होना जरूरी है। राम के पास था। जब तक हो सका, उसने उसे जीवित रखा। तुममें भी मुझे उसी की झलक नजर आई थी। अगर तुम उससे हटने की बात सोचते हो तो मेरे लिए साठ साल के तुम्हारे पिता और तुममें कोई फर्क नहीं रह जाएगा। इन्सान को अपने-आपसे इतना नहीं चिपक जाना चाहिए कि अलग ही नहीं कर सके।''

वह एकदम सन्न था। नीलम्मा ने उस खामोशी को महसूस किया। अनुकूल द्वारा फेंकी गई चिट्ठी उठाकर पर्स में रखते हुए बोली, ''अब तुम लेट जाओ। अपने मन को एक तरफ करो। बाबू के इस तरह चले जाने का तुम्हारे मन पर प्रभाव पड़ना स्वाभाविक है। मैंने पहले यही सोचा था कि इस चिट्ठी के बारे में तुमसे कोई बात नहीं करूँगी। लेकिन फिर इरादा बदल दिया। चूँकि ये सब घटनाएँ एक साथ ही हुईं और तुम उसके अभिन्न अंग हो, तुम्हारा जान लेना जरूरी था। बार-बार का मानसिक तनाव अगर टाला जा सके तो अच्छा है।''

जाते-जाते लौटकर आई और बोली, ''हो सकता है कल मैं एक-दो दिन के लिए राम को देखने चली जाऊँ।''

अनुकूल कुछ बोला नहीं।

नीलम्मा के जाने के बाद उस लड़के की कराहट उसे पुनः सुनाई पड़ने लगी थी। वह धीरे-धीरे बढ़ती गई। अब तक कहाँ थी, वह सोचता-सोचता सो गया।

सवेरे उठा तो यह जानते हुए भी कि नीलम्मा रामउजागर को देखने चली गई होगी, वह दिन चढ़े तक नीलम्मा का इन्तजार करता रहा। जब वह नहीं आई तो चुपचाप लेट गया।

रात को किसी समय वह लड़का भी वहाँ से कहीं चला गया था। अब वही अकेला था। उसकी कराहट अलबत्ता शेष थी।

आठ

स्टेशन छोटा था। गाड़ी रुकती-भर थी। सवारियों के नाम पर दो-चार छः सवारियाँ ही उतरती थीं। वे भी आसपास के गाँवों से आने-जानेवाले मुसाफिर। अपनी पोटली बाँधे वे लोग पहले स्टेशन पर सुस्ताते थे, फिर जाकर आगे की यात्रा शुरू करते थे। स्टेशन मास्टर ही ज्यादातर सबकुछ था। एक-आध खलासी और था। टिकट बाँटने से लेकर टिकट लेने तक का काम स्टेशन मास्टर ही करता।

नीलम्मा उतरी तो स्टेशन की परिकल्पना चूर-चूर हो गई। गाड़ी, और गाड़ी के चले जाने के बाद कुछ नहीं। वह थोड़ी देर प्लेटफार्म पर पड़ी रही। स्टेशन मास्टर ने ही जाकर पूछा, "बहनजी, आपको कहाँ जाना है?"

नीलम्मा ने बताया, "सिरसा गाँव।"

"सिरसा गाँव!" स्टेशन मास्टर ने आश्चर्य के साथ दोहराया।

नीलम्मा ने उसके मुख का भाव देखकर पूछा, "क्यों?"

स्टेशन मास्टर थोड़ा हकलाते हुए बोला, "वो गाँव तो..." शब्दों की कमी के कारण वह रुक गया। तलाश करके फिर बोला, "छोटे लोगों की बस्ती है, यानी नीचे लोग रहते हैं...कोरी, काँछी, साध, चमार...ये ही सब लोग रहते हैं।"

नीलम्मा हँस दी, "तो वहाँ नहीं जा सकते?"

वह सकपका गया, "नहीं-नहीं, मैं तो बता रहा था। क्या आप भी...?"

पहले तो यह सवाल नीलम्मा को थोड़ा अटपटा लगा। स्टेशन मास्टर ने उससे यह सवाल क्यों क्या! फिर वह बोली, "इस बात का उस गाँव जाने या न जाने से क्या सम्बन्ध? मैं चाहे जो हूँ, गाँव तक तो जा ही सकती हूँ।"

"किसके यहाँ जाएँगी? रास्ता अकेला है।"

"रामउजागर हैं...आई.आई.टी. में पढ़ते हैं। आजकल बीमार हैं।"

"सुबरन चौधरी का बेटा?" बराबर में खड़ा एक आदमी तड़-से बोला।

"उसके पिता का नाम तो मुझे नहीं मालूम।"

उसी ने आगे कहा, "अजी वो ही है। बीमार है...। चलते हुए उसका जी धक्क-धक्क करता है। है तो हवा का असर, पर शहर के अंग्रेजी डॉक्टर का इलाज चल रहा है। बड़ा भारी डॉक्टर है।"

स्टेशन मास्टर परिचय-सा कराता हुआ बोला, "यह भी उसी गाँव का है।"

नीलम्मा को न जाने क्यों यह खबर अच्छी लगी। वह थोड़े उतावलेपन से बोली, "भैया, कितनी दूर है गाँव?"

"यही दो-तीन कोसबा।"

"कोई सवारी मिल जाएगी ना?"

"चली गई..." खलासी ने कुछ खींचकर कहा। स्टेशन मास्टर बोला, "दिखवाता हूँ, हो सकता है खड़ी हो। बस एक ही इक्का है..." देखने के लिए उसने उसी खलासी को दौड़ाया। थोड़ी देर बाद आकर बोला, "अब्बे-अब्बे चली गई...बातन में एतना बख्त खो दिया!"

नीलम्मा एक मिनट सोचकर बोली, "अच्छा तो भैया, रास्ता समझा दो...किसी-न-किसी तरह पहुँच जाएँगे।"

"कभी-कभी जानवर मिल जाते हैं।"

नीलम्मा पहले तो हल्की-सी सहमी, फिर हँसकर बोली, "जानवर कहाँ नहीं मिलते!"

स्टेशन मास्टर पहले चुप रहा, फिर उस खलासी से बोला, "जाओ, तुम साथ चले जाओ।"

"हम्म!" उसने कुछ इस तरह कहा कि नीलम्मा और स्टेशन मास्टर दोनों मुस्कुरा दिए।

स्टेशन मास्टर हँसकर बोला, "क्यों, क्या हर्ज है?"

"अकेले ही..."

"हाँ, क्यों? क्या तुम्हारे साथ के लिए भी एक आदमी भेजना होगा?" वह थोड़ा सकपका गया और नीलम्मा हँस दी।

काफी देर तक वह सोच-से में डूबा खड़ा रहा। स्टेशन मास्टर ने फिर कहा, "चले जाओ। तुम्हें कोई खा नहीं जाएगा। रोज जाते हो कि नहीं?"

उसने एक बार फिर नीलम्मा की तरफ देखा। स्टेशन मास्टर ने हाथ पकड़कर उसके साथ कर दिया, "जाओ, देर हो जाएगी।"

उसके चेहरे से लग रहा था कि वह बड़ी अड़दप में आ गया है। वह नीलम्मा के पीछे काफी दूरी पर चल रहा था। बीच-बीच में वह नीलम्मा की तरफ देख भी लेता था। उसके एक हाथ में लकड़ी और दूसरे कन्धे पर नीलम्मा का छोटा-सा बुगचा।

नीलम्मा ने घूमकर पूछा, "तुम इतनी दूरी पर क्यों चल रहे हो?"

वह थोड़ा उत्तेजित हो गया, "देखो मेम साहब, हमका चुपचाप चलने दो। हलकान न करो। शहर की पढ़ी-लिखी औरतन से हमें बहुत डर लागत है। हम जानित हैं कि शहरन में जादू की पढ़ाई पढ़ावा जात है।"

नीलम्मा को उसकी बात में मजा आने लगा। वह बोली, "अरे नहीं, जादू पढ़ने की जरूरत नहीं होती, इतना जादू तो वैसे ही जानती हैं कि आदमी का बकरा बना दें।"

उसकी आँखें छोटी पड़ गईं और भय की छाया गहरी हो गई। वह बार-बार मुड़-मुड़कर देखने लगा। उसे देखकर नीलम्मा को साफ नजर आ रहा था कि वह किसी आदमखोर जानवर के सामने खड़ा है और पीछे भाग निकलने की घात बैठा रहा है।

नीलम्मा ने आवाज को मुलायम करके पूछा, "डर क्यों गए?"

वह थरथराती आवाज में बोला, "हम आपका रास्ता बताई देत हैं...।"

"क्यों, साथ नहीं चलोगे?"

"नहीं, हम चार बापन में अकेल हैं...घरवाली के दुई बच्चा हैं। हम आपके साथ

आगे ना जाब!''

नीलम्मा उसकी बातों से और अधिक आनन्दित हो रही थी। वह बोली, ''हमारी बिना मर्जी के कैसे जाओगे, हम तुम्हें बकरा बना लेंगे और साथ ले चलेंगे।''

वह थरथर काँपने लगा। मुँह से आवाज निकलनी बन्द हो गई। आँखों से पानी बह आया। नीलम्मा ने उसके कन्धे पर हाथ रखना चाहा तो वह कूदकर दूर जा खड़ा हुआ। नीलम्मा हँस पड़ी। उसके हँसने से वह और घबरा गया। हाथ जोड़कर गिड़गिड़ाता हुआ बोला, ''हम आपके गोड़ लागत हैं, हमका जाने दें। हमार घरवाले जिन्दा ना बचब।''

हँसी का दौरा कम हुआ तो नीलम्मा समझाती हुई बोली, ''तुम्हें किसी ने गलत बता दिया। शहर में न कोई ऐसी पढ़ाई होती है और न वहाँ की लड़कियों को जादू आता है। जैसी तुम्हारी माँ-बहन, वैसी ही वहाँ की लड़कियाँ हैं।''

वह खलासी उसकी तरफ अजब नजरों से देख रहा था। उनमें रंच मात्र भी विश्वास नहीं था। वह अपने-आपको चौकन्ना बनाए था।

नीलम्मा आगे-आगे चल रही थी। उसने और अधिक दूरी बढ़ा ली थी। नीलम्मा एकतरफा बोलती चली जा रही थी, ''बस, इतना ही फर्क है कि हम लोग शहर में रहते हैं, पढ़ते-लिखते हैं...तुम्हारी माँ-बहनें गाँव में रहती हैं और घर का काम देखती हैं। पहनने-ओढ़ने में भी यही फर्क है। तुम रामउजागर बाबू को जानते हो?''

''जानित काहे नाहीं, हमार पटीदारों में से हैं।''

''तुम ऐसा करना, रामउजागर से पूछ लेना कि शहर में लड़कियाँ जादू की पढ़ाई पढ़ती हैं या नहीं। तुम लोगों को शहर से दूर रखने के लिए लोग ऐसी अफवाहें फैलाते हैं। वे चाहते हैं तुम लोग जादू के डर से यहीं पड़े रहो।''

हालाँकि नीलम्मा की बात उसकी समझ में नहीं आ रही थी, फिर भी वह कुछ आश्वस्त जरूर हुआ था। उसके चेहरे पर से भय का दबाव कम होना शुरू हो गया था। नीलम्मा ने कहा, ''...तुम लोग शहरियों से बेकार डरते हो। शहरियों के कोई चार हाथ नहीं होते। तुम भी कोई बच्चे नहीं कि भौं किया और डर गए।''

नीलम्मा की बातों का उस पर कुछ-कुछ असर पड़ा था। उसकी चाल में गति आ गई थी। नीलम्मा उसका डर कम करने की गरज से इधर-उधर की बातें करती जा रही थी। उसने उससे घर-परिवार के बारे में पूछा। जमीन-जायदाद की खबर ली। परिवार को छोटा रखने की सलाह दी। इस बात से उसका चेहरा लाल हो गया और वह शर्म से जमीन में गड़ गया। काफी देर बाद उबरा। उसे लगा कि यह कोई सरकारी दाई है, जो इस तरह की बातें करती घूम रही है। दूरी कुछ कम होती महसूस हुई। बहुत सोच-समझ के बोला, ''रामउजागरवा से का रिस्ता है हइए।''

नीलम्मा ने घूमकर देखा तो वह नाराज था और गोल-गोल आँखें करके उसकी

तरफ देख रहा था। वह बोली, "जहाँ हम पढ़ते हैं, वहीं रामउजागर पढ़ते हैं...हमारे दोस्त हैं।"

"दोसत्!" उसने आश्चर्य से दोहराया। फिर बोला, "मरद-मरद की दोसती तो दोसती है...औरत-मरद की दोसती तो हम नाहीं जानित का होत है।"

नीलम्मा को उसकी इस बात से थोड़ी उलझन हुई। उसने बात घुमाने के लिए कहा, "दोस्ती वैसी नहीं...एक स्कूल में पढ़नेवाले लड़के-लड़की भी दोस्त ही होते हैं...वे दुश्मन नहीं होते। रामउजागर बाबू बीमार हैं, हाल-चाल लेने चली आई।"

"कोई मरद नाहीं रहा हाल-चाल लिए वास्ते?"

नीलम्मा फिर सकपका गई। वह बोला, "मरदों के हाल-चाल लेवे वास्ते मरद आवत-जात हैं, जनानी नाहीं...।" नीलम्मा को लगा उसे चुप रह जाना चाहिए। अब उसकी वाचा खुल गई थी, "रामउजागरवा की का बीमारी मेमसाहब, बड़े लोगन के चोचले बा। हल की मूठ थमवा दे सब कम्पन-फम्पन निकल जाई। पढ़ाई-लिखाई आदमी को कुदात-कुदात मार डालित है। हम लोगन का हाजमा पढ़ाई-लिखाई के लिए नाहीं बना था। जियादा ही कुदबुदात है। ऊका हवा का चक्कर बा। आपको देखे से ऊ हवा और फैलब।"

नीलम्मा को लगा वह कुछ ज्यादा ही बोल रहा है। हालाँकि वह उसे बताना चाहती थी कि रामउजागर को ऐसा कुछ नहीं हुआ जैसा वह सोच रहा है। पर वह यह अन्दाज नहीं लगा पा रही थी कि उसका यह सब समझाना पता नहीं क्या मोड़ ले ले।

वह अपनी बात और आगे समझाने लगा, "गाँव से दो कोस पच्छिम...एक बाबा का तकिया बा। ऊ बाबा भूत-परेतन को बाँधकर खड़ाऊँ से मारित हैं। पर रामउजागरवा हर बात मैं टाँग अड़ात रहे। हम तो समझात रहे...कि बात ना मानी तो किसी रोज ऐसी पटकी देब कि लटकत घूमअ। इनके बाबू के खेत बा। ऊ बा अपुन बिटवा के लगे किसी की न सुनब।"

नीलम्मा उसकी अन्तिम बात से अस्थिर हो गई। गीली मिट्टी में पड़े लोहे के गोले की तरह एक अनिश्चितता उसके मन में भी जगह बनाती जा रही थी।

सिरसा गाँव, गाँव जैसा ही गाँव था। बल्कि और भी बदतर। वह खलासी नीलम्मा को नीम के पेड़ के नीचे खड़ा करके सामनेवाले घर में चला गया था। दाहिने हाथ पर घेर में जानवर बँधे थे। सामने की तरफ का हिस्सा पक्का था। हालाँकि ज्यादातर झोंपड़ियाँ या कच्चे खपरैलवाले घर बेतरतीब पड़ी कूड़े की ढेरियों की तरह फैले नजर आ रहे थे। जहाँ वह खड़ी थी, चबच्चे की तरह की एक कच्ची नाली थी। चोड़े से लबालब भरी हुई उसे देखकर यह लगता ही नहीं था कि यह बहती है। कीड़े

सिलबिला रहे थे। बदबू के मारे खड़ा होना मुश्किल था। जहाँ वह खलासी नीलम्मा को खड़ा कर गया था वहाँ से उसे थोड़ा हटकर खड़ा होना पड़ा। हट जाने के बाद भी वह नाली उस पर उमड़ी चली आ रही थी।

आसपास जो बच्चे खेल रहे थे, नीलम्मा को खड़ा देखकर वे सब उसके पास सिमट आए। उनमें से कुछ बच्चे एकदम नंग-धड़ंग थे। लड़कों की कमर पर काले धागे में ताइँयत बँधे थे। उन नंग-धड़ंग बच्चों में कुछ अच्छे-खासे बड़े थे। वे कमीज ही पहने थे। नीलम्मा की उपस्थिति में भी वे अपने नंगेपन से बेखबर ही थे। नीलम्मा को पहले अटपटा-सा लगा फिर उनके भोलेपन पर उसे मुस्कुराहट आ गई।...यहाँ लगता है ऐसे ही नंग-धड़ंग घूमने का चलन है। जो अब बड़े हो गए वे भी कभी इसी तरह घूमते होंगे।

एक-आध बच्चे जाँघिया पहने थे। उन्हें देखकर नीलम्मा को तत्काल उनकी माँओं का ध्यान आया। जरूर वह समझदार रही होंगी। फिर एक दूसरी बात उसके दिमाग में आई कि शायद यह माँ की समझदारी की बात इतनी नहीं जितनी व्यवस्था हो पाने की बात है। होने पर पहनाना या न पहनाना समझदारी या गैर-समझदारी की बात तय कर सकता है। न होने पर समझदारी भी बहुत ज्यादा मदद नहीं करती।

नीलम्मा ने उनमें से एक बच्चे को इशारे से पास बुलाया। उसका चेहरा गोल-मटोल था और आँखें चमकदार थीं। वह आने में झेंप रहा था और वहीं खड़ा नीलम्मा को एकटक देख रहा था। शेष बच्चे उसे धकेलते हुए नीलम्मा के पास ले आए। वह धकेलना उनके लिए खेल हो गया था। पहले तो वह खिसियाया फिर धीरे-धीरे मुस्कुराने लगा।

नीलम्मा ने पूछा, ‘‘तुम्हारा नाम क्या है?’’

पहले तो कुछ देर वह देखता रहा। जब वह नहीं बोला तो और लड़के चिल्ला-चिल्लाकर बताने लगे। नीलम्मा ने उन्हें रोका, ‘‘हम इन्हीं से इनका नाम पूछेंगे। हाँ, बोलो तुम्हारा नाम क्या है?’’

वह बोला ‘‘लाम (राम) लखन।’’

नीलम्मा ने उसी की बोली में बोले गए नाम को दोहरा दिया, ‘‘तो लामलखन हो तुम!’’

उसने सीधे स्वभाव गर्दन हिला दी।

‘‘कहाँ रहते हो?’’

एक बार का बोलना किसी को मुक्त कर देता है। वह हाथ उठाकर बोला, ‘‘ऊहा...’’ उसके हाथ के फैलने से सम्पूर्ण दिशाओं का विस्तार हो गया था और कोई भी दिशा, दिशा नहीं रह गई थी।

‘‘पढ़ते हो?’’

उसका हाथ उसी तरह फैला रहा। बस भारी-भरकम मुड़िया हिला दी ''न्ना।''

नीलम्मा ने पूछा, ''क्यों?''

वह कुछ नहीं बोला। दूसरा लड़का, जो थोड़ा बड़ा था और घुटने तक का कमीज पहने एकटक नीलम्मा को देख रहा था, बोला, ''पढ़े से मूड़ घूम जात है...रात-दिन सैतान दौड़ात है।''

''नहीं तो...किसने कहा?''

''ऊ रामउजागर काका बहुतई बड़ी पढ़ाई पढ़ब...अब्बे सैतान नाहीं छोड़ित।''

नीलम्मा उसकी बात सुनकर चौंक गई। वह जल्दी से बोली, ''नहीं भैया, हम भी तो पढ़े हैं, हम ठीक हैं या नहीं...?''

उस लड़के ने अनासूरती में कहा, ''नाऽऽहीं।''

नीलम्मा को बहुत जोर से हँसी आने को हुई। लेकिन वह उसी लड़के को देखती रही। एक बड़ी-सी लड़की ओनी और सुतना पहने आ खड़ी हुई थी। वह बोली, ''काहे बटिया-बटिया मारी घूमित हो? सैतान मारब थोड़े ही, झुलात है।''

नीलम्मा की समझ में नहीं आया कि वह उस लड़की की बात का क्या जवाब दे। फिर भी वह बोली, ''नहीं, हम मारे-मारे नहीं घूम रहे, हम तो मिलने आए हैं।''

वह लड़की बच्चों से बोली, ''चलो-चलो, इहाँ का धरा बा!'' वह नीलम्मा की तरफ देखती हुई बच्चों को, भेड़ों की तरह हेरकर चल दी।

नीलम्मा की समझ में नहीं आ रहा था कि उसने ऐसी कौन-सी गलती की जिसके कारण ये सब लोग इतने नाराज हो गए?

खलासी का अभी तक कहीं पता नहीं था। सामनेवाले घर को देखने से भी यही लग रहा था कि अन्दर चुप्पी व्याप्त है। कहीं किसी तरह की हलचल नहीं थी। नीलम्मा का सोच अब दूसरी दिशा में काम करने लगा था। शायद उसने इस तरह आकर गलती की? उसे नहीं आना चाहिए था। उत्साह हमेशा अच्छा नहीं होता। खासतौर से जहाँ उसकी जरूरत न हो। गाँवों और हॉस्टिलों में अन्तर है। गाँवों-गाँवों में भी अन्तर है। यहाँ के गाँव और वहाँ के गाँव...आई.आई.टी. और गाँव, शहर और गाँव—ये सब कहीं नहीं मिलते। सबके अपने-अपने साँचे हैं। इन साँचों में जो फिट हो सके वह निकट का, बाकी बेगाने । बेगानों का कहीं कोई ठौर नहीं। उसका सोच उसे सरपट दौड़ते घोड़े की तरह दौड़ा रहा था। अगर इन लोगों ने न घुसने दिया? कुछ उल्टा-सीधा कहा? उसका आना स्वीकृत साँचे में फिट नहीं हो पा रहा। इन सबकी नजरों में यह एक अतिक्रमण है। हो सकता है राम भी शशोपंज में हो। मिले या ना मिले? उसे अपने घरवालों से भी निपटना पड़ सकता है।

उसकी आन्तरिक पीड़ा अन्दर-ही-अन्दर बढ़ती जा रही थी। उसने मुड़कर उसी दिशा में देखा जिधर से आई थी। उसके पाँव बता रहे थे कि वह सब बहुत दूर छूट गया है। अब वह क्या करेगी? उसने इधर-उधर देखा। वह लड़की उन बच्चों को लिए एक पीपल के नीचे खड़ी बिल्ली की-सी नजरों से नीलम्मा को ताक रही थी। नीलम्मा को उसका इस तरह देखना कुछ-कुछ चिढ़ाने जैसा लगा।

काफी देर बाद उस घर से दो औरतों ने झाँका। उनमें से एक बाहर आई। पहले तो वह अपने घर के आगे ही खड़ी रही। फिर कुछ इस तरह आगे बढ़ी कि या तो दबे पाँव शिकार करने जा रही हो या फिर किसी खूँख्वार जानवर से भिड़न्त हो। जो कपड़े इस महिला ने पहने थे वे जल्दी में तो पहने ही गए थे कोरे भी थे। चलने में खड़खड़ा रहे थे। असुविधा अलग हो रही थी। वह एक हल्की काठी की, कमजोर और कम उम्र की लड़की-सी लग रही थी। उसकी और रामउजागर की शक्ल में उसे अनायास समानता महसूस हुई।

वह नीलम्मा के नजदीक आकर खड़ी हो गई। नीलम्मा की समझ में नहीं आया कि वह उससे क्या कहे? फिर भी नीलम्मा ने उसे हाथ जोड़कर नमस्ते की। औरत ने नमस्ते का जवाब देने के स्थान पर पीछे मुड़कर देखा। दूसरी औरत भी बाहर निकल आई थी। वे मिट्टी के बिल में से लाल बर्रों की तरह एक-एक करके निकली थीं। पहले डंक, फिर शरीर। मुँह पर आँचल रखे उधर ही देख रही थी।

नीलम्मा के सामने हर क्षण यही सवाल बना था—आगे क्या होगा? इस सबके बावजूद वह अपने सोच को दूसरी दिशा में ले जाने की कोशिश कर रही थी। ग्रामीण-महिलाओं के आने-जाने का ढंग ऐसा ही होता है। बाहर तो निकलकर आई ही है। अगर उन्हें नाराजगी होती तो आती ही क्यों?

दूसरी औरत भी आकर पहलीवाली औरत के पास खड़ी हो गई। वह कमीज और धोती पहने थी। आँखों में काजल और गालों पर लाली थी। उसने आकर स्वयं हाथ जोड़े। नीलम्मा ने उसकी नमस्ते का मुस्कुराकर और हाथ जोड़कर जवाब दिया।

नीलम्मा ने ही बात शुरू की, "मैं नीलम्मा हूँ...!"

बड़ीवाली औरत बोली, "ब्याह हो गवा का?"

नीलम्मा ने हँसकर गर्दन हिला दी। वह बोली, "तो ई अम्मा का बा?" दूसरीवाली पल्ला रखकर फिस्स-से हँस दी।

"बिन ब्याहे की अम्मा हो का..."

नीलम्मा को हँसी भी आने को हुई और थोड़ी चिड़चिड़ाहट भी। लेकिन वह शान्ति से ही बोली, "हम लोगों की तरफ लड़कियों के इसी तरह के नाम होते हैं। वहाँ लड़की को भी अम्मा कहा जाता है।"

वे लोग इस तरह हँसी जैसे इससे बड़ी बेवकूफी की बात हो ही नहीं सकती।

वह बोली, ''कैसा देस बा...बेटिन को कोसत है! अनबिहाई अम्मा..बिहाई फिर का? कहाँ रहित हो?''

''मद्रास के पास है हमारा देश।''

''तो मदरासी हौव।''

नीलम्मा को अन्ततः पूछना पड़ा, ''रामउजागरजी ठीक हैं!''

बहन का चेहरा उतर गया। बड़ीवाली महिला जो बाद में आई थी वह भी सुस्त हो गई, ''का ठीक बा...कही जाने तुम लोगन ने का टोटका कर दिहीस...इत्ते हिम्मती रहे, अब दो-चार कदम चले में धुकधुकी छूटत है।''

रामउजागर भी बाहर निकल आया था। हाथ के हशारे से बुला रहा था।

बहन बोली, ''चली, उहाँ भैया बुलात है।''

नीलम्मा को कुछ अजब-सा लगा। रामउजागर पहचाना नहीं जा रहा था। दाढ़ी उग आई थी। हालाँकि उसका रंग साफ था लेकिन नीलम्मा को दूर से देखकर यही लगा कि काफी उतर गया है!

दूसरी महिला ने कहा, ''हमार देवर अकुलात हैं...'' वह हँसी तो उसके मुँह से थूक की फुहार निकलती दिखाई पड़ी। जिस तरह वे लोग हँस रही थीं उससे शायद रामउजागर को भी अटपटा-सा लग रहा था। वह अपना हाथ जोर-जोर से हिला रहा था।

वह स्त्री बोली, ''देवरजी, तुहार नाम लेकर चाची से अकसर कहित रहे कि हम जाकर ऊ से मिलब...।'' वह फिर हँस दी।

नीलम्मा को इस बार थोड़ा नागवार लगा। उसके मुँह से रोकते-रोकते भी निकल गया, ''आपको बहुत हँसी आती है?'' आगे वह बात को सँभाल गई। यह सब तो उसे पहले ही सोच लेना चाहिए था। अब क्या फायदा। ये सब तो होगा ही। ये लोग तो हँस ही रही हैं, कोई कुछ कह भी सकता है।

नीलम्मा चल दी। वे दोनों पीछे-पीछे एक-दूसरे को देख-देखकर मुस्कुरा रही थीं। बोल नहीं रही थीं।

नीलम्मा को यह रामउजागर पहले रामउजागर से भिन्न रामउजागर लगा। एकदम कायापलट। सूरत से वह रामउजागर जैसा ही था, और सबकुछ बदल गया था। उसके पीछे वही आदमी आकर खड़ा हो गया था जो स्टेशन से यहाँ तक साथ आया था। उस आदमी को देखकर नीलम्मा को रास्ते की वे सब बातें एकाएक याद हो आईं और वह हँसते-हँसते रह गई।

देखते-देखते उन लोगों के पास से थुड़-थुड़ करता हुआ सुअरों का एक रेला निकला। पीछे-पीछे दो अधनंगे लड़के उन्हें दौड़ाते ला रहे थे। सब कीचड़ में सने थे और बार-बार छितर जाते थे। उनकी चिचियाहट अजीब थी। जब वे पास से गुजरे

तो नीलम्मा उचककर एक ऊँचे ढेर पर चढ़ गई।

रामउजागर नीलम्मा को देख रहा था। उसके चेहरे पर एक तरह की दयनीयता थी। वह और गहरी हो गई। वह उससे कुछ कहना चाह रहा था। प्रयत्न के बावजूद वह चुप था। कभी वह नीलम्मा की ओर देखता था और कभी उन लोगों की ओर जो चारों तरफ जमा थे और एक अजीब तरह के कुतूहल से मुस्कुरा रहे थे।

नीलम्मा ही बोली, ''राम, तुम यहीं आकर जम गए...वापस क्यों नहीं लौटे?'' उसकी आवाज में एक तरह का भीगापन था।

वह बड़ी मुश्किल से बोल पाया, ''नीलम्मा, मैं...मैं बीमार हूँ ना...कोई जाने नहीं देता।''

नीलम्मा ने एक क्षण को सोचा और बोली, ''तुम तो मुझे बिल्कुल बीमार नजर नहीं आ रहे...लगभग वैसे ही हो जैसे पहले थे। बस दाढ़ी और बढ़ा ली। अच्छे खासे स्मार्ट लग रहे हो।''

रामउजागर के चेहरे पर हल्का-सा परिवर्तन होता नजर आया। वह आश्चर्य से बोला, ''अच्छा!'' फिर मायूसी के साथ कहा, ''यहाँ तो सब मुझे बीमार बताते हैं।''

भाभी बोली, ''इत्ते तो बीमार हैं...रात-भर सोवत नाहीं। घुमैया-सी सिर चढ़ी रहत है।''

''क्यों, ये तुम्हारी भाभी क्या कह रही हैं?''

राम के चेहरे पर और भी अधिक बेबसी आ गई। नीलम्मा ने देखा तो मन दुखी हो गया। क्या से क्या हो गया!

अन्दर से एक लड़का खाट और दुतई ले आया था। खाट पर दुतई बिछाकर बोला, ''ई पे बैठी। काकी चाह बनाइत हैं!''

रामउजागर को खाट लाकर बिछाना अच्छा लगा। वह बच्चों की तरह बोला, ''बैठो-बैठो, हमारे यहाँ कुर्सी नहीं।'' आखिरी बात कहते उसका चेहरा उतर गया।

नीलम्मा प्यार से फटकारते हुए बोली, ''दुनिया में कितने घर ऐसे हैं जहाँ कुर्सियाँ हैं...मैं नहीं जानती थी कि तुम भी इस काम्पलेक्स के शिकार हो जाओगे। हम लोगों ने तुमसे ही अपनी-अपनी कुंठाओं से लड़ते रहने का सबक सीखा है.. .तुम हो कि उन्हें पाल रहे हो!''

इस बात ने मरहम का-सा काम किया है। उसने हँसना चाहा, लेकिन खुलकर हँस नहीं पाया। अपनी बहन से बोला, ''सुना तूने...? मैं हमेशा से ऐसा नहीं हूँ!''

अन्दर से एक बड़े लोटे में कटोरी से ढकी चाय आ गई। लानेवाला उसे साफे से पकड़कर लाया था। उसके दूसरे हाथ में चार-पाँच खाली गिलास थे। नीलम्मा को खाट पर बैठना पड़ा। वे दोनों जमीन में पसर गईं। आपस में एक-दूसरे को खोजी दृष्टि से देखती थीं और फिर बातें सुनने लगती थीं। वे बहुत देर से इस चक्कर में

थीं कि उनकी बातों के बीच में अपनी बात खोंस दें, लेकिन उन्हें मौका नहीं मिल रहा था।

उन दोनों ने गिलास में चाय डाली। हालाँकि नीलम्मा को चाय की बहुत ज्यादा जरूरत महसूस हो रही थी, चाय पर मलाई का मोटा टुकड़ा देखकर उसका मन बदल गया। तिरमिरे तैर रहे थे। नीलम्मा का मन उलटने को हो आया। वह थोड़ी देर गिलास हाथ में लिए बैठी रही।

रामउजागर अपनी बहन से बोला, ''दो घूँट चाय मुझे भी दे दे।''

बहन बोली, ''दादा, पित्तर बिरट जाएँगे।''

''पित्तर क्या?''

नीलम्मा के सवाल के उत्तर में वह बोली, ''पित्तर ही तो पीछे लगे बा...''

नीलम्मा ने फिर अन्दर-ही-अन्दर आश्चर्य से दोहराया, 'पित्तर!'' भाभी बोलने लगीं, ''पित्तर नहीं जानित। पढ़े-लिखे लोगन का जानें कि पित्तर का होई। हमार बड़े...ई के बड़े...जो सुरग से देखत हैं कि हमार सन्तान ठीक करत है कि गलत?''

उसकी बात सुनकर रामउजागर का पहलेवाला चेहरा उभर आया। नीलम्मा ने अपनी चाय उसकी तरफ बढ़ा दी, ''लो तुम पियो। मेरा मन बिल्कुल नहीं है।''

वह उन दोनों की तरफ बच्चों की तरह भयभीत नजरों से देखता हुआ बोला, ''नहीं, मुझे रात को नींद नहीं आती तो ये लोग डाँटते हैं...कहते हैं तुम चोरी से चाय पीते हो।''

''लो तुम पियो, आज रात को नींद आएगी।''

रामउजागर ने चाय का गिलास हाथ में पकड़ा और गटक गया। नीलम्मा को अच्छा लगा। राम कितना बच्चा हो गया। चाय पीकर बोला, ''नीलम्मा, हम तो बहुत छोटे लोग हैं,...नासमझ...बे-पढ़े, यहाँ कैसे रहोगी?'' वह अंग्रेजी में आप-ही-आप बोलता गया।

''तुम इतना सब जानते हो, पर यह नहीं सीखा कि बे-पढ़े और नासमझ लोगों को कैसे पढ़ाया-लिखाया और समझदार बनाया जा सकता है। तुम हमेशा अच्छी जिन्दगी बसर करने की इतनी हिमायत करते रहे, जूझते रहे, पर तुम्हारी नजर इस बात पर नहीं गई। चलो, तुम वहीं चलो। यहाँ तुम सबकुछ खो दोगे। वहाँ जाकर शायद तुम्हें...'' वह चुप हो गई।

''कैसे चलूँ नीलम्मा...? ये लोग कहते हैं मैं न चल सकता हूँ, न उठ सकता हूँ... मैं कुछ भी नहीं कर सकता। मैंने कई बार कहा, मुझे ले चलो...सबसे मिला लाओ। यहाँ पड़ा-पड़ा सड़ जाऊँगा। ये लोग हँस देते हैं...डाँट देते हैं। पहले ये लोग मेरे सामने नहीं बोलते थे, अब मैं नहीं बोलता। मुझे यह क्या हो गया, मैं स्वयं नहीं जानता। मैं निडर होकर जीना चाहता था अब डरकर जी रहा हूँ। क्या अब

पिछलेवाला आत्मविश्वास कभी वापस नहीं आएगा? तुम बताओ नीलम्मा!''

''उसके लिए तुम्हें फिर बाहर निकलना चाहिए।''

''कैसे निकलूँ?''

''जैसे पहले निकले थे।''

रामउजागर के चेहरे पर ऐसा भाव उभर आया जैसे वह जंजीरों को तोड़कर उनसे मुक्त होने के लिए पूरा जोर लगा रहा हो। उसके अन्तर की सम्पूर्ण पीड़ा उसके चेहरे पर उभर आई थी। नीलम्मा के अन्तर में वह गहरी उतर गई।

शेष दिन नीलम्मा एक अजूबा बनी रही। आसपास की औरतें और बच्चे उसे देखने आते रहे। रामउजागर इस बात पर बीच-बीच में उत्तेजित होकर टहलने लगता था। कभी-कभी बड़बड़ाता भी था। नीलम्मा उसे हँसकर कहती थी, ''हम औरतें जिस स्थिति में भी होती हैं, अन्ततः अजूबा ही बन जाती हैं। लोग देखते हैं तो देखने दो...हम लोगों को, देखनेवालों की सब तरह की नजरें पढ़ने-समझने और फिर जहाँ तक हो नजरअन्दाज करने की आदत होती है। तुम परेशान मत हो।''

नीलम्मा के पहुँचते ही रामउजागर के बापू को बुलाने के लिए खेतों पर आदमी दौड़ा दिया गया था। लेकिन वे दिन छिपे तक ही लौट पाए। रामउजागर के बापू सुबरन चौधरी नम्र इन्सान थे। शरीर से लम्बे और छरहरे। शरीर केवल आत्मा को साकार रूप प्रदान करने का निमित्त था। नीलम्मा को आया देखकर उनके मन में पहला भाव अनुग्रह का आया। फिर वे धीरे-धीरे वस्तुस्थिति के बारे में सचेत हुए। कैसे खातिर-तवाजे करें? कहाँ ठहराएँ? उनकी तरफ देखा और अपने घर की तरफ देखा। घर की औरतों के बीच के तनाव को परखा। वे रामउजागर की परेशानी को भी देख रहे थे। वह लगातार चहलकदमी कर रहा था। उन्होंने घर की औरतों को डपटा। भाग्य से ही किसी के घर पाहुना आता है। वह भी ऐसा। उन्होंने एक कोठा साफ कराया, साफ क्या कराया खुद ही लगे। उसमें ठीक तरह से पुआल बिछाई। घर-भर में जो सबसे साफ बिस्तर था वही उस पर बिछाया गया। कहीं से लालटेन का बन्दोबस्त हुआ। अपनी छोटी बिटिया से कहा कि वह नीलम्मा के पास बनी रहे।

बापू के रुख से पूरे घर-भर का व्यवहार बदल गया था। वह वास्तव में मेहमान हो गई। सब उसे हाथों पर लेने लगे। जो भावज कुछ पढ़ी-लिखी समझकर बुलाई गई थी उसे भी बापू ने उसके घर वापस भेज दिया था। उसके जाने से रामउजागर कुछ सहज हुआ था। उसके चेहरे पर थोड़ी-थोड़ी मुस्कान भी आनी शुरू हुई थी। बीच-बीच में उसका व्यवहार उसकी आन्तरिक खुशी का आईना बन जाता था। एक अर्से के बाद रामउजागर के व्यवहार में यह अयाचित परिवर्तन नजर आया। घरवालों

का चेहरा उस खुशी का प्रतिबिंब हो गया।

नीलम्मा चाय तो पी नहीं पाई थी पर रात का खाना उसे अच्छा लगा था। हालाँकि वह बेतरतीब और मोटा था। पर स्वाद था। वैसे भी इतने वर्षों से रहते-रहते वह उत्तर भारत के खाने को अधिक रुचि से खाने लगी थी। उनमें ज्यादातर चीजें तलकर बनाई हुई थीं। उस खाने में उसे एक अजब तरह का सोंधापन महसूस हुआ। शहरों में इस तरह का सोंधापन कम ही होता था।

खाना खाने के बाद उसने रामउजागर की माँ से बातें की थीं। दीये की मद्धम-मद्धम रोशनी में उन दोनों महिलाओं की जगह उन दोनों की उपस्थिति का अहसास-भर था। दीये की लौ किसी को स्थिर नहीं रहने दे रही थी। यह सब उसे बार-बार रोमांचित कर देता था। बत्ती पर थोड़ी-थोड़ी देर के बाद गुल बन जाता था। नीलम्मा के लिए वह गुढ़हल का फूल जैसा था। बीच-बीच में रोशनी डूबने-सी लगती थी तो माँ उठकर दीये की बत्ती सींक देती थी। रोशनी फिर चेतन हो उठती थी। यह सब उसे अविश्वसनीय-सा लग रहा था...पर था।

दीये का सम्पूर्ण चमत्कार धीरे-धीरे उसके जलने पर सिमट आया। माँ का सारा दुख बेटे को लेकर ही था। उसकी बात सुनते हुए नीलम्मा को यह लगता रहा कि दीया तो जल ही रहा है, माँ भी दीया बनी हुई है। माँ ने उससे दिल की सब बातें कहीं, ''बिटिया, हमार भाग, तुम आईं। कहाँ तुम कहाँ हम। तुम ठैरी ऊँची जात, ऊँचे घर की...हमार द्वार आने का कौन मौका था! तुम्हारी किरपा रही जो रामउजागर को देखे वास्ते चली आईं। पर हमार करेजवा तो एसकी बिमारी ने ऐसा फूँका कि बस का कही...कोख भी जली, भाग भी जला। जेका बेटा ई हालत में हो, ऊ ना सुरग का, ना नरक का। जिन्दगानी जिन्दा धूँ-धूँ जलत है। साँस लेत धुआँ फूटत है। ओ तो बापू ठहरे बा, मुँह तक नाहीं खोलित। हमहु महतारी बा...जबान नाहीं काटे बनत। ओ तो महात्मा हुई गए। कहत हैं, रामउजागिर की माँ ऊ उप्परवाला भी तो कुछ है कि नाहीं...या हम तुम ही सबकुछ करित हैं। सुख-दुख हम काते ना कति है...ऊ कातेगा तो कतेगा। पर सच कहूँ...हर क्षन तो अपने ऊ बिटवा का ध्यान रहित है, ऊपरवाले का ध्यान ऊ रीते तो जाई। मन बोरा नाहीं ना की जो चाहे ठूस-ठूस भरी।'' माँ शहरी भाषा बोलने का प्रयत्न करते-करते बहकने लगती थी। फिर सँभलती थी, फिर बहकती थी।

नीलम्मा माँ के मन में उतरकर उनकी वेदना को समझने की कोशिश कर रही थी। वह समझाती हुई बोली, ''माँजी, आप सच मानें, रामउजागर को कुछ नहीं हुआ। वातावरण के बदलते ही सबकुछ बदल जाएगा। रामउजागर बहुत बहादुर हैं। वह इस बीमारी के सामने जल्दी हिम्मत नहीं हारेगा। हर इन्सान की जिन्दगी में ऐसे मौके आते हैं। मेरी माँ नहीं रही, पिताजी ने दूसरा विवाह कर लिया...मैंने सबकुछ

उनसे दूर रहकर पढ़ा। इधर रहकर। आप तो जानती ही हैं कि बहता हुआ जल कहीं जमीन को छूता है, कहीं सींचता है और कहीं काटता है। दुख-सुख भी निरन्तर बहते रहते हैं, कभी कोई छूता है, कभी कोई। कभी एक काटता है दूसरा भरता है। आप यही समझें, जो कट रहा है वह भरेगा भी। आपको इतने योग्य और हिम्मती बेटे की माँ होने का गौरव तो प्राप्त है ही।''

एकाएक बत्ती की लौ हिली। उसके हिलते ही दोनों काँप गए।

माँ बोली, ''ठीक कहित हो। ऐसी आल अइ है कि भीतर तक उतर गई बा। ई भवन का भवन ही ना कहीं ढह परी। कहाँ जाई? हमार तो छाजन ही राम बा। कहत रहा, माँ बस मुझे कुछ हो जान दे तुझे और बापू को मोटर से पाँव नीचे ना रक्खी पड़ी। मूरख बा! मोटर का सपना बोवत रहा। ई बंजर में का उगी? वैसे तो बेटी, सब लोगन में सब होते हैं। रामउजागर को तो ई बड़ी जातवालों की हाय खा गई। किसी के पूत को कोसो, अपने को ही कोसने पड़े है...''

''ऐसा मत सोचिए। जात-वात कुछ नहीं होती। अगर मैं आपके घर पैदा हो जाती और रामउजागर हमारे घर पैदा हो जाता तो हम लोग उसी को अपनी जात समझने लगते। यह तो जन्म का बन्धन है जो अन्ततः जीवन-भर के लिए हमारी नियति हो जाता है। जन्म के समय न कोई जात लेकर पैदा होता है और न नाम। यहीं आकर मिलते हैं। हम उसी को अपना समझने लगते हैं,'' फिर हँसकर बोली, ''नाम और जात तो देह के हैं...जब तक देह तब तक नाम और जात। देह छूटी...ना किसी का नाम और ना किसी की जात।''

एकाएक दीये से काला-कीचट धुआँ निकलने लगा। माँ ने उठकर बत्ती सींक दी और तेल छोड़ दिया। नीलम्मा की नजर माँ की परछाईं पर गई...नाक लम्बी हो गई थी। नीलम्मा का सिर चौड़ा हो गया था। नीलम्मा को हँसी आने लगी। माँ ने दीये का रुख बदल दिया। वे दोनों ओट में हो गईं।

माँ बैठती हुई बोली, ''तुम ही बताओ, का रास्ता बा? के के आगे अँचरा पसारी?''

''माँजी, आपके बेटे राम को हम इतना ही जानते हैं कि अपनी मुसीबत के समय हमने उससे हिम्मत रखना सीखा। राम को अब इस रूप में देखकर दुख होता है। आप रामउजागर को फिर पढ़ने भेज दें...मेरे विचार से वह थोड़े दिन बाद ठीक हो जाएगा। यहाँ रहकर राम का ठीक होना मुश्किल है।''

रामउजागर की माँ खामोश हो गई। थोड़ी देर चुप बैठी रही। फिर बोली, ''वहीं से तो यह सब्बे बाँधकर लावा रहा। हमार बिटवा का ई हालत...'' उनका गला रुँध गया फिर बोलीं, ''बड़बड़ात है, घूमित है, सोबत नाहीं...हम का कालीदह में डूब मरी!''

''सब ठीक हो जाएगा...मेरा कहना मानकर आप राम को वहीं वापस भेज दें।''

माँ चुप हो गई। दीया बीच-बीच में कुछ स्थिर हो जाता था। नीलम्मा को नींद आने लगी थी। पिंडलियाँ चस-चस कर रही थीं। माँ ने कहा, "थकी बा...हरि अनन्त हरि कथा अनन्ता। ई पराया दुख सुनि-सनि कहाँ बटोरी? जा बेटी, सो जा।"

नीलम्मा उठकर जाने लगी तो माँ बोली, "कभी-कभी तो डर लागत है...जब बहुत पगलात है...। लटककर जान देवे की बात से कलेजा बहुत दरकत है। अकेल बिटवा, ई के भाग में भी का लटककर पिरान देना लिखा बा? निपूति ही भली थी। सबर तो रही, भगवान ने निपूति रखा। पाके खोये का जख्म ना भरी, जिन्दगी-भर रिसब। बिरवा लगाओ...सींचत-सींचत बढ़ी, फिर काटे का परी...!"

नीलम्मा खड़ी ही रही। माँ ने बिटिया को पुकारा, "जा बिट्टी, लिवा ले जा... बहिनी थकी होई।"

नीलम्मा नमस्कार करके बाहर आई तो सबकुछ चाँदनी के जादू की गिरफ्त में था। दरख्त से लेकर मैदानों तक सब जगह उसी का निज़ाम था। गाय के बिखरे दूध के अलावा उसे कुछ सुझा ही नहीं। चाँदनी ने कूड़े के स्थलों तक को सँवारकर एक नई शक्ल दे दी थी। नीम के नीचे की जिस नाली में चोड़ा-ही-चोड़ा भरा था उसी में बहता हुआ पानी चाँदी की किरचों की तरह यहाँ-वहाँ चमक रहा था। पता नहीं उसमें कितनी चाँदी की किरचें बिखरी पड़ी थीं! घेर में बँधे जानवरों को देखकर उसे लगा कि इन जानवरों का असली नहान ऐसी ही रातों में होता है। कान झुकाए निरन्तर भीगते खड़े थे। उसने एक भरपूर नजर चारों तरफ डाली और चाँदनी में डूबे उस माहौल को अपने अन्दर समेटे सोने के लिए कोठे में चली गई। बाहर के मुकाबले अन्दर गरम था। बाहर की सिहरन ज्यादा सुहावनी थी। कोठे की कच्ची दीवार में एक छोटा-सा चिड़ियादान था। उसी में से एक सफेद चिड़िया अन्दर आ बैठी थी। उसका वहाँ उपस्थित होना उसे अच्छा लगा। वह उसके निकट खिसक गई। उस चिड़ियादान को गौर से देखते हुए पाकर वह लड़की मुस्कुरा दी। वह बोली, "ई झरोखा हमार बाबू ने सब कोठन में बनवावा रहा। का तुहार बाबू ने नाहीं बनवावा?"

नीलम्मा बीच ही में बोली, "घर है ही नहीं...!"

वह हँस दी, "इत्ते बड़े मनई और घर नाहीं...हसत हो।"

नीलम्मा ने पूछा, "तुम पढ़ने जाती हो?"

"गाँव में कोई लड़की नाहीं पढ़त...महतारी कहित है लांछन लग जात है।"

"हम तो पढ़ते हैं।"

वह नीलम्मा की तरफ देखने लगी। थोड़ी देर बाद बोली, "पढ़े का होत है?"

"डर निकल जाता है।"

नीलम्मा बिस्तर पर लेटी तो एक क्षण को लगा कि वह नीचे को धँस गई। दो-चार बार करवट लेकर देखा। जिधर करवट लेती थी उधर ही धसक जाती थी।

लेकिन कुछ देर बाद वह स्थिर हो गई। घास चुरचुराने की आवाज भी थोड़ी देर तक तो उसे तंग करती रही, फिर उसे सुलाती-सी महसूस होने लगी।

रामउजागर की छोटी बहन अभी जगी थी, "उहाँ लड़कियाँ पढ़त ही पढ़त हैं, खेतों में काम नाहीं करत का।"

"वहाँ खेत हैं ही नहीं...पढ़कर स्कूल, कॉलिजों और दफ्तरों में काम करती हैं।"

"जब खेत नाहीं तो अनाज कहाँ से आइत है?"

"गाँवों से।"

"लड़के-लड़की सब साथ पढ़त हैं? कुछ नाहीं होत?"

"होना क्या है?"

"कहित हैं कि आग लगत है।" हाथों से लपटें दिखाने के लिए वह उठकर बैठ गई।

"किसमें?"

"ई हम नाहीं जानित।"

"तुमने लगती देखी है?"

उसने गर्दन हिलाकर इन्कार कर दिया। बोली, "हम पढ़ि नाहीं बा।"

"आग देखने के लिए तुम्हें पढ़ना चाहिए।"

"लांछन ना लगी काऽऽ?"

नीलम्मा ने हँसकर कहा, "तुम यह बात अपने भैया से पूछना।"

उसने कन्धे चढ़ाकर कहा, "डर लागत है। पहले बोलत भी रहे, खेलत भी रहे। अब घुप्प-से बैठ जात हैं। रोना फूटत है।"

"तुम क्या समझती हो कि क्या हो गया?"

"जादू... ।"

वह चुप हो गई।

रामउजागर की बहन बिट्टी तो थोड़ी देर बाद सो गई, लेकिन नीलम्मा की नींद उचट गई। वह लेटी-लेटी पूरे दिन की घटनाओं का पुनरावलोकन करती रही। चिड़ियादान से आई चिड़िया पहले सरकती रही, फिर घुलने लगी। वह उसे घुलते और छोटी पड़ते देखती रही। फिर सबसे पहले तो उसे उस आदमी के बारे में सोचकर हँसी आई जो उसे स्टेशन से सिरसा गाँव तक लाया था। उसे आश्चर्य हो रहा था कि इस जमाने में भी लोग इतने भोले और डरे हुए हैं। फिर उसे रामउजागर की उस भाभी का ध्यान आया जो काफी वाचाल थी। उसे यह समझने में कठिनाई हुई थी कि वह कहाँ देखती है और कहाँ निशाना साधती है! नीलम्मा आप-ही-आप मुस्कुरा दी। रामउजागर

उसकी उपस्थिति से काफी परेशान था।...रामउजागर की माँ और बाप एकदम भिन्न मिट्टी के बने हुए हैं। उसके बापू बिल्कुल अन्दर-ही-अन्दर रहते हैं। बाहर से जैसे उनका कोई मतलब ही नहीं। माँ की करुणा रात-दिन बहती रहती है। उनके दुख में आदमी उतरना शुरू कर दे तो पता ही न पाए। कोई अन्त ही नहीं। अस्वस्थ बेटे की निराश माँ के लिए सम्पूर्ण संसार ही रुग्ण हो उठता है। अपने बेटे को लेकर जो बातें कहीं थीं उन्हें सुनकर लगा जैसे सपाट जमीन में वेदना की दूर्वा फूट रही हो। कहीं न गड्ढा था और न टीला, बस बातें अन्दर तक उतरी हुई थीं। माँ की बातों से लगता था कि सम्पूर्ण ब्रह्मांड ही उनके बेटे में केन्द्रित हो गया है। बापू बेटे को देखते थे और गर्दन झुकाकर दूसरा काम करने लगते थे। बहन पर रामउजागर का अबूझा-सा प्रभाव था। लड़कियों की पढ़ाई को वह लांछन मानकर सन्तुष्ट हो चुकी थी। वह यही समझती थी कि लांछन और पढ़ाई दोनों एक-दूसरे के पर्याय हैं। उसे उनसे बचना चाहिए। सबसे अधिक आश्चर्य उसे रामउजागर पर हो रहा था। जैसे किसी दहाड़ते शेर को जादू के जोर से भूसे के बोरे में परिवर्तित कर दिया गया हो। क्या वास्तव में वह जादू है? सबसे उसकी बातें हुई थीं पर जिससे वह मिलने आई थी उससे अभी तक बातें नहीं हो पाई थीं। वह उसे देख-भर रहा था और चुप था। बस शुरू में ही दो-चार वाक्य बोला था। वह चुप ही नहीं, भयभीत भी है। अगर वह इतना भयभीत है तो क्या बिट्टी को मैंने गलत बताया? चाय पीने में डरता है. ..कहीं भी जाने से अलग मोहताज है। मन की बात कहना और करना उसके लिए मुश्किल होता जा रहा है। यही रामउजागर उस जबान का मालिक था जिसके बल पर वह बड़े-से-बड़े धुरन्धर बोलनेवाले को उसी तरह ठंडा कर देता था जैसे युद्ध के समय योद्धा सामनेवाले की तलवार को नाकाम कर दिया करते थे। वही अब इतना असहाय! कौन-सी ऐसी घटना है जिसने उसे इतना निरीह बना दिया? मोहन की आत्महत्या? या मनोबल का ह्रास?

उसे एकाएक लगा कि कोई रो रहा है। चिड़िया गायब थी। बाहर आई तो चाँदनी की स्थिति बदल चुकी थी। कहीं पर से अपना कब्जा हटा लिया था और कहीं पर जमा लिया था। मजबूती में किसी तरह का कोई अन्तर नहीं आया था।

उसने रोने की आवाज की टोह लेने की कोशिश की। सामनेवाले कोठे से आ रही थी। वह उधर बढ़ गई। अन्दर रामउजागर और उसके बापू थे।

रामउजागर बच्चों की तरह भयभीत था। वह कह रहा था, "मोहन नहीं मरा, बापू! वह मेरी बाँहों में अभी भी साँस ले रहा है। मुझसे बार-बार कहता है कि मुझे इन लोगों को मत सौंप। ये मुझे जला डालेंगे। लेकिन मैंने उससे गद्दारी की। मार डालने के लिए मोहन को उन्हें सौंप दिया। एक जीवित नौजवान को हत्यारों को सौंपकर मर जाने दिया...एक सम्पूर्ण दुनिया की सम्भावना खत्म हो

गई। यह मैंने क्या किया बाबू? ये लोग सबको इसी तरह लटकाकर मार देते हैं। ये सम्भावनाओं के शत्रु हैं। जो जिन्दा रहते हैं उनको मिट्टी बना देते हैं। ऐसा क्यों करते हैं? जब बाहर निकलकर देखता हूँ तो लगता है कि पता नहीं कब से हम मिट्टी के ढेर बने पड़े हैं!''

उसके बाबू बड़े धैर्य से उसे समझा रहे थे, ''ऐसा न सोच बेटा, ऐसा न सोच... ये मेमसाहब कहती हैं मोहन मर गया था...जब मर गया तब तुमने उसकी मिट्टी उतारी। तुम चाहो तो इनके साथ ही चले जाओ।''

''मुझे लगता है, उन्होंने अनुकूल भी मार डाला होगा। जैसे वे मुझसे नाराज थे वैसे ही उससे भी नाराज हैं...मैं नीलम्मा से पूछना भूल गया...अनुकूल कैसा है। पता नहीं मुझे क्या हो जाता है, दूसरों की बात मैं भूल ही जाता हूँ। हरदम अपने ही बारे में क्यों सोचता रहता हूँ? बापू, मैं पहलेवाला रामउजागर नहीं रहा ना! पहले सब मुझसे डरते थे...अब मैं सबसे डरता हूँ। क्यों डरता हूँ? क्या ये सब मिलकर मुझे फाँसी लगा देंगे? लोग कहते हैं छोटी जात का होकर बड़ी बातें करता है। क्या छोटी-बड़ी बात, छोटी-बड़ी जात के हिसाब से की जाती है? बापू, वे लोग मुझे पकड़ तो नहीं लेंगे। तुम नीलम्मा को बुला दो, बापू। मैं उसी से ये सब बातें पूछूँगा। वह झूठ कहती है कि मैंने उसे साहसी बनाया...वह हमेशा की साहसी है!''

नीलम्मा दरवाजे के पास से ही लौट गई। बापू ने क्या कहा, उसने अपने कानों नहीं सुना। रामउजागर और जोर-जोर से रो रहा था। उसके इस तरह रोने से नीलम्मा अन्दर तक आहत हो गई। बिस्तर पर बैठी-बैठी वह अपने को नीचे उतरता महसूस कर रही थी। किसी तरह उसने अपने को उबारा। घेर में बँधा कोई जानवर रँभाया। गाँव के कुत्तों की आवाज कई गुनी होकर सुनाई पड़ने लगी थी। रात की चिड़ियों की कुछ तीखी आवाजें भी उसके पास पहुँचने लगी थीं। फिर भी उसे लग रहा था, वह अकेली है और रात अन्तहीन है। वह क्या करे? उसे फिर उस चिड़िया की याद आई जो बहुत देर तक उसके बिस्तर पर बैठी उसे देखती रही थी।

उसे लगा बाहर कोई है। हो सकता है रामउजागर के बाबू हों। सीधे-साधे, बेपढ़े और संकोची हैं।...मेमसाहब कह रहे थे। हो सकता है उनकी समझ में ना आ रहा हो, क्या कहकर पुकारें। अपनी बेटी को भी तो पुकारते होंगे। लेकिन वह तुरन्त ही अपने-आपसे सवाल-जवाब में खो गई। अगर उसकी जगह कोई और लड़की होती तो क्या वह यहाँ आती? यह भावुकता या अतिउत्साह नहीं तो क्या है? नहीं, यह भावुकता नहीं। प्रयत्न है। जिस रामउजागर की तस्वीर को वह जानती है वह बिल्कुल अलग थी। उसी तस्वीर के चलते वह यहाँ चली आई...उसमें और इसमें जमीन-आसमान

का अन्तर है। लेकिन वह अपनी इस तस्वीर को स्वीकार नहीं कर पा रहा है। इससे निकलकर उसमें जाने के लिए उद्धत है। उसे रास्ता नहीं मिल पा रहा, कैसे जाएँ? अगर राजू की मौत के समय उसका साक्षात्कार उस रामउजागर के साथ न हुआ होता तो वह आत्ममुक्ति के इस अनुष्ठान में न लगती। रूप, दुख, यश और साहस जिस तरह आकर्षित करते हैं उसी तरह राम के उस व्यवहार ने भी आकर्षित किया था। आकर्षित ही नहीं किया, प्रेरणा भी दी। राजू के जाने के बाद रह ही क्या गया था? घर? नहीं, घर से बेघर हो चुकी है। इसने ही मुझे दिखाया कि मेरे अन्दर क्या है। लेकिन अब वह उपले की आग, पानी में भीगी राख हो गई है। अगर राम के साथ ऐसा हो सकता है तो किसके साथ नहीं हो सकता?

पदचाप शायद लौट गई थी। वह समझ नहीं पाई, कौन था या कौन हो सकता था। नीलम्मा काफी देर तक सोचती रही। बार-बार रामउजागर और रामउजागर की बातें उसके दिमाग में घूमती रहीं।

लड़की बेसुध सो रही थी। दिन में जब वह नीम के पेड़ के पास आई थी तो नए कपड़े पहने कुछ बड़ी-बड़ी-सी लगी थी। नींद ने उसे बिल्कुल बच्ची बनाकर सुलाया हुआ था। एकदम बेसुध। जब तक इस तरह सोया जा सके तभी तक इन्सान अपने बालपन को सुरक्षित रख पाता है। वरना तो उम्र चील की तरह झपट्टा मार-मारकर एक-एक चीज छीनती चली जाती है। अन्त तक पहुँचते-पहुँचते सबकुछ छिन जाता है। रामउजागर के पास कितना कुछ नहीं था। अब...'क्या होगा?' मोर के पंख एक-एक कर गिरते जाते हैं, राम की क्षमताएँ भी धीरे-धीरे उसी तरह नष्ट होती जा रही हैं। यदि यही रहा तो एक दिन आएगा कि वह अपनी क्षमताओं के मलबे के नीचे स्वयं दबा पड़ा होगा। राजू के साथ भी कहीं-न-कहीं यही हुआ था। क्षमताएँ जब अन्दर टूटती हैं तो एटमबम के विस्फोट से भी ज्यादा मलबा छोड़ जाती हैं। क्या रामउजागर वापस संस्थान नहीं लौट सकता? उसे लौट चलना चाहिए। वही वातावरण जिसने उसे ऐसा बनाया, सुधार सकने की सम्भावनाओं से वह आज भी सम्पन्न है।

उसे नींद का झोंका आया पर वह फिर जग गई। वह बुदबुदाई...राम को लौट चलना चाहिए...कल सवेरा होते ही उसे वापस चलना होगा! नींद के अगले झोंके ने उसे सवेरे तक के लिए पूरी तरह दबोच लिया।

जब उसकी आँख खुली तो झौला-मौला था। घर के लोग जानवरों की सानी में लगे थे! घंटियाँ टुनटुना रही थीं। शाम भी टुनटुनाती रही थीं पर इस समय घंटियों का टुनटुनाना अधिक उतावलापन लिए था और ताजा था। गोबर की गन्ध पूरे वातावरण

में व्याप्त थी। इस गन्ध का आदी न होने के कारण नीलम्मा को अजीब-सी असुविधा का अनुभव हो रहा था। उसने झाँककर देखा, रामउजागर की माँ और उसके बापू दूध दुह रहे थे। बर्तन में पड़ती धार विचित्र-सा स्वर उत्पन्न कर रही थी। वह उसे गौर से सुनती रही। वह घी...पूँ...घी...पूँ...जैसी आवाज उसे बड़ी मनोरंजक मालूम पड़ी। पहली बार उसने एक ऐसे अर्थहीन स्वर को सम्पूर्ण वातावरण पर इतना हावी होते हुए महसूस किया था। जहाँ गोबर की गन्ध से वह बाधित थी वहीं इस स्वर से वह मुदित थी।

धीरे-धीरे उसे सवेरे की आवश्यकताओं के बारे में चिन्ता होनी शुरू हुई। भय-मिश्रित संकोच उसके ऊपर तारी होने लगा। कुछ देर बाद उसे महसूस हुआ कि उस संकोच के कारण उसकी आवश्यकताएँ धीरे-धीरे खत्म होती जा रहो हैं। इन नई परिस्थितियों में नीलम्मा ने जल्दी-से-जल्दी केवल मुँह धोकर निकल चलने का निश्चय किया। लेकिन उसे बार-बार लग रहा था, अगर रास्ते में परेशानी हुई तो? वह बाहर निकल आई। गोबर और खल की मिश्रित गन्ध और तेज हो गई। उसे लगा जैसे झौं आ रही हो। आँखों में हल्की-हल्की चरपराहट मालूम पड़ रही थी।

उसकी नजर जानवरों पर गई। वे सब अत्यधिक एकाग्रता के साथ अपनी-अपनी कूँड में मुँह डाले सानी खा रहे थे। खाते-खाते बीच में गर्दन हिलती थी तो घंटी टनटना उठती थी। लेकिन उन पर उसका कोई फर्क नहीं पड़ता था। वह उन्हें देखती रही! आदमी में इतनी एकाग्रता देखने को नहीं मिलती। उसकी नजर रामउजागर के बापू पर गई। वे पावड़ी लिए बैलों के नीचे से गोबर सकेर रहे थे। धोती घुटनों तक चढ़ी थी। देह नंगी थी। सिर पर मुड़ासा बँधा था। गोबर तसले में भरते जा रहे थे।

नीलम्मा ने उन्हें हाथ जोड़कर नमस्ते किया। वे गोबर उठाना छोड़कर हाथ धोने लगे। हाथ धोकर वे वहीं आ गए जहाँ नीलम्मा थी। गोबर की वही गन्ध उसे उनमें से भी आती महसूस हुई।

अपनी तरह से उन्होंने बात शुरू की, ''गाँवों की हालत बहुत खराब है। इतनी भी सुविधा नहीं कि कोई अच्छा-भला मेहमान आ जाए तो उसे कहीं ठहराया जा सके। हम लोग तो गोबर में भी पड़े रहें तो भी अच्छा लगता है...अपना गाँव जो ठहरा। गाँव की धरती और माँ की गोद में कोई अन्तर नहीं रहता। लेकिन बाहरवालों को तो ढंग की जगह चाहिए। आज किसी को शहर भेजकर खाट मँगवा लूँगा। रात को सो नहीं पाई होंगी।''

''नींद तो खूब आई...पर मैं सोचती हूँ, मुँह-हाथ धोकर अभी निकल जाऊँ। ग्यारह बजेवाली गाड़ी मिल जाएगी। नहीं तो शाम तक स्टेशन पर पड़ा रहना पड़ेगा।''

''नहीं जी, एक-आधा दिन तो और ठहरिए...आपके आने से रामउजागर को भी सहारा-सा महसूस हुआ।''

''मैं तो केवल देखने आई थी...सो देख लिया। मेरा ख्याल है कि आप राम को वहीं भेज दें। वातावरण बदलेगा तो मन भी बदलेगा।''

''इसकी माँ को तैयार करना होगा...सोचता हूँ, इसे बाद में मैं ही लेकर चला आऊँगा। यहाँ और सब इलाज तो हो जाते हैं, पर डॉक्टरी इलाज नहीं हो पाता।''

उसके बापू ने घर में पुकारा, ''सुना तुमने...मेमसाहब अभी जाएँगी...दूध-चाय का बन्दोबस्त जल्दी कर दो। साथ के लिए दो पराँठे भी एक बोहिए में रख देना।'' मेमसाहब शब्द उसे अखरा पर वह चुप रही। थोड़ी ही देर की तो बात है।

अन्दर से दूध बिलोने की आवाज आ रही थी। वह रुक गई।

सुबरन चौधरी बोले, ''मैं ज़रा गोबर खत्ती में डाल आऊँ...फिर रामउजागर को तैयार कर देता हूँ। बिना मदद कुछ करने में उसे दिक्कत होती है।''

वे झपटते हुए चले गए। तसला उठाकर सिर पर रखा और बाहर निकल गए। माँ आकर बोली, ''का तुम अब्बे जात हो?''

''हाँ माँजी, काम है। राम को देखना था सो देख लिया। अब आप राम को वहीं वापस भेजने की तैयारी कीजिए। वहाँ बड़े-बड़े अच्छे डॉक्टर हैं...ठीक से इलाज हो जाएगा तो राम फिर पहले जैसा हो जाएगा।''

''हाँ बेटी...'' इसके बाद वे कुछ नहीं बोलीं। उन्होंने कोठे में सो रही बेटी को जगाया और जंगल-फराखत के लिए नीलम्मा को नहर पर ले जाने को कहकर अन्दर चली गईं।

नीलम्मा पहले झिझकी। मना करना चाहा। फिर चुपचाप साथ हो ली। यह भी एक अच्छा अनुभव रहेगा। खुले आसमान के नीचे अपने शरीर को इस तरह बेपर्दा महसूस करने का! शायद फिर कभी ऐसा न हो। वह मुस्कुरा दी।

नहर बहुत दूर तक चली गई थी। कभी सीध में, कभी मुड़ती-तुड़ती। पानी छोटी-छोटी लहरों में बह रहा था। उसे अच्छा लगा। वह नहर के किनारे एक झाड़ी के पीछे छिपकर बैठ गई। हर क्षण नीलम्मा को लगता रहा, कोई आ रहा है। कपड़े सँभालना उसके लिए कठिन हो रहा था। गन्दे न हो जाएँ। घास के तिनके एक अजीब तरह की सुरसुराहट पैदा कर रहे थे। गनीमत यही थी कि रामउजागर की बहन थोड़ी दूर पर चौकन्नी खड़ी पहरा दे रही थी। खैर, किसी तरह वह फारिग हुई। नहर के किनारे लोटा माँजा। कुल्ला किया। ये सब बातें नीलम्मा को एक ऐसे अनुभव की तरह लगीं जो इस दुनिया का न होकर किसी और दुनिया का था।

निश्चिन्त हो चुकने के बाद उसे बहुत अच्छा लग रहा था। नहर के दोनों तरफ विस्तार-ही-विस्तार था। ऊँचे-से-ऊँचे पेड़ भी उस विस्तार के सन्दर्भ में बहुत छोटे लग रहे थे। प्रकृति का विस्तार हर एक को अपनी वास्तविकता के निकट रखता है। ऊँट को इसीलिए पहाड़ के नीचे से निकालना जरूरी है। उसे हँसी आ गई।

रामउजागर की बहन भी निबटकर आ गई। घर लौटी तो सबकुछ तैयार था। नाश्ता...रामउजागर और घरवाले!

विदा होते समय नीलम्मा को एक बहुत ही विचित्र स्थिति का सामना करना पड़ा। इस तरह की स्थिति के लिए वह तनिक भी तैयार नहीं थी। उसने पहली बार महसूस किया कि यहाँ आकर उसने अक्षम्य अपराध किया है। रामउजागर बच्चों की तरह व्यवहार कर रहा था। उसका हाथ पकड़कर पूछ रहा था। मेरा क्या होगा? मैं क्या करूँ?

उसके इस व्यवहार पर उसके बापू और माँ को छोड़कर सब खूब हँस रहे थे। उनका हँसना और रामउजागर का इस तरह व्यवहार करना दोनों ही नीलम्मा को तकलीफदेह लग रहे थे। वह उसे बार-बार समझाने की कोशिश कर रही थी कि उसने माँ और बापू को समझा दिया है कि वे उसे जल्दी हॉस्टिल भेज देंगे। वहाँ रहकर तुम बिल्कुल ठीक हो जाओगे। जो संस्थान तुम्हारे संघर्ष का क्षेत्र था वही तुम्हारे लिए अब आरोग्य निकेतन का काम करेगा।

वह और अधिक व्यथित होकर बोलने लगता, "नहीं, वहाँ कुछ नहीं हो सकता नीलम्मा! वे लोग मुझ पर लांछन लगाएँगे कि मैंने मोहन को इन लोगों के सुपुर्द करके जिन्दा जलवा दिया। मैं क्या जवाब दूँगा?"

"लेकिन वह तो मर गया था।"

"नहीं-नहीं, वह मरा नहीं था। उसके हाथ हिल रहे थे। उसने एक लम्बी साँस ली थी। वे लोग उन सबके साथ यही करते हैं जो कहीं पहुँचना चाहते हैं।...पहले लटकाते हैं फिर जला देते हैं..."

नीलम्मा ने दबंग आवाज में समझाने की कोशिश की, "तुम बेसिर-पैर की बातें कर रहे हो, राम। यह तुमने अपने लिए एक मनगढ़ंत घटना बना ली है। पुलिस, डॉक्टर सब आए...पोस्टमार्टम हुआ...लेकिन तुम उन सब वास्तविकताओं को नजरअन्दाज करके अपने लिए एक पलायन का रास्ता बनाए जा रहे हो!"

"तुम तो ऐसा मत कहो नीलम्मा!" उसने एक हताशा-भरी लम्बी साँस ली। फिर बोला, "वह मेरे हाथों में था। उसने लम्बी साँस ली थी...साँस लेता हुआ आदमी मरा हुआ कैसे हो सकता है? अगर वह मरा हुआ था तो मैं कैसे जिन्दा हो सकता हूँ?"

नीलम्मा ने उसे टोकते हुए कहा, "राम, तुम क्यों इस तरह की बातें कर रहे हो? अपने माँ-बाप की तरफ देखो। तुम समझते हो इन बातों से तुम इन्हें सुख पहुँचाते हो। तुम्हारी बातें और तुम्हारे काम दूसरों को सुख देने के लिए होते थे...अब दूसरों

को दुख देकर सुख पाने का तुमने यह नया ढंग निकाल लिया है। तुम जब तक यहाँ रहोगे इन लोगों को दुख देने के नए-नए तरीके खोजते रहोगे...वहाँ कोई तुम्हारी बातों से दुखी होनेवाला नहीं होगा।'' वह रुककर बोली, ''अच्छा, अब मैं चलती हूँ...''

गला दुखने लगा था।

रामउजागर सामने आकर बोला, ''नहीं, तुम मत जाओ...तुम चली जाओगी तो मुझे ये सब धमकाएँगे, डाँटेंगे...चाय पीने को मना करेंगे। मैं...मैं...''

नीलम्मा तड़पकर बोली, ''यही ना कि तुम आत्महत्या कर लोगे। क्यों? उस हालत में मुझे तुमसे कोई सहानुभूति नहीं होगी। मैं उस रामउजागर को पहचानती हूँ जो आत्महत्या करनेवालों तक को लौटा लाने का इरादा रखता था...उसको नहीं जो स्वयं आत्महत्या करने की बात करता हो। अगर मुझे मालूम होता कि उस राम के इरादों की भस्म लिए तुम इस तरह खड़े मिलोगे तो मैं कभी न आती। मैं चलती हूँ, तुम आत्मोत्पीड़न के सागर में गोते लगा-लगाकर सन्तोष पाते रहो।''

नीलम्मा हाँफने लगी थी। वह तेजी के साथ उस घर के बाहर आ गई। रामउजागर ने भी पीछे-पीछे चलना चाहा पर उसने मुड़कर नहीं देखा।

रामउजागर के बाबू उसके साथ-साथ कुछ दूर तक गए। उन्होंने उससे एक ही वाक्य कहा, ''बहुत सख्त बातें कह दीं...उसका दिल दुखा दिया। पता नहीं उसके मन पर इसका क्या असर पड़े। हम सब तो बस इसी के भाग से जुड़े हैं।''

नीलम्मा धीरे-से बोली, ''इसका मुझे दुख है बापू! लेकिन इसके सिवाय कोई रास्ता नहीं। अत्यधिक सहानुभूति इसके लिए खतरा हो जाएगी...मैं चाहती हूँ राम फिर से पहलेवाला राम हो जाए...'' वह आगे नहीं बोल पाई।

दूसरे गाँवों की सवारी लेता हुआ एक ताँगा रोजाना उधर से होकर स्टेशन जाता था। वही सामने से आ रहा था।

नीलम्मा अपने को सँभालते हुए बोली, ''राम के हित में यही है कि वह सहानुभूति के इस माहौल से दूर चला जाए। क्षमा करें, मैं उसका दिल दुखाना नहीं चाहती थी पर न चाहते हुए भी दुख गया। अफसोस इस बात का है, लोहे की दीवार देखते-देखते मोम की बन गई। मैंने यह कभी नहीं सोचा था... ।''

ताँगा नजदीक आ गया था। उसमें आगे की तरफ तीन सवारियाँ बैठी थीं। पीछे गाँव की ही एक औरत थी। नीलम्मा उसके बराबर में बैठ गई। सुबरन चौधरी ने पूछना चाहा, स्टेशन तक साथ चलूँ। वे बोल नहीं पाए...तब तक ताँगा चल दिया। रामउजागर के बापू बस बिना बोले हाथ जोड़े खड़े थे। मुँह से एक भी बोल नहीं फूट रहा था। हाथ जोड़े-ही-जोड़े वे कुछ दूर तक गए भी। लेकिन ताँगे की रफ्तार तेज हो जाने के कारण वह पीछे ही रह गए। पीछे छूटता जाता रास्ता नीलम्मा को धुँधला नजर आ रहा था। एक अहसास था कि एक रास्ता पीछे छूटता जा रहा है।

बीच-बीच में उसे लगने लगता था कि रामउजागर लड़खड़ाते कदमों से उसे पुकारता हुआ पीछे-पीछे दौड़ता चला आ रहा है। उसे बहुत जोर-से हिचकी आने को हुई। मुँह पर रूमाल रखकर रोक ली।

गाँव ओझल हो गया था। ताँगे में बैठे बाकी लोग नजर बचा-बचाकर उसकी तरफ देख जरूर रहे थे पर बोल नहीं रहे थे। उसका शहरी लिबास उन सब पर हावी था। नीलम्मा ने सोचा, अब शायद ही कभी इस रास्ते पर आना हो। उसने रूमाल से नाक, मुँह, आँखें पोंछकर अपने को व्यवस्थित किया। बीच-बीच में ताँगे का पहिया गहरी लीक में उतर जाता था तो ऐसा झटका लगता था कि अन्दर तक की चूल हिल जाती थी। नीलम्मा सँभलकर बैठी थी। धूल का गुब्बार उठता था और ताँगे में बैठे सब लोगों पर छा जाता था। बाकी सब अप्रभावित बने रहते थे, लेकिन नीलम्मा का गला फँसने लगता था। साड़ी के पल्ले से उसने अपने सिर और चेहरे को और अच्छी तरह लपेट लिया। बीच-बीच में उसे लगता था, साथवाली औरत कुछ बोल रही है। पर वह मात्र उसे देखती होती थी। पक्की सड़क आते ही घोड़े की टाप सुनाई पड़ने लगती थी। आगेवाले आदमी अलबत्ता बीच-बीच में महँगाई, गरीबी, सरकारी मुहकमों की धंधागर्दी के बारे में बातें करने लगते थे। घोड़े के कच्चे में उतरते ही टाप फिर गायब हो जाती थी। और नीलम्मा सब्र कर लेती थी कि अब आगे का सम्पूर्ण रास्ता कच्चा ही है...।

स्टेशन पर काफी देर तक वह अकेली ही मुसाफिर थी। स्टेशन मास्टर भी गाड़ी आने के कुछ देर पहले आए थे।

लौटने पर नीलम्मा को कई दिनों तक यही लगता रहा कि वह एक ऐसी दुनिया देख आई जो उसके लिए बिल्कुल भिन्न और नई थी। रामउजागर के गाँव की गन्ध का अन्दर-ही-अन्दर सोता-सा फूटा रहता था। उस गन्ध के चलते वह बैठे-बैठे उसके गाँव पहुँच जाती थी। रात को करवट बदलते समय पुआल की सरसराहट महसूस होती। सवेरे उठती तो उसे लगता दूध दुहा जा रहा है और घी...पूँ...घी...पूँ...की वह आवाज सारे कमरे में भर गई है। गोबर सकेरते हुए और चलते समय हाथ जोड़कर खड़े रामउजागर के पिता उसकी आँखों के सामने घूमने लगते थे। दिन की भरी रोशनी में वह दीया और उसकी बत्ती पर आया गुल साकार हो उठते थे। छोटी नहर के किनारे बैठे हुए जिस तनाव को उसने महसूस किया था वह उसके अन्दर एक हँसी का-सा अहसास भर देता था। फिर वह चारों तरफ फैले उस विस्तार के सन्दर्भ में उन ऊँचे-ऊँचे पेड़ों को छोटा पड़ता हुआ महसूस करने लगती थी। एकाएक दूध बिलोने की आवाज उन सबको विस्थापित करके अपने-आपको स्थापित कर लेती

थी। भरी दोपहरी में चाँदनी थान की तरह अनायास खुलती चली जाती थी... बीच-बीच में नीलम्मा को लगने लगता कि अभी तक वह पूरी तरह से वापस नहीं लौटी है। कुछ वहाँ है, कुछ यहाँ है। लेकिन जैसे ही रामउजागर लड़खड़ाता हुआ उसकी तरफ आता हुआ महसूस होता...वह सब बिखर जाता। नीलम्मा को उसके चारों तरफ एक ऐसा अन्धकार गाढ़ा होता महसूस होने लगता था जिसे बेधना किसी के बस की बात नहीं थी। फिर वह सोचती, छोटी नहर का किनारा धसक रहा है। डुबाऊ पानी रामउजागर समेत सबको बहा ले जाने के लिए तैयार है। डूबने से उसे कैसे बचाया जाए। उसके माथे पर पसीना आ जाता। उसने क्यों इतना सख्त बोला? राम ने तो एक समय उसे बचाया था और जब नीलम्मा के लिए भी ठीक वैसा ही अवसर आया था...उसने ऐसे कुबोल बोले...।

वह अव्यवस्थित हो उठती...उसे यही सब कहना था तो वह गई ही क्यों थी? जख्म देखने...कितने गहरे हैं? उफ् भयानक!

वह अस्पताल गई तो पता चला अनुकूल डिस्चार्ज होकर जा चुका है। नीलम्मा को थोड़ा आश्चर्य हुआ। आश्चर्य ही नहीं हुआ, एक प्रकार की घबराहट-सी भी महसूस हुई। कहीं वह भी दूसरे रामउजागर में परिवर्तित न हो जाए? भूख की तरह ही तिरस्कार को भी लगातार सह पाना कठिन होता है। भूख को तो पेट का गढ़ा भरकर भी शायद शान्त किया जा सके पर तिरस्कार से कोई निस्तार नहीं। निरन्तर बरमे की तरह अन्दर उतरता चला जाता है। शायद इसीलिए स्नायु रास्ता दे देते हैं और फिर यह सबकुछ होता है, जो हो रहा है। लोहा पिघलने लगता है, पत्थर धरती में उतरते चले जाते हैं...कहीं कुछ नहीं रहता।

नीलम्मा काफी देर तक खड़ी सोचती रही कि वह अनुकूल के हॉस्टिल जाए या नहीं? हो सकता है वे सब लड़के और उत्पात करें। उसे अपने ऊपर आश्चर्य हो रहा था। वह पी.एच.डी. करने आई थी। लेकिन पता नहीं कब और कैसे इन सब इतर बातों में फँसती चली गई। अब कोई और रास्ता नहीं। ये सम्बन्ध साधारण मानवीय सम्बन्ध न रहकर एक दूसरी दिशा में मुड़ते चले जा रहे हैं। हालाँकि उसका कोई मतलब नहीं। उसे लगा कि आदमी के अन्दर की हिचक ही कभी-कभी मनुष्य के अन्दर एक गड्ढा खोद देती है जिसमें वह स्वयं धीरे-धीरे समाता जाता है।

नीलम्मा वहीं से सीधे अनुकूल के हॉस्टिल निकल गई। अनुकूल अभी भी उतना ही अपाहिज था। सहारा लेकर एक टाँग से अलबत्ता चल लेता था। अनुकूल नीलम्मा को आया देखकर अचकचाया था। शायद उसे उम्मीद नहीं थी कि वह इतनी जल्दी लौट आएगी।

नीलम्मा ने पूछा, ''अस्पताल से इतनी जल्दी क्यों चले आए? अभी कुछ दिन रहना चाहिए था।''

''सोचा, आप तो चली गईं...वहाँ रोज-रोज आकर देखनेवाला और कौन है? अकेले घबराहट-सी हुई तो चला आया।''

अनुकूल का जवाब नीलम्मा को कुछ अजीब-सा लगा, ''तुम क्या समझते हो कि मैं सबकुछ छोड़-छाड़कर सबकी तीमारदारी करती रहूँगी? एक दिन में ही घबराहट होगी तो सारी जिन्दगी कैसे गुजारोगे? राम को देखकर लगता था कि साहस का पाठ उससे बेहतर कोई और नहीं पढ़ा सकता...तुम्हें देखकर लगा कि तुम्से सहनशीलता सीखी जा सकती है। लेकिन...'' आगे वह चुप लगा गई।

अनुकूल को यह उम्मीद नहीं थी कि नीलम्मा इतना उत्तेजित हो जाएगी। उसने यही समझा, नीलम्मा उस चिट्ठी और बाबू की बातों को लेकर अभी भी खिन्न है। उस बात को घुमाने की दृष्टि से उसने पूछा, ''रामउजागर दादा कैसे हैं?''

नीलम्मा ने उसके सवाल का जवाब न देकर अपना सवाल ठोंक दिया, ''यहाँ आने के बाद तो कोई घटना नहीं घटी?''

''घटी।''

''क्या?''

''खन्ना ने कहलाया है कि रामउजागर की तरह तुम भी यहाँ से चुपचाप चले जाओ। अपने साथ नीलम्मा को भी लेते जाओ...मैंने सोचा कि जहाँ भी जाऊँगा वहीं लोग भाग जाने के लिए कहेंगे...कहाँ तक भागता फिरूँगा? हाँ, आपको जरूर मेरी वजह से परेशानी उठानी पड़ रही है।''

''मुझे परेशानी तुम्हारे कारण नहीं, राम के कारण है। राम के माध्यम से ही मैं तुमसे परिचित हुई...उसी के कारण मैंने इन सब सवालों का हल खोजना चालू किया। लेकिन वह आधार ही चरमरा रहा है तो आगे क्या हो पाएगा? उसका मनोबल इतना गिर जाएगा यह मैंने न तो कभी सोचा था और न देखा था। उसके घरवाले भी रास्ते से भटके हुए हैं...दरअसल राम ही उनके लिए लाइट-हाउस था। जब वह ही रोशनी खो चुका तो वे किसकी तरफ देखें। अब तक वे लोग उसी के प्रकाश में गहरे जलों से भी अपनी नौका खेते चले आ रहे थे। अब उस लाइट-हाउस की रोशनी किसी के लिए भी उपलब्ध नहीं!''

अनुकूल सामान्य होने लगा था, ''कोई खास बात है?''

''मुझे लगता है, जो बाहर घटित होता है वह पहले से ही अन्दर घटित होता रहता है। राम बहादुर था...साहसी था...दूरअन्देश था और भावुक भी था। साहस और भावुकता कभी-कभी एक-दूसरे के आड़े आ खड़े होते हैं। उतने ही अंशों में भावुकता की आवश्यकता होती है...जो साहस को निरंकुश न होने दे...नपुंसक बना देनेवाली

भावुकता का कोई मतलब नहीं। मैं तुमसे सिर्फ यही कहना चाहती हूँ कि यह जो भी कुछ तुम कर रहे हो सबकुछ अच्छा है। लेकिन तुम अपने आपको टटोलो कि इसके अतिरिक्त तुम्हारे अन्दर और क्या-क्या है। कहीं सुरंग बिछती रहे और तुम्हें तब पता चले जब विस्फोट हो चुका हो। अभी समय है। वास्तविकताओं को पहचानकर उन तक लौट आओ। मैं भी अपने को फिर से छान रही हूँ...।''

अनुकूल बिना बोले उसकी तरफ देख रहा था। कुछ देर बाद नीलम्मा बोली, ''एक बच्चे से ज्यादा राम में कुछ नहीं बचा। असहाय बच्चा तो फिर भी भाता है, लेकिन असहाय होता पुरुष सम्पूर्ण समाज को अपंग कर देता है...असहाय होने से बड़ी दयनीयता कोई नहीं। खासतौर से उस पुरुष के लिए जो दूसरों के लिए सहारा बनने का ख्वाब देखता रहा हो...।''

नीलम्मा बाहर चली गई। अनुकूल पहले बैठा देखता रहा, फिर लेट गया। उसके सामने एक यह नया प्रश्न आ खड़ा हुआ था कि क्या वह असहाय हो रहा है?

नौ

नीलम्मा ने रामउजागर के आने की खबर उसके सब मित्रों को दे दी थी। सब लोगों ने मिलकर यह भी निर्णय ले लिया था कि रामउजागर को पहले साइकेट्रिस्ट को दिखाकर तब हॉस्टिल ले जाया जाएगा। गाड़ी के हिसाब से ही साइकेट्रिस्ट से भी समय तय कर लिया गया था। सभी लोग उसे स्टेशन पर लेने गए थे। उन सबको रामउजागर को देखने और उसके बारे में प्रत्यक्ष रूप से जानने की खासी उत्सुकता थी।

रामउजागर के साथ उसके बापू आए थे। वे केवल नीलम्मा से ही परिचित थे। जब गाड़ी प्लेटफार्म पर पहुँची तो सुबरन चौधरी दरवाजे पर खड़े बेचैनी के साथ इधर-उधर ताक रहे थे। अगर नीलम्मा नहीं आई तो वे रामउजागर को लेकर कहाँ जाएँगे? लेकिन नीलम्मा को आया देखकर वे एकाएक तनाव-विहीन हो गए। चलो, अब सँभालने वाला आ गया। फिर भी यह प्रश्न बना रहा, अगर वह न आई होती तो क्या होता? यह प्रश्न रह-रहकर उनके दिमाग में रेंग उठता था। लेकिन नीलम्मा को सामने खड़ी देखकर ठंडा पड़ जाता था। रामउजागर कुछ ज्यादा ही खामोश था। वह अजीब से तनाव में भी था। पता नहीं क्या होगा? मित्रों से मिलकर मुस्कुराने में उसे परेशानी हो रही थी। आदत जैसे छूट-सी गई थी। उसका हाथ मिलाते समय भी काँप रहा था। बीच-बीच में उसे लगने लगता था कि उसके चेहरे की मांसपेशियाँ

एक-एक कर खिंचने लगती हैं। बाकी सब मित्र उसकी इस स्थिति पर आश्चर्यचकित थे। उन्होंने उसकी बीमारी को लेकर सब तरह की कल्पनाएँ की थीं, पर कल्पना में भी वे इस सीमा तक नहीं पहुँच पाए थे। क्या यही वह रामउजागर है जिससे मिलना मित्रों के लिए आनन्द की बात होती थी? इसी की जबान में मित्रों के लिए मिश्री घुलती थी और शत्रुओं के लिए लोहा गलता था! एक वक्त के शेर को क्या समय इस तरह गीदड़ बना देता है? यह प्रश्न करीब-करीब सभी के दिमागों में अपनी-अपनी तरह से उठ रहा था। उन सबको ऐसे बहुत से किस्से याद थे जब वह प्रशासकीय महाबलियों के ऊपर विडम्बना की तरह छा जाता था और वे लोग भौंकते-भौंकते एकाएक मिमियाना शुरू कर देते थे। उसी रामउजागर को बच्चों की तरह कदम-कदम चलते देखकर वे लोग एक प्रकार की आन्तरिक वेदना से भर उठे।

रामउजागर के बापू पहले नीलम्मा को एक तरफ ले गए और बोले, ''मैं तो गाँव का एक अनजान और बेपढ़ा-लिखा आदमी हूँ...शहर के तौर-तरीके भी नहीं जानता। कहा था तो इसको लेकर किसी तरह आ गया। किसी धर्मशाला में जा पड़ूँगा। धर्मशाला में रहने के लिए जरूर कोई और जात बतानी पड़ेगी...सभी बड़ी जातों की हैं। झूठ बोलना मुश्किल होता है...'' कहकर सुबरन चौधरी के होंठ थोड़े-से फैल गए।

नीलम्मा ने उन्हें समझाया, ''ऐसी कोई बात नहीं। रहने के लिए अपने संस्थान का गेस्टहाउस है। आप उसकी चिन्ता न करें। आपको ज़रा भी झूठ नहीं बोलना पड़ेगा। फिलहाल हम लोग राम को डॉक्टर के पास ले चल रहे हैं। अगर जल्दी ठीक होने की बात हुई तो राम को बाहर रखकर ही इलाज कराने की बात सोचते हैं... ज्यादातर लड़कों के दिमागों में राम के अच्छे दिनों की ही तस्वीर सुरक्षित है...उसे मिटाना ठीक नहीं होगा।''

रामउजागर के बापू ने हामी भर दी, ''जैसा आप ठीक समझें...मैं तो इन बातों को समझता नहीं।''

बाकी लड़के रामउजागर को घेरे खड़े थे। रामउजागर गुमसुम था। गुमसुम होने का अहसास लगातार उसे परेशान कर रहा था। बीच में जब कोई सवाल याद आ जाता था तो वह पूछ लेता था।

''इन्स्टीट्यूट का क्या हाल है?''

जवाब मिल जाने के बाद वह फिर काफी देर के लिए खामोश हो जाता था। काफी अन्तराल के बाद जब फिर दूसरी कोई बात याद आती थी तो वह अगला सवाल पूछता था, ''नरेश कहाँ है?''

नरेश उसके दोस्त का नाम था और वह साल-भर पहले पास कर गया था। उन लोगों में से एक ने बता दिया कि बहुत दिनों से उसकी कोई चिट्ठी-पतरी नहीं आई। एकाएक उसे अनुकूल का ध्यान आया। पर नाम याद नहीं आया। पहले

वह नाम याद करता रहा फिर जब बोला तो यही कहता रहा, ''उस लड़के का...वह जो फर्स्ट ईयर में है...एस.सी. है ना। उफ़, उसका नाम याद नहीं आ रहा। अच्छा-सा नाम है... लड़का भी अच्छा है...उसके नाम का अंग्रेजी में तर्जुमा फेवरेबिल जैसा कुछ है... ।''

लड़कों को याद नहीं आया। नीलम्मा आ गई थी। वह बोली, ''तुम मि. फेवरेबिल यानी अनुकूल को पूछ रहे हो ना?''

वह बच्चों की तरह खुश हो उठा। जोर से बोला, ''हाँ-हाँ...क्या हाल है अनुकूल का?''

''ठीक है, उसके पैर में चोट लग गई थी...कुछ ही दिन पहले प्लास्टर खुला है। नहीं तो वह जरूर आता...तुम्हें नमस्कार भेजा है।''

रामउजागर ने मुदित होकर दो-तीन बार नमस्कार-नमस्कार कहा। नमस्कार का जवाब देने के बाद वह सुस्त पड़ता गया। उसके चेहरे पर धीरे-धीरे मुर्दनी-सी छा गई।

रामउजागर के पिता सामान के पास चुपचाप खड़े थे। स्टेशन के उस वातावरण में अपने को उखड़ा-सा अनुभव कर रहे थे। लड़कों ने रामउजागर का मनोबल बढ़ाने के प्रयत्न करने शुरू कर दिए थे।

''जब से तुम यहाँ से गए हो तब से हम लोग एक अव्यवस्थित भीड़ का हिस्सा हो गए हैं। हमारी पूछ भी तुम्हारे ही कारण थी।''

दूसरा कहता, ''हम सोच रहे थे राम आएगा तो हम लोगों को पुनर्स्थापित होने में मदद मिलेगी...पर राम आया तो इतना सुस्त!''

राम के चेहरे से लगता कि वह अपने-आपसे उबरने के लिए जोर लगा रहा है। लेकिन कहीं बीच मैं ही रस्सी टूट जाती है।

नीलम्मा सुबरन चौधरी को अकेला खड़ा देखकर उनके पास चली गई। पूछा, ''राम की तबीयत में कुछ सुधार हुआ या नहीं?''

''सुधार क्या होना था...!'' बापू बोले, ''पहले कहता था, नीलम्मा बुला रही है, मुझे वहीं ले चलो। जब चलने का वक्त हुआ तो अपनी माँ का हाथ पकड़कर बोला...नहीं, मैं नहीं जाऊँगा। मुझे वे लोग जिन्दा जला देंगे। माँ का दिल तो माँ का दिल। पसीज गया। उसके रोने-धोने का सामना करना, रामउजागर का सामना करने से भी ज्यादा मुश्किल था। किस्से-कहानियों में सुना था, पर इस बार आँखों देखा कि माँ के आँसू जहाँ गिरते हैं वहीं छेद कर देते हैं। लाते-लाते तक दिल छलनी हो गया। पर किसी तरह ले आया!''

नीलम्मा उनकी बात खामोशी-से सुन रही थी। कुछ देर बाद वे भी चुप हो गए। लेकिन उनके चेहरे पर लिख आया कि वे पछतावे में हैं। थोड़ी देर बाद बोले, ''आप हैं तो हम लोगों से बहुत बड़ी...पर हो बेटी की तरह ही। इसलिए तुमसे

यह बताना चाहता हूँ कि मैं इलाज-मालजे के लिए रुपए लेकर नहीं आया। खर्च का बन्दोबस्त करके चला आया था। इलाज में कितना पैसा लगेगा? ज्यादा कीमती इलाज कराना हमारे बस का नहीं है...अपनी बिसात से बाहर जाकर पढ़ा रहे थे। अब तो सब निबट गया। न पढ़ाई रही, न रामउजागर और न हम।" उन्होंने एक लम्बी साँस छोड़ी।

"आप उसकी फिक्र न करें...प्रबन्ध हो जाएगा। छात्रों को इलाज की मदद संस्थान से मिलती है। जितना खर्चा होगा वह सब वापस मिल जाएगा।"

"पहले तो करने को चाहिए..."

"उसका इन्तजाम है।"

रामउजागर के बापू बोले, "रामउजागर से भी तो पूछ लेना चाहिए। आपके आने के बाद कई दिन तक कहता रहा था...बापू, नीलम्मा मेरी ही गलती से नाराज होकर चली गई।" रुककर बोले, "वह आपको ही मानता है।"

नीलम्मा चुपचाप धरती की तरफ देखती हुई उनकी बात सुन रही थी। कहीं-कहीं दूब उग आई थी। ज्यादातर जगह में ईंटें बिछी थीं या फिर जंगली घास थी। जहाँ कच्ची जमीन थी और सूखी घास जला देने के कारण काली पड़ गई थी वहाँ पर भी कोंपलें फूट रही थीं।

नीलम्मा बिना कुछ बोले आगे बढ़ गई। लड़कों ने रामउजागर का सामान बाहर ले जाना आरम्भ कर दिया। रामउजागर असहाय-सा खड़ा देखता रहा। नीलम्मा ने उसका हाथ पकड़कर कहा, "चलो राम, पहले साइकेट्रिस्ट के पास चलेंगे।"

रामउजागर कुछ बोलने को हुआ तो उसके चेहरे से लगा कि वह अपने दिमाग के एकाएक खाली हो जाने की वजह से परेशान है। या तो वह सोच नहीं पा रहा है या सोचा हुआ कह नहीं पा रहा है।

नीलम्मा ने फिर कहा, "चलो।"

तब तक उसके बापू भी आ गए। उन्होंने उसे हाथ पकड़कर आगे बढ़ाना शुरू कर दिया। नीलम्मा ने धीरे-से उसका हाथ छोड़ दिया। और पीछे-पीछे हो ली। रामउजागर, नीलम्मा और सुबरन चौधरी टैक्सी में गए। नीलम्मा आगे बैठना चाहती थी पर उसे पीछे ही बैठना पड़ा। वह बिल्कुल नाक की सीध में देख रहा था। आँख मिलते ही उसके चेहरे पर परेशानी-सी उभर आती थी। वही कहना चाहकर भी न कह सकनेवाला भाव! बापू किसी सोच में थे। बीच-बीच में उन्हें झपकी आ जाती थी। ड्राइवर जरूर अपनी टैक्सी निर्द्वन्द भाव-से चला रहा था। एक-आध बार उसने गाड़ी को इस तरह भी मोड़ा कि वे लोग पलटने को हो गए। एक बार तो रामउजागर के बापू का माथा सामने जा टकराया। उनके मुँह से निकला, "ज़रा सँभाल के भैया... ।"

ड्राइवर ने तत्काल कहा, ''खुद भी तो सँभल के बैठना चाहिए।''

रामउजागर ड्राइवर के बोलने के ढंग-से थोड़ा उचका। नीलम्मा ने उसका हाथ दबा दिया। उसी ने उसे समझाया, ''भैया ऐसे क्यों बोलते हो...बड़े आदमी हैं।''

वह चुप नहीं रहा। फिर बोला, ''मेमसाहब, मोटर में बैठना हर एक के बस का नहीं होता। कार तो कार की तरह चलेगी...बैलगाड़ी समझ के बैठोगे तो चोट खाओगे।''

रामउजागर को फिर गर्मी आने को हुई। लेकिन नीलम्मा ने उसे सँभाल लिया। ड्राइवर बोले जा रहा था, ''यहाँ क्या है? फौरेन कन्टरी में तो कारें राकिट की तरह चलती हैं। वहाँ हौले चलाने पर चालान होता है। इस मुल्क के बन्दे बैठने को तो बैठ जाते हैं, पर अभी सौ साल सीक्खेंगे तब जाकर कार में बैठना आवेगा। बैलगड्डी जो पिच्छे बँधी है।''

नीलम्मा ने हल्के-से मुस्कुराकर पूछा, ''आपने विदेश में भी गाड़ी चलाई है?''

''अजी ब्याह नहीं कित्ता तो क्या शादी में भी ना गए? हमारे घर के कई बन्दे फौरेन कन्टरी विच हैं...ऐसी गड्डी चलौन्दे हैं कि हवा से बात करदी है। जिस मुलक दा बन्दा गड्डी चढ़ता है सान्नु वैसी ही गड्डी चलानी पड़दी सी।''

नीलम्मा को बात करना अच्छा लग रहा था। वह बोली, ''जब हम लोग, यानी हिन्दुस्तानी, बैठे हैं आप हिन्दुस्तानियों की तरह क्यों नहीं चला रहे?''

''ओय जी, सारी सड़काँ तो टुट्टी रहन्दी-सी हैं...गड्डी चलदी है तो कुदती है। हिन्दुस्तानियों को टुट्टी सड़कों की आदत होन्दी पई। हम तो हिन्दुस्तानी गड्डी चलानछे पए। फौरेनवाली चलान्दे तो छत्त से टकरांदे।''

नीलम्मा को हँसी आ गई। रामउजागर का तनाव भी कुछ कम हुआ।

क्लीनिक आ गया था। तीनों लोग उतर गए। रामउजागर को उतरने में थोड़ी देर लगी। तब तक नीलम्मा ने टैक्सी का भुगतान कर दिया। रामउजागर इधर-उधर देख रहा था पर गुमसुम था। कुछ सामान लड़कों ने अपने साथ ले लिया था और कुछ टैक्सी में था। रामउजागर के पिता ने सामान नीचे उतार लिया था। एक लड़का वहाँ पहले से मौजूद था। उसने फटाफट सामान उठाकर बरांडे में रख दिया। डॉक्टर साहब के आने में देर थी। उसके पिता सामान के पास बने रहे। नीलम्मा रामउजागर को लेकर अन्दर प्रतीक्षा-कक्ष में चली गई। रामउजागर को बैठाकर वह बाहर आई और उस लड़के को कहा, ''अगर तकलीफ न हो तो तुम बापू को कहीं चाय-नाश्ता करा लाओ।''

सुबरन चौधरी मना करते रहे। नीलम्मा ने उन्हें जबरदस्ती भेज दिया। उसने लौटते समय रामउजागर के खाने के लिए भी कुछ लेते आने के लिए कह दिया था।

लौटकर नीलम्मा ने देखा, रामउजागर की बेचैनी बढ़ती जा रही है। वह बैठा-बैठा बार-बार रुख बदल रहा था। उसके चेहरे पर कुछ कहने का भाव था। लेकिन हमेशा की तरह इस समय भी बात उसके कहने में नहीं आ रही थी। होंठों में कम्पन होता था। जबान कुलबुलाती थी। आँखें फैलती थीं। पर बात वहीं-की-वहीं बनी थी। वह तालू में कुछ चिपके होने की-सी परेशानी महसूस कर रहा था। नीलम्मा ने एक बार को सोचा उससे पूछे कि क्या बात है। लेकिन फिर चुप रहना ही उचित समझा। वह रामउजागर के ऊपर बोलने का दबाव और अधिक नहीं बढ़ाना चाहती थी। लेकिन रामउजागर की बेबसी ने उसके अन्दर एक अजब-सी हलचल पैदा कर दी।

प्रतीक्षा-कक्ष के दूसरे कोने में दो-तीन मरीज और थे। वे भी खामोश थे। नीलम्मा को हँसी आई, डॉक्टर के मतब में पहुँचते ही मरीज और तीमारदार सभी खुसुर-पुसुर बोलने लगते हैं या चुप रहते हैं। उनके होने से ज्यादा उनका न होना प्रमुख हो उठता है।

रामउजागर के होंठ एक बार फिर हिले। थोड़ा मुँह भी खुला। लेकिन बात नहीं बढ़ी। नीलम्मा ने धीमे-से कहा, ''डॉक्टर आने ही वाले हैं।'' बोलते ही नीलम्मा को कुछ ही देर पहले अपना सोचा याद आ गया। वह अपने ही ऊपर मुस्कुरा दी।

नीलम्मा के बोलने के कारण रामउजागर के चेहरे पर उपकृत होने का-सा भाव आ गया था। नजरों में सन्तोष की एक हल्की-सी लकीर खिंच गई थी। नीलम्मा ने भी उसके इस भाव का संस्पर्श महसूस किया। कुछ रुककर पूछा, ''माँ का क्या हाल है? तुम बहुत कमजोर हो गए? लगता है, अपना ध्यान ठीक तरह नहीं रखते।''

रामउजागर ने कमजोर होनेवाली बात पर हल्का-सा हुँकार भरा। फिर बोला, ''माँ तुम्हें बहुत याद करती है। उस शाम को तुम्हारे साथ हुई बातों का जिक्र करती है...।'' वह आगे भी कहना चाहता था पर सूझना बन्द हो गया था।

''तुम्हारी भाभी और बहन?''

''हूँऽऽ!'' कहकर उसने उनके ठीक होने का भाव व्यक्त किया।

नीलम्मा ने घड़ी की तरफ देखा और बुदबुदाई, ''डॉक्टर के आने में अभी पाँच मिनट की देर है।''

रामउजागर ने भी अपनी घड़ी देखी। वह एक बार खड़ा हुआ, फिर बैठ गया।

''क्या बात है?'' नीलम्मा ने पूछा।

''कुछ नहीं...कुछ नहीं...'' उसने कई बार कहा। वह फिर उठा और बोला, ''तुम मुझसे नाराज हो...मेरा क्या कसूर है? मैं ठीक होना चाहता हूँ। कोशिश करता हूँ। पर ऐसा लगता है कि खड़ा होते-होते फिसल गया। फिर शुरू से कोशिश करनी पड़ती है। पूरा वक्त इसी जद्दोजहद में गुजरा जा रहा है। नीलम्मा, मुझे तुम्हारा

सहारा चाहिए।'' उसका साँस फूल गया था।

नीलम्मा ने उसकी तरफ देखा। वह लाचारी और मायूसी में डूबा था। नाबीना की तरह लाठी ढूँढ़ता हुआ महसूस हो रहा था। हर बार उसके हाथ आती-आती रह जाती थी। उसका मन हुआ वह उससे कह दे कि वह उसके साथ है। लेकिन लाचार चेहरे ने उसे कुछ भी कहने से बरज दिया। लाचारी से प्रभावित होकर कहना कहाँ तक ठीक होगा? रामउजागर कुछ देर तक टकटकी बाँधे उसका चेहरा देखता रहा।

थोड़ी देर बाद वह फिर बोला, ''नीलम्मा, मुझे माफ करना...हो सकता है मैंने कोई गलत बात कह दी हो। मेरा अपने ऊपर ज़रा भी कन्ट्रोल नहीं। मुझे अब लगने लगा है कि जो भी कहता या करता हूँ वह सब गलत हो जाता है!''

उस बार नीलम्मा को अपनी वाचा न खुल पाने की अनुभूति हुई। उसने तीन-चार बार गला साफ किया। होंठों पर जबान फेरी। फिर कहा, ''राम, तुम ऐसी बातें क्यों सोचा करते हो? अगर मैं तुमसे नाराज होती तो मैं उस अनजाने इलाके में तुमसे मिलने तुम्हारे गाँव जाती? मैं चाहती हूँ तुम अपना आत्मविश्वास वापस ले आओ। तुम फिर वही राम बन जाओ...मैं ही क्या, सब तुम्हें प्यार करेंगे। दया करना प्यार करना नहीं होता। प्यार का अधिकारी बनाना पड़ता है। उस आत्मविश्वास को तुम स्वयं ही वापस ला सकते हो। उसके लिए तुम्हें किसी और की जरूरत नहीं। तुम अपने अन्दर के स्रोतों को खोलो...बन्द करके न बैठे रहो।''

''नीलम्मा, मैं सोचता हूँ...'' थोड़ा रुककर कहा, ''क्या सोचता हूँ...मैं तो कुछ भी नहीं सोच सकता। सबकुछ उलट-पुलट हो गया। सबके सपने स्वाह हो गए। माँ के, बापू के...और...और...सबके। कारण मैं ही हूँ। मैंने ही उनकी आशाओं को बलवती किया और मैं ही अब अड़ियल-बैल की तरह सबकुछ लेकर बैठ गया। मेरी समझ में नहीं आता मैं क्या करूँ?''

नीलम्मा धीमे-से बोली, ''डॉक्टर का इन्तजार!'' और हँस दी।

डॉक्टर, बापू और उसका वह दोस्त लगभग साथ-ही-साथ अन्दर घुसे। डॉक्टर ने नीलम्मा को देखकर मुस्कुराते हुए कहा, ''आप अपने मरीज को ले आइए।''

दो-तीन मरीज जो पहले से बैठे थे, उनके तीमारदार भी उन्हें अन्दर ले जाने को लपके तो डॉक्टर ने हाथ के इशारे से रोक दिया, ''इनका एप्वाइन्टमेन्ट पहले का है। वैसे भी स्टूडेन्ट्स का टाइम ज्यादा कीमती होता है।''

नीलम्मा रामउजागर को लेकर अन्दर चली गई। उसने अपनी बात इसी वाक्य से शुरू की, ''डॉक्टर, मि. राम की पूरी पृष्ठभूमि मैं आपको पहले ही बता चुकी हूँ। आप इनसे या इनके पिता से जो कुछ पूछना चाहें, पूछ लें। मैं बाहर जा रही हूँ।

कहिए तो इनके पिता को भेज दूँ?''

रामउजागर परेशान हो उठा, ''नहीं नीलम्मा, तुम यहीं बनी रहो। मुझे घबराहट हो रही है।''

नीलम्मा ने उसे समझाते हुए कहा, ''डॉक्टर साहब, तुमसे अलग से बात करना चाहते हैं। तुम्हें उनसे खुलकर बात करनी चाहिए। जब तुम सबकुछ इनको बता दोगे तभी तुम्हारा इलाज हो पाएगा। मैं बापू को अन्दर भेजे देती हूँ।''

डॉक्टर रामउजागर की पीठ पर हाथ रखकर थपथपाते हुए बोले, ''मिस नीलम्मा तुम्हारी शुभचिन्तक हैं। जो कुछ कह रही हैं ठीक कह रही हैं। हम लोग डॉक्टर और मरीज न होकर दोस्त हैं। तुम्हारी उम्र चौबीस-पच्चीस वर्ष होगी...मैं तुमसे तीन-चार वर्ष ही बड़ा हूँगा। हम लोग अच्छे मित्र तो हो ही सकते हैं। जब हम-तुम बात कर चुकेंगे तब इन लोगों को बुलाएँगे।'' नीलम्मा की तरफ देखकर कहा, ''इनके पिता को आप तभी भेजें जब मैं कहूँ।'' नीलम्मा चली गई।

बापू लॉन में थे और वह लड़का सड़क पर खड़ा किसी से बात कर रहा था। बापू के ऊपर युकेलिपटिस के पेड़ की छाया पड़ रही थी। उस साये के कारण वे और भी छोटे हो गए थे। नीलम्मा को लगा, वे गाँववाले सुबरन चौधरी के मुकाबले छोटे और सिकुड़े हुए हैं। उनका वहाँ का खड़ापन यहाँ ढीलेपन में बदल गया था।

नीलम्मा को बरांडे में आते देख बापू उसके पास चले आए। पेड़ के साये से निकलते ही वे दो अंगुल बढ़ गए। नजदीक आकर उन्होंने पूछा, ''रामउजागर कहाँ है?''

''डॉक्टर साहब बात कर रहे हैं।''

''अकेले ही।''

''ऐसी बीमारी में मरीज से अकेले ही बात करना ठीक रहता है। जब तक मरीज डॉक्टर के सामने अपना मन नहीं खोलता तब तक डॉक्टर के लिए ठीक तरह इलाज करना सम्भव नहीं होता। आप घबराए नहीं... ।''

''अकेले में वह बहुत जल्दी घबरा जाता है... ।''

वह हँसकर बोली, ''राम को इस समय घरवालों से ज्यादा डॉक्टर की जरूरत है।''

सुबरन चौधरी थोड़ा रुककर बोले, ''मेमसाहब... ।''

नीलम्मा बीच ही में बोली, ''आपने स्वयं कहा था कि मैं आपकी बेटी की तरह हूँ...फिर बीच-बीच में यह मेमसाहब क्यों कहना चालू कर देते हैं?''

उन्होंने नीलम्मा की बात का जवाब नहीं दिया। अपनी बात कही, ''डॉक्टर क्या बताएगा...मैं जानता हूँ उसका रोग। आखिर वह मेरा बेटा है। हजार बार समझाया, भगवान ने जिस जात में पैदा कर दिया वही अपनी है। उसके लिए किस बात की

शर्म! पता नहीं अपने दुख का कारण जात को क्यों बनाए घूमता है? दुनिया में हजार बातें हैं दुख मनाने की। हजारों साल से यह जात है...लोग इसी में जिये हैं और इसी में मरे हैं। अब तो फिर भी लोग पूछने लगे, तब तो हम लोगों की जिन्दगी एक मौत का कुआँ थी। भूख और जात दोनों की ही मार थी। भूख तो अभी भी मारती है। जात का कोड़ा भी पड़ता है पर झिल जाता है। मेहनत करेगा तो जात से आगे बढ़ जाएगा...लोग पीछे-पीछे घूमेंगे। दुख-सुख का मुकाबला हमेशा होता है। हम ही अपने करमों से दुख को जिताते हैं। पहला जमाना होता तो सच बताइए, आप रामउजागर से बात करतीं? गाँव में ढोर चराता होता। इसका दुर्भाग्य कि मन बागी है और जात नीच!''

नीलम्मा उनकी बातों से दहल-सी गई। उसने उस आवाज को उनके बहुत गहरे अन्तर से आता महसूस किया। उसने बहुत धीरे-से कहा, ''जात चाहे कोई भी हो, मन बागी हो तो बागी ही रहता है। बगावत की आदत बन जाती है। खोकर भी मजा आने लगता है।''

''नहीं मेमसाहब...'' सुबरन चौधरी बोलते-बोलते आप ही अटक गए। नीलम्मा आगे की बात का इन्तजार करती रही। वे बोले, ''मैं बहुत तेज दौड़ा...पैरों-तले की जमीन नहीं जाँची। पैरों-तले की जमीन पोली हो तो भला कोई दौड़ता है? धँसना तो था ही, सो धँस गया।''

नीलम्मा ने उनकी बात काटने की कोशिश की, ''बापू, आप कुछ अधिक भावुक हो गए। जमीन तो जमीन ही होती है...वैसे भी रामउजागर के लिए आपकी दौड़ पोली जमीन पर दौड़ी जानेवाली दौड़ नहीं थी। वह तो सभी को ऊँच-नीच की इस मानसिकता से छुटकारा दिलाना चाहता है। अकेला पड़ गया। अनुकूल के साथ भी यही हो रहा है...वह भी अकेला पड़ता जा रहा है। उसके सामने भी यही समस्या है। वह लोगों को कैसे समझाए कि जो वे सोचते हैं वह गलत है...उनकी इन्सानियत को लांछित करता है। वे भी लांछित होते हैं जो अपने को नीच समझते हैं और वे भी, जो दूसरों को नीच समझते हैं। इन शब्दावली में सोचना ही नीचता है। कई बार रामउजागर की तरह सोचनेवाला आदमी उत्साह में आगे निकल जाता है। इतना आगे कि लोग उसे पकड़ नहीं पाते। आगे पहुँचकर वह दूर-दूर तक अपने को अकेला पाता है। उसकी समझ में नहीं आता कि वह क्या करे? किसके लिए करे? ऐसे समय में धैर्य ही एकमात्र सम्बल रह जाता है। अगर धैर्य नहीं रहता तो बहुत-सी ऐसी बातें सूझने लगती हैं जो वास्तव में होती नहीं...हम समझ लेते हैं। रामउजागर भी इसी का शिकार है...न जमीन पोली है न सख्त!''

सुबरन चौधरी को अपनी तरफ देखते हुए नीलम्मा को लगा कि वह शायद ज्यादा असम्बद्ध बातें बोल गई। ऐसी बातें कह गई जो उसे नहीं कहनी चाहिए थीं।

हो सकता है बापू को समझने में कठिनाई हुई हो। वे धीमे-धीमे बोले, "मेरे लिए तो ये सब बड़ी-बड़ी बातें हैं। मैं तो यह जानता हूँ कि बातें असलियत को ज्यादा नहीं बदल पातीं। कपड़े में एक छोटा-सा छेद हो जाता है, धीरे-धीरे वही छेद भम्भाड़ में बदल जाता है।"

नीलम्मा की समझ में 'भम्भाड़' शब्द नहीं आया। वह चुप रही।

बापू बोलते जा रहे थे, "यह मेरी गलती है...मुझे वह छेद या तो शुरू में नजर नहीं आया या उसे पहचानने की मुझमें अक्ल नहीं थी। अब जब नजर आया तो उँगली डाल-डालकर उसे इतना बड़ा बना दिया कि अब कुछ नहीं हो सकता।"

नीलम्मा की नजर दूसरी तरफ गई। स्टेशन से जो लड़के अलग से चले थे वे अब पहुँचे थे। सड़क पर खड़ा वह लड़का भी उन्हीं में जा मिला था।

नीलम्मा को एकाएक याद आया तो उसने पूछा, "आपने चाय-नाश्ता किया या नहीं?"

उन्होंने 'हाँ' भरते हुए कहा, "वैसे तो ये लड़के मुझे रामउजागर का पिता समझते हैं पर पैसे देते वक्त छोटा बना देते हैं। उस बच्चे ने पैसे ही नहीं देने दिए। क्या करता, अपने को छोटा मानकर चुप लगा गया।" फिर रुककर बोले, "लगता है इन सबने अपनी जबान बदलकर अंग्रेजी जबान लगवा ली है। इन बेचारों को कोशिश करके मुझसे हिन्दी में बात करनी पड़ती है। बीच-बीच में गिटपिट करने लगते हैं। फिर ध्यान आता है, अरे यह तो गाँव का आदमी है, तो फिर सँभलकर हिन्दी में बोलने लगते हैं।"

नीलम्मा हँस दी।

रामउजागर को करीब आधा घंटा लगा। डॉक्टर ने किसी को अन्दर नहीं बुलाया। रामउजागर डॉक्टर साहब के साथ ही बाहर आया। जो लड़के बाहर इकट्ठा थे वे सब भी आ गए। लेकिन डॉक्टर ने नीलम्मा को आने का इशारा किया। नीलम्मा सुबरन चौधरी को भी साथ लेती गई। लड़के रामउजागर को घेरकर खड़े हो गए। रामउजागर थक गया था। वह कुर्सी पर बैठ गया। पहले के वे तीनों मरीज अभी तक कोने में बैठे थे। इस बीच उन्होंने एक भी वाक्य नहीं बोला था। उनके तीमारदार अलबत्ता उनसे बीच-बीच में पानी-पेशाब के लिए पूछ लेते थे। वे या तो बोलते नहीं थे या फिर गर्दन हिला देते थे। उनके चेहरों पर रामउजागर से भी ज्यादा रिक्तता और ठंडापन था।

रामउजागर पहले तो चुपचाप बैठा रहा। फिर उसने दोस्तों के बारे में थोड़ा-थोड़ा पूछना शुरू किया। उसकी बातों से लग रहा था कि कोई बड़ा-बूढ़ा एक लम्बे अर्से

के प्रवास के बाद गाँव लौटा हो और याद कर-करके पुराने लोगों के बारे में जानकारी प्राप्त कर रहा हो। कुछ ऐसी हताशा थी कि पता नहीं आज के बाद फिर कभी आना हो या न आना हो...रात कहाँ हो जाए?

उसके मित्र भी उसके साथ बहुत स्लो-पेस पर चल रहे थे। लेकिन उनमें रामउजागर को लेकर तनिक-सी भी निराशा नहीं थी। बीच-बीच में हँसी-मजाक करके उसकी तबीयत बदलने की भी कोशिश करते थे। उनकी मजाक को वह उसी रूप में तो नहीं ले पाता था, जैसे पहले कभी लिया करता था। पर उसके चेहरे पर मुस्कुराहट का एक हल्का-सा अहसास साये की तरह जरूर आ जाता था।

नीलम्मा और सुबरन चौधरी बाहर निकले तो गम्भीर थे।

बाहर आते ही उन दोनों ने अपने-आपको काफी हद तक सामान्य बना लिया। नीलम्मा काफी उत्साह भाव के साथ आई। उन लोगों के पास आकर बोली, ''आप लोगों को यह जानकर खुशी होगी कि राम अब हम लोगों के साथ रहेगा। अगला सेमिस्टर आप लोगों के साथ ही गुजरेगा। राम को अब पीठ कसकर काम में लग जाना है।'' सबने ताली बजा दी।

रामउजागर ने पहले सुबरन चौधरी की तरफ देखा। उनका चेहरा प्रतिक्रियाहीन और ठंडा था। फिर एकाएक बोला, ''नहीं, मैं घर जाऊँगा।''

वह बुरी तरह घबरा गया था। नीलम्मा ने उसे सामान्य रूप में लेते हुए समझाने के ढंग में कहा, ''राम, तुम इतना घर रह आए...अब कुछ दिन हम लोगों के साथ रहो। आखिर हम लोगों का भी तो तुम पर हक है। अपने इन दोस्तों की भावना का भी तो ध्यान करो। अभी कुछ दिन बापू भी तुम्हारे साथ यहीं रहेंगे। गेस्टहाउस में रहना और बीच-बीच में हॉस्टिल हो आया करना।''

रामउजागर ने फिर बापू की तरफ देखा। उनकी नजर दूसरी तरफ थी।

''घर का काम कौन देखेगा?''

''उसका इन्तजाम बापू ने कर दिया है।'' नीलम्मा थोड़ी दबंग आवाज में बोली, ''राम, तुम्हें यह चैलेंज स्वीकार करना चाहिए। इतने लोग तुम्हारे वापस लौट आने की प्रतीक्षा में हैं। तुम उन सबकी भावनाओं का ख्याल किए बिना वापस लौट जाना चाहते हो! तुम्हें अपने लिए नहीं तो अनुकूल और अनुकूल जैसे अनेक छात्रों के लिए तथा उन मित्रों के वास्ते लौटना होगा जो तुम्हें एक साहसी और सम्भावनाशील मित्र समझते रहे हैं। गाँव में बहुत रह लिए...अगर तुम बिना डिग्री लिए खाली हाथ लौटे तो न तुम्हें गाँव ही मिल पाएगा और न ये शहर।''

रामउजागर उठकर अपने बापू के पास तक गया और पूछा, ''आप क्या मेरे साथ

यहाँ रहेंगे?'' उन्होंने उसी दिशा में देखते हुए गर्दन हिलाकर 'हाँ' कर दी।

रामउजागर ने असमंजस में भरकर पूछा, ''वहाँ का काम?''

''हो जाएगा।'' उन्होंने अनबोले स्तर पर आवाज को ले जाकर धीमे-से कहा।

रामउजागर लौटकर चुपचाप बैठ गया। अब वह बिल्कुल खामोश था। नीलम्मा ने सबको वापस चलने का इशारा किया। उनमें से एक के कान में कहा कि वह जाकर गेस्टहाउस में एक कमरा बुक करा दे। एक-एक कर सब चले गए।

लौटते हुए रामउजागर ने नीलम्मा से पूछा, ''डॉक्टर ने क्या बताया...ठीक हो जाऊँगा?''

''कुछ नहीं...'' वह हँसकर बोली, ''तुम बिल्कुल ठीक हो। बस थोड़ी-सी चूड़ियाँ कसी जानी हैं।''

रामउजागर बिल्कुल सुर में नहीं था। वह उसकी बातों के साथ संगत नहीं कर पा रहा था। वह और गम्भीर हो गया। नीलम्मा ने अपनी बात को किसी तरह की गलतफहमी पैदा होने से पहले ही स्पष्ट कर देना उचित समझा, ''शायद तुम गलत समझ गए। मेरा मतलब यही था कि डॉक्टर की देखरेख में रहते हुए तुम्हें तत्काल काम में जुट जाना चाहिए। डॉक्टर का भी यही ख्याल है कि ऐसा करने से तुम अपनी सहजता को वापस पा सकते हो। अकर्मण्यता कभी-कभी मनुष्य को पूरी तरह सुरहीन बनाकर अँधेरे गर्त में लटका देती है। जैसे भी हो तुम्हें उससे बचना है।''

रामउजागर के बापू खामोश थे। उनकी समझ में नहीं आ रहा था कि वे क्या कहें।

रामउजागर ने अपने बापू की तरफ देखकर धीरे-से कहा, ''मेरे बापू गेस्टहाउस का खर्चा नहीं उठा पाएँगे!''

''उसकी चिन्ता तुम्हें नहीं करनी है। बापू हमारे मेहमान हैं। जब तक अपने को तुम हॉस्टिल लौट जाने लायक नहीं बना लोगे तब तक बापू को तुम्हारे साथ गेस्टहाउस में रहना पड़ेगा। जितनी जल्दी तुम हॉस्टिल लौट आओगे उतनी ही जल्दी बापू की छुट्टी हो जाएगी। बापू को मुक्त करना तुम्हारे हाथ में है।''

रामउजागर बिल्कुल खामोश था। उसके बाद नीलम्मा ने भी कोई बात नहीं की। बापू अन्दर-ही-अन्दर गहरी असुविधा अनुभव कर रहे थे। वे अन्दर की किसी भी बात को बाहर नहीं आने दे रहे थे।

गेस्टहाउस में कमरा मिलने में इस बार और भी दिक्कत हुई। उन दिक्कतों की प्रकृति भी लगभग वही थी जो कुछ दिन पूर्व नीलम्मा ने बावनराम को कमरा दिलाने के समय अनुभव की थी। इस बार डीन ने बावनराम के एक दिन के प्रवास को कमरा

न देने का आधार बनाया था। वह नीलम्मा को बार-बार यही समझाना चाह रहा था कि गाँव के लोग इस तरह के कमरों में ठहरने के आदी नहीं होते। कमरों से संलग्न गुसलखानों में जो सीटें लगीं हैं उनको इस्तेमाल करने में ये लोग असुविधा अनुभव करते हैं। उसे इन लोगों के स्वास्थ्य का पूरा-पूरा ध्यान था। हम लोगों का पेट एक दिन साफ नहीं होता तो दिन-भर कैद-सी मालूम पड़ती रहती है। इन लोगों को तो आदत खुले में जाने की होती है। यूरोपियन सीट्स पर बैठकर करना तो बड़े-बड़े शहरियों को नहीं आता। सीट पर ऊपर पाँव करके बैठते हैं। छींटे आते हैं, खरोंच पड़ जाती है। सीट गन्दी होती है सो अलग। तुम ऐसा करो, उन्हें कहीं और ठहरवा दो। तुम कहो तो मैं किसी से कह दूँ। वह अपने पास ठहरा लेगा। इनकी बिरादरी के भी कई लोग यहाँ होंगे। हँसते-हँसते उसने यह भी कह दिया, डनलप बैड गर्मियों में इन्हें गर्म लगता है सर्दियों में ठंडा। इन लोगों को उन पर लेटना, लेटना-सा नहीं लगता। लगता है जैसे दलदल में फँस गए हों। लीनन वगैरह पर भी कभी-कभी पाँव के ऐसे दाग पड़ जाते हैं कि छुड़ाए नहीं छूटते।

नीलम्मा को पूछना पड़ा, ''सर, आप इन लोगों के बारे में इतने विस्तार से कैसे जानते हैं? आप तो परिवार की तरफ से काफी सम्पन्न और शहरी हैं। शायद ही इस तरह का कोई आदमी आपके परिवार में हो?''

डीन तत्काल बोला, ''तुम भी क्या बात करने लगीं! मेरा मतलब उन पर आक्षेप करने का कतई नहीं था। मैंने तो सामान्य बात कही। वैसे ये सब बातें कौन नहीं जानता। यह मुल्क ही गरीब गन्दे और अनपढ़ लोगों का है।''

''सर, ऐसा मत कहिए। आप जैसे लोग भी तो इस मुल्क में ही रहते हैं जो इस गरीबी और गन्दगी की असलियत को दूर रहकर जानते हैं। यही कारण है कि आप इस कीचड़ से कमलवत बाहर हैं।''

डीन थोड़ा चौंका, ''तुम्हारा मतलब?''

''कुछ नहीं, केवल एक बात कही!''

डीन की समझ में नहीं आया कि वह क्या कहे। फिर भी वह बोला, ''तुम चाहती क्या हो? नेतागिरी और राजनीति का जज्बा रिसर्च-स्कॉलर्स को बरबाद कर देता है। जल्दी-से-जल्दी काम निबटाकर तुम्हें दफा हो जाना चाहिए।''

''यह तो सर आप रिसर्च-स्कॉलर्स की भलाई की ही बात कर रहे हैं। लेकिन राजनीति जीवन से बाहर कहाँ है? इससे कौन बचा है? वैसे न तो यह कोई नेतागिरी है और न पालिटिक्स। एक बीमार साथी की सहायता है। घर से इतनी दूर यहाँ पर हम ही लोग आपस में एक-दूसरे के काम आ सकते हैं। घरवाले तो बैठे नहीं जो हाथ पकड़कर सहारा दे देंगे। आज वह बीमार है, कल इलाज कराकर फिर मुख्य धारा के साथ हो जाएगा। आप तो छात्र-कल्याण को ही सर्वोपरि मानते हैं...आप यह

भी जानते हैं कि रामउजागर को ऐसी बीमारी नहीं जिसे हॉस्पिटल में रखकर ठीक कराया जा सके। उसको हॉस्टिल में भी नहीं रखा जा सकता। इस वर्ग को सरकार ने भी हर तरह की सुविधाएँ देना स्वीकार किया हुआ है...हम लोग उससे बाहर तो नहीं।''

डीन एकाएक उखड़ गया, ''इतनी खूबसूरत और महान संस्था इन्हीं लोगों के कारण रसातल को जा रही है। सारे शैक्षिक-स्तरों को इन्हीं के कारण मिट्टी में मिलाया जा रहा है। यह तो यहाँ के योग्य और समर्पित अध्यापकों तथा तेज छात्रों का बूता है कि साख को गिरने नहीं दिया जा रहा। वरना तो ये लोग इसे चाट गए होते।''

नीलम्मा ने आवाज को थोड़ा उठाकर कहा, ''लेकिन मैं तो इन सब बातों के लिए जिम्मेदार नहीं। जो कुछ स्वीकृत है और लागू है, मैं तो उसी को बेहतर इस्तेमाल करने का प्रयत्न कर रही हूँ। आप इन लोगों का दाखला बन्द कर दीजिए मैं कदापि आपके पास नहीं आऊँगी।''

डीन भी थोड़ा तेश में आ गया, ''इसी को पालिटिक्स कहते हैं। एक गलत तार को पकड़ लेना और उसी को तुनतुना-तुनतुनाकर सही सिद्ध कर देना। इतने लड़के यहाँ रहते हैं, सबकी कोई-न-कोई समस्या होती है...तुम्हें यही एस.सी. मिले हैं, समस्याओं का समाधान करने के लिए?''

वह हँस दी, ''मुझे ये लोग भी इन्सान लगते हैं...मुल्क के आधिकारिक नागरिक भी हैं। आप जैसे महान शिक्षकों से शिक्षा पाने का सौभाग्य भी इन्हें प्राप्त है!''

डीन कुर्सी से खड़ा हो गया, ''अब मैं आश्वस्त हो गया कि इस संस्थान से पी-एच.डी. की डिग्री प्राप्त करना तुम्हारे बस का काम नहीं। तुम्हारा दिमाग काम में न रहकर दूसरी चीजों में घूमा करता है।''

''मैं समझती हूँ, डीन की हैसियत से यह आपका एक आधिकारिक वक्तव्य नहीं है...?''

''तुम तो बात का बतंगड़ बना रही हो।''

''अगर आपको ऐसा लगता है तो मैं खामोश रहती हूँ। आप कमरा दिला दीजिए। मैं चली जाती हूँ। एक बुजुर्ग और बीमार का प्रश्न है। यह देश तो उम्र को पूजता है। अतः बुजुर्ग मेरा हो या आपका, अगर वह सड़क पर बैठा तो शर्म तो आएगी ही।''

डीन झुँझलाहट में बोले, ''मैं कभी ऐसी महिला छात्र के सम्पर्क में नहीं आया जो इतनी जिद्दी हो। खैर, मैं केवल तीन दिन के लिए कमरा दिए देता हूँ...तब तक आप कोई दूसरा इन्तजाम कर लीजिए। यह गेस्टहाउस है, मेन्टल एसाइलम नहीं।''

नीलम्मा का मुँह खुलता-खुलता रह गया। उसने कागज उठाया और चल दी।

डीन ने रोककर कहा, ''अगर कमरे में कोई टूट-फूट हुई तो तुम ज़िम्मेदार होगी। तुम्हारे वजीफे से काटा जाएगा।''

''वैसे तो सर, यहाँ सब लोग संस्थान द्वारा बनाए गए भवनों में रह रहे हैं। क्या सब टूट-फूट का भुगतान अपनी जेब से कर रहे हैं? आप घबराएँ नहीं, अव्वल तो टूट-फूट होगी नहीं और अगर होगी तो संस्थान के छात्रों से दस-दस पैसे इकट्ठा करके भुगतान कर दिया जाएगा।''

''जितना दिमाग तुम इसमें लगा रही हो, इतना अपनी थीसिस में लगाओ। यह समझ लो, तुम लड़की हो, इन मामलों में ज़्यादा पड़ोगी तो...''

आगे के शब्द सुने बिना नीलम्मा तेजी से बाहर निकल गई।

वे लोग गेस्टहाउस के बारह बरांडे में बैठे इन्तजार कर रहे थे। नीलम्मा सीधे काउंटर पर गई। कमरे का नम्बर लिया और उन लोगों को पीछे आने का इशारा करके कमरे की तरफ बढ़ गई। उसके कदम तेजी के साथ बढ़ रहे थे। उसे तनिक भी ध्यान नहीं था कि वे लोग चले भी या नहीं। एकाएक ध्यान आया तो वह रुक गई। उसने देखा कि वे लोग काफी पीछे हैं और सामान लेकर आ रहे हैं। उसके चेहरे पर ग्लानि का भाव उभर आया। वह तेजी से लौट पड़ी। लपकती हुई उन लोगों के पास गई। रामउजागर काफी पस्त था। थोड़ा सामान उसने अपने हाथों में लिया हुआ था। उसने उसके हाथों से सामान ले लिया। कुछ सामान बापू के हाथों से भी लेना चाहा। वे हँसकर बोले, ''हम लोगों को तो मनों सामान लादकर चलने की आदत होती है। यह तो कुछ भी नहीं।''

वह चुपचाप उनके साथ-साथ चलने लगी। गलियारे से गुजरते हुए रामउजागर ने पूछा, ''बहुत देर लग गई?''

''हाँ।'' उसके बाद वह कुछ नहीं बोली।

कमरे के सामने जाकर वह रुकी तो और लोग भी रुक गए। उसने चाबी लगाकर दरवाजा खोला। उन दोनों को अन्दर ले गई।

अन्दर जाकर रामउजागर ने पूछा, ''हम यहाँ रहेंगे?''

नीलम्मा ने गर्दन हिला दी।

रामउजागर के बापू पहले तो दरवाजे पर ठिठके, फिर अन्दर आकर चुपचाप खड़े हो गए।

नीलम्मा ने कहा, ''बैठिए।''

''इसी कमरे में रहना होगा?''

नीलम्मा ने पहले तो उनकी बात का जवाब गर्दन हिलाकर ही दिया, फिर पूछा,

''राम ने भी यही सवाल किया और आपने भी। क्या यह कमरा आपको पसन्द नहीं?''

''नहीं, ऐसा नहीं है। मैंने तो यूँ ही पूछ लिया था। ऐसे कमरों में तो बड़े-बड़े लोग ठहरते होंगे।''

नीलम्मा ने उन्हें आराम से बैठने के लिए कहा। वे पहले तो इधर-उधर देखने लगे। नीलम्मा ने कुर्सी आगे सरका दी। वे कुर्सी के बिल्कुल किनारे पर टिक गए।

''आराम से बैठिए!''

वे थोड़ा और पीछे खिसक गए।

रामउजागर ने कुछ देर तक सोचने के बाद कहा, ''लगता है, कमरे के लिए काफी परेशानी उठानी पड़ी।''

नीलम्मा अभी तक सामान्य नहीं हुई थी। वह और अशान्त हो उठी। बोली, ''पता नहीं यह सब क्या हो रहा है? बस होता चला जा रहा है। मुझे लगता था तुममें एक आग है जिसके सहारे उन सबको उनकी सीमाओं से बाहर लाया जा सकेगा जिनके चारों तरफ कृत्रिम लक्ष्मण रेखाएँ खींच दी गई हैं...या स्वयं खींच ली हैं। लेकिन वह आग भभकी और ठंडी पड़ गई। धीरे-धीरे समझ में आता जा रहा है कि हमारे यहाँ आत्मसम्मान के साथ रहने के अधिकार कितने अनारक्षित हैं। एक औरत औरत होने की वजह से सीमा के बाहर नहीं जा सकती। जो आज तक जमीन पर सोता रहा हो उसे खाट पर बिस्तर लगाकर सोने का अधिकार प्राप्त करने के लिए दूसरे जन्म की प्रतीक्षा करनी पड़ती है। हम लोग भी अपनी सीमाओं को सुरक्षित रखने में अधिक रुचि लेते हैं। हर गड्ढा हम लोगों के लिए आरामगाह हो जाता है। यथास्थिति हम पर इतना हावी है कि उससे बाहर झाँकने को भी हम आपातकाल का उल्लंघन मान बैठते हैं। अनुकूल को भी तुम्हारा संस्पर्श मिला था...वह भी अपने अन्दर चिंगारी पनपाए हुए है। लेकिन मुझे लगता है कि हम राष्ट्र स्तर पर ही अपने अन्दर की आग को गहरे जल में बुझा चुके हैं...वह फिर...कभी प्रज्वलित हो पाएगी या नहीं, यह कौन कह सकता है?''

वे सब लड़के भी आ गए थे। उनको देखकर बोली, ''आप लोग कहाँ रह गए थे?''

''रास्ते में ही थोड़ी देर हो गई।'' एक लड़के ने झिझकते हुए कहा।

नीलम्मा पहले हँसी, फिर बोली, ''यही तो विडम्बना है कि सब लोग रास्ते में ही अटक जाते हैं!'' फिर कहा, ''राम आपका क्लास-फेलो है। देख-भाल करना आप लोगों की जिम्मेदारी ज्यादा है। मैं तो एक इन्सानी रिश्ते से इनके साथ जुड़ी हूँ। इसी उम्मीद में कि खोये हुए राम को वह फिर अपने अन्दर से ढूँढ़ निकालेगा। आप लोग कम-से-कम यह तो देखें कि निर्णायक स्थिति में बैठे हुए लोग किस

प्रकार व्यवहार करते हैं और आपके एक साथी को क्या समझते हैं। अगर हम नौजवान लोग अपने को व्यवहार और दुर्व्यवहार की कसौटी नहीं बनाएँगे और उसके प्रति अपनी संवेदना को विकसित नहीं करेंगे तो वह वक्त कभी नहीं आएगा जब हम आपस में एक-दूसरे को इन्सान की तरह देखने और समझने की स्थिति में हो सकेंगे। अपने अन्दर इस चेतना को जाग्रत करनेवाले हम स्वयं ही हैं...दूसरा कोई नहीं। लेकिन हम दुर्व्यवहार करने और सहने के आदी होते जा रहे हैं। घृणा की समीकरण हमें ज्यादा प्यारी है। दूसरों पर उँगली उठाकर अपने आपको विशिष्ट समझने के अलावा हमारा कोई काम नहीं रह गया। आत्मीयता नाम की चीज चरमराकर दम तोड़ रही है। अनुकूल को उन लोगों ने मारा, हम तटस्थ बने रहे! क्योंकि वह हमारी परम्परागत घृणा की परिधि के अन्तर्गत आता है। अगर हम उसे आत्मीयता की दृष्टि से देखेंगे तो हम इन्सानियत के नजदीक आ जाएँगे, उन लोगों से दूर हो जाएँगे जिनकी सत्ता के गलियारों में पैठ है।''

रामउजागर ने उचककर पूछा, ''अनुकूल को उन लोगों ने मारा। उनकी यह मजाल...!'' उसकी आँखों में क्षण-भर के लिए वही लावा फूट आया जो पहले कभी था।

''हाँ, उनका कहना है कि हम दूसरा रामउजागर नहीं पैदा होने देंगे।''

''मुझे अब तक किसी ने नहीं बताया।''

लड़के चुप थे। उन्होंने इस सबकी आशा नहीं की थी। फिर भी एक लड़का हिम्मत करके नीलम्मा से बोला, ''आप सीनियर हैं...जो कह रही हैं ठीक कह रही हैं। लेकिन ज्यादातर छात्र इसलिए आते हैं कि जल्दी पढ़ाई खत्म करें और अपना कैरियर बनाएँ। आपकी बात और है, आपको इसमें सुख मिलता है।''

नीलम्मा को देखकर लगा, वह धक्क-से रह गई है। थोड़ा सँभलकर रुँधे गले से कहा, ''आप सँभाल लें, मैं कुछ नहीं करूँगी।'' फिर बोली, ''सुख तो आप सबको दिख गया...वह यातना नहीं दिखी जो मैं निरन्तर भोग रही हूँ। लेकिन उसका क्या कहना! यातना सदा मनुष्य की अपनी होती है। हो सकता है बाद में चलकर वही अपना सुख भी हो जाती हो...''

बापू की समझ में यह सबकुछ नहीं आ रहा था। वे ठगे-से बैठे थे। यह क्या हो रहा है? कुछ देर पहले कही गईं सब बातें नीलम्मा के चेहरे पर मौजूद थीं। अन्तर इतना ही था कि उतरती धूप की तरह सिमटती जा रही थी। रामउजागर बेचैन हो उठा था। क्या करे? उसके पूरे वजूद से लग रहा था कि अपने उस गड्ढे से निकलने के लिए उसके अन्दर एक उचकास-सी भरती जा रही है।

थोड़ी देर तक उन सबके चेहरे उसी तरह चित्रलिखे-से रहे। न कोई भाव आया, न गया। नीलम्मा ने ही ठहराव को तोड़ा, ''आप लोगों ने न अभी तक चाय पी

है न नाश्ता किया है। बापू भी सोच रहे होंगे कि यह कितनी जबानजोर लड़की है। मैं अभी इन्तजाम करके आती हूँ। तब तक आप लोग आराम करें...बापू निबटना चाहें, निबट लें।''

एक दूसरा लड़का बोला, ''नहीं, मैं जाता हूँ! आपने तो सवेरे से एक मिनट भी आराम नहीं किया।''

तीसरा लड़का बोला, ''यह बात तो हम लोगों को पहले ही सोचनी चाहिए थी।''

नीलम्मा तपाक-से हँस दी, ''यह बात आप नहीं सोच सकते थे, मैं ही सोच सकती थी। महिला होने का यह अभिशाप भी है और उपलब्धि भी। मरते-मरते भी वह यही सोचती है कि कहीं किसी का पेट न खाली हो।'' जोर से हँसी और बोली, ''दरअसल हम अपने लिए भी और औरों के लिए भी अन्नमय होती हैं! इसीलिए अन्नपूर्णा हैं!''

इस बात का समर्थन बापू ने प्रशंसा-भरी नजर से किया। वह लड़का चला गया। नीलम्मा भी उठ खड़ी हुई। वह सबकुछ रामउजागर के चेहरे पर उतर आया। बात चेहरे से आगे बढ़े, उससे पहले ही नीलम्मा वहाँ से चल दी।

दस

सुबरन चौधरी तीन हफ्ते से ज्यादा नहीं रह सके थे। उनको कमरे में इतने दिन रखने के लिए डीन के पास कई बार दौड़ना पड़ा था। बापू इस बात का अतिरिक्त ध्यान रखते थे कि सब वस्तुएँ यथास्थान रहें। न तो उन चीजों की स्थिति में किसी तरह का परिवर्तन हो और न गन्दगी बढ़े। पहले दिन तो रामउजागर के मना करते-करते उन्होंने कमरे को बुहार दिया था। उसने बहुत रोका कि जमादार आएगा, वही साफ करेगा। उन्होंने तनिक नहीं सुना और बाहर से झाड़ू उठा लाए।

बापू बोले, ''जमादार ही क्या करेगा...वह भी तो भाई ही है। घर पर रोज गोबर नहीं उठाते? आदमी का धर्म है, जहाँ रहे वहाँ सफाई रखे। नहीं तो दुनिया ही भिनक जाएगी।''

रामउजागर को गुस्सा भी आ गया था, ''यहाँ का यह तरीका नहीं। यह गेस्ट हाउस है। इसका काम है मेहमानों को आराम देना। यहाँ सफाई करने से लेकर खाना बनाने तक, बहुत-से आदमी इसीलिए काम करते हैं।''

बापू की समझ में उसकी बात बिल्कुल नहीं आई। वे लगातार यही कहते रहे, ''जहाँ रहो, साफ करो। साफ करोगे तो सुखी होगे। हममें से ही लोग नौकरी करते

हैं। अपना काम भी कर लेंगे तो कौन शान में बट्टा आ जाएगा।''

रामउजागर भुनभुनाता रहा था। वे जमकर सफाई करते रहे थे। आखिर में उन्होंने यही कहा कि अगर मैं इतना भी नहीं कर सकता तो खाली बैठा-बैठा क्या करूँगा?

नीलम्मा के सामने भी यह मसला रखा गया। नीलम्मा हँस दी। रामउजागर उसके इस तरह हँस देने से थोड़ा हतोत्साह हुआ लेकिन नीलम्मा ने बापू को ही समझाया।

''बापू, आपका मन नहीं लगता तो सवेरे-शाम घूम आया करिए। कमरा तो साफ हो ही जाएगा। वैसे अपना काम करने में कोई हर्ज नहीं। पर आपको अपने बेटे की बात और उसकी भावनाओं का भी तो ध्यान रखना पड़ेगा।''

बाबू चुप हो गए। अगले दिन सवेरे उठे और नहर के किनारे-किनारे दूर तक चले गए। वहीं जंगल-दिशा से भी निबट लिए। यह उनकी रोज की दिनचर्या-सी हो गई। लौटते समय खेतों में हल चलता देखकर उन्हें अपने रँभाते जानवरों की याद आती थी। घर ज्यूँ-का-त्यूँ उनकी नजरों के सामने उतर आता था। उस दिन उनका गला भर आया। हल पकड़ने के लिए उनकी मूँठ खुजलाने लगी। लेकिन इस बात का उन्होंने किसी से जिक्र नहीं किया।

शुरू-शुरू में तो रामउजागर को रोज डॉक्टर के पास जाना पड़ता था। बाद में वह तीसरे दिन जाने लगा था। फिर हफ्ते की बारी बँध गई थी। उनकी दवा से उसे काफी तेजी से फायदा हो रहा था। वह अपनी बहुत-सी समस्याओं पर अपने आप निर्णय लेने लगा था। नीलम्मा रोज आती थी और पूछ जाती थी कि डॉक्टर ने क्या बताया? क्या खाने को कहा? जब वह ठीक होने लगा तो नीलम्मा का आना भी कम होता गया। इधर वह कई दिन से नहीं आई थी।

रामउजागर ने हँसना भी शुरू कर दिया था। मजाक भी कर लेता था। लाइब्रेरी में जाकर किताबें भी उलटता-पुलटता था। क्लास में दिए गए साथियों के नोट्स भी देख लेता था। बीच-बीच में बापू से भी कहता था कि अब आप चले जाइए। अब मैं ठीक हो रहा हूँ। घर पर बहुत नुकसान हो रहा होगा।

बापू उसकी बात सुनकर शशोपंज में पड़ जाते थे। क्या करें? जाएँ या न जाएँ? जाते ही तबीयत ज्यादा खराब हो गई तो? अन्त में वे यही कहकर टाल देते थे, ''दो-चार दिन और देख लेता हूँ...वैसे भी मेरा यहाँ कब-कब आना होता है। कौन जाने अब का आया फिर कभी आ पाऊँगा या नहीं?''

रामउजागर और बापू के दिमाग में नीलम्मा का आना बन्द कर देना अलग-अलग

तस्वीरें बनाए था। बापू सोचते थे, नीलम्मा उस दिन की बातों से क्षुब्ध हो गई। रामउजागर के दिमाग में बहुत-सी बातें घूमती थीं। जब वह उन बातों से घिर जाता था तो गोली खाकर सो जाता था। उठने पर सुस्ती जरूर रहती थी पर दिमाग उस सीमा तक उद्वेलित न होकर अपेक्षाकृत शान्त रहता था, बल्कि सोने के कारण मिला यह वक्फा उसके दिमाग को पहलीवाली बातों के खिलाफ नए-नए तर्कों से लैस कर देता था।

उस बीच बापू अलबत्ता खाली बैठे बोर होते थे या घूमने निकल जाते थे। परिसर में बने भवनों को देखकर उन्हें अच्छा लगता था। इसका सौंवा अंश भी गाँवों पर खर्च हो तो उनकी शक्ल निकल आए। पर इस बात को वे मुँह से नहीं निकालते थे। सोचते थे, कौन करेगा? नर्सरी में लगे फूलों को भी वे बड़े मुग्ध भाव से निहारते थे। उन फूलों को देखकर यही लगता था कि शहरवाले चाहे आदमी को आदमी न समझते हों पर फूलों को फूल खूब समझते हैं। गाँवों में ज्यादा खिले, कलकतिया खिल गए या देसी! पर यहाँ तो गुलाबों की इतनी तरह की बास और किस्में हैं कि इतनी तो धान की भी नहीं होतीं। उन्हें फूलों के पास जाने में डर लगता। किसी ने टोक दिया तो? बस एक बार एक गुलाब का फूल तोड़ा था। ले जाकर रामउजागर को दे दिया था। फूल लेकर बहुत खुश हुआ था। वह खुश हुआ तो बापू भी काफी देर तक खुश बने रहे। कई बार उनका मन होता था कि वे किसी से उन फूलों के बारे में बातें करें। पूछें-ताछें। लेकिन जब यह बात उनके दिमाग में आती थी तभी एक दूसरी जुड़वाँ बात आ जाती थी। शहरवालों का स्वभाव मातबर नहीं होता। अभी खुश हैं, देखते-देखते बिखर जाएँगे।

सुबरन चौधरी जब तक फूल और भवन देखते रहते थे तब तक भूले रहते थे। लौटने लगते थे तो घर भी याद आने लगता था और रामउजागर की चिन्ता से आ भिड़ता था। चलते-चलते उन्हें लगने लगता था कि उन्हें रस्से से बाँधकर अलग-अलग दिशाओं में खींचा जा रहा है। वे पसीने से तर हो जाते। पता नहीं, कहाँ कब क्या हो जाए? चले गए तो वहाँ जाकर रामउजागर तंग करेगा। नहीं गए तो यहाँ घर और रामउजागर दोनों मिलकर जोर बाँधे हैं। नीलम्मा ने चुप्पी न साधी होती तो भी चले जाते। लेकिन अब? उनकी समझ काम करना बन्द कर देती।

नीलम्मा क्यों नहीं आती? रामउजागर ऊपर के मन से कहता है कि वह अपना काम निबटाने में लग गई है। शहरी लोग कितनी जल्दी आदमी से छलाँग लगाकर काम पर पहुँच जाते हैं! बेचारा आदमी खड़ा-का-खड़ा रह जाता है। रामउजागर कुछ नहीं कहता तो नहीं कहता लेकिन अन्दर-ही-अन्दर उमड़ता-घुमड़ता रहता है। यह उसकी बचपन की आदत है। कहता कम है, पालता ज्यादा है। कह लिया करे तो अच्छा रहे। उस दिन डॉक्टर भी यही कह रहा था। धरती में बीज ठहरेगा तो पेड़

बनेगा ही। बात अन्दर रुकी और बढ़ी!

लौटते समय वे एकाएक दूसरी राह पर मुड़ गए। लड़कियों का हॉस्टिल पूछते-पूछते वह नीलम्मा की तरफ चल दिए।

बापू को यह तो पता था कि नीलम्मा लड़कियों के हॉस्टिल में रहती है। लेकिन उनको यह मालूम नहीं था कि हॉस्टिल किधर है। शुरू में तो वे थोड़ा भटके फिर राह से लग गए। उन्हें करीब-करीब तीन-चार फर्लांग का चक्कर काटना पड़ा। अगर वे गेस्ट हाउस से सीधे गए होते तो नजदीक पड़ा होता।

वे काफी देर तक गेट पर खड़े रहे। निकलेगी तो जरूर बात करेगी। नहीं भी करेगी तो वे उसे रोककर कर लेंगे। हर पाँच-दस मिनट बाद दो-दो चार-चार लड़कियाँ साइकिलों पर या पैदल निकलती थीं। कई बार लड़के भी साथ होते थे। बिना रोक-टोक हँसते-बतियाते चलते चले जाते थे। इस बात से उन्हें आश्चर्य होता था। जहाँ लड़कियाँ रहती हों वहाँ लड़के कैसे पहुँच जाते हैं। लड़कों के हॉस्टिल में थोड़े ही इस तरह लड़कियाँ घुसी रहती होंगी? उन्हें याद आया कि यह कलयुग का अन्तिम चरण है। यही सब होगा। फिर उन्हें रामउजागर का ध्यान आया। रामउजागर...? आगे सोचने में उन्हें कठिनाई अनुभव हुई। फिर उन्होंने नीलम्मा के बारे में सोचना चाहा। इतना ही सोच पाए—नीलम्मा कहाँ है? क्या वह सवेरे ही कहीं चली गई? उन्हें करीब-करीब घंटा-भर हो गया था। एक-दो बार सोचा भी कि किसी लड़की को रोककर पूछें। लेकिन कैसे पूछेंगे? क्या कहेंगे? आज तक किसी पराई लड़की या औरत से बात नहीं की। जो कुछ भी बात की वह नीलम्मा से ही की। उन लड़के-लड़कियों का इस तरह साथ-साथ निकलकर आना उन्हें बार-बार कुरेदने लगता था। उनके संस्कारों का एक भिन्न प्रकार का ढाँचा था। यह उस सब ढाँचे में समा नहीं पा रहा था। जरूर कहीं-न-कहीं कोई गड़बड़ है। लड़के गलत हैं या लड़कियाँ। हो सकता है दोनों ही हों। शर्म-लिहाज पहले औरत-मर्द के बीच ही होती थी। अब किसके बीच रहेगी? मर्दों-मर्दों के बीच? इन बातों ने नीलम्मा को लेकर भी उनके मन में कुछ सलवटें पैदा कर दीं। ये सलवटें पहले भी थीं, लेकिन नीलम्मा का आना-जाना बन्द हो जाने के कारण वे कुछ कम हो गई थीं।

उन्हें एकाएक लगा, उनका इतनी देर से वहाँ इस तरह खड़ा रहना ठीक नहीं। पता नहीं कोई क्या समझे। वे लौट पड़े। नीलम्मा से बिना मिले लौटना उन्हें अच्छा नहीं लग रहा था। कुछ भी कहो, जबान और सोच की खरी है। एक जगह का खरापन आदमी को और जगह भी खरा ही रखता है। उसकी सोच विपरीत दिशा में चलना शुरू हो गई थी।

गेस्टहाउस पहुँचे तो रामउजागर के पास दो लड़के बैठे थे। वे बरांडे में ही रुक गए। लेकिन रामउजागर ने पुकार लिया, ''बापू, अनुकूल आया है। इसी के बारे में उस दिन नीलम्मा कह रही थी। इसी की टाँग में चोट आई थी। आज पहली बार निकला है। ये दूसरे रवि हैं। अनुकूल को साइकिल पर लेकर आए हैं।''

पहली बार बापू ने सिर्फ उनका नमस्कार ही लिया। फिर एकाएक ख्याल आया तो पूछा, ''अब क्या हाल है?''

''बस, चलने में थोड़ी परेशानी होती है। डॉक्टर चलने-फिरने को कहते हैं लेकिन टाँग पर जोर नहीं पड़ता। लगता है कहीं गिर न पड़ूँ और दूसरी से भी जाता रहूँ।'' फिर हँसकर बोला, ''पता नहीं क्या सलामत रहेगा और क्या टूटेगा...? अब तो राम द'दा भी यहाँ नहीं रहते जो टूटे को भी जोड़ दें। इनके सहारे बहुत कुछ सुलझ जाता था।''

बापू के मुँह से एकाएक निकला, ''नीलम्मा मेमसाहब का कुछ पता है?''

उनका मेमसाहब कहना एकाएक सबके चेहरों पर उभर आया। लेकिन वे अपनी धुन में थे।

रामउजागर ने कहा, ''बापू, मैं हॉस्टिल जाऊँगा...अब वहीं रहा करूँगा। ठीक हो गया हूँ।''

बापू पहले चुप रहे फिर बोले, ''तबीयत फिर खराब हो गई तो कौन देखेगा?''

''हम लोग तो यहाँ हैं ही।'' अनुकूल तपाक-से बोला।

''तुम तो खुद ही एक टाँग से अपाहिज हो।''

वाक्य खत्म होते-होते अनुकूल के शरीर से एक लहर-सी पार हो गई। रामउजागर के मुँह से निकला, ''कौन है अपाहिज?''

अनुकूल तत्काल सँभल गया, ''अपाहिजी ही तो पीछा नहीं छोड़ रही। पैदा हाथों-पैरोंवाले होते हैं। पर हो जाते हैं अपाहिज।'' फिर बोला, ''राम द'दा रहेंगे तो हिम्मत बँधी रहेगी। नीलम्माजी का थोड़ा-बहुत सहारा था, वे भी अचानक चली गईं।''

बापू ने आश्चर्य से दोहराया, ''चली गईं?''

''हाँ, अनुकूल के पते पर चिट्ठी आई है।''

एक ही लिफाफे में दो चिट्ठियाँ थीं। एक अनुकूल के नाम और दूसरी रामउजागर के नाम। अनुकूल के नाम चिट्ठी संक्षिप्त थी–

प्रिय अनुकूल,

मुझे अचानक ही घर चले आना पड़ा। क्यों चले आना पड़ा, यह बात इतनी जरूरी नहीं। तुम यही समझो कि कभी-कभी स्वेच्छा का दबाव भी इतना बढ़ जाता है कि उससे लड़ना असम्भव हो जाता है। तुम लोगों के

माता-पिता को देखकर मुझे लगा कि मैं भी कुछ दिन अपने घर के लोगों के साथ रहकर देखूँ। लड़कियों के लिए वैसे भी घर नाम की चीज बहुत बड़ी कमजोरी होती है। मैंने सोचा, स्वेच्छा को नजरअन्दाज नहीं करना चाहिए। बहुत ज्यादा नजरअन्दाज करने से वह शत्रुता बरतने लगती है। उसकी मर्जी हमें सही अर्थों में समझनी चाहिए। साधारणतया हम उसकी उपेक्षा करके अन्य दबावों के सामने झुक जाते हैं।

खैर, यह कोई इतनी महत्त्वपूर्ण बात नहीं कि मैं वहाँ से क्यों चली आई। हाँ, मुझे तुममें वह चिंगारी जरूर नजर आती है जो दूसरों के लिए रोशनी बनती है। रामउजागर में तो वह पुंज रूप में थी और अभी भी है। मैं यह तो नहीं मानती कि वह लोप हो गई। दो ही बातें हो सकती हैं, या तो कोई बादल का टुकड़ा आ गया है, छँट जाएगा। या फिर वह इतनी तीव्र और गतिमान थी कि संचित न रहकर बिखर गई।

कह नहीं सकती कब लौटूँ। हो सकता है जल्दी ही लौट जाऊँ। जो पाने आई हूँ उसके मिलने या न मिलने पर निर्भर करता है। कहा न कि स्वेच्छा के चलते आई हूँ। कई बार उससे मार्ग-निर्देशन भी मिलता है। लेकिन उसके लिए आन्तरिक तटस्थता की भी आवश्यकता होती है। इन दोनों का संगम हो जाए, इस बात के लिए प्रतीक्षा करनी पड़ेगी।

कोई भी बात हो, अच्छी या बुरी, तत्काल सूचित करना। ऐसा भी नहीं कि जरूरत की पुकार को नजरअन्दाज कर दूँगी।

मैं जानती हूँ मेरा यह पत्र तुम्हें थोड़ा अटपटा और सन्दर्भहीन लग सकता है। पर उससे क्या? मैं यह पत्र केवल इसीलिए लिख रही हूँ जिससे आप लोग चिन्तित न हों। बातों को अटपटा या सन्दर्भहीन समझकर हम उन्हें त्याज्य भी तो नहीं समझ सकते। क्यों?

तुम्हारी,
नीलम्मा

दूसरा पत्र कुछ लम्बा भी था और अस्पष्ट भी। अस्पष्टता भी कई बार बहुत-सी बातों को स्पष्ट कर देने की सामर्थ्य रखती है। पत्र में लिखा था–

प्रिय राम,

मुझे यहाँ आए तीन-चार दिन हो गए। शुरू के चार-छः दिन काटने ही मुश्किल होते हैं। बाद में तो वक्त का काटना आदत बन जाती है। तरीका भी पता चल जाता है और सामर्थ्य भी जुत जाती है। खैर।

मैं ही तुम्हें लाई थी और मैं ही तुम्हें वहाँ छोड़कर यहाँ चली आई। मैं समझती हूँ कि तुम्हारे बापू को भी तुम्हारे साथ ऐसा ही करना चाहिए। एक

मानसिक स्थिति में जीते रहने के बाद उसे अचानक तोड़ देना कई बार लाभकर होता है। अपने खिलाफ एक तरह का विद्रोह ही समझो। विद्रोह चाहे अपने खिलाफ हो या किसी बाहरी के, दोनों ही झंझट पैदा करते हैं। अपने खिलाफ होनेवाला विद्रोह चाँदी का तार खींचने की तरह सम्पूर्ण व्यक्तित्व को बारीक-से-बारीक सुराख से निकालकर एक-सा बना देता है। न एक सूत मोटा और न एक सूत पतला। बाहरी चीज के खिलाफ होनेवाला विद्रोह देह पर पड़ता है। लोगों को इस विद्रोह से ज्यादा डर लगता है। लगना भी चाहिए क्योंकि देह के माध्यम से ही हम सुख-दुख का अहसास पाते हैं। सच पूछो तो डर अपने ही प्रति, अपने विद्रोह से लगना चाहिए क्योंकि वही पीस डालने की सामर्थ्य रखता है। नहीं तो हम बाहर से बदलते रहते हैं, अन्दर से खंखड़ बनते जाते हैं। कई बार उसके खतरे भी झेलने पड़ते हैं। जब उसे झेल नहीं पाते, सामर्थ्य से ज्यादा तीव्र होता है तो बिखर जाते हैं। पता नहीं तुम मेरी इस बकवास से सहमत हो या नहीं? वैसे कोई खास जरूरत भी नहीं। बिना अपने अनुभव का अंश बनाए किसी भी बात से सहमत होना कठिन होता है। सहमति की अपेक्षा रखना आदमी की कमजोरी होती है। होती है तो है।

तुम्हारा अस्वस्थ होना तुम्हारे और तुम्हारे घरवालों के लिए एक दुर्घटना है। लेकिन एक साया, एक सीमित-से क्षेत्र पर, छोटा-सा सम्भावित बदलाव बनकर छा गया है। इस बात को तुम जानते हो या नहीं, मैं इस विवाद से फिलहाल अपने को अलग रखना चाहती हूँ। लेकिन इतना जरूर समझती हूँ कि मजबूती के साथ स्थापित परम्परागत कुलीनता को भयभीत करनेवाले व्यक्तित्व अव्वल तो पैदा ही नहीं होते, अगर होते हैं तो वे कुलीनता के गुब्बारे में छेद करके ही चैन लेते हैं। जब तक ऐसा नहीं होता, नए युग की शुरुआत नहीं होती। परिवर्तन शब्द का इस्तेमाल मैं जानकर नहीं कर रही।

मुझे हमेशा महसूस होता रहा है कि बर्फ की हर पर्त के नीचे एक तरलता का अक्षुण्ण प्रवाह रहता है। उसका हर कण, पर्त-दर-पर्त टूटता जाता है और तरलता उजागर होती जाती है। फिर वह बर्फ बन जाती है। लेकिन वास्तविकता यही है कि उस तरलता के साक्षात्कार के लिए ऊपर के ठंडेपन को तोड़कर अन्दर गहरे उतरते जाना अत्यधिक आवश्यक है। नहीं तो वही हाथ लगेगा जो हम देख रहे हैं। जो नहीं दिख रहा है उसका आभास मिलना तक दूभर हो जाएगा।

इन बातों को छोड़ भी दो तो मुझे लगता है कि जो वर्ग कुलीनता की चट्टान बना खड़ा है और अकुलीनता को त्याज्य समझकर उसे नष्ट कर

देना चाहता है वह मुझे लगता है अपनी ही जड़ें खोखली कर रहा है। सम्पूर्ण समाज इस मानसिकता का शिकार है। हर वर्ग ने अपने में ही कुलीन और अकुलीन बना लिए हैं। इस प्रवृत्ति को पहले भी पहचानने की कोशिश की जा चुकी है। जिसने उसको पहचाना या पहचानने की कोशिश की वही काम आ गया। अपनी असलियत को पहचाननेवालों को यह कुलीनता कभी क्षमा नहीं करती। जो इससे आगाह कर दिए गए थे उनमें से भी बहुत-से लोग अपनी तरलता को ज्यादा दिन तक नहीं बनाए रख सके और अन्ततः उस चट्टान का हिस्सा हो गए। हम-जैसे बहुत-से लोग इन चट्टानों से कंकरों की तरह चिपके पड़े हैं। तुम उसी को भेद रहे थे। भेदते-भेदते रह गए। तुम्हारा उपकरण तुम्हारा निडर होना था। लेकिन उस कुलीनता का वार तुम पर भी हो गया। तुम्हारे अनजाने ही उसने तुम्हारे उस लाजवाब उपकरण को कुंठित कर दिया। वही कुलीनता अनुकूल को भी लील जाने का प्रयत्न कर रही है। ईश्वर उसकी रक्षा करे।

कभी कल्पना की गई थी कि यह कुलीनता अपने सिंहासन से उतरेगी? एक मौका आया जब कुछ समय के लिए इसका सिंहासन हिला...लेकिन हुआ उसका उल्टा। नई-नई चट्टानें बन गईं। वे सब एक हो जाने की गरज से निरन्तर नजदीक आती जा रही हैं। वह दिन दूर नहीं जब ये चट्टानें अपनी परिधि में पड़नेवाले सभी अकुलीनों को पीस डालेंगी। यह हमेशा होता रहा है। नए-नए कुलीन होते गए और पिछड़ते कुलीनों को अकुलीन समझकर लीलते गए। लेकिन पराकाष्ठा ही विष होता है। जहाँ-जहाँ से पर्तें टूटेंगी वहीं-वही से सोते फूट निकलेंगे। सोते निकलते रहें तो जंग जारी रहेगी। अगर सोते ही बन्द हो गए तो फिर खतरा गहरा जाएगा। उन सोतों के किनारे बसनेवाले अपनी प्यास बुझाने कहाँ जाएँगे?

मैंने यह पत्र लिखने से पहले कई बार सोचा, तुम्हें यह सब लिखूँ या नहीं। क्योंकि मैं स्वयं नहीं जानती थी कि मैं क्या लिखना चाहती हूँ और क्या लिख रही हूँ। इसलिए बहुत कुछ अलटप्प भी लिख गई। फिर भी यही सोचा कि शायद तुम मेरी इन बातों को समझने के लिए अपने को उसी मानसिकता में ला सको, जिसमें मैं तुम्हें यह पत्र लिख रही हूँ। अगर तुम इन सबका कोई मतलब निकाल सको तो मुझे भी लिखना।

बापू को मेरा नमस्कार कहना। वे जरूर सोच रहे होंगे कि यह कैसी लड़की है, बिना कहे पहुँच जाती है और बिना बताए चली जाती है। मेरे विचार से तुम बापू को गाँव भेज दो और अनुकूल से मिलकर वास्तविकताओं का सीधा सामना करो।

मुझे लगता हूँ कि मैं बहुत समय तक अपने-आपको इतनी बड़ी उलझन में पड़ा नहीं रहने दे सकती...।

तुम्हारी,
नीलम्मा

बापू के हाथ कुछ नहीं पड़ा था। वे चुपचाप बैठे रहे थे। अनुकूल और रवि पत्र पढ़ा जाने के बाद खामोश हो गए थे। रामउजागर पहले तो अपने पत्र को उलटता-पुलटता रहा था फिर उठकर कमरे में टहलने लगा था।

बापू उठे और अपना सामान बटोरने लगे। सामान बटोरते देखकर रामउजागर को लगा कि उसका दिल बैठ रहा है। लेकिन उसने अपने को यथावत बनाए रखा। चेहरे पर दृढ़ता चिपकाए रहा। उसकी दृढ़ता एक ऐसे बच्चे की-सी थी जो अपनी बहादुरी का प्रदर्शन करने के लिए दाँत भींचकर अपनी चोट को डॉक्टर से हँसते हुए साफ कराने का प्रदर्शन करता है। भले ही आँखों में आँसू आ जाएँ।

सामान इकट्ठा कर लेने के बाद बिना रामउजागर की तरफ देखे उन्होंने कहा, "तुम हॉस्टिल जाना चाहते हो तो ठीक है, चले जाओ। मैं भी यहाँ खाली ही पड़ा रहता हूँ। वहाँ भी खेल-बिखेर हो रहा होगा। तुम मुझे स्टेशन छुड़वा दो। हॉस्टिल में दोस्तों के साथ मन भी और होगा। काम करने की आदत बनेगी। काम से बड़ा इलाज नहीं।" उनका दिल भर-भरकर आ रहा था।

रामउजागर अन्दर से सन्न होता जा रहा था। अन्दर-ही-अन्दर चीरे का-सा हाल बन गया था। टपकन हो रही थी। हाथ-पाँव भी वह अन्दर-ही-अन्दर पटक रहा था। दाँत भिंचे थे। उसने रवि से कहा, "रवि तुम्हें ही बापू को स्टेशन पहुँचाना होगा... मैं भी तुम्हारे साथ चला चलूँगा।"

रवि ने कहा, "दादा, तुम्हें इसकी चिन्ता करने की जरूरत नहीं। मैं सब कर लूँगा। तुम जाकर क्या करोगे...। बापू को जाते देख तुम और परेशान हो जाओगे। तुम यहीं रहो।"

बापू ने भी रवि की हाँ-में-हाँ मिला दी। अनुकूल चुपचाप बैठा रहा। उसे अपने बाबू का जाना याद आ रहा था। लेकिन तब नीलम्मा थी।

जाते हुए बापू ने किराये का भुगतान करना चाहा तो पता चला कि हो चुका है। दो-चार क्षण बापू चुपचाप खड़े रहे फिर आगे बढ़ गए। रामउजागर वहीं खड़े-खड़े बहुत दूर तक पीछे-पीछे दौड़ता चला गया। बाबू...बाबू...बाबू...।

गेस्टहाउस से रामउजागर सीधे अनुकूल के कमरे में ही गया। अब वहाँ उसका अपना कोई कमरा नहीं था। कमरे में पहुँचा तो वह बहुत थका-थका और पस्त था। बार-बार बापू याद आते थे। उनके शरीर की गन्ध पिछले कई महीनों से लगातार उसके आसपास बनी थी। अब एकाएक अन्तर्धान हो गई थी। फिर भी वह अपनी समस्त इन्द्रियों में उसका वास पा रहा था। उनका उठना-बैठना, चलना-बोलना और पुकारना सबकुछ उसके अन्दर हर क्षण घटित होता था। बापू अपनी हर मुद्रा में उसके सामने उपस्थित रहते थे। माँ भी रहती थी। पर बापू ज्यादा! जब नीलम्मा आती थी तो उसके लिए दोनों को सह पाना कठिन हो उठता था। बापू इस तरह चले गए! नीलम्मा उस तरह चली गई। उसका चला जाना बापू के जाने का कारण बना। नहीं तो बापू अभी कुछ दिन रहते। उन्होंने उसके सुझाव को अविलम्ब माना। जाने से पहले बापू ने बताया था कि वे नीलम्मा को देखने हॉस्टिल गए थे। हालाँकि उसे कभी महसूस नहीं हुआ कि बापू नीलम्मा को देखने भी जा सकते हैं। उन्हें मन-ही-मन नीलम्मा का इन्तजार रहता है। कभी-कभी चलते-चलाते पूछ लेते थे—आजकल नीलम्मा मेम साहब नहीं आतीं? उसने भी कभी प्रकट नहीं होने दिया कि वह बापू के मन की बात समझता था या नहीं? बापू समझते थे।

जिस दिन रामउजागर अनुकूल के कमरे में गया उसी रात वह नीलम्मा को चिट्ठी लिखने बैठा। लेकिन उसे लगा कि उसके अन्दर इतना सबकुछ है कि लिखने की दृष्टि से वह उसे क्रम में नहीं ला पा रहा। ख्यालात इतनी तेजी से आते हैं कि सर्राते हुए निकल जाते हैं। ठीक तरह नजरदाहनी तक नहीं कर पाता। उसे फिर कई दिन बाद निराशा का एक झोंका-सा आता महसूस हुआ। वह उठा खड़ा हुआ। अनुकूल अपने बिस्तर पर बैठा उसे देख रहा था। रामउजागर को लगा कि अनुकूल ने उसके अन्दर तक झाँक लिया है। क्या वह यही सोच रहा होगा कि मैं वैसा-का-वैसा ही हूँ?

अनुकूल ने अपने आप ही उससे पूछा, "द'दा, लगता है कुछ परेशान हो?"

"परेशान! नहीं, कतई परेशान नहीं।"

"नीलम्माजी को चिट्ठी का जवाब नहीं दोगे?"

रामउजागर ने उसकी बात का कोई जवाब नहीं दिया। अनुकूल ने अलबत्ता कुछ देर तक जवाब का इन्तजार किया। फिर बोला, "नीलम्माजी ने जो लिखा है वही हम लोगों के हित में है। हम लोग उनके ऊपर निर्भर करने लगे थे। लगता है वे हम लोगों की आत्मनिर्भरता को पुनर्जीवित करने के उद्‌देश्य से ही चुपचाप चली गईं। हमें फिर से उसे लौटाना है...।"

रामउजागर ने सहमति में सिर्फ गर्दन हिला दी।

अनुकूल थोड़ी देर चुप रहा। दोनों की खामोश मुद्राएँ लम्बी हो गई थीं। अनुकूल

पहले बाहर आया, ''द'दा, आपमें जो आग है उसे फिर से चेतन कीजिए। हम लोग तो लकड़ी के कोयले हैं, आग के सम्पर्क से दहक उठते हैं। इतना चल लेने के बाद फिर से चलना शुरू कर रहा हूँ। सीखना अधिक है, चलना कम। एक नया अनुभव हो रहा है। एक जानी हुई चीज को जब पुनः सीखना पड़ता है तो बहुत-से नए पक्ष उजागर हो आते हैं। पहले अनदेखे रह गए थे। अगर खोया हुआ नहीं मिलेगा तो मेरा चलना सीखना, मात्र पैरों का चलना अधिक होगा। मन से वही बालक बना रहूँगा। मैं नीलम्माजी की स्वेच्छावाली बात पर लगातार सोच रहा हूँ। शायद मेरे लिए ही उन्होंने यह निदान सोचा है। हम लोगों को किसी-न-किसी रूप में अपने को पुनः खोजना चाहिए। नहीं खोजेंगे तो हम और भी बहुत-सी चीजें खो देंगे।''

''अनुकूल, मुझे लगने लगा है कि एक बार खोये हुए को पाना बहुत कठिन है। हम लोग बचपन में बुढ़ियावाला खेल खेला करते थे। उस बुढ़िया की सुई किसी अँधेरी कोठरी में खो गई थी। लेकिन वह उसे बाहर चाँदने में खोज रही थी। उसे उस सुई से थैली सीनी थी। थैली सीकर उसमें रुपए रखने थे। रुपए जोड़कर दूध पीने के लिए भैंस खरीदनी थी। लेकिन अँधेरे में खोई सुई को वह चाँदने में तलाश कर रही थी। इसीलिए जो लड़का बुढ़िया बनती थी उसे बच्चे चिढ़ाते थे कि दूध नहीं सूरी का मूत न पी ले। वह उन्हें मारने दौड़ती थी। लड़के हँसकर भाग जाते थे। किसी के द्वारा देखा गया स्वप्न भी बिना यथार्थ से जुड़े साकार नहीं होता।''

अनुकूल की समझ में नहीं आया वह क्या जवाब दे।

रामउजागर ही बोलता जा रहा था, ''उस दिनवाली मोहन की लाश मुझे हॉस्टिल के हर एक कमरे में लटकती नजर आती है। कमरे में ही क्यों, घरों तक में। यही लगता है कि हम सब जिन्दा हैं, मजबूरी में मरे हुए लटके हैं। मौका मिलते ही चलने लगेंगे। मैं, तुम...सारे ही नौजवान उन्हीं में हैं। अपनों के बारे में मुझे यह और भी ज्यादा लगता है। मेज, स्टूल, खाट, पंखा सबकुछ लगाकर हमें उन पर खड़ा कर दिया गया है। हममें से हर एक की गर्दनों से लिपटी रस्सी कमरों की दीवारों में बने अदृश्य सुराखों से गुजरती हुई ऐसे लोगों के हाथों में थमी है जो जब चाहे खींच सकते हैं। उनके खींचते ही हम मोहन हो जाएँगे।''

अनुकूल की आँखें उबल आईं। उन्हीं आँखों से उसने रामउजागर को देखा। उसकी नजर खाट, स्टूल, मेज, कुर्सी, पंखा सब पर से गुजरती हुई बार-बार रामउजागर को देखने लगती थी। जब वह अपने मन की बात कर चुका तब जाकर अनुकूल का भाव सामान्य हुआ। वह बोला, ''राम द'दा, हमें उसे स्वीकार नहीं कर लेना है। अगर हमने उसे नियति समझकर स्वीकार लिया तो वह इतनी मजबूत हो जाएगी कि हम उसे कभी नहीं तोड़ पाएँगे। मुझे डर है कि कहीं हम अस्वीकार की अपनी इस मानसिकता को ही न खो बैठें। आज भी यही लगता है कि हजारों साल पहले

हमारे बुजुर्गों ने भी यही गलती की होगी। उनकी उस गलती के कारण ही हम हजारवीं सन्तान भी आज तक नहीं उभर पाए।''

''नहीं।'' कहकर रामउजागर चुप रह गया। थोड़ी देर बाद उसने फिर 'नहीं' दोहराया।

अनुकूल ने पूछा, ''आप अपनी छुट्टी कैन्सिल कराएँगे?''

रामउजागर कुछ देर तक उसकी बात का जवाब सोचता रहा। फिर बोला, ''मैं सोचता हूँ करा लूँ। बस दो ही प्रश्न हैं, छुट्टी कैन्सिल कराकर कुछ कर भी पाऊँगा या नहीं? और क्या वे लोग करेंगे?'

''दोनों ही बातें सोचने से सम्बन्धित न होकर करने से जुड़ी हैं। पहले मैं भी करने से पहले बैठकर सोचा करता था। सोचते-सोचते करने का सारा वलवला खत्म हो जाता था। लेकिन खन्ना ने मेरे साथ यही भलाई की कि उसने मेरा सोचना बन्द कर दिया। इस दृष्टि से वह मेरा रहनुमा है।''

''तुम ठीक कह रहे हो...तुम्हारा कहना ठीक है...'' इस बात की रामउजागर ने दो-तीन तरह से पुनरावृत्ति की। दरवाजे पर शायद कोई था। खटखटाने की आवाज थी। दोनों ने उसी तरफ देखा। अनुकूल उठना चाहता था, लेकिन रामउजागर ने जाकर दरवाजा खोल दिया।

खन्ना और उसके दो साथी थे। साथी भी लम्बे थे। अपेक्षाकृत छोटे के हाथ में नेहरू-डंडा था।

खन्ना ने रामउजागर के कन्धे पर हाथ मारकर कहा, ''नहाने जा रहा था। सोचा कि तुम आ गए हो तो तुमसे भी मिल लिया जाए। फिर इकट्ठा ही नहाऊँगा।'' पहले अनुकूल के चेहरे पर प्रतिक्रिया भाँपने की कोशिश की फिर आगे बढ़ा, ''तुम्हारा लौटना पूरे हॉस्टिल में एक गर्मागर्म खबर बना हुआ है। लेकिन तुम एकदम ठंडे होकर लौटे हो। खैर, कोई बात नहीं, तुम्हारा यह चेला अपनी गर्मी बनाए है...'' इतना कह चुकने के बाद खन्ना हँस दिया। जब दोनों की तरफ से कोई विशेष प्रतिक्रिया नहीं हुई तो आगे बोला, ''मिलने-जुलने ही आए हो या जमकर रहोगे? वह तुम्हारी डुगडुगी...क्या नाम है उस लड़की का...हाँ नीलम्मा, कहाँ गायब हो गई? पता नहीं अपने को क्या समझने लगी? हमने तो उसे तुम्हारी समझकर कुछ कहा नहीं। सोचा था तुम आए हो तो वह भी आ गई होगी। एक साथ ही सबसे मुलाकात हो जाएगी। लेकिन लगता है फरार है...'' फिर हँसा, ''बस यही गनीमत है कि अपने यहाँ सबकुछ जन्म-जात होता है...नो कनवर्जन! नहीं तो वर्तमान सरकार की नीति के चलते सभी तुम्हारी तरफ जा मिले होते। कम्पलीट एक्सोडस!''

रामउजागर ने तने चेहरे और लाल आँखों से उसकी तरफ देखते हुए शान्त स्वर में कहा, ''मिलने आने और इतनी सारी सूचनाएँ देने के लिए धन्यवाद।''

खन्ना ठठाकर हँस पड़ा, "वाह बेटा, शहरी साँप की तरह हेज तलाश कर रहे हो!"

अनुकूल ने अपनी बैसाखी के सहारे उठते हुए कहा, "खन्ना भाई, आप तो जानते ही हैं ये दो सेमिस्टर के लिए एकेडिमिक लीव पर हैं।"

"मैं तो वो सब भी जानता हूँ जो तुम नहीं जानते। यह भाई-वाई क्या लगा रखा है? खन्ना साहब कहो। समझे।" आँखों की जगह हिकारत में डूबी दो लौ जलती नजर आ रही थीं। वह उसी तेवर के साथ बमका, "देखो रामउजागर, अब तुम यहाँ वापस लौटने की कोशिश मत करो। मैं जानता हूँ तुम नीलम्मा की वजह से लौटना चाहते हो। वह अब यहाँ नहीं रह सकती। उसके माध्यम से सवर्णों को अपमानित करने का ख्याल दिल से निकाल दो। इन चीजों से ज्यादा जिन्दगी कीमती होती है। जाकर अपने घरवालों का पेट पालो। वे सब लोग इंजीनियर नहीं थे। तुम्हारी दादागिरी के दिन लद गए। अब तुम केवल वही हो जो पैदा हुए थे। हाँ, लाश उतारने का काम अलबत्ता कर सकते हो...यहाँ के जमादार ज्यादा इज्जतदार हो गए हैं। लाश उतारने से मना करते हैं। तुम चाहो तो तुम्हें दस रुपए लाश उतरवाई का काम मिल सकता है...इसके अलावा खाने-पीने का भत्ता भी मिल जाएगा। तुम चाहोगे तो एस.सी./एस.टी. होने के कारण और छूटें भी मिल जाएँगी। पर तुम्हें भी ऐसे छात्रों के मामले में छूट देनी पड़ेगी।" आखिरी बात अनुकूल को देखकर कही।

रामउजागर काँप गया। वह जोर से अंग्रेजी में चिल्लाया, "निकल जाओ...!" खन्ना पहले तो सन्न रह गया फिर ठठाकर हँस दिया। दोनों साथी चुपचाप खड़े थे। उसकी चीख ने उन्हें भी स्थिर कर दिया था। खन्ना की हँसी सुनकर उसकी तरफ लपके। खन्ना ने रोक दिया, "अभी नहीं...वक्त आने दो।"

चलते-चलते बोला, "जो कहा गया है उस पर गौर करना...फिर आएँगे।"

चलते हुए उसने दरवाजा धड़ाम-से छोड़ दिया।

खन्ना के जाने के बाद काफी देर तक दोनों अबोले बैठे रहे। किसी ने किसी से कुछ नहीं कहा। धीरे-धीरे ठहराव पिघला। तनाव कम हुआ। बातें शुरू हुईं।

रामउजागर ने कहा, "अब मैं यहीं रहूँगा। अभी तक यहाँ रहने या वापस लौट जाने को लेकर मेरे मन में उलझन थी। अब नजर साफ हो गई। मैं समझ सकता हूँ, इन दरिन्दों के हाथों तुमने कितना सहा होगा!"

"यह कोई सहना है द'दा। सहना तो वो था जो हमारे बुजुर्गों ने सहा या जो कुछ और जगहों पर सहा जा रहा है। हम लोग तो सहनेवाले स्थलों से हटे हुए लोग हैं। असलियत से पलायन किए हुए कहिए! अपने को सहनेवालों की श्रेणी में रखने

का हमें कोई हक नहीं।''

''सबसे बड़ी गलती तब होती है जब इतर कारणों से दी गई छूटों को कोई व्यक्ति या समाज दाँतों से पकड़ने लगता है। अगर हमने बराबरी के स्तर पर संघर्ष किया होता तो आत्मसम्मान के साथ रहने की ज्यादा गुंजायश हुई होती।''

''जब नहीं थी तब क्या इससे बेहतर हालत थी?'' कहकर अनुकूल को लगा कि कुछ ज्यादा कह गया।

''ऐसा क्यों सोचते हो? हम लोग तब सेवा करते थे, बदले में खून चुसवाते थे और पगार में बेइज्जती पाते थे।''

अनुकूल हँसकर बोला, ''वैसे तो अंग्रेजी फिल्म देखने का मेरा कोई सवाल ही नहीं उठता पर एक बार नीलम्माजी ले गई थीं...'' रामउजागर ने उसकी तरफ गौर से देखा। वह कहता रहा, ''उन्होंने ही बाद में समझाया भी। काले-गोरे के बीच संघर्ष था। गोरे कालों को हिकारते की नजर से देखते थे। काले गोरों को नहीं सेठते थे...लेकिन वहाँ तो काले और गोरे थे लेकिन यहाँ...।'' रामउजागर ने धीरे-से जोड़ दिया, ''काले-ही-काले हैं।'' दोनों हँस दिए। अनुकूल को लगा हँसते हुए रामउजागर मोहक हो जाता है।

''काले-ही-काले होते तो निभ जाती...दूसरी तरफ यहाँ तो कालों में भी काले हैं। जब कोई काला किसी को अपने से भी ज्यादा काला समझने लगता है तो गोरों से भी ज्यादा जालिम हो जाता है। घृणा बिजली की तरह सब तरफ मार सकती है। घृणा फैला दो, जंगल-के-जंगल नष्ट। क्या साल, क्या शीशम–किसी का पता नहीं चलेगा। सब वही कर रहे हैं...नीचे कीचड़ है और ऊपर आग लगी है। कोई बचे नहीं। जलकर मरे या धँसकर।''

रामउजागर ने अनुकूल की तरफ प्रशंसा-भरी दृष्टि से देखा पर कुछ कहा नहीं। इतना ही बोला, ''लगता है, ये लोग हिंसा पर उतारू हैं।''

''उतारू ही नहीं, उसे फैशन की तरह इस्तेमाल कर रहे हैं। उतारू तो तब हुए थे जब मेरी टाँग तोड़ी थी।''

''तो तुमने क्या सोचा?''

''धैर्य रखना और खामोश रहना।''

''लेकिन ये लोग तुम्हारी यह भाषा नहीं समझेंगे।''

''जानकर न समझें तो बात दूसरी है। वैसे इससे पहले संसार-भर को यह भाषा समझाई जा चुकी है। बड़े-बड़े उसके सामने हथियार डाल चुके हैं। शायद इसके सिवाय और रास्ता भी नहीं।''

''अगर ईंट का जवाब पत्थर से दिया जाए?''

''पत्थरों पर भी इन्हीं लोगों का कब्जा है।'' वह हँसा, फिर बोला, ''द'दा, आप

बड़े हैं। आपने इनकी ईंटों का जवाब पत्थर से दिया भी है। लेकिन वही हथियार अपना होता है जो स्वभाव के साथ जाता हो। हमारा स्वभाव भी सहनशीलता रहा है और हथियार भी। दूसरे तरह के हथियार नए होंगे, उनके अनुरूप स्वभाव बनने में देर लगेगी। आपने देखा ही है कि यह अपना हथियार कितना प्रभावशाली सिद्ध हुआ है। हम लोगों के हिसाब से हथियार में बड़ी-से-बड़ी शक्ति को कुंठित करने की सामर्थ्य होनी चाहिए। वैसे भी द'दा, हम लोग पीछे के दरवाजे से आए हैं...आप सामने के दरवाजे से आए थे। मेरा रूम पार्टनर भाग ही गया। वह लड़ नहीं सकता था। लड़ भी लेता तो भी अन्ततः उसे भागना ही पड़ता...क्योंकि सह नहीं सकता था।''

रामउजागर उसकी तरफ चकित-सा देख रहा था। थोड़ी देर बाद वह लेट गया। रामउजागर भी लेट गया। उन्हें यह कतई नहीं लगा कि वे लोग खामोश हैं। थोड़ी देर तक तो यही लगता रहा कि उन दोनों के बीच अभी भी संवाद जारी है। फिर वे एक-दूसरे के बारे में अलग-अलग सोचने लगे कि दूसरा सो गया।

काफी देर बाद रामउजागर ने ही पूछा, ''सो गए अनुकूल?''

''नहीं तो द'दा।''

''सो जाओ।''

''हाँ।''

रामउजागर आप-ही-आप बोला, ''तुमने पूछा था ना कि नीलम्मा को पत्र नहीं लिखोगे तो मैं पत्र ही लिख रहा था। सोचा बहुत था पर लिखा एक शब्द भी नहीं गया।''

''थक भी तो गए हैं ना।''

''नहीं, सब बिखर-बिखरा गया...।''

अनुकूल थोड़ा उठा और बोला, ''द'दा, ज्यादा मत सोचो। सो जाओ। नहीं तो दवा ले लो। मुझे बता दो, मैं दिए देता हूँ।''

''ले ली।''

फिर थोड़ी देर सन्नाटा रहा। वही अलग-अलग बोलता सन्नाटा। रामउजागर ही उस अपने सन्नाटे से बाहर आकर बोला, ''बापू भी पहुँच गए होंगे। अनुकूल, बापू ने सबकुछ किया...अपने को खत्म करके किया। लेकिन मैं खोटा सिक्का निकला। अब न लगानेवाले के पास कुछ है और न लगवानेवाले के पास।''

''द'दा, आप तो मुझसे बड़े हैं। आप इजाजत दें तो मैं एक बात कहूँ?''

''हाँ कहो...बार-बार ऐसा क्यों कहते हो?''

''कभी-कभी मुझे लगता है कि होना ही सबकुछ नहीं होता। खोना भी...होता है।''

''तुम ठीक कह रहे हो। तुम्हारा सोचा ज्यादा सीधा और रचनात्मक है। लेकिन

पता नहीं मुझे क्या होता जा रहा है।''

रामउजागर चुप हो गया। अनुकूल को लगा कि वह उस आखिरी सवाल से घमासान युद्ध कर रहा है। बीच-बीच में नीलम्मा का वह खत फड़फड़ाने लगता था।

अनुकूल एकदम खामोश और सीधा लेटा था...अनेक खन्नाओं के सामने शवासन लगाए हो।

अगले दिन रामउजागर उसी तरह तैयार हुआ जैसे पहले हुआ करता था। हालाँकि उसके पाँवों में कँपकँपी थी। लेकिन वह अपने को साधे हुए था।

बाहर निकलने से पहले उसने अनुकूल से पूछा, ''क्या तुम सोचते हो कि मैं सीधे निदेशक से जाकर मिलूँ?''

''पहले डीन से मिल लीजिए।''

''बापू के लिए गेस्टहाउस में कमरे को लेकर नीलम्मा से काफी कहासुनी हो गई थी।''

''वह तो तब भी हुई थी जब मेरे बाबू आए थे।''

''लोग इतनी जल्दी भूल नहीं पाते।''

''तो फिर अपने हेड से मिल लीजिए।''

''हँऽऽ।'' उसने लम्बी साँस ली और आप-ही-आप बोला, ''किसी से तो मिलना ही होगा।'' फिर अनुकूल की तरफ देखकर कहा, ''पता नहीं मेरा मन क्यों नहीं ठुकता? वे लोग जानते हैं कि वे हमारा सबकुछ बिगाड़ सकते हैं, हम उनका कुछ नहीं कर सकते। हर जुल्माना हविस को पूरा करने के लिए उन्हें हम ही क्यों मिलते हैं।''

''हम कमजोर हैं और रहे हैं। किसी भी कमजोर समझे जानेवाले के पास अत्याचार से कई गुना सहकर विरोध करने की सामर्थ्य होना जरूरी है। तभी वह महाबली हो सकता है। मेरे बाबू कहते हैं कि कुछ बन के ही हम इस बाढ़ पर बाँध बाँध सकते हैं। मैं इससे सहमत नहीं।''

''क्यों?''

''वर्तमान को इतिहास के साथ जोड़कर देखना...।''

''तुम अपने लिए क्या सोचते हो?''

''इस बीच यही सब सोचा है। नीलम्माजी से चोंचें लड़ी हैं...किताबें मँगा-मँगाकर पढ़ी हैं। उस सबको अभी परखना है।'' थोड़ी देर सोचने के बाद अनुकूल ने बात को आगे बढ़ाया, ''पहले मैं यहाँ से भाग जाना चाहता था। यहाँ का वातावरण मांसाहारी वनस्पति जैसा है। मुझे भय लगने लगता था, उसके पास से गुजरूँगा, पत्ते बन्द हो जाएँगे और चूस डालेंगे। लेकिन और पीछे मुड़कर देखा तो पाया, हजारों साल से इससे

भी बदतर माहौल में लोग रहते चले आ रहे हैं...उनका अस्तित्व बरकरार है। शक्ति संग्रह की वस्तु है। कितनी भी जोड़ी जा सकती है। वास्तविक संघर्ष में शक्ति का बहुत कम हिस्सा है। उसके लिए आन्तरिक साहस और सामर्थ्य चाहिए। आन्तरिक सामर्थ्य मनुष्य को बड़ी-से-बड़ी शक्ति के सामने ले जाकर खड़ा कर सकती है और अपने स्थान पर सुरक्षित वापस ला सकती है। आपमें भी मैंने उसी सामर्थ्य का दर्शन किया था। नीलम्माजी में भी। अगर आप दोनों न मिले होते तो मैं भी अपने रूम पार्टनर की तरह भाग गया होता। द'दा, आपसे क्या छिपाऊँ? मुझे इन्तजार रहता है कि कब ये लोग मुझे बेइज्जत करें। मेरे अस्तित्व को मिटाने के लिए कब हिंसा पर उतारू हों। जब ऐसा करते हैं तो मैं उसी परम्परा से जुड़ जाता हूँ। अन्दर से सहनशीलता और साहस का सोता फूट पड़ता है।'' फिर रुककर बोला, ''इसीलिए ये लोग मुझे मार नहीं पाते. ..उमड़-घुमड़कर आते हैं और बिना बरसे वापस लौट जाते हैं। हजारों वर्ष चुपचाप संघर्ष करने के बाद जब वे लोग अपनी मंजिल के नजदीक पहुँच गए तो क्या हम लोग नहीं पहुँचेंगे? अब तो हालात फिर भी हमारे साथ हैं।''

''क्या मतलब?'' रामउजागर इतनी सब बातें सुनने के बाद चौंका।

''हम लोगों के पहले हजारों वर्षों तक कितना बड़ा शून्य रहा है फिर भी हम बचे रहे। यह जीते रहने का ही नतीजा है कि हम लोगों ने इस तरह सोचना सीखा। अपने-आपको नष्ट हो जाने दिया होता तो...नहीं होते। इसी बात ने मुझे फिर से खड़ा कर दिया...कब तक खड़ा रहूँगा? खड़ा भी रहूँगा या नहीं? यह अलग बात है।''

''तुम भाग्यशाली हो। कभी मैं भी सोचा करता था...पर इतनी गहराई तक जाकर नहीं। कभी-कभी लगता है कि अन्दर वाद्य में कोई तार था जो अचानक बजना बन्द हो गया। अनेक स्वर बजते हैं पर वह नहीं बजता। उसी अकेले के ना बजने से ही वाद्य के सारे पर्दे बेकार हैं। मुझे प्रसन्नता है कि तुम अपने सब स्वरों को जीवित रखे हो। मैं अपने खोए हुए जगत को तुम्हारे अन्दर पाने की कोशिश करूँगा। अगर... सका...''

वह तेजी से चला गया। अनुकूल उसी स्थान को टकटकी बाँधे खड़ा देखता रहा जहाँ वह खड़ा था। एक रामउजागर अन्तर्धान होता था दूसरा पैदा हो जाता था। देर तक वह इसी खेल को देखता रहा।

सामान्यतः रामउजागर दिन-भर बाहर रहता था।

अनुकूल क्लास में जाने लगा था। कोई-न-कोई उसे साइकिल पर बैठाकर अपने साथ ले जाता था। क्लास के बाद अन्य लड़कों के साथ उसने दो-तीन घंटे लाइब्रेरी में भी बिताने शुरू कर दिए थे। उसका काम काफी पिछड़ गया था। उस काम को

पूरा करने के लिए अतिरिक्त मेहनत करनी पड़ रही थी। पहला सेमिस्टर समाप्ति पर था। क्विज तो पूरे सेमिस्टर होती रही थी पर सेमिस्टर-एंड की यह परीक्षा उसकी पहली परीक्षा थी। कभी-कभी उसे घबराहट होने लगती थी। वह हमेशा सोचा करता था कि जिन लोगों के यहाँ पढ़ाई का काम पीढ़ी-दर-पीढ़ी चलता चला आ रहा है उनके बच्चे पढ़ाई के बारे में उतना तो जानते ही रहते हैं जितना एक अच्छे किसान का बेटा फसल और जिन्स के बारे में बिना बताए जान जाता है। हम लोगों को तो इस क्षेत्र में फावड़े का बेंटा पकड़कर चलाने जितना भी ज्ञान नहीं। बोने और काटने की बात तो बहुत बाद में आएगी। उसे थोड़ी चिन्ता तो पढ़ाई के बारे में खन्ना द्वारा दी गई धमकियों को लेकर भी थी। दूसरे इस बात की थी कि अगर इस सेमिस्टर में परीक्षाफल गड़बड़ाया तो अगले वर्ष कोर्स-भार और बढ़ जाएगा। निकाल दिए जाने की सम्भावना भी बढ़ेगी। निकाल दिए जाने की इतनी परेशानी नहीं जितनी हार की है। पहले-पहल की हार कई बार बहुत दूर तक पीछा करती है। सीनेट कमजोर लड़कों को एक वर्ष के बाद निकाल देती है। सुना था, सीनेट में बड़े-बड़े प्रोफेसर्स होते हैं, जिनके काटे का इलाज नहीं होता।

शाम को जब अनुकूल लौटता तो पस्त होता। उसके आने के थोड़ा आगे-पीछे रामउजागर भी लौट आता। रामउजागर के चेहरे से लगता कि उसकी दिन-भर की यात्रा ऊबड़-खाबड़ से होकर गुजरी है। उस दिन रामउजागर पहले आ गया था। जब अनुकूल कमरे में घुसा तो रामउजागर पीछेवाली खिड़की से एकटक बाहर देख रहा था। वहाँ एक लैंडस्केप था। शाम के अँधेरे में घड़िया की तरह धीरे-धीरे डूबता हुआ। कभी-कभी डूब जाने के भय मात्र से किसी नौका में बैठे यात्रियों का जो सामूहिक कोलाहल उभरता है ठीक वैसा ही-सा कोलाहल डूबता हुआ यह लैंडस्केप उत्पन्न करता था।

अनुकूल ने दरवाजे पर से ही पूछा, ''कहो द'दा, आज कैसा रहा? कुछ काम बना?''

रामउजागर ने उसकी तरफ देखा। उसकी आँखों में एक शून्यता थी। उसने धीरे-से खिड़की के बाहर की तरफ उँगली कर दी। वह समझा नहीं। अनुकूल को उसकी आँखों का खालीपन देखकर थोड़ी घबराहट हुई। वह थोड़ी देर उसे देखता रहा।

थोड़ी देर बाद रामउजागर अपने-आप ही बोला, ''फर्स्ट ईयर में यही कमरा मुझे भी मिला था। इस खिड़की से मैं अक्सर डूबते हुए दिन को देखा करता था। लेकिन आज का डूबना गहरा डूबना है।'' वह रुक गया। फिर बात बदलकर बोला, ''अनुकूल, अपनी खोई हुई पहचान की खोज में जब कोई उन्हीं रास्तों पर फिर लौटता है तो वे जाने-पहचाने रास्ते भी भूलभुलैया-से लगते हैं। जो दरख्त मुझे आता देखकर

जोर-जोर से हिला करते थे...इतने कम दिनों में या तो वे खत्म हो गए या उन्होंने अपना मुँह मेरी तरफ से फेर लिया। उनमें से किसी को विश्वास ही नहीं होता कि मैं वही रामउजागर हूँ जो उन्हें झकझोर दिया करता था। दौड़कर सीढ़ी की तरह उन पर चढ़ जाता था। रामउजागर होने की मेरी वह पहचान खत्म हो गई। उस पहचान के बिना मैं इन सबके बीच रामउजागर बना कैसे और कब तक घूमता रहूँगा? मुझे लगता है रामउजागर यह शरीर नहीं था, वह प्रवृत्ति थी...वाद्य का वह अकेला तार था जो अब नहीं बजता।''

''इतना निराश होने की क्या बात है, द'दा?''

रामउजागर हँसकर बोला, ''मुझे लगता है इस नजारे को भी तुमने अपने हिसाब से एडजस्ट कर लिया है। मैंने इसी खिड़की से इसे दो साल तक देखा है। आज बिल्कुल बदला हुआ है। शायद मैंने ही अपने हिसाब से बदला हुआ समझ लिया। इस कैम्पस में मैं बेधड़क घूमा हूँ। अब लगता है सब जगह सुरंगें बिछी हुई हैं। पाँव पड़ते ही विस्फोट हो जाएगा। हवा में आग लगे हवाई जहाज की तरह हम सब चिन्दी-चिन्दी होकर मलबे की तरह दूर-दूर तक बिखर जाएँगे।''

''राम द'दा, मुझे लगता है आप फिर उसी मानसिकता की तरफ लौट रहे हो... क्या किसी ने कुछ कहा है?''

''कहना...।'' वह थकी-सी मुस्कान मुस्कुराया, ''कहना तो बहुत बड़ी बात है, लोगों कौ सुनने तक में गुरेज है। लोगों ने अपने चेहरों पर साफ-साफ लिख लिया है कि हम तुम्हें नहीं पहचानते। तुम चले जाओ। तुम वो नहीं जो हम हैं।'' वह उठा और अनुकूल के दोनों कन्धे पकड़कर जोर से हिला दिए। एक टाँग पर खड़ा होने के कारण अनुकूल गिरते-गिरते बचा। जैसे ही रामउजागर को अपने इस व्यवहार का एहसास हुआ तो वह घुटनों के बल बैठ गया, ''माफ करना, अनुकूल, मैं एक अजीब-सी बदहवासी का शिकार हो गया था। चोट तो नहीं लगी।''

''नहीं, बच गया। वरना एक टाँग की देखभाल नीलम्माजी ने की थी, दूसरी की आपको करनी पड़ती।'' कहकर वह हँस दिया।

रामउजागर का हाथ पकड़े-पकड़े बोला, ''ऐसे क्यों बैठो हो? लगता है जैसे ड्रामे में पार्ट कर रहे हो। इस तरह तो वे लोग करते हैं जिनकी अपनी जिन्दगी में कुछ नहीं होता...हम लोगों की जिन्दगी में तो बहुत कुछ है। तबीयत से बादशाहत, जेब और पेट से फकीरी।''

रामउजागर उसकी तरफ गौर से देख रहा था कि वह यह सब क्या बोले जा रहा है। अपने आप बोल रहा है या कोई बुलवा रहा है।

अनुकूल का बयान जारी था। वह भी बड़े मुखरित ढंग से, ''आपको तो मुझसे ज्यादा अनुभव है। मुझे एकाएक लगा कि साधनहीन और उपेक्षित आदमी को ज्यादा

बड़ा अभिनेता होना चाहिए। अगर न हो तो चल न पाए। दो प्यार की बात सुन लेता है तो सम्राट हो जाता है। भूखा हो या दुत्कारा गया हो तो सन्त...क्यों?"

रामउजागर की आँखें सिकुड़कर छोटी हो गईं। चकाचौंध में अपने से दूर की चीज देखने की कोशिश कर रहा था।

अनुकूल को लगातार बोलना पड़ रहा था, "लगता है, आपको मेरी बात पसन्द नहीं आई? क्या आपको नहीं लगता कि हम स्वेच्छा के मूल्य पर दरमियानेपन की ऐसी स्थिति की ओर बढ़ते जा रहे हैं, जहाँ सुख भी भय का कारण होता है! दुख तो होता ही है।"

रामउजागर ने उठकर उसके दोनों हाथ पकड़ लिए, "तुम सोच में कहाँ-से-कहाँ निकल गए। ईश्वर तुम्हें इसी तरह आगे-आगे बढ़ाता जाए। मैं तो सबकुछ खो चुका हूँ। जो बाँधकर लाया था और जो कमाया...सऽब! बीच में लगने लगा था कि अपने आपसे उबर सकूँगा। लेकिन गढ़ा बहुत गहरा है। जितना मैं बाहर निकलने की कोशिश करता हूँ, पोली जमीन में बना यह गढ़ा उतना ही और गहरा हो जाता है। मेरी समझ में नहीं आता कि लोग आदमी को गिरते समय क्यों नहीं थामते? बल्कि उसका वजन बढ़ाकर उसके गिरकर धँसने की गति और तेज कर देते हैं। जब वह गिर जाता है तो लोग कहते हैं...मूर्ख था। गिर गया।"

अनुकूल ने रामउजागर को ऊपर बैठाया। बोलना चाहा पर रामउजागर बोलने के मूड में आ गया था, "मोहनवाली घटना के बाद से मुझे लगता है कि यहाँ स्वाभिमानी नौजवान की समस्या का हल केवल मौत है। लेकिन तुम्हारी बात सुनकर लगता है कि नहीं, उसके अलावा भी कुछ हो सकता है।"

अनुकूल ने रामउजागर की आँखों में आँखें डालकर यह समझाने की कोशिश की कि "नहीं दादा, इन सब बातों में मेरा कुछ नहीं। इस थोड़े-से समय में तुमसे और नीलम्मा से जो जाना और सीखा वही कह रहा हूँ। शब्दों का अन्तर हो तो हो। तुम भी यही सब नहीं कहते थे?"

रामउजागर बोला, "जो यह सब कहता था वह कोई और रामउजागर रहा होगा, मेरा अनुभव अब यह कहने के लिए तैयार नहीं। इन सब बातों को तुम्हारी बातें मानकर मैं ग्रहण कर लूँ तो कर लूँ। वही करना भी चाहता हूँ। मेरी अपनी समझ में तो पलीता लग गया है। चटक-चटककर बिखर रही है।"

अनुकूल को लगा कि इन बातों का कोई नतीजा नहीं, केवल कहते जाना मात्र है। मुख्य प्रश्न खो गया और वे दोनों किसी और तरफ निकल आए हैं। उसने सीधा सवाल किया, "वास्तव में मैं आपसे दिन-भर की भागदौड़ के बारे में पूछना चाहता था और करने लगा लम्बी-चौड़ी बातें। अगले सेमिस्टर की वापसी के बारे में कुछ काम बनता नजर आया।"

''कुछ नहीं! हेड काउंसलिंग के पास गया तो उन्होंने उलझे हुए रास्ते को सुगम बनाने के बजाय एकदम नौकरशाहवाला रुख अपना लिया। मुझसे बोले—आप लिखकर दे दें...डीन वगैरह से बात करने के बाद बताऊँगा। मैंने आगे कुछ बोलना चाहा तो कहा—माफ करना, मेरी एक मीटिंग है और चलते बने।''

अनुकूल को कोई आश्चर्य नहीं हुआ। खन्ना के साथ हुई पहलेवाली घटना को लेकर वह इन सबके चक्कर काट चुका था। उसे किसी के कान सुनते नजर नहीं आए थे।

''डीन से मिले?''

''उन्होंने भी प्रार्थनापत्र देने के लिए कहा है और बोले, अपने हेड से मिलिए। सब लोग उठकर जाने की जल्दी में रहते हैं।''

''हेड?''

''हेड ने अपेक्षाकृत सहूलियत से लम्बी बात की। हालाँकि प्रार्थनापत्र उन्होंने भी माँगा पर साथ ही यह भी कहा कि मि. राम, अपनी और इस संस्थान की सीमाओं को समझने की कोशिश करो। ऐसी संस्थाएँ तुम लोगों के मान की नहीं होतीं। हम लोग आप लोगों की मदद करना चाहते हैं पर जब तक आपकी पृष्ठभूमि मजबूत नहीं होगी हम लोग ज्यादा कुछ नहीं कर पाएँगे। तुम जरूर अच्छी स्थिति में आए थे, पर तुम राजनीति में फँस गए। तुम पर पिछड़े हुए लोगों का मसीहा बनने का जुनून सवार हो गया। पढ़ाई में रुचि खत्म हो गई। जब छात्र समाजसेवी बनता है तो वह न अच्छा समाजसेवी बन पाता है और न अच्छा छात्र। दोनों ही दो पत्नियों की तरह समान समर्पण चाहते हैं। एक के साथ भेदभाव दोनों तरफ स्थिति डावाँडोल कर देता है। वैसे भी इस संस्थान की यह परम्परा रही है कि जो संस्थान की परम्पराओं, मान्यताओं के आड़े आता है उसे संस्थान कभी माफ नहीं करता। लेकिन मैं तुम्हारी मदद करूँगा... कहाँ तक कर सकता हूँ यह अभी कहना मुश्किल है। तुम्हें अनुकूल से कहना होगा कि वह खन्ना और उसके साथियों के साथ पंगा न ले तथा संस्थान छोड़ दे।''

अनुकूल फौरन बोला, ''लेकिन मेरा खन्ना के साथ कोई झगड़ा नहीं।'' कुछ ठहरकर गम्भीर आवाज में बोला, ''लेकिन फिर भी अगर आपका हेड आपको वापस लेने को तैयार है तो मैं संस्थान छोड़ दूँगा।''

''यह क्या कहते हो? अब तुम ही तो यहाँ बचे हो।'' वह कुछ देर बाद नार्मल होकर बोला ''पूरी बात सुन लो। यू.जी. सेक्सन गया। यू.जी., कमेटी के चेयरमैन से मिला। मुझे देखते ही बिना कुछ सुने लिखित प्रार्थनापत्र देने के लिए कहते हुए बाहर निकल गए। मैंने एक प्रार्थनापत्र तैयार किया। उसकी छह-सात कॉपी कराईं और सबके दफ्तरों में देता चला गया। प्रार्थनापत्र कितनी जरूरी चीज है! उसके सामने सच्चाई कोई मायने नहीं रखती।''

अनुकूल हँस दिया, ''राम द'दा, अब तुम दरवाजा खटखटाने का सत्याग्रह चालू करो। इन प्रार्थनापत्र माँगनेवालों के सामने दिन में चार-चार बार जा खड़े हुआ करो। उनको बताओ कि इस प्रार्थनापत्र को तुम चाहे पढ़ो या न पढ़ो, इस जीते-जागते प्रार्थनापत्र को पढ़ना होगा जो तुम लोगों के दफ्तरों में भूखा-प्यासा चक्कर लगा रहा है। कम-से-कम वे लोग प्रार्थनापत्र की तरफ से अन्धे तो नहीं हो पाएँगे।''

''वे लोग बदतमीजी से पेश आएँगे।''

''आप उसे उनका सामान्य व्यवहार समझकर अपना सामान्य व्यवहार बनाए रखिए।''

''वह नहीं हो पाएगा।''

''तो फिर क्या आप गाँव लौट जाएँगे?''

''नहीं, अब घर नहीं लौटूँगा। मैं जानता हूँ मेरे इस समय लौटकर न जाने का प्रभाव सब घरवालों के मन पर शेष होगा। माँ ने बापू को झकझोरा होगा कि तुम इस हालत में उसे वहाँ क्यों छोड़ आए। हो सकता है नीलम्मा से भी नाराज हो जाएँ कि अगर वह न आई होती तो मेरा बेटा घर से बेघर न हुआ होता। मैं लौटकर जाऊँगा, वे सब बातें बापू पर लागू हो जाएँगी। इतने दिनों से निरन्तर बैठती जाती यह छान जो थोड़ी उठी थी इस बार पूरी तरह जमीन से जा लगेगी। जैसे भी होगा मैं यहीं रहूँगा...''

''तो फिर आपको इन सब दरख्वास्तबाजों के सामने अपना 'दरवाजा खटखटाओ सत्याग्रह' जारी रखना पड़ेगा। हमें अपना सहायक स्वयं होना है। यहाँ के जो फैकल्टी मेम्बर हमारी तरफ हैं वे भी इसी आधार पर हमारे साथ हैं। अगर बात बन गई तो उनके प्रगतिशील होने की साख जम जाएगी...नहीं बनी तो हमारी मूर्खता और प्रशासन की पुराणपन्थी और प्रतिक्रियावादिता सामने आ जाएगी। आजकल पढ़े-लिखे बुद्धिजीवी आर्थिक रूप से अपाहिज लोगों को अपनी बैसाखी बनाकर अपनी प्रगतिशीलता की यात्रा सम्पन्न करते हैं। टूटें तो बैसाखियाँ, खड़े हों तो वो... ।''

रामउजागर अनुकूल की पीठ पर हाथ रखकर बोला, ''तीन साल रहकर भी जिन बातों को मैं नहीं जान पाया, तुमने छः महीने में उन सब अँधेरे कोनों में झाँक लिया!'' रुककर सोचते हुए कहा, ''तुम्हारी बात सही है, कोशिश करूँगा।''

एकाएक अनुकूल की नजर दरवाजे पर गई। कोई था। अनुकूल ने पुकारा, ''कौन?''

पुकारते ही दरवाजे के नीचे से दो चिट्ठियाँ अन्दर खिसक आईं। रामउजागर झपटकर दरवाजे पर पहुँचा। किवाड़ों पर तीन-चार जगह थूका हुआ था। बाकी कोई नहीं था। रामउजागर ने पत्र उठा लिए। एक पोस्टकार्ड था और दूसरा अन्तर्देशीय, दोनों अनुकूल के नाम थे। पोस्टकार्ट अंग्रेजी में टाइप किया हुआ था। हस्ताक्षर के

स्थान पर से कोरा था। उसमें लिखा था–

> गांधी बनने की कोशिश मत करो। हो भी नहीं सकते। हर गांधी बननेवाले का एक ही अंजाम होता है...तुम चाहो तो वही अंजाम बिना गांधी बने भी हो सकता है। समाज अति बर्दाश्त नहीं करता। गांधी ने अपने स्तर पर की थी। उसी को तुम अपने समान टुच्चे स्तर पर कर रहे हो। तुम्हारे जैसे निर्मित होते गांधी की भ्रूणहत्या आसानी से हो सकती है। तुम दोनों हरामजादों से फिर कहा जाता है कि इस अन्तर्राष्ट्रीय ख्यातिप्राप्त उच्चस्तरीय संस्थान को बरबाद करने से बाज आओ। जाओ, अपना पैतृक धन्धा करो। तुम्हारे माँ-बाप तुम्हारे अन्दर इस तरह के जीवाणु प्रविष्ट करने में सफल नहीं हो सके जो इस संस्थान में रह सकने की योग्यता प्राप्त करा सकें। सच पूछो तो तुम उस रास्ते से आए ही नहीं जिससे दुनिया आती है। पीछे का रास्ता बहुत गन्दा होता है। कोई अच्छा आदमी उसका इस्तेमाल नहीं करता। हम तुमसे नफरत नहीं करते। लेकिन हम अपनी संस्था को प्यार करते हैं। उसके पतन के साथ तुम्हारा उत्थान है पर हमारा पतन है। उसके उत्थान के साथ हमारा उत्थान और तुम्हारा...तुम खुद समझदार हो। पतन के कीटाणु मत बनो। वरना उसका इलाज भी हमारे पास है।
>
> तुम्हारे,
> शुभचिन्तक।

रामउजागर एक साँस में पोस्टकार्ड पढ़ गया। वह स्तब्ध-सा खड़ा रह गया। इस तरह बेनामी पत्र पहले तो कभी नहीं आते थे? उसने पोस्टकार्ड को दो-तीन बार उल्टा-पल्टा। कुछ पता नहीं चला। मोहर भी पढ़ने में नहीं आ रही थी। उसने बिना बोले पोस्टकार्ड को अनुकूल की तरफ बढ़ा दिया। अनुकूल अन्तर्देशीय पढ़ चुका था। वह बोला, ''आप भी बाबू की चिट्ठी पढ़ लीजिए। यहाँ से जाने के बाद से परेशान हैं। शायद उन्हें लगता है कि उनका इकलौता बेटा सही-सलामत वापस नहीं लौट पाएगा। लेकिन वह जरूर लौटेगा। यह बात दूसरी है कि अपेक्षित रत्न लेकर न पहुँचे। उसकी झोली में ईंट-पत्थर ही भरे हों।'' कहकर वह हँस दिया और पोस्टकार्ड पढ़ने लगा।

रामउजागर ने अन्तर्देशीय पढ़ना छोड़कर एक-दो बार अनुकूल की तरफ देखा। वह शान्त था। पोस्टकार्ड पढ़ लेने के बाद किताब के नीचे दबा दिया और खिड़की के बाहर देखने लगा। वहाँ निचाट अँधेरा था। बत्तियाँ तक गुल थीं। राहगीरों को रास्ता कैसे मिल रहा होगा? जिन्हें अँधेरे की आदत पड़ जाती है उन्हें रोशनी का न होना ज्यादा परेशान नहीं करता। झींगुरियों का संगीत उसे बचपन से पसन्द था। उसे लगता था उसके अपने कानों से वह संगीत निकल रहा है। वह धुन तेज होते-होते

मध्यम हो जाती थी तो कान एकदम रुक जाते थे। रामउजागर अनुकूल के पिता के पत्र में लीन था–

प्यारे बेटे अनुकूल,

जब से आया हूँ तुम्हारा ध्यान बना है। जो कुछ वहाँ देखा उसकी पृष्ठभूमि में अपने-आपको खगोलता हूँ तो पाता हूँ कि जितने लम्बे समय तक हमने संत्रास सहा था, गांधीजी ने उसे निबटाने में कुछ जल्दी कर दी। अगर उन्होंने ऐसा न किया होता तो शायद हम या तो मिट जाते या फिर अपनी मुक्ति का रास्ता स्वयं खोजते। कभी-कभी हित करते, पिता से भी अहित हो जाता है। जैसा मुझसे हुआ। ये सब तैयारी की चीजें हैं। मेरे पिता ने भी यही किया था। मुझे वहाँ से निकालने के लिए जी-जान लगा दी थी। पर इतनी लम्बी छलाँग नहीं लगाई थी। लालच में पड़ गया। पाना अच्छा लगता है। लेकिन पाना जब कमजोरी बन जाती है तो वह खोने में बदल जाता है।

तुम्हारे संघर्ष की बात सोचता हूँ तो यही होता है कि आखिर किसलिए? क्यों? मैंने ऐसा करके कितनी गलती की? यहाँ किससे कहूँ? इसीलिए तुम्हें लिखकर तबीयत हल्की कर रहा हूँ। फिर तुम्हारी बातें याद आने लगती हैं। यह सही है कि जब ताल के नीचे के जल को ऊपर आना होता है या तो नीचे सोता फूटता है या कोई हलचल होती है...गन्दगी भी आती है। आती है तो आती है। उसे रोका नहीं जा सकता। अपने आप बैठ जाती है। लेकिन कितना भी मन को समझाऊँ, मन नहीं मानता। अपनी सन्तान के मूल्य पर कोई महात्मा नहीं बनता। बेटे को प्लास्टर में पड़े देखकर सब जागृति, सब त्याग धरा रह जाता है। दूसरे बेटे को बदरीनाथ के लिए विदा करते दिल नहीं दहलता। अपने बेटे को जाना हो तो दिल को चैन नहीं पड़ती। हालाँकि तुमसे यह कहने की हिम्मत नहीं होती कि तुम लौट आओ। यह भी कहते नहीं बनता कि तुम वहाँ रहकर इन हमलों को झेलते रहो। मुझे लगता है कि हम आगे बढ़ने के खतरों को उठाने के लिए अभी तैयार नहीं। या तो हम छीनकर अपने अधिकार लें या शान्त रहकर संत्रास भोगते रहें और अपने हक को माँगते रहें। धक्कामुक्की होगी तो बहुत-से लोग काम आएँगे। जब मैं इन सब तरीकों के बारे में सोचता हूँ तो तुम नजर आते हो। तब मेरा यह सब सोचा राख हो जाता है। किसी भी बाप का हो जाएगा।

लेकिन मैं निरन्तर अपने को समझाने की कोशिश कर रहा हूँ। यही सोचता हूँ कि गांधीजी अकेले थे, बाबासाहब अकेले थे...जो इन लोगों ने ठीक समझा, उसके लिए अकेले ही मार झेली। लेकिन सब गांधी भी तो

नहीं हो सकते। गांधी बिना तीन गोली खाए और बिना तीन बार राम कहे नहीं बन सकता। हम लोग अभी उनमें से नहीं जो गांधी उत्पन्न कर सकें। दो जून पेट-भर रोटी नहीं मिली, तन को कपड़ा नहीं मिला और इस शरीर को आँख-भर सम्मान नहीं मिला। इन सब लालसाओं में लिपटा न तो गांधी पैदा करेगा और न स्वयं बनेगा।

इन सब बातों को मैंने बहुत सोचा और इसी नतीजे पर पहुँचा हूँ कि तुम चले आओ। हालाँकि मैं जानता हूँ कि यह तीर मेरा ही छोड़ा हुआ है। अब उसे वापस कैसे लाऊँ? मैंने तुमसे कुछ भी कहने का अधिकार खो दिया। फिर भी पिता का अधिकार है। दशरथ ने भी राम को बनवास दिया था, मैंने भी दिया। लेकिन मैं तुम्हें वापस बुलाना चाहता हूँ...तुम चले आओ...मैं यह भी जानता हूँ कि तुम नहीं आओगे। अगर नहीं आओगे तो मैं इसे तुम्हारी कमी न मानकर अपनी ही कमी मानूँगा।

हाँ, एक बात और बताना चाहता हूँ जो मैंने तुमसे तब नहीं कही थी। मैंने नीलम्माजी से कुछ अनुचित बातें कह दी थीं। उनसे मेरी तरफ से हाथ जोड़कर माफी माँग लेना। वैसे झेलना तो तुम्हें अकेले ही है, अगर मुझे भी खबरदार रखोगे तो अच्छा रहेगा।

तुम्हारी माँ हर समय याद करती है। यही पूछती है कि तुमने मेरे बेटे को काहे देश-निकाला दे दिया? मैं क्या कहूँ?

हम दोनों का आशीर्वाद।

तुम्हारे बाबू,
बावनराम।

चिट्ठी पढ़कर रामउजागर ने अनुकूल की तरफ देखा। वह अभी भी बाहर ही देख रहा था। बिना बोले उसकी तरफ बढ़ा दी। अनुकूल मुस्कराया, ''द'दा, आपने एक बात देखी।''

''क्या?''

''चिट्ठी खुली हुई थी। घर से दस रोज पहले चली है। यहाँ छः रोज पहले आ चुकी थी। इत्तफाक से मोहर में पड़ी तारीख पढ़ी जा रही है।''

''तो कहाँ थी?''

''क्या यह भी बताने की जरूरत है। मि. खन्ना के सेन्सरविंग में चिट्ठियाँ खुलती हैं...मन हुआ कमरे में डाल गए और नहीं तो फाड़कर फेंक दी।'' फिर हँसकर बोला, ''खैर कोई बात नहीं, सब चलता है।''

रामउजागर गम्भीर हो गया।

अनुकूल थोड़ी देर बाद बोला, ''परसों लाइब्रेरी में एक किताब हाथ लग गई थी।

उसमें एक चेप्टर था कि तानाशाह सरकारें अपनी उच्छृंखल जनता पर कैसे नजर रखती हैं। अन्य तरीकों में से एक तरीका यह भी था—चिट्ठी-पत्तरों की छानबीन।'' हँसकर बोला, ''खन्ना साहब की भी सरकार ही है।''

रामउजागर खोया हुआ-सा खड़ा था। उसकी समझ में नहीं आ रहा था कि वह क्या करे। इस घटना से वह बुरी तरह पस्त हो गया था। उसके चेहरे पर भय था। कुछ देर बाद उसके मुँह से आवाज निकली, ''मुझे अपने ऊपर ग्लानि होती है। अगर मैं पहले वाली मनःस्थिति में होता तो पता नहीं क्या-से-क्या हो गया होता। कभी लगता है जो हुआ सो अच्छा हुआ। फिर पछतावा होने लगता है कि ऐसा क्यों हो गया? नसें तेजी से फड़कने लगती हैं। शरीर पसीने से सराबोर हो जाता है। मुझे महसूस होता है कि मैं निकम्मा हो गया। आदमी का निकम्मा हो जाना मर जाना है। लेकिन मैं जिन्दा हूँ। नीलम्मा के सम्पर्क से मैं सामान्य होने लगा था...शायद वह उसके व्यक्तित्व का खुलापन और रचनात्मकता थी जो कण-कण करके मेरा पुनर्निर्माण कर रही थी। निश्छल आत्मीयता मनुष्य के बन्द स्रोतों को खोल देती है। लेकिन वह चली गई। क्यों चली गई, यह अभी तक नहीं जान पाया। जरूर उसे मुझसे निराशा हुई होगी। वह कहती है कि जीवन के प्रति उसका दृष्टिकोण मेरे ही प्रभाव से बदला। मैं कहता हूँ नीलम्मा ने मेरे मृत जीवन स्रोतों को फिर से प्रवाहमान किया था।''

उसकी आँखों को देखकर अनुकूल को लगा कि नीलम्मा सामने आकर खड़ी हो गई है। तुरन्त ही वह सँभल गया। वहाँ वे दोनों ही थे। रामउजागर के नजदीक आकर बोला, ''द'दा, तुम्हें नहीं मालूम, नीलम्माजी को भी इन लोगों ने गन्दा और धमकी-भरा पत्र लिखा था। जिस अभद्र भाषा का प्रयोग किया था वह धमकी से भी भयानक और शर्मनाक थी। पर वे अडिग रहीं। उस दिन जब तुम गाँव से आए तब भी शायद कुछ बातें हो गई थीं। मुझे उन्होंने विस्तार से कुछ नहीं बताया। बस इतना ही कहा कि अकेले कुछ भी कर पाना असम्भव होता जा रहा है। दरअसल हमारे साथ के लोग यथास्थिति स्वीकार कर चुके हैं। उन्हें केवल अपनी स्थिति की चिन्ता है, परिवर्तन की जरूरत नहीं। वे रियायतों और सिफारिशों पर ही जिन्दा रहना चाहते हैं। अपना अधिकार अपने लिए इस्तेमाल न करके उसे चन्द सुविधाओं के लिए बेच देते हैं। यह रवैया किसी भी समाज को मुक्त नहीं होने देगा। बन्धक बनाए रखेगा। सामर्थ्य को देवदार और युकेलिप्टिस के दरख्तों की तरह ऊँचा और दूब की तरह विस्तृत किया जा सकता है। लेकिन उसके लिए त्याग, संघर्ष और सन्तोष का ही एकमात्र रास्ता है। दूसरों की कृपा पर आधारित परजीवी होता है। बेल एक बार कटी फिर...कोपलें नहीं फूटतीं। जैसे हमारा सम्पूर्ण समाज अपने-आपको सरकार पर आश्रित किए दे रहा है, उसी तरह हम दोनों भी अपने-आपको नीलम्माजी के कन्धों का भार बनाए डाल रहे थे। मैं सोचता हूँ अच्छा ही हुआ वे बीच से हट गईं। अब

हमें अपने पैरों पर खड़ा होने का अवसर मिलेगा। अपने अस्तित्व को बनाए रखने के वास्ते कोई ऐसा रास्ता निकालना होगा जो आत्मनिर्भर हो।''

अनुकूल की बातों से रामउजागर के चेहरे पर थोड़ी बेचैनी उभर आई। वह अव्यवस्थित-सा पिछलाई पकड़ने लगा। उसने कुछ कहना चाहा पर न कह पाने की स्थिति फिर लौट आई। अनुकूल की आँखों से एक तरह की रोशनी आती नजर आ रही थी। अनुकूल उसको ऐसी जगह खड़ा नजर आ रहा था जो उसकी पहुँच से बाहर थी। वह इतना ही कह पाने में सफल हो सका, ''अनुकूल, तुम हर कोण से सोचने की आदत बनाते जा रहे हो...कभी मैं भी इसी तरह सोचने की कोशिश करता था।''

''नहीं द'दा, ऐसा नहीं। मैं कुछ नहीं करता। मुझे लगता है कि मेरे अन्दर कोई यह सब बोलता रहता है और मैं उसे दोहराता रहता हूँ। यह समझने में मुझे समय लगेगा कि यह मैं ही हूँ। मेरे अन्दर कोई आ बैठा है और मैं यह सब सोचने और कहने के लिए बाध्य हो जाता हूँ। वरना तो मैं भी उसी मिट्टी का बना हूँ, उसी वातावरण में पला हूँ जिसमें और सब पले-बढ़े हैं। पता नहीं कब हम अपने आपसे आगे निकलेंगे। किसी भी समाज, संस्कृति और सभ्यता को, उसके अपने स्रोतों से काटकर दूसरे स्रोतों से जोड़ देने का मतलब है समूल नष्ट कर देना। मुझे लगता है हम लोग इसके पहले शिकार हैं, अब यह पूरा देश हो रहा है। व्यक्तिगत रूप से हम दोनों उसके प्रमाण हैं। नीलम्माजी इसीलिए चली गईं...खतरा उनके सामने भी था।''

रामउजागर के अन्दर अग्नि की तरह कुछ ऐसा प्रज्वलित होने लगा जो उसे निरन्तर झुलसाए जा रहा था। वह उससे बचना चाहता था। लेकिन अपने अन्दर की तपिश से कोई बच सका है? उसने अपने को झुलसने के लिए छोड़ दिया। थोड़ी देर बाद उसे दिवास्वप्न का-सा आनन्द आने लगा।

वे लोग देर तक चुपचाप लेटे रहे। सवेरे उठे। उनमें कोई विशेष बात नहीं हुई। रामउजागर तैयार होकर फिर निकल गया।

उस दिन वह सबसे पहले प्रोफेसर मलकानी से मिला। प्रोफेसर मलकानी के बारे में वे सभी लोग यही मानते थे कि उनके दिल में उन लोगों के लिए आत्मीयता है। इस बीच प्रोफेसर मलकानी विदेश में थे, इसलिए उन्हें उन सब स्थितियों के बारे में ज़्यादा जानकारी नहीं थी जो उनके पीछे विकसित हुई थीं। वापस आने पर उन्हें रामउजागर के बारे में पता चला था। विस्तृत जानकारी के लिए किसी के कहने पर उन्होंने अनुकूल को भी बुलवाया था। तब वह प्लास्टर में पड़ा था। नीलम्मा की बात हुई हो तो हुई हो! वह बिना किसी से मिले चली गई थी। रामउजागर को तनिक भी पता नहीं था कि वे अब उसके बारे में क्या सोचते हैं!

रामउजागर पहले तो प्रोफेसर मलकानी के घर के बाहर चक्कर लगाता रहा। वह निश्चय नहीं कर पा रहा था, घंटी बजाए या लौट जाए। पता नहीं प्रोफेसर क्या सोचें? कहीं वे नाराज ही न हों और बात करने से मना कर दें। लेकिन जब तक वह उनसे मिलेगा नहीं तो उसे क्या पता चलेगा कि उनका इस स्थिति के बारे में क्या रुख है। अगर प्रोफेसर मलकानी की सहायता नहीं मिल सकती तो फिर यहाँ उसकी सहायता और कौन कर सकता है? पहली बार जब नीलम्मा उसके साथ प्रोफेसर से मिलने आई थी तो उसे भी झिझक हुई थी और वह दो मनों में बँट गई थी। रामउजागर ने उस पर तंत्र किया था—अगर आत्महत्या करनी हो तो भी एक मन होकर करनी चाहिए। तुम तो प्रोफेसर से मिलने की बात को लेकर ही इस तरह बँट गई हो जैसे देश के बँटवारे के समय कांग्रेस बँट गई थी। इतनी छोटी बात के साथ इतनी बड़ी घटना से बराबरी करने के पीछे छिपी हास्यास्पदता पर वह हँस दी थी।

उसके मन में कचोट-सी उठी। उसे यह उलझन क्यों होती है? स्पष्टवादिता और सीधे सोच सकने की सामर्थ्य कहाँ चली गई? तेजी से गया और घंटी बजा दी। प्रोफेसर स्वयं आए। देखते ही बोले, ''अरे राम, तुम! आओ-आओ, मैं जब से आया हूँ तब से तुम्हें तलाश कर रहा हूँ। तुम्हारे बारे में बहुत कुछ सुनने को मिला, पता चला था कि तुम कैम्पस में ही हो।''

''जी!'' उसने धीरे-से कहा। लेकिन उसे आश्चर्य हुआ कि इनको कैसे पता चला कि वह कैम्पस में ही है। कौन लोग आकर उसके बारे में इनसे चर्चा करते हैं? क्या वे ही...?

प्रोफेसर मलकानी ने उसका हाथ पकड़ा और बोले, ''बाहर क्यों खड़े हो...अन्दर आओ। यह तुम्हें क्या हो गया। चेहरे से इतने थके और मायूस क्यों लग रहे हो? जब मैं गया था तो तुम्हें एक ऐसे नौजवान के रूप में छोड़कर गया था जिसके अन्दर जिन्दगी और साहस हर समय उबलते रहते थे। मैं तो विदेश में भी नीगर युवकों से बातें करते समय तुम्हारा उदाहरण दिया करता था।''

रामउजागर सुनते हुए पीछे-पीछे चला जा रहा था। स्टडी में जाकर वे दोनों आमने-सामने हुए। एक-दूसरे को देखा। वह खड़ा रहा। प्रोफेसर मलकानी ने उसका हाथ पकड़कर सोफे पर बैठाया।

वह बैठ गया। प्रोफेसर कुछ देर उसकी तरफ देखते रहे। फिर स्वयं भी उसके पास ही बैठे। रामउजागर चुप था। प्रोफेसर भी पहले तो चुप ही रहे फिर बोले, ''कहो राम...कैसे हो?''

''जी!'' उसने चौंककर देखा।

''यह तुम्हें क्या हो गया, ज़रा-ज़रा-सी बात पर चौंकते हो? तुम्हारी वह चुस्ती कहाँ चली गई? तुम्हारी असाधारण बुद्धि ने तुम्हें योग्य से योग्य छात्र से भी ऊपर

ले जाकर खड़ा कर दिया था। नीलम्मा ने तुम्हारे बारे में एक पत्र में संकेत दिया था। मैं यह नहीं समझता था कि स्थिति यहाँ तक पहुँच गई होगी।''

रामउजागर बड़ी कठिनाई से सामर्थ्य सँजो पाया, ''सर, मैं वापस आना चाहता हूँ। प्रार्थनापत्र लिखकर हेड को दे दिया...उसकी कापियाँ डीन को, एस.यू.जी.सी. (सीनेट अंडर ग्रेजुएट कमेटी) के चेयरमैन आदि सबको दे दी। अब मैं ज्यादा दिन छुट्टी पर नहीं रह सकता। सर, मैंने अपना सबकुछ खो दिया।''

''यह तुम्हें क्या हो गया राम?'' उन्होंने दुख और आश्चर्य से कहा।

''मैं नहीं जानता...'' फिर अपने आप ही बोला, ''मुझे सारे नौजवान मोहन नजर आते हैं...चाहे हम लोग हों या वो लोग। उसी तरह लटके हुए। सर, उसके शरीर को मैंने ही उतारा था। कोई उतारने को तैयार नहीं था। कहते थे, बदबू आ रही है। अपने शरीर में से भी किसी को बदबू आती है। उसके हाथ हिले। उसने लम्बी साँस ली... वह मेरे कन्धे से भाई की तरह लग गया था। वह जिन्दा था। अगर वह नहीं था तो हम भी नहीं हैं। उसे फूँक दिया, हमें भी फूँका जा सकता है। उनका काम यही है—लटकाना और फिर उतारकर फूँक देना। बस हम लोगों को भी उतारा जाना ही शेष है...फिर जहाँ जगह मिलेगी वहीं फूँक दिया जाएगा।''

''ओह...!'' प्रोफेसर मलकानी के मुँह से एक दर्द-भरी आह निकली। उन्होंने इस विषय पर आगे बात करना उचित नहीं समझा। वे फौरन बोले, ''मुझे मालूम है तुमने दरखास्त दी है। जो कुछ भी मुझसे बन पड़ेगा, करूँगा। लेकिन तुम तो अपने को इस लायक बनाओ कि तुम यहाँ के सब तरह के दबाव सहन कर सको। पहले भी तो करते ही थे।''

''कोशिश कर रहा हूँ सर, मैं पूरी कोशिश कर रहा हूँ। अब पहले से ठीक भी हूँ। पहले तो ज़रा-सी भी भाग-दौड़ करने लायक नहीं था। नीलम्मा ही मुझे गाँव से लिवाकर लाई थी। मैं काफी ठीक हो गया था...अब भी ठीक हूँ। उसके लिवाकर लाने और इलाज करवाने में आत्मीय संस्पर्श था। लेकिन वह एकाएक चली गई। वह चाहती है कि हम स्वतंत्र रूप से जीना सीखें। सामाजिक या व्यक्तिगत स्तर पर हम हमेशा गांधी नहीं पा सकते। उसका कहना था, सबको अपना गांधी अपने-आप बनना होता है। उसी कोशिश में लगा हूँ...।''

प्रोफेसर मलकानी भावुक हो उठे। उनके मुँह से अंग्रेजी में निकला, ''मेरे बच्चे!''

रामउजागर और ज्यादा बिखर गया, ''सर, मैं क्या करूँ? कहाँ जाऊँ? मैंने कभी अपने अन्दर झाँककर नहीं देखा। पूरी लड़ाई को बाहर की लड़ाई समझता रहा। अब समझा कि बाहरी लड़ाई में तो बाहरी उपकरणों से निबटा जा सकता है पर अन्दर की लड़ाई में यह सबकुछ नहीं चलता। मैं इस लड़ाई को अपने विरुद्ध ही लड़ रहा हूँ...जब से नीलम्मा चली गई तब से तो मैं और भी अकेला पड़ गया। पता नहीं

कब तक चलेगी? आखिर तक लड़ भी पाऊँगा या नहीं?''

प्रोफेसर ने उसका कन्धा थपथपाया। उसकी नजर में वे एकाएक और बड़े हो गए। पहले वह उन्हें देखता रहा, फिर बोला, ''अगर मुझे वापस आने का मौका मिल गया तो शायद मैं अपनी इस लड़ाई को दूसरे ढंग से लड़ सकूँ। नीलम्मा को भी बता सकूँगा कि मैं लौट आया हूँ।''

''हो सकता है, अब नीलम्मा वापस न आए।''

रामउजागर को लगा जैसे दूध का भरा कटोरा हाथ से छूटकर दूर गली में जा गिरा हो, ''क्यों? उसकी पी.एच.डी.? क्या उसने आपको कुछ लिखा है?'' उसने सब सवाल एक साथ पूछ डाले।

''हाँ, वह सब है...पर वह वापस नहीं आना चाहती। उसने वहीं काम ले लिया है। फिलहाल अपनी स्टेट के केन्द्रीय विश्वविद्यालय में एक लीव-वेकेन्सी में पढ़ा रही है। वह अपने घर से भी चली आई। जल्दी ही उसकी नौकरी नियमित हो जाएगी।''

रामउजागर स्तब्ध था। जब उसके अन्दर की वह स्तब्धता टूटी तो बोला, ''मैं सोचता था कि मैं ठीक हो जाऊँगा। नीलम्मा लौट आएगी। इन सबके खिलाफ उसकी आवाज में आवाज मिलाकर मैं भी अपनी बात कह सकूँगा। अनुकूल, मैं और हम जैसे अनेक साथी अपना रहबर पा जाएँगे। लेकिन उसने ऐसा निर्णय ले लिया! उसने ऐसा क्यों किया, सर? वह तो हमेशा औरों के बारे में सोचती थी।''

''कभी-कभी जब मनुष्य के अपने अन्दर के सोते सूखने लगते हैं तो वह अपनी तरलता खोता जाता है। सूखा उगने देना बन्द कर देता है। बल्कि उगा हुआ भी सूखने लगता है। मैं नहीं कह सकता, नीलम्मा के साथ क्या हुआ! उसने ऐसा क्यों सोचा? विदेश से लौटने के बाद मैं उससे नहीं मिला। यह सबकुछ उसकी चिट्ठियों में पता चला है।''

रामउजागर कुछ नहीं बोला। उठा और चल दिया। प्रोफेसर मलकानी उसे बाहर तक छोड़ने आए। विदा लेते हुए उसने बिना बोले हाथ जोड़कर नमस्कार किया और सड़क पर दौड़ने लगा।

प्रोफेसर की नजर काफी दूर तक उसका पीछा करती रही।

रामउजागर अनुकूल के कमरे में चुपचाप लेटा रहता था। शाम को खिड़की के पास कुर्सी पर बैठकर बाहर का नजारा देखा करता था। इत्तफाक था कि जब से अनुकूल का पार्टनर कमरा छोड़कर गया था उसकी सीट खाली पड़ी थी। या तो आवंटित नहीं हुई थी या हो नहीं पाई थी।

अनुकूल का चलना सहज होता जा रहा था।

रामउजागर के अपने-आपको कमरे तक महदूद कर लेने के कारण उसके मामले की पैरवी का सारा बोझ भी अनुकूल कै ऊपर आ गया था। जब समय मिलता था तो वह एस.यू.जी.सी. के छात्र सदस्यों से मिल आता था। छात्र सदस्यों में से दो रामउजागर की छुट्टी कैन्सिल करके उसे आने देने के पक्ष में थे। शेष दो छात्र प्रतिनिधियों का उनसे मतैक्य नहीं था। रामउजागर के विरोध में बेनामी चिट्ठियाँ भी प्राप्त हो रही थीं। उन चिट्ठियों में मुख्य रूप से इसी प्रकार के आरोप थे कि रामउजागर गुंडा है। उसने अनुकूल जैसे झगड़ालू और जातिपरस्त छात्रों को बढ़ावा दिया है। ये लोग नॉन एस.सी. छात्रों को नीचा दिखाने के लिए योजनाबद्ध रूप से काम करते हैं। ऊँची जाति की लड़कियों को फँसाते हैं...व्यभिचार करते हैं, पैसा ऐंठते हैं...नतीजा यह होता कि उन बेचारी लड़कियों को अधबीच में भाग जाना पड़ता है। उसी तरह की बातों को एस.यू.जी.सी. के अध्यापक सदस्य सही मानकर रामउजागर का विरोध करते थे। प्रोफेसर मलकानी ही केवल रामउजागर के पक्ष में थे।

जिस दिन एस.यू.जी.सी. इस मामले पर विचार करनेवाली थी उससे पहली रात को अनुकूल ने रामउजागर को समझाया, ''द'दा, तुम्हारे जाने की बात अलग है, एस.यू.जी.सी. के सदस्यों से जाकर मिलोगे तो उन लोगों का दिल कुछ मुलायम पड़ेगा। तुम्हारी बात मानेंगे।''

रामउजागर कुछ नहीं बोला। अनुकूल को फिर कहना पड़ा, ''मेरे विचार से मिल आने में कोई हर्ज नहीं। काम अपना है। दुनिया दुश्मन है। हम इतने मजबूत नहीं हैं कि अधिकार की हक के तौर पर माँग कर सकें। केवल अपनी बात कहकर और आरोपों को निराधार सिद्ध करके ही हम कुछ प्राप्त करने में सफल हो सकेंगे।''

रामउजागर ने सवाल किया, ''किसलिए?''

''जिसलिए आप यहाँ ठहरे हैं। कल आपके बापूजी की चिट्ठी भी आई थी। वे यही सोच रहे हैं कि आप ठीक हैं...पढ़ाई का काम चालू हो गया है। उनके इस सोच को सच्चाई में बदलने का एक ही रास्ता है कि हम जल्दी-से-जल्दी अपने उद्देश्य में सफल हों।''

रामउजागर ने आँखें बन्द कर लीं। इशारे से कहा कि वह चुप रहे या वहाँ से फिलहाल चला जाए। उसने अन्तिम प्रयत्न किया, ''प्रोफेसर मलकानी से तो मिलने में कोई हर्ज नहीं। वे तो आपके हितू हैं। इत्तफ़ाक से अपने विभाग के प्रतिनिधि प्रोफेसर चन्द्रा के बाहर चले जाने के कारण वे ही एस.यू.जी.सी. के सदस्य भी हैं।''

वह पत्थर हुआ बैठा रहा।

अनुकूल थोड़ी देर तक बैठा देखता रहा फिर उठकर बाहर चला गया। उसकी समझ में नहीं आ रहा था कि रामउजागर दादा क्या चाहते हैं। अगर छुट्टी कैन्सिल कराने के प्रति गम्भीर नहीं तो आए ही क्यों? मनुष्य को कदम उठाने से पहले धरती

टटोल लेनी चाहिए, नहीं तो पता नहीं रहता आदमी कहाँ पाँव रख दे। स्पष्टवादिता और निर्भयता के कारण आज जो तस्वीर उनकी प्रस्तुत की जा रही है, वह एक झूठी तस्वीर है। उनकी तरफ से कोई प्रयत्न नहीं कि उस झूठ को उजागर किया जाए। रात को देर तक बाहर बैठा रहा। जब लौटा तो रामउजागर उसी तरह चुपचाप बैठा था। चूँकि अभी उसके पैर में लंग थी इसलिए वह खाट पर लेटकर, घुटने पर पाँव टिकाकर, हाथ से दबाने और सहलाने लगा।

कमेटी के सामने केवल रामउजागर का ही मामला नहीं था, दो-चार और भी केस थे। दो मामले नॉन एस.सी. छात्रों के थे। उनको इसलिए अनुमति नहीं दी जा रही थी, क्योंकि वे लोग खास तरह के ऐसे राजनीतिक विचार रखते हैं जो संस्थान के मिजाज से मेल नहीं खाते। एक छात्र ने अपनी थीसिस अंग्रेजी में न लिखकर अपनी मातृ-भाषा में लिखी थी। उस पर एस.पी.जी.सी और एस.यू.जी.सी. को अनौपचारिक रूप से मिलकर विचार करना था। यह मामला अलग से लिया जाना था। जिन लड़कों का राजनीतिक विचारों की भिन्नता का मामला था उनके बारे में सबसे बड़ा आरोप यही था कि उनकी उपस्थिति के कारण विदेशों में संस्थान की साख गिरी है। इन छात्रों के बने रहने से अन्य छात्रों के रोजगार और पढ़ाई सम्बन्धी भविष्य पर प्रभाव तो पड़ ही सकता है, साथ ही हमारे प्रति उनकी नाराजगी भी बढ़ सकती है। लेकिन इन लड़कों की पीठ पर एक अच्छा-खासा गोल था। वह गोल उनके हितों को लेकर एक लम्बी लड़ाई छेड़ सकता था।

अनुकूल जाकर कमेटी रूम के बाहर बेंच पर चुपचाप बैठ गया था। और लड़के भी मौजूद थे। उनमें से एक से उसने बात की, "यह सब क्या हो रहा है? अगर लड़कों को नहीं आने दिया तो वे कहाँ जाएँगे? न विद्या ही जोड़ पाए और न अनुभव ही।"

वह लड़का हल्का-सा मुस्कुराया और यह कहकर हँसता हुआ चला गया, "यह सब तुम हम पर छोड़ो। सरकार के दिए हथियारों से सरकार के विरुद्ध नहीं लड़ा जा सकता है...!" थोड़ी देर तक वह उसकी बात को पकड़े बैठा रहा। हो सकता है इसकी बात ठीक हो। राजनीति के हथकंडे व्यक्ति से भिन्न होते हैं। सिर और जूता जब दोनों एक ही के होते हैं तब वे अलाप लेते हैं। अपनी इस बात पर अनुकूल को भी हँसी आ गई। अगर वह लड़का सामने होता तो वह इस बात को कहे बिना ना मानता।

सदस्य आने शुरू हो गए थे। अनुकूल जिस सदस्य को भी आते देखता था, लँगड़ाता-लँगड़ाता उसके पास पहुँच जाता था। उसे समझाने की कोशिश करता था कि रामउजागर वैसा लड़का नहीं जैसा कि लोगों ने उसके बारे में फैला रखा है।

उसका दिल बड़ा है। उसमें एक महान व्यक्ति होने की सम्भावनाएँ हैं। दुख के समय वह हर एक का दोस्त है। अगर उसमें यह गुण न हुआ होता तो उसने मोहन की लाश न उतारी होती। यदि आप उसे आने देंगे तो उसे एक नई जिन्दगी मिल जाएगी। कुछ ध्यान से सुनते थे। कुछ हाँ-हाँ करते अन्दर घुस जाते थे। एक-दो लोग जो पक्के टोरी थे, उन्होंने उसे डपट दिया, ''जाकर पढ़िए। यह प्रोफेशनल इन्स्टीट्यूट है। डिग्री कॉलिज नहीं। यहाँ कोई राजनीति नहीं चलेगी। अगर करोगे तो उसी तरह मुश्किल में पड़ जाओगे जैसे रामउजागर पड़ गया। कभी किसी इन्स्टीट्यूशन को नुकसान पहुँचाने की कोशिश मत करो। नहीं तो इन्स्टीट्यूशन तुम्हें कुचल देगा।''

अनुकूल अपनी स्थिति स्पष्ट करने की कोशिश करता, ''नहीं सर, मैं आप पर किसी तरह का दबाव नहीं डाल रहा। केवल रामउजागर के हालात से अवगत करा रहा हूँ। वह और कुछ नहीं चाहता, सिर्फ छुट्टी कैन्सिल कराना चाहता है। यह उसके लिए बहुत कठिन समय है। उसे सिर्फ आपकी सहानुभूति चाहिए।''

''लफ्फाजी ज्यादा काम नहीं आती। पढ़ो। अगर वह पढ़ा होता तो आज यह दिन नहीं आया होता। जिन्दगी एक कठिन प्रतियोगिता में बदलती जा रही है। उसे सहानुभूति से जीतने की कोशिश करोगे तो अपने को ज्यादा दिन तक नहीं बचा सकोगे। किसी दिन यह तुम्हारी रोप-वे टूट जाएगी और तुम सब लोग...लुढ़कते हुए... कहीं ऐसी जगह जा गिरोगे कि जहाँ अपने-आपको खोज पाना कठिन हो जाएगा।''

जब मलकानी आए तो वह उनके पास भी गया। मलकानी ने उसके कन्धे को थपथपाते हुए कहा, ''आशा कभी नहीं त्यागनी चाहिए...तब भी नहीं जब सब रोशनियाँ गुल हो चुकी हों।'' और अन्दर चले गए।

अनुकूल फिर जाकर बेंच पर बैठ गया और अपनी टाँग सहलाने लगा।

मीटिंग शुरू हुई।

पहले वह अकेला ही चुपचाप बैठा था। फिर दो लड़के और आकर बैठ गए। उनके मामले भी विचाराधीन थे। लेकिन वह चुपचाप बैठा रहा। वे लड़के हँसी-मजाक करते रहे और आपस में बोलते-बतियाते रहे। उनको किसी प्रकार की चिन्ता नहीं थी। वे चिन्तामुक्त थे।

अनुकूल ने जेब में हाथ डाला तो उसके हाथ में नीलम्मा का खत आया। उसने रामउजागर से उस खत का जिक्र अभी तक नहीं किया था। वह जेब में पड़े उस खत को मुट्ठी में दबाता और छोड़ता रहा। उसका वह क्या करे?

अन्दर की आवाज बाहर आने लगी थी। उनमें से एक लड़का पहले दीवार के पास खड़ा सुनता रहा फिर आकर दूसरे से बोला, ''अपने को तो ज्यादा फिक्र नहीं।

नहीं तो बिजनेस में लग जाएँगे। बाप जान ने कह दिया है कि किसी के सामने झुकने की जरूरत नहीं। मेरे पास इतना रुपया है कि तुम्हारे लिए एक समानान्तर संस्थान खुलवा दूँ। जितने वहाँ पढ़ाते हैं सबको अपने यहाँ नियुक्त कर लूँ।'' रुककर धीरे-से बोला, ''कल आए थे, सबको डिनर पर बुलाया था। इस साल न्यू-इयर पर वी.वी.आई.पीज को फैक्टरी की तरफ से जो गिफ्ट्स दिए गए थे... एक-एक सूट लैंग्थ...सेंट्स...पाइप्स, लाइटर्स, पार्कर जूनियर, एशट्रे वगैरह, एक-एक ब्रीफकेस में बन्द करके इन सबको भी पकड़ा दिए।''

दूसरा बोला, ''यार, तुम बनते हो दोस्त और जिक्र कर रहे हो इतने दिन बाद! अबे, हमें पता होता तो हम भी देते समय डैडी के हाथ में उसी तरह हाथ लगा लेते जैसे संकल्प करते समय घर के बड़े के हाथ से हाथ छुआकर संकल्प में भागीदार बना जाता है। जब हम फैक्टरी खोलते तो आधे लौटा देते। आधे-आधे में पड़ता पड़ जाता।''

दोनों जोर से हँस दिए।

पहलेवाले ने दूसरेवाले की तरफ रुख किया, ''अबे तुझे क्या फिक्र, वो डिप्टी डायरेक्टर तो तेरा रिश्तेदार है। चेयरमैन तक को साधे है। सुना है चैयरमैन अपनी एम्पायर में उसे भी हिस्सा देनेवाला है। तुझे यहाँ से बैठाएगा, वहाँ निकाल देगा।''

वह मुस्कुराकर बोला, ''पर बेटा, चाँदी के जूते से जबरदस्त मार किसी दूसरे हथियार की देखी है? आँख भी चौंधियाता है और अक्ल भी कुन्द करता है। खोपड़े पर टोपी की तरह जमकर बैठ जाता है। आदमी बोलना कुछ चाहता है बुलवाता कुछ है। हम तो फिफ्टी-फिफ्टीवाले हैं। सेन्ट-परसेन्टवाले तो तुम हो।''

दूसरेवाला लड़का ही बोला, ''मुश्किल रामउजागर वाले में पड़ेगी। खन्ना भी पेले हुए है। खन्ना के सामने डायरेक्टर की भी पिद्दी बोल जाती है। उसने सबको अल्टीमेटम दे दिया है कि खबरदार, जो रामउजागर के साथ ज़रा-सी भी सहानुभूति दिखलाई गई। अगर किसी तरह की छूट दी गई तो एक-एक एस.सी./एस.टी. को कटवा डालूँगा। खन्ना पर भी तो उन्हीं का हाथ है...जिनका तुम बताते हो कि हमारे ऊपर है...। जितने उद्योगपति हैं सब उन पर जान कुर्बान करते हैं। रिसर्च हुई यहाँ और फैक्टरी लगी वहाँ। एक-एक के कई-कई प्लान्ट चल रहे हैं। वे चाहें जिस इंडस्ट्रियलिस्ट के यहाँ जाकर डायरेक्टर बन जाएँ। इतना कमवा दिया है कि उनकी तनख्वाह किसी को नहीं खलेगी। दरअसल ये इंडस्ट्रीवाले भी इन लोगों के खिलाफ हैं। नफरत करते हैं...! सच पूछिए तो यही लोग हम लोगों के हितों के वास्तविक संरक्षक हैं। क्यू.ई.डी.।''

पहलेवाला बोला, ''तो फिर इन्डस्ट्रियलिस्टों को गाली क्यों देते हो? हम खिलाएँ-पिलाएँ भी और गाली भी खाएँ। तुम्हारेवाले भी तो सुना है सी.आई.ए. की

गोद चले गए।''

दूसरा हँस दिया, ''गनीमत है, माफिया नहीं कहा।''

वे लोग अनुकूल की तरफ से बेखबर थे। हो सकता है पहचानते ही न हों। अन्दर रामउजागर के मामले पर बहस शुरू हो गई थी। आवाज साफ नहीं आ रही थी। एक खिड़की जो खुली थी, वह भी बन्द कर दी गई थी।

वे लड़के उठे और बोले, ''चलो, अब रामउजागर का मामता उठ गया है। एक-डेढ़ घंटा तो लगेगा ही। हम लोगों का तो हो ही गया होगा। न होने की बात होती तो हम लोगों के मामले पर भी इसी तरह जोर-खरोश के साथ बहस हुई होती।''

दूसरा बोला, ''तुम्हारा तर्क मानने लायक है। इसका मतलब रामउजागर गो, वेन्ट, गॉन! लोगों के लिए सबक होगा और रामउजागर जैसे लड़के के साथ ट्रेजेडी।''

''पुरानेवाला बंगाली डायरेक्टर कहा करता था कि प्रशासन बुलडोजर होता है। उसकी बात मायने रखती है। देख लो, बुलडोजर चालू है। अब रामउजागर टिल्ड लैन्ड मात्र रह गया।'' फिर रुककर कहा, ''उसकी जबान ही बुरी थी, स्वयं बुरा नहीं था। उसकी पीठ तुम्हारेवाले ने ही जमीन से लगा दी। वही उसके पीछे पड़े थे। तुम लोग जब किसी को खाने पर आते हो तो बिना काँटा-छुरी के खाते हो। मांसाहारी कौम जो ठहरे।''

दूसरा हँस दिया, ''अमाँ यार, खाते समय काँटा-छुरी से क्या मतलब? रोमांस क्या कभी दुभाषिये के सहारे हो सकता है?''

वे लोग हँसते हुए कैन्टीन की तरफ बढ़ गए। पहलेवाले की कार वहीं खड़ी थी।

अनुकूल अनजान बना बैठा था। उसने उनकी बातें गौर से सुनी थीं। इन बातों ने उसे अन्दर तक उथल-पुथल कर दिया था। क्या ये सब लोग हमें इन्सानों की श्रेणी में नहीं रखते? दूसरे इन्सान क्या इन लोगों के लिए जानवरों से भी बदतर हैं?

बीच-बीच में जब हवा तेज होती थी तो अन्दर की आवाज काफी स्पष्ट सुनाई पड़ती थी। नहीं तो छुपती-छुपती-सी आती थी। अंग्रेजी में भाषण चल रहा था। जरूर कोई प्रोफेसर बोल रहा है। अनुकूल ने अपने कानों को थोड़ा चेतन किया। उसकी अंग्रेजी विलायती अंग्रेजी थी। उत्तेजित था। जितना कुछ वह समझा उससे यही लगा कि वह रामउजागर की छुट्टी कैन्सिल करने के विरुद्ध है। उसका कहना था, उसने गुंडई अभी नहीं छोड़ी! पहले ही की तरह वह अभी भी डराता-धमकाता है। पूरे संस्थान को वह एस.सी./एस.टी. देशम् में परिवर्तित कर देना चाहता है। वह किसी भी सीमा तक जा सकता है। छुट्टी खत्म होने के बाद उसके मामले पर विचार किया जाना चाहिए। वह भी तब जब मेडिकल बोर्ड उसकी पूरी तरह से जाँच कर ले। इस समय

उसका प्रवेश संस्थान के हित में नहीं होगा। अन्त में उसने एक वाक्य और जोड़ा– रामउजागर ने अपने से हर तरह से वरिष्ठ एक लड़की को बेइज्जत करके संस्थान छोड़ने के लिए मजबूर कर दिया। मैं उस लड़की का नाम लेना आवश्यक नहीं समझता।

अनुकूल उसके आरोपों को सुनकर दंग रह गया था। एक बार उसको उत्तेजना हुई कि वह दरवाजा धकेलकर अन्दर घुस जाए। उसे इस सफेद झूठ का प्रतिरोध करना चाहिए। अगर वह नहीं करता तो वह निकम्मा है। इन सबको नीलम्मा का पत्र दिखाए। लेकिन उससे क्या होगा? लोग हँस देंगे। किसी भी बात का व्यर्थ जाना एक अवसर का व्यर्थ हो जाना है। नीलम्मा का पत्र निकालकर वह दोबारा पढ़ने लगा–

प्रिय अनुकूल,

जो बातें सुनने को मिलती हैं उनकी जाँच-पड़ताल करने का मेरे पास कोई साधन नहीं। मैं चाहती थी कि जो कुछ भी घटित हो रहा है उससे अपने को अनजान बनाए रखूँ...होने दूँ। ऐसा कभी-कभी तो सम्भव हो जाता है पर हमेशा और हर एक सन्दर्भ में सम्भव नहीं होता। कुछ लोगों के साथ ऐसे सम्बन्ध बन जाते हैं, जब तक वे बच्चों की तरह सोते रहते हैं अपने को उनके प्रति तटस्थ बनाए रखा जा सकता है। लेकिन जहाँ उन्होंने कुनमुनाना, रोना या चिल्लाना शुरू किया फिर चाहे कोई कितना भी सन्तुलित क्यों न बना रहना चाहे, अपने को अलग बनाए रखना सम्भव नहीं हो पाता। कभी-कभी मुझे लगता है कि इस तरह की बातें लिखना और कहना मेरी आदत हो गई है। लेकिन तुम्हें ज्यादा माथापच्ची करने की जरूरत नहीं। हाँ, जो पूछूँ उसका सही-सही जवाब देना।

क्या राम तुम्हारे पास है? वह क्या वास्तव में फिर से संस्थान लौट आना चाहता है? वह क्या ऐसी मानसिक स्थिति में है कि फिर से अपने बिखराव को समेटकर एकाग्रता के साथ पढ़ सके और पहलेवाले स्तर को प्राप्त कर सके? अपने साथियों की समस्याओं में वह पहले की तरह भागीदारी कर पाता है या नहीं? छुट्टी कैन्सिल करके उसे अगले सेमिस्टर में पढ़ने की इजाजत देने के बारे में संस्थान का क्या रुख है?

अगर इन सब सवालों का उत्तर नकारात्मक है तो मेरा सुझाव मानो। प्रोफ़ेसर मलकानी राम को बहुत मानते हैं। तुम और राम उनसे मिलो। हो सकता है समस्या का समाधान निकल आए। मैं जानती हूँ तुम लोगों का साथ देने के कारण प्रशासन ने उन्हें प्रशासन विरोधी करार दे रखा है। इसलिए फैकल्टी भी उनसे बचती है। उस सबके बावजूद वे राम जैसे छात्रों की मदद करने के लिए हमेशा तैयार रहते हैं। मैंने इन दोनों से ही बहुत

कुछ सीखा है। यही कारण था...मैं राम की बिगड़ती स्थिति को और अधिक बिगड़ते जाने के कारण मौन दृष्टा बनकर नहीं देखती रह सकती थी। जिस व्यक्ति ने दूसरों को अपनी उँगली पकड़ाकर चलना सिखाया हो उसी को केवल अपने सहारे लड़खड़ाते, डगमगाते, गिरते-पड़ते चलते देखना कितनी बड़ी यंत्रणा है। उसके अपने लिए भी और दूसरे के लिए भी। मैं नहीं चाहती कि इन सब बातों को राम से कहो। मैं जानती हूँ मेरे इस तरह अचानक चले आने का राम के मन पर विपरीत प्रभाव पड़ा होगा। लेकिन मैं मजबूर थी। एक सूरमा को घिसटते देखना अपने आपमें विडम्बना होती है। उस सम्पूर्ण स्थिति के सन्दर्भ में मैं अपने को अप्रासंगिक बनाकर पूरी तरह अर्थहीन भी नहीं बन जाना चाहती थी।

वहाँ के सब हालात से सूचित करते रहा करो। राम की जिम्मेदारी, छोटे होते हुए भी, तुम्हारे कन्धों पर आ पड़ी है। शायद यह तुम्हें कुछ सिखा जाएगी। तुम्हारे आत्मविश्वास को और बुलन्द करेगी। मुझे तुम्हारी सामर्थ्य और सहनशीलता का थोड़ा-बहुत अन्दाज है। फिलहाल तो मैंने अपने इस पक्ष को समेटकर अपने अन्दर ही बन्द कर दिया है। मैं झाँककर देखना तक नहीं चाहती। देखूँगी तो आत्मग्लानि का एक पहाड़ उठता चला आएगा। फिर भी तुम मेरी जब भी जरूरत समझो, तत्काल सूचित करना। मैं तत्काल पहुँचने की कोशिश करूँगी। हालाँकि वक्त के बाद उपस्थित होना महज औपचारिकता की ही पूर्ति होती है।

शुभकामनाओं सहित,

नीलम्मा।

चिट्ठी पढ़ते समय अन्दर की जो आवाजें तनक-मनक सुनाई पड़ रही थीं, चिट्ठी पढ़ना खतम करते ही वे स्पष्ट होने लगीं। प्रोफेसर मलकानी बोल रहे थे। इतने स्पष्ट ढंग से बुलन्द आवाज में बोलनेवाला उनके अलावा कोई और नहीं हो सकता। अनुकूल ने और गौर से सुनने की कोशिश की। बुलन्द आवाज में बोलते हुए भी मलकानी साहब की आवाज उत्तेजनाविहीन थी। एक-एक शब्द तोल-तोलकर कह रहे थे—"...रामउजागर के बारे में जो भी लोग यह कहते हैं कि वह गुंडा है, उसने अपने से वरिष्ठ और श्रेष्ठ जाति की लड़की के साथ बदसलूकी की तथा उस लड़की को संस्थान छोड़ देने के लिए मजबूर किया वे महज अपनी जातीय घृणा को अभिव्यक्ति दे रहे हैं। जब आक्षेप का आधार तथ्य नहीं होते तो घृणा होती है। घृणा और विद्वेष का कोई प्रतिकार नहीं होता। थोड़ी देर को आप वह पौराणिक बन्दर (लीजेन्ड्री एप) बन भी जाएँ और घृणा और विद्वेष की मूर्छा को दूर करने के लिए सत्य का पहाड़ उठाकर ले भी आएँ तो भी उस मूर्छा का टूट पाना सम्भव नहीं होगा।

यदि मुझे ऐसा लगे कि मेरे प्रमाण प्रस्तुत करने पर आप अपना यह पूर्वनिश्चित विचार बदलने के लिए तैयार हैं तो मैं इस बात को झूठ साबित करने के लिए तथ्य प्रस्तुत कर सकता हूँ। पर ऐसा नहीं है। मैं रामउजागर को भी जानता हूँ और उस लड़की को भी, जिसका नाम लेने में यहाँ लोगों को झिझक महसूस हो रही है। बड़ा अजीब जमाना आ गया है। हम सच्चाई की शक्ल पहचानना भूल गए। झूठ को सच्चाई की तरह प्रस्तुत करना हमारा शेवा हो गया। हम लोग बातों के दो पक्षों को जानते हैं। एक वह जो हमारे हितों से मेल खाता है, दूसरा वह जो नहीं खाता यानी हमारे हित का विरोधी है। वह जो हमारे हित में होता है उसे हम सच्चाई मानते हैं और जो विरोधी होता है वह झूठ। इस बात को समझने की सामर्थ्य हममें रही ही नहीं कि विरोध भी अपने में सच्चाई हो सकता है।

''जो कुछ मैं कह रहा हूँ, उन सबकी नजरों में वह झूठ हो सकता है जो इस इरादे के साथ आए हैं कि रामउजागर को संस्थान में नहीं रहने देना है। वे लोग इस बात पर अडिग हैं कि उससे समकक्ष बनने का स्वप्न छीनकर उसी समाज को वापस भेज दिया जाए जहाँ से वह आया है, जिससे कि वह नीच और दलित बनकर रहने की नियति के सुपुर्द किया जा सके। अगर आप क्षमा करें तो मैं कहना चाहूँगा कि वही समाज संवेदनशील, मानवीय और विकासशील होता है जिसमें हर इन्सान के पास अपनी मेहनत के सहारे अपने भविष्य को सँवारने का अधिकार हो तथा जहाँ पर लोगों के जन्मजात खूँटे न गड़े हों। हम एक छोटे स्तर पर वही सब कर रहे हैं जो बड़े और शक्तिशाली राष्ट्र अविकसित देशों के साथ करते हैं। उन्हें उसी हालत में रहने के लिए मजबूर करते हैं जिनमें सदियों से रह रहे हैं। आप यह समझ लें कि हम न तो शक्तिशाली राष्ट्र हैं और न ये शक्तिविहीन देश। कभी भी उठ खड़े होंगे। और हमें तब यह सोचने के लिए स्वयं मजबूर होना होगा कि दोनों के बीच क्या रिश्ता था और क्या होना चाहिए।''

एकाएक बीच में किसी ने दखल दिया, ''यह कुतर्क है। इन दोनों स्थितियों के बीच कोई समानता नहीं।''

प्रोफेसर मलकानी ने अपनी बात जारी रखी, ''क्या वे लोग भी हमें अस्पृश्य समझकर हमारे खिलाफ घृणा के बीज नहीं बो रहे? वे हमें बराबरी का दर्जा नहीं देना चाहते। क्या हम उनकी नजरों में पढ़े-लिखे, वैज्ञानिक और तकनीकी धन-लोलुप मजदूर नहीं हैं? जब उन्हें जरूरत होती है तो दिहाड़ी पर हमें बुला लेते हैं और हम खुशी-खुशी दौड़े चले जाते हैं। कसकर काम कराते हैं और फिर डालरों में भुगतान करके बैरंग वापस भेज देते हैं। मैं स्वयं उन्हीं में हूँ। क्या हमने कभी कोई ऐसा पौधा लाकर अपनी धरती पर रोपा जो हमारे देश को समृद्ध कर सके? काम पूरा होने पर वे इस तरह झटक देते हैं जैसे हम लोग बाँह पर चढ़ी चींटी को झटक देते हैं। यहाँ

आकर हम अपने लोगों की वास्तविकताओं के प्रति अपने-आपको इतना असहिष्णु बना लेते हैं कि हमारा मुँह फालिज मारे चेहरे की तरह टेढ़ा बना रहता है। हर उस आदमी को दुतकारते हैं जो हमसे मानवीय व्यवहार की आशा रखता है और हर उस आदमी के जूते चाटते हैं जो हमें दुतकारने की क्षमता रखता है। राम ने ऐसा क्या किया कि वह आपकी नजरों में एक गुंडा और गिरा हुआ इन्सान हो गया? उसने किसके साथ गुंडई की? आपके...? आपके....? आपके...? यहाँ कोई भी व्यक्ति अगर यह कह सके कि उसने उसके साथ दुर्व्यवहार किया तो मैं यहाँ से इसी वक्त चला जाऊँगा। वह पढ़ने में कब पिछड़ा? सिवाय उन दिनों के जब वह अस्वस्थ हो गया था। फतवेबाजी से आप घृणा को भड़का सकते हैं पर सत्य का मुँह काला नहीं कर सकते। मानसिक रोग से ग्रस्त एक नौजवान को आप और अधिक रोगी बनाना चाहते हैं...उसके साथ संवेदनशीलता बरतकर उसे दुर्भाग्य से छुटकारा दिलाने मात्र से आपको परहेज है। मैं पूछता हूँ अगर उसने छुट्टी न ली होती तो क्या आप उसे इस बिनाह पर निकाल सकते थे? वह अपना इलाज करवाता रहता और यहाँ बना रहता। मैं जानता हूँ कि ये सब बातें कहकर अपने प्रति आपकी नफरत को और गहरा कर रहा हूँ। लेकिन इसका मुझ पर क्या प्रभाव पड़नेवाला है? कुछ नहीं। अगर आप लोगों ने उसे वापस नहीं आने दिया तो मैं खामोश नहीं बैठूँगा। अगर मुझे इस संस्थान को भी छोड़ना पड़ा तो आप मुझे पीछे हटता नहीं पाएँगे...।''

थोड़ा और बोलने के बाद प्रोफेसर मलकानी की आवाज थम गई थी। अनुकूल को लगा, उनके भाषण ने उन सबके चारों तरफ सन्नाटे की एक अभेद्य दीवार रच दी है। वे उसे तोड़ नहीं पा रहे हैं। उनके धड़ों पर रखी गर्दनें पत्थर की हो गई हैं।

काफी देर बाद आवाजें लौटीं। केवल कमेटी के अध्यक्ष ने दो-चार वाक्य बोले—मामला गम्भीर विचार की माँग करता है। कोई भी निर्णय लेने से पूर्व चेयरमैन सीनेट से मशवरा करना जरूरी होगा। वैसे भी हमारी यह कमेटी सीनेट की ही उपसमिति है। हमारा काम सीनेट को निर्णय लेने में सहायता करना है। यहाँ पर हुई चर्चा को ध्यान में रखते हुए श्री रामउजागर के प्रार्थना-पत्र पर निर्णय स्थगित करना ही उचित होगा।

मीटिंग समाप्त हो गई। कुर्सियाँ खिसकने की आवाजें सुनाई पड़ीं। अनुकूल एक तरफ हटकर खड़ा हो गया। सबसे पहले प्रोफेसर मलकानी बाहर आए। वे तेजी के साथ चले गए। उसका मन था कि वह उनसे बात करे। लेकिन वह उतना तेज चल पाने में असमर्थ था।

फिर और लोग बाहर आए। उनमें से कुछ लोग चेयरमैन को बधाई दे रहे थे। उन्होंने स्थिति को बहुत अच्छी तरह सँभाला था। हो सकता था प्रोफेसर मलकानी के भाषण ने कुछ लोगों को इतना प्रभावित कर लिया हो कि वे उनके पक्ष में ही हाथ उठा देते। कुछ लोगों के चेहरों से लग रहा था कि उनके चेहरे रामउजागर के लिए

सहानुभूति के भाव से भर गए हैं।

चेयरमैन मुस्कुरा रहे थे। उन्हें अपनी समझदारी का अहसास था।

लोगों के विदा हो जाने के बाद चेयरमैन अकेले हो गए थे। जैसे ही वे मुड़े किसी ने पीछे से पुकारा, ''प्रोफेसर अठावले।''

वे रुक गए। अनुकूल और पीछे हो गया। डिप्टी डायरेक्टर थे।

डिप्टी डायरेक्टर ने पूछा, ''आज क्या किया? मलकानी ने तो खूब बकवास की होगी? वह समझता है, देश में उसी के जरिए क्रान्ति आएगी।'' फिर हँसकर बोला, ''अगर अगला जन्म उसका विजिटर के हाथ में होता तो बोर्ड से पास करा देता कि प्रोफेसर मलकानी का अगला जन्म इन्हीं लोगों की जाति में हो।'' दिमाग से उतार कर की गई इस मजाक पर वे अपने ही आप खुश थे।

प्रोफेसर अठावले बोले, ''अगर ऐसा ही है तो प्रोफेसर मलकानी से कहिए... बेटे-बेटियाँ बड़े हो रहे हैं। उन्हीं लोगों में शादी करके उनके सम्बन्धी होने की इच्छा पूरी कर लें। अगले जन्म तक इन्तजार करने की क्या जरूरत है?''

दोनों हँस दिए। हँस चुकने के बाद प्रोफेसर अठावले बोले, ''प्रोफेसर मलकानी के बोलने में स्वाभाविकता थी। काफी प्रभावशाली बातें कहीं। सब फैन्ससिटर्स के चेहरों पर मलकानी साहब के चेहरे का रंग आता नजर आने लगा था। अगर वोटिंग हो जाती तो रामउजागर को कोई रोक नहीं सकता था।''

डिप्टी डायरेक्टर उत्सुक हो उठे, ''फिर?''

''मैं टाल गया। मैंने कहा, चेयरमेन सीनेट से मशवरा करना जरूरी है।'' रुककर बोले, ''मैं समझता हूँ अनुमति दे देनी चाहिए। आ भी गया तो क्या कर लेगा?''

''अरे नहीं प्रोफेसर, आप नहीं जानते, ये लोग हम लोगों के लिए कितना बड़ा सिर-दर्द हैं। हमारे 'स्टूडेन्ट्स की खपत इंडस्ट्रीज में है...इंडस्ट्री इन लोगों से घृणा करती है। इनकी वजह से वातावरण दूषित होता है। जो लड़के जे.ई.ई. में कम्पीट नहीं कर पाते वे इन लोगों को देखकर कुंठित होते हैं। जो कम्पीट करके आते हैं वे इन लोगों की उपस्थिति में सहज अनुभव नहीं कर पाते। डिस्टर्ब्ड रहते हैं। इन सबके पेरेन्ट्स बड़ी-बड़ी पोजीशन पर हैं। मिलते हैं तो कहते हैं कि आप लोग इतने बढ़िया फलों-फूलों के साथ सड़े हुए अंडों की टोकरी क्यों लिए घूमते हैं? उधर खन्ना वगैरह भी नाराज हैं। वे लोग भी अपने में एक ताकत हैं।''

प्रो. अठावले ने कहा ''ठीक है, आप जानें। मैंने तो वैमनस्य को कम करने के लिए कहा था। जहाँ तक मेरा सवाल है मैं तो वही करूँगा जो प्रशासन चाहता है।'' फिर रुककर बोले, ''लेकिन प्रोफेसर मलकानी का क्या प्रबन्ध होगा? वे तो बोलेंगे

ही। उनके रहते निकाल ले जाना मुश्किल होगा।''

''मलकानी तो चन्द्रा की जगह हैं...आप मीटिंग चन्द्रा के अमेरिका से लौटने पर बुलाइए। चन्द्रा समस्या की गहराई तक जाता है। संस्थान का हित उसके दिल के बहुत नजदीक है।''

प्रोफेसर अठावले चल दिए। डिप्टी डायरेक्टर के चेहरे पर थोड़ी अस्थिरता आ गई थी।

अनुकूल अकेला था। वह दो कदम चला तो उसे आश्चर्य हुआ कि एयरकंडीशन प्लांट को ठंडा रखने के लिए निरन्तर चलते फुहारों की आवाज उसे अब तक महसूस क्यों नहीं हुई थी? अब वह एकाएक सुनाई पड़ने लगी थी। ताल के ही पानी की फुहारें उसी ताल में गिर-गिरकर आवाज कर रही थीं। वह उसके नजदीक आकर खड़ा हो गया। अस्त होते सूरज की किरणें ऊपर जाती बारीक-बारीक जल-धाराओं पर इन्द्रधनुष बना रही थीं। अनुकूल को यह इन्द्रधनुष आकाश के इन्द्रधनुत्र से ज्यादा नजदीक महसूस हुआ और गहरा भी। अगर वह बच्चा हुआ होता तो अवश्य उसे छूने या पकड़ने की कोशिश करता। भले ही पानी में डुबकी लगा जाता। सोचकर उसे हँसी आ गई।

इन्द्रधनुष से गुजरकर ताल की सतह पर पारे की गोलियों की तरह गिर-गिरकर बिखरती बूँदें धीरे-धीरे उसे भी ताल का हिस्सा बनाए ले रही थीं। किनारे पर ही खड़ा-खड़ा वह उस इन्द्रधनुष और उन बिखरती बूँदों में समा गया था। धीरे-धीरे खड़िया खिंची रेखाओं की तरह इन्द्रधनुष मिटने लगा। टूटती-बिखरती बूँदों में डूबते दिन के साये नजर आने लगे। उसने घूमकर देखा, सूरज ऊँची-ऊँची इमारतों के पीछे डूब रहा था। उसे एकाएक लगा कि अब कुछ नहीं हो सकता। रामउजागर इन्तजार कर रहा होगा। लेकिन उसे बताने के लिए उसके पास है ही क्या?

परिसर खामोश था। लोग अपने-अपने घर लौट चुके थे। लाइब्रेरी की बत्तियाँ पूरे जोर-शोर के साथ रोशन थीं। दिन में बत्तियाँ अन्दर ही रहती हैं, अब सबकी सब बाहर निकल आई थीं। सीढ़ियों पर चढ़ते और उतरते लड़के नजर आ रहे थे। अनुकूल लाइब्रेरी की तरफ मुड़ गया। लाइब्रेरी में दोपहर थी। हर रोशनी दूसरी का सहारा लेकर और चमक रही थी। लड़के अपनी-अपनी सीटों पर गर्दन झुकाए बबुआ बने बैठे पढ़ रहे थे।

वह कोने में जाकर बैठ गया। घुटने में दर्द बढ़ गया था। थोड़ी देर तक वह घुटना सहलाता रहा। फिर फाइल में से कागज निकालकर नीलम्मा के पत्र का जवाब लिखने लगा—

आदरणीय नीलम्माजी,

आपकी चिट्ठी आज सवेरे बोर्ड पर लगी मिली। गनीमत है उस पर किसी की नजर नहीं पड़ी। सामान्यतः चिट्ठियाँ बिना सेंसर हुए मुझ तक नहीं पहुँचतीं। यहाँ तक कि घर से आनेवाली चिट्ठियों तक को खन्ना साहब के सेंसर विंग से होकर गुजरना पड़ता है। लेकिन खैर, मुझे क्या फर्क पड़ता है। इनी-गिनी चिट्ठियाँ आती हैं। बस यह है कि कोई जरूरी सन्देश हुआ और न मिल पाया तो जरूर अफसोस होगा। चिट्ठी बोर्ड पर लगी मिल जाने का यह भी कारण है कि चिट्ठी छाँटनेवाला बाबू नया है। वैसे भी आज मैं लंच से थोड़ा पहले ही हॉस्टिल पहुँच गया था। खैर!

आपका पत्र पढ़कर मुझे लगा कि आप रामउजागर दादा को लेकर चिन्तित हैं। मुझे स्वयं आपको उनके हालचाल से अवगत कराते रहना चाहिए। कभी-कभी आलस्य कर जाता हूँ। आपका जो पत्र रामउजागर दादा के नाम आया था उसका यह प्रभाव हुआ कि दादा ने मेरे साथ हॉस्टिल में रहने का निश्चय कर लिया। उनके बापू भी उसी दिन वापस गाँव चले गए। आपकी चिट्ठी से उनके बापू को भी निर्णय लेने में सहायता मिली। दादा का अब यहीं रहने का इरादा है। लेकिन यही एक परेशानी है कि आपके सामने उनकी मानसिक स्थिति जितना सँभल गई थी अब उसमें उतनी गिरावट आ गई है। फिर अपने में डूबे रहने लगे हैं। उनके प्रवेश को लेकर भी काफी झंझट है। अगर उन्हें अगले सेमिस्टर में रजिस्ट्रेशन की इजाजत मिल जाती तो शायद स्थिति कुछ सँभल जाती। लेकिन कोई आशा नजर नहीं आती। उनके विरुद्ध ऐसे-ऐसे आरोप लगाए जा रहे हैं कि कल्पना तक नहीं की जा सकती। गुंडई करते हैं...ऐसे लड़कों की उपस्थिति इंडस्ट्री के लोगों को नाराज करती है तथा होशियार लड़के कुंठित अनुभव करते हैं...उन्होंने किसी सवर्ण लड़की के साथ बदसलूकी की और उस लड़की को संस्थान छोड़कर जाने के लिए मजबूर होना पड़ा। प्रोफेसर मलकानी अकेले आदमी थे जो चट्टान की तरह अड़कर खड़े हो गए। घंटा-भर बोले।

अभी कुछ देर पहले एस.यू.जी.सी. की मीटिंग खत्म हुई है। लेकिन कोई निर्णय नहीं हो पाया। अगर वोटिंग हो गई होती तो दादा जीत जाते। प्रोफेसर साहब ने ऐसा समाँ बाँध दिया था कि एस.यू.जी.सी. के चेयरमैन अठावले साहब तक उनके भाषण से प्रभावित हो गए थे। इसलिए उन्होंने बहाने से निर्णय स्थगित कर दिया। मैंने डिप्टी डायरेक्टर को कहते सुना था कि मीटिंग तब तक न बुलाई जाए जब तक मलकानी साहब कमेटी से हट न जाएँ। हालाँकि अठावले साहब की अपनी राय यही है कि दादा

की प्रार्थना मान ली जानी चाहिए। नहीं तो वैमनस्य ही बढ़ेगा।

मुझे पूरे वक्त यही लगता रहा कि अगर आप यहाँ हुई होतीं तो स्थिति भिन्न हुई होती। मैं पैर से भी मजबूर हूँ और नया हूँ। छोटा भी पड़ जाता हूँ। राम दादा अकेला भी महसूस करते हैं और उन्हें किसी से मिलने जाने में घबराहट भी होती है। कभी-कभी वे इस हद तक सोच जाते हैं कि या तो परशुराम की भाँति फरसा लेकर पूरी पृथ्वी को हम सवर्णविहीन कर दें या फिर वे हमको नेस्तनाबूद कर डालें। लेकिन जब मन शान्त होता है तो कहते हैं कि मैं उत्तेजना में हिंसा का पक्षधर हो जाता हूँ। हिंसा की कोई उपयोगिता नहीं होती। देश अलबत्ता बरबाद हो जाता है। पेड़ काटो तो पेड़ तो कटता ही है उसकी छाँह भी कट जाती है। देश की तो सभी सन्तान हैं। वे सब जो अपने लिए और अपने बच्चों के लिए सम्मानजनक जीवन पाने के लिए संघर्षरत हैं, सबकुछ इसीलिए तो कर रहे हैं कि वे और उनकी आनेवाली पीढ़ियाँ सही मायनों में जिन्दा रह सकें। संघर्ष ही संघर्ष की कुंजी है। ऐसे-ऐसे वाक्य बोलते हैं कि दिमाग खाली हो जाता है। इनकी सोच बहुत गहरी है। पर वक्त की मार!

मेरे दिमाग में एक और सवाल घूमता रहता है। अगर उन्हें अगले सेमिस्टर में रजिस्टर करने की अनुमति मिल गई तो क्या वे उसे सँभाल पाएँगे? दादा ने यह निश्चय कर लिया है कि वे अब इस रूप में घर वापस नहीं लौटेंगे। लोग यह भी चर्चा करते हैं कि मेडिकल-बोर्ड बैठाकर वर्तमान मानसिक हालत की बिनाह पर उन्हें संस्थान से हमेशा के लिए निकाल दिया जाएगा। डिप्टी डायरेक्टर भी गिरते हुए स्तर के लिए हम लोगों को ही उत्तरदायी मानते हैं। इसलिए स्तर बनाए रखने के लिए सबकुछ करने को तैयार हैं। ये सब बातें दादा को पता चलेंगी तो उनके दिल पर क्या गुजरेगी? उनके पिताजी की चिट्ठी भी कभी-कभी मेरे पास आती है। वे ज्यादा तो नहीं लिखते...पिछले पत्र में, जो कुछ ही दिन पहले आया है, उन्होंने लिखा है कि मैं यह समझ चुका हूँ कि अब मैं अपने बेटे को उस रूप में कभी नहीं देख पाऊँगा। दूसरों की हिरस में बेटे को लाठ साहब बनने के ख्वाब देखे थे। लेकिन हुआ उल्टा। उसे हमेशा के लिए खो दिया। मेरे लिए लिखा है कि जिस तरह तुम रामउजागर की देखभाल कर रहे हो इससे मैं आश्वस्त हूँ कि उस पर तुम्हारा ही अधिकार है। जब तुम ऊबने लगो तो यही समझना कि समस्या का कहीं कोई समाधान नहीं। मुझे लिख देना, मैं आकर उसे ले जाऊँगा। अब तो वह जहाँ भी रहेगा, जिन्दगी को एक सज़ा की तरह ही काटेगा। मुझसे जो भी कोई अपने बच्चों के बारे में सलाह लेता

है तो मैं यही कहता हूँ कि जैसे मछली का जाया पानी में रहकर खुश रहता है उसी तरह मिट्टी के जाए को मिट्टी में ही रहना चाहिए। ऐसे बच्चों के अन्दर सपने भरना बारूद भरने की तरह होता है।

हालाँकि उन्होंने चिट्ठी किसी और के द्वारा लिखवाई थी पर उसमें बापू का दिल उतर आया था। मेरे बाबू भी आजकल कुछ ऐसी ही मानसिकता के शिकार हैं। शायद एक स्तर पर पहुँचकर सारे पिता एक ही तरह सोचने लगते हैं। खन्ना वगैरह की भाग-दौड़ देखकर यही लगने लगा है कि इन लोगों ने हमारे उन्मूलन का निर्णय ले लिया है। हम लड़ नहीं सकते पर सह सकते हैं। इसलिए उन्मूलन इतना आसान नहीं पड़ेगा। दरअसल मैंने कहीं पढ़ा था कि सहनशक्ति में अनन्त सम्भावनाएँ होती हैं। वह मनुष्य को एक बार को तो मृत्यु के सामने भी ताल ठोककर खड़ा कर देती हैं। अगर आवश्यकता पड़ी तो हमारा बलिदान ही हमें आगे ले जाएगा।

सादर,

अनुकूल

अनुकूल ने एक संक्षिप्त-सी चिट्ठी रामउजागर के पिता को भी लिखी :

पूज्य बापू,

आपकी चिट्ठी ने मेरे मर्म को छू दिया। रामउजागर दादा एक बहादुर इन्सान हैं। मैंने एक बार महाराणा प्रताप की कहानी पढ़ी थी। जब वे अकबर की सेनाओं से बुरी तरह हार गए तो उनके सामने भी ऐसे ही निराशा के क्षण आए थे। वक्त ने उनका साथ दिया और निराशा के उस गहन अंधकार से बाहर निकल आए। हर वीर आदमी के साथ ऐसी स्थितियाँ आती हैं।

हम लोग जिस कुएँ में लटके थे उससे निकलने के लिए किसी को तो सीढ़ी का नीचेवाला डंडा बनना ही पड़ेगा। हमें आपके आशीर्वाद की जरूरत है। आपका आशीर्वाद ही हमारी वास्तविक हिम्मत है।

जब तक मैं यहाँ हूँ आप ज़रा भी चिन्ता न करें। अब मेरी टाँग भी काफी ठीक है। काफी चल लेता हूँ। राम दादा ठीक होने के लिए अपनी इच्छा शक्ति लगा रहे हैं। हालाँकि मैं उनसे छोटा हूँ फिर भी वे मुझसे अपने मन की बात कह लेते हैं।

कोशिश जारी है। अगर अगले सेमिस्टर में नाम लिखाने की इजाज़त मिल गई तो वे पूरी तरह ठीक हो जाएँगे। हम लोगों को हर उस छोटे-से-छोटे काम के लिए संघर्ष करना पड़ता है, जो दूसरों के लिए साधारण-सी बात होती है।

घर में मेरा सबको प्रणाम। रामउजागर दादा आप लोगों को हर समय

याद करते रहते हैं। उनका इरादा कुछ करके ही आने का है।

आपका,

अनुकूल

चिट्ठियाँ लिख लेने के बाद बन्द कीं और उन्हें डालने चल दिया। उसके पाँव का दर्द बढ़ता जा रहा था।

रामउजागर अपनी कुर्सी पर बैठा खिड़की के बाहर अँधेरे लैंडस्केप के आरपार देखने की कोशिश कर रहा था। इस अँधेरी चादर के बीच कहीं-कहीं सुराख बाकी थे। अँधेरे की गहनता और उसके बीच के वे सुराख उसे संगीतमय लग रहे थे। आरोह-अवरोह।

अनुकूल अन्दर घुसा तो रामउजागर के अन्दर एक अजब हलचल-सी पैदा हो गई। वह झटके के साथ खड़ा हुआ। अनुकूल थोड़ा सहम-सा गया। लेकिन बिना कुछ कहे वह तुरन्त ही फिर कुर्सी पर बैठ गया।

अनुकूल ने ही पूछा, ''क्या बात थी?''

''कुछ नहीं। ऐसे ही।''

अपनी फाइल वगैरह मेज पर रखकर वह रामउजागर के पास जा खड़ा हुआ। रामउजागर के पाँव लगातार हिल रहे थे। वह अपने हाथ की उँगलियों को बराबर करके उन पर अँगूठा फेर रहा था। होंठ सूखे थे। आँखें अजीब तरह से फैली हुई थीं।

अनुकूल ने फिर पूछा, ''द'दा, क्या अँधेरे में भी खिड़की के बाहर देखते रहोगे? वहाँ क्या देखा करते हो?''

''चाहे दिन का अँधेरा हो या रात का...हमें तो अँधेरे में ही देखना है। सोचता हूँ कहीं कोई किरण फूट पड़े और रास्ता निकल आए।'' फिर वह अपने-आप ही बुदबुदाया, ''लेकिन ऐसा कहाँ होता है...मन बहलाने के लिए सोचा करते हैं कि कभी ऐसा होगा।''

''होगा...लेकिन धैर्य चाहिए।''

रामउजागर ने फौरन कहा, ''धैर्य का कोई मतलब नहीं होता। धैर्य अनन्त नहीं हो सकता। चाहे कितना भी दीर्घ क्यों न हो पर उसकी कोई एक सीमा तो होगी ही। अनन्त तो केवल सब्र है जिसके आ जाने पर सब विकल्प और आशाएँ समाप्त हो जाते हैं।''

''ऐसा क्यों कहते हैं? आज ही मलकानी साहब ने कहा था कि अपने देश के नौजवानों को निराशा की गोद में मत जाने दो। उन्हें बचाओ। निराशा की एक भी

बूँद अन्दर पैठ जाती है तो धीरे-धीरे वह पत्थर की ऐसी चट्टान बन जाती है जिसे डाइनामाइट से भी नहीं उड़ाया जा सकता। उसी पर सिर पटक-पटककर दम तोड़ देना पड़ता है। उसी के बाद से मेरे दिमाग में यह प्रश्न उठ रहा है कि कहीं अनजाने ही हम सब किसी ऐसे ही पत्थर के नीचे ही तो नहीं दबे हैं? जब तक सब मिलकर जोर नहीं लगाएँगे उससे मुक्त होना असम्भव है। दिन-पर-दिन वह भारी होता जाएगा। शायद सदियों से बनती यह चट्टान हमारी जिन्दगी का हिस्सा हो गई है। उस दिन मलकानी साहब ने कहा तो मुझे ध्यान आया।''

रामउजागर की आँखों में चमक की एक-एक सुई उभरी।

''क्या प्रौफेसर मलकानी ने ऐसा कहा?''

''हाँ, कुछ ऐसा ही कहा।''

अनुकूल के देखते-देखते वह चमक फिर बुझ गई। अनुकूल ने बात बदलने के लिए उससे पूछा, ''द'दा, तुमने पूछा नहीं आज मीटिंग में क्या हुआ?''

''मैं जानता हूँ कुछ नहीं हुआ होगा। न कुछ होना है।''

''होना क्यों नहीं? प्रोफेसर मलकानी के भाषण से सारी कमेटी थर्रा गई। निर्णय स्थगित करा दिया गया। अगली बार...''

''अगली बार...।'' वह हँसा, ''अगली बार न कभी आती है और न आएगी, कम-से-कम मेरे सन्दर्भ में तो नहीं आएगी।''

''द'दा, निराशा आप पर बुरी तरह हावी होती जा रही है?''

''नहीं, सब्र।'' फिर रुककर पूछा, ''नीलम्मा का कुछ पता चला।''

''हाँ, आज एक चिट्ठी आई है।''

''हूँऽऽ।'' कहकर रामउजागर चुप हो गया।

अनुकूल ने चिट्ठी बढ़ा दी, ''पढ़ लीजिए।''

''तुम्हें लिखी है। मुझे पढ़ाना होता तो मुझे लिखती।''

''पूरी चिट्ठी आपके बारे में ही है।''

''नीलम्मा को लिख देना कि मैं तो एक ऐसे कोरे हाशिये की तरह हो गया हूँ जो खाली छोड़ दिया जाता है। उसके बारे में क्या बात करनी? मुझे इस बात से अफसोस होता है कि नीलम्मा का और तुम्हारा समय व्यर्थ मेरी चिन्ता में बरबाद होता है।'' थोड़ी देर चुप रहा। फिर कहा, ''कल डाकखाने जाओ तो दो-एक अन्तर्देशीय लेते आना। बाबू को चिट्ठी डाल दूँगा।''

''लिफाफा।''

''नहीं, कल अन्तर्देशीय ही लेते आना। पैसा-पैसा कठिन हो जाता है। एक रोज मैं प्रोफेसर मलकानी के पास भी जाना चाहता हूँ। उनसे कहूँगा, कोई छोटा-मोटा काम दिला दें। इस तरह ज्यादा दिन नहीं चल पाएगा।'' फिर हँसा, ''और कुछ नहीं तो

अपना खानदानी काम तो कर ही सकता हूँ। हो सकता है शुरू में उतनी कुशलता से न हो पाए। कुछ तो कर ही लूँगा।''

''लेकिन यहाँ तो उस तरह का कोई काम नहीं।''

''तो फिर उठाने-धरने का या झाड़-पोंछ का ही कोई काम मिल जाएगा।''

अनुकूल को लगा कि वह अपने-आपको रोक नहीं पाएगा। उसकी आँखें चिरपिरा उठीं। वह भरे हुए गले से बोला, ''क्या कह रहे हो द'दा...?'' वह और आगे नहीं बोल पाया।

''काम की बात!'' हँस दिया। फिर बोला, ''कुछ तो करना ही होगा। पिता हो या कोई और...पाने के लिए आदमी सबकुछ बेचकर भी लगा देता है, डुबाने के लिए लाखों की जमा का हजारवाँ हिस्सा भी लगाने में दिल दरकता है। लौटकर घर जाऊँगा नहीं, बापू से माँगूँगा नहीं। कटेगी तो कैसे कटेगी?''

''अच्छा चलो खाना खा आएँ...।'' अनुकूल की समझ में कुछ नहीं आया तो उससे यही कहकर बात को मोड़ दिया।

''हाँ चलो, यही अच्छा करते हैं कि शुरू में ही खा आते हैं, साहब लोगों के डिनर पर आ जाने के बाद पता नहीं क्या हाथ लगे...?''

अनुकूल मुस्करा दिया।

खाना खाने वे लोग सीधे न जाकर अँधेरे गलियारों से निकलते हुए, लम्बा चक्कर काटकर डाइनिंग हॉल में पहुँचे। अँधेरे में चलना उन्हें ज्यादा अच्छा लग रहा था। रास्ते-भर शायद ही उन्होंने एक-आध वाक्य बोला हो।

डाइनिंग हॉल में सबसे पहले पहुँचनेवाले वे दोनों ही थे।

अनुकूल ने कहा, ''खाना हो गया हो तो खा लें।''

मैनेजर बोला, ''आप लोगों को सबसे पहले भूख लगती है।'' और हँस दिया। अनुकूल थोड़ा-सा सकपका गया।

रामउजागर सभी को जानता था। बोला, ''ठीक कहते हो...लेकिन भूख हमेशा नहीं लगती। कभी-कभी भूख लगने के डर से भी खा लेना पड़ता है।''

वह झेंप गया। लेकिन बोला, ''आज वार्डन साहब आए थे। कह रहे थे कि किसी को आठ बजे से पहले न परोसा जाए। लड़के आपत्ति करते हैं।''

रामउजागर लौट पड़ा, ''तो फिर चलो।'' चलते-चलते रुककर पूछा, ''और कुछ तो नहीं कहा?''

''कहा था।'' कुछ देर तक वे उसकी ओर देखते रहे। अनुकूल ने ही पूछा, ''क्या कहा था?''

"कह रहे थे कि खाने में हीरो, पढ़ने में जीरो...।" हँस चुकने के बाद बोला, "पन्द्रह दिन से ज्यादा गेस्ट बनाने पर पाबन्दी लगानेवाले हैं। पन्द्रह दिन से ज्यादा गेस्ट रखने के लिए मैनेजर के 'थुरू' वार्डन से इजाजत लेनी पड़ेगी।"

"हूँऽऽ।" रामउजागर ने लम्बी साँस ली।

अनुकूल ही बोला, "यहाँ तो बहुत-से लोग स्टूडेन्ट भी नहीं, पर मेस में सालों से खा रहे हैं।"

एक दूसरा कर्मचारी चुपचाप खड़ा रहा था। उस पर रुका नहीं गया तो टपक पड़ा, "आप लोगों की बातें करते हैं, अरे बहुत-से वार्डनों के घरवाले, आए-गए सब यहीं से खाते हैं...फर्क इतना ही है कि उनके लिए वहाँ जाता है।" उसने मैनेजर की तरफ जलती नजरों से देखा।

मैनेजर एकदम बदल गया, "अरे, यह नियम कोई तुम्हारे लिए थोड़े ही है। तुम्हारे तो कमरे में रख आया करेंगे, रामउजागर भैया!"

"नहीं ऐसा मत करना, और भी मरन हो जाएगा...कुछ-न-कुछ इन्तजाम तो हो ही जाएगा। बिना किए खाना तो चोरी है ही और छुपाकर खाना तो और भी बड़ी चोरी हो जाएगी। इसकी आग से कौन बचाएगा?"

वे दोनों फिर लौट पड़े। लौटते हुए उन्हें अँधेरा और गहरा महसूस हुआ। दीवारें तो दीवारें थीं ही...बरांडों का एक तरफ का खुलापन भी दीवार-जैसा ही लग रहा था।

उन दोनों ने कैन्टीन में जाकर एक-एक प्याला चाय पी और दो-दो डबलरोटी के टुकड़े खाए। और सो गए।

ग्यारह

अनुकूल क्लास में गया हुआ था। रामउजागर कमरा बन्द किए टहल रहा था। बार-बार उसके दिल में यही सदा उठती थी कि अब कुछ नहीं हो सकता। सब खत्म। न कहीं ठहरने का और न खाने का हिसाब। उसने खिड़की भी बन्द की हुई थी। बाहर की तरफ से अपने को काटा हुआ था।

किसी ने खटखटाया। रामउजागर ठिठका। दो बार खटखटाया। वह दरवाजे की तरफ बढ़ा। फिर वही खुराफात! उसने चटखनी खोल दी। तारवाला था।

"अनुकूल नाम के बाबू इसी कमरे में रहते हैं?"

रामउजागर ने गर्दन हिलाकर 'हाँ' कर दी। वह बोला, "तार है।"

रामउजागर थोड़ा चौंका। बिना कुछ कहे तार ले लिया और दस्तखत कर दिए।

कमरे में आकर वह एक-आध मिनट उसे लिए खड़ा रहा। हो सकता है नीलम्मा का हो? वह आ रही है? पहले उसने बिना खोले मेज पर रख दिया। थोड़ी देर बाद वह गया और खोल डाला।

अनुकूल की माँ की अचानक तबीयत खराब हो गई थी। रामउजागर के हाथ-पाँव फूल गए। पहले तो उसकी समझ में नहीं आया कि वह क्या करे। फिर ध्यान आया कि अनुकूल को घर जाना पड़ेगा। उसका क्या होगा? लेकिन तुरन्त ही उसने अपने-आपको सँभाल लिया। तार लेकर वह तत्काल उसकी क्लास की ओर चल दिया। पहुँचा तो उसकी क्लास खत्म हुई थी। अनुकूल एक तरफ पेड़ के नीचे अकेला खड़ा सुस्ता रहा था। रामउजागर को देखकर वह उत्सुक हो उठा।

उसके पास आकर बोला, ''कैसे आए द'दा?''

रामउजागर को बताने में परेशानी का अनुभव हुआ। उसने तार बढ़ा दिया। अनुकूल तार पढ़ते ही रुआँसा हो गया, बल्कि उसकी आँखों से आँसू भी बह आए।

वह रामउजागर से बोला, ''क्या करूँ द'दा? माँ की हालत जरूर बहुत खराब होगी, तभी बाबू ने तार दिया है। माँ मेरे ही गम में बीमार पड़ी है।''

''चले जाओ।'' उसने लड़खड़ाती आवाज में कहा।

''कैसे जाऊँ?''

रामउजागर पहले तो समझा नहीं। जब अन्दाज हुआ तो उसे नीलम्मा की याद सबसे पहले आई। ऐसे समय वह अन्नपूर्णा हो जाती थी। लेकिन उसके बारे में अब क्या सोचना। बीती हुई घड़ी है। उसके पास तीस रुपए थे। लेकिन...वह क्या करेगा?

वे दोनों साथ हॉस्टिल आए। रामउजागर रास्ते-भर उधेड़बुन करता रहा। आखिर उसने अन्दर-ही-अन्दर अपने को तैयार कर लिया। कमरे में आकर सबसे पहले उसने अपने बक्से से रुपए निकाले और उसकी तरफ बढ़ा दिए।

''द'दा, तुम क्या करोगे? पता नहीं मुझे वहाँ कितने दिन लग जाएँ। पीछे पता नहीं क्या जरूरत पड़ जाए! खाने का इन्तजाम तक डावाँडोल है। पास पैसे होंगे तो न सही दो वक्त, एक वक्त तो खाकर सो रहोगे।''

रामउजागर उसकी इस बात से और परेशान हो उठा। उसको लगा, अनुकूल अन्तर समझता है। वह बोला तो कुछ नहीं पर काफी देर तक चक्कर लगाता रहा। कोई उसे अपना नहीं समझता। आखिर वह उसके कमरे में क्यों टिका है? अनुकूल इतनी मुसीबत के समय भी उससे पैसे लेने में परहेज बरत रहा है! कोई और रास्ता खोजना चाहिए...कोई और रास्ता खोजना चाहिए...कोई और रास्ता खोजना चाहिए...!

वह इसी बिन्दु पर अटका रहा। कौन-सा रास्ता खोजे?

मेस-मैनेजर सूद पर रुपया चलाता था। अनुकूल ने उससे पहले भी रुपए उधार लिए थे। वह उसी से रुपए उधार लेकर चला गया। जाते हुए उसने रामउजागर को बता भी दिया।

''द'दा, आप परेशान न हों, मैनेजर साहब से रुपए का इन्तजाम कर लिया है। आपको जरूरत पड़े तो आप भी उसी से ले लीजिएगा। लौटने पर हिसाब हो जाएगा। तकलीफ बिल्कुल न उठाइएगा।''

रामउजागर ने इस बात का कोई जवाब नहीं दिया। अन्दर उतरते हुए उस बात ने जरूर एक नाली-सी काट दी।

अनुकूल को विदा करते समय बोला, ''माँ की जितनी सेवा हो सके करना।'' फिर कहा, ''निरर्थकता का बोध अब और गहरा होता जा रहा है। मैं न किसी के काम आ सकता हूँ और न किसी के दुख-सुख में ही खड़ा हो सकता हूँ। अपने ही दुख को संसार का सबसे बड़ा दुख बनाए घूम रहा हूँ। कोई-न-कोई रास्ता निकालना पड़ेगा। अगर माँ ठीक हो जाएँ तो जल्दी चले आना। इस बीच मैं अपनी समस्या का कोई हल निकालने की कोशिश करूँगा।''

अनुकूल चला गया तो रामउजागर नितांत अकेला हो गया।

रामउजागर को पहली बार महसूस हुआ कि अकेलापन कितना व्यस्त रखता है। एकान्त तो और भी ज्यादा। अनुकूल के आने की इन्तजार भी व्यस्तता का कारण थी। लेकिन व्यवधानहीन यह अकेलापन और भी ज्यादा व्यस्त रखने लगा। गोदी के बच्चे की तरह वह बीच-बीच में मुस्कुराने लगता था। कभी अतिरिक्त रूप से गम्भीर हो जाता था...बहुत बार रुआँसा होकर घुटनों के बल बैठकर बँधे हाथों आसमान की तरफ देखने लगता था। बस अब रहम करो!

पहले जब अनुकूल के आने की बात होती थी, अँधेरा देर से उतरता था। अब वह उसी क्षण से उतरना शुरू हो जाता था जैसे ही उसे ख्याल आता था कि अनुकूल को आज नहीं लौटना है। अँधेरा दम घोटनेवाली गैस की तरह भरता जाता था। रक्त तक में घुल जाता था। कभी-कभी तो स्थिति यहाँ तक आती थी कि कमरे में जलती रोशनी तक अँधेरे में बदल जाती थी और वह कमरे से बाहर दौड़कर चला जाता था। रामउजागर और उस पूरे अँधेरे में कोई भेद नहीं रह गया था। दोनों एक-दूसरे में दो धाराओं की तरह सम्मिश्रित होते रहते थे।

खाने के वक्त जब उसे खाने का ख्याल आता था तो अन्दर-ही-अन्दर अनुकूल प्रकट हो जाता था। चलो खाना खाने। यहाँ वह उसका पिता था। पालन करनेवाले असली पिता का ख्याल एक कुप्पी की तरह उसके अन्दर उतरता जाता और वह

सम्पूर्ण याद को उसके अन्दर उड़ेलने लगता। वह कभी कुछ नहीं था...पिता ने ही उसे बनाया जब बनने लगा तो वह निर्माण का ताप सहन नहीं कर पाया। आवे में पकते-पकते खील-खील होकर बिखर गया। जिसके आवे में एक ही बर्तन हो और वही बिखर जाए तो...क्या हो? नीलम्मा का वह सब कहना कि राम यह है...। वह है...राम कुछ नहीं है। वह बहकावा था। थोथा और अव्यावहारिक! सब धोखे में थे। अब भरम टूट रहे हैं।

धीरे-धीरे कमरे का दबाव बढ़ता जाता। कमरे में रखी चीजें उसे उठती, खड़ी होती...मनुष्य का रूप धारण करती नजर आने लगतीं। वे उससे उसका परिचय पूछतीं...तुम कौन हो? किस हैसियत से हो? यहाँ तुम्हारा अब क्या है? उसे लगता कि खन्ना की तरह वे भी उससे कह रही हैं कि तुम अश्लीलता का वही प्रतीक हो। जिसे सामने देखकर भद्र समाज शर्म से मुख मोड़ लेता है।

वह खिड़की के पास जा खड़ा होता। बाहरवाला लैंडस्केप उससे जुड़ने लगता। वहाँ का सन्नाटा उसे बर्फ की चट्टान की तरह सर्द और अभेद्य महसूस होने लगता। उसे लगता कि वह सड़क कूटनेवाले इंजन की तरह उसकी तरफ धड़धड़ाता हुआ चलता चला आ रहा है।

पहले दिन रामउजागर कमरे में ही लेटा रहा। मेस के आदमी ने दरवाजा खटखटाया तो रामउजागर ने दरवाजा खोला। वह एकाएक समझ नहीं पाया कि वह क्यों आया है? अपने आप ही बोला, ''अनुकूल बाबू तो घर गए, उनकी माँ बीमार हैं।''

वह आदमी बोला, ''अनुकूल बाबू जाते हुए कह गए थे कि वे जा रहे हैं और आपके खाने का ध्यान रखूँ। आप खाना खाने नहीं आए तो मैं देखने चला आया।''

''मैंऽऽ!'' रामउजागर ने आश्चर्य के साथ कहा। फिर बोला, ''मैं तो बाहरी आदमी हूँ। लड़के मेरे खाने पर एतराज करेंगे।''

वह हँसा, ''रामउजागर भैया, किसन के होते किसकी हिम्मत है जो एतराज करे। यहाँ के लड़के और हम लोग खाना खाकर सो जाएँ और आप इसी हॉस्टिल में खाली पेट तड़पते रहें यह किसन के होते नहीं चलेगा। जो हो गया सो हो गया, अब ऐसा नहीं होगा।''

''वार्डन साहब के नए आदेशों का मैनेजर साहब जिक्र कर रहे थे।''

''आने तो दीजिए उन आदेशों को। पहले उनका खाना बन्द होगा तब दूसरों का खाना रुकेगा। जैसे पिछली बार जाते हुए आप अनुकूल बाबू को सुपुर्द कर गए थे इसी तरह अनुकूल बाबू आपको हमारे सुपुर्द कर गए हैं। चलिए, खाना खत्म हो जाएगा।''

''चलूँ?'' कहकर रामउजागर कुर्सी पर बैठ गया।

''हाँ-हाँ चलिए...। बैठ क्यों गए?''

''वहाँ और भी बहुत-से लड़के होंगे...कहेंगे कि...।''

''होंगे तो क्या हुआ? हम भी तो होंगे। कहने को उन्हीं के पास जबान है, हमारे पास जबान नहीं!''

''तो चलूँ?''

''बार-बार क्यों पूछते हैं? आप वो ही राम बाबू हैं, मेस में घुसते ही लड़के घेरकर खड़े हो जाते थे।''

''अगर किसी ने टोक दिया?''

''तो हम उसे ठोक देंगे। आप हमारे आदमी हैं...आपकी तरफ आँख उठाकर देखेगा तो यहाँ खा और रह नहीं पाएगा। हमने तो अनुकूल बाबू को भी कहा था कि आप क्या ये खन्ना-वन्ना को बढ़ावा देते हैं? उनकी बात तो हमारी समझ में ही नहीं आती...'' हँसकर बोला, ''ऐसी बात करते हैं जैसे इस दुनिया से उन्हें कुछ लेना-देना ही न हो। कहते हैं—अपना दुख अपने को सालता है। दूसरे को दिया दुख दोनों को सालता है। दो से अच्छा एक ही भोगे। दो क्यों भोगें? हैं तो छोटे पर पता नहीं बुद्धि की जड़ कहाँ तक फैली है! उनकी समझ में इतना नहीं आता कि दुख से अपने को बचाने के लिए यह सब धन्धा होता है। आप भी तो तुरान की सोचा करते थे। वार्डन तक सलाह लेने आते थे...'' वह चौंका। लेकिन किसन बोलता जा रहा था, ''अब आप ऐसी बात करते हैं जैसे नया-नया दाखला लिया हो। आपने हमें भाई कहा। 'हाउस एलाउंस' दिलवाया। छुट्टियों के लिए खाना-भत्ता बँधवाया। यहाँ का एक-एक मेसवर्कर आपके अहसान से दबा है। और आप भूखे सोएँगे! लानत है हम पर। आपके दिल में ही हमारा दर्द रह सकता है, हमारे दिल में आपका दर्द नहीं रहना चाहिए? रामउजागर भैया, आपको देखकर दिल दुखता है।''

रामउजागर उसे एकटक देख रहा था। किसन ने सहारा देकर उठाना चाहा। वह उठा। लेकिन फिर बैठ गया, ''नहीं किसन, मत ले जाओ। टुकड़ा गले से नहीं उतरेगा। ऐसा करो, कैन्टीन से डबलरोटी और दूध ला दे।'' उसने पाँच रुपए का नोट उसकी तरफ बढ़ा दिया।

''तो मैं यहीं थाली लाए देता हूँ।''

''नहीं-नहीं, थाली मत लाना। सबकुछ तो हो गया, अब अपनी ही नजरों में चोर मत बनाओ। इस सृष्टि में सभी एक-दूसरे की चोरी करके खाते हैं—जानवर, वृक्ष, लता, पौधे, बादल...केवल इन्सान को मेहनत करके खाने की अक्ल मिली है। अगर चोरी ही करके खिलाना होता तो ईश्वर मुझे इन्सान न बनाता।''

किसन पहले खड़ा देखता रहा फिर पाँच रुपए का नोट लेकर चला गया।

रामउजागर को नींद नहीं आ रही थी। रह-रहकर अन्दर बेचैनी की लहर-सी उठती थी। उसका मन होता था, वह जोर-जोर से चिल्लाए। बाहर निकलकर फ़ोहश-से-फ़ोहश गालियाँ बके। उन सबके कमरों के बन्द दरवाजे लात मारकर तोड़ दे जो दूसरों की सम्मान के साथ रहने की आजादी के दुश्मन हैं। उनसे कहे कि वह ऐसा नहीं होने देगा...।

वह बार-बार उठता था। दरवाजे तक जाता था और लौट आता था। लौटकर उसकी परेशानी और बढ़ जाती थी। एक सवाल जमीन पर लेटे अज़दहे की तरह पैरों से चढ़ना शुरू करता था और उसे कुंडली में लपेटता हुआ सिर से ऊपर निकल जाता था। क्या वह आजादी के मुकाबले अपने जिन्दा रहने को ज्यादा तरजीह नहीं दे रहा है? एक के बिना क्या दूसरी का कोई मतलब है? इन प्रश्नों की कसावट उसको अन्दर से तोड़ने लगती थी। हड्डियाँ चटकती महसूस होती थीं। वह मेज पर मुक्के मारने लगता। नहीं, यह नहीं हो सकता। आजादी आजादी है, उस पर कोई गुंजलक मारकर नहीं बैठ सकता। अगर मैं चोरी से खाने से डरता हूँ तो मुझे जानवर की जिन्दगी बिताने की स्थिति से भी बचना होगा। ईश्वर के भय की तरह। नहीं तो यह अजगर चारों तरफ से जकड़कर मार डालेगा। वह अपने बाल खींचने लगता। कपड़े फाड़ने लगता। फिर नहीं...नहीं..करता हुआ फूट पड़ता।

वह रोना उसके अन्दर एक दूसरी शुरुआत कर देता था। हताशा एक बिन्दु से शुरू होती और होते-होते इतनी विशालकाय हो जाती कि जैसे जैनेटिक्स की प्रयोगशाला से कोई नया दरिन्दा छूटकर उसके अन्दर घुस गया है और उसके अन्दर निरन्तर बिस्मार मचाए है। उसके हाथ-पैर ठंडे पड़ने लगते और पेट छूटने लगता। बाहरवाला गहन अन्धकार कमरे में ही नहीं भरता बल्कि उसके अन्दर भी भर जाता। वे सब सुराख भी नजर आने बन्द हो जाते जिनके कारण तनक-मनक रोशनी का आभास बना रहता था।

रामउजागर धीरे-धीरे अनुकूल के कमरे के रूप में उस कमरे की प्रतीति बिसार बैठा। वह मोहन का कमरा होता गया। पंखे में लटका मोहन...नहीं यह मोहन नहीं...अनुकूल है...अनुकूल भी नहीं...वह खुद है। हाथ हिल रहे हैं। वह अपने कन्धों पर उसे उतारने की कोशिश कर रहा है। इधर से थामता है तो उधर चला जाता है...उधर से पकड़ता है तो इधर आ जाता है। पसीने से तर-ब-तर है, गला सूख गया है। कानों में फुसफुसाहट पैदा होती है...मत छुओ। यह तुम्हें लील जाएगा।

रामउजागर को अनायास लगा कि वह हिला और उसने उछलकर दोनों लातें उसके सीने पर ठोंक दीं। वह पूरी तरह उलट गया। फिर वह हवा में उठने लगा और मोहन की जगह ले ली। न वहाँ मोहन है, न अनुकूल...न कोई और। किसन खाना ले के आया तो उसने उसके साथ वही हरकत की जो उसके साथ हुई थी। थाल

झनझनाकर गिर पड़ा और जमीन पर घूमने लगा। किसन वहाँ नहीं था। उसके अन्दर से बदबू आने लगी...सब भाग गए। अन्ततः उसे अपने आप, अपने को उतारने के लिए मजबूर होना पड़ा। उस पर बड़े-बड़े कीड़े रेंग रहे हैं...चेहरा गड्डमड्ड हो गया है। वह उसे पहचानने की कोशिश करता है...अपने ही हाथों से वह छूटकर जमीन पर बिखर जाता है। दरोगा चिल्लाता है—झाड़ू-पंजर मँगाओ। बिखरकर बह रहा है...जमीन पर लिहस जाएगा।

लोग इकट्ठे होने लगते हैं। बाहर से झाँकते हैं। सबकी नाक पर कपड़ा रखा है। वह पुकारना चाहता है कि चले आओ, अन्दर चले आओ...यहाँ कुछ नहीं। उसकी जबान मोटी हो गई। आवाज गायब। हाथों के इशारे से बुलाने की कोशिश करता है। हाथ लक्कड़ हुए-से मालूम पड़ते हैं। मोड़ जाम हो गए। अब मैं क्या करूँ? क्या मर जाऊँ? कोई मुझे पहचानने की कोशिश क्यों नहीं करता? यह जानने की कोशिश क्यों नहीं करता कि जिन्दा हूँ या मर गया? जिसे यह बदबू कह रहे हैं जिन्दा होने की गन्ध है! जिन्दा होते हुए निरर्थकता की गन्ध!

वह पागलों की तरह मेज की तरफ दौड़कर गया और मेज पर बैठकर नीलम्मा को चिट्ठी लिखने लगा। उसका हाथ सर्र-सर्र चल रहा था—

प्रिय नीलम्मा,

शायद अब तक मुझे भूल चुकी होगी। मैंने पहले पत्र का जवाब भी इसीलिए नहीं दिया था। लेकिन भूलने का सवाल ही कहाँ है? सवाल तो मेरे होने या न होने का है। अनहुए इन्सान को याद रखने या न याद रखने की बात ही नहीं होती। तुम समझती थीं कि मेरे अन्दर कोई ऐसी छिपी रोशनी है जो अँधेरे में दिशा-ज्ञान करा सकती है। वह रोशनी थी या आग मैं नहीं कह सकता...जो कुछ भी था आत्महन्ता था। अब तो मैं तत्काल बुझी दियासलाई का फूल हूँ जो राख होने से पहले चमक रहा है। तुम और अनुकूल भुलावे में थे और हो। दरअसल मैं वही था जो तुमने मुझे बाद में समझा। एक रौ थी जो बरसाती थी...निकल जाने के बाद फिर वही सूखा तल है। दरअसल तल ही रौ के निकल जाने का अहसास कराता है। एक छोटी बिसात की गंगाजली सम्पूर्ण नदी को अपने अन्दर भरकर उसे खाली कर देने का अहसास कराए तो तुम उसे क्या कहोगी? उस पर हँसी ही आएगी ना?

हँसो...मुझ पर हँसो।

बहुत ज्यादा लिख पाने की स्थिति में मैं अपने को नहीं पा रहा। पर लिख रहा हूँ जिससे यह न हो कि मैंने तुम्हारे पत्र का जवाब अपने ऊपर उधार रखा। तुम हमेशा मुझे याद आती रही हो। उसी दिन से जब से राजू

गया। यह सम्पूर्ण विडम्बना मेरी अपनी ही रची हुई है। इस विडम्बना को समाप्त करने की जिम्मेदारी भी मेरे ऊपर ही है। जैसे-जैसे मुझे अपनी वास्तविकताओं का एहसास होता गया वैसे-ही-वैसे यह मेरे कब्जे के बाहर होती गईं।

हम हिन्दू हैं। हिन्दू ही पैदा होते हैं। जितना लेकर पैदा होते हैं उसमें रत्ती-भर भी घटा-बढ़ा नहीं पाते। लेकिन कभी-कभी बहुत भारी पड़ जाता है।

लेकिन एक आशा भी बँधती है कि इस चौरासी लक्षी यात्रा में शायद कभी कहीं भिन्न परिस्थितियों में पैदा होने का संयोग मिल जाए।

तुम्हारा,
रामउजागर।

उसी के तत्काल बाद एक चिट्ठी अपने बापू को लिखी—

पूज्य बापू,

आपको याद होगा जब हम छोटे-छोटे थे तो आप एक छकड़े में बैठाकर मेला दिखाने ले जा रहे थे। छकड़े में घर का ही बछड़ा जुता था। बिजली की-सी तेजी से दौड़ता था। मुँडेर देखता था और न खेत। पैनी तो उसे बर्दाश्त ही नहीं थी। सच पूछिए तो सड़क से भी आगे-आगे चल रहा था। आप उसे थामने की कोशिश कर रहे थे। लेकिन नएपन का जोश! रस्सी की बन्दिश को कहाँ सेठता? उस रास्ते पर वह पहली बार खुला था। आपने सबसे कह दिया था कि सँभलकर बैठो। आप समझ रहे थे, क्या होनेवाला है। एक गड्ढे में पाँव डाल बैठा। गड्ढा गहरा था। हम लोग तो इधर-उधर बिखर गए। थोड़ी-बहुत चोटें भी आई थीं। लेकिन वह पैर गड्ढे में फँसा लेने के बाद भी एक बार छकड़े समेत उछला। उसी में टाँग तोड़ बैठा। अब भी जब घर जाता हूँ और उस आग की लपट की तरह दौड़नेवाले बछेरे को दोनों पैर घसीटकर चलते देखता हूँ तो मुझे लगता है, हम दोनों में बहुत फर्क नहीं। अनावश्यक शौर्य-प्रदर्शन के दौरान लगी इस तरह की चोटें कभी ठीक नहीं होतीं। मैं सोचता हूँ अगर वह उसी वक्त खत्म हो गया होता तो शायद उसे ये दिन न देखने पड़े होते।

कई बार कोई-कोई लौ कई रंगों में जलने की कोशिश करती है। लेकिन उन रंगों को बनाए रखना मुश्किल पड़ता है। अन्त में काला धुआँ छोड़ती हुई बुझ जाती है। इन्हीं बातों को लेकर ईश्वर से...घृणा तो नहीं कहूँगा...शिकायत होने लगती है। ईश्वर के बारे में घृणा शब्द ने लोगों की भावनाओं को ठेस पहुँचती है। हमारा अनुकूल कहता है, अपने को चाहे कष्ट पहुँच जाए पर दूसरों को अपने से कष्ट न पहुँचे। इसीलिए शिकायत

शब्द का ही प्रयोग किया है। वैसे मन घृणा करने को ही होता है। इस ईश्वर ने इस प्रकृति के लगभग हर हिस्से को ईर्ष्या, घृणा से मुक्त रखा। ईर्ष्या से चाहे न भी रखा हो घृणा से तो रखा ही। एक वृक्ष दूसरे वृक्ष से कभी ईर्ष्या नहीं करता। दूसरे वृक्ष को अपने निकट न उगने दे या सोचे कि वह क्यों लम्बा हो रहा है। जानवर दूसरे पर तब तक नहीं झपटता जब तक उसका हित सुरक्षित है। दूब कभी नहीं सोचती है कि दूसरी ओर की दूब को पानी न मिले। लेकिन मनुष्य को घृणा, ईर्ष्या, द्वेष का पिंड बनाकर धरती पर उतारा है। इस समय मुझे यही सब बातें तंग कर रही हैं। हो सकता है अपने भावातिरेक के कारण ठीक परिप्रेक्ष्य में न सोच पा रहा हूँ। पर जो कुछ भी मैं सोच रहा हूँ वह इस समय बिल्कुल सही ही लग रहा है। जीवन का परम सत्य!

मेरी कमियों को अब तक आपने नजरअन्दाज किया...इस गलती को भी नजरअन्दाज कर दें। जब आदमी संघर्ष के लिए ताल ठोककर मैदान में उतरे और संघर्ष भारी पड़ने लगे तो उसे वापस लौटकर नहीं जाना चाहिए। वहीं अपने को ढेर हो जाने देना चाहिए। अगर वह कायरता दिखाता है और बिना निर्णय के अपने को समेट लेता है तो...कायरता उस आदमी तक ही सीमित नहीं रहती। महामारी के कीटाणुओं की तरह उसके कीटाणु भी हर एक पर आक्रमण करते हैं। जहाँ गुंजायश देखते हैं अपना घर बना लेते हैं। सम्पूर्ण समाज आज इसी का शिकार है। मैं अब किसी सुरक्षित खोह में पनाह नहीं लेना चाहता। अपनी कायरता के इन कीटाणुओं को दूसरों पर घात लगाने के लिए हरगिज खुला नहीं छोड़ूँगा। आप माँ को समझा दें...।

आप हमेशा मेरे सिर पर आकाश की तरह रहे और माँ मुझे धरती की तरह सँभाले रही है। लेकिन मैं न आपकी अनन्तता को समझ पाया और न माँ की विशालता को। अपनी क्षुद्रता में ही खोया रहा। यह अवस्था समय की तरफ से अन्धी रहती है। जब आँखें खुलती हैं तो समय निकल चुका होता है। यह सबकुछ लिख लेने के बाद मुझे फिर लगने लगा कि इस सबका मतलब ही क्या है? खासतौर से अब! खैर!

बापू मुझे माफ करना। माँ तुम भी...

आपका बेटा,
रामउजागर

एक पत्र उसने अनुकूल को लिखा–

प्रिय अनुकूल,

आशा है माँ ठीक होंगी। माँ-बाप बहुत बड़ी नियामत होते हैं। लेकिन

अपनी आपाधापी में हम उन्हें भूल जाते हैं। वे हमें कभी नहीं भूलते। हम-तुम भाग्यशाली हैं कि हमारी जिन्दगी में अभी तक बाप सूरज और माँ चाँद की तरह उगे हैं। तुम तभी आना जब माँ ठीक हो जाएँ। माँ को बीमार छोड़कर तुम्हें किसी भी हालत में यहाँ आने की जरूरत नहीं।

हाँ, तुम अक्सर मुझसे पूछा करते थे कि मैं खिड़की के पार उस अँधेरे लैंडस्केप में क्या खोजा करता हूँ। दिन डूबने लगता था तो मुझ पर अजीब जुनून-सा सवार होता था। कल्पना करने लगता था...कल्पना क्या करने लगता था, वास्तव में सोचने लगता था...यह अँधेरा दिन-भर मेरे अन्दर निर्मित हुआ करता है और शाम होते-होते मेरे अन्दर से निकलकर बाहर फैलने लगता है...पेड़ों पर, पत्तों पर, रास्तों और इमारतों पर...यहाँ तक कि आकाश में से सूरत को ढकेलकर उसकी जगह स्वयं को स्थापित कर देता है। इस भावना को तुमसे बताता तो तुम सोचते, यह पिद्दी-सा आदमी अपने को न जाने क्या समझता है। वास्तव में मैं अपने अन्दर से निकलकर सम्पूर्ण सृष्टि में फैलते उस अँधेरे को देखा करता था। जैसे प्रकाश सूरज से आता है...इसी तरह अन्धकार भी किसी बिन्दु से ही आता है...किसी भी कण से निकलना शुरू होकर और सारे संसार को ढक लेता है। वह मैं ही हूँ। मैं चाहता हूँ तुम प्रकाश के स्रोत बनो, वह तुमसे उपजे और...अन्धकार को काटता हुआ सारे में फैल जाए। वही बनना, बनना है।

अनुकूल तुम जानते हो और समझ भी सकते हो...हम लोगों को विरासत में न तो हिम्मत मिली और न आत्मसम्मान। दूसरों की घृणा और अपनी निर्बलता व असहायता का घेरा हमें हमेशा से कसता रहा। किसी ने कभी तोड़ने का प्रयत्न किया? नहीं। इसलिए हमें उसकी व्यूह-रचना सिखानेवाला भी कोई नहीं मिला। हर नौजवान मेरी ही तरह यही सोचकर आता है कि वह इस तिलिस्म को तोड़कर सब बन्धकों को मुक्त कर देगा। लेकिन किनारा छोड़ते ही मझधार तक पहुँचते-पहुँचते, वह एक ऐसी टूटी नाव हो जाता है जिसे किनारे पर वापस लौट जाने के सिवाय कुछ नहीं सूझता। तुम उन नौजवानों से भिन्न हो। मैं उत्साह से जूझ रहा था, तुम समझदारी से लड़ रहे हो। उत्साह दियासलाई के पास ले जाया जानेवाला पटाखा मात्र होता है। तुमने सुना और नीलम्मा ने जो भी मेरे अन्दर देखा था, वह वही था।

तुम्हारी बात कहूँ तो तुममें अपनी परिस्थितियों के प्रति घृणा न होकर, बदलने की बेचैनी है। तुम्हारे अन्दर चिंगारी का-सा विद्रोह न होकर एक लम्बे संघर्ष का धैर्य है। तुम अन्दर से बदलने को बदलना समझते हो, मैं बाहरी परिवर्तन को परिवर्तन समझता था। मैं हर शुरुआत दूसरों के माध्यम

से करना चाहता था, तुमने अपने आपसे की है। तुम्हारे कारण मैं गहराई में भी झाँककर देख सका। नहीं तो मन पर से ही बुहार लेने को पर्याप्त समझ बैठा था। लेकिन अब...काफी देर हो चुकी।

ये बातें मैं नीलम्मा को भी लिखना चाहता था पर अब नहीं लिख रहा हूँ। मैं जानता हूँ मेरी अंजुली के लिए वह बहुत विशाल है। ठीक ही किया जो चली गई। लेकिन तुम उसे समझाना कि वह लौट आए और अपनी पी.एच.डी. पूरी कर ले। इस समय मेरे सामने तुम और नीलम्मा दोनों ही हो। तुम पर्वत-खंड हो...एक ठंडी ज्वाला परतों को तोड़ती हुई बढ़ रही है। नीलम्मा एक अजस्र बहनेवाली धारा है। हर एक को शीतल करती बहती चली जा रही है। कहीं रुकना पसन्द नहीं करती। रुकावट आती भी है तो उसे पछाड़कर दूसरी तरफ से बचकर निकल जाती है।

जहाँ मैं जा रहा हूँ वहाँ से मैं तुम्हें निरन्तर देखता रहूँगा। मैं प्रसन्न हूँ कि तुम अपने रथ को एक कुशल सारथि की तरह निषेधों की हदों को लाँघते हुए बढ़ाए ले जा रहे हो। ईश्वर तुम्हें सफलता दे।

तुम मेरे बापू और माँ को समझाना और बताना कि मैं उनके ऋण से उऋण होने को आतुर था...लेकिन समय कम था। फिर आएगा। नीलम्मा को मेरा स्मरण कराते रहना। शायद उससे मुझे और मेरी अन्तरात्मा को अच्छा लगे।

माँ के स्वास्थ्य के बारे में सूचना नहीं मिल सकी...हो सकता है कल तुम्हारी चिट्ठी आए...उसके लिए भी प्रतीक्षा करने का समय नहीं।

तुम्हारा,
राम द'दा

आखिरी चिट्ठी लिखकर उसने जेब में रख ली—

मैं एक ऐसी यात्रा पर जा रहा हूँ जिसका रास्ता और स्वरूप आरम्भ में किसी भी यात्री को पता नहीं होता। या तो रास्ता खोजना पड़ता है या हो सकता है मिलता चला जाता हो। संन्यास के पहले जैसे सांसारिक वस्त्र त्यागने पड़ते हैं उसी तरह इस यात्रा पर जाने का निश्चय करनेवाले को भी सम्बन्धों की लिपटी हुई रस्सी को ढीला करके उतार देना होता है। उस शरीर तक को जो मनुष्य के अस्तित्व का प्रतीक है। मेरा जाना स्वेच्छा से है। गवेषणात्मक है। हालाँकि उसका प्रतिफल दूसरों में बाँट पाना सम्भव नहीं होगा।

किसी घृणा या शिकायत के कारण नहीं, एक आत्मीयता और आत्म-सन्तोष के कारण मेरा केवल यही प्रश्न है कि जब यह प्रकृति, जिससे हम सबकुछ पाते हैं, घृणामुक्त है तो मनुष्य मुक्त क्यों नहीं? हम जब कहीं कुछ नहीं

पाते तो प्रकृति की शरण जाते हैं। वह हमें सबकुछ देती है। आप उन लोगों की आँखों में आँखें डालकर देखें, निश्छल प्यार पाने के लिए वे कितना आतुर हैं। उसी की आशा में वे अपने भविष्य के स्वप्न बुन रहे हैं। लेकिन घृणा का सैलाब चिड़ियों के घोंसलों की तरह उनका सबकुछ बहा ले जाता है। वे फिर बुनते हैं...।

मुझे आगे बढ़ने का अवसर नहीं मिला तो कोई बात नहीं। मैं एक बड़े अवसर की खोज में अपने यान को प्रज्वलित कर चुका हूँ। जो लोग यहाँ के अवसर की लौ लगाए हैं उन्हें वे अवसर मोहेइया कराकर आप बड़े होंगे। बहुत बड़े। मेरी शुभकामनाएँ!

रामउजागर

वह कमरा खोलकर बाहर गया। आसमान स्वच्छ और निर्मल था। एक प्रकाश था जो दिशा-दिशान्तर में फैला था। पता नहीं चल रहा था, कहाँ से आ रहा है। विस्तार-ही-विस्तार था। पहली बार ही उसने इस प्रकाश को देखा और अनुभव किया था। वह होंठों-ही-होंठों में मुस्कुराया और बुदबुदाया...चारों ओर आलोक-ही-आलोक है! यात्रा सुगम होगी। उसने एक चिट्ठी डाली और लौट पड़ा। ज्यादातर कमरों की रोशनी गुल हो गई थी। दो-चार कमरों में थी। उसे हँसी आई। ऐसे में ऐसी रोशनियाँ कई बार अँधेरे स्थलों का काम करती हैं। यह महाप्रकाश इन सब अँधेरे बिन्दुओं को आलोकित कर देगा!

लौटकर उसने कमरा बन्द किया और खिड़की से आसमान की तरफ देखने लगा। प्रकाश उसके अन्दर जा-जाकर जज्ब होता जा रहा था। उसने खिड़की भी बन्द कर दी। पर्दे गिरा दिए। पर्दों को आलपिनों से जड़ दिया। वह काफी देर तक अनुष्ठान की-सी तैयारी करता रहा। फिर स्टूल पर खड़ा हुआ। खड़ा रहा... खड़े-ही-खड़े स्टूल एक तरफ लुढ़क गया।

अनुष्ठान पूरा हो गया था।

बारह

तत्काल चले आने के लिए अनुकूल का तार मिलते ही नीलम्मा चल दी थी।

अनुकूल को खबर पहुँचने में दो दिन लग गए थे! अगर लड़के को न भेजा गया होता तो शायद हफ्ता-भर लग गया होता। अनुकूल पहुँचा तो सबकुछ निबट चुका था। घटना के बाद के अवशेष थे। आवेश, उत्तेजनाएँ और अवसाद। स्थानीय

अखबारों में रामउजागर ही रामउजागर था। संस्थान के अधिकारी कुछ नहीं बोल रहे थे। वे केवल यही कह रहे थे कि रामउजागर के प्रार्थना-पत्र पर विचार चल रहा था। अन्तिम निर्णय लिया जाना शेष था। उसने निर्णय पर पहुँचने का मौका ही नहीं दिया। जो कुछ हुआ उसके पीछे व्यक्तिगत कारण हैं। किसी के व्यक्तिगत मामलों के लिए कोई संस्था जिम्मेदार नहीं ठहराई जा सकती।

नीलम्मा के आ जाने पर गतिविधियों में तेजी आ गई थी।

नीलम्मा को स्टेशन से लाने के लिए प्रोफेसर मलकानी ने स्वयं अपनी ड्यूटी लगा ली थी। वे अनुकूल को भी अपने साथ लेते गए थे। गाड़ी से उतरने के बाद नीलम्मा ने उन दोनों को चुपचाप खड़े देखा तो वह समझ गई। वहीं-की-वहीं खड़ी रह गई। वे दोनों उसके पास तक गए। प्रोफेसर मलकानी ने उसकी पीठ पर हाथ रखा तो उसके मन का शक और पक्का हो गया। वह कुछ देर तक उनकी बाँह पकड़े चुपचाप खड़ी रही। प्रोफेसर मलकानी की आँखें भी नम हो आई थीं। अनुकूल आगे बढ़कर इंजन तक चला गया था। इंजन चूँकि नई चलन का था इसलिए ऊपर से ठंडा था। न धुआँ निकल रहा था और न किसी तरह की आवाज थी। ठहरा हुआ-सा खड़ा था। छत में जरूर धुएँ का बारीक-सा शोशा था। वह बहुत ही हल्की-सी सिसकारी के साथ निकल रहा था। जैसे दाँत भिंचे हों। लौटा तो नीलम्मा की आँखों में एक तरह की तरलता शेष थी, जिसे उसने दबी नजरों से पहचाना। जब नीलम्मा ने उसकी तरफ देखा तो वह जमीन की तरफ देख रहा था।

प्रोफेसर मलकानी ने अनुकूल की तरफ इशारा करके कहा, "आज तीसरा दिन है अनुकूल को आए। मुझे नहीं लगता उसने कुछ खाया-पिया है। अगले दिन ही राम के पिता आ गए थे। आते ही यह उनकी देखभाल में लग गया। कल शाम ही गए हैं।"

नीलम्मा ने उसके पास जाकर कहा, "अनुकूल, तुम कुछ खा लो...इन्सान आदमी के बिना तो जिन्दा रह लेता है खाने के बिना...नहीं! कुछ मायनों में खाना नजदीक-से- नजदीक आदमी से भी ज्यादा जरूरी होता है।"

अनुकूल कुछ नहीं बोला। नीचे किए-किए ही गर्दन हिलाई। वह उसका मतलब नहीं समझी।

प्रोफेसर ही बोले, "यह बेचारा तो अपनी माँ की बीमारी के कारण घर गया हुआ था। आदमी भेजकर बुलवाया गया है। बीमारी की हालत में ही छोड़कर आया है।"

''अब माँ कैसी हैं?''

सिर्फ हाथ घुमाकर जवाब दिया—पता नहीं सब लोग खामोशी अख्तियार किए थे। जो कुछ बोल भी रहे थे मुँह से आधी-अधूरी बात ही बाहर आ रही थी। कुछ देर बाद अनुकूल ने थोड़ा-थोड़ा बोलना आरम्भ किया, ''दादा एक लिफाफा छोड़ गए हैं... आपकी भी चिट्ठी है। अपने बापू को शायद वे स्वयं डाल गए थे...उनके यहाँ आने के बाद घर से आदमी लेकर आया था।''

''मेरी चिट्ठी...!'' कहा और चुप हो गई।

प्रोफेसर मलकानी बीच ही में बोले, ''नीलम्मा, तुम चाहो तो मेरे घर पर ठहर सकती हो।''

नीलम्मा ने पहले कोई जवाब नहीं दिया। थोड़ी देर चुप रहने के बाद कहा, ''हॉस्टिल का कमरा अभी छोड़ा नहीं था।''

मलकानी साहब ने सुझाव दिया, ''अनुकूल, नीलम्मा को पहले सीधे वहीं ले चला जाए!''

''जी।'' कहकर उसने गर्दन हिला दी।

नीलम्मा पहले तो चुप रही फिर वह उत्तेजना में बोली, ''नहीं, मैं वहाँ नहीं जाऊँगी। यह वह राम नहीं था जिसे मैं जानती थी। घुटने टेकनेवाला और पलायन करनेवाला राम मेरे लिए अपरिचित है।''

अनुकूल इस बार बोला, ''नहीं नीलम्माजी, ऐसा नहीं। उसने किसी के सामने घुटने नहीं टेके। वह अन्य लोगों से भिन्न था। वह स्वयं अन्दर से दहक रहा था। उसके सम्पर्क में आनेवाले लोग उसकी झौं महसूस करते थे। जो रास्ता उसे मिला उसी पर चल पड़ा। मौके पर चीज के मिल जाने की और बात के सूझ जाने की बात मुख्य होती है!''

प्रोफेसर ने अनुकूल को गौर से देखा और बोले, ''अनुकूल ठीक कहता है। मौके पर जो भी सूझा...वैसे वह काफी जूझा!''

''नहीं प्राफेसर, यह सब मत कहिए। राम की जो तस्वीर मेरे दिमाग में आज भी है, यह सब कहकर उसे धुँधला मत कीजिए। मैं उसे अपराजेय मानती रहना चाहती हूँ। मुझे हमेशा से लगता है कि यह रास्ता सबसे आसान रास्ता है...कष्टकर चाहे हो।''

अनुकूल रोककर बीच में बोला, ''कुछ लोग जाँच की माँग कर रहे हैं।''

''क्या खन्ना वगैरह?''

''खन्ना तो उसी दिन से बाहर है।'' रुककर बोला, ''सुना है अब आनेवाला है।''

''तुम लोगों ने क्या सोचा?''

"अगले बलिदान की तैयारी...।"

नीलम्मा को लगा, उसके पाँव काँपने लगे। वह बेंच पर बैठ गई। मलकानी साहब ने गम्भीरता से कहा, "मैं भी सोचता हूँ जाँच होनी चाहिए। इस घटना के बाद भी लोग जाग सकें तो रामउजागर का प्रयत्न सफल हो जाएगा।"

"कौन जागेगा? हम लोग या वो लोग। जागना या सोना...जो कुछ भी करना होता है वह वही करता है, जिसकी बाध्यता होती है। वैसे भी जागे हुए को जगाना मुश्किल होता है।"

प्रोफेसर बोले, "अच्छा चलो, पहले बाहर तो निकला जाए।"

वे लोग बाहर निकल आए। प्रोफेसर मलकानी की अपनी गाड़ी थी। खुद ही चला रहे थे। रास्ते-भर कोई कुछ नहीं बोला, बिना बोले परिसर पहुँच गए।

नीलम्मा अनुकूल के हॉस्टिल नहीं गई तो नहीं ही गई। अनुकूल ने चिट्ठी पढ़ानी चाही। उसने वह भी नहीं पढ़ी। वह आते ही काम में लग गई। एक-एक अध्यापक से मिली। वह जिससे भी मिलती यही कहती थी कि राम ने तो आप सबको माफ कर दिया, आप लोग भी अपने गुनाह के प्रायश्चित के लिए कुछ करें। उसके चले जाने के बाद कुछ लोग हँसते थे। मजाक उड़ाते थे। वह बुखार ही कुछ ऐसा होता है कि दवा किए बढ़ता है। उसके रहते तो उतरने की कोई गुंजायश थी ही नहीं। अब चले जाने के बाद भी कोई बात बन नहीं आती, कहा नहीं जा सकता क्या हो! कहीं सरसाम न हो जाए। कुछ लोग सारा दोष राम पर ही थोपते थे। उसके अपने कर्मों का फल दूसरे भोग रहे हैं।

लेकिन उस माहौल में भी कुछ लोग ऐसे थे जो इससे आगे भी सोच रहे थे। वे इन्सान को दो मुट्ठी मिट्टी और एक गाँठ लकड़ी तक ही सीमित नहीं रखना चाहते थे। कुछ लोग तो यह भी कहते थे—यह राम द्वारा की गई आत्महत्या नहीं, समाज द्वारा की गई हत्या है। वे अपने-आपको टटोलने के लिए बेचैन थे। ऐसे लोगों में से कुछ छात्र और अध्यापक नीलम्मा के साथ राजधानी तक भी गए। अनुकूल ने कहीं भी जाने को मना कर दिया था। वह अपने साथियों और उनके बिखरे हुए साहस को बटोरने लग गया था। जगह-जगह उसे आहत रामउजागर खड़ा नजर आता था। उसके लिए वह प्रेरणा भी था और भय भी। अनुकूल भय की उठती हुई उस चट्टान को काट डालना चाहता था। इस घटना के बाद दो-एक लड़कों के घर वापस लौट जाने की घटना ने उसे चिन्तित और परेशान कर दिया था। उसने अपने हथियारों पर पकड़ और मजबूत कर ली। उसके लिए यही रास्ता बचा था कि रास्ते से भय को काँटों की तरह बीन दे।

नीलम्मा और उसके साथियों के प्रयत्नों का नतीजा जल्दी निकल आया। एक वरिष्ठ प्रशासनिक अधिकारी जाँच करने के लिए नियुक्त कर दिया गया। फल की दृष्टि से अनुकूल बहुत पीछे छूट गया था। उसका दूर-दूर तक कहीं पता नहीं था। उसे अकेले ही चलना पड़ रहा था। रास्ते में पड़नेवाली बड़ी-बड़ी चट्टानों को काटकर रास्ता बनाना पड़ रहा था। वह नीलम्मा से यही कहता था, ''नीलम्माजी, जाँच से न कोई वापस आ सकता और न इस तरह जानेवालों को ही रोका जा सकता है। सच पूछिए तो हम सभी रामउजागर हैं! रामउजागर बने रहकर हम मौत के इस शिकंजे से कैसे बच सकते हैं? यह बात दूसरी है कि वह हमारी तरफ बढ़े ही नहीं। अगर बढ़ी तो कोई बचाव नहीं। हमारी सबसे बड़ी जरूरत है कि उसे हम अपने लिए एक खेल बना लें।''

वह यह भी कहता था कि उसे तो ये सभी लोग पहले से ही वहाँ पहुँचे नजर आ रहे हैं। इन सबके और उस शिकंजे के बीच मखनातीस का रिश्ता है। छोटी-छोटी लोहे की चिप्पियों की तरह चिपकने को उद्यत रहते हैं। यह रिश्ता ही टूटना जरूरी है।

नीलम्मा अनुकूल की बात सुन लेती थी और चुप हो जाती थी। उसे लगता था कि अनुकूल इस समस्या से कहीं बहुत गहरे जूझ रहा है।

इस बीच अनुकूल के पिता भी आए। उन्होंने अनुकूल को बहुत कुछ कहा। नीलम्मा को भी बीच में डाला। लेकिन अनुकूल अटल रहा। वह यही कहता रहा कि घर वापस लौटकर अपने को सुरक्षित महसूस करने के स्थान पर हम लोग और अधिक अरक्षित हो जाएँगे। यह दूसरी तरह की आत्महत्या होगी। यह वक्त यहीं बने रहने का है। अपने अन्दर खुदे भय के इन कुओं से अपने को निकालकर उन्हें पाटने देने का है। राम द'दा को इसलिए छोड़कर चले जाना पड़ा क्योंकि उनके पास कोई रास्ता नहीं बचा था। उससे बाहर निकल पाने के सब साधन समाप्त हो चुके थे। जब तक बाहर की लड़ाई लड़ते रहे, मैदान उनके हाथ रहा। अन्दर प्रवेश करते ही वे घिर गए। बाहर निकलने के सब रास्ते बन्द हो गए। अगर मैं यहाँ सुरक्षित नहीं रह सकता तो वहाँ भी नहीं रह सकता। यही वह खेत है, जहाँ हमें अपने-आपको खाद के रूप में खपा देना है।

बावनराम ने मृत्यु-शैया पर पड़ी माँ का वास्ता भी दिया। अनुकूल ने गर्दन झुकाकर आँखें पोंछ लीं और बोला, ''राम द'दा भी अपनी चिट्ठी में लिख गए हैं कि माँ-बाप से बड़ी नियामत दूसरी नहीं होती...लेकिन मैं क्या करूँ?''

नीलम्मा दंग थी। बावनराम नीलम्मा की ओर देख रहे थे। आखिर बावनराम को खाली हाथ लौट जाना पड़ा। जाते हुए उन्होंने नीलम्मा से इतना ही कहा, ''लड़का

हमारा नहीं रहा...परिस्थितियों का हो गया। सब्र कर लेने के सिवाय रास्ता ही क्या है?"

नीलम्मा बिलकुल खामोश हो गई थी। कोई भी बात उसे बोलने के लिए प्रेरित नहीं करती थी। खासतौर से रामउजागर और अनुकूल के सन्दर्भ में।

जाँच-रिपोर्ट आने में लगभग छह महीने लगे।

लगभग सभी ने अपने-अपने पक्ष में प्रमाण और गवाहियाँ दीं। नीलम्मा के नेतृत्व में छात्रों ने कोशिश की कि वे अपने पक्ष को मजबूती से रख सकें। लेकिन अनुकूल तटस्थ था। नीलम्मा के बार-बार जोर देने पर भी वह जाँच-अधिकारी के सामने उपस्थित नहीं हुआ। प्रशासन ने भी अपने पक्ष को प्रस्तुत करने के लिए कुछ उठा नहीं रखा।

जाँच-अधिकारी भी अपने-आपको तटस्थ सिद्ध करने की जी-तोड़ कोशिश कर रहा था। लेकिन वह तटस्थता अन्त में तब टूटी जब प्रो. मलकानी की गवाही के समय उसने उत्तेजित होकर कहा कि कारण कुछ भी हो, पर एक ऐसे लड़के के लिए एक संस्था को हाराकीरी के लिए मजबूर नहीं किया जा सकता। संस्था व्यक्ति से बड़ी होती है। उसने प्रोफेसर के इस तर्क को भी नामंजूर कर दिया कि यदि एक व्यक्ति हत्या के लिए गुनहगार ठहराया जा सकता है, तो आत्म-हत्या के लिए समाज को दोषी क्यों नहीं ठहराया जा सकता? आत्महत्याएँ समाज के कारण होती हैं। उसके पीछे समाज न हो तो व्यक्ति क्या चीज है? तो आप पूरे समाज को फाँसी पर लटकवा देना चाहते हैं? समूह या बहुमत कभी दोषी नहीं होता। उसका फैसला चाहे एक व्यक्ति या कुछ व्यक्तियों के हित में न भी हो। पर वह रिवायत बन जाती है।

प्रो. मलकानी ने अन्त तक हार नहीं मानी। उन्होंने अन्तिम तर्क दिया कि नौजवान अपने आपमें दिशाएँ होते हैं। एक नौजवान का चला जाना एक सम्पूर्ण दिशा को अन्धी गली में परिणित कर देता है। रामउजागर जैसे होनहार छात्र की मृत्यु एक सम्भावना की मौत है। रोशन होती दिशा का अँधेरे में खो जाना है। क्या इसलिए इस तथ्य को नजरअन्दाज कर दिया जाना चाहिए क्योंकि उसने एक ऐसे वर्ग में जन्म लिया था जहाँ किसी भी सम्भावना के जन्म लेते ही...माँ-बाप उसका गला घोंट देने के लिए बाध्य हो जाते हैं या कर दिए जाते हैं?

जाँच-अधिकारी उठ गया था।

जब जाँच-रिपोर्ट[1] आई तो वह वही थी जिसकी आशा थी।

नीलम्मा को रिपोर्ट प्राप्त करने में काफी परेशानी उठानी पड़ी। पहले उस रिपोर्ट का प्रोफेसर मलकानी और नीलम्मा ने मिलकर अध्ययन किया। फिर जी.बी.एम[2] का आह्वाना करके मुख्य-मुख्य मुद्‌दों को वहाँ स्पष्ट किया गया। जी.बी.एम. में न चाहते हुए भी अनुकूल को सम्मिलित होना पड़ा।

नीलम्मा ने सबसे पहले अनुकूल को ही बोलने के लिए कहा। खन्ना ने तत्काल आपत्ति की, ''यह जी.बी.एम. एक साथी की मौत के सम्बन्ध में की गई जाँच की रिपोर्ट से अवगत करने के लिए बुलाई गई है। लोगों के भाषण देने-सुनने के लिए नहीं।''

नीलम्मा ने उसे यह कहकर बैठा दिया, ''मैं इस साथी के लिए आपकी भावनाओं से पूरी तरह परिचित हूँ। आपका सरोकार आपके हर व्यवहार से परिलक्षित है। आपकी भावनाओं की कदर करते हुए मैं आपसे यही निवेदन करूँगी कि अपनी भावनाओं को नियंत्रित करके दूसरे साथियों की बातों को सुनने का धैर्य बरतें।''

लेकिन खन्ना ने फिर आपत्ति की, ''अपने स्वार्थों के कारण एक ऐसे संकुचित विचारवाले व्यक्ति को 'लाइम-लाइट' में लाकर हमारे लिए एक दूसरी त्रासदी उत्पन्न की जा रही है।''

अनुकूल उठकर जाने लगा तो नीलम्मा ने हाथ पकड़कर रोक लिया और कहा, ''आप बेबुनियाद शंकाओं को अपने दिल से निकाल दें। अनुकूल का ध्येय रोशनी में आना नहीं...बाहर रहना है। आप चाहें तो आप सारी रोशनी अपने ऊपर केन्द्रित कर सकते हैं।'' लड़के हँस दिए।

अनुकूल को बोलने खड़ा होना पड़ा। उसका किसी जी.बी.एम. में बोलने का पहला मौका था। आरम्भ में वह चुपचाप खड़ा रहा, जब अपने को संयोजित कर चुका तो बोला, ''रामउजागर द'दा की मृत्यु के मसले पर इतनी लम्बी इन्तजार के बाद जो यह रिपोर्ट हमारे सामने आई...अगर यह न आई होती तो बेहतर होता। हम लोग तो सब्र कर ही चुके थे। अगर इतना ही होता कि हम लोग अपने-अपने गिरेबाँ में झाँक-झाँककर देख लेते तो ज्यादा अच्छा होता। उसके लिए न इतनी इन्तजार की जरूरत थी और न इतनी मेहनत की। यह रिपोर्ट केवल हम लोगों की कमजोरियों और कमियों की तरफ इशारा करती है। यानी हम ही लोग उसके लिए जिम्मेदार ठहराए गए हैं। असली शिकायत उन्हें यही है कि रामउजागर नाम के लड़के ने अपने-आपको तिल-तिल मरने देने के लिए उन लोगों के सुपुर्द क्यों नहीं कर दिया? हालाँकि वे पिछले कुछ महीनों से यही कर रहे थे। उनके हाथों तिल-तिल करके मर

1. परिशिष्ट।

2. जनरल बॉडी मीटिंग।

रहे थे। हम शायद उन्हें उस रूप में मरते देखने की मानसिकता बना चुके थे। चूँकि उन्होंने एकाएक ऐसा करके हमारी मानसिकता को झकझोर दिया इसलिए हम उनसे बेहद नाराज हैं। नाराजगी की बात भी है। किसी की भावनाओं और इच्छाओं को ठेस पहुँचाने का उन्हें या मुझे या किसी को भी क्या अख्तियार है? उन्होंने अपने चिराग को इस उम्मीद में बुझाया है कि उनके बाद किसी और चिराग को इस तरह न बुझना पड़े। यह उनकी खामख्याली थी और सदाशयता भी। यही हालात रहे तो एक-के-बाद एक इसी तरह सब चिराग बुझते जाएँगे... ।'' अनुकूल ने आगे बोलना बन्द कर दिया। थोड़ी देर चुपचाप खड़ा रहा फिर उसने अपना अन्तिम वाक्य कहा, ''इस रिपोर्ट का आना एक साधारण-सी घटना को अतिरिक्त महत्त्व देना है। उन सब लोगों को यह रिपोर्ट और नाराज कर देगी जो पहले से ही नाराज हैं। अच्छा हो हम उसे भूल जाएँ...पर्दा डालकर हमेशा के लिए उसे ढाँक दें। अगर कुछ करना चाहते हैं तो बस एक बार अपने-अपने गिरेबाँ में झाँककर देख लें। वहाँ जो लहूलुहान धरती है, उसे पोंछ दें। उन्होंने भी अपने सन्देश में यही सब कहा है।''

वह उतर आया। उतरा ही नहीं, बल्कि चुपचाप चला गया। नीलम्मा भी उठी और मंच से उतरकर धीमे-से चली गई। सब चुप थे।

परिशिष्ट

एक : जाँच रिपोर्ट का खुलासा।

दो : जाँच-अधिकारी के नाम रामउजागर के पिता सुबरन चौधरी का पत्र।

एफ

जाँच-रिपोर्ट लगभग छप्पन पृष्ठों की थी। दो से लेकर चार-चार, छः-छः पृष्ठों के सात संलग्नक थे। चूँकि नीलम्मा ने उस रिपोर्ट का गम्भीरता से अध्ययन किया था इसलिए कहीं-कहीं हाशियों पर प्रतिक्रियास्वरूप एक-दो पंक्तियाँ भी लिखी थीं। रिपोर्ट का संक्षिप्त-सार और नीलम्मा की तत्सम्बन्धी टिप्पणियाँ इस प्रकार हैं—

पहले दो पैरा भूमिका को समर्पित थे। उनमें लिखा था कि 1980 की जनवरी में संस्थान के शासन द्वारा नियुक्त जाँच-अधिकारी को निदेशक ने अनुसूचित जाति के एक छात्र स्व. रामउजागर द्वारा की गई आत्महत्या के बारे में जाँच करने के लिए आमंत्रित किया था। उस निमंत्रण के साथ इस दुखद घटना के बारे में एक संक्षिप्ती भी संलग्न की गई थी। उसका उद्देश्य यही था कि जाँच-अधिकारी भी वस्तुस्थिति से अवगत हो सकें।

प्रति-उत्तर में जाँच-अधिकारी ने निदेशक महोदय का ध्यान निम्नलिखित बातों की ओर आकर्षित किया—

आत्महत्या जाँच का विषय नहीं हो सकता। केवल उससे सम्बन्धित कुछ स्थितियों के बारे में जाँच की जा सकती है। जैसे :

(1) उक्त आत्महत्या मेहनत न कर पाने के कारण अपेक्षित परीक्षाफल की आशा समाप्त हो जाने के फलस्वरूप की गई? अथवा,
(2) संस्थान उसकी शैक्षिक समस्याएँ सुलझाने के प्रति उदासीन था? अथवा,
(3) भेदभाव की नीति ने उसे ऐसा करने के लिए मजबूर किया? अथवा,
(4) आत्महत्या के पीछे पारिवारिक कारण थे? तथा
(5) यह दुर्भाग्यपूर्ण घटना भविष्य के लिए कोई सीख देती है या नहीं?
[नीलम्मा ने हाशिये पर अपनी टिप्पणी दी थी कि जाँच-अधिकारी ने अपनी जाँच के लिए स्वयं मुद्दे निर्धारित करके संस्थान को मुसीबत से बचा लिया।]

अनुच्छेद दो, चार-पाँच पैरा का था। उसमें जाँच-अधिकारी द्वारा अपनाई गई प्रक्रिया का खुलासा था। पहले पैरा में तो केवल सूचनाएँ संकलित की गई थीं। मसलन पहली बार जाँच-अधिकारी संस्थान में कब पधारे? संस्थान ने उनका किस गर्मजोशी

के साथ स्वागत किया! सम्बन्धित पत्राजात उपलब्ध कराकर उनकी कितनी मुश्किल आसान कर दी! जाँच-अधिकारी के आग्रह पर निदेशक ने जाँच की सूचना का किस प्रकार संस्थान-भर में सामूहिक ऐलान कराया। तथा पहली बार में कितने लोग जाँच-अधिकारी से मिलने आए।

[निदेशक शब्द पर प्रश्नचिह्न लगा था और नीचे लिखा था–निदेशक ने क्यों? जाँच-अधिकारी ने क्यों नहीं?]

उसी तारतम्य में जाँच-अधिकारी ने शिक्षा मंत्रालय के अधिकारियों का अनुग्रह स्वीकार किया था। शिक्षा मंत्रालय के अधिकारियों ने रामउजागर से सम्बन्धित सम्पूर्ण पत्रावली उन्हें उदारतापूर्वक सौंप दी थी। रामउजागर की मृत्यु के बाद जो भी पत्र उसके पिता के द्वारा मंत्रालय को लिखे गए थे वे सब भी मंत्रालय ने संस्थान द्वारा नियुक्त जाँच-अधिकारी को सौंप दिए थे। जाँच-अधिकारी ने नम्रतापूर्वक स्वीकार किया था कि बिना उन पत्रों के जाँच अधूरी रह जाती।

तीसरे अनुच्छेद में रामउजागर की व्यक्तिगत, पारिवारिक और शैक्षिक पृष्ठभूमि दी गई थी। पारिवारिक पृष्ठभूमि के बारे में केवल दो पंक्तियाँ दी गई थीं। रामउजागर का सम्पूर्ण परिवार कम पढ़ा परिवार है। चूँकि आजकल समाज के हर वर्ग में बच्चों को इंजीनियरी और डॉक्टरी में भेजने का फैशन-सा हो गया है, इसलिए उसके पिता ने भी इंजीनियरी के बारे में कुछ जाने-समझे बिना उसे ऊँचे स्तर के संस्थान के दाखले के लिए आयोजित संयुक्त-परीक्षा में बैठा दिया। इत्तफाक से रामउजागर उसमें सफल भी हो गया। यहीं से उसके दुर्भाग्य की कहानी आरम्भ हुई। श्री रामउजागर का दाखला 1975 जुलाई में हुआ था। हालाँकि वह गरीब परिवार का बच्चा था। लेकिन अनुसूचित जाति के बच्चों के स्तर को देखते हुए रामउजागर सामान्यतः मेधावी बच्चा था। उसके पिता गाँव के साधारण खेतिहर हैं। गाँव में रहनेवाला हर व्यक्ति अपनी सन्तान को गाँव से बाहर भेजकर एक सम्मानजनक पेशे में लगाने की उतावली में होता है। वही उसके पिता के साथ भी हुआ।

उसके आगे पाँचों आई.आई.टी. में सामान्य छात्रों के प्रवेश की पद्धति और तत्सम्बन्धी नियमों का सविस्तार उल्लेख था। एक तालिका दी गई थी जो यह प्रदर्शित करती थी कि पिछले पाँच वर्षों में प्रवेश के लिए परीक्षा की सामान्य पद्धति से प्रवेश पानेवाले छात्रों के विभिन्न वर्गों के छात्रों की प्रतिशतता क्या है। पाँच वर्षों में से चार वर्षों में तो अनुसूचित जाति के छात्रों की प्रतिशतता शून्य थी। केवल एक वर्ष में दशमलव पाँच प्रतिशत का उल्लेख था। उस वर्ष अनुसूचित जाति में से अकेला रामउजागर परीक्षा में उत्तीर्ण होकर आया था। इन वर्गों के बच्चों के प्रवेश के लिए सीटों के आरक्षण की नीति निर्धारित करने के लिए आई.आई.टी. काउंसिल द्वारा नियुक्त एक कमेटी की संस्तुति का जिक्र किया गया था। उक्त कमेटी ने कमजोर

वर्गों के लिए स्पेशल कोचिंग का प्रबन्ध करने की बात कही थी। उसके लिए इन पाँचों संस्थानों को जिम्मेदार बनाया था कि वे इसका प्रबन्ध करें। ऐसे बच्चों को प्रवेश के लिए आयोजित होनेवाली संयुक्त परीक्षा से भी छूट दी गई थी। दाखले का माध्यम उनके रिकार्ड को ही मान लेने की संस्तुति की थी।

इस सम्पूर्ण पृष्ठभूमि के बाद वे रामउजागर की 'पर्फोर्मेन्स' पर आ गए थे। उन सब कोर्सों का विस्तार से उल्लेख था जिनमें रामउजागर की उपलब्धि नीचे स्तर की थी। यह भी बताया गया था कि इन कोर्सों की कमजोरी दूर करने के लिए रामउजागर को संस्थान के द्वारा कितने अवसर प्रदान किए गए। यहाँ तक कि उसके लिए स्पेशल कोचिंग तक का प्रबन्ध किया गया पर रामउजागर उन अवसरों का उचित लाभ उठाने में असमर्थ रहा।

[एक पंक्ति यहाँ पर भी टँकी थी—आश्चर्य! उन कोर्सेज का कोई उल्लेख नहीं जिनमें उसे 'ए' मिला है? वन साइडेड ऐडवायस्ड!]

चतुर्थ वर्ष के दौरान रामउजागर के अनपेक्षित व्यवहार के बावजूद संस्थान द्वारा बरती गई सदाशयता, छुट्टी के मामले पर एस.यू.जी.सी. और सीनेट के उदार निर्णयों पर लगभग दस पृष्ठों में चर्चा की गई थी। शिक्षामंत्री के द्वारा संस्थान के चेयरमैन को लिखे गए पत्र का अंश भी उद्धृत था :

"यह पत्र अनुसूचित जाति के छात्र श्री रामउजागर के सम्बन्ध में लिखा जा रहा है। उन्होंने अपनी अस्वस्थता के कारण संस्थान से छुट्टी ली थी। लेकिन पहले ही स्वास्थ्यलाभ कर लेने के बावजूद उन्हें छुट्टी निरस्त करके फिर से पढ़ने की अनुमति नहीं दी जा रही है। इस बारे में अल्पसंख्यक आयोग के अध्यक्ष ने श्री रामउजागर के पिता के द्वारा लिखे गए पत्र की प्रतिलिपि भेजते हुए लिखा है कि संस्थान का प्रशासन भेद-भावपूर्ण नीति बरत रहा है। ऐसे मामले में सरकार की नीति के अनुसार सहानुभूतिपूर्ण रुख अपनाएँ तो मुझे प्रसन्नता होगी। जहाँ तक हो श्री रामउजागर की सहायता करने का प्रयत्न करें।"

शिक्षामंत्री के उपरोक्त पत्र को भी एस.यू.जी.सी. को भेज दिया गया था। इस मामले पर विचार चल ही रहा था कि श्री रामउजागर ने एक गलत निर्णय लेकर अपनी जान गँवा दी। जाँच-अधिकारी ने इस बात पर भी आश्चर्य प्रकट किया था कि उसने अपने इस निर्णय की भनक अपने निकटतम लोगों तक को नहीं मिलने दी।

["दिस इज नॉनसेन्स!" फिर आगे लिखा था। "और किसी को नहीं तो कम-से-कम जाँच-अधिकारी को तो बता ही देना चाहिए था। वे बेचारे इस परेशानी से तो बच जाते। पर जाँच-अधिकारी तो बाद में नियुक्त हुए!"

उसके नीचे कलम से एक दाढ़ी-मूँछवाले आदमी का भोंडा-सा रेखाचित्र खिंचा था।]

रिपोर्ट में आगे लिखा था कि रामउजागर ने आत्महत्या के पहले कुछ पत्र लिखे थे। उनमें से जो पत्र पढ़ने को मिले उनसे पता चलता है कि वह आत्महत्या के लिए कटिबद्ध था। वह एक पूर्वनियोजित निर्णय था जिसको उसने अपने मेजबान श्री अनुकूल के घर जाते ही कार्यरूप में परिणित कर दिया। उसके उन पत्रों में अनुसूचित जाति के छात्रों की समस्याओं का भी संकेत है पर उसका इस आत्महत्या से कोई मतलब नहीं जुड़ता। सिवाय इसके कि उसने अपने अन्तिम पत्र के अन्त में सभी लोगों से एक जनरल अपील की है कि वे ऐसे लोगों को अपनी सहानुभूति दें। श्री रामउजागर के उद्‌गार सराहनीय और अनुकरणीय हैं।

[लेकिन अनुसूचित जाति से जुड़ी समस्याओं का उसकी आत्महत्या से कोई सम्बन्ध नहीं?]

रामउजागर की आत्महत्या के बारे में इन्टेलिजेन्स की एक रिपोर्ट मंत्रालय को भी प्राप्त हुई थी। इसी के चलते जाँच करना अनिवार्य हो गया। इस बारे में केवल दो-चार पंक्तियाँ लिखी थीं।

[कहाँ है वह रिपोर्ट? बिना संलग्नक बनाए उसका उल्लेख कैसे कर दिया?]

जाँच-अधिकारी ने रामउजागर के मामले को वहीं छोड़कर आई.आई.टी. के शिक्षण और उसकी विशिष्टताओं की पन्द्रह-सोलह पृष्ठों में विवेचना की थी। विवेचना ही नहीं की थी, उसकी भूरि-भूरि प्रशंसा भी की थी। इतनी सब प्रशंसाओं के बाद उन्होंने यह स्वीकार किया था कि यह दुर्भाग्यपूर्ण घटना सम्पूर्ण संस्थान को हिला देनेवाली घटना साबित हुई। उससे पहले की आत्महत्याओं का भी उन्होंने सरसरी तौर पर जिक्र किया था। लेकिन यह स्पष्ट कर दिया था कि अनुसूचित जाति के छात्र की वह पहली ही आत्महत्या थी। हर ऐसी घटना के बाद सम्बन्धित संस्थान को जवाबदेही के लिए कटघरे में खड़ा होना पड़ता है। चाहे उसका दोष हो या न हो। संस्था कभी व्यक्ति से शत्रुता नहीं निबाहती। संस्थान के सामने यह प्रश्नचिह्न अभी भी यथावत है कि जो कुछ उसके द्वारा किया जाना चाहिए, वह किया गया या नहीं?

एक पैरा में यह सब लिखने के बाद फिर संस्थान में प्रचलित मूल्यांकन-पद्धति के विवेचन पर आ गए थे। एक और तालिका प्रस्तुत की गई थी, जिसमें अन्य अनुसूचित एवं जनजाति के छात्रों की उपलब्धियों की तुलना रामउजागर की उपलब्धियों से की गई थी। उससे यह निष्कर्ष निकाला गया था कि संस्थान ने रामउजागर की ही सहायता नहीं की बल्कि सभी ऐसे छात्रों के स्तर को ऊँचा उठाने के लिए संस्थान द्वारा

समुचित प्रयत्न किए गए। यदि संस्थान की भाँति ही छात्र भी गम्भीर होते और अवसर का लाभ उठाते तो ऐसी स्थिति से बचा जा सकता था। पहले भी इस वर्ग के छात्र वक्तन-ब-वक्तन पढ़ने आते रहे। यदि वे यहाँ के स्तर की समानता नहीं कर सके तो या तो स्वयं चले गए; और निकाल दिए गए तो इस तरह नादानी के शिकार नहीं हुए।

[शिट! दूसरे की ईमानदारी पर प्रश्नचिह्न लगाना और निहित स्वार्थों के बावजूद अपने को ईमानदार साबित करना...नानसेन्स!"]

जाँच-अधिकारी ने संस्थान के अधिकारियों की उदारता की तथा शिक्षण एवं मूल्यांकन पद्धति की श्रेष्ठता की स्थान-स्थान पर दिल खोलकर प्रशंसा की थी। और यह लिखा था कि रामउजागर के हर पत्र में, चाहे वह निदेशक को लिखा गया हो या मंत्रालय को, बराबर यही शिकायतें रहती थीं कि संस्थान की शिक्षण एवं मूल्यांकन पद्धति में कमजोर वर्ग के बच्चों के लिए कोई स्थान नहीं है। यह पद्धति उन्हीं परिवारों के बच्चों को ध्यान में रखकर निर्मित की गई है जिन परिवारों में उच्च एवं तकनीकी शिक्षा की परम्पराएँ हैं और जिन्होंने विरासत में इस तरह के संस्कार पाए हैं। यह पद्धति पिछड़े-वर्ग के बच्चों के मस्तिष्क में हीन-भावना पैदा करती है। उनको इस पद्धति से परिचित होने में ही पर्याप्त समय लग जाता है। जब तक वे इस पद्धति को समझ पाते हैं तब तक दो-तीन सेमिस्टर गुजर चुके होते हैं। उनके कन्धों पर 'बैकलॉग' का जुआ लद चुका होता है। ऐसी स्थिति में न तो वे अगले सेमिस्टरों के कोर्सेज के साथ न्याय कर पाते हैं और न बैकलॉग से ही पीछा छुड़ा पाते हैं।

अपने पत्रों में रामउजागर ने यह भी कहा था कि अध्यापक योग्य हैं; व्यवहारकुशल हैं। लेकिन व्यक्तिगत स्तर पर इन छात्रों के साथ उनका व्यवहार वह नहीं रहता जो उच्च-वर्ग के छात्रों के साथ रहता है। वे उनके साथ आत्मीयता अनुभव नहीं करते। सभी अध्यापक विदेशों में पढ़े हैं। अंग्रेजी भाषा ही पढ़ाने और बातचीत करने का माध्यम है। बचपन से ही अंग्रेजी स्कूलों में पढ़नेवाले लड़के ही उनके नजदीक पहुँच पाते हैं। उनका उच्चारण भी सीधा-सादा नहीं। वे लोग जबान मोड़कर अंग्रेजी बोलते हैं। गाँवों और नीची आर्थिक स्थिति से आनेवाले लड़के न तो उस उच्चारण को समझ पाते हैं और न ही उनके नजदीक पहुँचने की हिम्मत ही जुटा पाते हैं। क्योंकि अंग्रेजी में बात करना ही अभिजात्यता और योग्यता का चिह्न मान लिया गया है, इसलिए ऐसे सब छात्रों को हिकारत की नजर से देखा जाता है जो उस भाषा में पटु नहीं। वे लोग उनकी अकृपा के शिकार हो जाते हैं।

अंग्रेजी स्कूल से आनेवाले लड़कों का अध्यापकों के बीच बँटवारा हो जाता है और वे अध्यापक अपने-अपने हिस्से में आनेवाले बच्चों के 'गॉड-फादर' हो जाते हैं। उनमें से कुछ छात्र उच्छृंखलता की उस सीमा को छूने लगते हैं जिसके तहत उन्हें

किसी के साथ भी अमानुषिक व्यवहार करने में हिचक नहीं होती। उन्हें अपने 'गॉड फादर' से संरक्षण मिलता है। वे जानते हैं कि उनके होते हुए उनका कोई कुछ नहीं बिगाड़ सकता। वैसे भी इस तरह की संस्थाएँ तब तक कानून की पहुँच से मुक्त हैं जब तक कानून का दरवाजा बार-बार न खटखटाया जाए। सामान्य जगहों की कानून अपने आप चकफेरी लगाया करता है। कानून न भी खटखटाए तो भी उसका भय उन पर तारी रहता है।

रामउजागर के पत्रों का सारांश देने के बाद जाँच-अधिकारी, रामउजागर द्वारा उठाए गए उन सब प्रश्नों को नजरअन्दाज करके फिर संस्थान की शिक्षण और मूल्यांकन पद्धति पर आ गए थे। उनका मत था कि एक छात्र के इस तरह के आरोपों के आधार पर संस्थान की अन्तर्हित खूबियों और उसके उच्च-स्तर पर प्रश्नचिह्न लगाना अनुचित होगा। उनका स्पष्ट मत था कि जिस तरह की पद्धति लागू है उसके आधार पर स्पष्ट कहा जा सकता है कि उसमें किसी भी प्रकार की निरंकुशता की गुंजायश नहीं। संस्थान से निकले हुए छात्र बड़े-बड़े पदों पर आसीन हैं। विदेशों में उनकी इतनी पूछ है कि इतनी पूछ कम संस्थाओं के छात्रों की होती है। स्वायत्तता सम्पन्न होने के बावजूद अनुसूचित एवं जनजातियों के छात्रों की सहायता करने तथा उनका स्तर उठाने के लिए संस्थान ने अपनी वर्तमान पद्धति में भी परिवर्तन किए हैं और कोशिश की है कि वे भी अन्य छात्रों के समान पढ़ाई कर सकें। यदि संस्थान के अधिकारियों का ऐसे छात्रों से किसी प्रकार का वैमनस्य होता तो वे इन छात्रों के लिए अपने स्तर और पद्धति में परिवर्तन न करते। फिर लिखा था कि स्व. श्री रामउजागर को इस तरह के आरोप रचते हुए इस बात का ध्यान रखना चाहिए था कि आई.आई.टी. शिक्षण-पद्धति की शक्ति उसकी आत्म-निर्भरता, तटस्थता और निष्पक्षता है। यही कारण है कि जब पूरे राष्ट्र में शिक्षा का ढाँचा चरमरा रहा है। आई.आई.टी. शिक्षण-पद्धति को सम्मान मिल रहा है। लोग इसे एक ऐसी पद्धति समझते हैं जिसके सहारे देश में साइंस और टेक्नालॉजी का विकास हो रहा है और आगे भी होगा। इन संस्थाओं से पढ़े छात्रों के लिए इनमें से हर एक संस्थान एक 'लाइट-हाउस' की तरह काम करता है।

> [यह जाँच-अधिकारी नाम का इन्सान समस्या से जुड़े मानवी तत्व की तरफ से पूरी तरह अन्धा है...इसकी नजरों में दुर्व्यवहार कुछ नहीं। इन ह्यूमेनऽ!]

जाँच-अधिकारी ने एस.सी./एस.टी. छात्रों के बारे में तैयार की गई स्टेट्स-रिपोर्ट का भी उल्लेख किया था। रामउजागर के आरोपों और उक्त स्टेट्स-रिपोर्ट का साथ-साथ अध्ययन यही बताता है कि रामउजागर का अपना रुख संस्थान की गरिमा को कितना नीचे ला देता है। जाँच-अधिकारी निश्चित मत का था कि संस्थान के द्वारा किए गए प्रयत्नों से ऐसे छात्रों का स्तर उठा है। सुधार के लिए भी क्षमता की

आवश्यकता होती है। जो लोग कुछ भी कर पाने में असमर्थ होते हैं, सामान्यतः वे ही दूसरे पर कीचड़ उछालते हैं।

["अनकाल्ड फार...क्या यह वही नहीं कर रहा है?"]

जाँच-अधिकारी नै रामउजागर के पिता की भेंट का भी उल्लेख किया। यह भी लिखा था कि उनके जाँच-अधिकारी नियुक्त हो जाने के बाद रामउजागर के पिता के भी एक-दो पत्र उन्हें मिले थे। (हालाँकि उन दोनों में से एक भी पत्र रिपोर्ट का संलग्नक नहीं बनाया गया था। किसी तरह एक पत्र उपलब्ध हुआ है जो परिशिष्ट-2 के रूप में संलग्न है।) जाँच-अधिकारी ने अपनी बात कहने के लिए उनको संस्थान के खर्चे पर आमंत्रित किया था। सुबरन चौधरी के आने-जाने का खर्चा देने के लिए प्रशासन की मुक्त कंठ से प्रशंसा की गई थी। उनके ठहरने का प्रबन्ध भी संस्थान द्वारा ही किया गया था। रामउजागर के पिता ने संस्थान के छात्रों द्वारा प्रकाशित एक बुलेटिन भी जाँच-अधिकारी के सामने पेश किया था। जाँच-अधिकारी ने लिखा कि ऐसा लगता है कि इस बुलेटिन का प्रकाशन राजनीति से प्रेरित छात्र-वर्ग करता है। उस बुलेटिन से एक छोटा-सा उद्धरण भी दिया था :

> "इस संस्थान में वैसे तो वे सभी छात्र एस.सी./एस.टी. हैं जो गरीब, साधनहीन और साधारण परिवारों से आने के कारण अपने रहन-सहन का स्तर अन्य उच्च वर्ग के छात्रों के समान बनाए रखने में नितांत असमर्थ हैं। फिर भी एस.सी./एस.टी. छात्रों का जीवन यहाँ शोषण और दमन की कथा कहता है...रामउजागर की आत्महत्या उसका ज्वलन्त प्रमाण है।"

कुछ अध्यापकों के नाम का उल्लेख भी किया गया था जो उस सम्पूर्ण दमन चक्र के पीछे थे। उसके बाद रामउजागर के पिता से हुई बातचीत का विवरण दिया था :

"स्व. श्री रामउजागर के पिता श्री सुबरन चौधरी आपने बेटे के बारे में यह मान्यता बनाए हैं कि उनका बेटा असाधारण रूप से एक मेधावी छात्र था। उसके मेधावी और स्पष्टवादी होने के कारण कुछ प्रभावशाली छात्र और उनसे जुड़े अध्यापक उनके बेटे स्व. रामउजागर से ईर्ष्या करते थे। श्री सुबरन चौधरी अपने बेटे की आत्महत्या के इस घृणित काम को बलिदान की संज्ञा देते हैं। उनका कहना है, उनके बेटे का बलिदान सम्मानजनक और बराबरी के स्तर पर जीने के अधिकार की माँग को लेकर तथा भेदभावहीन समाज के निर्माण की जुस्तजू में हुआ है। उन्होंने उससे पहले एक सवर्ण छात्र स्व. श्री मोहन की आत्महत्या का भी उल्लेख किया। आत्महत्या के तीन-चार दिन बाद जब मोहन के शव को कोई उतारने के लिए तैयार नहीं हुआ तो उनके बेटे रामउजागर ने ही पंखे से लटके शव को नीचे उतारा था।

यही वह बिन्दु था जहाँ से रामउजागर के मानसिक असन्तुलन का आरम्भ हुआ। परन्तु यह घटना उन सब आरोपों से अलग है जो स्व. श्री रामउजागर या उसके पिता ने संस्थान पर लगाए थे। संस्थान की इस तथाकथित ज्यादती से इसका कोई मतलब नहीं जिसका जिक्र वे लोग करते रहे हैं। इससे यह निष्कर्ष जरूर निकलता है कि रामउजागर ने मानसिक असन्तुलन के आलम में आत्महत्या की थी। श्री खन्ना एवं अन्य छात्रों के बयानों से पता चलता है कि स्व. श्री रामउजागर ने आत्महत्या किसी सवर्ण छात्रा के प्रेम में असफल हो जाने के फलस्वरूप की है।''

[इसके नीचे लिखा था—''अगर झूठ में कोटियाँ होती हैं तो इसे किस कोटि में रखा जाना चाहिए मि. जाँच-अधिकारी? कैलस एंड इन ह्यूमेन!'']

जहाँ तक मि. रामउजागर के मेधावी और योग्य छात्र होने का प्रश्न है यह बात रिकार्ड्स से उस हद तक सिद्ध नहीं होती जिस हद तक उसके पिता श्री सुबरन चौधरी मानते हैं। इन संस्थाओं में देश-भर के मेधावी छात्र आते हैं। उनकी प्रतिशतता अस्सी-नब्बे प्रतिशत से कम नहीं होती। रामउजागर खींच-तानकर प्रथम श्रेणी के आसपास के छात्र थे, जो इस तरह के संस्थानों के बारे में अत्यधिक साधारण घटना होती है। यह बात जरूर है कि स्व. श्री रामउजागर अपने वर्ग की दृष्टि से जरूर मेधावी छात्रों की श्रेणी में आते रहे होंगे। जाँच के दौरान स्व. श्री रामउजागर के विरुद्ध कई और भी बातें सामने आईं। गवाही देते समय कई सम्माननीय एवं वरिष्ठ अध्यापकों तथा मेधावी छात्रों ने यह बात कही कि रामउजागर गुंडागर्दी करता था। ऊँची जाति के लोगों को जानकर बेइज्जतत करने की उसकी आदत पड़ गई थी। वह ऐसा कोई अवसर नहीं चूकता था जो उसके इस उद्देश्य में सहायक हो सके। उसने संस्थान-स्तर पर अपने वर्ग के लड़कों को लेकर एक गुरिल्ला-दस्ता बना लिया था जिसका काम नियोजित ढंग से अन्य जाति के लड़के-लड़कियों के बीच भेदभाव पैदा करना और उन्हें अपमानित करना था। उसका नेतृत्व फर्स्ट-इयर के एक नए लड़के श्री अनुकूल के हाथ में था। अनुकूल राजनीतिक रूप से एक मजबूत व्यक्ति है तथा वह अपने माथे पर बिना शिकन आने दिए ठंडी तरह हत्या करने तक की सामर्थ्य रखता है। उसने और उसके साथियों ने श्री शशि खन्ना और उसके साथियों को अपने कमरे में बुलाकर उन पर आक्रमण किया। इस बात की पुष्टि कई वरिष्ठ अध्यापकों ने अपने बयानों में की। श्री रामउजागर का मन पढ़ाई में नहीं रहा था, वह अपना समय गुंडागर्दी तथा गुटबन्दी में लगाने लगा था। प्रेम में मिली असफलता ने उसे और अधिक बिखेर दिया। स्वभावतः वह मानसिक रूप से असन्तुलित हो गया।''

जाँच-अधिकारी ने रामउजागर के पिता श्री सुबरन चौधरी से मिली सूचना के आधार पर उनकी पारिवारिक स्थिति का ब्यौरा भी अपनी इस रिपोर्ट में दिया था। उन्होंने लिखा था :

''यदि इस घटना से अलग करके देखा जाए तो यह कहना पड़ैगा कि स्व. श्री रामउजागर अपने परिवार की रीढ़ था। उसके बेवक्त चले जाने से वह टुकड़े-टुकड़े हो गई। किसी ऐसे परिवार का इकलौता बच्चा यदि इन परिस्थितियों में उस परिवार को छोड़ जाता है तो यह समझ पाना कठिन होता है कि वह परिवार किस आशा पर अपने को जिन्दा रखेगा। श्री सुबरन चौधरी के परिवार में उनकी पत्नी के अतिक्ति पाँच बेटियाँ हैं। बेटा केवल रामउजागर ही था। पाँचों बेटियाँ रामउजागर से छोटी हैं। हालाँकि उनमें से तीन लड़कियों की शादी हो चुकी। एक लड़की अपने नाना के पास रहती है। सबसे छोटी लड़की श्री सुबरन चौधरी के साथ है। रामउजागर की माँ इधर अस्वस्थ रहने लगी हैं। जब से स्व. श्री रामउजागर की मृत्यु हुई तब से तो वे पूरी तरह बिस्तर से लग गईं। श्री सुबरन चौधरी रह-रहकर यही कहते हैं कि इस संस्थान का भेदभाव उनके बेटे को खा गया। उन्हें और उनके परिवार को मिट्टी में मिला दिया। इसमें कोई शक नहीं कि उनकी आर्थिक स्थिति एक ऐसे बिन्दु पर पहुँच गई है जहाँ परिवार के सात प्राणियों का जीवित रहना तक कठिन हो सकता है। उनका भविष्य रामउजागर के भविष्य से जुड़ा था। उन्होंने बीघा-बीघा जमीन बेचकर उसकी पढ़ाई का खर्चा उठाया था। लेकिन देखते-देखते सबकुछ चला गया। रामउजागर के पिता ने स्पष्ट रूप से तो कुछ नहीं कहा। लेकिन उनकी बातों से यह निष्कर्ष निकलता है कि वे अपने बेटे की मौत का उचित मुआवजा चाहते हैं। उन्होंने यह भी बताया कि कुछ माध्यमों से उन्हें कुछ आर्थिक सहायता भी मिली है। लेकिन वह इतनी अपर्याप्त है कि उससे चार-छह महीने का खर्चा चलना भी कठिन है। वे चाहते हैं कि इस पृष्ठभूमि में ऐसी संस्तुति की जाए जिससे यह डूबता हुआ बेड़ा पार लग जाए। चूँकि जाँच-अधिकारी के नाते मैं इस तरह का कोई आश्वासन देने की स्थिति में नहीं हूँ, इसलिए इतना ही आश्वासन दिया जा सका कि ईमानदारी और सच्चाई से संस्तुति तैयार की जाएगी। उनके साथ पूरा न्याय होगा। इस बात पर श्री सुबरन चौधरी नाराज होकर चले गए।''

[ईमानदारी, सच्चाई और न्याय शब्दों को लाल रोशनाई से रेखांकित किया गया था और उन पर एक-एक प्रश्नचिह्न टँका था।]

रिपोर्ट के अन्त में जाँच के निष्कर्ष दिए गए थे :

1. इस तकलीफदेह और दुर्भाग्यपूर्ण घटना और उससे सम्बन्धित सम्पूर्ण 'एविडेन्स' का विश्लेषण करने के बाद यही निष्कर्ष निकलता है कि संस्थान द्वारा उसके या उसके साथ के अन्य छात्रों के साथ किसी प्रकार का भेदभाव बरते जाने का प्रमाण नहीं मिलता। इसके बरक्स गवाहियों से इस बात की पुष्टि होती है कि श्री रामउजागर और उसके साथी जातीयता के आधार पर संस्थान में अस्थिरता उत्पन्न करना चाहते थे।

2. स्व. श्री रामउजागर अपने से अधिक योग्य और ऊँची जाति की लड़की से प्रेम करने लगे थे। उस लड़की को जब वास्तविकता का ज्ञान हुआ तो वह संस्थान छोड़कर चली गई। इस घटना से मन पर गहरा प्रभाव पड़ा। जिसकी वजह से वह मानसिक सन्तुलन खो बैठा। रामउजागर को मजबूरन छुट्टी पर जाना पड़ा। कुछ महीने बाद ही छुट्टी निरस्त कराकर वापस आने की पेशकश की। मामला सम्बन्धित कमेटी के विचाराधीन था कि रामउजागर ने अधीर होकर आत्महत्या का रास्ता चुन लिया।

3. संस्था छात्रों के मामले में सदा उदार रही है। किसी भी साधारण या आरक्षित श्रेणी के छात्र के प्रति कभी संस्थान ने अमानवीय रुख नहीं अपनाया, बल्कि छात्र ही आपस में एक-दूसरे के प्रति नकारात्मक रुख अपनाते रहे हैं। संस्थान का हर अध्यापक और छात्र मानवीय भावना से ओतप्रोत है। छात्रों और अध्यापकों के बीच जितना तादात्म्य इस संस्थान में है उतना बहुत कम शिक्षा-संस्थाओं में देखने को मिलता है।

4. यह अवसर मृतक के दोष निकालने का न होकर इस वर्ग के छात्रों की समस्याओं और उनसे उत्पन्न होनेवाली स्थितियों को समझकर उनका हल निकालने का है। इस समस्या पर विचार और पुनर्विचार किया जाना चाहिए कि इतनी उदारता बरतते हुए भी संस्थान को इस प्रकार की समस्याओं का सामना क्यों करना पड़ता है? इससे राष्ट्र की समस्याएँ भी बढ़ती हैं और विदेशों में पूजे जानेवाले जो विद्वान इस संस्थान से अध्यापक के रूप में सम्बद्ध हैं उनके मन में भी अनिश्चितता उत्पन्न होती है।

उसके बाद कुछ सामान्य सुझाव थे।

यदि संस्थान ने इस प्रकार की समस्याओं पर समय रहते विचार करके कोई हल नहीं निकाला तो संस्थान को कभी भी कठिनाई में डाला जा सकता है। इससे पूर्व कि इस खूबसूरत और विशिष्ट संस्थान को पिछड़े-वर्ग के मरघट का नाम दिया जाए वह बेहतर होगा कि किसी व्यावहारिक नीति का निर्माण कर लिया जाए। इस तरह के संस्थानों में उसी स्तर के छात्रों को स्थान मिलना चाहिए जो उसकी गरिमा के अनुरूप हों। उबलते दूध का बर्तन उसी को थमाया जाता है जिसके पास उसे थामने का साधन होता है। अन्यथा दूध भी बिखरेगा और सँभालनेवाला भी जलेगा। अगर सुधार की दिशा में कोई पहल नहीं की गई तो इस मनोरम ताल का सम्पूर्ण जल गँदला हो जाएगा।

एस.सी./एस.टी. के छात्रों को प्रविष्ट भी किया जाए तो उनको शुरू से ही उसके लिए तैयार किया जाना चाहिए, यह तैयारी उसी प्रकार की होनी चाहिए जिस प्रकार की तैयारी कैडेट्स को कमीशन के योग्य बनाने के लिए जरूरी होती है।

रिपोर्ट के अन्त में औपचारिकताएँ निबाही गई थीं। निदेशक तथा प्रशासन के अन्य सदस्यों को धन्यवाद दिया गया था। उनकी सदाशयता और सहयोग के लिए डटकर प्रशंसा की गई थी। जिन कर्मचारियों ने छोटे स्तर पर सहायता की थी उनकी सहायता को भी आभारपूर्वक स्वीकार किया गया था।

रामउजागर की आत्महत्या के कारण संस्थान के सम्मान को होनेवाली क्षति के प्रति खेद प्रकट करके रिपोर्ट समाप्त कर दी गई थी।

[अन्त में एक पंक्ति चिपकी थी—और पहाड़ को कम्बल से ढँक दिया गया।]

दो

सम्माननीय जाँच-अधिकारीजी,

आपकी चिट्ठी मिली। रामउजागर अंग्रेजी जानता था। अब वो तो रहा नहीं। बँचवाने के लिए मारा-मारा फिरता रहा तब जाकर बँचवा पाया। हिन्दी में होती तो किसी-न-किसी तरह पूछ-पूछकर मैं ही बाँच लेता।

श्रीमानजी, में एक गरीब किसान हूँ। मैं जाँच-वाँच क्या जानूँ? किसी तरह मेहनत करके इसी उम्मीद में अपना और अपने परिवार का पेट पालता था कि एक दिन रामउजागर पढ़कर आएगा और हमें भूख और गरीबी के इस नरक से हमेशा के लिए उबार लेगा। हम इन्तजार ही करते रह गए। वह दिन आया ही नहीं। पता नहीं कहाँ खो गया? आपकी यह जाँच क्या मेरे बेटे को वापस ले आएगी? उसे तो मैं अपने हाथों फूँककर आया था। अगर ऐसा हो जाए तो मैं हजार जतन करके आपके पास पहुँचूँ। पाँच बहनों का अकेला भाई था। चौदह आँखों का तारा। सब रोती हैं तो बाढ़-सी आ जाती है। अँधेरा छा जाता है। कोई किसी को राह से नहीं लगा पाता। हम सभी उसी रोशनी की खोज में भटक रहे हैं जो अचानक हमें भटकने के लिए छोड़कर हमेशा के लिए लोप हो गई।

आप ही क्या उनसे अलग हैं जो हमें नीच समझते हैं? आपके लिए भी क्या कोई हम इन्सान थोड़े ही होंगे? हमारा मरना-जीना आप लोगों को भी पता थोड़े ही चलता होगा। आप लोगों के बेटा-बेटी सौ साल तक जिएँ। एक बात बता दें कि अगर आपका बच्चा इस तरह चला गया होता तो क्या इस तरह जाँच करते-कराते घूमते? सच कहता हूँ, कालजा फटकर गले को आ गया होता। पता नहीं आप लोगों के पास है भी या नहीं! होता तो इतना जरूर सोचते कि हम यह चिट्ठी लिखकर जख्मों पर नमक न छिड़कें। हम और हमारे बच्चे आप लोगों की नजर में जरूर नोच हैं। पर हम

अपनी नजर में ज़रा भी नीच नहीं। हम जानते हैं कि इन्सान होते हुए इन्सान बनकर रहने की परेशानियाँ क्या होती हैं। आप नहीं जानते। आप तो इसी गुमान में जीते हैं कि आप लोग इन्सान ही पैदा होते हैं और जिन्दगी-भर इन्सान ही बने रहते हैं।

आपके पास हमें देखने की कोई और नजर है ही नहीं। बस ये नीच हैं। इन्हें नीचों की तरह रहना चाहिए। इसलिए इस कुएँ से निकलने के लिए उचककर जो भी डाल पकड़ते हैं, उसे ही आप काट देते हैं। अगर मैं और मेरी औरत श्रवण के अन्धे माँ-बाप बहुत होते तो आप लोगों को यह श्राप दिए बिना न मानते कि आप भी हम लोगों की योनि में आकर एक बार हमारी तरह जिन्दगी को जरूर भोगें। बेसहारा आदमी की जबान ही में जोर होता है। चल जाती है तो लौटती नहीं। लेकिन हम चुप हैं। आप हमें चुप भी नहीं रहने देना चाहते।

आप तो पढ़े-लिखे आदमी हैं आप ही बताइए। हमारे खानदान में सैकड़ों साल बाद एक आदमी पढ़ने-लिखने को निकला था। सब लोग आस लगाए बैठे थे। रामउजागर की बहनें झकझोरकर पूछती हैं...बापू, आप तो कहते थे कि भैया इंजीनियर बनकर आएगा तो हम भी इन्सानों की तरह रहने के हकदार हो जाएँगे...बताइए मैं उन्हें क्या जवाब दूँ? यही ना कि जाँच-अधिकारी साहब जाँच कर रहे हैं। बताएँगे। अब तो उसके फूलों तक का भी पता नहीं...आप जाँच किस बात की करेंगे?

मैं अपना बयान देता हूँ...इसी को मेरा बयान समझ लीजिए...मेरे बेटे को बड़े-बड़े घरों और ऊँची-जात के लड़कों और मास्टरों ने मरने के लिए मजबूर कर दिया। क्या आप मेरे कहे पर यह सब मान लेंगे? नहीं मानेंगे। तो फिर बुलाते क्यों हैं? आप भी अपने बच्चों और भाई-बिरादरों पर इल्जाम लगाने पर बिदकते हैं। आप लोग तो यही कहेंगे और कहते रहे हैं कि वह इसी लायक था...रास्ता चलते लोगों को दौड़कर काटता था। उसे जीने कैसे दिया जा सकता था। आप लोग यह कभी मानने को तैयार नहीं होंगे कि उसको मार डालने के लिए आप सबने फन्दा रचा था। उसे सम्मोहित करके उसी दिशा में ले गए थे। मेरा यह सब कहना मात्र एक प्रलाप है। मेरी इन गँदली आँखों के आँसुओं से ज्यादा पवित्र आपकी हँसी है। आप सबके चेहरों पर इस हँसी का बना रहना जरूरी है। मैं भी उसे पोंछना नहीं चाहता क्योंकि मुश्किल से मिलती है। वैसे भी हम लोगों की पीढ़ियाँ आप लोगों की झूठ पर पली हैं। हम हजारों साल से आप लोगों की खैर मनाते आ रहे हैं। इसलिए हम आपका बुरा क्यों चाहने लगे? कभी-कभी यही लगता है कि गांधी बाबा न आए होते तो अच्छा था। उन्होंने ही हमें सोते से जगा दिया...आशाएँ बढ़ा दीं...नफरत और दमन ने अब यह रूप ले लिया।

खैर, मैं किसी को दोष नहीं देना चाहता। अपने फूटे भाग्य की हँडिया को किसी के सिर फोड़ने से क्या लाभ! पहले तो अपने रामउजागर के आने के चाव में चीज-

बस्त बेचकर हर खेल खेल सकता था। अब सोच भी नहीं पाता। आपके इस जाँच का खेल देखने आने का तो ना साहस है और न गुंजायश। आखिर मुझे क्या मिलना है? जो खोना था सो खो चुका। आप जो अपनी किताब या कॉपी में लिखना चाहें लिख लें। मुझे न बुलाएँ। बस एक बात कहना चाहता हूँ कि बावनराम का बेटा अनुकूल देवता स्वरूप है। उसने मेरे बेटे की मुझसे भी ज्यादा देखभाल की। उसे न कुछ होने दें। अपने माँ-बाप के पास सही-सलामत पहुँच जाने दें। अगर हम लोगों के होनहार बच्चे इसी तरह हर रोज आप लोगों के इस अनजान 'दाने' भी भेंट चढ़ते रहेंगे तो हम किसलिए जिन्दा रहेंगे?

आपकी चिट्ठी आती है तो पढ़नेवाला और जवाब लिखनेवाला ढूँढ़े नहीं मिलता। जवाब में देर हो जाती है। अब न लिखें तो अच्छा है। जख्मों में से चस्स-सी निकल जाती है।

हाथ जोड़कर सबकी सबको राम-राम।

विनीत,
रामउजागर का अभागा पिता
सुबरन चौधरी

●●●